Heinrich von Kleist

Michael Kohlhaas

•

미하엘 콜하스

창비세계문학

14

•

미하엘 콜하스

•

하인리히 폰 클라이스트

황종민 옮김

창비

차례

•

일러두기

1. 이 책은 Heinrich von Kleist, *Sämtliche Werke und Briefe. Münchner Ausgabe.* Band II. Auf der Grundlage der Brandenburger Ausgabe hrsg. von Roland Reuß und Peter Straengle(München: Hanser 2010)을 번역 저본으로 삼았다.
2. 원문의 이탤릭체 부분은 고딕체로 표시했다.
3. 본문 중의 각주는 옮긴이의 것이다.
4. 외국어는 가급적 현지 발음에 준하여 표기하되, 일부 우리말로 굳어진 것은 관용을 따랐다.

미하엘 콜하스[1]
Michael Kohlhaas

1 이 소설의 완결판이 수록된 클라이스트의 『소설집』 제1권에는 "(옛 연대기에서)"라는 부제가 붙어 있다. 그런데 이 부제는 "미하엘 콜하스"라는 제목 아래가 아니라 표제지의 제목 뒤에 달려 있다. 표제지에는 "『소설집』//하인리히 폰 클라이스트/지음//미하엘 콜하스(옛연대기에서)/O. 후작 부인/칠레의 지진//베를린,/레알슐서적/1810"라고 쓰여 있고, 소설 첫머리는 "미하엘 콜하스//16세기 중엽 (…)"으로 시작하는 것이다. 따라서 이 부제를 클라이스트가 붙였는지를 두고 논란이 있다. 하지만 『소설집』 제2권의 표제지에는 "소설집//하인리히 폰 클라이스트/지음//제2권//싼또도밍고 섬의 약혼/로까르노의 거지 노파/주워온 자식/성 체칠리아 또는 음악의 힘(성인전설)/결투//베를린,/레알슐서적/1811"이라고 쓰여 있으며, 이 소설집에서는 「성 체칠리아 또는 음악의 힘」의 제목 다음에도 "(성인전설)"이란 부제가 붙어 있으므로, 이 부제들을 클라이스트가 붙였다고 여겨도 좋을 듯하다.

16세기 중엽 하펠 강가[2]에 미하엘 콜하스라는 말장수가 살았다. 훈장의 아들로 태어난 이자는 당시 누구보다 올곧으면서도 무시무시한 인물로 손꼽혔다—이 범상치 않은 사내는 서른살까지만 해도 선량한 백성의 귀감으로 삼을 만했다. 이자의 이름을 따서 지금도 콜하젠브뤼크라고 불리는 마을에서 농장을 하며, 여기서 기른 말을 내다팔아 남부럽지 않게 먹고살았다. 아내가 쑥쑥 낳아준 아이들을 올바르고 부지런히 살도록 길렀고, 하느님을 두렵게 여기며 섬겼다. 이웃 사람치고 운 나쁘거나 억울한 일을 당했을 때 콜하스의 도움을 받지 않은 이가 없었다. 한마디로, 이 사내가 한가지 미덕만 덮어놓고 좇지 않았더라면 세상은 이 말장수를 길이 기억하여 기렸을 것이다. 그러나 정의감이 지나쳐 콜하스는 도적이자 살

2 하펠 강은 베를린 서쪽 호수를 지나 흐르는 강으로, 포츠담 근처 그리프니츠제 호숫가에 콜하젠브뤼크라는 마을이 있다.

인자가 되었다.

어느날 이 말장수는 하나같이 투실투실하고 기름기가 자르르 흐르는 어린 말 한 떼를 끌고 외지로 떠나며, 말시장에서 벌어들일 돈을 어떻게 쓸까 이리저리 궁리했다. 한 몫은 수완 좋은 장사꾼답게 새 망아지를 사는 데 쓰고, 한 몫은 이 세상 재미를 맛보는 데 쓰기로 마음먹었다. 엘베 강에 이르러, 작센 땅에 속한 으리으리한 성을 지나려던 참에, 이 길에서 여태 본 적 없는 차단목과 마주쳤다.[3] 때마침 소나기까지 휘몰아치자, 콜하스는 말들을 멈춰세우고 길목지기를 불렀고, 그러기가 무섭게 길목지기가 초소 창밖으로 짜증스러운 얼굴을 내밀었다. 말장수는 차단목을 올려달라고 말했다. 여기 무슨 일 생겼소? 콜하스는 길목지기가 있는 대로 꾸물거리다가 초소에서 나오자 물었다. 작센 선제후께서, 길목지기가 차단목 자물쇠를 끄르며 대꾸했다. 융커[4] 벤첼 폰 트롱카에게 특권을 내리셨소—그러니까, 콜하스가 말했다. 융커 성함이 이제 벤첼이구려? 그러면서 번쩍이는 요철벽에 에둘리어 들판을 굽어보고 있는 성을 올려다봤다. 나이 드신 나리께서는 돌아가셨소?—중풍으로 세상을 뜨셨소. 길목지기가 차단목을 들어올리며 대꾸했다—거참! 안됐구려! 콜하스가 한숨 쉬었다. 점잖은 어른이셨는데. 사람 만나기를 좋아하고, 장사와 왕래를 힘닿는 대로 도와주셨지요. 언젠가 내 암말이 저기 마을 들머리에서 다리를 다치자 길에 자갈을 깔라고 이르신 적도 있었소. 그건 그렇고! 얼마를 내야 하

3 콜하스는 브란덴부르크에서 작센으로 건너가고 있다. 엘베 강은 이 두 선제후국의 경계를 이룬다.

4 중세 이후 19세기까지 엘베 강 동쪽 프로이센의 보수적인 지주귀족 계급을 이르던 말이다.

오?—콜하스가 물었다. 그러고선 길목지기가 금액을 말하자, 바람에 펄럭이는 외투 자락을 붙잡고 동전을 훔척훔척 꺼냈다. 길목지기가 빨리! 빨리!라고 웅얼거리며 날씨에 대고 화풀이를 해대자, 콜하스는 "알았소, 노인장,"이라 말하고 이렇게 덧붙였다. "이 나무를 숲에서 베어 이렇게 차단목을 만들지 않았더라면, 노인장한테도 나한테도 좋았을 것 아니오." 그러고선 돈을 건네고 떠나려 했다. 하지만 콜하스가 차단목 아래를 채 지나기도 전에, 또다른 목소리가 등 뒤 망루에서 울렸다. 게 서라, 말장수야! 성집사가 창문을 부서져라 닫고 헐레벌떡 뛰어나오는 게 보였다. 이건 또 무슨 일이야? 콜하스는 혼잣말로 중얼거리며, 말들을 세웠다. 집사는 뒤룩뒤룩한 몸뚱이에 조끼를 덧걸치고 단추를 채우며 달려오더니, 비바람을 피하려고 몸을 옹송그리며 여행증을 보자고 말했다—콜하스가 물었다. 여행증이라고요? 말장수는 자못 당황하여 말했다. 내가 알기로 나는 그런 게 없소. 어떻게 생겼는지 일러주시겠소. 어쩌면 수중에 있는 것일지도 모르니. 집사는 콜하스를 흘겨보며 대꾸했다. 작센 선제후의 여행허가증이 없으면 어느 말장수도 말을 끌고 국경을 건널 수 없어. 말장수가 말했다. 나는 이날 이때까지 열일곱번이나 그런 증서 없이 국경을 넘었소. 말 거래에 관해 선제후가 정한 규정이라면 속속들이 알고 있소. 잘 생각해보시오. 이 모든 일은 착오에서 비롯됐을 것이오. 오늘 먼 길을 가야 하니 쓸데없이 오랫동안 붙들지 말아주시구려. 하지만 집사는 이렇게 대꾸했다. 열여덟번째에는 호락호락 빠져나가지 못할 거야. 떠돌이 장돌뱅이를 막으라는 법령이 최근에 생겼으니. 여기서 여행증을 끊든지, 아니면 온 곳으로 돌아가라고. 말장수는 이런 얼토당토않은 으름장에 화가 치밀었으나, 잠시 생각을 가다듬고 말에서 내려 머슴에게 고삐를 맡기고선, 이렇게 말했다. 융커 폰 트롱카를 직접 만나 담판을 짓겠소. 콜하스는 성으로 걸어갔다. 집사가 뒤따라오며, 더럽게 쩨쩨한 노랑이들은 가끔 벗겨먹어야 제맛이라고 웅얼거렸다. 두 사람은 서로 못마땅하게 흘겨보며 홀 안으로 들어갔다. 융커는 친구 서넛과 흥겹게 술잔을 기울이고 있었고, 누군가 우스갯소리를 하자 다들 배꼽을 잡고 웃음을 터뜨리던 참에, 콜하스가 사정을 하소연하러 융커에게 다가왔다. 융커가 콜하스에게 무슨 일이냐고 물었다. 기사들은 이 낯선 사내를 보고 입을 다물었다. 하지만 말장수가 말들 문제로 호소할 게 있다고 말하자마자, 온 무리는 말이라고? 말이 어디 있어?라고 소리 지르더니, 창가로 달려가 아래를 내려다봤다. 기름기가 자르르 흐르는 말 떼가 보였고, 융커가 아래로 내려가보자고 하자, 떼 지어 마당으로 몰려갔다. 비는 그쳐 있었다. 집사와 마름과 노복들이 말 떼 둘레에 모여들어, 저마다 이 짐승들을 살펴봤다. 어떤 자는 이마에 흰 점이 박힌 절따말[5]을 높이 쳤고, 어떤 자는 구렁말[6]을 마음에 들어했고, 또 어떤 자는 황갈색 반점이 있는 얼룩말을 쓰다듬었다. 다들 입을 모아 말했다. 이게 말이야, 사슴이야? 이렇게 잘 기른 말은 이 나라 어디에도 없을 거야. 콜하스가 너스레를 떨며 대꾸했다. 말들이 아무리 좋다고 하더라도 이 말들을 타실 기사님들보다야 훌륭하겠습니까? 그러고선 기사들에게 흥정을 걸었다. 융커는 기운찬 수절따말에 마음을 뺏겨, 콜하스에게 얼마에 팔겠느냐고 물었다. 마름은 농사일에 쓸 말이 부족하니 가라말[7] 한 쌍을 사달라고 융커에게 졸랐다. 하지만 말장

5 붉은 말을 가리킨다.
6 밤색 말을 가리킨다.
7 검은 말을 가리킨다.

수가 가격을 부르자, 기사들은 값이 너무 비싸다고 생각했고, 융커는 이렇게 대답했다. 말값을 그렇게 후하게 쳐서 받고 싶거든, 아서 왕과 원탁의 기사들에게나 찾아가보시지. 콜하스는 집사와 마름이 가라말들에게 은근한 눈초리를 던지며 수군수군 귀엣말을 주고받는 것을 보자, 왠지 불길한 예감이 들어 어떻게든 말을 팔아치워야겠다고 생각했다. 말장수는 융커에게 말했다. "나리, 이 가라말들은 여섯달 전에 금화 25굴덴을 주고 산 것입니다. 30굴덴만 주시면 말들을 넘겨드리겠습니다." 융커 옆에 서 있던 두 기사가 이 말들이라면 값이 그만큼은 나갈 것이야라고 또렷이 들리게 말했다. 하지만 융커는 절따말이라면 모를까 가라말들에는 돈을 쓰고 싶지 않다라고 잘라 말하고선 자리를 뜨려 했다. 이에 콜하스는 다음번에 말들을 이끌고 지나갈 때에는 거래를 틀 수 있게 되겠지요라고 대꾸했다. 융커에게 인사한 뒤 말고삐를 잡고 출발하려 했다. 이 순간 집사가 무리 가운데서 튀어나오더니 이렇게 소리쳤다. 여행증 없이는 여행할 수 없다는 말을 못 들었느냐? 콜하스는 몸을 돌리고, 융커에게 따져물었다. 사업을 깡그리 망칠 이런 요구가 도대체 말이나 되는 것입니까? 융커는 자리를 뜨면서 당혹한 안색으로 대답했다. 그렇다, 콜하스. 여행증을 끊어야 한다. 집사와 잘 이야기한 뒤, 네 갈 길을 가거라. 콜하스는 융커에게 말 수출을 규제하는 법령을 지키지 않을 마음은 터럭만큼도 없다고 장담했다. 드레스덴[8] 시내를 지나갈 때 문서국에 들러 여행증을 끊겠다고 다짐했다. 그러고선 이런 게 필요하다는 것조차 몰랐으니 이번만은 그냥 보내달라고 부탁했다. 그렇다면! 융커는 비바람이 다시 몰아치기 시

8 오늘날 독일 남동부 작센 주의 주도(州都)로, 1485년부터 작센 선제후국의 수도였다.

작하여 자신의 비쩍 마른 다리 사이로 휘잉휘잉 지나가자 말했다. 저 불쌍한 놈을 놓아줘라. 들어가세! 융커는 기사들에게 이렇게 권하고, 몸을 돌려 성으로 가려 했다. 집사가 융커에게 고개를 돌리고 말했다. 저자가 여행증을 끊어오겠다는 보증으로 담보라도 맡겨야 합니다. 융커가 성문 아래서 다시 발걸음을 멈췄다. 콜하스가 물었다. 얼마만큼 돈이나 물건을 담보로 남겨놓아야 가라말들을 데리고 갈 수 있겠소? 마름이 수염을 달싹이며 웅얼웅얼 말했다. 아예 가라말을 남겨놓는 게 좋겠지. 그렇다마다. 집사가 말했다. 그렇게 하는 게 가장 좋겠어. 여행증만 끊어오면 언제든 다시 찾아갈 수 있을 거야. 콜하스는 너무나 뻔뻔스러운 요구에 당황하여, 추위를 막으려 저고리 자락을 여미는 융커에게 가라말들을 팔겠습니다라고 말했다. 하지만 이 순간 돌풍이 몰아치며 비와 우박이 한바탕 성문으로 밀려들자 융커는 이 일을 마무리 짓고 싶어, 이자가 말을 남겨두지 않겠다면 차단목 저편으로 다시 떠박질러라라고 소리쳤다. 그러고선 자리를 떠났다. 말장수는 횡포에 맞설 수 없음을 잘 알았으므로, 울며 겨자 먹기로 요구대로 따르기로 마음먹었다. 가라말들을 줄에서 풀어, 집사가 가리키는 마구간으로 끌고 갔다. 말들에게 머슴 하나를 붙이고 이 머슴에게 돈을 건네주며 돌아올 때까지 말들을 잘 돌보라 이른 뒤, 나머지 말 떼를 이끌고 큰 시장이 서는 라이프치히로 걸음을 옮겼다. 긴가민가 모르겠지만, 작센에 말 사육이 이제 뿌리내리기 시작하고 있는 마당이라 이를 보호하기 위해 이런 새로운 법률이 생긴 게 아닌가 하는 생각이 들었다.

콜하스는 드레스덴 교외에 마구간 두세개가 딸린 집 한채가 있었고, 이 집을 거점으로 작센의 작은 시장들에 말을 내다팔았다. 말장수는 이 도시에 도착하자마자 문서국으로 찾아갔고, 애초에 짐작했던 대로, 몇몇 잘 아는 서기들에게 여행증이라니 무슨 허무맹랑한 소리냐는 핀잔을 들었다. 콜하스는 여행증 규정은 법적 근거가 없다는 증명서를 신청했고, 서기들이 마지못해 이를 써주자, 비쩍 마른 융커의 잔꾀가 같잖아서 미소 지었지만, 융커가 이런 농간으로 무엇을 노렸는지는 아직 깨닫지 못하고 있었다. 몇주 뒤 말장수는 끌고 갔던 말 떼를 값을 두둑이 받고 팔아넘긴 다음, 이 세상 어디에나 있는 곤경을 볼 때 드는 괴로운 감정 말고는 어떤 쓰라린 감정도 품지 않고, 트롱카 성으로 돌아왔다. 집사는 콜하스가 증명서를 보여주자 이렇다 저렇다 말이 없더니, 이제 말들을 돌려받을 수 있겠소?라고 묻자 저 아래로 가서 데려가쇼라고 대꾸했다. 하지만 콜하스는 마당을 지나기도 전에 벌써 좋지 않은 소식을 들었다. 머슴이 트롱카 성에 남은 지 며칠 되지도 않아서, 건방지게 굴다가 두들겨맞고 쫓겨났다는 것이었다. 콜하스는 이 말을 전해준 아이종에게 머슴이 무슨 짓을 했느냐? 그런 뒤에는 누가 말들을 돌봤느냐?라고 물었지만, 아이종은 그건 모르겠는데요라고 대답하고선, 불길한 예감으로 가슴이 벌렁거리는 말장수에게 말들이 있는 마구간 문을 열어줬다. 콜하스는 얼마나 놀랐던가, 미끈하고 투실투실한 가라말 두마리는 간데없고 여위고 들피진 말 한 쌍이 눈앞에 있었으니! 뼈들이 말코지처럼 튀어나와 물건들을 걸 수도 있을 듯싶었다. 갈기와 털은 보살피지도 손질하지도 않아 엉겨붙어 있었다. 눈 뜨고 볼 수 없는 동물의 왕국의 참상이었다. 콜하스는 말들이 자신을 보고 기운없이 고갯짓하며 히힝 인사를 건네자, 화가 머리끝까지 치밀어 이렇게 물었다. 말들에게 무슨 일이 있었느냐? 옆에 서 있던 아이종이 대꾸했다. 말들에게 아무 나쁜 일도 없었는데요. 여물도 양껏 먹었고요. 다만 지금이 가을걷이 철이잖아요. 짐말이 모자라 가끔 밭에 불려나가 곡식은 날랐지요. 콜하스는 이 파렴치하고 치밀하게 계획된 횡포에 욕설이 절로 나왔지만, 이에 맞설 힘이 없음을 느끼고 울분을 꾹 눌러 참았다. 달리 뾰족한 수가 없었으므로 말들을 이끌고 도적 소굴을 떠날 채비를 하던 참이었다. 집사가 입씨름하는 소리를 듣고 달려와 물었다. 무슨 일로 이리 소란스러운 게야? 무슨 일이냐고? 콜하스가 되물었다. 누가 트롱카의 융커와 아랫것들에게 허락했소? 내가 여기 남겨놓은 가라말들을 밭일에 부리라고! 말장수는, 이게 사람이 할 짓이오?라고 덧붙이며 축 늘어진 말들을 채찍으로 때려봤고, 그래도 말들이 꿈쩍 않는 것을 보여줬다. 집사는 눈을 부라리며 콜하스를 잠시 노려본 뒤 이렇게 대거리했다. 이런 막돼먹은 놈 보게나! 이 개불상놈은 말들의 숨이 붙어 있는 것만으로도 하느님께 감사드려야 하지 않나? 그러더니, 머슴이 달아난 뒤에 누가 말들을 돌봐야 했겠어? 우리가 말들에게 여물을 먹였으니, 말들도 밭에 나가서 여물값을 했어야 마땅하지 않았겠나?라고 따져물었다. 네놈이 여기서 허튼수작을 부리면 사냥개를 풀어서 마당을 조용하게 만들겠어라고 으름장까지 놓았다—말장수는 저고리가 터져라 두방망이질하는 가슴을 억눌렀다. 이 개똥 같은 뚱뚱보를 진창에 처박고 개기름 흐르는 낯짝을 발로 뭉개버리고 싶은 생각이 굴뚝같았다. 하지만 순금저울과 같은 말장수의 정의감은 옳고 그름을 아직 판정하지 못하고 있었다. 가슴에 손을 얹고 생각했을 때 상대방에게 정말 죄가 있는지 확신할 수 없었다. 그래서 입 밖으로 나오려는 욕설을 삼키며 말들에게 다가가, 그간의 상황을 곰곰이 돌이켜보며 갈기를 손가락으로 빗질했다. 그러면서 목소리를 내리깔고 이렇게 물었다. 머슴이 무슨 잘못을 저질렀기에 성에서 쫓아냈소? 집사가 대꾸했다. 그 녀석이 마당에서 건방을 떨었기 때문이지! 말들을 다른 마구간으로 옮기라고 아무리 일러도 말을 듣지 않았어. 두 젊은 나리가 트롱카 성에 왔는데, 이 나리들의 말을 길에서 재우라고 억지를 부리더라고—콜하스는 머슴을 옆에 데려와 이 떠버리 집사와 무릎맞춤시킬 수 있었더라면, 이 말들 값에 맞먹는 돈이라도 냈을 것이다. 말장수가 아직 그 자리에 서서 가라말들의 뒤엉킨 갈기를 손가락으로 빗질하며 이 상황을 어찌해야 할지 생각하고 있는데, 느닷없이 눈앞 장면이 바뀌더니, 융커 벤첼 폰 트롱카가 기사, 노복, 사냥개 무리를 이끌고 토끼사냥에서 돌아와 성 마당으로 달려들어왔다. 집사는 융커가 무슨 일이 있었느냐고 묻자 기다렸다는 듯 입을 열더니, 한쪽에서는 사냥개들이 콜하스를 보고 이를 드러내고 으르렁거리고 다른 쪽에서는 기사들이 개들에게 조용히 하라고 소리치는 가운데, 사실을 악랄하게 왜곡하여 이렇게 고해바쳤다. 이 말장수가 자기 말을 가끔 부려먹었다고 트집 잡아 난동을 부리고 있습니다. 그러고선 코웃음 치며 덧붙였다. 이자는 이 말들이 자기 것이 아니라고 생떼를 쓰고 있습니다. 콜하스가 부르짖었다. "이건 제 말들이 아닙니다, 나리! 금화 30굴덴 값어치가 나가는 말들이 아닙니다! 투실투실하고 몸 성한 제 말들을 돌려주십시오!"—융커는 얼굴이 한순간 창백해지더니 말에서 내려 이렇게 일렀다. 저 후○자식이 말들을 돌려받으려 하지 않거든 놔두고 가라고 해라. 가자, 귄터! 융커가 외쳤다—한스, 가자! 그러면서 승마바지에 묻은 먼지를 손으로 떨어냈다. 기사들과 함께 현관문에 이르자, 포도주를 가져오너라!라고 다시 한번 소리쳤다. 그러고선 건물로 들어갔다. 콜하스는 말들이 이런 상태라면 말백정에게 팔아넘겨 가죽이나 벗기도록 하는 게 낫겠소. 콜하젠브뤼크의 마구간으로 데리고 가고 싶지 않소라고 말했다. 말들을 어루만지기를 멈추고 그 자리에 세워 둔 채, 부당함을 바로잡고야 말겠다고 장담하며, 구렁말에 몸을 훌쩍 싣고 자리를 떠났다.

전속력으로 질주하여 드레스덴으로 가던 참이었다. 머슴 생각을 하다가 성 사람들이 머슴에게 퍼부은 비난이 떠올라 말의 발걸음을 늦췄고, 천 걸음을 채 못 가서 말 머리를 돌렸다. 머슴 이야기를 먼저 들어보는 게 분별있고 마땅한 순서라고 생각됐기에 콜하젠브뤼크로 가는 길로 들어섰다. 콜하스는 봉변을 당하기는 했지만 세상일이란 알 수 없다는, 몸에 밴 올바른 감각을 간직하고 있었다. 따라서 집사의 주장대로 머슴이 어떤 죄를 실제로 저질렀다면 그 응분의 댓가로 말들을 잃는 것을 감수하려 했다. 다른 한편 이에 못지않게 올곧은 느낌이 생겨났다. 말을 타고 들르는 마을마다 트롱카 성에서 여행자들에게 매일같이 비행을 저지른다는 소문이 들리면 들릴수록, 이 느낌은 깊숙이 깊숙이 뿌리를 내렸다. 이 모든 일은 치밀하게 계획된 듯 보이는데, 그렇다면 자기가 당한 봉욕을 배상받고 자신 같은 백성들이 앞으로 이런 일을 겪지 않도록 온 힘을 다하는 것이야말로 세상에 대한 의무라는 느낌이었다.

콜하스는 콜하젠브뤼크에 도착하여 착한 아내 리스베트를 품에 안고 무릎에 매달려 좋아하는 아이들에게 입을 맞추자마자, 헤르제가 어디 있으며 이 우두머리 머슴에게 무슨 소리를 듣지 못했느냐고 물었다. 리스베트가 대꾸했다. 듣고말고요, 미하엘, 이 헤르제가 글쎄! 생각해보세요, 이 불쌍한 사람이 두주쯤 전에 여기에 왔어요. 얼마나 두드려맞았는지 온몸이 피멍투성이였어요. 아니, 제대로 숨도 쉬지 못했어요. 우리가 자리에 뉘었더니, 피를 쿨럭쿨럭 토했어요. 자초지종을 캐물을 때마다, 종잡을 수 없는 이야기만 늘어놓았어요. 트롱카 성에서 통행을 막는 바람에 당신이 헤르제를 말들과 함께 거기에 남겨뒀다지요. 그런데 트롱카 성 사람들은 헤르제에게 온갖 파렴치한 행패를 부려 성에서 쫓아냈다더군요. 그뿐 아니라 말들도 데려가지 못하게 했다더군요. 그래? 콜하스가 외투를 벗으며 말했다. 헤르제가 몸을 회복했소?—피를 토하는 것 말고는, 리스베트가 대꾸했다. 그럭저럭요. 저는 바로 다른 머슴을 트롱카 성으로 보내려 했어요. 당신이 거기에 도착할 때까지 말들을 돌보게 하려고요. 헤르제는 사람됨이 늘 진국이었잖아요. 누구도 따를 수 없을 만큼 우리를 충성스레 섬겼고요. 그런데다 피멍까지 들어왔던 터라, 헤르제의 말을 곧이듣지 않을 수 없었지요. 혹시 이 사람이 말들을 어떻게 잘못해서 잃어버린 것은 아닐까 의심할 수 없었어요. 그렇지만 헤르제는 어느 누구도 도적 소굴로 보내지 말라고 간청했어요. 말들을 포기하라고 애원했어요. 말들을 구하려다 애먼 사람만 죽일 뿐이라고요—헤르제는 아직 자리에 누워 있소? 콜하스가 목도리를 풀며 물었다—마당출입을 다시 시작한 지 며칠 됐어요. 리스베트가 대꾸했다. 한마디만 더하자면, 당신은 곧 알게 될 거예요. 이렇게 말을 이었다. 헤르제의 말은 하나같이 다 사실이고, 이 사건은 요즈음 트롱카 성에서 외지인들에게 저지르고 있는 숱한 죄악 중 하나에 지나지 않는다는 걸요—그런지 아닌지 먼저 알아봐야겠소. 콜하스가 대답했다. 헤르제가 일어났거든 불러오시오, 리스베트! 콜하스는 이렇게 말하며 안락의자에 앉았다. 아내는 콜하스의 침착한 태도를 몹시 다행스럽게 여기며 밖으로 나가 머슴을 불러왔다.

너는 트롱카 성에서 무슨 짓을 저질렀느냐? 리스베트가 머슴을 데리고 방으로 들어오자 콜하스가 물었다. 나는 네 행동이 그리 마음에 들지 않는다—머슴은 이 말을 듣고 해쓱하던 얼굴이 붉으락푸르락 달아올라, 잠시 입을 다물고 있었다. 그러더니 이렇게 대꾸했다. 저도 제 행동이 마음에 들지 않습니다, 주인어른! 저는 하늘의 뜻에 따라 유황 화승火繩을 때마침 손에 들고 있었습니다. 제가 쫓겨난 도적 소굴을 불바다로 만들 수 있었습니다. 그런데도 성안에서 아이가 칭얼거리는 소리를 듣고선 화승을 엘베 강물에 내던졌습니다. 그러고선 이렇게 생각했습니다. 하느님이 번개로 이 성을 잿더미로 만들어주시기를. 나는 차마 그러지 못하겠어—콜하스가 흠칫 놀라 말했다. 그런데 무슨 일을 저질렀기에 트롱카 성에서 쫓겨났느냐? 그러자 헤르제는 이마의 땀을 훔치며 이렇게 대꾸했다. 더러운 농간에 걸렸지요, 주인어른. 지나간 일을 되돌릴 수는 없지만요. 저는 말들에게 죽도록 밭일을 시키는 것을 보고 있을 수 없었습니다. 말들이 아직 어려서 짐을 끌어본 적이 없다고 대들었습니다—콜하스는 당황한 기색을 감추려 애쓰며, 이렇게 대꾸했다. 네 말은 사실과 다른 데가 있다. 지난 초봄부터 말들에게 가끔 멍에를 메웠잖느냐. 이렇게 말을 이었다. 그 성에서 거둬들인 곡식을 빨리 날라야 할 필요가 있었을 때는 한두번쯤 거드는 게 좋았을텐데. 거기서 너는 말하자면 손님으로 머물고 있었으니까—그렇게 했습니다, 주인어른. 헤르제가 말했다. 그놈들이 하도 인상을 찌푸리는 통에, 좀 도와준다고 가라말이 죽기야 하랴 생각했습니다. 사흘째 오전에는 가라말들에 멍에를 지우고, 곡식을 세 수레나 날랐습니다. 콜하스는 가슴이 벌렁벌렁 뛰었지만 눈을 내리깔고 이렇게 대꾸했다. 그런 말은 아무한테도 못 들었는데, 헤르제!—헤르제가 장담했다. 거짓말은 한마디도 보태지 않았습니다. 제가 집사와 마름 뜻대로 하지 않은 것이라곤, 이렇게 말을 이었다. 두가지

뿐입니다. 점심 여물을 다 먹기가 무섭게 말들에게 다시 멍에를 씌우기를 마다했습니다. 또한 집사와 마름의 꾐에 넘어가지 않았습니다. 이들은 말을 더 부려준다면 그 댓가로 공짜 여물을 주겠으니 주인어른이 제게 여물값으로 남겨둔 돈을 떼어먹는 게 어떻겠느냐고 꼬드겼습니다—저는 다른 일이라면 몰라도 그 일은 못하겠다고 받아쳤습니다. 그러고선 몸을 돌려 자리를 떴습니다—하지만 하라는 대로 하지 않았다고, 콜하스가 말했다. 네가 트롱카 성에서 쫓겨난 것은 아니잖느냐?—그런 이유 때문이 아니라, 머슴이 소리쳤다. 하늘 무서운 줄 모르는 악행을 저질렀다고 쫓겨났습니다! 그날 저녁에 트롱카 성에 두 기사가 찾아왔습니다. 집사가 기사들의 말을 마구간으로 데려오더니, 제 말들은 마구간 문가에 묶어놓더군요. 집사가 기사들의 말들을 손수 집어넣는 동안, 저는 집사 손에서 가라말들을 넘겨받고 이렇게 물었습니다. 이제 이 말들은 어디에 둬야 하지요? 집사는 기둥과 널빤지를 얼기설기 엮어 성벽에 붙여 지은 돼지우리를 가리켰습니다—그러니까, 콜하스가 말허리를 잘랐다. 말들을 집어넣기에 너무 형편없는 마구간이었단 말이지? 말우리라기보다는 돼지우리처럼 보였다는 말이지?—그건 돼지우리였습니다, 주인어른, 헤르제가 대꾸했다. 말 그대로, 있는 그대로 돼지우리였습니다. 돼지들이 들락날락했고, 저는 허리를 펴고 설 수도 없는 곳이었습니다—아마도 가라말들을 넣을 만한 다른 마구간을 찾을 수 없었던 것 같구나. 콜하스가 말했다. 기사들 말이 으레 더 좋은 곳을 차지하는 법이니까—마구간은, 머슴이 목소리를 내리깔고 대꾸했다. 비좁았습니다. 성에는 그때 다 합쳐서 일곱명의 기사가 머무르고 있었습니다. 주인어른이셨다면, 말들을 조금씩 다붙여 세우셨겠지요. 저는 마을에 가서 마구간을 세내어보겠다고 말했습니다. 하지만 집사는 이렇게 대꾸했습니다. 말들은 내 눈에 보이는 곳에 둬야 해. 말들을 마당 밖으로 끌고 나갈 생각은 꿈에도 하지 마—음! 콜하스가 말했다. 그래, 너는 어떻게 했느냐?—마름은 손님 두 사람이 하룻밤만 자고 이튿날 아침 말을 타고 떠날 것이라고 했습니다. 그래서 저는 말들을 몰고 돼지우리로 갔습니다. 하지만 다음 날이 지나도 아무도 떠나지 않았습니다. 그다음 날이 밝자 손님들이 성에 몇주 더 머무를 것이라고 하더군요—헤르제, 돼지우리는 지내고 보니, 콜하스가 말했다. 네가 처음 코를 들이밀었을 때 생각했던 것만큼 그렇게 형편없지는 않았지?—어떻게 아셨습니까? 머슴이 대꾸했다. 똥오줌을 약간 쓸어내니 그런대로 견딜 만했습니다. 하녀에게 동전 한닢을 쥐여주고, 돼지들은 다른 우리로 옮기라고 일렀습니다. 낮에 말들이 고개를 펴고 서 있을 수 있도록 만들어줬습니다. 새벽녘에 지붕 널빤지들을 들보에서 떼었다가, 저물녘에 다시 덮었습니다. 이제 말들은 거위처럼 지붕 위로 머리를 내밀고, 콜하젠브뤼크나 아니면 더 좋은 곳을 찾아보려는 듯 두리번거렸습니다—그렇다면 도대체 왜 너를 쫓아낸 거지? 콜하스가 물었다—주인어른, 제가 말씀드리지요. 머슴이 대꾸했다. 저를 떨쳐내고 싶어서였습니다. 제가 있는 한 말들을 죽도록 부려먹을 수 없었기 때문이었습니다. 제가 어디를 가든, 마당에서든 문간채에서든, 그놈들은 못마땅하여 얼굴을 찌푸렸습니다. 주둥이가 빠지도록 내밀어봐라, 눈썹 하나 까딱하나. 제가 이렇게 나오니까, 그놈들은 생트집을 잡아 저를 마당에서 몰아냈습니다—하지만 빌미가 뭐냐! 콜하스가 소리쳤다. 뭔가 빌미가 있었을 것 아니냐!—그럼요, 물론 있었지요. 헤르제가 대꾸했다. 그것도 더없이 그럴싸한 빌미가요. 돼지우리에서 보낸 둘째 날 저녁이었습니다. 말들이 아무래도 똥오줌으로 더러워졌기에 저는 말들을 끌어내어 멱을 감기러 가려 했습니다. 성문 아래를 막 지나 방향을 바꾸려는 참이었습니다. 집사와 마름이 노복들과 사냥개들을 이끌고 손에는 몽둥이를 들고 문간채에서 뛰어나왔습니다. 제 뒤를 좇아오면서 정신 나간 듯 외치는 소리가 들렸습니다. 서라! 도둑놈아! 게 서라! 불한당아! 성문지기가 제 길을 가로막았습니다. 저는 성문지기에게 물었습니다. 저를 향해 미친 듯 달려오는 무리에게도 따졌습니다. 또 무슨 일이오? 무슨 일이냐고? 집사는 이렇게 대꾸하더니, 가라말 두마리의 고삐를 쥐었습니다. 말들을 끌고 어디로 가려고 했어? 집사는 이렇게 캐물으며, 제 멱살을 잡았습니다. 제가 말했습니다. 어디를 가려고 했느냐고? 맙소사! 말을 데리고 가서 멱을 감기려 했소. 당신 소갈머리로는 내가……? 멱을 감기러? 집사가 소리쳤습니다. 이 사기꾼아, 내 너에게 가르쳐주마, 어떻게 하면 대로를 따라 콜하젠브뤼크까지 멱 감으며 갈 수 있는지! 집사는 제 몸뚱이를 잡고 마름은 제 한쪽 다리를 붙들고 살기등등하게 저를 말에서 들어내어 진창에 큰대자로 메다꽂았습니다. 사람 죽네! 사람 살려! 저는 외쳤습니다. 내가 도망갈 마음이었으면 마구와 이불, 거기다 내 옷 보따리까지 우리에 두고 왔겠느냐? 하지만 집사와 노복들은 제게 달려들어 발과 주먹과 채찍으로 뭇매를 때렸고 저는 반죽음이 되어 성문 밖에 쓰러졌습니다. 그 틈에 마름이 말들을 끌고 갔습니다. 제가 이 날도적들아! 내 말들을 어디로 끌고 가느냐?라고 소리치며 몸을 일으키자, 집사는 성마당에서 꺼져!라고 고함쳤습니다. 물어, 카이저! 물어, 예거! 물어, 슈피츠! 소리가 들리는가 싶더니, 열두마리도 넘는 개 떼가 저를 덮쳤습니다. 저는 울타리에서 손에 잡히는 대로 말뚝인지 뭔지를 뜯어내어 사냥개 세마리를 그 자리에서 때려죽였습니다. 하지만 개들에게 사정없이 물어뜯겨 너무 아팠기 때문에 뒷걸음질할 수밖에 없었습니다. 그때 삑 하고 호루라기가 날카롭게 울리더니 개들이 마당으로 들어갔고, 성문이 닫히자마자 빗장이 질러졌습니다. 저는 의식을 잃고 큰길에 쓰러졌습니다—콜하스는 얼굴이 해쓱해졌지만 짐짓 짓궂은 목소리로 물었다. 너도 마음속으로는 거기서 도망쳐나오고 싶었겠지, 헤르제? 머슴이 얼굴이 시뻘게지며 눈을 내리깔자, 콜하스가 채근했다. 툭 털어놓지그래. 너는 돼지우리에서 지내는 게 마음에 들지 않았지? 콜하젠브뤼크의 마구간에서 보내는 게 더 낫겠다고 생각했지?—맙소사! 헤르제가 외쳤다. 저는 마구와 이불뿐만 아니라 옷 보따리도 돼지우리에 두고 왔습니다. 붉은 비단 목도리에 싸서 말구유 뒤에 숨겨놓은 3굴덴을 왜 챙겨오지 않았겠습니까? 세상에, 제기랄! 그렇게 말씀하신다면, 제가 내버린 유황 화승을 찾아서 당장 다시 불을 붙이고 싶습니다! 알았다, 알았어! 말장수가 말했다. 그냥 한번 해본 소리야! 네가 한 말을 한 마디도 빼지 않고 다 믿는다. 누가 네 말에 시비를 걸면, 네 말이 옳음을 하늘에 걸고 맹세하겠다. 나를 섬기다가 이런 고생을 겪게 해서 정말 미안하다. 가서 자리에 누워라, 헤르제, 포도주를 한 병 가져다달라 해서 마시고, 억울함이 풀릴 날이 올 테니 마음을 달래어라! 콜하스는 이렇게 말하고 일어서서, 이 우두머리 머슴이 돼지우리에 남겨놓고 온 물건들 목록을 만들었다. 물건들 값을 매기고, 치료비는 얼마나 들 듯싶은지 물었다. 다시 한번 악수를 건네고서, 머슴을 물러가게 했다.

그런 다음 아내 리스베트에게 일의 자초지종과 곗속을 이야기하고, 법에 호소하여 부당함을 바로잡기로 마음먹었다고 밝혔고, 아내가 이런 결심을 마음을 다해 밀어주자 사뭇 기뻤다. 아내는 이렇게 말했다. 아마 당신보다 참을성 없는 다른 여행자들이 앞으로 숱하게 그 성을 지나갈 거예요. 그러니 이와 같은 못된 짓을 막는 것은 하늘의 뜻일 거예요. 소송을 하는 데 얼마가 들든 제가 그 비용을 대겠어요. 콜하스는 아내를 올곧은 여자라 일컫고, 아내와 아이들과 어울려 이날과 이튿날을 즐겁게 보냈다. 그런 다음 사정이 허락하는 대로 서둘러 드레스덴으로 출발하여 법원에 제소하러 갔다.

드레스덴에서 콜하스는 친분이 있는 법률가의 도움을 받아 고소장을 작성했다. 융커 벤첼 폰 트롱카가 자신은 물론 머슴 헤르제에게 저지른 죄악을 상세하게 기술한 다음, 융커를 법에 따라 처벌할 것, 말들을 원상회복시킬 것, 자신과 머슴이 이로 말미암아 입은 피해를 배상할 것을 청구했다. 소송사건은 아닌 게 아니라 전말이 명료했다. 말들을 불법압류했다는 상황 하나만 봐도 그밖의 다른 상황이 어떠할지 눈 감고도 알 수 있었다. 말들이 우연히 병들어 있었을 뿐이라 치더라도, 말들을 건강하게 되돌려달라는 말장수의 요구는 정당한 것이었다. 콜하스는 이 작센의 수도 어디를 가도 소송을 힘닿는 대로 도와주겠다는 친구들을 만날 수 있었다. 말장사를 크게 벌인 까닭에 이 지방의 유력 인사들과 폭넓게 사귀었고, 정직하게 거래한 덕택에 이들의 호감을 샀기 때문이었다. 콜하스의 변호사도 이 지역 유지 중 한 사람이었는데, 말장수는 이 변호사에게 여러번 식사를 접대했다. 소송비용에 충당하라고 돈도 두둑이 건네줬다. 몇주 뒤, 소송 결과는 안심하라는 변호사의 장담을 믿고 아내 리스베트가 있는 콜하젠브뤼크로 돌아왔다. 그런데 몇달이 지나고 한해가 다 가도록, 자신이 제기한 고소에 관해 작센에서 결정문이 도착하기는커녕 일언반구도 들을 수 없었다. 콜하스는 법원에 여러 차례 새로이 고소장을 보낸 다음 변호사에게 친서를 띄워 무슨 이유로 이렇게 한없이 지연되는지 물었다. 그리하여 고위층의 개입으로 드레스덴 법원에서 고소가 아예 기각됐음을 알게 됐다—말장수가 당황하여 답장을 보내 이유가 무엇이냐고 묻자, 변호사는 이렇게 알려왔다. 융커 벤첼 폰 트롱카는 두 젊은 귀족 힌츠 폰 트롱카와 쿤츠 폰 트롱카의 친척입니다. 힌츠 경은 헌작시종[9]으로, 쿤츠 경은 궁내시종으로 선제후를 모시고 있습니다—변호사는 법원에 호소하려 더 애쓰지 말고 트롱카 성에 있는 말들을 되찾을 길을 알아보라는 충고를 덧붙인 뒤, 융커가 지금 수도 드레스덴에 머물러 있는데 아랫사람들에게 말들을 돌려주라고 지시한 것 같다고 넌지시 알려주고, 이 정도로는 울분이 풀리지 않을지 모르겠지만 그렇더라도 자신에게 이 일을 더이상 맡기지 말아달라는 당부로 편지를 끝맺었다.

콜하스는 이 무렵 브란덴부르크[10]에 머물러 있었는데, 콜하젠브뤼크까지 관할하여 다스렸던 이 도시 유수留守 하인리히 폰 고이자우 경은, 도시가 받은 막대한 기금으로 병자 및 빈자 구휼 기관을 여러채 설립하는 일에 몰두하고 있었다. 유수가 특히 힘 쏟고 있었던 일은 광천 온천을 개발하여 환자들이 이용할 수 있도록 하는 것이었다. 이 온천은 가근방의 어느 마을에서 솟아났는데, 사람들은 그 효능에 큰 기대를 걸었으나, 나중에 알고 보니 그다지 효험이 있지는 않았지만 말이다. 유수는 선제후 궁정에 머무를 때 콜하스

9 중세에 제후에게 포도주 등의 음료를 준비하는 임무를 맡은 시종이다. 중세 이후에는 고위 귀족 가문이 이 궁정직을 대대로 물려받았다.

10 여기서는 브란덴부르크 선제후국이 아니라 브란덴부르크 시를 말한다. 베를린에서 서쪽으로 70킬로미터 떨어진 이 도시는, 베를린이 브란덴부르크 선제후국의 수도가 되기 전까지 이 선제후국의 수도였다.

와 자주 거래를 했던 까닭에 말장수와 친분이 있었다. 그래서 우두머리 머슴 헤르제가 트롱카 성에서 봉변을 겪은 뒤로 숨 쉴 때마다 가슴에 통증을 느낀다고 하자, 이 머슴에게 이제 지붕을 얹고 담을 둘러친 작은 온천의 효능을 시험해보도록 허락했다. 때마침 유수는 콜하스가 헤르제를 뉘어놓은 욕탕 가장자리에 와서 이런저런 지시를 내리고 있던 참이었는데, 그때 콜하스는 아내가 보낸 심부름꾼을 통해 드레스덴 변호사의 이 날벼락 같은 편지를 받았다. 유수는 의사와 이야기를 나누다가, 콜하스가 편지를 받아서 열더니 눈물을 떨구는 것을 보고선, 상냥하고 곰살궂게 콜하스에게 다가가 무슨 좋지 않은 일이 닥쳤소?라고 물었다. 말장수가 아무런 대답 없이 편지만 건네주자, 점잖은 유수는 트롱카 성에서 콜하스에게 추악한 비행을 저질렀으며 이로 말미암아 헤르제가 어쩌면 한평생 드러누워 지내야 한다는 사실을 알고 있던 터라, 콜하스의 어깨를 두드리며 달랬다. 용기를 잃지 마시오. 이 모든 피해를 배상받도록 도와주겠소! 저녁에 말장수가 유수의 지시대로 관저에 찾아오자, 유수는 이렇게 권고했다. 브란덴부르크 선제후에게 보내는 청원서를 작성하시오. 사건을 간추려 설명하고 변호사의 편지를 첨부하시오. 작센 땅 사람들이 당신에게 저지른 횡포를 막아주십사 브란덴부르크 선제후에게 호소하시오. 그러면서 장담했다. 이 청원서를 이미 보낼 준비가 다 된 다른 소포들에 끼워 브란덴부르크 선제후에게 전달하겠소. 브란덴부르크 선제후는 청원서를 받으면 사정이 허락하는 대로 빨리 당신의 입장을 작센 선제후에게 틀림없이 진정해줄 것이오. 이렇게만 하면 융커와 그 일가붙이가 제아무리 간계를 꾸며도 드레스덴 법원에서 부당함을 바로잡을 수 있을 것이오. 콜하스는 뛸 듯이 기뻐하며 번번이 호의를 베풀어준

데 대해 마음속 깊이 고마워했다. 이럴 줄 알았으면 드레스덴에서 헛수고를 할 게 아니라 베를린에서 바로 소송을 제기할 걸 그랬습니다라고 말했다. 지방법원 사무소에서 서식에 맞게 고소장을 작성하여 유수에게 건네준 뒤, 소송 결과에 대해 그 어느 때보다 더 안심하며 콜하젠브뤼크로 돌아왔다. 하지만 콜하스는 몇주가 채 지나지 않아 다시 걱정에 사로잡혔다. 유수의 공무로 포츠담에 출장 갔던 법원 관리에게 이런 말을 들었기 때문이었다. 브란덴부르크 선제후가 청원서를 총리 지그프리트 폰 칼하임 백작에게 넘겨줬소. 그렇다면 칼하임 백작은 드레스덴 궁정에 이 횡포의 조사와 처벌을 청원하는 게 마땅할 텐데, 그러기는커녕 융커 폰 트롱카에게 상세한 사전 정보를 요청했소. 법원 관리는 콜하스 집 앞에 멈춰서서 마차에서 내리지도 않았고, 말장수에게 이 소식을 전하라는 임무를 맡은 듯 보였지만, 콜하스가 흠칫 놀라 그 양반들은 왜 그따위로 일을 처리했소?라고 물어도, 속 시원히 대답을 해주지 못했다. 유수께서 당신에게 꾹 눌러 참으라고 전하라 하십디다라는 말만 겨우 덧붙이고, 어서 빨리 길을 떠나고 싶은 듯 보였다. 몇 마디 더 주고받는 동안 법원 관리가 무심코 내뱉은 말들을 듣고서야, 콜하스는 지그프리트 폰 칼하임 백작이 트롱카 가문과 사돈 간이라는 것을 알아챘다—콜하스는 말을 길러도, 집안이나 농장을 돌봐도, 아내와 아이를 만나도 아무 재미가 없었고, 다음 달 내내 결과를 기다리며 불길한 예감에 시달렸다. 예상은 고스란히 들어맞았으니, 한달이 지난 뒤 헤르제가 온천욕으로 원기를 제법 회복하고 브란덴부르크에서 돌아오면서 두툼한 결정문과 유수의 서한을 들고 왔는데, 내용이 이러했다. 당신의 소송에 아무 도움을 주지 못해 유감스럽소. 브란덴부르크 총리실에서 당신에게 보낸 결정문을 함께 보내오. 내 생각으로는 트롱카 성에 남겨두고 온 말들을 다시 찾아오는 것으로 사건을 마무리 짓는 게 좋겠소—결정문에는 이렇게 쓰여 있었다. "드레스덴 법원이 알려온 바에 따르면 콜하스는 상습 소송꾼이다. 융커는 콜하스가 성에 남겨둔 말들을 결코 압류하고 있지 않다. 콜하스는 성으로 사람을 보내어 말들을 찾아가도록 하라. 아니면 말들을 어디로 보내야 할지 융커에게 알려주도록 하라. 어떠한 경우에도 이런 소동과 분란으로 총리실을 귀찮게 하지 말도록 하라." 콜하스는 말 두마리가 아까워서 이러는 게 아니었다—개 두마리였다 할지라도 똑같이 괴로움을 느꼈을 것이었다—콜하스는 이 결정문을 받고 분노로 피가 끓었다. 말장수는 마당에서 기척이 들릴 때마다 바깥문 쪽으로 고개를 돌렸다. 이렇게 가슴을 졸이며 이토록 역겨운 일을 기다려본 적은 여태껏 없었다. 혹시 융커의 아랫것들이 마당으로 들어오지 않는지, 굶주려 들피진 말들을 건네주며 어쩌면 용서까지 구하지 않는지 내다봤다. 세상을 살면서 잘 담금질된 콜하스의 영혼이, 감정에 철저히 거슬리는 일을 기다려보기는 난생처음이었다. 하지만 콜하스는 얼마 지나지 않아 큰길로 여행 다녀온 한 아는 사람에게 이런 말을 들었다. 비쩍 마른 가라말들은 트롱카 성에서 예나 지금이나 밭에 나가 융커의 다른 말들과 함께 부려지고 있습니다. 그러자 말장수는 세상이 이토록 엄청나게 혼란스럽다는 것을 깨닫고 못내 고통스러워하면서도, 왠지 마음속이 평온해지는 것을 느끼며 내심 만족스러워했다. 콜하스는 이웃에 사는 사음舍音[11]을 집으로 불렀다. 이 사음은 자기 땅과 붙은 다른 땅을 매입함으로써 재산을 늘리려고 오래

11 귀족이나 교회 영지의 관리인을 말한다.

전부터 궁리하고 있었다. 말장수는 사음이 자리에 앉자 이렇게 물었다. 브란덴부르크와 작센에 있는 내 재산을 처분하려 하오. 집과 농장, 부동산과 동산을 모개로 팔려 하는데 얼마를 주시겠소? 아내 리스베트는 귓결에 이 말을 듣고 얼굴이 해쓱해졌다. 몸을 뒤로 돌리더니, 바닥에서 놀고 있던 막내를 안아올리며 걱정되어 죽을 듯한 눈빛을 던졌다. 눈길은 엄마 목도리를 만지작거리고 있는 아들의 발간 볼을 스쳐, 말장수와 손에 들린 서류에 떨어졌다. 사음은 흠칫 놀라 콜하스를 바라보며 물었다. 무슨 이유로 느닷없이 이런 뚱딴지같은 생각을 하게 됐소? 콜하스는 짐짓 너스레를 떨며 대답했다. 하펠 강가의 농장을 팔려는 생각은 뜬금없는 게 아니오. 우리 두 사람은 이 매물에 관해 이미 자주 협상을 하지 않았소? 드레스덴 교외에 있는 집은 이 농장에 비하면 덤이나 다름없으니 깊이 생각할 것도 없을 거요. 한마디로, 당신이 내가 바라는 대로 두 부동산을 인수하겠다면, 나는 계약을 체결할 준비가 되어 있소. 콜하스는 부러 익살스럽게 덧붙였다. 콜하젠브뤼크에서 우물 안 개구리로 살고 싶지 않소. 착실한 가장으로서 집안을 이끄는 것보다 더 중요하고 더 가치있는 목적이 있을 것이오. 그러니까, 이런 말까지 털어놓을 것은 없겠지만, 내 영혼은 당신도 머지않아 알게 될 어떤 큰 뜻을 품고 있소. 사음은 이 말을 듣고 안심하더니, 아이에게 연신 입을 맞추는 콜하스의 아내에게 우스개를 던졌다. 이 양반이 당장 대금을 내놓으라고 하지는 않겠지요? 그러고선 무릎 사이에 끼워뒀던 지팡이와 모자를 책상에 올려놓고, 말장수가 건네준 서류를 받아서 내리읽었다. 콜하스는 사음에게 바투 다가앉아 이건 내가 초안을 잡은 매매계약서요, 사주 안에는 취소가 가능하오라고 일러주고, 빈칸에 서명을 하고 매매 금액 및 위약 금액만 써넣으면 되오, 사주 안에 계약을 취소할 경우 물어야 할 금액 말이오라고 알려준 후, 얼마에 사고 싶은지 말해보시구려라고 다시금 흥감스럽게 물으며, 후한 값을 받을 생각도 번거롭게 절차를 따질 생각도 없소라고 장담했다. 아내는 방 안을 왔다 갔다 했다. 가슴이 얼마나 울렁거리는지, 아들이 잡아당겨놓아 헐렁해져 있던 목도리가 어깨에서 훌렁 떨어질 뻔했다. 사음이 말했다. 드레스덴에 있는 집의 재산 가치는 판단할 방법이 없구려. 그러자 콜하스는 이 집을 매입할 때 주고받았던 편지를 내밀며 이렇게 대꾸했다. 여기 보면 알 수 있다시피 나는 그 집을 금화 150굴덴을 주고 샀소. 하지만 100굴덴만 받고 팔겠소. 사음은 매매계약서를 다시 한번 훑어봤고, 놀랍게도 매입자도 계약을 취소할 수 있다는 조항이 있는 것을 보자, 이미 절반쯤 마음을 정하고 이렇게 말했다. 나는 당신 마구간에 있는 말들은 쓸 일이 없소. 콜하스가 대꾸했다. 말들은 헐값에 떠넘길 생각이 없소. 병기고에 걸려 있는 몇몇 병기들도 팔지 않을 것이오—사음은 망설이고 또 망설이다, 최근 두 사람이 함께 길을 걸으면서 재산 가치를 터무니없이 후려쳐 농담 반 진담 반으로 불렀던 값을 이윽고 다시 꺼내들었다. 콜하스는 사음에게 글씨를 쓸 수 있도록 잉크와 펜을 밀어줬다. 사음이 눈과 귀를 믿지 못하며 콜하스에게 장난으로 이러는 건 아니겠지요?라고 묻자, 말장수가 뺏성을 내며 내가 당신을 놀리고 있다고 생각하시오?라고 대꾸했고, 그래서 사음은 미심쩍은 얼굴로 펜을 들어 서명을 했다. 그렇지만 매도자가 거래를 취소할 경우 물어야 하는 위약금 조항에는 줄을 그었고, 드레스덴의 부동산은 매입하고 싶지 않았으므로 이 부동산을 담보로 금화 100굴덴을 차용해주겠다고 약속했다. 또한 콜하스에게 이개월 이내에 조건 없이 계약을 취소할 수 있는 권리를 주었다. 말장수는 이러한 처사에 가슴이 뭉클해져, 마음에서 우러난 악수를 건넸다. 두 사람은 매매 대금의 4분의 1을 반드시 당장 현금으로 치르며 잔금은 삼개월 이내에 함부르크 은행에 입금한다는 주요 조건에 합의했고, 그런 뒤 콜하스는 거래가 이렇게 잘 성사됐는데 술이 없어서야 되겠느냐며 포도주를 가져오라고 했다. 콜하스는 술병을 들고 들어온 계집종을 가까이 불러, 머슴 슈테른발트에게 가서 절따말에 안장을 얹으라 하여라라고 일렀다. 볼일이 있어 베를린에 가야 한다라고 덧붙였다. 그런 다음 사음에게 귀띔했다. 머지않아 돌아오는 대로, 아직은 밝힐 수 없는 일에 관해 숨김없이 털어놓겠소. 그러고선 잔들에 술을 따르며, 당시 전쟁 중이던 폴란드와 터키에 화제를 돌렸다. 사음에게 이 전쟁이 어떻게 될 것 같으냐고 이것저것 물어봤다. 마지막으로 다시 한번 거래 성사를 축하하는 건배를 하고 사음을 떠나보냈다—사음이 방에서 나가자마자, 리스베트가 콜하스 앞에 무릎을 꿇고 엎드렸다. 당신이 저를, 아내는 울부짖었다. 제가 당신에게 낳아준 아이들을 사랑하는 마음이 터럭만큼이라도 있다면, 무슨 영문인지 모르겠지만 우리를 벌써 내친 게 아니라면, 제발 말해주세요. 왜 이런 기막힌 일을 벌이는지. 콜하스가 말했다. 사랑하는 아내여, 당신이 걱정할 만한 일은 아직 아무것도 없소. 나는 결정문을 전달받았는데, 내가 융커 벤첼 폰 트롱카를 고소하여 쓸데없이 분란을 일으키고 있다는구려. 뭔가 오해가 단단히 생긴 게 틀림없소. 그래서 이번에는 브란덴부르크 선제후께 직접 찾아가 고소장을 제출하기로 마음먹었소—집은 왜 팔려고 하죠? 아내는 근심스러운 기색으로 일어서며 소리쳤다. 말장수는 아내를 가슴에 살포시 껴안고 대꾸했다. 사랑하는 리스베트, 나는 내 권리를 지켜주려 하지 않는 나라에 머무르고 싶은 생각이 없기 때문이오. 발로 걷어차이는 신세라면 사람으로 사느니 차라리 개로 살겠소! 이 점에서는 내 아내도 나와 똑같이 생각하리라 믿어 마지않소—아내가 사납게 물었다. 나라에서 당신 권리를 지켜주지 않을 거라고 믿는 까닭이 뭐예요? 당신이 선제후께 예의를 다해 정중하게 청원서를 들고 가더라도, 이 청원이 기각되거나 그 신청조차 받아들여지지 않을 것이라고 지레짐작하는 까닭이 뭐냐고요!—자, 자. 콜하스가 대꾸했다. 내 이런 염려가 부질없는 것으로 밝혀지면, 집 매매는 물리면 되오. 선제후 그분은 정의로운 분이라는 것을 잘 아오. 선제후를 에워싼 경호병들을 헤치고 선제후를 직접 뵐 수 있다면, 부당함을 바로잡을 수 있을 것이오. 한주가 채 지나기 전에 기쁜 마음으로 당신에게 돌아와, 지금까지 하던 사업을 다시 하게 될 거라고 믿어 의심치 않소. 그런 다음 평생, 콜하스는 아내에게 입을 맞추며 이렇게 덧붙였다. 당신 곁에 머무르고 싶소!—하지만, 콜하스가 말을 이었다. 만약의 사태에 대비하는 게 현명하오. 그러니 당신은 될 수 있으면 얼마간 여기를 떠났으면 좋겠소. 아이들을 데리고 슈베린[12]에 있는 친정 이모님 댁에 갔으면 하오. 당신은 그렇잖아도 오래전부터 이모님을 뵙고 싶어하지 않았소?—뭐라고요? 아내가 소리쳤다. 슈베린에 가라고요? 아이들을 데리고 국경을 넘어 슈베린에 사는 이모님 댁으로요? 리스베트는 기막혀 말이 나오지 않았다—그렇소. 콜하스가 대꾸했다. 그것도 될 수 있으면 당장에. 그래야 이런저런 딴생각을 하지 않을 수 있소. 소송을 위해 취해야 할 조처들에 몰두할 수 있소—"아! 이제 당신 마음을 알겠어요!" 아내가 소리쳤다. "이제

12 오늘날 독일 북동부의 메클렌부르크포어포메른 주의 주도(州都)로, 베를린에서 북서쪽으로 180킬로미터 넘게 떨어져 있다.

병기와 말 말고 다른 것은 필요하지 않은 거죠. 그밖의 다른 모든 건 누가 가져가도 상관없는 거죠!" 아내는 이렇게 말하고 몸을 돌려서 안락의자에 주저앉아 흐느꼈다—콜하스가 흠칫 놀라 말했다. 사랑하는 리스베트, 왜 이러시오? 하느님은 나에게 아내와 아이들과 재산을 베풀어주셨소. 나더러 오늘 난생처음 이 모든 게 없다면 좋으련만이라고 바라기라도 하란 말이오?—콜하스가 아내 옆에 곰살궂게 걸터앉자, 리스베트는 이 말을 듣고 얼굴이 발그레 물들어 콜하스의 목을 껴안았다—말해보시오. 콜하스는 아내 이마에 늘어진 곱슬머리를 매만지며 물었다. 내가 어떻게 해야겠소? 내 소송을 포기해야겠소? 트롱카 성으로 가서 그 기사에게 내 말을 돌려달라고 애걸해야겠소? 그렇게 해서 말을 타고 집으로 데려와야겠소?—리스베트는 그래요! 그럼요! 그렇고말고요!라고 차마 말하지 못했다—울먹이며 고개를 가로젓더니, 콜하스를 힘껏 끌어안고, 가슴에 뜨거운 입맞춤을 퍼부었다. "이제 그럼!" 콜하스가 소리쳤다. "내가 생업을 계속하기 위해 부당함을 바로잡아야 한다고 생각하거든, 그러기 위해 필요한 자유를 나에게 허락해주시오!" 콜하스는 이렇게 말하며 자리에서 일어났고, 머슴이 와서 절따말에 안장을 얹었다고 알리자, 이렇게 일렀다. 내일 마님이 슈베린으로 타고 갈 수 있도록 구렁말들을 마차에 매어라. 리스베트가 말했다. 좋은 생각이 떠올랐어요. 아내는 몸을 일으켜 눈가의 눈물을 훔치고선 책상머리에 앉은 남편에게 이러면 어떻겠느냐고 물었다. 제게 청원서를 주세요. 그러면 제가 당신 대신 베를린에 가서 청원서를 브란덴부르크 선제후께 제출하겠어요. 콜하스는 이런 난데없는 제안에 왠지 모르게 가슴이 뭉클하여, 아내를 무릎에 앉히고 이렇게 말했다. 사랑하는 아내여, 그건 생각만큼 쉬운 일이 아니오! 선제후는 경호병들에 겹겹이 둘러싸여 있소. 선제후를 뵈려다 봉욕만 당하기 십상이오. 리스베트가 대꾸했다. 남정네보다 아낙네가 선제후를 뵙기가 천번 만번 더 쉽다고요. 다시 한번 말했다. 제게 청원서를 주세요. 당신이 오로지 바라는 일이 청원서가 선제후 손에 들어가는 것이라면, 제가 보증하건대 반드시 그렇게 되도록 하겠어요. 콜하스는 아내가 용기있고 슬기롭다는 것을 누구보다 잘 알았던 터라 아내에게 물었다. 어떻게 할 요량이오? 아내는 부끄러운 듯 눈을 내리뜨고 대꾸했다. 선제후 궁성의 집사가 예전에 슈베린에서 근무할 때 제게 청혼한 적이 있어요. 이제 결혼도 하고 아이도 여럿 두었어요. 하지만 아직도 저를 까맣게 잊지는 않았을 거예요—그러니까, 제게 일을 맡겨만 주세요. 이런저런 상황을 다 늘어놓자면 한이 없는데, 하여튼 이를 이용해서 일을 성사시킬게요. 콜하스는 못내 기뻐하며 아내에게 입을 맞추고, 당신 하자는 대로 하겠소라고 말하고, 궁성집사 아내가 있는 집에 가서 머물러 있으시오, 그러기만 해도 궁성에 있는 선제후를 저절로 뵐 수 있을 것이오라고 일러줬다. 아내에게 청원서를 넘겨주고, 구렁말들을 마차에 매게 하고선, 행장을 잘 챙기고 충성스러운 머슴 슈테른발트를 붙여 아내를 떠나보냈다.

콜하스가 소송을 벌이며 취한 조처란 조처마다 모두 성과 없이 끝났지만, 이 여행만큼 불행한 결과를 가져온 것은 없었다. 며칠이 채 지나지 않아 슈테른발트가 마차를 끌고 어슬렁어슬렁 마당으로 들어왔다. 마차에는 아내가 가슴에 참혹한 타박상을 입고 널브러져 있었다. 콜하스는 얼굴이 해쓱해져 마차로 달려갔으나, 무슨 이유로 이런 재난이 일어났는지 동이 닿는 설명을 들을 수 없었다. 머슴의 말에 따르면, 궁성집사는 집에 없었다. 따라서 궁성 근처 여관에 여장을 풀 수밖에 없었다. 리스베트는 이튿날 아침 여관을 떠나며, 머슴에게 남아서 말들을 돌보라고 일렀다. 그러고선 저녁이 다 되어서야 이런 참담한 상태로 되돌아왔다. 이렇게 된 것은 리스베트가 선제후를 직접 뵙겠다고 물불 가리지 않고 달려들었던 탓인 듯싶었다. 선제후는 알지도 못하는 새에 선제후를 에워싼 한 경호병이 앞뒤 가리지 않고 창자루로 리스베트의 가슴팍을 찌른 것 같았다. 혼절한 리스베트를 다저녁때 여관으로 데려온 사람들의 말로는 아무튼 그러했다. 리스베트 자신은 입에서 피를 쿨럭쿨럭 쏟느라 거의 아무 말도 하지 못했다. 청원서는 나중에 어떤 기사가 와서 리스베트 손에서 앗아갔다. 슈테른발트가 말했다. 저는 곧바로 말을 달려 주인어른께 이 불행한 사건을 알리려 했습니다. 하지만 마님은 이 소식을 미리 전하지 말라고 하며, 주인어른이 계신 콜하젠브뤼크로 데려다달라고 고집을 부렸습니다. 왕진 온 의사가 아무리 말려도 막무가내였습니다. 콜하스는 여독으로 산송장이 되다시피 한 아내를 침상에 뉘었고, 아내는 고통스럽게 숨을 몰아쉬다가 며칠 지나지 않아 눈을 감았다. 콜하스는 아내의 의식을 되살려 무슨 일이 일어났는지 실마리라도 찾아보려 했지만 아무 소용이 없었다. 리스베트는 드러누워 초점 잃은 눈을 멀뚱멀뚱 뜨고 아무 대꾸도 하지 않았다. 죽기 바로 전에야 다시 한번 정신이 돌아왔다. 루터교 목사가 (리스베트는 남편을 본받아 당시 태동했던 이 종교로 개종한 뒤였다) 침대 옆에 서서, 감상적이면서도 장엄한 목소리로 성경의 한 장을 낭독해주자, 리스베트는 음울한 표정으로 갑작스레 목사를 올려다보더니, 아무것도 읽어줄 필요가 없다는 듯 목사 손에서 성경을 낚아채어, 책장을 이리 뒤적이고 저리 뒤적이며 어떤 말인가를 찾는 듯 보였다. 이윽고 침대맡에 앉아 있는 콜하스에게 집게손가락으로 한 대목을 가리켰다. "원수를 용서하라, 너를 미워하는 사람에게도 친절을 베풀라"라는 구절이었다[13]—그러면서 리스베트는 콜하스의 손을 꼭 잡고 한없이 그윽한 눈빛으로 남편을 바라보고선 숨을 거뒀다—콜하스는 생각했다. '내가 융커를 용서하면 하느님이 나를 용서하지 않기를!' 그러고는 아내에게 입을 맞추고, 하염없이 눈물을 흘리며 아내의 눈을 감겨주고, 방을 떠났다. 콜하스는 금화 100굴덴을 들고 나갔다. 사음이 드레스덴의 마구간 딸린 집을 담보로 빌려준 돈이었다. 말장수는 철제 테두리를 씌운 떡갈나무 관, 금색 은색 장식술을 매단 비단 베개, 자갈과 모르타르를 채운 여덟자 깊이의 무덤을 주문했다. 리스베트는 말장수 아내로 죽었지만 왕비 부럽지 않게 장례를 치러주고 싶어서였다. 말장수는 산역꾼들이 무덤구덩이를 파는 것을 막내아들을 팔에 안고 몸소 지켜봤다. 장례일이 닥치자, 숫눈처럼 하얀 시신이 방 한가운데 안치됐고, 방에는 검은 휘장이 드리워졌다. 목사가 관대 옆에서 심금을 울리는 설교를 마치자마자, 고인이 제출했던 청원서에 대한 선제후의 결정문이 배달됐는데, 이런 내용이었다. 콜하스는 트롱카 성에서 말들을 찾아가도록 하라. 이 일로 계속 탄원을 하면 감옥에 처넣겠다. 콜하스는 이 서한을 호주머니에 쑤셔넣고, 관을 마차에 실으라고 일렀다. 봉분을 쌓고, 그 위에 십자가를 세우고, 장지까지 따라왔던 조문객들이 떠나기가 무섭게, 말장수는 휑하니 빈 아내의 침상 앞에 다시 한번 쓰러져 엎드려, 곧바로 복수 준비에 착수했다. 콜하스는 책상에 다가앉아 판결문을 작성했는데, 여기서 말장수는 천부의 권한에 의거하여 융

13 「마태오의 복음서」 5장 44절을 말한다. "그러나 나는 이렇게 말한다. 원수를 사랑하고 너희를 박해하는 사람들을 위하여 기도하여라."

커 벤첼 폰 트롱카에게 명령하기를, 이 문서를 받은 뒤 사흘 이내에 자신에게 빼앗아 밭에서 죽도록 부려먹은 가라말들을 콜하젠브뤼크로 데려오도록 하고, 그런 다음 마구간에서 직접 여물을 먹여 살찌우도록 하라 일렀다. 이 판결을 파발마를 띄워 융커에게 발송하고, 파발꾼에게는 문서를 전달하자마자 바로 자신이 있는 콜하젠브뤼크로 돌아오라고 지시했다. 사흘이 지나도 꿩 구워 먹은 소식이자, 콜하스는 헤르제를 불러, 나는 융커에게 말들을 여물 먹여 살찌우라고 명령했다라고 알려줬다. 그러고선 두가지를 물어봤다. 너는 나와 더불어 트롱카 성으로 말달려가서 젊은 성주를 끌고 오고 싶으냐? 이렇게 끌려온 융커가 콜하젠브뤼크의 마구간에서 판결을 이행하는 데 게으름을 부리면 채찍질을 하고 싶으냐? 헤르제는 말귀를 알아듣자마자, 기뻐서 소리쳤다. "주인어른, 오늘 당장이라도!" 모자를 공중으로 던지며 이렇게 장담했다. "줄이 열개 달린 채찍을 만들어, 융커에게 말 빗질하는 법도 가르치렵니다!" 콜하스는 집을 팔고 아이들을 마차에 태워 국경 너머로 보냈다. 땅거미가 밀려오자 머슴들을 불러모았는데, 다 합쳐서 일곱이었고 하나같이 충성을 다하는 자들이었다. 이들에게 병기와 말을 지급하고, 트롱카 성을 향해 떠났다.

사흘째 어스름이 내릴 무렵 콜하스는 이 적은 수의 무리를 이끌고 성안으로 들어가며, 성문 아래서 잡담을 나누고 있던 길목지기와 성문지기를 말발굽으로 짓밟았다. 콜하스의 졸개들이 불을 놓자 성 마당에 있는 헛간이며 오두막이 삽시간에 타닥타닥 타들어갔다. 헤르제는 불길을 헤치고 나선螺旋층계를 한달음에 올라가 집사가 사는 망루에 들이닥쳐, 웃통을 벗고 카드를 치고 있던 집사와 마름을 몽둥이로 두들기고 칼로 찔렀다. 그동안 콜하스는 융커 벤첼을 잡으러 성 본채로 밀고 들어갔다. 심판의 천사가 하늘에서 내려온 듯싶었다. 융커는 말장수가 보낸 판결문을 주위에 둘러선 젊은 기사들에게 낄낄거리며 막 낭독해줬는데, 그러자마자 성 마당에서 말장수의 목소리가 들리자 한순간에 얼굴이 사색이 되어 기사들에게 여러분, 몸을 피하시오!라고 외치고선 종적을 감췄다. 콜하스는 홀에 들어와서, 한스 폰 트롱카라는 융커가 맞서오자 멱살을 붙들어 홀 구석으로 내동댕이쳤고, 이에 융커의 머리가 돌에 부딪혀 뇌수가 튀어나왔다. 졸개들이 칼을 뽑아든 다른 기사들을 제압하는 것을 지켜보며, 말장수는 기사들에게 물었다. 융커 벤첼 폰 트롱카는 어디에 있느냐? 하지만 얼이 빠진 기사들이 이를 알 턱이 없자, 콜하스는 성의 양 곁채로 통하는 두 방의 문들을 발길질로 부숴고 드넓은 건물을 이 잡듯이 샅샅이 뒤졌지만 개미 새끼 한 마리 볼 수 없었다. 그러자 말장수는 욕설을 내뱉으며 성 마당으로 내려와 출구들을 틀어막으라고 호령했다. 헛간과 오두막에서 시작된 불길이 어느새 본채와 곁채까지 옮겨붙어 시커먼 연기가 하늘로 뭉게뭉게 피어올랐다. 슈테른발트는 다른 손 빠른 졸개 셋과 함께 들어낼 수 있는 물건이란 물건은 다 들어내어 이 쏠쏠한 노획물들을 말에 바리바리 실었다. 그러는 동안 헤르제는 환성을 지르며 집사와 마름과 그 처자식들의 시신을 집사 망루의 열린 창문 밖으로 내던졌다. 콜하스가 본채에서 나와 층계를 내려온 그때, 통풍을 앓고 있었으며 융커의 살림을 맡았던 안잠자기[14] 노파가 발 앞에 너부죽 엎드렸다. 말장수가 계단에서 걸음을 멈추고 융커 벤첼 폰 트롱카가 어디에 있느냐?라고 묻자, 노파가 기어들어가고 떨리는 목

14 남의 집에서 먹고 자며 그 집의 일을 도와주는 여자를 말한다.

소리로, 제가 생각하기에 융커는 예배당으로 달아난 것 같구먼요라고 대답했다. 콜하스는 졸개 둘에게 횃불을 들고 오라 하고, 예배당 열쇠가 없었으므로 출입문을 쇠지레와 손도끼로 부수게 하고, 제단과 벤치를 뒤집었지만 융커를 찾을 수 없자 울화통이 터졌다. 때마침 콜하스가 예배당에서 돌아오던 참에 트롱카 성의 노복 중 하나인 아이종이 헐레벌떡 달려왔다. 돌로 지은 널찍한 마구간이 불길에 휩싸이려 하자, 융커의 군마들을 끌어내기 위해서였다. 콜하스는 바로 이 순간 이엉을 덮은 작은 헛간에 자신의 두 가라말이 남아 있는 것을 보고서 가라말들은 왜 구하지 않느냐?라고 아이종에게 물었다. 아이종이 마구간 문에 열쇠를 꽂으며 헛간은 이미 불길에 싸여 있잖아요라고 말대답했다. 그러자 콜하스는 마구간 문에서 열쇠를 힘껏 잡아빼어 성벽 너머로 던져버리고, 아이종을 칼몸 옆면으로 닥치는 대로 두들겨패 불타는 헛간으로 밀어넣으며, 가라말들을 구해오라고 윽박질렀고, 콜하스의 졸개들은 이를 보고 소름 끼치게 낄낄거렸다. 아이종은 얼굴이 사색이 되어 등 뒤에서 헛간이 무너져내린 것과 거의 때를 같이하여 가라말들을 손에 이끌고 헛간에서 빠져나왔으나, 콜하스 무리가 눈앞에 보이지 않았다. 아이종이 졸개들이 모여 있는 성 마당에 가서, 등을 자꾸 돌리는 말장수에게 이 말들을 어떻게 할까요?라고 묻자—말장수는 느닷없이 발을 치켜들었는데, 그 몸짓이 얼마나 무시무시하던지 정말로 걷어찬다면 아이종을 저승으로 보낼 것 같았다. 말장수는 아무 대답도 하지 않고 구렁말에 올라타더니 성문 아래로 가서 졸개들이 노략질에 빠진 것을 바라보며, 입을 다물고 날이 밝기를 기다렸다.

아침이 밝았을 때, 성은 성벽만 남기고 모두 불타 무너져 있었으며 콜하스와 졸개 일곱 말고는 아무도 그곳에 남아 있지 않았다. 콜하스는 말에서 내려, 햇빛이 환하게 비치는 성 마당을 빠짐없이 구석구석 다시 한번 찾아봤다. 성 공격이 실패로 끝났다는 사실을 아무리 받아들이기 싫더라도 받아들일 수밖에 없자, 괴롭고 서글픈 가슴을 달래며 헤르제와 졸개 두셋을 보내어 융커가 어느 방향으로 도망쳤는지 알아보도록 했다. 콜하스에게 무엇보다 짚이는 곳은 에를라브룬이라는 수녀원이었다. 이 수녀원은 물데 강변[15]에 자리 잡고 있었으며 원장 안토니아 폰 트롱카는 경건하고 자비로운 여인으로 가근방에 이름이 높았다. 그런데 수녀원장은 융커의 친고모인데다가 융커를 갓난아이 적에 길렀다 하므로 융커가 겨우 몸만 빠져나가 이 수녀원으로 도망쳤을 게 불운한 콜하스가 생각하기에도 불 보듯 뻔했다. 콜하스는 이러한 상황을 전해들은 다음, 집사가 살던 망루로 올라갔다. 그 안에는 불길이 닿지 않은 덕에 들어가 있을 만한 방이 있었다. 여기서 이른바 「콜하스 격문」을 작성했는데, 이 격문에서 콜하스는 벤첼 폰 트롱카와 정의의 전쟁을 벌이고 있으니 작센 정부는 이 융커를 지원하지 말라고 요구했고, 융커의 친척이니 친구니 할 것 없이 어느 누구든 융커를 보면 자신에게 넘기라고 명령했으며, 이를 어길 경우 사형에 처하고 재산을 남김없이 불살라버릴 것이라고 위협했다. 콜하스는 이 격문을 여행자들과 외지인들을 통해 퍼뜨렸다. 그뿐만 아니라 졸개 발트만을 따로 불러 필사본 한장을 건네주며, 에를라브룬 수녀원장 안토니아에게 찾아가 전하라고 지시했다. 그런 뒤 트롱카 성의 노복 서넛을 불러 이야기를 나눴는데, 이들은 융커에게 불만이 많았으며

15 물데 강은 엘베 강의 지류로, 라이프치히와 비텐베르크 사이를 지나 흐른다.

노획물이 탐나 콜하스를 섬기고 싶어했던 자들이었다. 이 노복들을 석궁과 단도로 무장시켜 보병처럼 만들고서 말 탄 졸개들 뒤에 올라앉는 법을 가르쳤다. 자신의 무리가 노략질한 물건들을 남김없이 팔아 생긴 돈을 골고루 나눠준 다음 자신이 저지른 참혹한 일을 잊으려 애쓰며 성문 아래서 한두시간 쉬었다.

정오 무렵에 헤르제가 돌아왔다. 콜하스는 항상 최악의 사태를 예감하는 버릇이 있었는데, 아니나 다를까 예상이 들어맞았다. 융커가 에를라브룬 수녀원의 늙은 수녀원장이자 융커의 고모인 안토니아 폰 트롱카에게 가서 피신해 있다는 것이었다. 융커는 성 뒷벽에 있는 문을 열고 성 밖으로 나가, 좁다란 지붕이 덮인 조붓한 돌계단을 거쳐, 거룻배가 매인 엘베 강으로 도망친 듯했다. 아무튼 헤르제는 이렇게 전했다. 융커는 자정 무렵 노도 키도 없이 거룻배를 타고 엘베 강가의 한 마을에 도착했습니다. 트롱카 성이 불타는 것을 보고 몰려나왔던 동네 사람들을 흠칫 놀라게 했답니다. 거기서 에를라브룬까지는 마을 마차를 타고 이동했습니다—콜하스는 이 보고를 듣고 깊이 한숨 쉬었다. 말들에게 여물을 먹였느냐?라고 물으니 졸개들이 그렇습니다라고 대답하자, 무리에게 말에 올라타라 일렀고, 세시간 뒤에 벌써 에를라브룬 수녀원 앞에 이르렀다. 지평선 저 멀리서 천둥이 우르릉거리는 가운데, 콜하스는 수녀원 밖에서 불붙인 횃불을 손에 들고, 졸개 무리를 이끌고 수녀원 마당으로 들어갔다. 졸개 발트만이 콜하스에게 마주 와서 격문을 지시하신 대로 전달했습니다라고 보고할 때, 수녀원장과 수녀원 집사가 근심스레 말을 주고받으며 수녀원 현관으로 걸어오는 것이 콜하스의 눈에 띄었다. 수녀원 집사는 오달지고 수염이 허연 노인이었는데 가시 돋친 눈초리로 콜하스를 쏘아보며 갑옷을 걸치더니, 둘레에 모인 노복들에게 경종을 두드리라고 괄괄한 목소리로 소리쳤다. 수녀원장은 얼굴이 백지장처럼 창백해져 은제 십자고상을 손에 쥐고 테라스에서 달려내려와, 수녀들을 모두 이끌고 콜하스의 말 앞에 엎드렸다. 콜하스는 헤르제와 슈테른발트가 칼도 없이 덤벼드는 수녀원 집사를 제압하여 말 사이로 끌고 가는 동안, 융커 벤첼 폰 트롱카가 어디 있소?라고 수녀원장에게 물었다. 수녀원장은 열쇠들이 매달린 큰 고리를 허리띠에서 끄르며 비텐베르크[16]에 있습니다, 콜하스 나리!라고 대답하고선 떨리는 목소리로 하느님을 두려워한다면 불의를 저지르지 마십시오!라고 덧붙였다—그러자 콜하스는 채우지 못한 복수심의 나락에 다시 빠져들어 말 머리를 돌리고 불을 질러라!라고 외치려는 참이었는데, 무시무시한 벼락이 콜하스 바로 옆에 떨어져내렸다. 콜하스는 말 머리를 수녀원장에게 다시 돌리고 물었다. 격문을 받았소? 수녀원장이 기어드는 목소리로 대답했다. 방금 받았습니다!—"언제 받았다고?"—하느님께 맹세하건대, 제 조카 융커가 떠난 지 두시간 뒤에 받았습니다—콜하스가 몸을 돌려 사박스러운 눈초리로 쏘아보자, 졸개 발트만도 수녀원장의 말이 맞다고 더듬더듬 말하며 소나기로 물데강 강물이 불어나는 바람에 방금 전에야 이곳에 도착했습니다라고 털어놓았으므로, 콜하스는 마음을 가다듬었다. 장대비가 느닷없이 억수로 쏟아져 횃불들을 꺼뜨리며 마당 자갈들을 우둑우둑 두드렸고, 콜하스의 쓰라린 가슴속 아픔도 씻어줬다. 말장수는 모자를 들어올려 수녀원장에게 짧게 인사를 건네며 말 머리를 돌렸다. 나를 따르라, 형제들이여, 융커가 비텐베르크에 있다!라고 외치며 말에

16 오늘날 독일 중동부의 작센안할트 주에 있는 도시로, 1517년 마르틴 루터가 아흔다섯개 논제를 내걸고 종교개혁을 일으킨 곳으로 유명하다.

박차를 가하고 수녀원을 떠났다.

콜하스는 밤이 닥치자 큰길가 객줏집에 들렀고, 말들이 몹시 지쳐 있었던지라 꼬박 하루를 쉬어야 했다. (병력이 그동안 늘기는 했지만) 열명의 무리로는 비텐베르크같이 큰 성에 쳐들어갈 수 없음을 잘 알고 있었던 터라 두번째 격문을 작성했다. 이 격문에서 콜하스는 작센에서 당한 일을 간추려 설명한 뒤, 콜하스의 표현을 그대로 옮기자면, "선량한 그리스도인이라면 누구든 모든 그리스도인의 공적인 융커 폰 트롱카를 응징하려는 나의 대의에 동참하라"라고 호소하고, 그러면 "급료와 다른 전쟁 부수입을 주겠다"라고 언약했다. 바로 그뒤에 돌린 또다른 격문에서는 스스로를 "하느님께만 순종할 뿐 제국과 세계에서 해방된 자유인"이라고 일컬었다. 이는 병들고 비뚤어진 망상에 지나지 않았지만, 돈을 벌고 노획물을 챙길 수 있다는 말에 폴란드와 평화조약이 체결된 뒤 밥벌이를 잃은 어중이떠중이가 무더기로 몰려들었다. 그리하여 콜하스가 비텐베르크를 잿더미로 만들러 엘베 강 오른쪽 기슭으로 돌아왔을 때는 병력이 자그마치 서른명을 넘었다. 콜하스는 말과 졸개들을 이끌고 낡아 무너져가는 벽돌 곳간에 진을 쳤다. 당시 이곳을 에두르고 있던 울울한 숲 으슥한 곳에 감춰져 있던 헛간이었다. 말장수는 슈테른발트를 변복시켜 격문을 퍼뜨리도록 비텐베르크로 보냈고, 떠나기가 무섭게 돌아온 슈테른베르크에게서 격문이 이미 널리 알려져 있더라는 말을 들었다. 그러자 말장수는 성령강림절 전야에 자신의 무리를 이끌고 출발하여, 주민들이 깊은 잠에 빠져 있을 시간에 도시 곳곳에 불을 질렀다. 말장수는 졸개들이 교외를 약탈하는 동안 교회 문기둥에 방을 붙였는데, 콜하스의 표현을 그대로 옮기자면, "나 콜하스가 도시에 불을 놓았다. 나에게 융커를 넘기지 않으면 도시를 잿더미로 만들어버리겠다. 융커를 찾기 위해 벽 뒤까지 뒤지는 수고를 하고 싶지 않다"라는 내용이었다—주민들이 이 듣도 보도 못한 악행을 보고 얼마나 질겁해 놀랐는지는 이루 말로 설명할 수 없다. 다행히 바람이 잠잠한 여름밤이었기 때문에 불길이 번지지 않아 건물 열아홉채만 전소되는 데 그쳤지만, 이 중에는 교회 한채도 끼어 있었다. 날이 밝을 무렵 불길이 어느정도 잡히자마자 늙은 태수 오토 폰 고르가스는 중대병력 오십을 보내 이 잔학무도한 놈을 잡아오라고 명령했다. 하지만 게르스텐베르크라고 하는 중대장이 형편없는 작전을 펼치는 바람에 콜하스 토벌 중대는 콜하스를 물리치기는커녕 콜하스에게 용맹스러운 무사라는 명성만 안겨줬다. 이 중대장은 중대를 여러 분대로 분산시켜 콜하스를 포위해 섬멸하려 했으나 콜하스는 병력을 한데 모은 뒤 산개 지점마다 들이닥쳐 쳐부쉈다. 그리하여 이튿날 저녁에는 작센의 희망을 두 어깨에 걸머지고 나섰던 전군사 중에 콜하스에 맞서 살아남은 자가 하나도 없었다. 콜하스는 이 전투에서 졸개 두셋을 잃었고, 다음 날 아침 도시에 다시 불을 질렀다. 살기등등하게 붙인 불은 인정사정없이 번져서, 또다시 숱한 건물과 교외의 거의 모든 헛간을 잿더미로 만들었다. 콜하스는 널리 알려진 격문을 시청 건물 구석구석에 다시 붙였고, 그 옆에 방도 따로 내붙여, 태수가 파견한 중대장 게르스텐베르크를 자신이 어떻게 쳐죽였는지 알렸다. 태수는 이러한 방자한 행동에 노발대발하여, 기사 여럿과 군사 일백오십을 이끌고 진두지휘에 나섰다. 태수는 융커 벤첼 폰 트롱카에게는 경호병을 보냈다. 융커가 서한을 보내 간청하기를, 비텐베르크 주민 중에 자신을 도시에서 완전히 추방하기를 바라는 자들이 있으며 이들이 자신을 언제 폭행할지 모르니 경호병을 붙여 지켜달라고 했기 때문이었다. 태수는 가근방 마을들에는 경비병들을 세우고, 도시를 에두른 성벽에도 기습에 대비하여 보초병들을 배치했다. 그런 다음 성 게르바시우스 축일[17]에 작센 땅을 유린하고 있는 이무기를 잡으러 몸소 출정했다. 말장수는 이 부대와 맞싸울 만큼 어리석지는 않았다. 날래게 행군하여 태수를 성에서 8킬로미터 떨어진 지점으로 유인했고, 여러 계략을 꾸며 태수를 착각에 빠뜨려 콜하스가 병력 열세를 절감하고 브란덴부르크 땅으로 물러갈 것이라 믿게 만들었다. 그런 뒤 사흘째 밤이 닥치자 콜하스 무리는 느닷없이 방향을 바꾸더니, 질풍처럼 말달려 비텐베르크로 다시 몰려가, 도시에 세번째로 불을 놓았다. 헤르제가 변복을 하고 도시로 숨어들어 이 무시무시한 불난리를 일으켰다. 큰불이 맵찬 된바람을 타고 건물들을 게걸스레 집어삼켰고, 세시간이 채 지나지 않아 집 마흔두채, 교회 두채, 수녀원 서너채, 학교들, 선제후 직속 태수 관저가 잿더미로 내려앉았다. 태수는 날이 샐 무렵만 해도 콜하스가 브란덴부르크 땅으로 퇴각했으리라 믿고 있다가, 밤새 무슨 일이 벌어졌는지 보고받고서야 군사를 돌이켜 강행군했고, 시내로 돌아와보니 총봉기가 일어나 있었다. 문 앞에 들보와 기둥을 얽어 바리케이드를 친 융커의 집 앞에 백성 수천명이 진을 치고서 미친 듯 고함치며 융커를 도시에서 쫓아내라고 요구했다. 옌켄스와 오토라는 이름의 두 시장[18]이 관복을 걸치고 시의원 전원을 이끌고 와서, 파발꾼이 돌아올 때까지 기다려야 하오, 융커를 드레스덴으로 보내도 좋다는 허락을 얻으려고 선제후 비서실장에게 급히 파발마

17 6월 19일이다.

18 시장(Bürgermeister)은 13세기부터 시민자치단체인 시의회를 이끌었고, 대개 두 명이었으며 더 많은 경우도 있었다.

를 띄워놓았소, 융커 자신도 이런저런 이유로 드레스덴으로 가고 싶어한다오라고 백성들을 구슬렸지만 아무 소용이 없었다. 막무가내로 창과 몽둥이를 부르쥔 무리는 이런 말을 귓등으로 흘려들었고, 시의원 두셋이 강경 진압을 해야 한다고 말하자 이 시의원들을 들이패면서, 융커가 머무는 집으로 우르르 밀려가 싹 쓸어버리려던 참이었다. 바로 그때 태수 오토 폰 고르가스가 기병대를 진두지휘하여 시내로 들어왔다. 그림자만 비쳐도 백성들이 무서워 벌벌 떨며 머리를 조아리곤 했던 이 위엄있는 인물은 비록 콜하스를 붙잡지 못하고 회군하기는 했으나 꿩 대신 닭이라고 이 화적 떼에서 낙오한 졸개 셋을 도성 바로 밖에서 사로잡을 수 있었다. 태수는 백성들이 보는 앞에서 도적들을 오라에 묶도록 하면서, 시의원들에게 그럴싸한 말로 큰소리쳤다. 콜하스를 바짝 뒤쫓고 있으니, 오라를 지워 끌고 오는 것은 시간문제이노라. 그러자 융커 집 앞에 모였던 백성들은 이런 장담에 마음이 놓이고 두려움이 가셨고, 파발꾼이 드레스덴에서 돌아올 때까지 융커를 도시에 머무르게 해도 괜찮겠다고 여겼다. 태수는 말에서 내려 기사 두셋을 이끌고, 말뚝과 기둥을 치운 다음 집 안으로 들어갔다. 융커는 기절에 혼절을 거듭하고 있었고, 그때마다 의사 두 사람이 향유와 자극제로 의식을 회복시키려 애쓰고 있었다. 태수 오토 폰 고르가스는 융커가 저지른 경거망동을 꾸짖기에 마땅한 때가 아니라고 느꼈다. 그래서 은근히 업신여기는 눈초리를 던지며 이렇게 말했을 뿐이었다. 옷을 입고 기사 감옥으로 따라오시오. 당신 신변을 보호하려면 이 수밖에 없소. 노복들이 융커에게 저고리를 입히고 투구를 씌웠고, 융커는 숨이 답답하다며 앞섶을 반쯤 풀어헤치고 매형 게르샤우 백작과 태수의 부축을 받으며 길거리로 나왔다. 그러자 융커에게 던지는 입에 담지 못할 끔찍한 욕설들이 하늘 높이 메아리쳤다. 백성들은 병졸들에게 뒤로 떠밀리면서도, 융커에게 거머리, 나라를 어지럽히고 백성을 괴롭히는 뻔뻔스러운 놈, 비텐베르크 시에 내린 저주, 작센 땅에 닥친 액운이라고 욕했다. 융커는 잿더미가 된 시내를 처량하게 통과하면서 투구를 여러 차례 떨어뜨렸으나 그런 줄도 모르자, 뒤따르던 기사가 투구를 주워 다시 씌워줬다. 융커는 마침내 감옥에 도착하여 철통같은 경호를 받으며 탑감옥으로 몸을 감췄다. 그동안 파발꾼이 선제후 결정문을 들고 돌아왔는데, 이 결정문은 도시를 새로운 근심에 빠뜨렸다. 작센 정부는 드레스덴 시민들의 긴급 청원을 받아들여 화적을 진압하기 전에는 융커에게 드레스덴 체류를 허가하지 않으려 했고, 태수에게 이렇게 하명하기까지 했다. 어차피 융커는 어딘가에 머물러야 한다. 그렇다면 지금 있는 곳에 체류하게 하고, 가용 병력을 총동원하여 융커를 보호하라. 그러는 한편 비텐베르크의 선량한 백성들을 안심시키기 위해서는 이렇게 통보했다. 프리드리히 폰 마이센 공자公子[19]가 이끄는 군사 오백이 비텐베르크를 향해 진군 중이다. 이들은 콜하스에게 더이상 약탈당하지 않도록 비텐베르크를 지켜줄 것이다. 태수는 이따위 결정문으로는 백성들을 진정시킬 수 없음을 잘 알고 있었다. 무엇보다, 말장수가 도성 밖 여러 지점에서 싸움이 붙는 족족 승리를 거두자 콜하스의 군세가 엄청나게 불었다는 소문이 몹시 흉흉하게 돌았기 때문이었다. 더더구나, 콜하스는 변복한 졸개들을 시켜 야음을 틈타 송진, 짚단, 유황으로 불 지르도록 하는 듣도 보도 못한 전술을 펼쳤으므로 마이센 공자가 이끄는 병력보다

19 신성로마제국 시대에 제후 가문의 아들을 일컫던 칭호이다.

더 많은 병력도 무력하게 만들 수 있었다. 태수는 잠시 생각에 잠긴 뒤 자신이 건네받은 결정문을 아예 알리지 않기로 마음먹었다. 마이센 공자가 지원군을 이끌고 오겠다고 통보한 서한만 도시 곳곳에 내붙였다. 새벽이 밝아오자, 천포로 가린 마차 한대가 감옥 마당에서 나오더니 중무장 기병 넷의 호송을 받으며 라이프치히로 통하는 길로 접어들었고, 이 기병들은 플라이센부르크 성[20]으로 간다고 슬쩍 말을 흘렸다. 백성들은 어디에 있든 불과 칼을 불러오는 액운 덩어리 융커가 떠나가자 마음을 놓았고, 태수 자신은 군사 삼백을 이끌고 출정하여 프리드리히 폰 마이센 공자와 합세하러 갔다. 그동안 콜하스는 세상에서 얻은 기이한 명성 덕택에, 병력이 무려 백아홉으로 늘었다. 예센[21]에서 병기고를 탈취하여 자신의 졸개들을 완전 무장시키기까지 했다. 그러고선 공자와 태수의 부대가 뇌우처럼 몰려오고 있다는 보고를 받자, 이들이 자신을 덮치기 전에 질풍처럼 빠르게 맞받아쳐야겠다고 마음먹었다. 그리하여 이튿날 밤 말장수는 마이센 공자를 뮐베르크 근처에서 급습했고, 이 전투에서 헤르제를 잃고 가슴이 찢어지는 고통을 느꼈다. 헤르제는 첫번째 교전 중 총상을 입고, 콜하스 옆에 쓰러져 전사했다. 말장수는 심복을 잃고 눈이 뒤집혀, 세시간에 걸친 전투에서 공자에게 마을에서 전열을 정비할 틈도 주지 않고 막대한 타격을 입혔다. 날이 샐 무렵, 공자는 중상자가 여럿 생긴데다가 부대가 완전히 혼란에 빠졌으므로 드레스덴으로 퇴각하지 않을 수 없었다. 콜하스

---

20 라이프치히에 흐르는 플라이세 강변에 있던 라이프치히의 방어성으로, 13세기에 세워져 1897년 헐렸다. 이 자리에는 오늘날 라이프치히 신시청이 들어서 있다.

21 예센과 뮐베르크는 비텐베르크와 드레스덴 사이에 있는 도시이다. 뮐베르크는 1547년 4월 24일 신성로마제국 황제 카를 5세가 개신교 제후 및 도시가 결성한 슈말칼덴 동맹을 물리친 곳으로 유명하다.

는 이 승리로 기고만장해져서, 태수가 뮐베르크 전투에 대해 채 보고받기도 전에, 말 머리를 되돌려 태수를 향해 진격했다. 말장수는 다메로프 마을 근처 허허벌판에서 백주 대낮에 태수를 기습하여 땅거미가 내릴 때까지 싸웠고, 그 결과 많은 졸개를 잃기는 했으나 이에 못지않은 전과를 올렸다. 그뿐만 아니라, 콜하스는 이튿날 새벽 나머지 무리를 데리고, 다메로프 교회 묘지로 달아나 있던 태수를 틀림없이 다시 습격했을 것이다. 태수가 공자가 뮐베르크 근처에서 참패했다는 소식을 듣자마자 상황이 호전될 때까지 비텐베르크로 돌아가 있는 것이 상책이라 판단하지 않았더라면 말이다. 이 두 부대를 격파한 닷새 뒤, 콜하스는 라이프치히 성 밖에 이르러 세 방향에서 이 도시에 불을 놓았다—이번에 돌린 격문에서는 스스로를 "대천사 미카엘이 보낸 사절"이라 일컫고서, "이 소송에서 융커의 편을 드는 사람은 누구든 불과 칼로 처벌하기 위해, 전세계를 뒤덮고 있는 간악함을 징벌하기 위해 여기에 왔노라"라고 으르댔다. 콜하스는 뤼첸[22] 성을 기습 점령하여 그 안에 진을 친 뒤, 이 성에서 라이프치히 백성을 향해 더 나은 세상 질서를 세우기 위한 자신의 투쟁에 합세하라고 호소했다. 격문은 "우리의 임시 세계정부 소재지, 뤼첸 제1성에서"라는 서명으로 끝났는데, 광기까지 엿보이는 문구였다. 라이프치히 주민들에게 천만다행하게도 하늘에서 비가 쉬지 않고 내렸던 덕택에 불길이 번지지 않았다. 지역 소방대들도 신속히 진화에 나섰기 때문에 플라이센부르크 성 둘레의 몇몇 구멍가게만 불길에 휩싸였다. 그렇지만 라이프치히 주민들은 화적이 미쳐 날뛰며 눈앞에 닥쳐 있었고 이 화적은 융커가 라이프

22 라이프치히에서 남서쪽으로 18킬로미터 떨어져 있는 도시이다.

치히에 있으리라 착각까지 하고 있었으므로 이루 말할 수 없이 겁을 집어먹었다. 콜하스를 제압하라고 기병 일백팔십을 파견했으나 이들마저 패퇴하여 도시로 쫓겨오자, 시의회로서는 도시의 재물을 잃지 않으려면 성문을 철통같이 걸어잠그고 시민들을 성벽 밖에 밤낮없이 보초 세우는 수밖에 없었다. 시의회는 가근방 마을마다 방을 붙여 융커가 플라이센부르크 성에 없다고 장담했으나 아무 소용이 없었다. 말장수도 이에 질세라 방을 붙여 융커가 플라이센부르크 성에 있다고 우기고, 융커가 성에 없다 할지라도 융커가 있는 장소를 명토 박아 알려주기 전에는 융커가 이 성에 있는 셈 치고 행동하겠다고 억지를 부렸다. 선제후는 파발꾼을 통해 라이프치히 시가 곤경에 처해 있다는 소식을 듣자, 군사 이천을 소집하고 진두지휘하여 콜하스를 붙잡으러 가겠다고 밝혔다. 그러면서 태수 오토 폰 고르가스가 화적을 비텐베르크 지역에서 떨쳐낼 심산으로 융커를 라이프치히로 보낸 듯 꾸몄다는데 이렇게 애매하고 분별없는 계책이 어디 있느냐고 태수를 호되게 나무랐다. 한편 라이프치히 근방 마을들에는 누가 붙였는지 모르지만 콜하스가 보도록 방이 나붙었으며, 그 내용이 "융커 벤첼은 사촌 힌츠와 쿤츠가 사는 드레스덴에 있다"라는 것을 알게 되자, 온 작센 사람들이, 그중에서도 드레스덴 주민들이 얼마나 안절부절못했는지 누가 말로 설명할 수 있으랴.

이러한 상황에서 마르틴 루터 박사는 콜하스를 말로 달래고 세상 지위로 얻은 권위로 타일러, 인간 사회질서의 틀 안으로 다시 끌어들이는 일을 떠맡았다. 루터는 화적의 가슴에도 올곧은 불씨가 남아 있으리라 믿어 마지않았기에, 다음과 같은 내용의 방을 써서 콜하스가 볼 수 있도록 작센 선제후국 방방곡곡에 붙이게 했다.

콜하스여, 정의의 칼을 휘두르라는 사명을 띠고 왔다고 자처하는 자여, 너는 눈먼 격정에 미친 듯 사로잡혀, 머리부터 발끝까지 불의에 흠뻑 물들어 무슨 짓을 저지르고 있느냐? 이 뻔뻔스러운 자여! 너는 선제후를 섬겨야 하거늘, 선제후께서 하찮은 재산소송에서 네 정당함을 인정하지 않았다 하여, 불경한 자여, 불과 칼로 봉기를 일으켰도다. 선제후가 보우하는 평화로운 사회에 황야의 이리처럼 들이닥쳤도다. 너는 거짓과 간악함에 가득 찬 주장으로 사람들을 기만하면서도, 너 죄인이여, 하느님께 구원받을 것이라고 생각하느냐? 네 마음속 구석구석이 훤하게 밝혀질 심판날에 천국에 오를 것이라고 생각하느냐? 너는 정당함을 인정받지 못했다고 어찌 말할 수 있느냐? 너는 부당함을 풀겠다고 시답잖은 시도를 두세번 했다가 실패로 돌아가자, 가슴에 원한이 사무쳐 네 손으로 복수하겠다는 발칙한 생각에 사로잡히지 않았더냐? 부당함을 바로잡으려는 노력을 아예 포기하지 않았더냐? 한 무리의 법원 관리나 정리廷吏가 네가 제출했던 고소장을 가로채고 너에게 송달해야 할 판결문을 빼돌렸다지만, 이자들이 네 주상主上이더냐? 하느님 무서운 줄 모르는 자여, 너에게 굳이 일러줘야 알겠느냐? 네 주상은 네 소송에 관해 아무것도 모른다는 것을! — 네가 작센 선제후에게 반란을 일으키고 있지만, 작센 선제후는 정녕 네 이름조차 알지 못한다는 것을! 네가 죽은 뒤 하느님 보좌 앞에 나아가 선제후를 고발하더라도, 선제후는 밝은 얼굴로 주여, 저는 이 사내에게 어떤 부당한 짓도 하지 않았습니다, 저는 이 사람을 알지도 못합니다라고 반박할지 모른다는 것을! 새겨들어라, 네가 휘두르는 칼은 도적질과 살인의 칼이다. 너는 역적에 지나지 않을 뿐 정의로운 하느님의 전사가 아니다. 너는 이승에서는 차륜형[23]과 교수형을 받을 것이며, 저승에서는 지옥 천벌을 받을 것이다. 이는 악행을 저지르고 하느님을 두려워하지 않은 댓가이다.

비텐베르크 둥지에서

마르틴 루터

콜하스는 뤼첸 성에서 고통스러운 마음을 달래며 라이프치히를 잿더미로 만들 새로운 계획을 궁리하고 있었다—융커 벤첼이 드레스덴에 있다는 방이 마을마다 나붙었지만, 이는 거들떠보지도 않았다. 방을 붙이려면 시의회의 서명을 받으라고 일렀는데도, 시의회의 서명은커녕 어느 누구의 서명도 없었기 때문이었다—그러고 있을 때 슈테른발트와 발트만은 밤사이 성문 기둥에 루터의 방이 붙은 것을 보고 깜짝 놀라 두 눈을 믿지 못했다. 두 심복은 이 일로 콜하스에게 찾아가고 싶지 않았으므로, 콜하스가 이 방을 직접 보기를 바라고 며칠을 기다렸지만 아무 소용이 없었다. 콜하스는 저녁 시간에 음울한 표정으로 골똘히 생각에 빠져 모습을 비치기는 했으나, 간단한 명령을 몇 마디 내리기 위해서였을 뿐 아무데도 눈길을 돌리지 않았다. 그래서 어느날 아침 콜하스가 졸개 두셋을 명령을 어기고 가근방에서 노략질을 했다는 죄목으로 처형시키려 했던 때, 두 심복은 콜하스에게 루터의 방을 보게 만들어야겠다고 마음먹었다. 콜하스는 처형장에서 돌아오던 길이었고, 구경꾼들이 길 양쪽에 늘어서 있다가 직수굿이 길을 비켰다. 최근에 격문으로 알린 뒤 늘 그렇게 해왔듯 행렬은 장관이었다. 거룹의 불

23 중세에 죄수의 팔다리를 으스러뜨린 뒤 몸통을 큰 수레바퀴 바퀴살에 묶어 집행한 사형을 말한다.

칼[24]이 붉은색 가죽 쿠션에 얹히고 황금색 술로 장식되어 콜하스 앞에 봉송됐고, 졸개 열둘이 이글이글 타오르는 횃불을 들고 콜하스를 뒤따랐다. 바로 이때 슈테른발트와 발트만은 옆구리에 칼을 차고 방이 붙어 있는 기둥을 맴돌며 콜하스의 눈길을 끌려 했다. 콜하스는 뒷짐을 지고 깊은 생각에 빠져 성문 아래로 와서 눈길을 들더니 주춤하고 멈춰섰다. 두 심복은 이를 보고 다소곳이 물러섰다. 콜하스는 심복들을 건성으로 스쳐보며 걸음을 재게 옮겨 기둥으로 다가갔다. 콜하스가 기둥에서 자신의 불의를 꾸짖는 내용의 방과, 자신이 아는 사람 중 가장 좋아하고 우러를 만한 인물, 마르틴 루터의 서명을 보았을 때, 콜하스의 마음속이 얼마나 일렁였는지 누가 말로 설명할 수 있으랴! 콜하스는 얼굴이 시뻘게졌다. 투구를 벗고 방을 처음부터 끝까지 두번 읽었다. 불안한 눈초리로 졸개들 사이로 되돌아와, 뭔가 말하고 싶은 듯했으나 아무 말도 건네지 않았다. 벽기둥에서 방을 떼어내어 다시 한번 내리읽었다. 발트만! 내 말에 안장을 얹어라!라고 외치고 슈테른발트! 나를 따라 성으로 와라!라고 소리치고선 자리를 떴다. 루터가 방에 적은 몇 마디에 콜하스는 죄악에 물들 대로 물들었던 마음을 돌려 단숨에 무기를 버렸던 것이다. 콜하스는 튀링겐의 농부로 변장했다. 비텐베르크로 가야 할 중요한 용무가 생겼다고 슈테른발트에게 말했다. 가장 믿을 만한 졸개들 서넛이 보는 앞에서 뤼첸 성에 남은 무리의 지휘권을 이 심복에게 넘겼다. 사흘 안에 돌아오겠으며 그동안은 공격받을 염려가 없을 것이라 장담한 뒤 비텐베르크를 향해 떠

24 「창세기」 3장 24절에 따르면 하느님은 아담을 에덴동산에서 쫓아내신 다음 "동쪽에 거룹들을 세우시고 돌아가는 불칼을 장치하여 생명나무에 이르는 길목을 지키게 하셨다".

났다.

콜하스는 가명으로 여관에 들었고, 밤이 되기가 무섭게 외투를 걸치고 트롱카 성에서 노획한 권총 두 자루를 가슴에 품은 뒤, 루터의 방에 들어갔다. 루터는 문서와 책에 파묻혀 책상에 앉아 있다가, 낯설고 이상한 사내가 문을 열고 들어와 빗장을 거는 것을 보고 이렇게 물었다. 누구인가? 무슨 일인가? 콜하스가 모자를 벗어 다소곳이 손에 쥐고서, 루터가 놀랐을지 모르겠다고 지레 걱정하며 대답했다. 미하엘 콜하스라고 하는 말장수입니다. 그러자마자 루터가 소리쳤다. 썩 물러서지 못할까! 책상에서 벌떡 일어서 종줄을 잡아당기러 가며, 이렇게 덧붙였다. 네가 숨 쉬면 역병이 퍼지고 네가 다가오면 죄악에 물들게 되느니! 콜하스는 한발짝도 움직이지 않고 권총을 품에서 꺼내더니 이렇게 말했다. 존경하는 목사님, 목사님께서 종 줄에 손을 대시기만 하면 이 권총이 불을 뿜어 제 주검이 목사님 발 앞에 널브러질 것입니다! 자리에 앉으셔서 제 말을 들어주십시오. 목사님은 천사들의 노래를 쓰시고 있는데, 그 천사들 사이에 있는 것보다 제 옆에 계시는 게 훨씬 안전할 겁니다. 루터가 자리에 앉으며 물었다. 무슨 일 때문에 왔느냐? 콜하스가 대답했다. 목사님은 제가 불의를 저지르고 있다고 말씀하셨는데, 그 말이 옳지 않다고 일러드리러 왔습니다. 목사님은 저에게 쓰신 방에서 제 주상이 제 소송에 관해 아무것도 모른다고 말씀하셨습니다. 그렇다면, 저에게 안전통행권[25]을 보장해주십시오. 제가 드레스덴으로 가서 이 선제후에게 고소장을 제출할 수 있도록 말입니다—"불경스럽고 무시무시한 자여!" 루터는 이 말을 듣

25 어떤 위해도 입지 않고 법정에 출두할 수 있으며 심리가 끝난 뒤에는 아무 조건 없이 돌아올 수 있도록 보장받는 것을 말한다.

고 얼떨떨하기도 하고 안심되기도 하여 이렇게 소리쳤다. "융커 폰 트롱카를 네 멋대로 판결하여 습격할 권리를 누가 너에게 주었느냐? 융커를 성에서 찾지 못했다고, 융커에게 은신처를 제공한 사회를 불과 칼로 송두리째 징벌할 권한을 누가 너에게 주었느냐?" 콜하스가 대답했다. 존경하는 목사님, 이제 알겠습니다, 아무도 저에게 그런 권한을 주지 않았다는 것을! 저는 드레스덴에서 보낸 결정문을 받고 잘못된 생각을 하여 그릇된 길로 빠졌습니다! 목사님께서 저에게 똑똑히 밝혀주셨다시피, 제가 인간 사회에서 추방당한 게 아니라면, 제가 인간 사회와 벌이고 있는 전쟁은 악행입니다. 추방당했다고! 루터가 콜하스를 노려보며 소리쳤다. 너는 무슨 터무니없는 망상에 사로잡혀 있느냐? 네가 사는 국가 사회에서 누가 너를 추방했단 말이냐? 국가가 존재하는데, 누가 무엇을 하든 국가에서 추방되는 일이 어디 있단 말이냐?—제가 말하는 추방당한 자란, 콜하스는 종주먹을 불끈 쥐며 대답했다. 법의 보호를 받지 못하는 자를 뜻합니다! 저는 그 보호를 받아야만 평화롭게 사업을 번창시킬 수 있습니다. 그 보호를 믿었기에 모은 재산을 다 들고 이 사회에 들어온 것입니다. 이런 보호를 해주지 않는 것은 저를 황야의 야수들에게 쫓아내는 것입니다. 저 자신을 지키라고 제 손에 몽둥이를 쥐여주는 것이나 다름없습니다. 목사님도 그렇지 않다는 말씀은 못하시겠지요?—누가 너에게 법의 보호를 베풀지 않았단 말이냐? 루터가 소리쳤다. 내가 너에게 방에서 쓰지 않았느냐? 너는 고소장을 냈지만 선제후는 네가 고소장을 제출했음을 알지 못한다고! 국가 관리들이 선제후를 속이고 소송장을 빼돌리거나 선제후 모르게 선제후의 성스러운 이름을 욕되게 했더라도, 하느님 말고 어느 누가 선제후에게 이런 관리를 뽑아 썼다고 책임을 물을 수 있단 말이냐? 이 저주받은 무시무시한 인간이여, 네가 이런 일로 선제후를 심판할 권한이 있단 말이냐?—그렇다면, 콜하스가 대답했다. 선제후께서 저를 추방하지 않았다면, 저는 선제후가 보호하는 사회로 돌아가겠습니다. 거듭 말씀드립니다. 저에게 안전통행권을 보장해주시면, 제가 뤼첸 성에 집결시킨 무리를 해산시키겠습니다. 드레스덴 법원으로 가서 제 기각당한 고소장을 다시 한번 제출하겠습니다—루터는 언짢은 안색으로 책상에 놓인 문서들을 한데 모아 건중그리고, 아무 말도 건네지 않았다. 이 희한한 인간이 국가에 방자하게 맞서는 태도가 마땅찮았다. 루터는 콜하스가 콜하젠브뤼크에서 융커에게 내린 판결을 되새겨보며 물었다. 드레스덴 법원에 가서 무슨 요구를 하려고 하느냐? 콜하스가 대답했다. 융커를 법에 따라 처벌할 것, 말들을 원상회복시킬 것, 트롱카 성 사람들이 저지른 횡포로 말미암아 저뿐만 아니라 뮐베르크에서 죽은 머슴 헤르제가 입은 피해를 배상할 것을 요구하려 합니다—루터가 소리쳤다. 피해를 배상하라고! 너는 수천 굴덴을 빌렸다. 유대인이든 그리스도인이든 아무한테나 어음이나 담보를 맡기고, 무자비하게 네 손으로 복수하기 위한 자금을 모았다. 배상을 청구할 때 계산서에 이 금액도 포함시킬 것이냐?—천만의 말씀입니다! 콜하스가 대답했다. 집과 농장이나 제가 소유했던 재산을 돌려달라는 것이 아닙니다. 제 아내의 장례비용을 갚아달라는 것도 아닙니다! 다만 헤르제의 노모는 치료비 계산서를 제출할 것입니다. 헤르제가 트롱카 성에서 잃은 물건의 명세서를 내놓을 것입니다. 제가 가라말을 팔지 못해 입은 피해는 정부에서 회계사를 보내 산정해줄 수 있을 것입니다—이해할 수 없는 무시무시한 미치광이여!라고 루터는 말하고 콜하스를 노려봤다. 네 칼로 융커에게 복수를 하고서도, 그것도 천하에 둘도 없이 잔인하게 보복을 하고서도, 무엇 때문에 융커를 재판해야 한다고 고집하느냐? 설령 판결이 내려진다 하더라도 그 형벌은 융커에게 솜방망이에 지나지 않을 텐데 말이다—콜하스가 뺨에 눈물을 줄줄 흘리며 대답했다. 존경하는 목사님! 이 판결을 받으려다가 제 아내가 목숨을 잃었습니다. 저 콜하스는 제 아내가 부당한 짓을 하다 죽은 게 아니라는 것을 만천하에 알리고 싶습니다. 이 점만큼은 제 뜻에 따르셔서, 법원이 판결을 내리도록 주선해주십시오. 그밖의 일에서는 아무리 의견이 다르더라도 제가 목사님 뜻에 따르겠습니다—루터가 말했다. 잘 들어라, 상황이 항간에 퍼진 소문 그대로라면, 네 요구는 정당하다. 네가 네 손으로 복수하겠다고 나서기 전에 이 소송을 선제후에게 해결해달라고 맡겼더라면, 선제후가 네 요구사항을 한 항목 한 항목 다 들어줬을 것이라고 나는 믿어 의심치 않는다. 하지만 모든 일을 곰곰이 생각해보면, 너는 하느님을 생각해서라도 융커를 용서하고 여위고 들피진 가라말이라도 돌려받는 게 더 낫지 않았겠느냐? 그 말에 올라타고 콜하젠브뤼크로 돌아와 마구간에서 살찌우는 게 더 좋지 않았겠느냐?—콜하스가 창가에 다가서며 대답했다. 일리가 있기도 하고, 없기도 한 말씀입니다! 말들을 원래대로 회복시키려면 제 사랑하는 아내가 가슴에서 피를 쏟아야 한다는 것을 제가 알았더라면, 존경하는 목사님, 저는 목사님 말씀대로 용서를 베풀었을 것입니다. 귀리 한두 자루쯤이야 아끼지 않았을 것입니다. 하지만 이 말들 때문에 저는 너무 비싼 댓가를 치렀습니다. 그러므로 이제 이렇게 하는 도리밖에 없다고 생각합니다. 융커를 처벌하는 판결을 내리게 하여 제 한을 풀어주십시오. 융커를 시켜 제 가라말들을 먹이도록 만들어주십시오—루터는 이런저런 생각에 잠겨 문서들을 다시 집어들고, 이렇게 말했다. 너를 위해 선제후와 교섭해보겠다. 그동안 너는 뤼첸 성에서 잠잠히 있어라. 선제후가 안전통행권을 너에게 허락하면, 널리 방을 붙여 이를 알리겠다—하지만, 루터는 콜하스가 손에 입을 맞추려고 허리를 굽히는 것을 보며 말을 이었다. 선제후가 너그럽게 자비를 베풀지는 잘 모르겠다. 들리는 소문으로는, 선제후가 군사들을 소집하여 뤼첸 성에 있는 너를 체포하려 하고 있다 하니. 아무튼, 이미 너에게 말했다시피, 나로서는 너를 위해 온 힘을 다하겠다. 루터는 이렇게 말하고 일어서서, 콜하스를 떠나보내려 했다. 목사님이 이 문제를 중재해주겠다니 한시름 덜었습니다라고 콜하스는 말했다. 이에 루터가 말장수에게 잘 가라고 손을 흔들려는 참이었는데, 콜하스가 느닷없이 루터 앞에 한쪽 무릎을 꿇더니 이렇게 말했다. 간곡히 부탁드릴 게 있습니다. 성령강림절마다 저는 성찬식에 참여했는데, 전쟁에 나와 싸우느라 교회에 가지 못했습니다. 번거롭게 절차를 따지지 말고 제 고해성사를 받아주실 수 있으신지요? 그런 다음 저에게 성체를 내리는 은혜를 베풀어주실 수 있으신지요? 루터는 잠시 생각을 가다듬고선 말장수를 쏘아보며 말했다. 좋다, 콜하스, 소원대로 해주마! 하지만 주님께서는, 네가 그 성체를 받아 모시고 싶어하는 주님께서는, 원수를 용서하셨다—너도 너를 모욕한 융커를, 루터는 말장수가 당황한 눈초리로 자신을 바라보자 이렇게 덧붙였다. 용서하지 않겠느냐? 트롱카 성으로 찾아가서 네 가라말들에 올라타고 콜하젠브뤼크로 돌아온 뒤 말들을 살찌우지 않겠느냐?—"존경하는 목사님," 콜하스는 얼굴이 벌게져 루터의 손을 붙들고 말했다—그래?—"주님께서도 원수를 다 용서하지는 않으셨습니다! 저는 제 주상이신 두 선제후[26]도, 집사와 마름도, 힌츠 경과 쿤츠 경도, 그밖에 이 일과 관련하여 저를 모멸한 어느 누구라도 용서하겠습니다. 하지만 융커에게만큼은 무슨 일이 있어도 제 가라말들을 다시 살찌우게 해주십시오." —루터는 이 말을 듣자 마뜩찮은 눈빛을 짓더니, 말장수에게 등을 돌리고 종 줄을 잡아당겼다. 조수가 종소리를 듣자마자 등불을 들고 문간으로 와서 인기척을 내자, 콜하스는 당황하여 눈물을 훔치며 바닥에서 일어섰다. 조수는 문을 열려고 애를 썼지만 빗장이 걸려 있기 때문에 문은 열리지 않았고, 루터는 다시 책상에 다가앉아 문서만 뒤적거리고 있었다. 어쩔 수 없이 콜하스가 조수에게 문을 열어줬다. 루터가 말장수에게 흘금 곁눈질하며 조수에게 등불을 밝혀줘라!라고 말하자, 조수는 손님이 있는 것을 보고 흠칫 놀라며 벽에 걸린 집 열쇠를 집어들었다. 그러고선 반쯤 열려 있는 방문가로 되돌아가, 콜하스가 나오기를 기다렸다—콜하스는 안절부절못하고 두 손으로 모자를 만지작거리며 이렇게 말했다. 존경하는 목사님, 제가 목사님께 간청했는데도, 저는 회개하고 화해하는 은혜를 받을 수 없단 말입니까? 루터는 딱 잘라 대답했다. 네 구세주에게는 받을 수 없다. 네 선제후에게 받을 수 있을지는, 내가 너에게 약속한 노력에 따라 달라지겠지만! 이렇게 말하고서 루터는 조수에게 손짓하여 더이상 꾸물거리지 말고 자신이 시킨 대로 하라 했다. 콜하스는 억장이 무너지는 표정으로 두 손을 가슴에 얹고, 불을 밝혀주는 조수를 따라 계단을 내려간 뒤 사라졌다.

다음 날 아침, 루터는 작센 선제후에게 서한을 띄워서, 먼저 궁내시종 쿤츠 폰 트롱카 경과 헌작시종 힌츠 폰 트롱카 경을 넌지

---

26 콜하스는 브란덴부르크 토박이이지만 작센에 부동산을 소유하고 있으므로, 두 선제후의 백성이다.

시 나무라며 선제후를 수행하는 이 두 시종이 고소장을 가로챘다는 소문이 세간에 퍼져 있다고 알렸다. 그런 다음 늘 그랬듯 거리낌 없이 선제후에게 이렇게 털어놓았다. 이런 불미스러운 상황에서는 말장수의 제안을 받아들여, 이자가 저지른 죄를 사면하고 소송 재개를 허락하는 수밖에 없습니다. 이어서 이렇게 썼다. 민심이 몹시 흉흉하여 말장수 편을 들고 있습니다. 이 사내가 세번이나 잿더미로 만들었던 비텐베르크에서조차 말장수를 두둔하는 소리가 들립니다. 콜하스는 자신의 제안이 거부되면, 이런저런 제안을 했노라고 틀림없이 갖은 악담을 섞어 백성들에게 알릴 것입니다. 그러면 백성들이 선동에 쉽사리 휩쓸려 국가 공권력으로도 콜하스를 막을 수 없게 될지도 모릅니다. 이렇게 결론지었다. 이런 비상 상황에는 자국 국민이 내란을 일으켰다 할지라도 타협하기를 꺼리지 말아야 합니다. 그런데 말장수는 그동안 내려진 조처들을 통해 어떻게 보면 국외로 쫓겨난 것이나 다름없습니다. 요컨대, 이 상황을 해결하려면 말장수를 작센 선제후에게 반란을 일으킨 역적으로 여기기보다는, 작센 땅에 침입해 들어온 외적으로 간주해야 합니다. 말장수는 브란덴부르크 사람이므로 외적이라 생각해도 크게 틀린 것은 아닙니다—선제후가 이 서한을 전달받았을 때, 제국 총사령관 크리스티에른 폰 마이센 공자, 법원장 브레데 백작, 비서실장 칼하임 백작, 궁내시종 쿤츠 폰 트롱카, 헌작시종 힌츠 폰 트롱카가 그 자리에 있었다. 크리스티에른 폰 마이센 공자는 뮐베르크 전투 패전에서 입은 부상으로 아직도 자리보전하고 있는 프리드리히 폰 마이센 공자의 숙부였고, 쿤츠 폰 트롱카 경과 힌츠 폰 트롱카 경은 선제후의 오랜 친구이자 측근이었다. 추밀고문 자격으로 선제후의 사신私信을 관리하고 선제후의 이름과 문장紋章을 사용할 권한이 있었던 궁내시종 쿤츠 경이 맨 처음 입을 열었다. 저는 그릇된 보고를 듣고 말장수가 근거 없이 쓸데없는 소동을 일으키고 있다고 오해했습니다. 그러지 않았더라면 말장수가 제 사촌인 융커를 상대로 법원에 고소를 제기했을 때 제 직권으로 기각하지 않았을 것입니다. 이렇게 다시금 장황하게 변명부터 늘어놓은 뒤, 작금의 상황으로 넘어갔다. 쿤츠 경은 말했다. 그렇지만 하느님의 법으로 보나 인간의 법으로 보나, 이런 오해를 빌미로 삼아 말장수가 이렇게 끔찍한 복수를 제 손으로 하겠다고 나설 권한은 없을 것입니다. 이자를 적법한 적군으로 인정하여 협상한다면 이 저주받을 인간에게 더없는 영광을 베푸는 셈이 될 것입니다. 이로 말미암아 성스러운 선제후에게 되돌아올 치욕은 생각만 해도 참을 수 없습니다. 따라서, 이렇게 열변을 토했다. 저는 루터 박사가 내놓은 제안을 받아들이는 꼴을 지켜보느니, 차라리 미치광이 역적 놈이 내린 판결이 집행되기를 바라겠습니다. 제 사촌인 융커가 가라말들을 살찌우러 콜하젠브뤼크로 붙들려가는 꼴을 보겠습니다. 법원장 브레데 백작은 쿤츠 경에게 몸을 반쯤 돌리고 딱하다는 듯 물었다. 경은 이 난처하기 짝이 없는 문제를 해결하려다 혹시라도 선제후의 명예를 해치지 않을까 끔찍이도 염려하는구려. 애당초 이 문제가 일어났을 때 그런 걱정을 품었더라면 오죽 좋았겠소. 법원장은 선제후에게 누가 봐도 부당한 조처를 관철하려 국가 공권력을 동원해서는 안된다고 우려를 표했다. 말장수를 따르는 무리가 나라에 끊이지 않고 있다고 넌지시 일깨우며, 죄악의 실타래가 이런 식으로 끝없이 풀려나올지 모릅니다라고 덧붙여 말했다. 그러고선 이렇게 밝혔다. 이 실타래를 끊고 정부를 이 곤혹스러운 상황에서 구해내기 위해서는, 말장수에게 저지른 과오에 대해 지체없이 남김없이 배상하는 수밖에 없습니다. 그렇게 하여 부당함을 풀어주는 길밖에 없습니다. 크리스티에른 폰 마이센 공자는 선제후가 자신에게 의견을 묻자, 법원장에게 정중하게 몸을 돌리고 말했다. 법원장의 판단에 저는 깊은 경의를 표합니다. 하지만 법원장은 콜하스가 겪은 부당함을 풀어주려는 마음이 앞선 나머지 비텐베르크와 라이프치히는 물론 작센 전역이 말장수에게 유린당했다는 것을 헤아리지 않고 있습니다. 이에 대한 피해 배상이나 하다못해 말장수 처벌을 정당하게 요구하는 것마저 가로막고 있습니다. 이 사내로 말미암아 국가 질서가 몹시 문란해졌으므로, 법학에 근거한 원칙만으로는 이를 바로 세울 수 없습니다. 그러므로 저는 궁내시종의 생각에 동의합니다. 이러한 경우에 써야 마땅한 수단을 동원하는 데 찬성합니다. 대규모 군사를 소집하여 뤼첸 성에 진 치고 있는 말장수를 체포하거나 진압해야 합니다. 궁내시종은 벽에서 의자 둘을 들고 와 방 한가운데 사근사근 내려놓고 선제후와 공자에게 앉으라고 권하며 이렇게 말했다. 이 굽도 젖도 할 수 없는 문제를 어떻게 해야 할지 고심하는 판에 공자같이 강직하고 식견 있는 분이 저와 의견을 같이해주셔서 기쁩니다. 공자는 의자를 붙잡고 있을 뿐 앉으려 하지 않으며 궁내시종을 노려보더니 잘라 말했다. 미리부터 좋아할 것 없소. 이 문제를 해결하기 위해 반드시 해야 할 일은 먼저 당신에게 영장을 발부하고, 선제후 명예훼손 혐의로 기소하는 것이니까 말이오. 죄악들이 꼬리에 꼬리를 물고 일어나면, 정의의 여신이 일일이 심판할 수 없을 만큼 한도 끝도 없이 일어나면, 정의의 여신의 보좌 앞에 베일을 칠 수밖에 없기는 하오. 하지만 아무리 그렇더라도 숱한 죄악을 불러일으킨 맨 처음 죄악만큼은 눈감아 넘길 수 없소. 따라서 트롱카 가문을 먼저 기소하여 극형에 처해야 하오. 그래야만 국가는 말장수를 쳐부술 수 있는 명분을 얻을 수 있소. 말장수의 고소는 다들 알다시피 지극히 정당하고, 트롱카 가문이 말장수에게 칼을 쥐여주고 휘두르게 만든 것이나 다름없기 때문이오. 선제후는 궁내시종이 이 말에 화들짝 놀라 자신을 바라보자, 얼굴이 벌겋게 달아올라 몸을 돌리더니 창가로 다가갔다. 다들 당혹하여 잠시 말을 잊고 있는데 칼하임 백작이 침묵을 깼다. 이런 식으로 따지자면 우리를 마술처럼 사로잡고 있는 악순환에서 빠져나올 길이 없습니다. 궁내시종을 기소해야 옳다면, 총사령관의 조카 프리드리히 공자도 재판에 회부하는 게 정당할 것입니다. 프리드리히 공자는 콜하스를 토벌하러 특별 출정했을 때 총사령관의 지시를 수없이 어겼기 때문입니다. 따라서 우리가 현재 처해 있는 곤경을 초래한 자들을 낱낱이 꼽자면 프리드리히 공자도 이 무리에 넣어야 합니다. 선제후에게 뮐베르크 패전 책임을 추궁받아야 마땅할 것입니다. 헌작시종은 선제후가 난감한 눈빛으로 책상가로 돌아오자 입을 열어 이렇게 말했다. 여기에 모인 바와 같이 지혜로운 분들이 어떤 국령을 내려야 좋을지 생각해내지 못하는 것을 이해할 수 없습니다. 제가 아는 바로는, 말장수는 드레스덴으로의 안전통행권과 소송의 재심을 보장하면 작센에 침입할 때 이끌고 온 무리를 해산시키겠다고 약속했습니다. 하지만 약속을 지키더라도 이자가 저지른 악랄한 복수를 반드시 사면해줄 필요는 없습니다. 법률적으로 서로 상관없는 두 사안을 루터 박사뿐 아니라 국가 중신들마저 혼동하는 것처럼 보입니다. 헌작시종은 손가락을 코에 얹으며 말을 이었다. 드레스덴 법원에서 가라말들 문제에 어떤 판결을 내리든 콜하스를 살인방화 및 약탈죄로 투옥할 수 있습니다. 이 절묘한 묘책은 앞서 법원장과 총사령관이 밝힌 견해의 장점만을 추린 것입니다. 세상의 호평도 후세의 칭찬도 틀림없이 얻을 수 있을 것입니다—선제후는 공자뿐 아니라 법원장도 헌작시종 힌츠 경의 이런 횡설수설에 흘깃 곁눈질만 던질 뿐이고 회의에 파장 분위기가 감돌자, 이렇게 말했다. 중신들이 여러 의견을 내놓았으니 다음 중신회의 때까지 혼자서 곰곰이 생각해보겠노라—선제후는 군사를 일으켜 콜하스를 칠 준비가 다 되어 있었으나 그러려면 먼저 궁내시종부터 처벌해야 한다고 공자가 말하자, 친구를 몹시 염려하는 마음 때문에 콜하스 토벌을 망설이게 됐다. 아무튼 선제후는 법원장 브레데 백작의 생각이 가장 합리적인 듯 여겨졌기 때문에 브레데 백작에게 남아 있으라고 일렀다. 법원장은 선제후에게 다음과 같은 내용의 보고서를 보여줬다. 콜하스의 병력이 어느덧 무려 사백명으로 늘어났습니다. 그뿐만 아니라 궁내시종의 전횡 탓에 온 나라에 불만이 팽배해 있습니다. 머지않아 병력이 두 배 심지어 세 배로 늘지도 모릅니다. 그러자 선제후는 더이상 머뭇거리지 않고 루터 박사의 충고를 받아들이기로 마음먹었다. 그리하여 브레데 백작에게 콜하스 사건을 처리하도록 전권을 위임했다. 며칠 지나지 않아 방이 나붙었고, 그 골자는 이러했다.

작센 선제후를 위시한 우리 중신들은 마르틴 루터 박사가 우리에게 보낸 중재안을 매우 자비롭게 검토했다. 그리하여 브란덴부르크의 말장수 미하엘 콜하스에게 소송 재심리를 신청할 수 있도록 드레스덴으로의 안전통행권을 허락한다. 조건은 미하엘 콜하스가 이 방을 본 뒤 사흘 안에 손에 든 무기를 내려놓는다는 것이다. 그렇게 되지 않으리라 예상하지만, 드레스덴 법원에서 말장수가 가라말들 건으로 제기한 고소가 기각되면, 말장수는 제 손으로 부당함을 바로잡겠다고 제멋대로 들고 나선 데 대해 법에 따라 준엄한 처벌을 받을 것이다. 하지만 말장수의 고소가 수리되면, 말장수와 말장수를 따르는 무리를 법으로 다스리기보다는 자비로 품어 안을 것이며, 말장수가 작센에서 저지른 악행들을 완전히 사면할 것이다.

콜하스는 작센 방방곡곡에 붙은 방 중 한장을 루터 박사에게서 전해받자마자, 방에서 내건 조건에 이의를 달지 않고, 졸개들에게는 선물을 주고 고맙다고 말하고 알아듣게 타일러, 자신의 무리를 모두 해산시켰다. 돈이든, 무기든, 병기든, 노획물이란 노획물은 모두 뤼첸 법원으로 들고 가 선제후에게 바쳤다. 발트만을 콜하젠브뤼크의 사음에게 보내 그럴 수 있다면 자신의 농장을 되사고 싶다는 내용의 편지를 전하게 했다. 슈테른발트를 슈베린으로 보내 아이들과 다시 모여 살고 싶으니 아이들을 데려오라 했다. 그런 다음 얼마 남지 않은 재산을 유가증서로 바꿔 몸에 지니고, 아무도 모르게 드레스덴으로 향했다.

먼동이 터오고 온 도시가 아직 단잠에 빠져 있을 때, 콜하스는 드레스덴 교외 피르나에 있는 작은 집의 문을 두드렸다. 정직한 이웃 사음 덕택에 아직 자신의 소유로 남아 있던 집이었다. 집을 돌보던 늙은 청지기 토마스가 깜짝 놀라 눈을 비비며 문을 열어주자, 콜하스는 토마스에게 말했다. 정부 관아에 있는 마이센 공자에게 가서 말장수 콜하스가 왔다고 전해라. 마이센 공자는 이 소식을 듣자마자, 작센 정부가 이 사내를 어떻게 대해야 할지 당장 직접 알아보는 게 좋겠다고 생각했다. 곧바로 기사들과 노복들을 거느리고 콜하스의 집에 당도했을 때, 집 앞의 길이란 길마다 엄청나게 많은 사람이 떼 지어 모여 있는 것을 보았다. 백성을 억압하는 정상배를 불과 칼로 징벌하는 죽음의 천사가 왔다는 소식에 시내와 교외를 가릴 것 없이 온 드레스덴이 단잠에서 깨어났던 것이다. 토마스는 호기심에 가득 찬 구경꾼이 집 안까지 밀려들지 못하도록 집 문에 빗장을 지를 수밖에 없었다. 조무래기들은 창문에 기어올라 화적이 방에서 아침식사하는 것을 들여다봤다. 공자는 경호병이 길을 터주자 집 안으로 들어가 콜하스 방에 들어서자마자, 웃통을 벗고 식탁에 앉아 있던 말장수에게 네가 콜하스라고 하는 말장수냐?라고 물었다. 이에 콜하스는 자신의 상황을 설명하는 문서들이 든 주머니를 허리띠에서 끌러, 공자에게 공손하게 건네주며 그렇습니다!라고 대답하고, 이렇게 덧붙였다. 저는 제 무리를 해산시킨 다음 선제후께 안전통행권을 얻어 드레스덴에 도착했습니다. 가라말들 건으로 융커 벤첼 폰 트롱카를 법원에 제소하려 하고 있습니다. 공자는 콜하스를 위에서 아래로 흘깃 훑어본 뒤, 주머니에 들어 있는 문서들을 뒤적거렸다. 뤼첸 법원이 발행한 증서에 콜하스가 재산을 선제후에게 바쳤다고 쓰여 있는데, 이게 무슨 소리인지 설명해보라고 말했다. 그밖에도 자녀는 몇이나 되고, 재산은 얼마나 되며, 앞으로 어떻게 살아갈 작정이냐 따위의 이런저런 질문으로 콜하스의 사람됨을 떠보고서, 이자는 안심해도 될 만한 사람이라는 판단을 내렸다. 그런 뒤 주머니를 돌려주며 이렇게 일렀다. 네 소송을 가로막는 걸림돌은 없을 것이다. 소송을 재개하고 싶으면 곧바로 법원장 브레데 백작에게 찾아가기만 하면 될 것이다. 공자는 잠시 말을 멈추고 창가로 다가갔다가, 집 앞에 모여든 구경꾼들을 보고 눈이 휘둥그레져 이렇게 말했다. 너는 당분간 경비병을 두어야겠다. 집 안에 있을 때나 밖에 나갈 때 너를 지키도록 해야겠다!—콜하스는 흠칫 놀라 눈을 내리뜨고선 아무 말도 하지 않았다. 공자는 다시 창가를 떠나며 "그렇다면 좋다!"라고 말했다. "무슨 일이 생기든 그것은 모조리 네 책임이다." 이렇게 말하고 다시 문으로 몸을 돌려, 집에서 나가려는 참이었다. 콜하스가 잠시 생각을 가다듬은 뒤 말했다. 자비로우신 나리! 나리 뜻에 따르겠습니다! 제가 요구하면 바로 경비병을 물리겠다고 약속해주십시오. 그러면 분부를 거역하지 않겠습니다! 공자는 그 일이라면 염려 마라!라고 대답했다. 세 병졸이 경비병으로 쓸 만하다고 추천받자, 이들을 불러 이렇게 일렀다. 너희는 이 말장수의 집에 머물러 있어라. 하지만 이자의 자유를 구속해서는 안된다. 너희가 남아 있는 목적은 이자가 밖에 나갈 때 따라다니며 보호하기 위해서일 뿐이다. 그런 뒤 말장수에게 살갑게 손을 흔들어 인사하고 자리를 떴다.

정오 무렵 콜하스는 세 병졸의 경비를 받으며 법원장 브레데 백작을 찾아갔다. 엄청난 인파가 콜하스의 뒤를 따랐지만, 경찰의 경고를 받고선 콜하스의 몸에 아무 해도 입히지 못했다. 법원장은 콜하스를 응접실에서 사근사근 상냥하게 맞이하여 꼬박 두시간 동안 말장수와 이야기를 나눴다. 소송이 어떻게 진행됐는지 그 자초지종을 귀담아들은 뒤, 법원이 임명한 드레스덴의 유명한 변호사를 찾아가 바로 고소장을 작성하여 제출하라고 일러줬다. 콜하스는 지체없이 이 변호사의 집으로 찾아갔다. 법에 따라 융커를 처벌할 것, 말을 원상회복시킬 것, 자신의 피해를 배상할 것, 아울러 뮐베르크에서 전사한 머슴 헤르제가 입은 피해를 헤르제의 노모에게 변상할 것을 요구하는 고소장을 작성했다. 처음 작성했던 고소장과 거의 똑같은 내용이었다. 그런 다음 집으로 돌아왔는데, 구경꾼들이 아직도 자신을 호기심 어린 눈으로 바라보며 쫓아다녔으므로, 말장수는 불가피한 용무가 아니라면 집을 떠나지 않기로 마음먹었다.

한편 융커도 비텐베르크의 감옥에서 풀려났는데, 급성 단독[27]으로 발에 생겼던 염증이 다 가라앉은 뒤 드레스덴 법원에게 긴급 소환을 받았다. 융커가 가라말 한 쌍을 불법압류하여 죽도록 부렸다는 말장수 콜하스의 고소장이 접수됐으니 융커는 드레스덴에 와서 이에 답변하기 바란다는 내용이었다. 융커의 사촌인 궁내시종과 헌작시종 두 트롱카 형제는 융커가 자신들의 집에 도착하자 더 없는 분노와 경멸을 퍼부었다. 융커를 온 가문에 치욕과 굴욕을 안겨준 뻔뻔하고 염치없는 놈이라고 일컬었고, 융커가 이제 소송에서 질 것임에 틀림없다고 예고했으며, 가라말들을 데리고 와서 온 세상의 비웃음을 받으며 다시 살찌워야 하는 처벌을 받을 각오를 하라고 일렀다. 융커는 기어들어가고 떨리는 목소리로 말했다. 세상에 저같이 가엾은 인간은 없을 거예요. 그러고선 울부짖었다. 저는 저를 불행에 몰아넣은 이 저주받을 짓의 전말을 거의 알지 못해요. 집사와 마름이 모든 일에 책임이 있어요. 이놈들은 저에게 알리지도 허락을 구하지도 않고 가을걷이 때 말들에게 일을 시켰어요. 때로는 제 놈들 밭에 데리고 가서 혹독하게 부려먹어 뼈만 남게 만들었어요. 융커는 이렇게 하소연하며 주저앉더니, 앓아누워 있다 일어난 지 얼마 되지도 않은 자신을 심술궂게 괴롭히고 업신여겨 다시 몸져눕게 만들지 말아달라고 애걸했다. 다음 날, 잿더미가 되어버린 트롱카 성 근방에 영지를 소유하고 있던 힌츠 경과 쿤츠 경은, 사촌인 융커의 간청도 간청이려니와 달리 뾰족한 수도 없었으므로, 이 영지에 사는 사음들과 작인들에게 서한을 띄워, 트롱

27 상처에 세균이 들어가서 피부가 붉게 부어오르며 높은 열이 나는 병이다.

카 성이 불타던 날 가라말 한 쌍이 사라져 그뒤 종적이 묘연한데 혹시 어디 있는지 아느냐고 물었다. 하지만 트롱카 성은 완전히 잿더미로 변했고 그곳에 살던 사람들은 거의 목숨을 잃은 상황이었던 터라, 들을 수 있었던 말이라고는 이런 것뿐이었다. 한 아이종이 불타는 헛간에서 가라말들을 구해냈습지요. 콜하스가 칼몸 옆면으로 두들기는 데 쫓겨서였어요. 그런 뒤 아이종은 콜하스에게 말들을 어디로 데리고 가서 어떻게 해야 하느냐고 물었습지요. 하지만 이 원한에 사무친 악한에게 대답을 듣기는커녕 발길질만 당했어요. 통풍을 앓고 있었으며 융커의 살림을 맡았던 안잠자기 노파는 마이센으로 피난 떠나 있었는데, 말의 행방을 묻는 편지를 받자 이렇게 장담했다. 그 아이종은 그 끔찍한 밤이 지나고 먼동이 트자마자 말들을 끌고 브란덴부르크 국경 쪽으로 갔구먼요. 하지만 브란덴부르크에서 아무리 수소문해도 말들을 찾을 수 없었고, 노파가 이런 말을 한 것은 뭔가 착각했기 때문인 듯도 싶었다. 융커가 수하에 둔 노복 중에는 브란덴부르크 땅이나 그곳으로 가는 길목에 살았던 자가 없었기 때문이었다. 트롱카 성에 불이 난 지 며칠 지나지 않았을 때 빌스드루프[28]에 머물고 있었던 드레스덴 사내 두셋은 이런 말을 했다. 그 무렵 어느 아이종이 굴레를 씌운 말 두마리를 끌고 빌스드루프에 도착했수다. 이 짐승들은 너무 비참한 몰골이었고 걸음을 옮기지조차 못하더이다. 아이종은 어느 양치기가 이 말들을 다시 살찌워보겠다고 나서자, 양치기의 외양간에 말들을 맡기고 갔수다. 이런저런 정황으로 미루어 이 말들이 찾고 있는 가라말들일 가능성이 매우 높았다. 하지만 빌스드루프에서 온

28 빌스드루프, 되벨른, 하이니헨은 드레스덴과 라이프치히 사이에 있다.

나그네 서넛은 이렇게 장담했다. 빌스드루프의 양치기가 누구에게인지는 모르겠지만 이 말들을 이미 되팔았다니까요. 또한 누가 퍼뜨렸는지 알 수 없지만 세번째로 이런 소문까지 돌았다. 말들은 벌써 하늘나라로 떠나 빌스드루프 뼈무덤에 묻혔다는데요. 힌츠 경과 쿤츠 경은, 우리가 쉽게 짐작할 수 있듯, 이러한 사태 전개를 몹시 반겼다. 사촌인 융커는 마구간도 없는 처지였으므로 가라말들을 자신들의 마구간에서 먹여야 할 판이었는데, 말들이 죽었다면 그럴 필요가 없어지기 때문이었다. 그렇지만 힌츠 경과 쿤츠 경은 이런 풍문이 정말로 사실인지 확인하여 터럭만큼이라도 미심쩍음을 남기고 싶지 않았다. 그래서 융커 벤첼 폰 트롱카는 세습 영주이자 재판권자의 자격으로 빌스드루프 법원에 서한을 보냈다. 여기서 융커는 자신이 맡았던 가라말들이 사고로 없어졌다고 말하고 이 말들의 생김새를 상세히 설명했다. 그런 뒤 이 가라말들의 현재 소재를 알아봐줄 것과, 누가 말을 기르고 있든 따지지 않고 그동안 든 비용 전액을 후하게 보상하겠으니 주인에게 이 말들을 드레스덴에 있는 궁내시종의 마구간으로 데려오라고 요청하고 독촉해줄 것을 간곡히 당부했다. 그러자 며칠 지나지 않아 빌스드루프의 양치기에게서 가라말들을 샀다는 사내가 실제로 나타나, 여위고 휘청거리는 말들을 수레 뒤에 묶어 드레스덴 장터로 끌고 왔다. 융커 벤첼에게 불운이 끼었는지, 아니 올곧은 콜하스에게 훨씬 더 많이 액운이 끼었는지, 이자는 되벨른의 말백정이었다.

융커 벤첼은 사촌인 궁내시종과 한자리에 있다가, 어느 사내가 트롱카 성 화재에서 빠져나온 가라말 두마리를 이끌고 드레스덴에 도착했다는 긴가민가한 소문을 들었다. 이 말을 듣자마자 두 사람은 집 안에 있던 노복 서넛을 불러모아 거느리고 사내가 있는 궁성 광장으로 달려갔다. 이 말들이 콜하스의 것이라면 그동안 들인 비용을 갚아주고 말들을 되찾아 집으로 끌어오려 했다. 하지만 두 귀족은 백성들의 수가 벌써부터 시시각각 불어나고 있는 것을 보고서 얼마나 당혹했던가! 구경꾼들은 말들이 묶여 있는 이륜수레 주위에 큰 구경거리라도 난 듯 몰려들었다. 쉴 새 없이 웃음을 터뜨리며, 국가를 뿌리째 뒤흔들었던 말들이 어느새 말백정 손에 들어갔구나!라고 소리쳤다. 융커는 수레를 빙 돌아가서 얼마나 참혹한지 금방이라도 죽을 듯싶은 말들을 보고선, 당혹하여 이 말들은 제가 콜하스에게 받았던 말들이 아니에요라고 말했다. 궁내시종 쿤츠 경은 분노 어린 눈초리를 말없이 융커에게 던졌다. 이 눈초리가 쇠로 된 것이었더라면 융커를 으스러뜨리고도 남았을 것이다. 궁내시종은 외투 깃을 발랑 젖혀 훈장과 관직 목걸이가 누구에게나 보이도록 만들며, 말백정에게 다가가 이렇게 물었다. 이 말들이 빌스드루프 양치기가 맡았던 가라말들이냐? 융커 벤첼 폰 트롱카가 주인이라고 자처하면서, 빌스드루프 법원에 찾아달라고 요구했던 가라말들이냐? 말백정은 양동이를 손에 들고서, 수레를 끄는 투실투실하게 살찐 말에게 물을 먹이려 하며 되물었다. "저 가라말들 말인가요?"—말백정은 양동이를 내려놓고, 살찐 말들 주둥이에서 재갈을 벗기며 말했다. "수레 뒤에 묶여 있는 저 가라말들은 하이니헨의 돼지치기한테서 샀구먼요. 돼지치기가 이 말들을 어디서 얻었는지, 혹시 빌스드루프의 양치기에게 산 것은 아닌지는 알지 못하고요. 저한테," 말백정은 양동이를 다시 집어들어 수레 끌채와 무릎 사이에 끼워 받치며 말을 이었다. "저한테 빌스드루프 법원 관리가 와서는 말들을 드레스덴의 트롱카 가문의 집으로 데리고 가라고 하더군요. 내가 찾아가야 할 융커는 이름이 쿤츠라고 하면서요." 말백정은 이렇게 말하며 양동이를 들고 몸을 돌려, 말이 마시지 않고 남긴 물을 자갈길에 쏟았다. 궁내시종은 구경꾼들의 비웃음 섞인 눈길이 사방에서 날아오는 것을 느꼈지만, 이에 아랑곳없이 제 할 일만 하고 있는 말백정의 눈길은 끌어올 수 없었다. 그래서 이렇게 말했다. 내가 바로 궁내시종 쿤츠 폰 트롱카이다. 내가 받아가야 할 가라말 두마리는 내 사촌인 융커가 맡았던 말들이어야 한다. 트롱카 성에 큰불이 났을 때 아이종이 데리고 달아났다가 빌스드루프의 양치기에게 넘겼으며, 원래는 말장수 콜하스의 소유였던 말이어야 한다! 궁내시종은 말백정이 소변을 보려고 다리를 벌린 채 바지를 걷어올리는 것을 보며 다그쳐 물었다. 너는 이 가라말들이 그런 말이란 소리를 들어본 적이 없느냐? 가장 중요한 것을 묻겠다. 하이니헨의 돼지치기가 이 말들을 빌스드루프의 양치기에게서 구입했느냐? 그게 아니라면 이 말들을 그 양치기에게서 산 제삼자에게서 구입했느냐?— 말백정은 마차를 향해 서서 소변을 다 본 뒤 이렇게 말했다. 저는 가라말들을 데리고 드레스덴에 가라는 말을 들었습지요. 그러면 트롱카 가문의 집에서 말값을 줄 거라고 하더군요. 나리께서 무슨 소리를 하는지는 하나도 모르겠네요. 하이니헨의 돼지치기가 말들을 개똥이한테 샀든 소똥이한테 샀든 빌스드루프의 양치기한테 샀든, 말들이 장물만 아니라면 저한테는 아무 상관이 없구먼요. 말백정은 이렇게 말하고선 떡 벌어진 등짝에 채찍을 걸치고 광장에 있는 주막집으로 갔다. 속이 출출하여 아침 끼니를 때우기 위해서였다. 궁내시종은 하이니헨의 돼지치기가 되벨른의 말백정에게 판 말들이 악마가 작센에서 몰고 다니던 바로 그 가라말들이 아니라면 도대체 어떻게 해야 할지 막막했기에, 융커에게 한마디라도 똥겨보라고 했다. 융커가 핏기 없는 입술을 바들거리며 말들이 콜하스의 것이든 아니든 사두는 것이 좋겠어요라고 말하자, 궁내시종은 융커를 낳은 부모에게 악담을 퍼부으며 다시 한번 외투 깃을 발랑 젖혔고, 이러지도 저러지도 못하고 갈팡질팡하며 구경꾼들에게서 빠져나왔다. 궁내시종은 벵크 남작이 말을 타고 길을 건너는 것을 보자 이 안면 있는 남작을 자기 쪽으로 부르더니, 법원장 브레데 백작에게 찾아가서 콜하스가 궁성 광장에 와서 가라말들이 자기 것인지 검사하도록 주선해주십사 하는 청을 넣어달라 했다. 궁내시종은 광장을 떠나지 않으려 버텼는데, 그 까닭은 어중이떠중이가 비웃음 가득한 눈길로 자신을 바라보며 손수건으로 입을 틀어막고 있다가 자신이 떠나기만 하면 웃음을 왁자하게 터뜨릴 기세였기 때문이었다. 때마침 콜하스는 법원 관리를 따라 법원장 집무실에 불려와 뤼첸에서 기탁한 재산과 관련하여 필요한 설명을 하려던 참이었는데, 그때 남작이 궁내시종의 부탁을 전하기 위해 법원장실에 들어왔다. 법원장은 언짢은 안색으로 안락의자에서 일어났고, 남작과 면식이 없는 말장수에게는 서류를 들고 옆에 비켜서 있으라 했다. 그러자 남작은 법원장에게 트롱카 가문 귀족들이 굽도 젖도 못할 상황에 빠져 있다고 고해바쳤다. 되벨른의 말백정이 빌스드루프 법원의 어설픈 수소문을 듣고 말들을 끌고 나타났습니다. 말들의 몰골이 얼마나 참혹한지 융커 벤첼은 이 말들을 콜하스 것이라고 선뜻 말하지 못하고 있습니다. 따라서 말들을 말백정에게서 사서 트롱카 가문 귀족의 마구간에서 다시 살찌우자면, 먼저 콜하스가 육안 검사를 해서 이런 의혹을 말끔히 씻어줘야겠습니다. "그러므로," 남작은 이렇게 말을 맺었다. "경비병에게 말장수를 집에서 불러와 말들이 있는 장터로 데리고 가라고 분부해주시면 고맙겠습니다." 법원장은 코에 걸친 안경을 벗으며 일러줬다. 그대는 두가지를 잘못 생각하고 있소. 하나는 이러한 의혹을 콜하스의 육안 검사가 아닌 다른 방법으로는 밝힐 수 없다고 생각하는 것이오. 다른 하나는 법원장인 내가 경비병을 시켜 콜하스를 융커가 바라는 대로 어디로든 데려가게 할 수 있다고 착각하는 것이오. 그러면서 남작 뒤에 서 있던 콜하스를 남작에게 소개하고, 의자에 앉아 안경을 다시 쓰며, 그 문제라면 콜하스에게 직접 문의해보라고 권했다—콜하스는 머릿속에 무슨 꿍꿍이를 담고 있는지 얼굴에 전혀 내색하지 않고 말했다. 말백정이 가라말들을 도시로 끌고 왔다니, 남작을 따라 장터로 가서 가라말들을 살펴보겠습니다. 남작이 흠칫 놀라 콜하스를 뒤돌아보자, 콜하스는 법원장 책상으로 다시 다가갔다. 주머니에 든 서류를 뒤적여 뤼첸에서의 기탁과 관련해 몇가지를 설명한 다음 작별인사를 했다. 얼굴이 벌겋게 달아올라 창가로 가 있던 남작이 뒤따라나왔다. 두 사람은 마이센 공자가 붙여준 병졸 셋의 경비를 받으며 수많은 구경꾼을 뒤에 이끌고 궁성 광장으로 향했다. 궁내시종 쿤츠 경은 되벨른의 말백정을 마주 보며 구경꾼들에 둘러싸여 그 자리에 버티고 있었다. 여러 친구가 주위에 몰려와 그러지 말라고 아무리 말려도 막무가내였다. 그러더니 남작이 말장수를 데리고 나타나기가 무섭게 말장수에게 다가가서, 옆구리에 도도하고 위엄있게 칼을 차고 말장수에게 물었다. 수레 뒤에 묶여 있는 말들이 네 것이냐? 말장수는 자신에게 질문을 던지는 낯선 귀족에게 공손히 몸을 돌리고 모자를 들어 인사했다. 그런 뒤 아무 대답도 하지 않고 기사들 모두를 뒤에 이끌고 말백정의 수레로 다가갔다. 말에서 열두 걸음 떨어진 곳에 멈춰서서, 말들을 흘깃 바라봤다. 말들은 다리를 후들거리며 머리를 땅에 축 늘어뜨리고 말백정이 코앞에 밀어놓은 건초에 입도 대지 않고 있었다. 나리! 콜하스는 궁내시종에게 다시 몸을 돌려 말했다. 나리! 말백정이 한 말이 맞습니다. 수레에 묶여 있는 말들은 제 것입니다! 기사 무리를 휘둘러보며 다시금 모자를 들어 인사를 건네고선 경비병들을 데리고 광장에서 떠나갔다. 궁내시종은 이 말을 듣자마자 머리에 쓴 투구의 깃털이 흔들릴 만큼 잰걸음으로 말백정에게 다가가 돈이 든 주머니를 던져줬다. 말백정은 한 손으로는 납 빗을 쥐고 이마에 흘러내린 머리털을 빗어올리며, 다른 한 손으로는 주머니를 열어 돈을 들여다봤고, 그동안 궁내시종은 한 노복에게 말을 풀어 집으로 데리고 가라고 명령했다. 이 노복은 구경꾼 사이에 끼어 있다가 쿤츠 경이 부르자 친구들과 친척들 곁을 떠났다. 정말로 창피해 얼굴을 발갛게 붉히며 말 발치에 고인 똥오줌물을 건너뛰어 말들에게 다가갔다. 하지만 노복이 말들을 풀려고 굴레를 잡기가 무섭게, 노복의 사촌인 장인匠人바치 힘볼트가 노복의 팔을 움켜쥐더니, 말백정의 말에 손대지 마!라고 외치며 노복을 수레에서 떠밀어냈다. 장인바치는 똥오줌물을 까치발로 건너며, 어리벙벙하여 지켜보고 있는 궁내시종에게 고개를 돌리고 이렇게 덧붙였다. 이런 일을 시키고 싶으시거든 말백정의 머슴을 부르시지요! 궁내시종은 분노에 들끓어 장인바치를 한순간 노려본 뒤 몸을 돌리더니 자신을 에워싼 기사들 머리 너머에 대고 호위대를 불렀다. 벵크 남작의 지시에 따라 한 장교가 선제후 근위대를 이끌고 궁전에서 나타나자마자, 궁내시종은 도시 주민들이 파렴치한 선동질을 했다고 장교에게 간추려 설명하고, 그 주모자인 장인바치 힘볼트를 체포하라고 요구했다. 궁내시종은 힘볼트의 멱살을 잡고, 내 노복이 명령에 따라 가라말들을 수레에서 풀려던 참에 이놈이 노복을 떠박지르고 행패를 부렸다라고 고발했다. 장인바치는 몸을 날래게 비틀어 멱살잡이에서 빠져나와 궁내시종을 밀쳐내고 이렇게 말했다. 나리! 스무살짜리 어린놈에게 이런 일은 하고 저런 일은 하지 말라고 타이른 게 어찌 선동이란 말입니까? 말백정 수레에 묶인 부정 탄 말들은 만지지 않는 게 관습과 법도입니다. 이를 어기고 싶은지 저 녀석에게 물어보십시오. 저 녀석이 그렇게 하고 싶다면 저는 말리지 않겠습니다! 당장에 말가죽을 뜯어서 벗긴다 해도 상관하지 않겠습니다! 궁내시종은 이 말을 듣고 노복에게 몸을 돌려 물었다. 내 지시에 따르는 게 못마땅하냐? 콜하스 것이었던 말들을 풀어 집으로 데리고 가는 게 께름칙하냐? 노복은 구경꾼 사이로 다시 꽁무니 빼며, 말들을 말답게 만들고 정결례淨潔禮라도 베푼 다음에 저에게 그 일을 시키시지요라고 주뼛주뼛 대답했다. 그러자 궁내시종은 노복을 뒤쫓아가 트롱카 가문 문장이 장식된 모자를 낚아챘고, 모자를 발로 짓밟은 뒤 가죽 칼집에서 칼을 뽑아 노복을 칼몸 옆면으로 사정없이 두들기며, 광장에서는 물론 일자리에서도 당장 쫓아냈다. 장인바치 힘볼트가 외쳤다. 살인마를 타도하라! 시민들이 이 광경을 보고 흥분하여 물밀듯 몰려들어 근위대를 밀어내는 동안, 장인바치는 궁내시종을 등 뒤에서 덮쳐 쓰러뜨린 뒤 외투와 옷깃과 투구를 잡아채더니 손에서 칼을 빼앗아 분풀이하듯 광장 저 너머로 내던졌다. 융커 벤첼은 이 소요에서 빠져나오며 기사들에게 자신의 사촌을 도와달라고 호소했지만 아무 소용이 없었다. 물밀듯 밀려드는 군중에 기사들은 손쓸 겨를도 없이 사방으로 흩어졌고, 궁내시종은 넘어지며 허리를 다쳐 군중의 들끓는 분노에 내맡겨졌다. 기병 병졸 한 분대가 때마침 광장을 지나다가 선제후 근위대 장교의 구원 요청을 듣고 달려오지 않았더라면, 궁내시종은 목숨을 잃을 뻔했다. 장교는 폭도를 다 몰아낸 뒤 미쳐 날뛰는 장인바치를 붙잡았고, 기병 두셋이 장인바치를 감옥으로 끌고 가는 동안, 쿤츠 경의 두 친구는 피 칠갑한 불쌍한 궁내시종을 땅에서 들어올려 집으로 떠메고 갔다. 말장수가 당했던 부당함을 배상해주려던 선의와 진심 어린 시도는 이렇게 참담한 결과로 끝났다. 되벨른의 말백정은 거래를 마쳤으므로 더이상 머무르고 싶은 마음이 없었기에, 군중이 흩어져 달아나기 시작하자, 말들을 가로등 기둥에 매어놓았다. 말들은 아무도 염려해주는 사람 없이, 부랑아들과 건달패의 비웃음을 받으며 종일 여기에 묶여 있었다. 누구 하나 돌보고 보살피려 들지 않았으므로 경찰이 말들을 떠맡을 수밖에 없었다. 밤이 닥치자 경찰은 드레스덴의 말백정을 불러, 다음 지시가 있을 때까지 시외의 말백정 마당에서 데리고 있으라고 했다.

이 사태는 말장수가 이에 사실 아무 책임이 없는데도, 온 작센 땅의 온건하고 양식있는 사람들에게조차 말장수의 소송 결과에 더없이 불리한 여론을 불러일으켰다. 작센 사람들은 국가에 대한 콜하스의 태도를 참을 수 없다고 여겼고, 사삿집에서도 공공장소에서도 이런 견해가 퍼져나갔다. 콜하스에게 부당한 짓을 저지르게 되더라도, 소송을 아예 다시 기각하는 게 낫소. 콜하스의 살인 방화가 두렵기로서니 콜하스가 미친 듯 고집하는 대로 다 들어주겠다고 이렇게 하찮은 일에까지 부당함을 바로잡을 수는 없는 일이오. 법원장 자신마저 너무 대쪽 같은 심성으로 트롱카 가문을 증오한 나머지 이러한 심상찮은 세론을 퍼뜨리고 굳히는 데 큰 몫을 하여, 가엾은 콜하스를 완전히 파멸에 빠뜨렸다. 작센 사람들이 보기에 가라말들을 드레스덴의 말백정한테서 데려온다 할지라도 콜하젠브뤼크의 마구간에 있었을 때의 상태로 회복시킬 가능성은 거의 없을 듯했다. 갖은 공을 들이고 내내 보살펴서 원상회복시킬 수 있다 할지라도 지금의 사태로 말미암아 융커 가문이 받을 치욕이 너무 엄청났다. 그러므로 작센 땅 최고의 명문으로서 트롱카 가문의 사회적 위신을 고려하여 말장수에게 배상금을 지불하는 것이 가장 적절하고 합리적인 듯싶었다. 그렇지만 소요가 일어난 며칠 뒤 비서실장 칼하임 백작이 병으로 자리보전하고 있는 궁내시종을 대리하여 보낸 편지에서 배상금 지급을 제안하자, 법원장은 콜하스에게 서한을 띄워 이러한 제안을 받거든 거절하지 말라고 권고했지만, 비서실장에게는 짤막하고 퉁명스럽게 답장을 보내 이 사안과 관련하여 개인적 부탁으로 자신을 번거롭게 하지 말라고 당부했고, 궁내시종에게는 말장수는 매우 분별있고 겸손한 사람이니 말장수에게 직접 문의해보라고 촉구했다. 말장수도 장터에서 벌어진 소요 때문에 아닌 게 아니라 황소고집이 꺾였던 터라, 법원장이 권유한 대로 융커나 그 친척들의 제안을 기다리며 이를 기꺼이 받아들이고 그동안 벌어졌던 모든 일들을 용서하려 했다. 하지만 콧대 높은 트롱카 가문 귀족들로서는 이런 제안을 꺼내는 것이야말로 견딜 수 없는 일이었다. 귀족들은 법원장의 답장을 받고 몹시 격분하여, 이튿날 아침 선제후가 부상을 입고 앓아누운 궁내시종을 문병하러 오자 이 답장을 보여줬다. 궁내시종은 병 때문에 칼칼하고 구슬퍼진 목소리로 이렇게 물었다. 저는 이 일을 전하 뜻에 따라 해결하려고 목숨까지 걸었습니다. 이제 제 명예까지 세상 비웃음에 내맡겨야 합니까? 저와 제 가문에 상상하기 힘든 치욕과 굴욕을 안겨준 사내에게 찾아가서 화해와 용서를 구해야 합니까? 선제후는 편지를 끝까지 읽은 뒤 칼하임 백작에게 이해할 수 없다는 듯 물었다. 법원은 왜 권한대로 하지 않는가? 콜하스에게 이런저런 문의를 할 필요 없이, 말들이 다시 회복될 수 없다는 정황에 의거하면 되는 것 아닌가? 그리하여 말들을 이미 죽은 것이나 다름없다고 여기고 배상금만 지불하라는 판결을 작성하면 되는 것 아닌가? 칼하임 백작이 대답했다. "선제후 전하, 아닌 게 아니라 말들은 죽었습니다. 아무 가치가 없기 때문에 법률적인 의미에서 죽었습니다. 말 백정 마당에서 트롱카 가문 귀족의 마구간으로 옮기기 전에 육체적으로도 죽을 것입니다." 선제후는 이 말을 듣고 편지를 호주머니에 집어넣으며 이 문제를 법원장과 직접 논의해보겠다고 말했고, 궁내시종이 윗몸을 일으켜 선제후 손을 황감히 부여잡자 다독거려 달랬다. 그러고선 건강 회복에 힘쓰라고 다시금 이른 뒤 인자하게 웃으며 안락의자에서 일어나 방을 떠났다.

드레스덴에서 이런 상황이 전개되고 있을 때, 훨씬 더 사나운 또 다른 뇌우가 뤼첸에서 콜하스에게 몰려왔고, 교활한 트롱카 가문 귀족들의 농간으로 그 벼락은 불운한 말장수의 머리에 떨어졌다. 요한 나겔슈미트란 자는 말장수가 모집했다가 선제후의 사면령이 발표된 뒤 해산시켰던 졸개 중 하나였다. 이자는 그 몇주 뒤에 보헤미아 국경 근처에서 어중이떠중이 잔당을 새로 규합하여, 어떤 비행도 서슴지 않으려는 이 떼거리를 스스로 이끌고 콜하스가 가르쳐준 대로 화적질을 하는 게 쏠쏠하겠다고 생각했다. 이 악한은 한편으로는 자신을 체포하러 파견된 포졸들을 겁주기 위해, 다른 한편으로는 농부들을 예전처럼 악행에 꾀어들이기 위해 콜하스의 대행자임을 자처했다. 콜하스에게 어깨너머로 배운 대로 격문을 내붙여 이런 소문을 퍼뜨렸다. 작센의 정상배가 안심하고 고향으로 돌아간 여러 졸개에게 사면령을 지키지 않았다. 콜하스에게마저 약속을 헌신짝처럼 버리고, 콜하스가 드레스덴에 도착하자마자 구금하여 경비병을 붙여 감시하고 있다. 콜하스의 것과 어슷비슷한 이 격문들에서 나겔슈미트는 자신의 화적 무리가 오로지 신의 영광을 찬미하고 선제후가 서약한 사면령 준수를 감시하기 위해 봉기한 듯 가장했다. 하지만 이 모든 짓은 앞서 말했듯 신의 영광을 위한 것도 콜하스에게 충성하기 위한 것도 아니었고, 이렇게 위장함으로써 법망을 피해 제멋대로 방화와 약탈을 하기 위해서였다. 이 무리는 콜하스의 운명이 어찌 되든 터럭만큼도 관심이 없었다. 트롱카 가문 귀족들은 이 봉기가 일어났다는 첫번째 소식이 드레스덴에 날아들자마자, 모든 상황을 뒤집어엎는 이런 사태 전개에 기쁨을 감추지 못했다. 혀를 끌끌 차고 못마땅하게 흘겨보며, 자신들이 간곡히 여러번 말렸는데도 콜하스에게 사면령을 내린 것이 얼마나 큰 실수였는지 일깨웠다. 온 나라의 무뢰배에게 콜하스를 뒤따르라는 신호라도 보낼 심산이었느냐고 빈정거렸다. 박해받는 콜하스를 위해 무기를 들었을 뿐이라는 나겔슈미트의 주장을 말 그대로 믿다 못해, 이런 생각을 거리낌 없이 말하기조차 했다. 나겔슈미트는 전면에 나타난 꼭두각시일 뿐이오. 콜하스가 배후에서 조종을 하고 있소. 정부를 공포에 몰아넣어 판결을 자신이 미친 듯 고집하는 대로 한 항목 한 항목 관철시키고 독촉하려는 것이오. 그뿐만이 아니었다. 헌작시종 힌츠 경은 선제후 응접실에서 식사를 마친 뒤 자신 둘레에 모인 수렵시종과 궁정조신 서넛에게, 뤼첸에서 도적 떼를 해산한 것은 얄팍한 속임수에 지나지 않는다고 말하기조차 했다. 법원장의 정의감을 대놓고 비아냥거리며 여러가지 정황을 교묘하게 짜맞춰 이렇게 장담했다. 이 도적 떼는 여전히 작센 선제후국의 숲 속에 숨어 있소. 말장수가 손짓을 보내기만 하면 곧바로 불과 칼을 들고 나타날 것이오. 크리스티에른 폰 마이센 공자는 최근의 사태 전개로 선제후의 명예가 땅에 떨어지고 있는 것을 몹시 탐탁지 않게 여겼던 터라, 곧바로 궁성으로 가서 선제후를 알현했다. 공자는 트롱카 가문 귀족들이 어떻게든 새로운 죄를 뒤집어씌워 콜하스의 요구를 좌절시키려 한다는 것을 훤히 꿰뚫어보고 있었으므로, 말장수를 지체없이 심문하고 싶다고 선제후에게 윤허를 요청했다. 말장수는 자못 놀라서 포졸에 끌려 정부 관아에 나타났는데, 두 어린 아들 하인리히와 레오폴트를 팔에 안고 있었다. 머슴 슈테른발트는 메클렌부르크에 머물고 있던 콜하스의 다섯 아이를 데리고 하루 전날 콜하스 집에 도착했고, 콜하스가 집을 나서려 하자 두 아들이 울며불며 따라가겠다고 떼를 썼으므로, 여기서 장황하게 설명할 수 없는 이런저런 요량도 있고 해서, 말장수는 아이들을 데리고 심문받으러 오기로 작정했던 것이다. 공자는 콜하스가 옆에 앉혀놓은 아이들을 흐뭇하게 바라보며 상냥하게 나이와 이름을 물었다. 그런 다음 말장수에게 졸개로 부렸던 나겔슈미트가 에르츠게비르게 산맥[29] 골짜기에서 방자한 짓을 저지르고 있다고 알려줬다. 나겔슈미트가 내붙인 이른바 격문을 말장수에게 건네주며 결백을 입증하기 위해 할 말이 있으면 해보라고 일렀다. 말장수는 이 파렴치하고 불충스러운 격문을 보고 실로 엄청나게 놀랐지만, 자신에게 제기된 혐의가 아무 근거가 없음을 공자같이 강직한 인물에게 충분히 납득할 수 있게 해명하는 것은 그리 어려운 일이 아니었다. 콜하스가 말로 설명한 바에 따르면 당시 상황으로 보건대 소송이 순조로이 진행되고 있으므로 유리한 판결을 받기 위해 제삼자의 도움이 필요하지도 않았다. 그뿐만 아니라 콜하

29 작센과 보헤미아 경계에 있는 산맥이다.

스가 품에서 꺼내 공자에게 내민 서류 몇장에서는 나겔슈미트가 콜하스에게 그런 지원을 할 마음을 품을 리 없는 특별한 사정이 밝혀졌다. 이에 의하면 콜하스는 뤼첸에서 자신의 무리를 해산하기 바로 전에 나겔슈미트를 시골에서 강간과 그밖의 범죄를 저지른 죄목으로 교수형에 처하려 했다는 것이었다. 선제후의 사면령이 떨어져 상황이 급변하는 바람에 나겔슈미트는 목숨을 건졌을 뿐이며, 이튿날 콜하스와 나겔슈미트는 철천지원수가 되어 헤어졌다는 것이었다. 콜하스는 나겔슈미트에게 공개서한을 보내고 싶다고 말했고 공자가 이를 허락하자 책상에 다가앉아 서한을 작성했다. 이 글에서 콜하스는 나겔슈미트가 말장수 자신과 졸개 무리에게 내린 사면령이 지켜지지 않았기 때문에 이를 바로 세우기 위해 봉기했다고 주장하는데 이는 파렴치하고 야비한 거짓말이라고 밝혔다. 말장수 자신은 드레스덴에 도착하여 구금되지도 경비병에게 감시받고 있지도 않으며, 소송은 자신이 바라는 대로 진행되고 있다고 알렸다. 그러고선 나겔슈미트를 법의 준엄한 심판에 내맡겨, 사면령이 발표된 뒤 에르츠게비르게 산맥 골짜기에서 저지르고 있는 살인 방화를 문책하고 그 주위에 모여든 어중이떠중이에게 경고하고자 했다. 그러면서 이 공개서한에 말장수가 뤼첸 성에서 나겔슈미트를 앞서 말한 죄목으로 재판했던 기록 서류 몇장을 첨부했고, 그리하여 이 악한은 당시 교수형을 당할 운명이었으나, 앞서 말했듯 선제후의 사면령 덕택에 목숨을 건졌을 뿐임을 만방에 알렸다. 그러자 공자는 심문을 하면서 혐의를 제기한 것은 사정상 어쩔 수 없었다고 콜하스를 다독거려 달래며, 내가 드레스덴에 있는 한 그대에게 내려진 사면령은 반드시 지켜질 것이오라고 장담했다. 책상에 놓여 있던 과일을 두 아이에게 쥐여주며 다시금 고사리 같은 손들을 잡았고, 콜하스에게 작별인사를 건네고선 떠나보냈다. 그렇지만 법원장은 콜하스에게 위험이 닥치려 하는 것을 알아챘기에 나겔슈미트 사건에 휘말려 소송이 뒤죽박죽이 되기 전에 한시바삐 소송을 마무리 지으려 안간힘을 다했다. 하지만 이렇게 콩케팔케가 되어가는 상황이야말로 약삭빠른 트롱카 가문 귀족들이 바라고 노리던 바였다. 이들은 지금까지는 아무 말 없이 죄를 인정하고 사촌이 그저 가벼운 판결을 받도록 하는 데 노력을 집중했으나, 이제는 온갖 교활하고 왜곡된 궤변으로 이 범죄를 전면 부인하기 시작했다. 콜하스의 가라말들은 집사와 마름이 제멋대로 판단하여 트롱카 성에 압류했으며 융커에게는 이를 아예 알리지 않거나 제대로 알리지 않았다고 우기기도 했다. 말들은 트롱카 성에 도착했을 때 이미 심한 급성 천식을 앓고 있었다고 억지 부리며 이를 입증하기 위해 증인을 불러오라면 불러오겠다고 큰소리치기도 했다. 이러한 주장들이 상세한 조사와 검토를 통해 반박되자 트롱카 가문 귀족들은 케케묵은 선제후 칙령을 끄집어내기까지 했다. 십이년 전에 말 돌림병을 막기 위해 브란덴부르크에서 작센으로의 말 수입을 실제로 금지했던 칙령이었다. 융커에게는 콜하스가 국경 너머로 반입하려는 말을 압류할 권리뿐 아니라 의무마저 있다는 명명백백한 근거였다—한편 콜하스는 정직한 사음에게 팔았던 농장을 매도가에 위약금을 얼마 더 얹어주고 되산 뒤, 며칠 동안 드레스덴을 떠나 고향에 돌아가고 싶어했다. 이 거래를 법적으로 마무리 짓기 위해서인 듯 보였다. 이 일은 겨울작물 파종 때문에 아닌 게 아니라 몹시 다급하기는 했지만, 콜하스가 고향 방문을 작정한 것은 이 때문이 아니라, 기이하고 심상찮은 상황을 맞아 자신의 처지를 점검해보기 위해서였다. 우리는 이랬다고 믿어 마지않는다. 그밖에 다른 요량을 품고 있었을지도 모르겠지만, 이런 속궁리까지 짐작해보는 일은 제 속마음을 훤하게 꿰뚫고 있는 저마다에게 맡기기로 하자. 그리하여 콜하스는 자신에게 붙은 경비병들을 집에 남겨두고 법원장에게 찾아가서, 사음의 편지를 보여주며 이렇게 말했다. 저는 법원에 긴급히 출두할 필요가 없어 보입니다. 그러하다면 드레스덴을 떠나 한주나 열이틀 동안 브란덴부르크로 여행을 다녀오고 싶습니다. 이 기간이 지나기 전에 다시 돌아오겠다고 약속드립니다. 법원장은 당혹스럽고 걱정스러운 얼굴로 눈을 내리뜨며 이렇게 대답했다. 솔직히 털어놓지 않을 수 없구려. 그대는 지금이야말로 그 어느 때보다 더 여기에 있어야 하오. 트롱카 가문 귀족들이 교활하고 교묘한 반론을 펼치고 있소. 예측 불가능한 논점을 끝없이 제기하고 있는 까닭에, 법원은 그대의 진술과 설명이 필요하오. 하지만 콜하스는 법원장에게 소송은 자신의 변호사가 잘 알아서 처리할 것이라 말하고, 한주 이상 이곳을 비우지 않겠다고 약속하며, 정중하고 간절하게 부탁을 계속했다. 그러자 법원장은 잠시 생각에 잠긴 뒤 콜하스를 떠나보내며 한마디 덧붙였다. "크리스티에른 폰 마이센 공자에게 여행증을 신청하여 발급받을 수 있기를 바라오."—콜하스는 법원장의 얼굴에 수심이 어린 것을 눈치챘지만, 고향 방문 결심을 오히려 더욱 굳히고 당장 책상에 다가앉았다. 아무런 여행 사유도 대지 않고 한주 동안의 콜하젠브뤼크 왕복여행증을 사령관 마이센 공자에게 신청했다. 콜하스는 이 신청서를 보낸 뒤 수궁대장守宮大將 지그프리트 폰 벵크 남작이 서명한 정부 관아의 처리서를 받았는데, 이런 내용이었다. "콜하젠브뤼크 여행증 청원서가 선제후 전하에게 제출되었다. 선제후의 윤허가 내려지는 대로 콜하스에게 여행증을 보내겠다." 콜하스가 자신의 변호사에게 물었다. 이게 어찌 된 일이오? 나는 크리스티에른 폰 마이센 공자에게 신청서를 제출했는데, 정부 관아의 처리서에 지그프리트 폰 벵크 남작의 서명이 들어 있으니? 그러자 변호사가 대답했다. 공자는 사흘 전에 자신의 영지로 시찰을 떠났소. 공자가 없는 동안, 수궁대장인 지그프리트 폰 벵크 남작에게 정부 관아 업무를 위임했소. 이 벵크 남작은 궁성 광장에서 궁내시종을 도와줬던 또다른 벵크 남작의 사촌이오—콜하스는 이런 상황을 알게 되자 가슴이 불안하게 두방망이질하기 시작했고, 해괴할 만큼 복잡한 절차를 거쳐 선제후에게 제출한 신청서에 대한 결정서를 이제나저제나 하고 기다렸다. 한주가 가고 며칠이 더 지나도 결정서가 도착하기는커녕, 틀림없이 내려질 것이라고 했던 법원 판결도 꿩 구워 먹은 소식이었다. 콜하스는 열이틀째 날에 정부가 자신을 도대체 어떻게 할 심산인지 알아보기라도 해야겠다고 마음먹고, 책상에 다가앉아 다시 한번 콜하젠브뤼크 여행증을 긴급 신청했다. 하지만 이튿날 저녁 콜하스는 얼마나 놀랐던가! 여느 날과 마찬가지로 학수고대하던 결정서가 오지 않은 채 날이 저물 무렵, 자신의 지금 처지와 특히 루터 박사의 중재 덕에 얻은 사면령에 관해 골똘히 생각하며 뒷방 창가로 한 걸음 다가갔다가, 자신이 드레스덴에 도착했을 때 마이센 공자가 붙여준 경비병들에게 거처로 사용하도록 내준 마당의 딴채 오두막들에서 경비병들이 사라진 것을 알았으니! 콜하스가 토마스를 불러내어 이게 어찌 된 영문이냐고 묻자, 늙은 청지기는 한숨 쉬며 대답했다. 주인어른! 뭔가 잘못되어가고 있습니다. 경비병들이 오늘은 다른 날보다 더 많이 보입니다. 땅거미가 내리자 집을 포위했습니다. 두 놈은 현관문 앞길에서 창과 방패를 들고 서 있고, 두 놈은 정원 뒷문을 지키고 있습니다. 또다른 두 놈은 문간에 짚더미를 깔고 드러누워 거기서 잠을 자겠다고 합니다. 콜하스는 얼굴이 해쓱해져 몸을 돌리고 이렇게 대답했다. "그자들이 우리 집에 있기만 하다면, 어디에 있든 무슨 상관이냐. 너는 문간에 갈 일이 있거든 거기에 등불을 켜서 경비병들 주위를 밝혀줘라." 말장수는 단지의 물을 비우는 척하며 앞창 덧문을 열고서, 늙은 청지기가 말한 게 사실임을 두 눈으로 똑똑히 보았다. 바로 그 순간 경비병들은 소리없이 교대까지 하고 있었는데, 이런 조처는 경비병이 배치된 이후 지금껏 어느 누구도 예상치 못했던 일이었다. 콜하스는 잠이 오지도 않았지만 억지로 침대에 누워, 다음 날 무엇을 해야 할지 곧바로 결심했다. 콜하스가 가장 분개했던 것은, 자신이 상대하고 있는 정부가 부당함을 바로잡아주는 척하면서, 실제로는 자신에게 서약했던 사면령을 어기고 있다는 사실이었다. 이제 의심할 나위 없이 자신이 정말로 포로가 되었다면, 정부에게 이러한 사실을 명료하고 솔직하게 밝히도록 만들기로 작정했다. 그리하여 이튿날 먼동이 트자마자 머슴 슈테른발트를 불러, 마차에 말을 매어 현관문 앞으로 끌고 오라 했다. 며칠 전 드레스덴에서 옛 친구를 만났는데 로크비츠[30]에 사는 이 사음이 아이들을 데리고 집으로 한번 놀러 오라 했으므로 이 집에 가야겠다는 구실을 붙였다. 경비병들은 출발 준비로 집 안이 법석거리는 것을 보자 머리를 맞대고 수군거리더니, 자신들 가운데 한 사람을 뽑아 몰래 시내로 보냈다. 그런 지 몇분이 채 지나지 않아 정부 관아 장교가 포졸 여럿을 이끌고 나타나, 무슨 용무라도 있는 듯 맞은편 집으로 들어갔다. 콜하스는 아들들에게 옷을 입히면서

30 오늘날 드레스덴 남동부의 교외 지역이다.

이런 동정을 알아챘고, 일부러 시간을 끌며 마차를 오랫동안 집 앞에 세워뒀다가, 포졸들이 포진을 끝낸 것을 보자마자 시치미를 뚝 떼고 아이들을 데리고 문밖으로 나왔다. 문가에 서 있던 경비병 무리를 스쳐지나며 따라올 필요가 없다고 이르고서, 아들들은 들어 마차에 태우고, 어린 딸들은 집에 남아서 늙은 청지기 딸의 말을 잘 듣고 있으라 했더니 징징 울어대자 입을 맞춰주며 달랬다. 콜하스가 마차에 올라타기가 무섭게 장교와 포졸들이 맞은편 집에서 나오더니, 가까이 다가와 물었다. 어디로 출타하려 하십니까? "로크비츠에 사는 친구에게 가오. 이 사음이 며칠 전에 나더러 두 아들을 데리고 시골집에 놀러 오라고 불렀소." 콜하스가 이렇게 대꾸하자, 정부 관아 장교가 말했다. 그렇다면 잠시 기다리십시오. 마이센 공자의 명령에 따라 기마 경비병 두셋이 당신을 따라갈 것입니다. 콜하스는 마차에서 장교를 내려다보고 빙그레 웃으며 이렇게 물었다. "친구가 하루 놀러 와서 밥이나 먹고 가라고 했소. 아무러면 그 친구 집에서 나한테 무슨 사달이 날까봐 그러시오?" 장교는 무슨 사고가 날 리야 없겠지요라고 너털웃음 치며 싹싹하게 대답하고, 이렇게 덧붙였다. 경비병들은 당신에게 터럭만큼도 불편을 끼치지 않을 것입니다. 콜하스가 정색하고 대답했다. "마이센 공자는 내가 드레스덴에 도착했을 때 경비병들을 데리고 다닐지 말지를 내 선택에 맡겼소." 장교는 듣느니 처음이라는 듯 깜짝 놀라며, 드레스덴에 있는 동안 줄곧 경비병들을 데리고 다니지 않았느냐고 조심스러운 말투로 물었다. 그러자 말장수는 무슨 일 때문에 자신의 집에 경비병들을 세우게 됐는지 장교에게 설명했다. 장교는 콜하스에게 이렇게 말했다. 저는 당신을 따라다니며 보호해야 할 의무가 있습니다. 현재 경찰청장직을 맡고 있는 벵크 남작의 명령입니다. 당신이 이런 경비를 받고 싶지 않으면 직접 정부 관아에 찾아가기 바랍니다. 지금 뭔가 착오가 있는 것 같으니 바로잡아달라고 말하십시오. 콜하스는 만감이 뒤섞인 눈초리를 장교에게 던지며, 이 문제를 죽이 되든 밥이 되든 해결해야겠다고 마음먹고 "그렇게 하겠소"라고 말했다. 두방망이질하는 가슴을 억누르며 마차에서 내리더니, 청지기를 불러 아이들을 집 안으로 데려가게 하고, 슈테른발트는 마차에 앉아 집 앞에서 기다리고 있게 하고선, 장교와 경비병들을 이끌고 정부 관아로 갔다. 때마침 수궁대장 벵크 남작은 라이프치히 근방에서 체포되어 전날 저녁 드레스덴으로 송치된 나겔슈미트의 졸개 한 떼를 심문하느라 바빴고, 배석한 기사들이 이 화적들을 문초해 이런저런 알고 싶은 정보를 캐내고 있을 때, 말장수가 경비병들과 함께 홀 안으로 들어왔다. 남작은 콜하스를 보자마자 곧장 다가와 무슨 일로 왔느냐?라고 물었고, 기사들은 갑작스레 입을 닫고서 졸개들을 심문하기를 멈췄다. 말장수가 로크비츠의 사음 집에서 점심을 먹으려고 하며, 그런 일에는 경비병들을 데리고 갈 필요가 없으니 남겨두고 가고 싶다고 공손하게 말했다. 그러자 남작은 안색이 변하고 입 밖으로 튀어나오려는 어떤 다른 말을 꿀꺽 집어삼키는 듯하며 이렇게 대답했다. "너는 집구석에 조용히 처박혀 있는 게 좋을 거다. 로크비츠의 사음에게 가서 식사할 생각일랑 하지도 마라."—그러면서 장교에게 몸을 돌려 콜하스에게는 대꾸할 겨를도 주지 않고 이렇게 말했다. "너에게 이 자를 어떻게 하라고 했는지 명령을 잊지 않았겠지. 이자는 기마 병졸 여섯의 경비를 받지 않고는 도시를 떠날 수 없다."—콜하스가 물었다. 저는 포로입니까, 온 세상이 보는 앞에서 저에게 엄숙하게 서약했던 사면령은 깨진 것입니까? 남작은 숯불처럼 달아오른 얼굴로 돌연 콜하스를 돌아보더니, 코를 바짝 들이밀고 눈을 들여다보며 대답했다. 그래! 그렇다! 그렇고말고!—그러고선 등을 돌리고, 콜하스를 세워놓고 나겔슈미트의 졸개들에게 돌아갔다. 이에 콜하스는 홀을 떠났다. 말장수는 자신에게 남아 있는 유일한 자구책이라고는 탈출밖에 없었는데, 이마저 자신이 남작을 찾아옴으로써 몹시 어려워졌음을 잘 알고 있었지만, 자신의 처사를 후회하지 않았다. 이제 자신도 사면령 조항을 준수해야 할 의무에서 풀려났다고 느꼈기 때문이었다. 콜하스는 집에 돌아와 마차에서 말들을 풀게 하고선, 정부 관아 장교를 데리고 몹시 슬프고 시달린 표정으로 방으로 들어왔다. 장교가 이 모든 일은 어떤 오해 때문에 생겼음에 틀림없습니다, 이 오해는 곧 풀릴 겁니다라고 역겨울 만큼 입에 발린 소리를 하는 동안, 경비병들은 장교의 손짓에 따라 마당으로 통하는 출구마다 빗장을 질렀고, 그런데도 장교는 콜하스에게 앞쪽 현관문은 언제든 드나들 수 있도록 여전히 열려 있습니다라고 흰소리를 늘어놓았다.

한편 나겔슈미트는 에르츠게비르게 산맥 숲에서 포졸들과 병졸들의 협공을 받아 독 안에 든 쥐가 되었고, 제 발로 올라갔던 우두머리 자리를 지킬 수단이 완전히 바닥나자, 콜하스를 실제로 자기 편으로 끌어들일 궁리를 했다. 나겔슈미트는 드레스덴에서의 콜하스의 소송 상황을 어느 지나가는 나그네에게서 속속들이 전해듣자, 자신과 콜하스가 원수지간인 것은 분명하지만 말장수를 설득하여 다시 손잡을 수 있으리라 생각했다. 그리하여 괴발개발 편지를 써 한 졸개를 시켜 콜하스에게 보냈다. 이런 내용이었다. "두목님, 알텐부르크[31]로 오시기 바라십니까? 뿔뿔이 흩어졌다가 똘똘 뭉친 무리를 다시 이끌기 원하십니까? 그러타면, 두목님이 드레스덴의 갇혀 있는 곳에서 빠져나오도록 말과 졸개와 돈을 다 풀어 돕게씁니다. 그뿐만 아니라 앞으로는 전보다 더 명령을 잘 따르고 규율을 잘 지키고 올바르게 행동할 것을 약속드리게씁니다. 제가 두목님을 변함업시 따른다는 것을 보여드리기 위해 직접 드레스덴 지역으로 출동하여 두목님을 감옥에서 빼내도록 하게씁니다." 하지만 전령은 이 편지를 지니고 가다가 드레스덴 코앞 마을까지 와서 어렸을 때부터 앓았던 심한 간질이 도졌던 탓에 불운하게도 쓰러졌다. 이 바람에 가슴 주머니에 품고 있던 편지가 전령을 도우러 달려온 마을 사람들 눈에 띄었고, 전령 자신은 발작이 그치자마자 체포되어 수많은 구경꾼을 뒤에 달고 호송병들에게 끌려 정부 관아로 송치됐다. 수궁대장 벵크 남작은 이 편지를 읽자마자 선제후를 알현하러 궁성으로 득달같이 달려갔고, 거기에는 부상에서 몸을 회복한 쿤츠 경, 힌츠 경, 비서실장 칼하임 백작이 선제후와 한자리에 있었다. 중신들은 콜하스를 즉각 구속해야 합니다, 나겔슈미트와 비밀 공모한 혐의로 재판해야 합니다라고 입을 모아 말했다. 말장수 측의 사전 연락이 없었다면, 새로운 만행을 꾸미기 위한 악랄한 결탁이 없었다면, 이러한 편지는 쓸 수 없었을 것입니다라고 우겨댔다. 선제후는 이 편지 한통 때문에 콜하스에게 서약한 안전통행권을 파기하기를 완강히 거부하며, 나겔슈미트의 편지를 보면 두 사람 사이에 사전 결탁이 없었을 가능성이 오히려 매우 높다고 말했다. 나겔슈미트가 보낸 전령을 시켜 그간 아무 방해도 받지 않았던 듯이 콜하스에게 그 편지를 전해주게 하고, 그런 다음 콜하스가 이 편지에 답장하는지 지켜보자고 비서실장이 제안하자, 선

31 라이프치히에서 남쪽으로 39킬로미터 떨어져 있는 도시이다.

제후는 오랫동안 망설이다 진상을 규명하기 위해 이 진언에 따르기로 결정했다. 이에 따라 전령은 감옥에 갇혀 있다가 이튿날 아침 정부 관아로 끌려왔다. 수궁대장은 전령에게 편지를 되돌려주며, 너를 석방시켜주겠다, 받아 마땅한 처벌도 사면해주겠다라고 약속하고, 그러니 그간 아무 일도 없었던 듯 편지를 말장수에게 건네줘라라고 일렀다. 전령은 이런 비열한 간계에 주저없이 따라, 정부 관아 장교들이 시장에서 사다준 게들을 받아들고 게장수로 변복한 뒤, 무슨 밀사 같은 분위기를 풍기며 콜하스의 방으로 들어갔다. 콜하스는 아이들이 게들을 만지작거리는 동안 편지를 읽었고, 여느 때라면 이 악당의 멱살을 붙잡아 문 앞에 서 있는 경비병들에게 틀림없이 넘겼을 것이다. 하지만 지금 돌아가는 분위기로 봐서는 이렇게 하더라도 의심을 면하기 어려웠고, 콜하스는 이 세상 무슨 조화를 부리더라도 자신이 처해 있는 곤경에서 빠져나올 재간이 없음을 뼈저리게 느끼고 있었으므로, 무척 낯익은 전령의 얼굴에 서글픈 눈길을 던지며 어디에 묵고 있느냐고 물은 뒤, 몇시간 뒤에 다시 오면 나겔슈미트의 제안에 대한 자신의 결정을 알려주겠다고 말했다. 마침 슈테른발트가 문으로 들어오자, 게장수가 방까지 찾아왔으니 게를 몇마리 사주라고 일렀다. 머슴과 게장수가 거래를 마치고 서로 얼굴을 알아보지 못한 채 방에서 나간 다음, 콜하스는 책상에 다가앉아 나겔슈미트에게 다음과 같은 내용의 편지를 썼다. "먼저 나는 그대의 제안을 받아들여 알텐부르크에 모여 있는 내 무리의 지휘를 맡겠다. 그러하니 그대는 말 두마리가 끄는 마차를 드레스덴 근교 노이슈타트로 보내라. 그리하여 나와 내 다섯 아이를 현재 갇혀 있는 곳에서 구출하라. 비텐베르크로 가는 도로에 교체마 두마리를 준비하라. 그러면 좀더 빨리 탈출할 수 있다.

이 도로는 우회로이기는 하지만 내가 그대에게 갈 수 있는 유일한 길이다. 그 자세한 이유는 나중에 설명하겠다. 나는 나를 감시하는 경비병들을 뇌물로 매수할 수 있으리라 생각한다. 하지만 무력을 써야 할지도 모른다. 그러니 용감하고 영리하고 잘 무장된 졸개 둘을 노이슈타트 근처에 심어두기를 바란다. 전령 편에 금화 20크로네 꾸러미를 보낸다. 이 모든 준비를 하는 데 쓰도록 하라. 실제로 얼마가 사용됐는지는 일이 다 끝난 후 그대와 함께 정산하겠다. 말이 나온 김에 말하자면, 그대는 나를 구출하기 위해 드레스덴에 오지 않아도 된다. 그러지 말기 바란다. 오히려 그대에게 분명하게 명하노라. 알텐부르크에 머물면서 무리를 당분간 이끌도록 하라. 무리가 우두머리 없이 남아 있는 일이 없도록 하라."—저녁 무렵에 전령이 찾아오자 콜하스는 편지를 넘기고, 노자를 후하게 얹어주고 편지를 잘 간수하라고 주의시켰다—콜하스는 다섯 아이를 데리고 함부르크로 간 뒤 그곳에서 레반테[32]로든, 동인도로든, 자신이 알지 못하는 사람들이 푸른 하늘을 이고 사는 그 어디로든 배를 타고 떠날 요량이었다. 마음속 깊이 비탄과 절망에 빠져 있었거니와, 자신의 요구를 달성하겠다고 나겔슈미트와 공모하기는 싫었으므로, 가라말들을 다시 살찌우게 해야겠다는 생각은 버린 지 오래였다—전령이 이 답장을 수궁대장에게 바치자마자, 법원장이 해임되고 비서실장 칼하임 백작이 후임 법원장으로 임명됐으며, 선제후의 어명에 따라 콜하스는 체포되어 쇠사슬로 꽁꽁 묶여 드레스덴 탑감옥에 구금됐다. 콜하스의 편지는 도시 곳곳에 나붙었고, 이 편지를 증거로 콜하스는 재판에 회부됐다. 판사가 편지를 눈앞에

32 오늘날의 레바논, 시리아, 요르단, 이스라엘, 팔레스타인 지역을 가리킨다.

들이밀며 네 손으로 쓴 것임을 인정하느냐?라고 묻자 콜하스는 법정에서 "그렇습니다!"라고 대답했지만, 네 결백을 밝히기 위해 할 말이 없느냐?라는 질문에는 눈을 내리뜨며 "없습니다!"라고 대답했다. 그리하여 콜하스는 말백정의 머슴들을 시켜 불에 달군 집게로 몸을 지지고 사지를 찢은 다음 몸통을 차륜형대와 교수형대 사이에서 불로 태우라는 판결을 받았다.

가엾은 콜하스가 드레스덴에서 이러한 수난을 겪고 있을 때, 브란덴부르크 선제후가 말장수를 권력의 전횡에서 구하기 위해 개입에 나섰다. 작센 선제후 비서실에 외교문서를 보내, 콜하스는 브란덴부르크 백성이니 송환해달라고 요청했다. 이러한 조처가 내려진 것은 올곧은 유수 하인리히 폰 고이자우 경이 브란덴부르크 선제후를 수행하여 슈프레 강변을 거닌 뒤였다. 유수는 콜하스가 기인일지는 몰라도 악한은 결코 아니라면서 이 말장수가 겪고 있는 고초를 귀띔했다. 선제후가 깜짝 놀라 자초지종을 캐묻자, 유수는 총리 지그프리트 폰 칼하임 백작의 부적절한 처신 탓에 선제후마저 비난받고 있다고 실토하지 않을 수 없었다. 선제후는 이 말을 듣고 대로하여 총리에게 소명을 요구했고, 총리가 트롱카 가문과 사돈 간인 탓에 이 모든 잘못을 저질렀음을 알게 되자 불편한 심기를 감추지 못하며 총리를 즉각 해임하고 하인리히 폰 고이자우 경을 후임으로 임명했다.

바로 이 무렵 폴란드 왕가는 무슨 이유 때문인지 잘 모르겠지만 작센 선제후 왕가와 분쟁을 벌이고 있었고, 브란덴부르크 선제후에게 동맹을 맺어 작센을 함께 치자고 집요하게 간청하고 있던 참이었다. 총리 하인리히 폰 고이자우 경은 이런 상황을 활용하는 데 자못 능란했던지라, 콜하스가 겪은 부당함을 무슨 일이 있어도 바로잡아주고 싶어하는 선제후의 소망을 채워줄 수 있을 듯한 생각이 들었다. 그래서 콜하스 개인을 배려하기 위해 필요한 만큼만 이 지역 전체의 평화를 깨뜨리기로 작정했다. 그리하여 총리는 작센 정부에 자의적이기 이를 데 없고 하느님과 인간을 모독하는 소송을 중지하고 콜하스를 무조건 지체없이 브란덴부르크로 인도하라 요구하며, 만약 콜하스에게 죄가 있다면 드레스덴 궁정은 변호사를 베를린으로 보내 제소할 수 있을 것이고 그러면 베를린 궁정은 콜하스를 브란덴부르크 법에 따라 재판하겠다고 밝혔다. 그뿐만 아니라 총리는 브란덴부르크 선제후가 변호사 한 사람을 드레스덴으로 보내려고 하니 이자에게 여행증을 발급해달라고까지 요청하며, 변호사를 파견하는 이유는 작센 땅에서 콜하스에게 가라말들을 빼앗고 그밖의 천인공노할 행패와 횡포를 부린 혐의로 융커 벤첼 폰 트롱카를 기소하여 콜하스가 겪은 부당함을 바로잡기 위해서라고 말했다. 궁내시종 쿤츠 경은 작센 정부 인사이동에서 비서실장으로 임명됐는데, 이런 압박을 받아 궁지에 몰리자 베를린 궁정을 공연스레 자극하고 나서고 싶지 않았다. 그래서 이 외교문서를 받고 몹시 낭패한 선제후를 대리하여 이런 내용의 답신을 보냈다. "우리는 브란덴부르크 정부의 비우호적이고 불공정한 처사에 놀라지 않을 수 없습니다. 콜하스가 작센 땅에서 저지른 범죄를 법에 따라 처벌할 권리가 드레스덴 정부에게 없다니요. 콜하스가 드레스덴에 상당한 부동산을 소유하고 있으며 스스로 작센 백성임을 부인한 적이 없다는 것은 만천하가 다 아는 사실입니다." 하지만 폴란드 왕가가 자신들의 요구를 무력으로 관철하기 위해 군사 오천을 모아 작센 국경에 몰려들고, 브란덴부르크 총리 하인리히 폰 고이자우 경이 "콜하젠브뤼크라는 마을 이름에서 말장수의 이름이 나왔는데[33] 이 마을은 브란덴부르크에 소재한다. 콜하스에게 내려진 사형을 집행하면 국제법 위반으로 간주하겠다"라고 밝히자, 선제후는 이 모든 일에서 발을 빼고 싶어하는 궁내시종 쿤츠 경의 진언에 따라 영지에 나가 있는 크리스티에른 폰 마이센 공자를 불러들였다. 그러고선 사려 깊은 공자와 몇 마디 나누기가 무섭게, 콜하스를 브란덴부르크 정부가 요구하는 대로 베를린 궁정으로 인도하기로 결심했다. 공자는 그동안 내렸던 부적절한 조처들이 못마땅했지만, 곤경에 몰린 선제후가 콜하스 소송의 지휘를 맡아달라고 사정하자 이를 거절하지 못했다. 공자는 선제후에게 말장수를 베를린 궁정법원에 무슨 혐의로 제소하려 하십니까?라고 물었다. 콜하스가 나겔슈미트에게 보낸 괘씸한 편지는 어떤 상황에서 쓰였는지 애매모호한 터라 증거로 삼을 수 없었고, 이전의 약탈과 방화는 콜하스에게 사면령을 내렸던지라 문제 삼을 수 없었다. 그래서 선제후는 빈의 황제 폐하에게 콜하스가 작센을 무력 침공했다는 보고서를 제출하여, 콜하스가 제국 공공 평화를 교란했다고 비난하고, 황제 폐하는 누구나 다 알듯 어떤 사면령에도 제약받지 않으니 제국 검사를 베를린 궁정법원에 파견하여 콜하스를 문책해달라고 요청하기로 결심했다. 한주 뒤 말장수는 브란덴부르크 선제후가 기병 여섯을 붙여 드레스덴으로 파견한 기사 프리드리히 폰 말찬의 지휘 아래 쇠사슬에 꽁꽁 묶인 채 마차에 실려 베를린으로 호송됐다. 말장수의 요청에 따라 보육원과 고아원에서 다시 찾아온 아이들도 함께 데리고 갔다. 때마침 작센 선제후는 태수 알로이지

33 이는 말장수의 이름을 따서 콜하젠브뤼크라는 지명이 생겼다는 앞의 서술과 모순된다.

우스 폰 칼하임 백작의 초대를 받아 다메[34]로 사냥을 나와 있었다. 태수는 당시 작센 국경 지역에 상당한 영지를 소유하고 있었는데, 선제후의 기분을 풀어주기 위해 대규모 사슴 사냥을 준비했던 것이다. 궁내시종 쿤츠 경, 태수의 딸이자 비서실장의 누이이며 궁내시종의 아내인 헬로이제 부인, 그밖의 명문 귀족들과 귀부인들, 수렵시종들과 궁정조신들이 동행했다. 언덕배기 길을 가로질러 세운 천막마다 삼각 깃발들이 나부꼈고, 천막 차양 아래 온 무리가 사냥할 때 맞은 흙먼지를 아직 뒤집어쓴 채 음식상을 놓고 앉아, 악사들이 떡갈나무 아래서 연주하는 음악을 즐기며 시동들과 귀족 자제들이 날라오는 음식을 맛보고 있을 때였다. 기마 호송대가 말장수를 태우고 드레스덴 쪽에서 천천히 다가왔다. 이렇게 이동이 늦어진 것은 콜하스의 몸이 약한 아이 하나가 탈이 난 탓에 콜하스를 호송하던 기사 말찬이 헤르츠베르크에서 사흘 동안 머무를 수밖에 없었기 때문이었다. 그러면서 기사 말찬은 이러한 조처를 자신이 받드는 브란덴부르크 선제후에게만 보고하면 됐지 작센 정부에는 알릴 필요가 없다고 판단했었다. 선제후는 앞섶을 반쯤 풀어헤치고, 사냥꾼처럼 깃털모자에 전나무 가지를 꽂고서, 어린 시절 자신의 첫사랑이었던 헬로이제 부인 옆에 앉아 있었다. 사방을 감싸고 있는 축제 분위기에 기분이 들떠서 이렇게 말했다. "저리 내려가서 누군지 모르겠지만 저기 끌려가는 자에게 이 포도주 잔을 건네주자!" 헬로이제 부인은 선제후에게 살가운 눈길을 던지며 바로 일어서서, 시동에게 은그릇을 가져오게 하더니 이 음식상 저 음식상에서 과일, 케이크, 빵을 집어 한 그릇 가득 채웠다. 온 무리가 온갖

34 다메와 헤르츠베르크는 드레스덴에서 북쪽으로 멀리 떨어진 도시로 베를린으로 가는 길에 있다.

음료수를 손에 들고 천막 밖으로 우르르 몰려나왔을 때였다. 태수가 당혹한 얼굴로 달려와 이들을 붙들어 말리며 안에 머물러 있으라 했다. 선제후가 의아한 목소리로 무슨 일이 있기에 그리 호들갑스럽게 놀라는가?라고 묻자, 태수는 궁내시종 쪽으로 몸을 돌리고 콜하스가 마차에 타고 있습니다라고 더듬더듬 대답했다. 콜하스가 여섯주 전에 출발했다는 것은 온 천하가 다 아는 사실이었는데, 이제야 여기에 이르렀다니 어느 누구도 납득할 수 없었다. 이 말을 듣자 궁내시종 쿤츠 경은 포도주 잔을 들고 천막 쪽으로 되돌아가 포도주를 모래에 쏟아부었다. 선제후는 얼굴이 붉으락푸르락해져서, 한 시동이 궁내시종의 손짓을 받아 쟁반을 내밀자, 손에 든 잔을 쟁반에 내려놓았다. 기사 프리드리히 폰 말찬은 처음 보는 좌중에게 정중하게 인사를 건네며, 길을 가로지른 천막 밧줄 사이를 천천히 통과하여 다메를 향해 나아갔다. 그동안 귀족들과 귀부인들은 태수가 권하는 대로 천막 안으로 다시 돌아와 호송대에 더이상 눈길을 돌리지 않았다. 태수는 선제후가 자리에 앉자마자, 다메로 은밀히 전령을 보내 그곳 시의회에게 말장수를 지체없이 떠나보내라고 일렀다. 하지만 기사가 이미 날이 저물었으니 하룻밤 묵어야겠다고 고집하자, 시의회는 기사 일행을 길에서 떨어지고 숲에 가려져 있는 시의회 소유 농장에 조용히 숙박시킬 수밖에 없었다. 저녁 무렵 귀족들과 귀부인들이 포도주에 얼근히 취하고 갖은 안주를 마음껏 즐기는 사이 몇시간 전 일어났던 일을 까맣게 잊어버리자, 태수가 사슴 한 떼를 보았으니 다시 한번 매복을 나가자고 말했다. 온 좌중은 이 제안을 쌍수를 들어 환영했고, 엽총을 챙긴 다음 삼삼오오 짝을 지어 도랑을 건너고 덤불을 헤쳐 가까운 숲으로 달려갔다. 헬로이제 부인은 이 사냥을 두 눈으로 보고 싶어 선제후를 따라나섰다. 두 사람은 자신들에게 붙은 길잡이를 좇아가다가, 놀랍게도 콜하스가 브란덴부르크 기마 호송대와 함께 머물고 있는 집 마당 한가운데를 통과하게 됐다. 헬로이제 부인은 이 사실을 알게 되자마자, "이리 오세요, 전하, 이리 오세요!"라고 말하며 선제후의 목에 걸린 관직 목걸이를 장난스럽게 비단 앞섶 안으로 밀어 넣었다. "다른 무리가 오기 전에 농가로 몰래 들어가 그 안에 묵고 있는 그 기이한 사람을 보자고요!" 선제후는 얼굴을 붉히고 헬로이제 부인의 손을 붙잡으며 헬로이제! 도대체 무슨 생각을 하는 거요?라고 말했다. 하지만 헬로이제 부인은 의아한 눈빛으로 선제후를 바라보며 "전하가 사냥꾼 복장을 하고 있는데, 누가 전하를 알아보겠어요?"라고 되묻고선 선제후 팔을 잡아끌었다. 바로 이 순간 수렵시종 몇 사람이 콜하스를 구경하고 집에서 나오더니, 태수가 손을 잘 써놓은 것 같소이다, 아닌 게 아니라 다메 근방에 모여 있는 우리가 누구인지 기사도 말장수도 알지 못하는구려라고 장담했다. 그러자 선제후는 빙그레 웃으며 모자를 눈까지 내려쓰고 이렇게 말했다. "어리석음이여, 네가 세상을 다스리누나. 네 보좌는 아리따운 여인의 입술이구나!"—콜하스는 두 사람이 말장수를 보기 위해 농가로 들어갔을 때, 벽에 등을 기대고 짚더미를 깔고 앉아서, 헤르츠베르크에서 병이 난 아이에게 빵과 우유를 먹이고 있었다. 헬로이제 부인이 대화의 실마리를 찾기 위해 당신은 누구예요? 아이는 어디가 아프죠? 무슨 일을 저질렀기에 이런 감시를 받고 계세요? 어디로 끌려가고 있는 거죠?라고 묻자, 콜하스는 가죽 모자를 들어올려 부인에게 인사를 건네고, 아이에게 음식을 계속 떠먹이며 이 모든 질문에 대꾸해줬는데, 감질나기는 했지만 그래도 궁금증은 다 풀어줬다. 선제후는 수렵시종들 뒤에 서 있다가,

작은 납 캡슐이 은실로 콜하스 목에 매달려 있는 것을 보았고, 입에 올릴 만한 다른 그럴듯한 이야깃거리도 떠오르지 않았으므로, 이렇게 물었다. 그 안에 무엇이 들어 있소? 콜하스가 대꾸했다. "그러니까, 나리, 이 캡슐 말이지요!"—그러면서 은실을 목에서 벗어 캡슐을 열더니 풀로 밀봉된 작은 쪽지를 꺼냈다—"이 캡슐에는 기이한 사연이 있습니다! 일곱달쯤 전이었을 겁니다. 제 아내 장례식 바로 다음 날이었지요. 나리도 들어서 아시겠지만 저는 콜하젠브뤼크를 떠나 융커를 붙잡으러 나섰습니다. 융커가 저에게 엄청나게 부당한 짓을 저질렀기 때문이었지요. 제가 이끄는 부대는 위터보크[35]라는 장터도시를 지나야 했습니다. 그때 작센 선제후와 브란덴부르크 선제후는 무슨 일 때문이었는지 모르겠지만 모종의 협상을 하러 이 도시에서 회동했습니다. 저녁 무렵 두 선제후는 만족스러운 합의에 이르렀습니다. 그런 뒤 친근하게 담소를 나누며 도시의 거리를 거닐었습니다. 거기서 왁실덕실 열리고 있던 대목장을 구경했습니다. 장터에서 어떤 집시 노파를 보았습니다. 노파는 앉은뱅이의자에 앉아 달력을 들여다보며 빙 둘러모인 구경꾼들에게 점을 쳐주고 있었습니다. 두 선제후는 우스개 삼아 물었습니다. 우리에게도 좋은 운세를 말해줄 수 없겠느냐? 저는 제 무리를 이끌고 여관에 막 투숙했던 터라 이 모든 일을 장터에서 지켜봤습니다. 하지만 구경꾼들 맨 뒤 교회 입구에 서 있었던지라, 이 기이한 노파가 선제후들에게 무슨 말을 하는지 알아들을 수 없었습니다. 구경꾼들은 낄낄거리며 숙덕거렸습니다. 집시 노파가 아무에게나 점괘를 알려주지는 않는다는군. 그러더니 이제 무슨 일이 벌어질지

35 다메 서쪽에 있는 도시이다.

보려고 앞으로 밀치고 나갔습니다. 저는 제 뒤의 교회 입구에 있는 돌의자로 올라섰습니다. 구경을 하고 싶어서가 아니었습니다. 정말이지 구경꾼들에게 길을 비켜주기 위해서였습니다. 높이 올라서니 집시 노파가 앉은뱅이의자에 앉아 두 선제후에게 뭔가 끼적거리고 있는 듯한 것이 훤히 내려다보였습니다. 그러기가 무섭게 이 노파가 구경꾼들을 둘러보며 느닷없이 목발을 짚고 일어섰습니다. 저는 이 노파와 말 한마디 나눈 적 없고 평생 점괘를 물은 적도 없었습니다. 그런데 이 노파가 제 눈을 쏘아봤습니다. 빽빽이 밀려든 구경꾼들을 헤치고 저에게 다가오더니, 이렇게 소리쳤습니다. '그래! 나리께서 운세를 알고 싶다면 네게 물어보면 되겠구나!' 나리, 그러면서 이 노파는 여위어 뼈만 남은 손으로 저에게 이 쪽지를 건네줬습니다. 구경꾼들이 일제히 저에게 고개를 돌렸습니다. 저는 당황하여 물었습니다. 할멈, 이것이 무엇이기에 내게 선사하려 하시오? 그러자 이 노파는 알 수 없는 소리를 수없이 중얼거렸습니다. 그런데 제 이름이 귀에 들리는 게 아닙니까? 저는 너무도 해괴하여 깜짝 놀랐습니다. 그런 뒤 노파는 이렇게 대답했습니다. '부적이다, 말장수 콜하스야, 이를 잘 간직해라, 언젠가 네 목숨을 구해줄 것이니!' 그러고선 사라졌습니다—그래서!" 콜하스는 사근사근 말을 이었다. "사실대로 털어놓자면, 저는 드레스덴에서 죽을 고비를 겪었지만 목숨을 건졌습니다. 베를린에서 어떤 일이 닥칠지는, 거기서도 살아남을지는, 두고 봐야 알겠지만요."—선제후는 이 이야기를 듣고 긴 의자에 주저앉았다. 헬로이제 부인이 깜짝 놀라 어디가 편찮으세요?라고 묻자 괜찮아, 아무렇지도 않아!라고 대꾸했지만, 헬로이제 부인이 달려들어 부축할 겨를도 없이 의식을 잃고 바닥에 쓰러졌다. 기사 말찬이 바로 이 순간 용무가 있어서 방으로 들어오다가 말했다. 맙소사, 이 신사가 어디가 편찮으시오? 헬로이제 부인이 소리쳤다. 물을 가져오세요! 수렵시종들이 선제후를 들어 옆방에 있는 침대에 뉘었다. 궁내시종은 한 시종에게 급히 불러와 선제후를 깨어나게 하려고 안간힘을 다했으나 아무 소용이 없자 선제후께서는 모든 증상으로 미뤄보아 중풍을 맞은 듯싶소!라고 밝혔고, 이에 다들 소스라치게 놀라 어쩔 줄 몰라 했다. 태수는 헌작시종이 파발꾼을 루카우[36]로 보내 의사를 불러오게 하는 동안, 선제후가 눈을 뜬 것을 보고 선제후를 마차에 태우도록 했고, 한 걸음 한 걸음 말을 몰아 가근방에 있는 사냥 별궁으로 옮기도록 했다. 하지만 선제후는 이 여독으로 사냥 별궁에 이른 뒤 두번 더 기절했다. 이튿날 저녁 루카우에서 의사가 도착해서야 비로소 병세가 어느정도 호전됐지만, 티푸스가 발병할 듯한 증상은 여간해서 가라앉지 않았다. 선제후는 의식을 되찾자마자 침대에서 윗몸을 일으켜 대뜸 이렇게 물었다. 콜하스는 어디에 있는가? 궁내시종은 선제후가 이런 질문을 하는 이유를 잘못짚고서, 선제후의 손을 부여잡으며 이렇게 말했다. 이 무시무시한 말장수라면 안심하셔도 됩니다. 이자의 방에서 기묘하고 이해할 수 없는 일이 일어난 뒤, 콜하스는 제 지시에 따라 브란덴부르크 호송대의 감시를 받으며 다메의 농가에 남았으니까요. 궁내시종은 선제후에게 더없는 동정을 표하면서, 전하를 말장수와 마주치게 하다니 얼마나 무책임하고 경솔한 짓이냐고 제 아내를 호되게 나무랐습니다라고 목청을 높인 뒤 이렇게 물었다. 이 사내와 무슨 이야기를 나누셨기에 그렇게 기이하고 엄청난 충격을 받으셨습니까? 선제후가

36 다메 동쪽에 있는 도시이다.

말했다. 숨김없이 털어놓겠소. 나는 그 사내가 납 캡슐 안에 하찮은 쪽지를 간직하고 다니는 것을 봤소. 그 탓에 이 모든 고통스러운 일들이 일어난 거요. 그러더니 사정을 설명하겠답시고 이런저런 말을 덧붙였으나 궁내시종은 무슨 소리인지 알 수 없었다. 선제후는 느닷없이 궁내시종의 손을 덥석 잡으며 이 쪽지를 손에 넣는 것이 내게 더할 나위 없이 중요하네라고 소리쳤다. 그러고선 지체없이 말을 타고 다메로 달려가게, 값이 얼마라도 좋으니 말장수에게서 쪽지를 사오게라고 당부했다. 궁내시종은 당혹한 기색을 가까스로 감추며 선제후에게 단단히 일렀다. 이 쪽지가 전하에게 터럭만큼이라도 가치가 있다면 이 사실을 콜하스에게 숨겨야 합니다. 입조심을 하지 않아 콜하스가 이 사실을 알게 되는 날에는, 전하가 억만금을 가지고 있다 할지라도 이 악당에게서 쪽지를 사들일 수 없을 것입니다. 이 악한은 원한에 사무쳐 복수를 갈망하고 있기 때문입니다. 그러고선 선제후를 안심시키기 위해 이렇게 덧붙였다. 우리는 다른 묘책을 생각해봐야 합니다. 이 악당 자신은 쪽지를 그리 중시하지 않는 듯싶습니다. 그러므로 이 일에 아무 상관 없는 제삼자를 이용하여 계책을 쓰는 게 좋겠습니다. 그러면 전하가 몹시 바라는 대로 쪽지를 손에 넣을 수 있을 것입니다. 선제후가 이마의 땀을 훔쳐내며 물었다. 그렇다면 곧바로 사람을 다메로 보내어 말장수 호송을 중지시킬 수 없겠나? 무슨 수를 써서든 쪽지를 얻어낼 때까지 당분간 말일세. 궁내시종이 귀를 믿지 못하며 대꾸했다. 유감스럽지만 아무리 생각해봐도 말장수는 다메를 이미 떠나서 국경 너머 브란덴부르크 땅에 있을 것 같습니다. 그곳에서 콜하스의 호송을 막거나 되돌아오게 할 수는 없습니다. 그랬다가는 매우 심각하고 복잡하며 어쩌면 도저히 해결할 수 없는 어려움을

야기할 수 있습니다. 궁내시종은 선제후가 입을 닫고 완전히 낙담한 표정으로 다시 침대에 드러눕자, 이렇게 물었다. 쪽지에 어떤 내용이 담겨 있습니까? 그 내용이 전하와 관련되어 있다는 사실은 어떤 해괴하고 불가사의한 일이 있었기에 알게 되셨습니까? 하지만 선제후는 이 일에서만큼은 뜻대로 따라줄 것 같지 않다는 듯 미심쩍은 눈빛으로 궁내시종을 바라보며 아무 대꾸도 하지 않았다. 선제후는 두근두근 두방망이질하는 가슴을 억누르며 꿈쩍하지 않고 누워, 두 손에 쥐고 있던 손수건 끄트머리를 물끄러미 내려다봤다. 그러더니 느닷없이 수렵시종 슈타인 경을 방으로 불러달라고 부탁했다. 이 옹골차고 슬기로운 젊은 귀족에게 종종 비밀 임무를 맡겼었는데, 이자와 긴히 의논해야 할 또다른 용무가 생겼다는 구실을 붙여서였다. 선제후는 수렵시종에게 사정을 자세히 설명하고 콜하스 수중에 있는 쪽지가 얼마나 중요한지 알려준 다음 이렇게 말했다. 콜하스가 베를린에 도착하기 전에 쪽지를 입수해주면 그 은공을 평생 잊지 않겠소. 수렵시종은 상황이 기이하다고 생각했지만 사정이 어떤지 그럭저럭 짐작하자마자 이렇게 다짐했다. 신명을 바쳐 분부에 따르겠습니다. 그러자 선제후는 수렵시종에게 명령을 내렸다. 말을 타고 콜하스를 뒤쫓아가도록 하라. 아마도 돈으로는 콜하스의 마음을 움직일 수 없을 것이다. 조리있는 말로 설득하도록 하라. 쪽지를 내준다면 자유와 생명을 보장하겠다고 제안하라. 콜하스가 브란덴부르크 기병 호송대에서 탈출할 수 있도록 도와달라고 요구할지 모르겠다. 그러거든 신중을 기하기는 해야겠지만 지체없이 말과 군사와 자금을 풀어 지원하라. 수렵시종은 선제후에게 신임장을 작성해달라고 요청한 다음 곧바로 병졸 서넛을 이끌고 길을 출발했다. 말들을 숨 쉴 틈 없이 몰아 쾌친 끝에 운 좋게도 한 국경 마을에서 콜하스와 마주쳤다. 콜하스는 기사 말찬과 다섯 아이와 함께 어느 집 문 앞 마당에 상을 차려놓고 점심식사를 하고 있었다. 수렵시종이 기사에게 자신을 타관 사람이라고 소개하고 기사가 기이한 사내를 끌고 간다고 하는데 한번 보고 싶다고 말하자마자, 기사 말찬은 수렵시종에게 이 사람이 콜하스라고 알려주며, 앉아서 식사나 하고 가라고 상냥하게 권유했다. 기사는 출발 준비를 하느라 자리를 자주 비웠고 기병들은 집 뒤란에 상을 놓고 식사하고 있었기 때문에, 수렵시종은 말장수에게 자신이 누구이며 어떤 특별한 명령을 받고 찾아왔는지 밝힐 기회를 금세 얻었다. 말장수는 다메의 농가에서 이 캡슐을 보고 기절했던 신사가 누구이며 지위가 무엇인지 이미 알고 있었고, 이러한 사실을 알게 된 흥분을 절정까지 만끽하려면 쪽지의 비밀을 들여다보기만 하면 됐지만, 이런저런 이유로 그저 호기심에 못 이겨 쪽지를 열어보지는 않으리라 마음먹고 있었다. 말장수는 드레스덴에서 자신은 어떤 희생이라도 기꺼이 치르려 했는데도 귀족들과 선제후가 자신을 박대했던 일을 떠올리며 이렇게 대답했다. "저는 쪽지를 간직하고 싶습니다." 무슨 기막힌 사연이 있기에 그러시오. 다른 것도 아니고 자유와 생명을 보장하겠다는데도 이 제안을 거부하는 것이오? 수렵시종이 이렇게 묻자, 콜하스가 대꾸했다. "나리! 나리가 모시는 선제후가 찾아와서, 나 자신을 없애겠다, 내가 통치권을 휘두를 수 있도록 보필하는 신하들도 죄다 없애겠다라고 말하더라도—그렇게 모조리 없애는 것이야말로 제가 마음속 깊이 품고 있는 가장 큰 소원입니다, 아시겠습니까?—그러더라도 저는 나리의 선제후가 목숨보다 더 귀하게 여기는 쪽지를 내주지 않을 겁니다. 이렇게 쏘아붙이기만 할 겁니다. 전하는 저를 처형대로 보낼 수 있을 겁니다.

하지만 저는 전하에게 고통을 안겨줄 수 있고 안겨줘야만 하겠습니다." 이렇게 말하며 콜하스는 죽은 사람처럼 창백한 얼굴로 한 기병을 부르더니, 사발에 수북이 남아 있는 음식을 갖다 먹으라고 했다. 그런 뒤 수렵시종이 이 마을에 머물러 있는 내내 뻔히 상에 앉아 있는데도 아예 없는 사람 취급했다. 수렵시종이 마차에 올라탈 때에야 비로소 고개를 돌리고 눈으로 작별인사를 건넸다—선제후가 이 소식을 듣고서 병세가 더욱 악화되어, 사흘의 고비 동안 수많은 합병증이 동시에 발병하자, 의사들은 선제후가 생명을 잃을까 몹시 염려하지 않을 수 없었다. 하지만 선제후는 타고난 건강체였던지라 자리보전하고 두세주 동안 심하게 앓은 뒤 몸을 다시 회복했다. 아무튼 선제후를 마차에 태우고 요와 이불로 감싸 드레스덴으로 후송하여 다시 국사를 볼 수 있도록 만들 수 있었다. 선제후는 드레스덴에 도착하자마자 크리스티에른 폰 마이센 공자를 불러 물었다. 법관 아이벤마이어 파견은 어떻게 됐소? 이 법관을 콜하스 기소 검사로 빈으로 보내려 했잖소. 제국 평화 교란 혐의로 그곳에서 황제 폐하께 공소를 제기하도록 말이오. 공자가 대답했다. 전하께서 다메로 사냥을 나가며 명령하신 대로, 법관 아이벤마이어는 빈으로 출발했습니다. 브란덴부르크 법관 초이너가 드레스덴에 도착하자마자였습니다. 초이너는 브란덴부르크 선제후에게서 융커 벤첼 폰 트롱카를 가라말들 건으로 이곳 법원에 기소하라는 지시를 받고 여기에 왔습니다. 선제후는 얼굴이 벌게져 책상으로 걸어가며, 콜하스 사면을 중재했던 루터 박사에게 미리 자문을 구할 필요가 있으니 더욱 면밀하고 확고하게 명령을 내리기 전에는 아이벤마이어를 떠나보내지 말라고 일렀던 것으로 알고 있는데, 왜 그리 서둘러 보냈는지 영문을 모르겠다고 말했다. 그러면서 부아를 억누르느라 애쓰며, 책상에 놓여 있던 서한들과 서류들을 한데 모아 건중그렸다. 공자는 눈이 휘둥그레져 선제후를 잠시 바라본 뒤 이렇게 대답했다. 이 일로 심려를 끼쳐드렸다면 송구하기 한량없습니다. 하지만 검사 아이벤마이어를 아까 말씀드린 시점에 파견하도록 저에게 지시한 중신회의 결의서를 전하께 보여드릴 수 있습니다. 이렇게 덧붙였다. 중신회의에서 루터 박사에게 자문하자는 논의는 전혀 없었습니다. 얼마 전이라면 이 성직자의 의견을 들어보는 게 합당했을지 모르겠습니다. 루터 박사가 콜하스를 위해 중재에 나선 바 있었기 때문입니다. 하지만 지금 자문을 구하는 것은 부질없는 일입니다. 콜하스에게 내려진 사면령을 온 세상이 보는 앞에서 파기하고, 콜하스를 체포하여 브란덴부르크 법원에서 재판하고 처형하기 위해 인도한 뒤이기 때문입니다. 선제후가 말했다. 아이벤마이어를 파견했다 할지라도 이 실수는 돌이킬 수 없을 만큼 큰 것은 아니오. 이 법관에게 별도의 명령이 있을 때까지 당분간 빈에서 검사 임무를 수행하지 말라고 전하시오. 그러고선 공자에게 급히 파발마를 띄워 이러한 뜻을 당장 아이벤마이어에게 알리라고 당부했다. 공자가 대답했다. 아뢰옵기 황송하오나 이런 명령을 내리기에는 이미 하루가 늦었습니다. 오늘 방금 들어온 보고에 따르면 아이벤마이어는 이미 기소에 착수했으며 빈 황제 비서실에 공소장을 제출했다고 합니다. 모든 일이 어찌 이리 번갯불에 콩 볶아 먹듯 일어날 수 있는가? 선제후가 화들짝 놀라 묻자, 공자가 이렇게 덧붙였다. 아이벤마이어가 출발한 지 이미 세주가 지났습니다. 이 법관은 빈에 도착하자마자 지체없이 자신의 임무를 완수하라는 지시를 받고 떠났습니다. 이 경우에는, 공자가 말했다. 시간을 지체하면 할수록 더욱더 곤란해졌을 것입니다. 브란덴부르크 검사 초이너가 융커 벤첼 폰 트롱카를 집요하고 사정없이 소추하고 있는 상황이었습니다. 말백정의 손에서 가라말들을 되찾아 말들을 원상회복시킬 수 있게 해달라고 임시 처분 신청을 하여, 피고 측의 온갖 이의를 물리치고 이를 이미 관철시키고 있던 터였습니다. 선제후는 종 줄을 잡아당기며 "됐소! 아무래도 상관없소!"라고 대꾸했다. 공자에게 다시 몸을 돌리고 그밖에 드레스덴 사정은 어떠하오? 내가 없는 동안 무슨 일이 있었소?라고 건성으로 물은 뒤, 불안한 내색을 감추지 못하며 손을 들어 작별인사를 건네고선 공자를 떠나보냈다. 선제후는 이날 공자에게 서한을 보내 콜하스 관련 서류 일체를 가져오라고 지시했다. 이 사안이 정치적으로 중요하므로 직접 처리하고 싶다는 구실을 붙여서였다. 콜하스는 자신에게 쪽지의 비밀을 밝혀줄 수 있는 유일한 사람이기 때문에 콜하스를 없앤다는 것은 생각만 해도 견딜 수 없는 일이었다. 그래서 선제후는 친서를 작성하여 황제에게 애절하고 간절하게 청원하기를, 지금은 상세히 설명드릴 수 없으나 중요한 이유가 있사오니 아이벤마이어가 콜하스에게 제기한 공소를 별도의 결정을 내릴 때까지 당분간 철회할 수 있도록 윤허해주십사 했다. 황제는 제국 비서실에서 대필한 문서를 통해 이렇게 회신했다. "그대의 심경이 급변한 듯 보여 짐은 해괴한 심정을 금할 길 없다. 작센 정부가 짐에게 보낸 보고서에 따라 콜하스 사건은 신성로마제국 전체의 사안이 되었다. 짐은 황제이자 제국의 수장으로서 브란덴부르크 궁정에 콜하스를 기소해야 할 의무가 있다고 판단했다. 그리하여 이미 제국 배석법관 프란츠 뮐러에게 검사 임무를 부여하여 베를린으로 파견했다. 그곳에서 제국 공공 평화 교란 혐의로 콜하스를 문책하기 위해서이다. 이 공소는 어떤 방법으로도 철회될 수 없으며, 이 소송은 법에 따라 속행되어야 할 것이다." 이 편지를 받고 선제후는 완전히 낭패했다. 얼마 뒤 베를린에서 사신私信들이 들어와 베를린 궁정법원에서 콜하스 소송이 시작됐다고 전하며, 담당 변호사가 심혈을 기울여 변호했음에도 콜하스는 형장에서 최후를 맞을 것 같다고 알리자 선제후는 더없이 침통해했다. 이 가련한 선제후는 다시 한번 손써보기로 결심하고 브란덴부르크 선제후에게 친서를 보내 말장수의 목숨을 살려달라고 당부했다. 우리는 이 사내에게 사면령을 서약했습니다, 그러므로 사형 판결을 집행하지 말아야 마땅합니다라고 강변도 하고, 작센 정부에서 말장수에 대해 가차없이 공소를 제기하는 듯 보였을지 모르겠습니다, 하지만 저는 이자를 죽이려 생각한 적이 한번도 없었습니다라고 장담도 하고, 제가 얼마나 슬픔에 잠길지 생각해보셨습니까? 베를린에서 말장수에게 보호를 베풀겠다고 해서 믿고 보냈습니다, 그런데 사태가 엉뚱하게 전개되어 결국에는 말장수가 훨씬 더 불리한 판결을 받게 됐습니다, 드레스덴에 머물러 작센 법률에 따라 재판받느니보다 못하게 됐습니다라고 하소연도 했다. 브란덴부르크 선제후는 이 내용에 모호하고 석연찮은 점이 많다고 여기고서 이렇게 답장했다. "황제 폐하의 검사가 엄중하게 소추하고 있는 상황입니다. 따라서 법률 규정의 엄격한 적용을 완화해달라는 선제후 전하의 소망을 들어드릴 수 없습니다. 제가 느낀 바로는 전하가 저에게 밝히신 근심은 사실 너무 지나친 감이 있습니다. 콜하스에게 사면령을 내려 용서한 범죄에 대해 베를린 궁정법원에 공소를 제기한 사람은, 콜하스에게 사면령을 내렸던 전하가 아니라 사면령에 전혀 제약받지 않는 제국 황제이기 때문입니다. 아울러 전하에게 일러드리고 싶은 사실은, 나겔슈미트가 끊임없이 저지르고 있는 만행이 전례없이 대담해져서 이제 브란덴부르크 국경까지 위협하고 있으므로 준엄한 처벌로 본보기를 보일 필요가 있다는 것입니다. 전하가 제 이 모든 생각이 일고의 가치도 없다고 여기시거든, 황제 폐하께 직접 청원하시기 바랍니다. 오로지 황제 폐하의 칙령에 따라서만 콜하스에게 특사가 내려질 수 있습니다." 작센 선제후는 이 모든 시도가 실패로 돌아가자 슬픔과 분노에 못 이겨 다시 앓아누웠다. 어느날 아침 궁내시종이 문안을 오자, 콜하스의 생명을 연장시켜 이 말장수의 수중에 있는 쪽지를 얻을 시간을 조금이라도 벌기 위해 빈과 베를린 궁정에 보냈던 편지들을 보여줬다. 궁내시종은 선제후 앞에 무릎 꿇고 엎드려, 간절히 바라건대 이 쪽지의 내용이 무엇인지 말해달라고 간청했다. 방문에 빗장을 걸고 침대에 걸터앉게. 선제후는 이렇게 말하고, 궁내시종의 손을 붙들더니 한숨을 내쉬며 자신의 가슴에 갖다댄 뒤, 다음과 같은 이야기를 꺼냈다. "자네 아내가 자네에게 이미 이야기했다고 들었네만. 브란덴부르크 선제후와 내가 위터보크에서 회동한 사흘째였네. 우리는 한 집시 노파를 만났네. 브란덴부르크 선제후는 워낙에 천성이 활발한 사람이었지. 그런데다 식사를 하면서 이 진기한 노파의 점술에 관해 시답잖은 말들을 막 들은 뒤였네. 그런 터라 브란덴부르크 선제후는 구경꾼들이 지켜보는 가운데 장난을 쳐서 이 노파의 명성에 흠집을 내고 싶은 마음이 들었다네. 그래서 가슴에 팔짱을 끼고 노파의 탁자 앞으로 다가갔네. 노파가 자신에게 운세를 말하기 전에, 오늘 당장 사실임이 입증될 수 있는 어떤 증표를 제시하라고 요구했지. 그러지 않으면 노파가 로마의 무녀라 할지라도 노파의 말을 믿을 수 없다고 우겼다네. 노파는 우리를 위아래로 훑어보며 이렇게 말하더군. 증표라면 이게 증표입지요. 나리들이 지금 있는 시장을 떠나기 전에, 뿔 달린 커다란 수노루가 시장으로 나리들을 찾아올 겁니다. 정원사 아들이 공원에서 키우고 있는 노루입지요. 한가지 자네가 알아둬야 할 게 있네. 이 수노루는 드레스덴 궁정 주방에서 쓰려고 기르고 있었는데, 이 노루가 갇혀 있는 우리는 말뚝으로 높이 울타리 치고 자물쇠와 빗장으로 잠가놓았고, 공원의 떡갈나무 그늘에 둘러싸여 있었다네. 그뿐만 아니라 공원 전체는 물론 이와 인접한 정원도 길이 철통같이 막혀 있었다네. 여기서 기르는 다른 작은 짐승들과 새들이 도망가지 못하도록 하기 위해서 말일세. 따라서 이 수노루가 우리가 서 있던 장터로 우리를 찾아와서 이 기이한 예언을 실현시킨다는 것은 꿈도 꿀 수 없는 일이었지. 그렇지만 브란덴부르크 선제후는 뭔가 속임수가 숨어 있을지 모른다고 의심했네. 내 생각을 한두 마디 물은 뒤에, 사람을 궁성 안으로 보냈네. 수노루를 당장 잡아 이튿날 식사에 올릴 준비를 하라고 명령했네. 장난을 시작한 김에 이 노파가 앞으로 어떤 말을 지껄이든 다시는 믿을 수 없게 하겠다고 마음먹었던 걸세. 선제후는 노파 앞에서 이 모든 지시를 큰 소리로 내렸네. 그런 다음 노파에게 몸을 돌려 이렇게 말했지. 자, 이제! 내 앞날에 대해 말해주겠소? 노파는 선제후의 손금을 보더니 말했네. 선제후 전하께 축복을! 전하는 오래도록 보위를 지킬 게고, 전하의 왕가는 오래도록 존속할 게며, 전하의 후손들은 위대하고 훌륭하게 되어 온 세계의 제후들과 귀족들을 지배하는 권좌에 오를 겝니다. 브란덴부르크 선제후는 생각에 잠겨 노파를 잠시 바라봤네. 그런 뒤 나에게 한 걸음 다가오더니, 목소리 낮춰 말했네. 예언을 깨뜨리려고 전령을 보낸 게 이제 후회스럽기까지 합니다그려. 선제후 수행 기사들이 환호성을 지르며 빗발치듯 돈을 던지자, 그 돈이 노파의 품에 수북이 쌓였네. 선제후 자신도 호주머니에서 금화 한닢을 꺼내, 거기에 얹어놓았지. 그러면서 노파에게 물었네. 그대는 나 브란덴부르크 선제후에게 듣기 좋은 예언을 해줬다. 여기 계신 이 작센 선제후에게도 그런 예언을 해줄 수 있겠느냐? 노파는 옆에 있던 돈궤를 열었네. 돈을 금액와 수량에 따라 느릿느릿 꼼꼼하게 정리하고, 돈궤를 다시 닫았네. 그런 다음 눈이 부신 듯 손차양으로 햇빛을 가리며 나를 바라봤네. 나는 브란덴부르크 선제후가 했던 질문을 노파에게 다시 던졌네. 그러고선 노파가 내 손금을 보는 동안, 브란덴부르크 선제후에게 우스갯소리를 건넸지. 노파는 저에게 들려줄 듣기 좋은 말이 없나봅니다. 그러자 노파는 목발을 잡고 앉은뱅이의자에서 천천히 일어섰네. 두 손을 신비스럽게 앞으로 내밀고 나에게 바짝 다가오더니, 귀에 대고 또렷이 속삭였네. 그렇습니다!—그렇구려! 나는 얼떨떨하여 이렇게 말하고 노파에게서 한 걸음 물러났네. 노파는 차갑고 생기없는 눈빛으로 나를 바라봤네. 대리석 눈에서 나오는 눈빛 같더군. 그러더니 자기 뒤에 있는 앉은뱅이의자에 다시 주저앉았네. 나는 물었지. 내 왕가는 누구에게 위협받게 되는가? 노파는 목탄과 종이를 손에 쥐고 다리를 꼬고서 되묻더군. 종이에 써드려도 되겠습니까? 나는 정말로 당혹스러웠네. 하지만 당시 상황에서는 다른 도리가 없었기 때문에 이렇게 대답했지. 좋다! 그렇게 하라! 노파가 기다렸다는 듯 대꾸했네. '좋습니다! 세 가지를 전하께 써드립지요. 전하 왕가에서 나올 마지막 선제후의 이름, 이 선제후가 나라를 잃게 될 연도, 이 선제후에게 무력으로 나라를 빼앗을 정복자의 이름입니다.' 노파는 구경꾼들이 다들 지켜보는 가운데 쓰기를 마치고, 몸을 일으켰네. 쭈글쭈글한 입으로 침을 묻힌 풀로 쪽지를 밀봉하고 가운뎃손가락에서 인장 반지를 빼서 봉인을 찍었네. 자네도 벌써 짐작했겠지만, 나는 이루 말할 수 없이 호기심이 일었네. 이 쪽지를 움켜쥐려 했지. 그러자 노파가 말했네. '안됩니다, 전하!' 몸을 돌리더니, 목발 하나를 들어올렸네. '원하신다면, 저 사내로부터 쪽지를 찾아가시지요! 저기 깃털모자를 쓰고 구경꾼들 뒤 교회 옆 긴 의자에 서 있는 사내 말입니다.' 내가 노파의 말을 채 알아듣기도 전이었네. 노파는 나를 남겨둔 채 자리를 떴네. 나는 놀라서 할 말을 잊고 장터에 서 있었지. 노파는 등 뒤에 있는 돈궤의 뚜껑을 닫아 어깨에 둘러메고, 우리를 둘러싸고 있던 구경꾼 무리 사이로 사라졌네. 하지만 나는 노파가 없어진 줄도 모르고 있었다네. 바로 이 순간 브란덴부르크 선제후가 궁성으로 보냈던 기사가 돌아왔네. 기사는 함박웃음을 지으며 이렇게 보고했네. 수노루를 잡아 죽였습니다. 사냥꾼 두 사람이 궁정 주방으로 끌고 가는 것을 두 눈으로 보고 왔습니다. 나에게는 아닌 게 아니라 마음속 깊이 안심되는 일이었지. 브란덴부르크 선제후는 너털웃음을 치고 내 팔짱을 끼었네. 나를 장터 밖으로 데리고 가며, 이렇게 말했네. 자, 이제 가시지요! 예언이란 흔해빠진 속임수이거든요. 시간과 돈을 허비할 가치가 없습니다! 이 말이 채 끝나기도 전이었네. 장터 사방에서 비명이 일었네. 구경꾼들의 눈이 궁성 안뜰에서 달려내려오는 푸줏간 개에게 쏠렸다네. 이 덩치 큰 개는 주방에서 좋은 먹잇감을 보고 이 수노루 목덜미를 물고 온 걸세. 노복들과 여종들에게 쫓겨오다가, 우리 세 걸음 앞에 수노루를 내려놓았다네. 노파의 예언이 실제로 이뤄진 걸세. 노파가 말한 대로 모두 이뤄질 것이라는 게 증명된 걸세. 수노루는 비록 죽은 몸으로나마 장터로 우리를 찾아왔으니, 우리가 얼마나 소스라치게 놀랐겠는가? 마른 하늘에 날벼락이 쳤더라도 이 광경을 봤을 때보다 더

충격을 받지 않았을 걸세. 나는 함께 있던 일행과 헤어지자마자, 노파가 나에게 가리켜줬던 깃털모자 사내를 수소문하기 시작했네. 사흘 동안 끊임없이 사람을 내보내 찾아봤지만, 아무도 이 사내가 어디로 종적을 감췄는지 터럭만큼도 알아내지 못했네. 그런데, 내 친구 쿤츠여, 나는 몇주 전에 다메의 농가에서 그 사내를 내 눈으로 본 걸세."—이렇게 말하며 선제후는 궁내시종의 손을 놓더니, 이마의 땀을 닦고서 병석에 다시 드러누웠다. 궁내시종은 이 사건에 관해 선제후와 의견이 달랐지만 선제후의 생각을 틀렸다고 바로잡으려 해봐야 아무 소용 없으리라 여겼다. 그래서 쪽지를 손에 넣을 어떤 방도를 찾아보고 말장수는 나중에 운명대로 죽도록 놓아두라고 권유했다. 하지만 선제후는 이렇게 대답했다. 도무지 아무 뾰족한 수도 떠오르지 않네. 종이쪽지를 손에 넣을 수 없다고 생각만 해도, 아니 이 사내가 죽으면 그 내용을 알 수 없게 된다고 짐작만 해도 비탄과 절망에 빠져드는데 말일세. 집시 노파를 수소문해보기는 했습니까? 친구가 묻자 선제후가 대답했다. 나는 다른 명목을 붙여 이 노파를 찾아보라고 명령했네. 정부 관아는 오늘 이 시간까지도 작센 영토 방방곡곡을 샅샅이 뒤지고 있지. 이유를 낱낱이 밝힐 수는 없지만 이 노파를 작센 땅에서 찾아낼 수 있을 것 같지 않네. 때마침 궁내시종은 유산상속을 위해 베를린으로 가려던 참이었다. 브란덴부르크 총리 칼하임 백작이 해임된 뒤 곧바로 사망하면서, 궁내시종의 아내인 헬로이제 부인에게 노이마르크에 상당한 영지를 물려줬기 때문이었다. 궁내시종은 선제후를 정말로 좋아했으므로, 잠시 생각을 가다듬은 뒤 이렇게 물었다. 쪽지 처리에 관해 저에게 전권을 주시겠습니까? 선제후가 궁내시종의 손을 살갑게 붙들어 자신의 가슴에 갖다대며 대답했다. "자네가 곧 나라고 생각하게나. 어떻게든 내게 쪽지만 가져다주게나!" 그러자 궁내시종은 자신의 업무를 다른 이들에게 맡긴 다음 출발을 며칠 앞당겼다. 부인은 집에 남겨둔 채 하인 서넛만 이끌고 베를린으로 떠났다.

한편 콜하스는, 앞서 말했듯, 베를린에 도착하여 브란덴부르크 선제후의 특별명령에 따라 기사 감옥에 수감됐고, 여기서 다섯 아이와 함께 더할 나위 없이 편안하게 지냈다. 그러다가 빈에서 제국 검사가 도착하자마자 베를린 궁정법원 법정에 불려와 제국 공공 평화 교란 혐의로 문책받았다. 말장수는 변론에서 이렇게 이의를 제기했다. 작센 선제후는 뤼첸에서 사면을 서약했습니다. 그러므로 작센을 무력 침공하여 만행을 자행했다는 혐의로 저를 기소할 수 없습니다. 하지만 다음과 같은 대답을 듣고 사태를 올바로 파악했다. 여기서 공소를 제기하고 있는 검사는 황제 폐하가 파견했다. 황제 폐하는 사면령에 구애받을 필요가 없다. 이러한 사정을 설명받았을 뿐만 아니라 자신이 융커 벤첼 폰 트롱카에 대해 드레스덴에서 제기한 소송에서 피해를 완전히 배상받을 수 있으리라는 언약도 듣자, 말장수는 곧바로 상황을 받아들였다. 그리하여 때마침 궁내시종이 도착한 날에 선고가 내려져 콜하스는 칼로 참수하라는 판결을 받았다. 화형에서 참수형으로 감형됐으나,[37] 얽히고설킨 상황을 고려할 때, 이 참수형마저 집행되리라 믿는 사람은 아무도 없었다. 온 베를린 주민은 브란덴부르크 선제후가 콜하스에게 얼마나 호의를 품고 있는지를 잘 알았던 터라, 이 선제후가 특명을 내려 참수형을 단순한 징역형으로 틀림없이 감형할 것이라고

37 화형은 잔혹한 신체형일 뿐 아니라 시신이 재로 변하여 죄인에 대한 기억을 모조리 없애버리므로, 화형보다는 참수형을 가벼운 형벌이라 여겼다.

내다보며, 말장수가 아마도 힘들고 지루하기는 하겠지만 옥고만 치르게 되기를 바랐다. 그렇지만 궁내시종은 작센 선제후가 자신에게 맡긴 임무를 다하기 위해서는 한시가 급하다는 것을 간파하고서 곧바로 일에 착수했다. 어느날 아침 콜하스가 감옥 창가에 서서 행인들을 물끄러미 바라보고 있을 때, 궁내시종은 평소대로 궁정의관을 갖추고 콜하스에게 한눈에 뚜렷이 띄도록 그 앞을 지나갔다. 궁내시종은 콜하스가 고개를 홱 돌리는 것을 보자 콜하스가 자신을 보았다고 짐작했고, 무엇보다도 콜하스가 저도 모르게 손을 캡슐이 있는 가슴 근처에 갖다대는 것을 알아채고선 빙긋이 미소 지었다. 궁내시종은 콜하스가 이 순간 마음속이 얼마나 철렁했을지 헤아려본 뒤 이만하면 됐으니 쪽지를 손에 넣기 위해 다음 단계로 넘어가기로 마음먹었다. 궁내시종은 목발을 짚고 돌아다니는 어느 고물장수 노파를 불러왔다. 이 노파는 베를린 길거리에서 넝마를 사고파는 다른 어중이떠중이 무리 가운데서 찾아냈는데, 나이로 보나 입성으로 보나 선제후가 이야기했던 집시 노파와 거의 똑같아 보였다. 궁내시종은 집시 노파가 콜하스에게 쪽지를 건네준 뒤 곧바로 사라졌기 때문에 콜하스가 집시 노파의 얼굴을 똑똑히 기억하지 못할 것이라 생각했다. 그래서 고물장수 노파를 집시 노파로 변장시킨 뒤 콜하스에게 보내 어떻게든 집시 노파 행세를 하게 만들기로 마음먹었다. 그리하여 고물장수 노파가 집시 노파 노릇을 잘할 수 있도록 궁내시종은 고물장수 노파에게 위터보크에서 선제후와 집시 노파 사이에 일어난 일을 시시콜콜 가르쳐줬다. 하지만 궁내시종도 집시 노파가 콜하스에게 기밀을 얼마만큼 알려줬는지는 알 재간이 없었으므로, 쪽지에 적힌 세가지 비밀 사항을 고물장수 노파에게 재삼재사 명심시키기를 잊지 않았다. 그러면서 작센 궁정이 더없이 중요한 쪽지를 손에 넣기 위해 계략이나 무력을 쓰려 하고 있다는 말을 종잡을 수 없이 횡설수설하며 콜하스에게 흘리라고 일렀다. 그런 다음 쪽지가 콜하스 수중에 있으면 이제 위험천만하다고 우기고 며칠 고비 동안 고물장수 노파 자신이 보관할 테니 넘겨달라고 성화하라고 지시했다. 고물장수 노파는 궁내시종이 상당한 보수를 약속했을 뿐만 아니라 자신의 요구대로 착수금을 지불하자, 당장 이 임무를 떠맡고 나섰다. 뮐베르크에서 전사한 헤르제의 노모는 당국의 허가를 얻어 때때로 콜하스를 면회했는데, 고물장수 노파는 이 노모와 몇달 전부터 알고 지냈던 터라, 이를 이용하여 며칠 뒤 간수에게 뇌물을 얼마간 쥐여주고 말장수의 감옥으로 들어갈 수 있었다—콜하스는 이 노파가 가까이 다가오자, 손에 낀 인장 반지와 목에 건 산호 목걸이를 보고서, 위터보크에서 자신에게 쪽지를 건네줬던 낯익은 집시 노파임에 틀림없다고 생각했다. 있을 법한 일만이 늘 실제로 일어나는 게 아니듯이, 우리가 이야기하고 있기는 하지만 의심 많은 독자에게는 의심할 자유를 인정할 수밖에 없는 사건이 때마침 여기에서 일어났으니, 궁내시종은 엄청난 실책을 저질렀던 것이다. 집시 노파 노릇을 맡기기 위해 베를린 거리에서 물색한 고물장수 노파는, 다름 아니라 이 노파를 시켜 흉내 내게 하려 했던 신비로운 집시 노파 자신이었다. 아무튼 이 노파는 아이들이 자신의 기이한 모습에 화들짝 놀라 아버지에게 달라붙자 목발을 짚은 채 아이들의 볼을 쓰다듬으며, 이렇게 이야기했다. 나는 작센을 떠나 브란덴부르크로 돌아온 지 오래됐어. 그런데 궁내시종이 베를린 길거리를 돌아다니며 지난해 이른 봄에 위터보크에 있었던 집시 노파의 행방을 수선스럽게 수소문하는 것을 들었지. 나는 궁내시종에게 득달같이 찾아갔어. 거짓 이름을 대고 궁내시종이 시키는 일을 떠맡았어. 말장수는 집시 노파와 자신의 죽은 아내 리스베트가 기이할 만큼 빼닮았다고 느꼈기에, 하마터면 리스베트의 할머니가 아니시오?라고 물을 뻔했다. 이목구비뿐만이 아니라, 뼈만 남아 있는데도 아직 곱디고운 손과 특히 말할 때의 손놀림이 리스베트를 생생하게 생각나게 했다. 아내는 목에 반점이 있었는데 노파도 같은 곳에 반점이 있는 것이 눈에 띄었다—마음속에 갖은 생각이 기이하게 엇갈리는 가운데, 말장수는 노파에게 의자에 앉으라고 권하며 물었다. 궁내시종이 도대체 무슨 일을 시켰기에 저를 찾아오셨소? 노파는 콜하스의 늙은 개가 자신의 무릎에 코를 대고 킁킁거리며 꼬리를 흔들어대자, 개를 손으로 쓰다듬으며 대답했다. "궁내시종이 내게 맡긴 임무는 이런 것들이야. 자네를 만나서 작센 궁정에 더없이 중요한 세가지 질문에 대한 대답이 이 쪽지에 담겨 있다는 것을 알려주라는 게야. 이 쪽지를 손에 넣기 위해 베를린으로 밀사가 파견됐으니 조심하라고 일깨우는 게고. 자네가 쪽지를 가슴에 품고 다니는 게 이제 안전하지 않으니 쪽지를 내게 넘겨달라고 말하라는 게지. 하지만 내가 자네를 찾아온 진짜 이유는 다음과 같은 사실을 말해주기 위해서야. 간계나 무력으로 자네에게서 쪽지를 빼앗으려 꾀하고 있다는 말은 터무니없는 새빨간 거짓말이라는 게지. 자네는 브란덴부르크 선제후에게 구금되어 보호받고 있으니 쪽지를 잃을까 염려할 필요가 터럭만큼도 없다는 게고. 그 쪽지는 내가 가지고 있는 것보다 자네가 지니고 있는 게 훨씬 더 안전하니, 누가 어떤 핑계를 붙이더라도 쪽지를 넘겨주지 말라는 게야—그렇지만," 노파는 이렇게 말을 맺었다. "이 쪽지를 자네 목숨을 구하는 데 쓰는 게 좋을 듯싶어. 내가 자네에게 위터보크 대목장에서 쪽지를 넘겨주며 말한 대로 말이야. 자네가 브란덴부르크 국경을 넘어왔을 때 수렵시종 슈타인 경이 자네에게 했던 제안을 받아들이라는 게야. 이 쪽지를 작센 선제후에게 넘기고 그 댓가로 자유와 생명을 보장받으라는 게지. 쪽지는 자네에게 더이상 필요하지 않으니까." 콜하스는 적이 자신을 밟아뭉개려 하는 순간 적의 발뒤꿈치를 치명적으로 물어뜯을 수 있는 방도가 생기자 뛸 듯이 기뻐 대답했다. 세상을 다 준다 해도 넘기지 않을 거요, 할멈, 세상을 다 준다 해도! 그러고선 노파의 손을 붙들며 물었다. 그런데 그 엄청난 질문에 대해 쪽지에 도대체 어떤 대답이 쓰여 있소? 노파는 자신의 발치에 쪼그리고 앉은 막내를 품에 안으며 대답했다. "세상을 다 준다 해도 넘기지 않겠다고! 하지만 말장수 콜하스여, 이 귀엽고 작은 금발의 아들을 생각해야지!" 이렇게 말하며 노파는 눈을 동그랗게 뜨고 자신을 바라보는 막내아들을 어르고 껴안고 입을 맞췄고, 여윈 손으로 호주머니에서 사과를 꺼내 아이 손에 쥐여줬다. 콜하스는 당황한 목소리로 아이들이 장성하면 내 이런 처사를 칭찬할 것이오, 쪽지를 넘겨주지 않는 것이 아이들과 그 후손을 위해 가장 좋은 길이오라고 말했다. 나는 한번 속아넘어갔던 적이 있는데, 또다시 속아넘어가지 않는다고 누가 보장하겠소? 뤼첸에서 모집한 무리를 최근에 공연히 해산시켰는데, 쪽지마저 선제후에게 부질없이 넘겨주는 게 아니오?라고 덧붙여 물었다. "약속을 한번 어긴 사람과는," 이렇게 장담했다. "이제 상종하지 않을 것이오. 할멈이 단호하고 분명하게 요구하는 경우 말고는 나는 이 쪽지를 누구에게도 내놓지 않겠소. 착하신 할멈이여, 이 쪽지는 온갖 고통을 겪는 동안 기이할 만큼 내 마음을 든든하게 해줬소." 노파는 아이를 바닥에 내려놓으며 말했다. 자네 말이 이치에 그른 게 없네. 하고 싶은 대로 하게. 이렇게 말하고 목발을 다시 잡고 떠나려 했다. 콜하스가 그 기이한 쪽지에 무슨 내용이 쓰여 있느냐고 다시 묻자 노파가 급하게 대꾸했다. "쪽지를 열어봐, 그저 호기심에 못 이겨서라도 좋으니." 그러자 콜하스는 노파가 떠나기 전에 수많은 다른 일에 관해서도 캐묻고 나섰다. 할멈은 도대체 누구요? 점괘는 어떻게 알아냈소? 선제후의 운세가 적혀 있는 쪽지를 왜 선제후에게 주기를 거절했소? 나는 할멈에게 점괘를 물어본 적도 없었는데 하고많은 사람들 중에 하필 내게 기이한 쪽지를 건네줬소?—때마침 이 순간 경찰 장교 두셋이 계단을 올라오는 소리가 시끄럽게 나자, 노파는 감방에 있는 것을 장교들에게 들킬까봐 갑자기 불안해하며 대답했다. "잘 있게, 콜하스, 잘 있게! 우리가 다시 만나면 이 모든 것을 알려줄 테니!" 그러고선 문으로 몸을 돌리며 소리쳤다. "잘 있어라, 아이들아, 잘 있어라!" 아이들에게 차례로 입을 맞추고, 자리를 떠났다.

한편 작센 선제후는 비참한 생각에 젖어들어 있다가 당시 작센에서 큰 명성을 누리고 있던 올덴홀름과 올레아리우스라는 두 점성술사를 불렀다. 선제후는 자신뿐 아니라 자신의 후손 전체에게 더없이 중요한 비밀 쪽지의 내용에 관해 자문을 구했다. 두 점성술사는 며칠 동안 드레스덴 궁성탑에 올라가 심오한 연구를 거듭했다. 하지만 예언이 후세에 실현될 것인지 아니면 당대에 이뤄질 것인지, 작센과 여전히 전쟁 상태에 있는 폴란드 왕가 때문에 망할 것인지 그러지 않을 것인지를 두고 옥신각신 다퉜다. 이러한 현학적인 논쟁은, 이 불쌍한 선제후가 빠져 있는 절망감을 가라앉히기는커녕 불안감까지 부채질하여 더이상 견딜 수 없을 정도로 키워놓았다. 설상가상으로, 궁내시종은 이 무렵 자신을 뒤따라 베를린으로 올 채비를 하고 있던 아내에게 이르기를, 출발 전에 작센 선제후에게 찾아가 조심스럽게 이렇게 전하라 했다. 저는 어느 노파를 시켜 콜하스 수중에 있는 쪽지를 손에 넣으려 했습니다. 하오나 이 노파가 종적이 묘연해지면서 일이 실패로 돌아갔습니다. 희망을 걸어볼 길마저 없어졌습니다. 브란덴부르크 선제후가 서류들을 면밀히 검토한 끝에 콜하스에게 내려진 사형선고에 이제 서명했습니다. 처형일이 성지주일聖枝主日[38] 다음 월요일로 이미 확정됐습니다. 이 소식을 듣고 작센 선제후는 슬픔과 후회로 속마음이 갈가리 찢어져 완전히 실성한 사람처럼 방에 틀어박혔고, 살아갈 의욕을 잃은 듯 이틀 동안 음식을 입에 대지 않았다. 사흘째에 뜬금없이 정부 관아에 짧은 통지를 보내 사냥하러 데사우 제후에게 간다고 알리고선 드레스덴에서 종적을 감췄다. 선제후가 실제로 어디로 갔는지, 정말로 데사우를 향해 떠났는지는 의문으로 남겨두기로 하자. 우리가 이야기를 하면서 대조해보고 있는 연대기들이 이 대목에서는 해괴하게도 서로 모순되거나 상반되게 기록되어 있기 때문이다. 확실한 사실은, 데사우 제후는 이 무렵 브라운슈바이크에 가서 큰아버지 하인리히 공작 궁성에서 자리보전하고 있었던 터라 사냥을 할 수 없었다는 것이다. 또한 헬로이제 부인이 이튿날 저녁 베를린에 있는 자신의 남편 궁내시종 쿤츠 경의 숙소에 도착했는데, 자신의 사촌이라고 하는 쾨니히슈타인 백작을 안동했다는 것이다—한편 콜하스에게는 브란덴부르크 선제후의 명령에 따라 사형 판결이 낭독되고 쇠사슬이 벗겨지고 드레스덴에서 압수됐던 재산 관련 문서들이 반환됐다. 궁정법원은 콜하스에게 관리를 보

38 예수 부활 축일 바로 전 일요일이다.

내 죽은 다음 소유 재산을 어떻게 처분하기 바라느냐고 물었다. 그러자 콜하스는 아이들에게 상속한다는 유언장을 공증인 입회 아래 작성하고, 자신의 정직한 친구인 콜하젠브뤼크의 사음을 아이들의 후견인으로 지정했다. 그런지라 콜하스는 마지막 날들을 더없이 평화롭고 만족스럽게 보낼 수 있었다. 곧바로 브란덴부르크 선제후의 특별 명령에 따라 콜하스가 갇혀 있는 감옥이 개방됐고, 베를린에 살고 있는 수많은 콜하스의 친구들은 콜하스를 낮이고 밤이고 자유롭게 면회할 수 있었다. 그뿐만이 아니라 콜하스는 뜻밖의 보상까지 받았으니, 루터 박사가 보낸 신학자 야코프 프라이징이 매우 기이했을 것임에 틀림없으나 오늘날에는 전해지지 않는 루터 박사의 친서를 들고 감방으로 찾아와, 브란덴부르크 지구장 사제 두 사람이 지켜보며 보좌하는 가운데 콜하스에게 성체성사의 은혜를 베풀었던 것이다. 그런 뒤 성지주일 다음의 운명적 월요일이 찾아왔다. 콜하스가 자신의 손으로 부당함을 바로잡기 위해 성급히 나섰던 데 대해 세상에 속죄해야 하는 날이었다. 베를린 백성들은 브란덴부르크 선제후가 특명을 내려 콜하스의 생명을 구하리라는 실낱같은 희망을 아직도 버리지 못하고 술렁거렸다. 콜하스는 감방 문에서 나와, 철통같은 경비를 받으며 두 아들을 팔에 안고 (법정에서 콜하스는 이러한 은전을 내려줄 것을 강력하게 요청했었다) 신학자 야코프 프라이징의 뒤를 따랐다. 친구들이 와글와글 몰려들어 콜하스의 손을 잡고 작별인사를 건네며 눈물지었다. 바로 그때 선제후 궁성집사가 근심스러운 얼굴로 콜하스에게 다가오더니, 웬 노파가 말장수에게 건네주라 했다며 쪽지를 넘겨줬다. 콜하스는 흠칫 놀라 이 잘 모르는 사내를 건너보며 쪽지를 열었고, 풀로 밀봉된 쪽지에 인장 반지가 찍혀 있는 것을 보자마자 잘 아는 집시 노파를 떠올렸다. 하지만 콜하스가 다음과 같은 전갈을 읽고서 얼마나 놀랐는지 누가 말로 설명할 수 있으랴! "콜하스, 작센 선제후가 베를린에 왔어요. 처형장에 이미 가 있답니다. 눈여겨본다면, 파란색과 하얀색 깃털 달린 모자를 쓴 선제후를 알아볼 수 있을 거예요. 선제후가 온 이유는 제가 굳이 설명하지 않아도 잘 알겠지요. 당신이 매장되자마자 캡슐을 파내어 그 안에 들어 있는 쪽지를 열어보고 싶어서예요—당신의 엘리자베트."—콜하스는 까무러칠 듯 놀라 궁성집사에게 몸을 돌리고 물었다. 쪽지를 건네준 기이한 노파가 아는 사람이오? 하지만 궁성집사는 "콜하스, 그 여자는,"이라고 대답하려다가—말을 하다 말고 기이하게도 혀가 굳었다. 콜하스는 이 순간 다시 움직이기 시작한 행렬에 휩쓸리는 바람에, 궁성집사가 온몸을 와들와들 떨며 흘리는 말을 알아들을 수 없었다—콜하스는 처형장에 도착하여, 구름처럼 몰려든 구경꾼들에 둘러싸여 브란덴부르크 선제후와 그 수행원들이 말에 올라타 있는 것을 보았다. 그중에는 총리 하인리히 폰 고이자우 경도 끼어 있었다. 총리 오른쪽에는 제국 검사 프란츠 뮐러가 선고문 필사본을 쥐고 있었고, 왼쪽에는 자신의 변호사인 법관 안톤 초이너가 드레스덴 궁정법원의 최종 판결문을 들고 있었다. 구경꾼들이 반원을 이루며 둘러선 한가운데에는 한 포고관布告官이 물건들을 한 보따리 안고 가라말 두마리를 데리고 있었다. 말들은 기름기가 치르르 돌았고 발굽으로 땅을 구르고 있었다. 이 모든 것은 총리 하인리히 경이 브란덴부르크 선제후를 대리하여 드레스덴에서 소송을 제기하고, 융커 벤첼 폰 트롱카에 대한 요구사항을 한 항목 한 항목 아무런 유보 조건 없이 관철시킨 덕분이었다. 말백정이 데리고 있던 말들은 머리 위에 깃발을 흔들어 정결례를 베푼 뒤 되찾아와,

융커의 아랫사람들을 시켜 살찌우게 했고, 그런 뒤 특별 선임된 증인단 입회 아래 드레스덴 장터에서 법관 초이너에게 인계하도록 했다. 이런 까닭에 브란덴부르크 선제후는 콜하스가 경비병들을 데리고 언덕을 올라 가까이 다가오자, 이렇게 말했다. 보라, 콜하스여, 오늘은 너에게 정의가 이뤄지는 날이다! 여기를 보라, 네가 트롱카 성에서 무력으로 빼앗겼으며, 내가 너의 주상으로서 너에게 되찾아줘야 할 의무가 있었던 것을, 빠짐없이 네 앞에 가져다놓았다. 가라말 한 쌍, 목도리, 제국 금화, 속옷, 게다가 뮐베르크에서 전사한 네 머슴 헤르제의 치료비까지 여기 다 있다. 내 처사에 만족하느냐?—총리가 손짓을 하자 최종 판결문이 콜하스에게 건네졌고, 콜하스는 팔에 안고 있던 두 아이를 옆에 내려놓고 두 눈을 크게 뜨고 눈빛을 반짝이며 이 판결문을 내리읽었다. 거기에 융커 벤첼에게 이년 징역형을 선고한 조항이 있는 것을 보자, 감정이 북받쳐 가슴에 두 손을 십자로 교차시키고 먼발치에서 선제후 앞에 무릎을 꿇었다. 콜하스는 몸을 일으키고 손을 가슴에 얹고 기쁨에 떨리는 목소리로 소리쳤다. 제가 이 세상에서 가장 바라던 소원이 이뤄졌습니다. 가라말들에게 다가가 눈여겨 살펴보며 투실투실한 목덜미를 다독거렸다. 다시 총리에게 돌아와 밝은 목소리로 이렇게 밝혔다. "이 말들을 두 아들 하인리히와 레오폴트에게 물려주겠습니다!" 총리 하인리히 폰 고이자우 경은 말에 탄 채 콜하스를 온화하게 내려다보며, 콜하스의 마지막 유언을 엄숙하게 준수할 것을 선제후의 이름으로 약속한다고 말했다. 보따리에 들어 있는 나머지 물품들은 어떻게 처분하는 게 좋겠다고 생각하는지도 말해달라고 했다. 그러자 헤르제의 노모가 처형장에 구경 나온 것을 보아뒀던 콜하스는 구경꾼 무리에서 이 노파를 불러내 물건들을 건네주며 말했다. "옜소, 할멈, 다 당신 것이오!"—피해배상금으로 받은 금액은 다른 돈들과 함께 보따리에 들어 있었는데, 이 돈들도 노파에게 선사하며 노년을 걱정없이 편안하게 보내는 데 보태라고 했다—브란덴부르크 선제후가 외쳤다. "이제, 말장수 콜하스여, 나는 너에게 다 배상을 했다. 너도 제국 공공 평화를 교란한 데 대해 제국 검사가 지켜보는 앞에서 황제 폐하께 속죄할 준비를 하여라!" 콜하스는 모자를 벗어 땅에 던지며 말했다. 준비가 다 됐습니다! 아이들을 바닥에서 다시 한번 들어 가슴에 꼭 안은 뒤, 콜하젠브뤼크의 사음에게 넘겨주고 단두대로 걸어갔다. 그러는 동안 사음은 말없이 눈물을 흘리며 아이들을 데리고 처형장을 떠났다. 콜하스는 목도리를 풀고 앞섶을 벌리던 참에, 언뜻 눈을 들어 에둘러 있는 구경꾼들을 바라보니 그리 멀지 않은 곳에 낯익은 사내가 파란색과 하얀색 깃털 달린 모자를 쓰고 두 기사들 사이에 몸을 반쯤 숨기고 있는 게 눈에 띄었다. 콜하스는 느닷없이 걸음을 떼어 자신을 에워싼 경비병들을 깜짝 놀라게 하며 이 낯익은 사내 코앞까지 바짝 다가가더니, 가슴에 걸고 있던 캡슐 목걸이를 벗었다. 그 안에서 쪽지를 꺼내어 봉인을 벗기고 내리읽었다. 파란색과 하얀색 깃털 모자를 쓴 사내가 뭔가 달콤한 희망에 어느덧 젖어들고 있던 참에, 콜하스는 이 사내를 뚫어지게 쏘아보더니 쪽지를 입에 욱여넣고 꿀꺽 삼켜버렸다. 파란색과 하얀색 깃털모자를 쓴 사내는 이를 보자마자 의식을 잃고 발작을 일으키며 털썩 쓰러졌다. 옆에 있던 일행이 자지러지게 놀라 우르르 몸을 굽히고 사내를 바닥에서 들어올리는 동안, 콜하스는 처형대로 되돌아왔고, 형리의 도끼에 목이 떨어졌다. 콜하스의 이야기는 이렇게 끝난다. 시신은 구경꾼들이 다들 애도하는 가운데 입관됐다. 상두꾼들이 시신을 운구하여 교외에 있는 교회 묘지에 예를 다해 매장했다.[39] 그동안 브란덴부르크 선제후는 죽은 콜하스의 아들들을 불러와 기사 작위를 수여했고, 그러면서 이 아이들을 선제후 시동 학교에 입교시키라고 총리에게 지시했다. 작센 선제후는 이 일이 있은 뒤 곧바로 몸과 마음이 갈가리 찢어져 드레스덴으로 돌아왔다. 그다음에 어떻게 됐는지 알고 싶다면 역사책을 읽어봐야 할 것이다. 하지만 콜하스 가문의 밝고 옹골찬 후예들은 지난 세기까지도 메클렌부르크에 살고 있었다.

39 처형된 자들은 자살한 자들과 마찬가지로 일반적으로는 교회 묘지에 안장될 수 없었다.

O. 후작 부인[1]
Die Marquise von O...

1 이 소설의 초판이 게재된 『푀부스』 1808년 2월 호 목차에는 "O. 후작 부인"이라는 제목 뒤에 "(실제 사건을 바탕으로 했으나 무대를 북쪽에서 남쪽으로 옮겼다.)"라는 부제가 달려 있다. 하지만 최종판이 수록된 『소설집』 제1권(1810년 9월)에는 이 부제가 빠져 있다.

북부 이딸리아의 한 주요 도시 M.[2]에서 바른 행실로 이름 높은 귀부인이자 두 아이를 곱게 기른 어머니였던 미망인 O. 후작 부인이 여러 신문에 이런 광고를 냈다. 저도 모르는 새에 아이를 가졌으니, 태어날 아이의 아버지는 연락해주기 바랍니다. 저는 가족의 입장을 고려하여 이 남자와 결혼하기로 결심했습니다. 막다른 상황에 내몰려 세상 웃음거리가 될 줄 뻔히 알면서도 이렇게 생뚱맞은 광고를 이처럼 당당하게 실은 귀부인은 M.의 요새 사령관 G. 경의 딸이었다. 부인이 마음 깊이 애틋하게 사랑했던 남편 O. 후작은 삼년 전쯤 집안일로 빠리에 여행을 갔다가 세상을 떠났다. 부인은 남편이 죽은 뒤 어머니 G. 부인의 자상한 권유에 따라, 그때까지 살았던 V.[3] 근처 시골 저택을 떠나 두 아이를 데리고 친정인 사령관

2 밀라노를 가리키는 듯하다.
3 베네찌아를 가리키는 듯하다.

관저로 돌아왔다. 여기서 그림을 그리고 책을 읽고 아이들을 가르치고 부모님을 돌보는 데 전념하며, 세상을 멀리하고 여러해를 보내고 있었는데, ○○전쟁[4]이 느닷없이 터져 이 지역 일대에 온갖 나라의 군대가 몰려들었고 그중에는 러시아 군대도 끼어 있었다. 이 지역 방어 명령을 받은 G. 대령은 아내에게 딸의 가족을 데리고 딸의 시골 저택이나 V. 근처에 있는 아들의 시골 저택으로 피난하라고 재촉했다. 하지만 두 모녀가 요새에서 겪을지 모를 곤경과 드넓은 시골에서 당할지 모를 만행을 이리저리 견주고 저울질하여 어디로 갈지 채 마음을 정하기도 전에, 러시아군이 요새를 포위하고 항복을 요구했다. 대령은 모녀에게 이제 나는 가족이 없는 셈 치고 행동할 것이오라고 밝히고서, 총탄과 포탄으로 응수했다. 적군도 요새를 포격했다. 탄약고를 불태우고 외벽을 점령했고, 다시 한번 항복을 권고해도 사령관이 투항을 망설이자, 야간 기습을 감행하여 질풍처럼 요새를 점령했다.

러시아 부대들이 빗발치는 지원 포격을 받으며 안으로 막 밀려들 때, 사령관 관저의 왼쪽 곁채에 불길이 옮겨붙어, 여자들은 관저를 떠날 수밖에 없었다. 대령 부인은 후작 부인이 아이들을 데리고 층계를 뛰어내려가자, 뒤따라 쫓아가며 함께 모여 있어야 한다, 지하실로 피신해라라고 외쳤다. 하지만 바로 이 순간 포탄이 집 한복판에서 터져 걷잡을 수 없이 혼란스러워졌다. 후작 부인은 두 아이를 데리고 관저 앞마당에 들어섰는데, 교전이 치열해져 총포탄이 밤하늘에 번쩍번쩍하는 터라, 어디로 가야 할지 갈피를 잡지 못

4 2차 대(對)프랑스 동맹 전쟁(1799~1802)을 말한다. 특히 1799년에는 오스트리아군과 러시아군이 이딸리아에 진군하여 프랑스가 이곳에 세웠던 여러 공화국에서 프랑스인들을 몰아냈다.

하고 불붙은 건물로 다시 돌아왔다. 여기서 뒷문을 통해 막 빠져나가려 하던 참에 운수 나쁘게도 적 총병대와 마주쳤다. 이들은 부인을 보자 별안간 입을 다물고 소총을 어깨에 메더니, 능글맞은 몸짓으로 부인을 끌고 갔다. 후작 부인은 무시무시한 패거리의 아귀다툼에 휩쓸려 이리 끌리고 저리 끌리며, 뒷문을 통해 도망치는 하녀들에게 도와달라 소리쳤지만 아무 소용이 없었다. 무리는 부인을 관저 뒤뜰로 질질 끌고 가더니, 거기서 뻔뻔스럽게 욕보이려 하여 부인이 바닥에 막 쓰러지는 참이었다. 한 러시아 장교가 이 귀부인의 비명을 듣고 달려와, 분노를 터뜨리며 칼을 휘둘러 먹잇감을 탐내던 개 떼를 쫓아버렸다. 후작 부인에게 이 장교는 하늘에서 내려온 천사처럼 보였다. 장교는 찰거머리같이 징그러운 병졸의 얼굴을 칼자루로 후려갈겼다. 부인의 날씬한 몸을 끝까지 끌어안고 있던 놈이었다. 이 악한이 입에서 피를 토하며 비척비척 물러나자, 그제야 장교는 귀부인에게 상냥하게 프랑스어로 말을 걸며 팔을 내밀었다. 그러고선 이 모든 소동에 말을 잃은 부인을 불길이 미치지 않은 성의 다른 쪽 곁채로 데리고 갔고, 여기서 부인은 까무러쳐 쓰러졌다. 그런 뒤—하녀들이 깜짝 놀란 얼굴로 곧바로 몰려오자, 장교는 의사를 불러오게 했다. 그러고는 모자를 눌러쓰며 부인은 금세 회복할 것이오라고 장담하고선 전투를 계속하러 돌아갔다.

요새는 얼마 뒤 완전히 점령됐다. 사령관은 사면을 베풀겠다는 제안을 받지 못한 터라 저항을 계속했을 뿐이었는데, 얼마 남지 않은 병력을 이끌고 관저 현관 쪽으로 퇴각하고 있을 때, 이 러시아 장교가 얼굴이 벌겋게 달아올라 현관에서 나오더니 투항하라고 소리쳤다. 사령관은 듣던 중 반가운 소리요라고 대답하고, 장교에게 칼을 넘긴 뒤, 관저 안으로 들어가 가족을 찾아볼 수 있도록 해달라고 부탁했다. 러시아 장교는 수행하는 직무로 판단해볼 때 돌격대장 중 한 사람인 듯싶었는데, 사령관에게 경비병을 붙이더니 그러라고 허락했다. 그러고선 부리나케 별동대를 이끌고 나가 아직도 저항하는 곳마다 찾아다니며 승리를 결정짓고, 요새의 주요 거점들에 병력을 신속하게 배치했다. 이 일을 마치자마자 연병장으로 되돌아와 점점 번지는 불길을 잡으라고 명령했고, 병졸들이 명령에 그다지 열심히 따르지 않자 동에 번쩍 서에 번쩍 하면서 손수 불 끄는 데 뛰어들었다. 어느새 손에 호스를 쥐고 불타는 합각지붕들로 기어올라 물줄기를 내뿜었고, 어느새 무기고로 들어가 화약통이며 장전된 포탄을 굴려 내오자 러시아 병졸들은 폭발이 일어날까봐 간이 콩알만 해졌다. 한편 사령관은 관저 안으로 들어가서, 후작 부인이 욕을 당할 뻔했다는 말을 듣고 소스라치게 놀랐다. 후작 부인은 러시아 장교가 말했던 대로 의사의 도움을 받지 않고도 의식을 말끔히 회복한 뒤, 가족 모두가 몸 성히 잘 있는 것을 보고 기뻐했으며, 다만 가족이 지나친 걱정을 하지 않도록 아직 침상에 누워 있었는데, 아버지를 보자 한시바삐 일어나서 제 은인에게 고마움을 표시하고 싶은 마음뿐이에요라고 말했다. 부인은 이 은인이 F. 백작으로서, 제○총병대 중령이며 공훈 훈장 및 여러 다른 훈장을 받은 기사라는 사실을 이미 알고 있었다. 아버지에게 백작을 찾아가 요새를 떠나기 전에 잠시라도 좋으니 관저에 들러주십사 하는 간청을 넣어달라고 부탁했다. 사령관은 딸의 마음을 헤아려 득달같이 요새로 되돌아갔다. 백작이 쉴 새 없이 작전 지시를 내리며 돌아다니는지라 말을 꺼낼 더 좋은 기회를 찾기 힘들었으므로, 백작이 보루에 올라 와해된 부대를 정비하고 있을 때 딸이 보내는 감사인사를 전했다. 백작은 사령관에게 임무에서 잠시라도 벗어날 수 있게 되면 후작 부인을 찾아가 인사드리겠습니다라고 다짐했다. 후작 부인은 용태가 어떻습니까?라고 물으며 대답을 듣고 싶어했지만, 여러 장교의 보고를 받느라 다시금 전쟁의 소용돌이에 휘말렸다. 날이 밝자 러시아군 총사령관이 나타나 요새를 시찰했다. 사령관에게 적이지만 경의를 표하며, 귀관의 용기에 행운이 따르지 않았을 뿐이다라고 위로하고, 어디든 가고 싶은 곳으로 가게 해주겠다고 명예를 걸고 약속했다. 사령관은 진심으로 감사하다고 말하며 이렇게 밝혔다. 오늘 하루 동안 전러시아군에게, 특히 제○총병대 중령 F. 백작에게 얼마나 신세를 크게 졌는지 모르겠습니다. 장군은 무슨 일이 있었는가?라고 물었고, 사령관의 딸이 치한들에게 추행당했다는 말을 듣자 불같이 화를 냈다. 장군은 F. 백작을 호명해 불렀다. 먼저 백작의 고결한 행동을 짤막하게 칭찬하여 백작의 얼굴을 발갛게 달아오르게 한 다음 이렇게 다그쳤다. 짜르의 이름을 더럽힌 악한들을 총살해야겠다. 이들이 누구인지 말하라. F. 백작이 어쩔 줄 몰라하며 어물어물 대답했다. 이름을 말씀드릴 수 없습니다. 관저 뒤뜰 외등 불빛이 희미하여 얼굴을 알아볼 수 없었습니다. 장군은 당시 관저가 불길에 싸여 있었다고 보고받았던 터라 이 말을 의아하게 여겼다. 아무리 밤이라도 아는 사람이라면 목소리로라도 누구인지 분간할 수 있을 텐데라고 말했다. 백작이 당황한 얼굴로 어깨를 으쓱하자, 이 일을 온 힘을 다해 철저하게 조사하라고 명령했다. 이 순간 누군가 무리를 헤치고 뒤쪽에서 뛰어나오더니, 이렇게 보고했다. F. 백작에게 부상당한 치한 한 놈이 복도에 쓰러져 있다가, 사령관의 하인들 손에 구석방으로 끌려가 아직 거기에 갇혀 있습니다. 장군은 곧바로 한 경비병을 시켜 치한을 불러와 즉석에서 심문했다. 치한이 패거리 이름을 불자, 도

합 다섯을 붙잡아 모조리 총살했다. 장군은 이 일을 처리한 뒤 소규모 병력만을 남기고 나머지 부대에게 총출동 명령을 내렸다. 장교들은 급히 예하 부대로 돌아갔다. 모두 부리나케 흩어지느라 부산스러울 때, 백작이 사령관에게 다가오더니, 상황이 이러하니, 후작 부인에게 머리 숙여 작별인사를 드려야겠습니다라고 유감스러워했다. 한시간도 채 지나지 않아 러시아군은 요새에서 다시 사라졌다.

이제 사령관 가족은 백작에게 어떻게든 감사를 표할 기회를 앞으로 어떻게 얻을 수 있을까 궁리하고 있었다. 하지만 가족은 얼마나 소스라치게 놀랐던가, 백작이 요새에서 출발한 바로 그날 적군부대와 교전 중 전사했다는 소식이 날아들었으니! 이 전갈을 M.으로 들고 온 파발꾼[5]은 백작이 가슴에 치명탄을 맞고 P.[6]로 후송되는 것을 두 눈으로 봤다고 했다. 믿을 만한 소식통에 따르면 그곳에서 백작은 후송병들이 들것에서 내려놓으려 하는 순간 세상을 떠났다고 했다. 사령관은 득달같이 파발로 달려가 이 사건의 켯속을 꼬치꼬치 캐물었고, 백작이 전장에서 총탄을 맞는 순간 "줄리에따! 이 총탄이 그대의 복수를 하는구려!"라고 외친 뒤 영원히 입을 다물었다는 말을 들었다. 후작 부인은 백작의 발아래 엎드릴 수 있는 기회가 사라지자, 마음을 달랠 길이 없었다. 백작은 아마도 쑥스러워서 관저에 오기를 거절했던 듯싶은데 그때 자신이 백작을 왜 몸소 찾아가지 않았던가 스스로를 한없이 나무랐다. 백작이 죽을 때

5 파발은 공문을 급히 보내기 위해 설치한 역참, 파발꾼은 공문을 가지고 역참 사이를 오가던 사람, 파발마는 이 사람이 타던 말을 가리킨다.

6 삐아첸짜를 가리키는 듯하다. 1799년 6월 17일부터 19일까지 이 근처에서 전투가 있었다.

떠올렸다는 자신과 이름이 같은 가엾은 여인을 안쓰럽게 여겼다. 그래서 이 안타깝고 가슴 아픈 사건을 전해주려고 이 여인이 어디 사는지 수소문했지만 아무 소용이 없었다. 부인은 여러달이 지나고서야 백작을 잊을 수 있었다.

가족은 이제 사령관 관저를 러시아군 총사령관이 사령부로 쓰도록 비워줘야 했다. 처음에는 사령관의 시골 저택으로 갈까도 생각했고, 후작 부인은 그러기를 몹시 바랐다. 하지만 대령이 시골 생활을 좋아하지 않았으므로, 가족은 시내에 있는 집으로 이사하여 오래 눌러살 요량으로 구석구석 손봤다. 모든 것이 예전 상태로 되돌아갔다. 후작 부인은 오랫동안 손 놓고 있던 아이들 가르치는 일을 다시 시작했고, 틈나는 대로 이젤과 책을 꺼내들었다. 하지만 여느 때 그 누구보다 건강하던 몸이 자꾸 거북하게 느껴져 몇주 내내 어느 모임에도 나갈 수 없었다. 메스껍고 어지럽고 까무러칠 것 같았는데, 몸 상태가 왜 이리 이상한지 알 수 없었다. 어느날 아침 가족이 차를 마시며 앉아 있고 아버지가 잠시 방을 비웠을 때, 후작 부인은 한참 멍하니 있다가 퍼뜩 정신을 차리고 어머니에게 이렇게 말했다. 지금 찻잔을 잡고 있는데 야릇한 느낌이 드네요. 어느 부인이 이와 똑같은 느낌이 든다고 제게 말한다면, 저는 속으로 그 부인이 아이를 가졌다고 짐작할 거예요. G. 부인이 말했다. 무슨 뚱딴지같은 소리인지 모르겠구나. 후작 부인이 다시 한번 일러줬다. 둘째 딸아이를 가졌을 때와 똑같은 느낌이 방금 들었다고요. G. 부인이 아마도 판타소스[7]가 태어날 모양이구나라고 말하며, 웃음을

7 그리스신화에서 잠의 신 히프노스의 아들이다. 낮 꿈의 신으로, 꿈에서 사물의 형상을 빚어낸다.

터뜨렸다. 모르긴 몰라도 모르페우스[8] 아니면 그 수하에 있는 꿈 하나가 아버지인가봐요. 후작 부인도 이렇게 받아넘기고, 따라 웃었다. 하지만 대령이 들어오자 대화는 중단됐고, 후작 부인은 며칠 뒤에 몸이 다시 가뿐해졌으므로 이 일은 까마득히 잊어버렸다.

그런 지 얼마 지나지 않아서 때마침 사령관의 아들인 산림관 G.가 집에 찾아왔을 때였다. 한 하인이 방으로 들어오며 F. 백작이 왔다고 알리자, 가족은 이 말을 듣고 너무 놀라 까무러칠 뻔했다. F. 백작이라고! 아버지와 딸이 입을 모아 소리쳤다. 그런 뒤 어안이 벙벙하여 다들 말을 잃었다. 하인은 제가 두 눈으로 보고 두 귀로 들었습니다, 백작님이 곁방에 서서 기다리고 있습니다라고 장담했다. 사령관이 벌떡 일어나 백작에게 문을 손수 열어주자마자, 얼굴이 약간 창백했지만 신수가 훤하여 애젊은 신처럼 보이는 백작이 방 안으로 들어왔다. 이해할 수 없는 일에 대한 놀라움이 한풀 수그러진 뒤, 사령관 부부가 죽었다고 들었는데 어떻게 된 일이오?라고 묻자 백작은 보시다시피 살아 있습니다라고 대답했다. 그런 다음 가슴 아픈 눈빛으로 후작 부인을 돌아보며, 대뜸 이렇게 물었다. 몸은 어떻습니까? 후작 부인은 아주 좋아요라고 장담하고선, 궁금한 듯 캐물었다. 백작님은 어떻게 살아나셨어요? 하지만 백작은 말머리를 돌리지 않고 이렇게 대꾸했다. 부인께서는 사실대로 말씀하지 않고 계십니다. 얼굴이 기이하게도 피로해 보이는군요. 제가 잘못 생각한 게 아니라면, 몸이 거북하거나 병을 앓고 있는 것은 아닌지요. 후작 부인은 백작이 살갑게 말을 건네자 기분이 흐뭇해져

8 그리스신화에서 잠의 신 히프노스의 아들이다. 밤 꿈의 신으로, 꿈에서 사람의 형상을 빚어낸다. 오비디우스의 『변신이야기』에서는 판타소스의 형제로 묘사되나, 여기에서는 판타소스의 아버지처럼 그려지고 있다.

서 이렇게 대답했다. 글쎄요, 백작님 눈에 제가 피로해 보인다면, 몇주 전에 몸이 거북했던 것 때문인 듯싶네요. 하지만 이제는 그 후유증이 오래갈 것 같지 않아요. 이 말을 듣고 백작은 날아갈 듯 기뻐하며 저도 그렇게 생각합니다라고 대꾸하더니, 다짜고짜 물었다. 저와 결혼해주시겠습니까? 후작 부인은 이러한 행동을 어떻게 받아들여야 할지 몰랐다. 얼굴이 발그레해져서 어머니에게 눈길을 돌리자, 어머니도 당황스러워하며 아들과 남편에게 눈길을 던졌다. 그동안 백작은 후작 부인 앞에 다가와, 손을 부여잡고 입을 맞추려는 듯하며 다시금 물었다. 저와 결혼해주시겠습니까? 사령관이 자리에 앉으시겠소?라고 말하고, 상냥하면서도 자못 정색한 태도로 백작에게 의자를 가져다줬다. 대령 부인이 말했다. 우리는 정말이지 당신을 유령이라고 믿을 수밖에 없습니다. 당신이 P.의 묘지에 묻혔다고 들었는데, 그곳에서 어떻게 살아나왔는지 말씀해주시지 않으면요. 백작은 후작 부인의 손을 놓고 자리에 앉아, 이렇게 이야기했다. 시간이 없으니 간추려 말씀드리겠습니다. 저는 가슴에 치명탄을 맞은 뒤 P.로 후송됐습니다. 그곳에서 사경을 헤매며 여러달을 보냈습니다. 그러는 동안 오로지 후작 부인만을 생각했습니다. 부인 생각에 잠겨 있을 때면 얼마나 즐거우면서도 얼마나 괴로웠는지 이루 말할 수 없습니다. 마침내 몸을 회복한 뒤 귀대했습니다. 그곳에서 마음이 더없이 불안했습니다. 몇번이나 펜을 들어 편지로 대령과 후작 부인에게 제 속마음을 털어놓으려 했습니다. 그런데 갑작스레 급신急信을 전하라는 나뽈리 출장 명령을 받았습니다. 그곳에서 또 콘스탄티노플로 파견될지도 모르겠습니다. 어쩌면 쌍뜨뻬쩨르부르그로까지 가야 할 것입니다. 그래서 마음을 들쑤시는 문제를 깨끗이 정리하지 않고는 이제 살아갈 수 없다는 생각이 들었습니다. M.을 통과하는 길에 이를 위해 어떻게든 손쓰고 싶다는 마음을 이겨낼 수 없었습니다. 한마디로, 후작 부인과 손을 맞잡고 결혼하고 싶습니다. 정중히 열렬히 간절히 애원하오니, 제 구애에 뜻을 밝혀주면 고맙겠습니다—사령관은 한동안 말없이 있다가 입을 열었다. 구혼을 진정으로 하는 것이겠지요. 그럴 것이라고 믿어 의심치도 않소. 그렇다면 듣던 중 반가운 소리이외다. 딸은 남편 O. 후작이 죽었을 때 재혼을 결코 하지 않겠다고 마음먹었소. 하지만 최근 당신에게 그렇게 큰 은혜를 입었으므로 결심을 뒤집고 당신이 바라는 대로 따를 수도 있을 것이오. 내가 딸 대신 부탁드리고 싶은 것은 딸이 구혼에 관해 얼마 동안 조용히 생각해볼 시간을 달라는 것이외다. 백작이 말했다. 이렇게 너그럽게 대답해주시니 제 소원이 다 이뤄진 것이나 다름없습니다. 여느 때라면 더없이 행복했을 것입니다. 이에 만족하지 않으면 예의에 어긋나는 줄도 잘 알고 있습니다. 하지만 낱낱이 밝힐 수 없는 어떤 다급한 사정이 있습니다. 그러므로 좀더 확실하게 대답을 해주시면 더 바랄 게 없겠습니다. 저를 나뾜리로 데려다줄 말들이 마차에 매여 있습니다. 열렬히 간청하거니와 이 집의 어느 누구라도 제게 호의를 품고 있다면—그러면서 백작은 후작 부인을 바라봤다—이에 관해 어떤 확답을 듣고 떠나게 해주십시오. 대령은 이러한 행동에 자못 당혹하여 이렇게 대답했다. 딸이 백작에게 고마움을 느끼고 있는지라 백작이 크나큰 기대를 품을 수는 있겠지요. 하지만 이렇게 지나친 기대를 걸면 곤란하오. 딸에게 평생의 행복이 달린 일인 만큼 신중하게 결정해야 마땅하오. 딸은 구혼에 대해 뜻을 밝히기 전에 당신과 교제하여 친밀해질 기회를 가져야 할 것이오. 당신이 출장을 마친 뒤 M.으로 돌아와서 얼마간 집에 손님으로 머물기를 바라외다. 그런 다음 딸이 당신과 함께 행복하게 살고 싶다는 생각을 품으면, 딸이 결혼을 약속했다는 말을 기쁜 마음으로 듣겠소이다. 하지만 그전에는 그럴 수 없소이다. 백작은 얼굴이 벌겋게 달아올라 이렇게 대답했다. 성급하게 구애해봐야 이렇게 결말날 것이라고 오는 길에 진작 짐작했습니다. 하지만 이로 말미암아 저는 엄청난 근심에 빠졌습니다. 제 인상은 교제하여 친밀해질수록 좋아질 수밖에 없을 것입니다. 방금 조급하게 처신해야 했던 터라 고약한 인상을 남겼을 것이기 때문입니다. 제 평판도 보증할 수 있으리라 생각합니다. 평판이란 게 사람이 가진 자질 중 가장 모호한 자질이기는 하지만 그래도 평판에 신경 써야 한다면 말입니다. 제가 살아오면서 유일하게 저질렀던 비열한 행동은 세상에 알려져 있지 않습니다. 이 비행도 만회하려고 하고 있습니다. 한마디로 저는 정직한 사내입니다. 이 장담들이 하나같이 진실이라는 말을, 그저 호언으로 듣지 말아주기 바랍니다—사령관은 빙긋이, 그렇지만 비웃는 기색 없이 미소 짓고, 이렇게 대꾸했다. 이 모든 말을 철석같이 믿소이다. 이렇게 짧은 시간 동안 이토록 훌륭한 자질을 많이 보여준 젊은이를 만난 건 난생처음이오. 우리가 시간을 두고 곰곰이 생각하면 지금 품고 있는 망설임이 씻은 듯 가실 것이라 믿어 마지않소. 하지만 나는 우리 가족은 물론이거니와 당신 가족과 의논하기 전에는, 아까 했던 말 말고는 달리 드릴 대답이 없소이다. 이에 백작은 이렇게 밝혔다. 저는 부모님이 없으므로 제 뜻대로 결정할 수 있습니다. 숙부님은 K. 장군[9]이신데, 결혼을 틀림없이 승낙하실 것입니다. 그러고는 이렇게 덧붙였다. 저는 상당한 재산을 소

9 대프랑스 동맹 전쟁에 참전했던 알렉산드르 미하일로비치 림스끼꼬르사꼬프 장군(1753~1840)을 말하는 듯하다.

유하고 있습니다. 이딸리아에서 눌러살 의향도 있습니다—사령관은 백작에게 상냥하게 허리 굽혀 절하고 자신의 뜻을 다시 한번 밝혔다. 백작이 여행을 마칠 때까지 이 문제를 접어두자고 당부했다. 백작은 잠시 동안 불안하여 안절부절못하더니, 사령관 부인에게 몸을 돌리고 이렇게 말했다. 저는 이 출장을 가지 않으려고 안간힘을 다했습니다. 총사령관과 숙부인 K. 장군에게 진정이란 진정은 올릴 수 있는 대로 다 올렸습니다. 하지만 두 장군은 제가 병의 후유증으로 아직 우울증에 시달리고 있는데, 출장을 가면 우울증을 떨쳐버릴 수 있을 것이라고 생각했습니다. 그렇기는커녕 이 출장 때문에 저는 이제 더없이 비참한 처지에 빠졌습니다—가족은 이 말에 뭐라 대답해야 좋을지 알 수 없었다. 백작은 이마를 훔치며 말을 이었다. 제 소원을 이룰 수 있는 가망이 터럭만큼이라도 보인다면 출장을 하루 아니라 더 오래 미루는 것도 마다하지 않을 것입니다—이렇게 말하며 사령관, 후작 부인, 사령관 부인을 번갈아 둘러봤다. 사령관은 못마땅한 듯 눈을 내리깔고, 백작에게 아무 대꾸도 하지 않았다. 대령 부인이 이렇게 말했다. 떠나세요, 백작, 나뽈리로 출장을 떠나세요. 돌아오거든 우리 집에 와서 얼마간 머물러주세요. 그러면 나머지 일은 저절로 풀릴 거예요—백작은 잠시 말없이 앉아서 어떻게 해야 할지 궁리하는 듯 보였다. 곧바로 몸을 일으키고 의자를 들어 옮기며 이렇게 말했다. 이 집에 들어올 때 너무 조급한 희망을 품었음을 인정하겠습니다. 사령관님 가족이 교제하여 친밀해져야 한다고 고집하는 것도 납득합니다. 저는 급신을 Z.[10]의 사령부로 돌려보내 다른 인편으로 전달하도록 하

10 림스끼꼬르사꼬프 장군 사령부가 있던 취리히를 가리키는 듯하다.

겠습니다. 이 집에 손님으로 몇주 동안 머물라는 너그러운 제안을 받아들이겠습니다. 그러면서 의자를 손에 쥔 채 벽 쪽에 잠시 멈춰 서서 사령관을 건너봤다. 사령관이 이렇게 대답했다. 당신이 딸에 대해 열정을 품은 듯싶은데, 이로 인해 돌이킬 수 없는 화를 입는다면 나로서는 여간 안타깝지 않을 것이오. 하기야 당신이 해야 할 일과 해서는 안될 일을 어련히 잘 알겠소. 그러기에 급신을 돌려보내고 우리가 마련한 방에 머물려 하는 게 아니겠소. 백작은 이 말을 듣고 안색이 창백해져서, 사령관 부인의 손에 정중하게 입을 맞추고 다른 사람들에게는 허리를 굽혀 인사하고선 자리를 떴다. 백작이 방을 떠난 뒤, 가족은 이 사태를 어떻게 받아들여야 할지 몰랐다. 사령관 부인이 이렇게 말했다. 있을 수 없는 일이에요. 자신이 나뽈리로 전해야 할 급신을 Z.로 돌려보내다니. M.을 통과해 지나다가 생판 처음 보는 귀부인에게 구애를 하고선, 오분 동안 설득했는데도 결혼 승낙을 받지 못했다고 말이에요. 산림관이 이렇게 밝혔다. 그렇게 경솔한 행위를 하면 틀림없이 구속되어 처벌받을 것입니다. 그뿐인가, 불명예 전역감이지. 사령관이 덧붙였다. 하지만 그렇게까지 되지는 않을 거야라고 말을 이었다. 백작은 말하자면 돌격을 하며 엄포를 쏘는 것일 뿐이야. 급신을 돌려보내기 전에 다시 제정신이 들겠지. 사령관 부인은 백작이 전역당할지도 모른다는 말을 듣자 애타게 걱정하며 말했다. 백작이 급신을 정말로 돌려보내면 어떻게 해요? 외곬으로 한 일에만 몰두하는 고집불통이라 그런 일을 하고도 남아 보여요라고 덧붙였다. 그러고선 산림관에게 백작을 바로 뒤쫓아가 그런 불행을 몰고 올 행동을 하지 못하도록 붙들어 말리라고 성화했다. 산림관이 대꾸했다. 그랬다가는 오히려 역효과를 불러올 겁니다. 백작에게 공격 전술이 먹혀들고 있다는 희망만 키워줄 따름이에요. 후작 부인도 이 점에서는 산림관과 생각이 같았지만 이렇게 말했다. 백작은 빈말쟁이라는 소리를 듣느니 차라리 섶을 지고 불로 들어가려 할 거예요. 오빠가 말리지 않으면 틀림없이 급신을 돌려보낼 거예요. 가족은, 백작이 행동이 몹시 기이하며, 요새를 돌진하여 점령하듯 귀부인의 마음을 얻으려 하는 버릇이 있는 것 같다고 의견을 모았다. 이 순간 사령관은 백작의 마차가 말들에 매여 마당에 머물러 있는 것을 보았다. 가족을 창가로 오라고 부르고서, 막 방으로 들어오는 하인에게 놀란 목소리로 물었다. 백작이 아직도 집을 떠나지 않았느냐? 하인이 대답했다. 백작님은 아래층 하인방에 부관과 함께 있습니다. 편지를 쓰고 소포를 봉하고 있습니다. 사령관은 딱 벌어진 입을 가까스로 다물고 산림관과 함께 아래층으로 뛰어내려갔다. 백작이 불편하기 짝이 없는 책상에서 작업하고 있는 것을 보고, 이렇게 물었다. 당신 방을 마련해놓았으니 거기로 가지 않겠소? 그밖에 필요한 것은 없소? 백작은 서둘러 편지를 계속 쓰며 진심으로 고맙습니다만 이 일은 다 끝났습니다라고 대답했다. 편지를 봉하며 시간을 물었다. 부관에게 서류 가방을 다 넘겨준 뒤 Z.에 잘 다녀오라고 말했다. 사령관은 부관이 마당으로 나가는 것을 보며 두 눈을 믿지 못하고 이렇게 물었다. 백작, 굳이 이래야 할 이유라도 있소?—꼭 이래야 할 이유가 있습니다! 백작은 사령관의 말허리를 자르고 부관을 마차까지 배웅 나가 마차 문을 열어줬다. 정녕 그렇더라도 나라면 적어도 급신을, 사령관이 말을 이었다—그럴 수 없습니다. 백작은 부관을 밀어올려 마차에 앉히며 대답했다. 이 급신은 다른 사람 편에 나뻘리로 보내봐야 아무 소용이 없습니다. 저인들 그 생각을 못했겠습니까? 출발하라!—숙부님 편지들은요? 부관이 마차 문 너머로 몸을 내밀고 소리쳤다. M.의 내 주소로 올 것이네. 백작이 대답했다. 출발합니다! 부관은 이렇게 말하고서 마차를 타고 떠나갔다.

그러자 F. 백작은 사령관에게 몸을 돌리고 물었다. 하인을 시켜 저를 제 방으로 안내해주시겠습니까? 내가 지금 직접 모시겠소이다. 대령은 어쩔 줄 몰라하며 대답했다. 자신과 백작의 하인들을 불러 백작의 짐을 들게 했다. 손님들을 위해 마련한 사랑방으로 백작을 데려다준 뒤, 굳은 얼굴로 인사를 건네고 방을 떠났다. 백작은 옷을 갈아입고 집을 나서 이 지역 군정관에게 전입신고를 하러 갔고, 종일 집을 비우더니 저녁식사 직전에야 돌아왔다.

그동안 가족은 불안하여 안절부절못했다. 산림관은 아버지가 알아듣게 타일렀는데도 백작이 이렇게 막무가내일 수 있습니까?라고 입을 열었다. 백작의 행동은 치밀하게 계획된 것 같습니다라고 덧붙였다. 번갯불에 콩 볶아 먹듯 구혼하는 이유가 도대체 뭘까요?라고 물었다. 사령관은, 나는 도대체 뭐가 어떻게 되어가는 건지 모르겠다라고 말하고, 자신 앞에서는 이 일을 더 입에 올리지 말라고 일렀다. 사령관 부인은 내내 창밖을 내다봤는데, 백작이 경솔한 행동을 뉘우치고 이를 바로잡으러 들어오기를 기다리기라도 하는 듯했다. 땅거미가 내리자 이윽고 사령관 부인은 딸 옆에 앉았고, 후작 부인은 탁자에 앉아 부지런히 손을 놀리고 있을 뿐, 말을 나누고 싶지 않은 듯 보였다. 사령관 부인은 사령관이 방 안에서 왔다 갔다 하는 동안, 목소리 죽여 딸에게 물었다. 이 일이 어떻게 될 것 같으냐? 후작 부인은 눈길을 사령관에게 슬며시 돌리더니 이렇게 대답했다. 아버지가 백작을 어떻게든 나뽈리로 보냈더라면 모든 일이 잘 풀렸을 거예요. 나뽈리로 보냈어야 한다고! 사령관이 딸의 말을 귓결에 듣고 소리쳤다. 내가 사제라도 불러서 타이르게 했어야 한단 말이냐? 아니면 백작을 구속하고 감금한 뒤 경비병을 붙여 나뽈리로 송치했어야 했단 말이냐?—그런 말이 아니에요. 후작 부인이 대답했다. 하지만 조곤조곤 끈질기게 구슬렸으면 효과가 있었을 거예요. 그러고선 볼멘 얼굴로 다시 일거리에 눈길을 떨구었다—밤이 되자 이윽고 백작이 나타났다. 가족은 백작과 정중히 인사를 주고받은 뒤 이 문제를 다시 꺼낼 기회만 엿봤다. 백작에게 우르르 달려들어 백작이 무모하게 저지른 일을 가능하다면 다시 물리게 하려 했다. 저녁식사 내내 이럴 기회를 노렸지만 아무 소용이 없었다. 백작은 이 일로 말머리가 돌아갈 만한 실마리란 실마리는 일부러 다 피하며, 사령관과는 전쟁에 관해, 산림관과는 사냥에 관해 이야기꽃을 피웠다. 백작이 P. 근처 전투에서 부상당했던 일을 입에 올리자, 사령관 부인이 백작에게 앓아누웠던 이야기를 해보라고 부추기며 이렇게 물었다. 그 좁은 도시에서 어떻게 지내셨소? 생활하는 데 불편은 없으셨소? 이에 백작은 후작 부인에 대한 열정이 묻어나는 여러 흥미로운 일들을 이야기했다. 저는 앓아누워 있는 동안 후작 부인이 내내 침상 곁을 지키고 있는 줄 알았습니다. 부상으로 열에 들떠 후작 부인의 환상을 보았습니다. 그러면서 어렸을 적 숙부의 저택에서 보았던 고니의 모습을 보고 있다고 생각했습니다. 무엇보다도 한가지 기억으로 아직도 제 가슴이 뭉클합니다. 다름 아니라 언젠가 고니에게 진흙을 던지자 고니가 조용히 물속으로 들어가 몸을 깨끗이 씻고 다시 떠올랐던 일입니다. 고니는 불길 같은 물결 위를 늘 이리저리 떠다녔습니다. 저는 팅카[11]라고 이 고니의 이름을 외쳤습니다. 하지만 고니를 제 곁으로 불러올 수 없었습니다. 고니는 다리를 저으며 가슴으로 물살을 헤치는 것을 더 좋아했습니다. 백작은 얼굴이 홍당무처럼 빨개지며 갑작스레 소리쳤다. 저는 후작 부인을 미치도록 사랑합니다. 그러고선 접시에 눈길을 떨구고 입을 다물었다. 마침내 다들 식사를 마치고 일어섰다. 백작이 사령관 부인과 한두 마디를 나눈 뒤 곧바로 가족에게 허리 굽혀 절하고 다시 방으로 돌아가자, 가족은 다시금 그 자리에서 서성거리며 어떻게 해야 좋을지 몰라했다. 사령관이 이렇게 말했다. 이 일은 돌아가는 대로 놔둬야 해. 백작이 이런 행동을 하는 것은 모르긴 몰라도 친척들을 믿고 있기 때문이야. 그렇지 않다면 불명예 전역이 불 보듯 뻔하거든. G. 부인이 딸에게 물었다. 너는 백작을 어떻게 생각하느냐? 불행을 막기 위해 어떤 언질이든 해줄 수 없느냐? 후작 부인이 대답했다. 사랑하는 어머니! 저는 어떤 말도 해줄 수 없어요. 제 고마워하는 마음이 진심인지 이처럼 혹독하게 시험받게 되어 몹시 안타까워요. 하지만 다시 결혼하지 않겠다는 제 결심은 변함없어요. 제 행복을 또다시 운에 맡기고 싶지 않아요. 더욱이 이렇게 성급하게는요. 산림관이 말했다. 누이의 뜻이 이토록 확고하다면 이를 밝히는 게 백작에게도 유익할 겁니다. 백작에게 어떤 분명한 대답을 하는 게 필요할 듯합니다. 대령 부인이 대꾸했다. 이 젊은이는 남다르게 뛰어난 자질을 그토록 많이 보여주지 않았느냐? 이딸리아에 눌러살 의향도 있다고 밝히지 않았느냐? 내 생각으로는 백작의 구혼을 차분히 생각해보고, 네 결심도 되살펴보는 게 좋겠구나. 산림관이 후작 부인 옆에 앉으며 물었다. 백작의 사람 됨됨이는 마음에 드느냐? 후작 부인은 자못 당황스러워하며 대답했다. 백작은 제 마음에 들기도 하고

11 팅카는 슬라브어 '카팅카'(Kathinka)의 약칭이며, '카팅카'는 '카타리나'(Katharina)의 애칭으로 순결을 뜻한다.

들지 않기도 해요. 그러면서 다른 사람들은 어떻게 생각하느냐고 물었다. 대령 부인이 말했다. 백작이 나뽈리에 다녀오는 동안 우리가 백작의 신원을 알아볼 수 있을 것이다. 그렇게 했더니 네가 백작에게서 받은 전체 인상과 크게 어긋나지 않았다고 하자. 그런 다음 백작이 다시 구혼한다면 너는 어떻게 대답할 것이냐? 정녕 그렇다면, 후작 부인이 대답했다—백작이 정말로 간절히 바라는 듯싶은데다가—이 말을 하면서 후작 부인은 말을 더듬거리고 눈을 반짝거렸다—제가 백작에게 은혜를 입었으므로, 구애를 받아들이겠어요. 사령관 부인은 딸이 재혼을 하기를 늘 바라고 있었던 터라, 이 대답을 듣고 기쁨을 감추지 못하고, 그렇다면 이제 어떻게 해야 좋을까 궁리했다. 산림관은 불안한 표정으로 자리에서 다시 일어나며 말했다. 네가 언젠가 구애를 받아들여 백작을 행복하게 만들 생각이 터럭만큼이라도 있다면, 지금 바로 손써야 해. 그래서 백작이 제정신이 아닌 행동으로 불러올 불행을 미리 막아야 해. 사령관 부인도 산림관과 생각이 같았고, 이런 주장을 덧붙였다. 어쨌든 백작과 결혼하는 것은 그다지 큰 모험은 아니다. 요새가 러시아군에게 점령되던 밤 백작이 훌륭한 자질을 그토록 많이 보여줬던 것을 생각하면 백작의 다른 처신이 볼썽사납지 않을까 염려할 필요는 없을 것이야. 후작 부인은 안절부절못하는 표정으로 눈길을 내리깔았다. 백작에게 이렇게 언약하는 것은 어떻겠느냐? 어머니는 딸의 손을 붙잡고 말을 이었다. 백작이 나뽈리에서 돌아올 때까지 너는 다른 사람과 약혼하지 않을 것이라고 말이다. 후작 부인이 말했다. 어머니, 백작에게 그런 약속을 할 수는 있어요. 제가 염려하는 것은 이렇게 약속하더라도 백작을 안심시키기는커녕 우리만 얽매이는 게 아닌가 하는 것이에요. 그건 내가 알아서 할 테니 걱정 마라! 어머니는 몹시 기뻐하며 대답하고, 사령관을 돌아봤다. 로렌쪼! 당신은 어떻게 생각해요? 이렇게 묻고 자리에서 일어서려 했다. 사령관은 가족이 주고받는 말을 다 들었지만, 창가에 서서 길을 내다보며 아무 대꾸도 하지 않았다. 산림관이 말했다. 누이가 이렇게 넌지시나마 뜻을 밝혔으니, 백작을 집에서 떠나보내는 일은 제가 맡겠습니다. 그래! 그래라! 그러려무나! 사령관이 몸을 돌리고 소리쳤다. 나는 이 러시아인의 맹공에 두번이나 항복해야 하는구나!—그러자 사령관 부인이 자리에서 일어나더니 남편과 딸에게 입을 맞추고 이 뜻을 백작에게 당장 전하려면 어떻게 해야 할까요? 라고 물었고, 사령관은 아내의 호들갑에 빙그레 미소 지었다. 산림관이 백작에게 하인을 보내 아직 옷을 벗고 잠자리에 들기 전이라면 잠깐 가족에게 와달라는 부탁을 넣자고 제안하자, 다들 그렇게 하기로 결정했다. 바로 나와서 뵙겠습니다! 백작은 이렇게 답변하라 일렀다. 하인이 이 말을 전하러 돌아오기가 무섭게 백작도 기뻐 날아갈 듯한 걸음으로 이내 방 안으로 들어와, 더없이 감격하여 후작 부인의 발 앞에 엎드렸다. 사령관이 무슨 말인가 꺼내려 했지만, 백작은 몸을 일으키며 말씀하시지 않아도 다 압니다!라고 말을 가로막았다. 사령관과 사령관 부인의 손에 입을 맞추고 산림관을 얼싸안더니, 바로 여행마차를 구할 수 있도록 도와주면 고맙겠다고 부탁했다. 후작 부인은 이 광경에 가슴이 뭉클했지만 새침하게 말했다. 백작님, 제가 이런 걱정은 하지 않아도 되겠지요. 백작님이 성급한 기대를 품은 나머지—천만에요! 천만에요! 백작이 대꾸했다. 제 신원을 알아보시고, 저를 이 방으로 다시 불렀을 때 품었던 인상에 어긋나는 점이 발견된다면, 당신은 어떤 말도 지키지 않아도 됩니다. 그러자 사령관은 백작을 뜨겁게 얼싸안았고, 산림관은 백작에게 바로 자신의 여행마차를 내줬으며, 한 마부[12]가 파발로 가서 할증료를 내고 파발마를 빌려왔다. 가족은 백작이 출발하자 어느 누구를 영접할 때보다 훨씬 더 기뻐했다. 백작은 이렇게 말했다. B.에서 급신을 따라잡을 수 있으면 좋겠습니다. 거기서부터는 M.을 통과하지 않고 지름길로 나뽈리로 가겠습니다. 나뽈리에 도착해서 콘스탄티노플로 출장을 계속하는 것을 무슨 수를 써서든 피하겠습니다. 이렇게 장담했다. 최악의 경우에는 꾀병을 앓기로 마음먹었습니다. 불가피한 사정이 생기지 않는 한 네주에서 여섯 주 사이에 틀림없이 M.으로 돌아오겠습니다. 이때 마부가 들어와 마차를 맸으며 출발 준비가 다 됐다고 알렸다. 백작은 모자를 들고 후작 부인 앞으로 다가가 손을 잡았다. 자, 그럼, 백작이 말했다. 줄리에따, 제 마음은 어느정도 진정됐습니다. 그러면서 두툼한 손으로 후작 부인의 손을 감쌌다. 제 간절한 소망은 출발 전에 당신과 결혼하는 것이었습니다만. 출발 전에 결혼하는 것이었다고! 가족 모두가 소리쳤다. 출발 전에 결혼하는 것이었습니다. 백작이 다시 말하고 후작 부인의 손에 입을 맞췄다. 후작 부인이 지금 제정신으로 하는 말이세요?라고 묻자, 백작은 부인께서 제 말을 이해할 날이 올 것입니다!라고 장담했다. 가족은 백작에게 슬그머니 부아가 치밀어올랐지만, 백작은 이내 모두에게 상냥하게 작별인사를 건네며 마지막 말은 곱씹어 생각지 말라고 당부하고서, 길을 떠났다.

여러주가 흐르는 동안, 가족은 갖가지 감정에 사로잡혀 이 기이한 일이 어떻게 결말날지 마음 졸이며 기다렸다. 사령관은 백작의 숙부인 K. 장군에게서 정중한 서한을 받았고, 백작 자신도 나뽈리

12 원문의 'Jäger'는 원래 '사냥꾼'이라는 뜻이나, 여기서는 사냥꾼 차림으로 말을 모는 하인을 가리킨다.

에서 편지를 보냈다. 백작의 신원을 알아봤더니 사람 됨됨이가 나무랄 데 없음이 밝혀졌다. 한마디로 말해, 가족은 약혼을 이미 정해진 일로 여겼는데, 그때 후작 부인은 몸이 전보다 훨씬 심하게 다시 거북해지기 시작했다. 후작 부인은 몸매가 이해할 수 없이 변하는 것을 알아챘다. 어머니에게 솔직하게 모든 증상을 털어놓은 뒤, 제 몸 상태를 어떻게 생각해야 할지 모르겠어요라고 말했다. 어머니는 이 기이한 증상을 듣고 딸의 건강이 몹시 염려되어, 의사를 불러 물어보라고 권유했다. 후작 부인은 타고난 건강을 믿고 저절로 좋아지기를 바라며 이 말에 따르려 하지 않았다. 어머니 충고를 귓등으로 흘리고 생가슴을 태우며 며칠을 더 보냈다. 하지만 몹시 야릇한 느낌이 계속 다시 찾아들자 마음이 더없이 뒤숭숭해졌다. 후작 부인은 아버지가 신뢰하는 의사를 불러오게 했다. 어머니가 자리에 없을 때 의사가 찾아오자 의사에게 소파에 앉으라 권하고, 한두 마디 인사말을 건넨 뒤 우스갯소리 하듯 의사에게 털어놓았다. 제 몸이 아기를 가졌을 때와 비슷해요. 의사는 후작 부인에게 미심쩍은 눈초리를 던졌다. 꼼꼼하게 진찰한 다음 한동안 입을 열지 않더니, 몹시 정색하고 대답했다. 부인께서 제대로 짚으셨습니다. 그게 무슨 말이지요? 후작 부인이 묻자 의사가 느물느물 웃음을 흘리며 딱 부러지게 못 박았다. 부인은 아주 건강합니다. 의사가 필요없습니다. 후작 부인은 종 줄을 잡아당기고 의사를 매섭게 흘겨보며 나가달라고 부탁했다. 의사와 말을 나누기조차 싫다는 듯 목소리를 내리깔고 웅얼거렸다. 당신과 이런 일로 우스갯소리를 주고받고 싶지 않습니다. 의사는 앵돌아져서 부인이 언제나 지금처럼 우스꽝스러운 일을 멀리하고 살아왔기를 바랄 뿐입니다라고 비아냥거리고선, 지팡이와 모자를 들고 바로 자리를 뜨려 했다. 후작 부인이 장담했다. 이 모욕을 아버지에게 고해바치겠습니다. 의사는 제 말이 사실임을 법정에서 맹세할 수 있습니다라고 대답하더니, 방문을 열고 허리 굽혀 절한 뒤 방을 떠나려 했다. 후작 부인은 의사가 바닥에 떨어졌던 장갑을 주우려고 잠깐 멈췄을 때 이렇게 물었다. 이런 일이 가능할까요, 의사 선생님? 의사는 제가 부인에게 어떻게 해서 아이가 생기는지까지 설명할 필요는 없을 텐데요?라고 대꾸하고선, 다시 한번 절하고 떠나갔다.

후작 부인은 벼락이라도 맞은 듯 서 있었다. 정신을 가다듬고 아버지에게 달려가려 했다. 하지만 의사가 자신을 모욕할 때 기이할 만큼 정색했던 게 생각나자, 다리가 떨어지지 않았다. 후작 부인은 마음이 더없이 심란하여 소파에 주저앉았다. 스스로를 못 미더워하며 지난 일년 동안의 순간순간을 돌이켜봤고, 맨 마지막으로 방금 일이 떠오르자 미칠 것만 같았다. 이윽고 어머니가 돌아와 왜 이렇게 안절부절못하느냐?라고 자지러지게 놀라며 묻자, 딸은 의사가 방금 이야기했던 말을 털어놓았다. G. 부인은 의사에게 뻔뻔스럽고 비열한 자라고 욕을 퍼부었고, 이 모욕을 아버지에게 고해바치라고 딸에게 기운을 북돋아줬다. 후작 부인이 말했다. 의사는 몹시 정색하고 장담했어요. 정신 나간 주장을 아버지 눈앞에서도 되풀이하려고 마음먹고 있는 듯했어요. G. 부인이 자못 깜짝 놀라 물었다. 너는 아이가 생길 수 있다고 믿느냐? 차라리, 후작 부인이 대답했다. 무덤에서 생명이 잉태되고 죽은 사람 자궁에 아이가 들어선다는 말을 믿겠어요. 그렇다면 나의 사랑스럽고 유별스러운 아이야, 대령 부인이 딸을 꼭 껴안으며 말했다. 무슨 까닭에 이리 안절부절못하느냐? 네 양심에 거리낄 게 없다면, 어느 의사가 어떤 진단을 한들, 아니 의사들이 다 모여 무슨 진단을 내린들, 걱정할

게 뭐란 말이냐? 의사의 오진이 착각 때문이든 악의 때문이든 네게는 아무 상관 없는 일 아니냐? 하지만 이 일은 아버지께 알리는 게 좋겠다—오, 하느님! 후작 부인이 경련을 일으키며 말했다. 제가 어떻게 마음을 추스를 수 있겠어요? 제 마음속 깊이 드는 느낌이 제게 거슬리는데요, 제가 너무도 잘 아는 느낌이! 어느 다른 부인이 저와 똑같은 느낌이 든다고 제게 말한다면, 저라도 그 부인이 아이를 가진 거라고 지레짐작할 텐데요. 말만 들어도 끔찍하구나! 대령 부인이 대꾸했다. 악의 때문일까요! 착각 때문일까요! 후작 부인이 말을 이었다. 이날 이때까지 우리에게 존경받아 마땅해 보였던 이 의사가 도대체 무슨 억하심정으로 저를 이렇게 심술궂고 비열하게 욕보일 수 있을까요? 저는 의사를 모욕한 적이 한번도 없는데도! 의사는 들어오자마자 말했어요. 저를 돕겠다는 순수한 마음 하나로 찾아왔다고. 그러고선 제가 겪고 있던 것보다 더 지독한 괴로움을 안겨주다니. 이 일이 악의 때문인지 착각 때문인지 굳이 가려내야 한다면, 후작 부인은 자신을 뚫어지게 바라보는 어머니에게 이어 말했다. 저는 착각 때문이라고 믿고 싶어요. 하지만 의사가 아무리 실력이 모자란다 하더라도 이런 경우 착각을 할 수 있을까요?—대령 부인이 슬쩍 비꼬듯 말했다. 아무렇든 악의 아니면 착각일 수밖에 없어. 그래요! 후작 부인은 무안이라도 당한 듯 얼굴이 홍당무처럼 빨개져, 어머니 손에 입을 맞추며 대꾸했다. 사랑하는 어머니, 둘 중 하나일 수밖에 없어요. 하지만 몸 상태가 워낙 희한한지라, 그렇지 않을지도 모르겠다고 의심해보는 거예요. 어머니께 맹세하겠어요, 어떤 다짐을 원하시는 것 같으니. 제 양심은 제 아이들의 양심만큼이나 깨끗해요. 어머니를 존경하지만 어머니 마음도 제 마음보다 더 깨끗할 수 없을 거예요. 그렇지만 어머니, 제게 산파를 불러주세요. 제 몸 상태가 어떤지 확실히 알고, 그 상태가 어떻든 마음을 추스를 수 있도록요. 산파를 부르라고! G. 부인이 창피라도 당한 듯 소리쳤다. 양심은 깨끗한데, 산파를 부르라고! 차마 말을 잇지 못했다. 산파를 불러주세요, 사랑하는 어머니. 후작 부인이 어머니 앞에 무릎 꿇고 엎드려 다시 말했다. 당장에요, 그러지 않으면 미칠 것만 같아요. 오, 그러고말고. 대령 부인이 대답했다. 우리 집에서 몸을 풀지만 마라. 이렇게 말하며 일어서서 방을 떠나려 했다. 후작 부인은 팔을 내뻗고 어머니를 쫓아가, 얼굴을 바닥에 대고 엎드려 무릎에 매달렸다. 제 부끄러움 없는 삶이, 괴로움이 북받쳐 말을 쏟아내며 울부짖었다. 어머니를 본받아 살아온 삶이 어머니께 존중받을 만한지요? 제 죄가 의심할 나위 없이 밝혀지기 전에는, 저를 아끼는 모정이 어머니 가슴에 꿈틀거리고 있는지요? 그렇다면 이 끔찍한 순간에 저를 떠나지 말아주세요—무슨 까닭에 이리 안절부절못하느냐? 어머니가 물었다. 그저 의사의 진단 때문이냐? 그저 마음속 느낌 때문이냐? 오직 그 때문이에요, 어머니. 후작 부인이 대답하고 손을 가슴에 얹었다. 오직 그 때문이라고, 줄리에따? 어머니가 말을 이었다. 잘 생각해보아라. 네가 잘못을 저질러 말할 수 없는 괴로움을 내게 안기더라도, 나는 다 용서할 수 있고 결국 용서할 것이다. 하지만 어미의 질책을 모면하기 위해 세상 법칙을 뒤엎는 거짓말을 꾸며내거나, 어미가 네 말이라면 뭐든 믿는 것을 알고 하느님을 모독하는 맹세를 거듭하여 나를 속이려 든다면, 이런 뻔뻔스러운 짓을 당하고도 내가 너를 너그러이 대할 수는 없을 것이다—제 마음의 문이 어머니께 활짝 열려 있듯이, 훗날 천국의 문이 제게 활짝 열려 있기를. 후작 부인이 소리쳤다. 저는 어머니께 아무것도 감추지 않았어요, 어머니—딸이 감정이 치받쳐 이렇게 말하자, 어머니는 소스라치게 놀랐다. 오, 하늘이여! 어머니가 소리쳤다. 나의 사랑하는 아이여! 네가 내 가슴을 미어지게 하는구나! 딸을 일으켜세워 입을 맞추고 가슴에 꼭 껴안았다. 도대체 무슨 이유로 이리 두려워하느냐? 이리 오너라, 몹시 아파 보인다. 어머니는 딸을 침대로 데려가려 했다. 하지만 후작 부인은 눈물을 하염없이 흘리며 이렇게 말했다. 저는 매우 건강해요. 아프지 않아요. 이 기이하고 알 수 없는 몸 상태만 빼고는요— 몸 상태! 어머니가 다시 소리쳤다. 몸 상태가 어때서? 네가 지난 일을 그처럼 또렷하게 기억하고 있는데, 도대체 무엇 때문에 그렇게 미친 듯 두려워하는 것이냐? 마음속에 어렴풋이 드는 느낌이란 건 틀릴 수도 있지 않느냐? 아니에요! 아니에요! 후작 부인이 말했다. 이 느낌은 틀리지 않아요! 어머니, 산파를 불러주세요. 그러면 이 끔찍스럽고 저를 파멸에 빠뜨릴 느낌이 틀리지 않았다는 것을 아시게 될 거예요. 이리 오너라, 사랑하는 딸아. G 부인이 딸이 제정신인지 겁이 더럭 나서 말했다. 이리 오너라, 나를 따라와서 침대에 누워라. 의사가 네게 뭐라고 했는지 생각나느냐? 얼굴이 불덩이같이 뜨겁구나! 온몸을 사시나무처럼 떨고 있구나! 의사가 네게 도대체 뭐라고 했느냐? 대령 부인은 이렇게 말하며 후작 부인을 잡아끌었고, 이제 후작 부인이 의사를 만난 일이 실제로 있었다고 믿지도 않았다—후작 부인은 눈물 어린 눈으로 미소 지으며 말했다. 사랑하는 어머니! 고결하신 어머니! 제 정신은 말짱해요. 의사는 제가 아이를 가졌다고 말했어요. 산파를 불러주세요. 산파가 의사의 진단이 틀렸다고 말해주면 제 마음이 다시 가라앉을 거예요. 알았다, 알았어! 대령 부인이 두려운 마음을 억누르며 대답했다. 산파를 금방 불러주마. 너 스스로 놀림거리가 되고 싶어하니, 산파가 금세 와서 네게 이기죽거릴 게다. 이따위 허무맹랑한 생각을 하다니 얼마나 어리석은 아낙네냐고. 어머니는 이렇게 말하며 종 줄을 잡아당겼고, 하인 한 사람을 당장 보내어 산파를 불러오게 했다.

후작 부인은 산파가 들어왔을 때 아직 어머니 품에 안겨, 불안하게 두근거리는 가슴을 억누르고 있었다. 대령 부인은 산파에게 이렇게 털어놓았다. 내 딸이 얼토당토않은 생각 때문에 앓아누워 있구려. 이 아이는 나무랄 데 없이 처신했다고 장담하고 있소. 그런데도 이해할 수 없는 느낌에 자꾸 끌린다는 게요. 이런 문제라면 환히 꿰고 있는 당신에게 몸 상태를 진찰받아야겠다고 고집하는구려. 산파는 증상을 들으며, 젊을 때는 피가 끓고 세상은 의뭉스럽지요라고 말했다. 진찰을 마치고선, 이런 사례는 이미 여러번 봤어요, 꽃다운 미망인들이 아씨와 같은 처지에 빠지면 다들 외딴 섬에 살고 있었다고들 우기지요라고 밝혔다. 후작 부인을 다독거리면서, 어느 맹랑한 해적이 밤중에 아씨께 몰래 찾아들었는지 곧 알게 될 거예요라고 장담했다. 후작 부인은 이 말을 듣고 까무러쳐 쓰러졌다. 대령 부인은 그놈의 모정이란 게 뭔지 산파의 도움을 받아 후작 부인이 다시 정신 들게 하기는 했다. 하지만 후작 부인이 깨어나자 분노를 참지 못하고 줄리에따!라고 복장이 터지는 듯 소리쳤다. 내게 속을 털어놓지 못하겠느냐? 누가 아비인지 말해주지 못하겠느냐? 아직은 어떻게든 달래보려는 말투였다. 하지만 후작 부인이 미칠 것만 같아요라고 발뺌하자, 소파에서 몸을 일으키며 가라! 가라! 이 비열한 것아! 내가 너를 낳았던 시간이 저주스럽구나!라고 소리치고서 방을 떠났다.

후작 부인은 다시 까무룩 정신이 흐려지려 하자, 산파를 자신 앞으로 잡아끌더니 와들와들 몸을 떨며 산파의 가슴에 머리를 묻었다. 더듬거리는 목소리로 물었다. 자연법칙은 어떻게 작용하지요? 자기도 모르게 임신하는 게 가능한가요?—산파는 빙글거리면서 목도리를 헐렁하게 풀어주고 이렇게 말했다. 아씨는 자신도 모르게 임신하지는 않은 것 같은데요? 그럼요, 그럼요. 후작 부인이 대답했다. 제가 어떻게 해서 임신했는지는 잘 알고 있어요. 자연 세계에서 자기도 모르게 임신하는 일이 흔히 있는지 궁금해서 그래요. 산파가 대답했다. 이런 일은 성모마리아 이외에 이 세상 어느 여인에게도 일어나지 않습니다. 후작 부인은 더욱더 와들와들 몸을 떨었다. 당장이라도 아이가 나올 것 같은 느낌이 들자, 두려워 경련을 일으키며 산파에게 매달려, 곁에서 떠나지 말라고 부탁했다. 산파가 후작 부인을 달랬다. 몸을 풀려면 아직 한참 남았어요라고 장담하고, 이런 경우 항간의 입방아를 피하는 방법을 가르쳐주고, 모든 게 다 잘될 거예요라고 속삭거렸다. 하지만 이렇게 다독거리는 말들은 오히려 뾰족한 칼끝처럼 이 가엾은 귀부인의 가슴을 후벼팠다. 후작 부인은 마음을 다잡고 이제 괜찮아졌어요라고 말하고선 산파에게 떠나달라고 부탁했다.

산파가 방에서 나가자마자, 하인이 어머니의 쪽지를 들고 왔다. 어머니는 이렇게 알렸다. "G. 경은 이런 상황을 접하고 네가 집을 떠나줄 것을 원한다. 네 재산 관련 서류를 여기 동봉해 보내고 하느님이 경을 가엾게 여겨 너를 다시 보지 않게 해주기를 바란다."—편지는 눈물로 젖어 있었다. 한 귀퉁이에 받아쓰다란 단어가 지워져 있었다—후작 부인 눈에서 피눈물이 쏟아졌다. 부모님이 오해를 하는 게, 이렇게 훌륭한 분들이 이리도 부당한 처사를 내리는 게 슬퍼서, 서럽게 흐느끼며 어머니의 방으로 건너갔다. 어머니가 아버지에게 갔다는 말을 들었다. 아버지의 방 쪽으로 허청

허청 걸어갔다. 문이 잠겨 있는 것을 보고 문 앞에 쓰러지더니, 서글픈 목소리로 성인聖人이란 성인을 다 불러 자신이 결백함을 증언해달라고 호소했다. 여기 쓰러져 있은 지 몇분쯤 지났을까, 산림관이 방에서 나오더니 붉으락푸르락한 얼굴로 말했다. 아버지가 너를 보고 싶어하지 않는다는 말 못 들었느냐? 후작 부인은 하염없이 흐느끼며 사랑하는 오라버니!라고 울부짖었다. 방 안으로 밀고 들어가 사랑하는 아버지!라고 소리 지르고, 아버지를 향해 팔을 내뻗었다. 사령관은 딸을 보자 등을 돌리고, 침실로 서둘러 들어갔다. 딸이 거기까지 따라오자, 꺼져라!라고 소리치고 문을 쾅 닫으려 했다. 하지만 딸이 서글피 울며 매달려 문을 못 닫게 막자 별안간 문에서 떠나더니, 딸이 방 안으로 따라들어오는 사이에 건너편 벽 쪽으로 내달려갔다. 후작 부인이 등을 돌리고 있는 아버지 발아래 엎드려 몸을 부들부들 떨며 무릎에 매달리려는 참이었다. 아버지는 권총을 벽에서 잡아채 손에 쥐자마자 방아쇠를 당겼고 총탄이 쾅 하고 천장에 박혔다. 하느님, 저를 보우하소서! 후작 부인은 이렇게 소리치며, 얼굴이 하얗게 질려 엎드렸던 몸을 일으키고, 아버지의 방에서 부리나케 다시 빠져나왔다. 바로 마차에 말을 매어라라고 자기 방으로 들어오며 말하고, 기진맥진하여 안락의자에 주저앉았다. 아이들에게 부랴부랴 옷을 입히고 행장을 꾸리라고 하인들에게 일렀다. 막내를 무릎에 앉히고 목도리를 감아주며, 이제 출발 준비가 다 되어 마차에 타려던 참이었다. 산림관이 들어오더니 아버지의 지시라면서 아이들을 남겨두고 가라고 요구했다. 이 아이들을요? 후작 부인은 이렇게 묻고 자리에서 일어섰다. 피도 눈물도 없는 아버지에게 전하세요. 여기 와서 저를 쏴죽일 수는 있을지언정, 제게서 아이들을 빼앗아갈 수는 없다고요! 자신은 누가 뭐래도 결백하다고 당당하게 마음을 도스르고 아이들을 안아들었다. 오빠가 앞을 가로막을 엄두를 내지 못하게 하며 아이들을 마차에 태우고서, 길을 출발했다.

후작 부인은 이렇게 장하게 맞서는 가운데 자신의 참모습을 알게 됐고, 운명이 자신을 나락에 빠뜨렸지만 스스로의 힘으로 이 나락에서 홀연히 솟아나왔다. 교외로 나가자 가슴이 찢어지는 듯한 동요가 가라앉았다. 후작 부인은 아이들에게, 이 사랑스러운 보물들에게 틈만 나면 입을 맞췄다. 자신의 양심이 결백했기에 오빠에게 거둘 수 있었던 승리를 흐뭇하게 되돌아봤다. 후작 부인의 이성은 이런 기이한 상황을 견뎌낼 수 있을 만큼 굳셌지만, 거룩하고 성스럽고 수수께끼 같은 세상 이치에는 순순히 따랐다. 부인은 가족에게 자신의 결백을 믿게 만들 수 없다는 사실을 알아챘다. 자신이 어떻게든 살아남으려면 이 상황을 한탄하지 말아야 한다는 것을 깨달았다. 그래서 V.에 도착한 지 며칠이 채 지나지 않아, 괴로움을 남김없이 떨쳐버리고, 세상이 뭐라 손가락질하더라도 당당하게 맞서기로 의연히 결심했다. 세상사는 모조리 잊어버리고, 오로지 두 아이를 가르치는 일에 열성을 다하고, 하느님이 세번째로 선물한 아이를 모정을 다 쏟아 돌보기로 작정했다. 시골 저택은 아름다웠지만 오랫동안 비워놓은 사이 군데군데 부서져 있었다. 부인은 몸을 풀고 나서 몇주 안에 곧바로 저택을 수리할 수 있도록 채비를 했다. 정원 정자에 앉아 갓난아이 모자와 양말을 뜨면서 방들을 어떻게 활용해야 편리할지, 이를테면 어떤 방에 책들을 놓아야 할지, 어떤 방에 이젤이 가장 잘 어울릴지 궁리했다. 그리하여 F. 백작이 나뽈리에서 돌아올 시간이 채 되기도 전에, 후작 부인은 수녀처럼 영원히 은둔 생활을 하는 운명에 완전히 익숙해져 있었다.

문지기에게는 어떤 손님도 집에 들여보내지 말라는 엄명을 내렸다. 다만 한가지 생각을 참을 수 없었다. 더없이 결백하고 순수하게 한 어린 생명을 가졌으며, 이 아이는 수수께끼처럼 잉태됐기에 어느 누구보다 더 성스럽게 느껴졌는데, 시민사회가 이 살붙이에게 치욕스러운 낙인을 찍으려 들 것이라는 걱정이었다. 아버지를 찾아내기 위한 어떤 묘방이 떠올랐다. 이를 처음 생각했을 때는 흠칫 놀라 뜨개질바늘을 손에서 떨어뜨렸을 만큼 기이한 방안이었다. 여러날 밤을 불안하여 잠 못 이루고 이 방책을 이리저리 되작거리면서, 마음속 깊이 께름칙하던 이 방법에 점점 친숙해졌다. 자신을 이렇게 만든 사내는 도저히 구제할 길 없는 쓰레기 중의 쓰레기임에 틀림없으며, 이 세상에서 어떤 지위를 차지하고 있을지라도 가장 천하고 더러운 시궁창에서 태어났을 것이라고 올바로 짚어냈다. 따라서 이 악한과 어떤 식으로든 접촉을 해야 한다는 것이 마음에 걸리기는 했다. 하지만 내 앞갈망은 내가 한다는 뜻이 더욱 굳어지고, 보석은 어디에 박혀 있더라도 가치를 잃지 않는다는 생각이 더해갔다. 어린 생명이 배 속에서 다시 꿈틀거리는 게 느껴지던 어느날 아침이었다. 부인은 용기를 내어 저 기이한 호소를 M.의 여러 신문에 실었다. 다름 아니라 독자 여러분이 이 이야기 첫머리에서 읽었던 광고였다.

한편 F. 백작은 불가피한 업무로 나뽈리에 머물며, 후작 부인에게 두번째 편지를 써서 이렇게 요구했다. 저에게 했던 무언의 약속을 어떤 기이한 일이 일어나더라도 반드시 지켜주십시오. 백작은 콘스탄티노플 출장 취소 허가를 얻어냈고 그밖의 다른 사정이 허락하는 대로 곧바로 나뽈리에서 출발하여 M.에 도착했다. 예정했던 날보다 며칠 늦었을 뿐이었다. 사령관은 백작을 맞이하자마자 당혹한 얼굴로 급한 용무 때문에 밖에 나가봐야겠다고 말하고 산림관에게 자기가 없는 동안 백작과 이야기를 나누라고 일렀다. 산림관은 백작을 방으로 안내하고, 간단히 인사를 나눈 뒤 물었다. 백작께서 떠나 계신 동안 저희 집에 무슨 일이 일어났는지 아십니까? 백작은 얼굴이 한순간 창백해지더니 대답했다. 모릅니다. 그러자 산림관은 후작 부인이 가족에게 어떤 치욕을 안겼는지 알려주며, 우리 독자들이 방금 읽은 이야기를 해줬다. 백작은 손바닥으로 이마를 쳤다. 왜 이리도 많은 난관이 내 앞을 가로막는단 말인가! 자신도 모르게 이렇게 한탄했다. 결혼이 성사됐더라면 우리가 이 모든 치욕과 이 갖은 불행을 겪지 않아도 됐을 텐데! 산림관은 눈이 휘둥그레져 백작을 바라보더니, 이렇게 물었다. 이 비열한 계집과 결혼하기를 바라다니 제정신이오? 백작이 대답했다. 세상 사람들은 후작 부인을 모멸하지만 후작 부인은 이 세상 그 누구보다 고결합니다. 저는 자신이 결백하다고 장담하는 후작 부인의 말을 에누리 없이 다 믿습니다. 오늘 당장 V.로 가서 다시 청혼을 하려 합니다. 백작은 바로 모자를 집어들고, 자신을 정신 나간 사람 취급하는 산림관에게 작별인사를 건네고서, 자리를 떠났다.

백작은 말에 올라 V.를 향해 쏜살같이 달렸다. 문 앞에서 내려 앞마당으로 들어서려 하자, 문지기가 앞을 가로막았다. 마님은 누구도 만나고 싶어하지 않습니다. 백작이 낯선 손님뿐 아니라 집안 친구도 들여보내지 말라고 하더냐?라고 묻자, 문지기가 누구든 가리지 말고 다 막으라 했습니다라고 대답하더니, 곧이어 어정쩡한 태도로 되물었다. 혹시 F. 백작이 아니십니까? 백작은 위아래를 훑어본 뒤 아니다라고 대꾸하고, 자신의 하인에게 몸을 돌리더니 문지기에게까지 들리도록 짐짓 큰 소리로 말했다. 그렇다면 여관에 짐을 풀고 부인에게 편지로 연락을 해야겠다. 백작은 문지기의 시야에서 벗어나자마자 모퉁이를 돌았다. 그런 다음 집 뒤란에 펼쳐진 드넓은 정원의 담을 끼고 살금살금 걸었다. 문이 하나 열려 있는 것을 보고 이 문을 통해 정원으로 들어갔다. 정원 길들을 지난 뒤 뒤란 테라스로 막 올라가려는 참이었다. 옆에 있는 한 정자에서 후작 부인이 작은 탁자 앞에 앉아 부지런히 뜨개질을 하고 있는 모습이 보였다. 사랑스럽고 신비스러운 자태였다. 백작은 후작 부인에게 살금살금 다가갔고, 부인 발치에서 세 걸음 떨어진 정자 입구에 멈춰서자 그제야 후작 부인은 백작이 온 것을 알아챘다. F. 백작님! 후작 부인은 눈을 동그랗게 뜨고 소리쳤고, 깜짝 놀라 얼굴을 발그레 붉혔다. 백작은 빙그레 웃으며 입구에서 꿈쩍 않고 서 있었다. 넉살 좋게, 하지만 후작 부인이 놀라지 않도록 살그머니, 후작 부인 옆에 걸터앉았다. 후작 부인이 이 기이한 상황을 맞아 어떻게 해야 할지 마음을 정하기도 전에, 사랑스러운 허리를 팔로 부드럽게 감싸안았다. 어디서 오셨어요, 백작님, 어떻게 들어오셨어요? 후작 부인은 이렇게 물으며—수줍은 듯 눈을 내리떴다. 백작은 M.에서 왔지요라고 말하고, 후작 부인을 살며시 껴안더니 이렇게 덧붙였다. 뒷문이 열린 것을 보았습니다. 당신이 눈감아주리라 믿고 그 문으로 들어왔습니다. M.에서 백작님께 아무 말도 하지 않던가요……? 후작 부인은 이렇게 묻고, 백작의 팔에 몸을 맡긴 채 꿈쩍도 하지 않았다. 다 들었습니다, 사랑하는 부인, 백작이 대답했다. 하지만 부인이 결백하다는 것을 에누리 없이 다 믿습니다—어떻게 그럴 수가! 후작 부인이 일어서 몸을 빼며 소리쳤다. 다 알고서도 여기 오셨다고요?—세상 사람들이 뭐라 해도, 백작은 후작 부인을 붙잡으며 말을 이었다. 부인 가족이 뭐라 해도, 부인 몸이 이렇게 사랑스럽게 불어났어도. 그러면서 백작은 후작 부인의 가슴에 뜨겁게 입을 맞췄다—나가세요! 후작 부인이 외쳤다—제가 세상 모든 일을 다 알기라도 하는 듯, 제 마음이 부인 가슴에 깃들여 있기라도 하는 듯, 백작이 말했다. 줄리에따, 저는 부인의 결백을 확신합니다—후작 부인이 외쳤다. 저를 놓아주세요! 제가 여기 온 것은, 백작은—후작 부인을 붙잡은 채—이렇게 말을 끝맺었다. 다시 청혼을 하기 위해서입니다. 부인이 제 청혼을 받아들인다면 부인의 손에서 행복한 운명을 건네받기 위해서입니다. 저를 당장 놓아주세요! 후작 부인이 외쳤다. 명령이에요! 백작의 팔에서 몸을 억지로 빼내 달아났다. 사랑하는 부인! 고결하신 부인! 백작은 다시 일어서서 이렇게 속삭이며 후작 부인을 쫓아갔다—제말 못 들었어요! 후작 부인은 이렇게 외치고 몸을 돌려 백작을 피했다. 한마디만 비밀을 속삭이게……! 백작은 이렇게 말하고 후작 부인의 미끈한 팔을 덥석 붙잡았으나 금세 손에서 놓쳤다—저는 아무것도 알고 싶지 않아요. 후작 부인은 이렇게 대꾸하고 백작을 힘껏 떠밀어내더니, 테라스로 달려가 사라졌다.

백작은 테라스까지 뒤쫓아가, 못다한 말을 무슨 일이 있어도 부인에게 털어놓으려 했다. 하지만 문이 쾅 하고 눈앞에서 닫히고, 빗장이 허겁지겁 철커덕 걸리며 발걸음을 가로막았다. 닭 쫓던 개 지붕 쳐다보듯 잠시 멈춰서서, 열린 옆 창문으로 기어들어가 속에 든 말을 기어이 쏟아낼까 곰곰이 생각했다. 하지만 발걸음을 돌리는 게 아무리 괴롭다 하더라도, 지금은 돌아가야만 할 듯 여겨졌다. 후작 부인을 손에서 놓친 것을 애석해하며 테라스에서 내려왔고, 정원을 떠나 말들을 매둔 곳으로 돌아왔다. 후작 부인을 끌어안고 속을 털어놓을 수 있는 기회를 영영 잃은 듯싶었다. 이제 편지로 알릴 수밖에 없는데 뭐라고 써야 할지 궁리하며, M.으로 느릿느릿 말을 몰았다. 저녁에 백작은 더없이 찌무룩한 기분으로 한 음식점에서 식사를 하다가, 산림관을 만났다. 산림관은 대뜸 이렇게 물어왔다. V.에서 청혼에 성공했습니까? 백작은 퉁명스럽게 대답했다. 아니요! 이 불청객에게 싫은 소리를 퍼부어 쫓아버리고 싶은 마음이 굴뚝같았으나, 예의를 차리느라 잠시 뒤 이렇게 덧붙였다. 저는 후작 부인에게 편지를 보내기로 마음먹었습니다. 그렇게 해서 이 문제를 곧 해결할 것입니다. 산림관이 말했다. 제 누이에 대한 열정 때문에 정신이 나간 것 같아 안타깝습니다. 제 누이는 이미 다른 선택을 내리려 하고 있다는 것을 알려드리지 않을 수 없군요. 그러고선 종 줄을 잡아당겨 최근 호 신문을 가져오게 해, 후작 부인이 아이 아버지에게 보내는 호소가 실린 신문을 건네줬다. 백작은 광고를 읽으며, 얼굴이 벌겋게 달아올랐다. 온갖 감정이 엇갈려 스쳐갔다. 산림관이 물었다. 제 누이가 찾는 사람이 나타날 거라고 생각하십니까? — 그렇다마다요! 백작은 신문에서 눈길을 떼지 못하고 대답했다. 신문을 접으며 잠시 창가로 다가간 뒤 이렇게 말했다. 잘됐습니다! 어떻게 해야 할지 이제 알겠습니다! 그런 다음 몸을 돌리더니, 곧 다시 뵐 수 있겠지요?라고 산림관에게 사근사근 말하고선, 작별인사를 건네고 떠나갔다. 자신의 운명을 고스란히 받아들이면서.

한편 사령관 집에서는 야단법석이 일어났다. 대령 부인은 남편이 사납게 행짜를 부리며 딸을 집에서 무자비하게 쫓아낸 데 부아가 치밀었다. 그런데도 자신은 기가 죽어 대들지도 못한 게 분하기 그지없었다. 대령 부인은 남편 침실에서 총성이 울리고 딸이 그 방에서 뛰어나왔을 때, 까무러쳐 쓰러졌다. 금세 의식을 회복하기는 했지만, 남편은 부인이 다시 깨어나자 공연히 놀라게 해서 미안하다고 단 한마디 건네고선 발포한 권총을 탁자에 내던졌다. 그런 뒤 아이들을 넘겨받아야 한다고까지 고집을 부리자, 부인은 주저주저 입을 열어 우리는 그럴 권리가 없는데요라고 말했다. 방금 정신이 깨어난 까닭에 기운없는 목소리로 집안에 풍파를 일으키지 말아주세요라고 눈물겹게 애원했다. 하지만 남편은 아들에게 몸을 돌리고 분노에 들끓어 이렇게 소리쳤을 뿐이었다. 가라니까! 가서 아이들을 데려오라니까! F. 백작의 두번째 편지가 도착했을 때, 남편은 이 편지를 V.에 있는 딸에게 보내라고 지시했는데, 나중에 심부름꾼에게 들은 바에 따르면, 딸은 이 편지를 옆으로 밀어놓고 잘 받았다라고만 말했다는 것이었다. 대령 부인은 이 모든 일을 겪으면서 이해할 수 없는 점이 너무 많았고, 무엇보다도 딸이 아무 애정도 느끼지 못하는 사람과 재혼하려 드는 게 납득되지 않았다. 그래서 이 문제를 의논해보려 했으나 아무 소용이 없었다. 남편은 항상 명령에 가까운 말투로 입 다물라고 소리쳤다. 한번은 이런 말을 꺼내려 하자 벽에 아직 걸려 있던 딸 초상화를 떼어내며 딸을 기억에서 아예 지워버리고 싶소라고 장담하고선 나는 이제 딸이 없소라고 덧붙였다. 그때 후작 부인의 기이한 호소가 신문에 실렸다. 대령 부인은 남편이 보내준 신문을 읽고서 까무러치게 놀랐다. 신문을 들고 남편 방으로 찾아가, 책상에 앉아 서류를 작성하고 있던 남편에게 물었다. 이게 도대체 어찌 된 일이에요? 사령관은 하던 일을 멈추지 않고 말했다. 아! 그 계집은 결백하오. 뭐라고요! G. 부인이 더없이 놀라며 소리쳤다. 결백하다고요? 그 계집은 잠을 자다 그렇게 된 거요. 사령관이 고개를 들지도 않고 말했다. 잠을 자다가! G. 부인이 대꾸했다. 그러니까 그렇게 끔찍한 일이……? 이런 멍청이 같은 여편네! 사령관은 소리를 버럭 지르며 서류들을 한데 모아 건중그리고서, 자리를 박차고 나가버렸다.

다음 호 신문들이 발간되는 날 부부가 아침식사를 할 때, 대령 부인은 채 잉크도 마르지 않은 한 신문에서 이런 회답을 읽었다.

> O. 후작 부인이 ○월 3일 오전 11시에 부친인 G. 경의 집에 오신다면, 후작 부인이 찾는 남자가 그곳에서 부인 발 앞에 엎드릴 것입니다.

대령 부인은 이 듣도 보도 못한 광고를 절반도 채 읽기 전에 말을 잃었다. 나머지는 읽는 둥 마는 둥 하고 신문을 남편에게 넘겼다. 대령은 자신의 두 눈을 믿을 수 없다는 듯 신문을 세번이나 꼼꼼히 읽었다. 이제 제발 말해주세요, 로렌쪼. 대령 부인이 소리쳤다. 이게 도대체 어찌 된 일이에요? 오, 뻔뻔스러운 계집 같으니! 사령관이 이렇게 대꾸하며 일어섰다. 오, 교활한 위선 덩어리 같으니! 암캐보다 열 배 더 뻔뻔스러운 것에 여우보다 열 배 더 교활한 것을 합친다 해도 이 계집의 위선에는 따를 수 없을 것이오! 그 낯빛이라니! 그 눈빛이라니! 거룹 천사보다 더 순결해 보이잖소!—사령관은 한탄하며 마음을 가라앉히지 못했다. 하지만 이게 술수라면, 대령 부인이 물었다. 도대체 무슨 꿍꿍이로 이러는 걸까요?—무슨 꿍꿍이로 이러느냐고? 비열한 속임수를 억지로 믿게 만들려는 게지. 대령이 대꾸했다. 그 계집은 이미 거짓말을 줄줄 외고 있을 거요. 그 계집과 사내 둘이서 3일 아침 11시에 우리에게 늘어놓을 허튼소리를. 나는 이렇게 말해야 하겠지. 내 사랑하는 딸아, 나는 그런 줄도 몰랐구나. 누가 그럴 거라고 생각할 수 있었겠니? 나를 용서해라, 내 축복을 받아라, 나를 너그러이 받아주어라. 하지만 3일 아침에 어느 놈이든 내 문지방을 넘기만 하면 그놈 머리에 총알을 박아주겠어! 아니면 하인들을 시켜서 집에서 쫓아내는 편이 더 나을지도 모르겠군—G. 부인이 신문을 다시 한번 내리읽은 뒤 말했다. 이 모든 것을 듣도 보도 못한 운명의 장난으로 돌려야 할지, 누구 못지않게 고결했던 딸의 비열한 술수로 여겨야 할지 모르겠군요. 둘 다 납득이 되지 않지만 굳이 하나를 골라야 한다면 운명 때문이라 믿고 싶어요. 하지만 이 말을 채 끝맺기도 전에 사령관이 입 다물지 못하겠소!라고 소리를 버럭 지르고서 방을 박차고 뛰쳐나갔다. 그런 소리라면 지긋지긋하니 꺼내지도 마시오!

며칠 뒤 사령관은 신문 광고와 관련하여 후작 부인에게 이런 내용의 편지를 받았다. 저는 아버지 집에 얼씬하지 말라는 엄명을 받았습니다. 그러므로 외람되오나 간절히 바라건대, 그 사내가 3일 오전에 아버지 집에 나타나거든 V.로 보내주시면 고맙겠습니다. 사령관 부인은 사령관이 이 편지를 받았을 때 마침 한자리에 있었다. 사령관이 갈피를 잡지 못하고 있는 게 얼굴에 역력히 드러났다. 이 일이 속임수라면, 이 계집은 도대체 무슨 꿍꿍이로 이러는 것일까? 용서해달라는 말을 내게서 듣고 싶은 마음은 아예 없어 보이는데? 사령관 부인은 이런 기색을 눈치채고 용기를 내어, 늘 뭔가 미심쩍어 가슴속에 오랫동안 품고 있던 계획을 내비쳤다. 멍하니 편지만 들여다보고 있는 남편에게 이렇게 말했다. 제게 좋은 생각이 있어요. 여기 이 신문에 한 사내가 회답을 실었잖아요. 이 사내는 딸아이가 자기를 모르는 듯 행세하고 있어요. 하지만 딸아이가 이 사내를 이미 알고 있다면, 딸아이에게 사실대로 털어놓게 만들 계책이 있어요. 딸아이가 제아무리 거짓말에 능란하더라도요. 사령관은 느닷없이 펄펄 뛰며 편지를 갈가리 찢더니 내가 그 계집과 의

절한 것을 모르시오?라고 대꾸하고 이렇게 오금을 박았다. 그 계집과 연락할 생각은 아예 하지도 마시오! 사령관은 찢어발긴 종잇조각들을 봉투에 담아, 후작 부인 주소를 써서 심부름꾼에게 답장이라며 돌려줬다. 대령 부인은 남편이 이렇게 되지도 않는 억지를 부려 어찌 된 켯속인지 알아볼 길을 다 틀어막아버리자, 속으로 열불이 나서 이제 남편이 막든지 말든지 계획대로 해보기로 마음먹었다. 이튿날 새벽 남편이 아직 잠자고 있을 때, 남편의 마부 한 사람을 안동하고 V.를 향해 말을 몰았다. 시골 저택 문 앞에 이르자, 문지기가 가로막았다. 아무도 마님을 만날 수 없습니다. G. 부인이 대답했다. 나도 그런 줄 들어 알고 있다만, 안에 들어가서 G. 대령 부인이 찾아왔다고 알려라. 이에 하인이 대꾸했다. 마님은 이 세상 누구도 만나고 싶어하지 않습니다. 그래 봐야 아무 소용 없습니다. G. 부인이 대답했다. 나는 부인의 어미 되는 사람이니 부인은 나를 맞아들일 것이다. 더이상 지체 말고 시키는 대로 해라. 문지기는 괜한 헛수고라고 생각했지만 말이라도 전하려고 안으로 들어갔다. 그러기가 무섭게 후작 부인이 집 안에서 뛰어나와 문간으로 달려오더니, 대령 부인의 마차 앞에 무릎 꿇고 엎드렸다. G. 부인은 마부의 부축을 받으며 마차에서 내려, 미어지는 가슴을 억누르며 후작 부인을 땅에서 일으켰다. 후작 부인은 감정이 북받쳐 머리를 깊이 숙이고 어머니 손에 입을 맞췄다. 하염없이 눈물을 흘리며 어머니를 집 안으로 예를 다해 모셨다. 사랑하는 어머니! 후작 부인은 어머니를 소파에 앉도록 권하고, 어머니 앞에 서서 눈물을 닦으며 소리쳤다. 무슨 뜻하지 않은 일이 있기에 이렇게 고맙게 발걸음을 하여 이리도 저를 행복하게 해주시는지요? G. 부인은 딸을 살갑게 붙안고 말했다. 너를 인정사정없이 우리 집에서 쫓아낸 것에 대해 용서를 구하러 왔다고밖에 달리 할 말이 없구나. 용서라니요! 후작 부인이 말중동을 끊으며 어머니 손에 입을 맞추려 했다. 하지만 어머니는 손을 빼내며 말을 이었다. 네가 냈던 광고에 대한 회답이 최근 신문에 실렸다. 이를 보고 나도 네 아버지도 네 결백을 확신하게 됐다. 그뿐만 아니라 그 사내가 어제 우리 집에 나타나 우리를 몹시 놀랍고도 기쁘게 했다. 이 일 또한 네게 알려줘야 할 듯싶어서 온 게다. 누가……? 후작 부인이 이렇게 물으며 어머니 옆에 다가앉았다—누가 직접 찾아왔다고요?—궁금증에 못 이겨 표정이란 표정이 다 떨렸다. 그 사내 말이다, G. 부인이 대답했다. 네가 연락해달라고 호소하자, 네 광고에 회답을 실은 사내 말이다. 그 사내가 직접 찾아왔단다—그렇군요, 후작 부인은 불안하게 두근거리는 가슴을 억누르며 물었다. 그런데 그게 누구예요? 다시금 물었다. 누구예요?—한번 알아맞혀보려무나, G. 부인이 대답했다. 이런 장면을 눈앞에 그려보려무나. 어제 우리가 차를 마시며 그 기이한 신문을 읽고 있을 때였다. 너무 잘 아는 한 사내가 절망에 빠진 몸짓으로 방 안에 뛰어들었다. 네 아버지 발 앞에 엎드리더니, 곧이어 내 발 앞에 머리를 조아렸다. 우리는 어찌 된 일인지 영문을 알 수 없었다. 이 사내에게 왜 그러는지 말해보라고 했다. 그러자 이 사내가 이렇게 말하더구나. 양심의 가책 때문에 한시도 편히 지낼 수 없습니다. 제가 후작 부인에게 몹쓸 짓을 한 뻔뻔스러운 놈입니다. 제 범죄가 어떤 심판을 받아야 할지 잘 알고 있습니다. 저는 천벌을 받는다 할지라도, 제 발로 찾아와 그 처벌을 달게 받을 것입니다. 그런데 누구예요? 누구예요? 누구예요? 후작 부인이 다그쳐 물었다. 아까도 말했지만, G. 부인이 말을 이었다. 여느 때는 행실이 바른지라 그런 비열한 짓을 했으리라고는 꿈도 꾸지 못했던 젊은이였다. 하지만 내 딸아, 이 사내가 비천한 신분이고 여느 때 네 배필에게 바랄 만한 조건을 전혀 갖추지 못했다는 것을 알더라도 깜짝 놀라지 마라. 그건 아무래도 괜찮아요, 고결하신 어머니. 후작 부인이 말했다. 이 사내가 내 발 앞에 엎드리기 전에 어머니 발 앞에 먼저 머리를 조아린 것만 봐도 뼛속까지 뻔뻔스러운 자는 아니네요. 그런데, 누구예요? 누구예요? 제발 말해주세요, 누구예요? 정 그렇다면 말해주마. 어머니가 대답했다. 레오빠르도이다. 아버지가 최근 티롤에서 고용했던 마부 말이다. 네가 이미 알아챘는지 모르겠다만 네게 신랑으로 소개하기 위해 내가 함께 데려온 마부 말이야. 마부 레오빠르도라고요! 후작 부인이 소리쳤다. 절망한 표정으로 손을 들어 이마를 짚었다. 왜 그리 깜짝 놀라느냐? 대령 부인이 물었다. 뭔가 미심쩍은 구석이라도 있느냐?—어떻게? 어디서? 언제? 후작 부인이 어쩔 줄 몰라하며 물었다. 어떻게 된 일인지, 어머니가 대답했다. 레오빠르도가 네게 털어놓겠다는구나. 부끄럽기도 하고 사랑하기도 하기 때문에 너 아닌 다른 사람에게는 시시콜콜 밝힐 수 없단다. 곁방 문을 열어봐도 괜찮겠느냐? 레오빠르도가 가슴을 두근거리며 우리 이야기가 어떻게 끝날지 기다리고 있을 게다. 내가 밖으로 나가거든, 레오빠르도를 잘 구슬려 비밀을 캐내어보아라—오, 하느님! 후작 부인이 소리쳤다. 언젠가 한낮에 더워서 깜빡 잠들었을 때였어요. 깨어나 보니 레오빠르도가 소파에서 일어나고 있었어요!—이렇게 말하며 부끄러워 홧홧해진 얼굴을 가냘픈 두 손에 묻었다. 어머니는 이 말을 듣고 딸 앞에 무릎 꿇고 엎드렸다. 오, 내 딸아! 오, 이 고결한 것아! 이렇게 외치며 딸을 두 팔로 안았다. 오, 나는 얼마나 비열한가! 얼굴을 딸의 가슴에 묻었다. 후작 부인이 자지러지게 놀라 물었다. 왜 이러세요,

어머니? 잘 들어라, 어머니가 말을 이었다. 천사보다 순결한 아이야, 네게 들려준 말들은 다 사실이 아니다. 나는 속마음이 더럽혀진 나머지, 너를 둘러싸고 후광처럼 빛나는 네 결백을 믿지 못했구나. 이렇게 뻔뻔스러운 술책을 쓰고 나서야 확신하게 됐구나. 사랑하는 어머니, 후작 부인은 이렇게 소리치며, 기쁨이 북받쳐 어머니에게 몸을 굽히고, 어머니를 일으켜세우려 했다. 그러자 어머니가 대꾸했다. 내 비열한 행동을 용서해준다고 말하기 전에는, 내 훌륭하고 천사 같은 아이야, 나는 네 발 앞에서 몸을 일으킬 수 없다. 제가 어머니를 용서한다고요, 어머니! 애원하오니, 후작 부인이 외쳤다. 일어서세요—내 말 못 들었느냐, G. 부인이 말했다. 네가 아직 나를 사랑하는지 알고 싶구나, 여느 때처럼 진심으로 존중하는지 듣고 싶구나. 사모하는 어머니! 후작 부인이 소리쳤다. 무릎을 꿇고 어머니 앞에 엎드렸다. 어머니를 존경하고 사랑하는 마음은 잃어본 적이 없어요. 이런 듣도 보도 못한 상황에서 누가 저를 믿을 수 있었겠어요? 어머니께서 제 결백을 확신하신다니 얼마나 기쁜지 모르겠어요! 그렇다면, G. 부인이 딸의 부축을 받아 일어서며 대답했다. 내가 너를 정성을 다해 시중들겠다, 내 사랑하는 아이야. 우리 집에서 몸을 풀어라. 어린 왕세자의 출산을 기다리듯 더없이 자상하고 정중하게 너를 돌보겠다. 내 남은 인생 동안 결코 네 곁을 떠나지 않겠다. 온 세상에 맞서, 네가 뭐라 손가락질받더라도 네 편에 서는 명예를 누리겠다. 네가 나를 너그러이 받아만 준다면, 너를 인정사정없이 쫓아낸 일을 마음에 담아두지만 않는다면. 후작 부인은 쓰다듬기도 애원하기도 하며 끝없이 어머니를 달래려 했다. 하지만 저녁이 오고 자정이 되도록 진정시키지 못했다. 이튿날 늙은 귀부인이 밤새 신열에 시달리다가 흥분이 한결 가라앉았을 때,

어머니와 딸은 아이들을 데리고 개선하듯 M.으로 돌아왔다. 모녀는 더없이 즐겁게 여행을 하며, 앞 마부석에 앉아 있는 마부 레오빠르도를 놓고 우스갯소리를 주고받았다. 어머니가 후작 부인에게 말했다. 내가 보니 너는 레오빠르도의 넓은 등허리를 바라볼 때마다 얼굴이 발개지는구나. 후작 부인은 한숨 절반에 미소 절반을 버무려, 이렇게 대꾸했다. 3일 11시에 우리 집에 누가 결국 나타날지는 하느님만 아시니까요! ― 그런 뒤 M.이 가까워지면 가까워질수록, 기분이 다시 점점 더 무거워졌다. 어떤 중대한 사건이 눈앞에 닥칠 것 같다는 예감 때문이었다. G. 부인은 일행이 집에 이르러 마차에서 내린 뒤, 무슨 요량인지 전혀 내비치지 않고, 딸을 전에 쓰던 방으로 데리고 갔다. 편안히 쉬어라, 내 금방 돌아오마라고 말하고선, 방에서 나갔다. 한시간 뒤에야 발갛게 상기된 얼굴로 되돌아왔다. 원, 토마[13] 같으니! 은근히 만족한 듯한 목소리로 말했다. 의심 많은 토마 같으니! 내가 그 양반을 구슬리는 데 꼬박 한시간이나 걸리지 않았겠니? 하지만 이제 앉아서 울고만 있단다. 누가요? 후작 부인이 물었다. 누구긴, 어머니가 대답했다. 울어도 마땅한 사람이 그 양반 말고 누가 있겠니? 설마 아버지는 아니겠지요? 후작 부인이 소리쳤다. 어린아이처럼 울고 있다니까. 어머니가 대답했다. 문밖으로 나오자마자 나도 눈물을 훔쳐야 했기에 망정이지, 하마터면 웃음을 터뜨릴 뻔했단다. 저 때문에 울고 있다고요? 후작 부인이 이렇게 묻고서 일어섰다. 그러면 제가 아버지에게 가야 하지……? 너는 꼼짝 말고 있어라! G. 부인이 말했다. 그 양반은 나에게 그 편지를 꼭 받아쓰게 했어야 했나? 그 양반이 여기로

13 「요한의 복음서」 20장 24~29절에 따르면 토마는 예수 옆구리에 손을 넣어보고서야 예수의 부활을 믿었다.

너를 찾아오지 않으면 살아생전에 다시는 나를 볼 수 없을 거야. 사랑하는 어머니, 후작 부인이 간청했다—아무리 빌어도 못 간다니까! 대령 부인이 말허리를 잘랐다. 그 양반은 권총을 꼭 집어들었어야 했나?—하지만 어머니, 애원하오니—너는 꼼짝 말고 있으라 했지. G. 부인은 이렇게 대꾸하며, 딸을 다시 안락의자에 눌러앉혔다. 그 양반이 오늘 저녁 전에 오지 않으면, 나는 내일 너와 함께 이 집을 떠날 게야. 후작 부인은 그런 행동은 매몰차고 옳지 않다고 말했다. 어머니가 대꾸했다. 가만히 있어라—누군가 멀리서 흐느끼며 다가오는 기척이 났기 때문이었다. 그 양반이 벌써 오고 있구나! 어디에요? 후작 부인이 묻고 귀를 쫑긋 세웠다. 저기 문밖에 누가 있나요, 이렇게 서럽게……? 아닌 게 아니라, G. 부인이 대꾸했다. 이 양반은 우리가 문을 열어주기를 바라고 있구나. 저를 놓아주세요! 후작 부인이 소리치고, 의자에서 몸을 벌떡 일으켰다. 하지만 줄리에따, 네가 나를 사랑한다면, 대령 부인이 대꾸했다. 거기 그대로 앉아 있어라. 이 순간 사령관이 어느새 안으로 들어와, 손수건으로 눈물을 훔치고 있었다. 어머니는 아버지와 딸 사이를 가로막더니, 아버지에게 등을 돌리고 떡 버티고 섰다. 사랑하는 아버지! 후작 부인이 이렇게 소리치며, 아버지를 향해 팔을 내뻗었다. 너는 꼼짝 말고 있으래도! G. 부인이 말했다. 내 말 못 들었느냐! 사령관은 방에 서서 흐느끼고 있었다. 이 양반은 너에게 용서를 빌어야 해. G. 부인이 말을 이었다. 이 양반은 왜 그리 성미가 급한지! 왜 그리 쇠고집과 닭고집인지! 나는 아버지를 사랑하지만 너 또한 사랑한다. 아버지를 존중하지만 너 역시 존중한다. 아버지와 너 중 한 사람을 선택해야 한다면, 너를 아버지보다 더 고결히 여기고, 네 편을 들 것이야. 사령관은 허리를 있는 대로 굽히더니 네 벽이 쩌

렁쩌렁 울리도록 울부짖었다. 아이고, 하느님! 후작 부인이 소리 질렀다. 어머니를 밀치고 나가기를 별안간 그만두고, 손수건을 꺼내들더니 하염없이 흐르는 눈물을 훔쳐냈다. G. 부인이 말했다— 이 양반은 입이 열개라도 할 말이 없을 뿐이야! 그러면서 몸을 살짝 비켜줬다. 그러자 후작 부인이 몸을 일으켜, 사령관을 부둥켜안고 진정하라고 애원했다. 하지만 자신도 목 놓아 울고 있었다. 앉지 않으시겠어요?라고 권하며 아버지를 안락의자에 앉히려 했다. 안락의자를 앉기 편하도록 밀어줬다. 하지만 아버지는 대꾸를 하지 않았다. 꿈쩍도 하지 않았다. 앉으려 들지도 않았고, 선 채로 얼굴이 바닥에 닿도록 몸을 굽히고 흐느끼기만 할 뿐이었다. 후작 부인은 아버지를 부축하며 어머니에게 몸을 반쯤 돌리고 말했다. 이러다 병나시겠어요. 아버지가 온몸에 경련을 일으키기 시작하자, 어머니도 마음을 누그러뜨리는 듯 보였다. 사령관은 딸의 채근에 못 이겨 마침내 의자에 앉았고, 딸은 아버지 발 앞에 쓰러져 아버지를 끝없이 어루만졌다. 그러자 사령관 부인은 다시 입을 열어 당신은 그래도 마땅해요, 이제야 정신을 차린 것 같구려라고 말하고선, 부녀만 남겨둔 채 방을 떠났다.

사령관 부인은 문밖으로 나오자마자, 눈물을 훔치며 이렇게 걱정했다. 저 양반 마음을 지나치게 뒤흔든 나머지 몸을 상하게 한 것은 아닐까? 의사를 불러오는 게 좋지 않을까? 사령관 부인은 부엌으로 들어가서, 기운을 북돋고 마음을 가라앉힐 수 있는 재료란 재료를 다 찾아 저녁을 지었다. 남편이 딸의 손을 잡고 나타나기만 하면 바로 누울 수 있도록 이부자리도 펴서 따뜻이 해놓았다. 남편이 저녁을 다 차려놓았는데도 아직도 방에서 나오지 않자, 도대체 무엇을 하느라 꾸물거리는지 살펴보려고 후작 부인의 방으로 살금

살금 걸어갔다. 문에 귀를 살며시 대고 쫑긋 세우자, 나지막한 속삭임이 어렴풋이 들렸다. 아마도 딸의 말소리 같았다. 열쇠 구멍에 눈을 대니, 딸이 아버지 무릎에 앉아 있었는데, 아버지가 딸을 이렇게 품어준 것은 평생 처음 보는 일이었다. 마침내 사령관 부인은 문을 열었고, 눈앞의 광경을 보며—기쁨으로 가슴이 벅차올랐다. 딸은 목을 뒤로 젖히고 눈을 꼭 감고서 그윽이 아버지 두 팔에 안겨 있었다. 아버지는 안락의자에 앉아 커다란 눈에 눈물을 글썽이며 끝없이 열렬히 갈망하듯 딸에게 입 맞추고 있었다. 아버지가 아니라 연인처럼 보였다! 딸은 아무 말도 하지 않았고, 아버지도 아무 말 하지 않았다. 딸이 첫사랑 소녀이기라도 하듯 딸의 얼굴에 자신의 얼굴을 포개고서, 딸의 입술을 더듬어 찾아 입 맞췄다. 사령관 부인은 기분이 날아갈 듯했다. 남편 의자 뒤쪽에 보이지 않게 서 있었다. 화해의 기운이 집안에 다시 찾아들었는데 이 희열을 만끽하는 것을 훼방 놓고 싶지 않았다. 이윽고 사령관 부인은 남편에게 다가가, 등받이 뒤에서 고개를 비스듬히 내밀어 남편을 바라봤다. 남편은 다시 딸의 입술을 손으로 더듬어 입 맞추며 이루 말할 수 없이 황홀해하고 있었다. 사령관은 아내를 보자마자 다시 울상을 지으며 눈길을 떨구고, 뭔가 웅얼거리려 했다. 하지만 사령관 부인은 얼굴이 쭈그렁이 같아요!라고 소리치며 남편에게 입을 맞춰 얼굴을 펴게 만들었고, 이런저런 우스갯소리를 던져 감정이 북받쳐 있는 분위기를 가라앉혔다. 저녁식사를 하자고 말하고 앞장을 서자, 부녀는 마치 신랑 신부처럼 뒤따라왔다. 사령관은 식탁에 앉자 기분이 훨씬 풀어지기는 했으나 아직도 이따금 흐느꼈다. 음식에 거의 손대지 않고 말도 도무지 건네지 않았고, 접시를 내려다보며 딸의 손만 만지작거렸다.

이제 초미의 관심사는 이튿날이 밝아 오전 11시가 되면 도대체 누가 나타날 것인지 하는 것이었다. 두려워 마지않던 3일이 어느덧 내일이었다. 아버지와 어머니뿐 아니라 오빠도 후작 부인과 화해를 하고 한자리에 모였다. 가족은 나타날 사내가 어지간하기만 하면 더 볼 것 없이 결혼에 찬성하기로 의견을 모았다. 후작 부인을 행복하게 하기 위해 할 수 있는 일이란 일은 다 하기로 마음먹었다. 하지만 부모가 아무리 후히 봐주려 해도 이 사람의 출신이 후작 부인의 신분에 턱없이 미치지 못할 수도 있었다. 그럴 경우에는 이 결혼에 반대하기로 했다. 딸을 전과 다름없이 집에 데리고 살면서 아이를 입적시키기로 결정했다. 반면 후작 부인은 이 사내가 야비하지만 않으면 자신이 했던 약속을 반드시 지키려 했다. 어떤 댓가를 치르더라도 아이에게 아버지를 찾아주고 싶은 듯 보였다. 저녁에 어머니가 물었다. 이 사람을 도대체 어떻게 맞이해야 하지요? 사령관이 말했다. 11시에 딸을 혼자 있게 하는 게 가장 좋을 것 같소. 하지만 후작 부인은 이렇게 고집했다. 어머니와 아버지, 그리고 오빠도 한자리에 있었으면 좋겠어요. 저는 이 사람하고만 무슨 비밀거리를 주고받고 싶지 않아요. 이렇게 덧붙였다. 이 사내는 회답에서 아버지 집에서 저와 만나자고 했어요. 이로 미뤄볼 때 우리가 다 모여 있기를 바라는 듯싶어요. 터놓고 말씀드리자면, 이렇게 제안했기 때문에 회답이 제 마음에 쏙 들었어요. 어머니는 그러면 아버지와 오빠가 처신하기 몹시 거북할 것이라고 말하며, 남정네들은 자리에서 빠도록 하자고 딸을 구슬리고, 그 대신 자신이 딸이 원하는 대로 함께 그 사내를 맞이하겠다고 했다. 딸은 잠시 곰곰이 생각한 뒤 이윽고 어머니가 이르는 대로 하기로 했다. 그런 뒤 궁금증으로 마음 졸이며 밤을 보냈고, 이제 두려워 마지않던 3일 아침이 밝았다. 시계가 11시를 알렸을 때, 두 부인은 약혼식이라도 하는 듯 호화롭게 옷을 차려입고 응접실에 앉아 있었다. 모녀의 가슴이 두방망이질하는 소리가 얼마나 큰지, 한낮의 소음이 없었더라면 사방에 들릴 듯했다. 열한번째 종소리가 아직 귓전에 윙윙거리고 있을 때, 아버지가 티롤에서 고용한 마부 레오빠르도가 들어왔다. 모녀는 이를 보고 얼굴이 하얗게 질렸다. F. 백작님이, 레오빠르도가 말했다. 문 앞에 당도했다고 알리라 합니다. F. 백작이! 모녀가 자지러졌다가 소스라치며 입을 모아 소리 질렀다. 후작 부인이 고함쳤다. 문을 걸어 잠가라! 우리가 집에 없다고 백작에게 전하여라. 벌떡 일어서서 손수 빗장을 걸러 나가 문지방에 서 있는 마부를 내몰려는 참에, 백작이 어느새 방 안으로 들어왔다. 요새를 점령할 때와 똑같은 전투복을 입고 훈장과 무기를 차고 있었다. 후작 부인은 어쩔 줄 몰라 바닥에 쓰러질 것만 같았다. 의자에 올려놓았던 손수건을 들고 옆방으로 도망치려 했다. 하지만 G.부인이 딸의 손을 붙잡고 줄리에따……!라고 소리쳤다. 그런 다음 갖가지 생각에 숨이 막힌 듯 더이상 말을 잇지 못했다. 백작을 뚫어져라 쏘아보고 딸을 자기 앞으로 끌어당기며 다시 소리쳤다. 제발 부탁이다, 줄리에따! 우리는 도대체 누가 오기를 기다렸단 말이냐……? 후작 부인이 별안간 몸을 돌리더니, 글쎄요, 하지만 이 사람은 아니었지요……?라고 소리치고선, 번개처럼 번득이는 눈초리를 백작에게 던졌고, 얼굴에는 죽음보다 창백한 빛이 스쳤다. 백작은 후작 부인 앞에 한쪽 무릎을 꿇었다. 오른손을 가슴에 얹고 머리를 가슴까지 직수굿이 숙였다. 얼굴이 홧홧 달아오른 채 눈을 내리깔았다. 아무 말도 하지 않았다. 이 사람 말고 누구를—대령 부인은 숨이 답답한 듯 컥컥거리며 소리쳤다. 이 사람 말고 누구를—우리는 얼마나 눈뜬장님이었던가……? 후작 부인은 꼿꼿이 서서 백작을 내려다보며 말했다. 미칠 것만 같아요, 어머니! 어리석은 것, 어머니는 이렇게 대꾸하고 딸을 끌어당겨 뭔가 귓속말을 했다. 후작 부인은 몸을 돌리고, 얼굴을 두 손에 파묻은 채 소파에 주저앉았다. 어머니가 소리쳤다. 가엾은 것! 무슨 잘못된 일이라도 있느냐? 이렇게 될 줄 너는 몰랐단 말이냐?—백작은 대령 부인 곁에서 떨어지려 하지 않았다. 무릎을 꿇은 채 대령 부인 옷자락을 붙들고 입을 맞췄다. 친애하는 부인! 자비로운 부인! 존경해 마지않는 부인! 백작이 속삭였다. 눈물 한 줄기가 볼에 흘러내렸다. 대령 부인이 말했다. 일어서시오, 백작, 일어서시오! 저 아이를 달래시오. 우리 모두 화해를 하고 모든 일을 용서하고 잊읍시다. 백작이 흐느끼며 몸을 일으켰다. 다시금 후작 부인 앞에 엎드려 손을 살며시 잡았다. 얼마나 가만히 쥐는지, 후작 부인 손은 황금으로 만들어졌으며 자신 손이 닿기만 해도 색이 바랜다고 여기는 듯싶었다. 하지만 후작 부인은 일어나서 이렇게 외쳤다—나가요! 나가세요! 나가라고요! 저는, 악당은 맞이할 각오가 되어 있어요, 하지만—악마는 안돼요! 백작이 전염병 환자라도 되는 듯 피하더니, 방문을 열고 말했다. 아버지를 불러주세요! 줄리에따! 대령 부인이 놀라서 소리쳤다. 후작 부인은 죽일 듯 사납게 백작과 어머니를 번갈아 쏘아봤다. 가슴이 벌렁거렸고 얼굴이 불타올랐다. 복수의 여신도 이보다 더 무시무시하게 노려보지는 않을 것이다. 대령과 산림관이 들어왔다. 부자가 입구로 채 들어서기도 전에, 후작 부인이 말했다. 아버지, 저는 이자와 결혼할 수 없어요! 문 뒤에 붙어 있던 성수통을 잡아채어 아버지, 어머니, 오빠에게 있는 힘껏 뿌리고선, 방에서 뛰쳐나갔다.

사령관은 이 기막힌 행동에 화들짝 놀라 도대체 무슨 일이 있었소?라고 물었다. 이 중대한 순간에 F. 백작이 방 안에 있는 것을 보고서 얼굴이 창백해졌다. 사령관 부인이 백작 손을 잡고서 이렇게 말했다. 아무것도 묻지 마세요. 이 젊은이는 자신이 저지른 모든 일을 마음속 깊이 뉘우치고 있답니다. 축복해주세요, 축복해주세요. 그러면 모든 게 행복하게 끝날 거예요. 백작은 죽은 사람처럼 서 있었다. 사령관은 손을 들어 백작 머리에 얹었다. 백작의 속눈썹이 움찔거렸고, 입술이 백짓장처럼 하얘졌다. 하늘의 저주가 이 정수리를 비켜가기를! 사령관이 소리쳤다. 언제 결혼할 생각인가?—내일이든, 백작이 아무 말도 입 밖에 내지 못하자 사령관 부인이 대신 대답했다. 내일이든 오늘이든, 당신 마음대로 정하세요. 백작은 자신의 과오를 만회하려고 부랴부랴 서두르고 있어요. 그러니 빠르면 빠를수록 좋다고 할 거예요—그러면 내일 오전 11시에 아우구스티누스 성당에서 봤으면 좋겠소! 사령관은 이렇게 말하고서 백작에게 몸을 숙여 절했다. 아내와 아들을 불러 딸의 방으로 가자고 말하고선, 백작을 응접실에 남겨두고 떠났다.

가족은 후작 부인이 왜 이리 기이하게 행동하는지 영문을 알고 싶어했으나 아무 소용이 없었다. 후작 부인은 고열로 앓아누웠고, 결혼 이야기는 꺼내지도 못하게 하면서 자신을 가만 놓아달라고 간청했다. 무슨 까닭으로 네 결심을 갑자기 바꿨느냐? 어느 사내라도 괜찮다 해놓고 유독 백작이라면 칠색 팔색 하는 것은 웬 까닭이냐?라고 사령관이 묻자, 후작 부인은 눈을 동그랗게 뜨고 물끄러미 아버지를 바라보더니 아무 대꾸도 하지 않았다. 너는 어미가 된다는 것을 잊었느냐?라고 대령 부인이 묻자, 후작 부인은 이번 일은 제 아이보다 저 자신을 생각하지 않을 수 없어요라고 대꾸하더니, 천사란 천사, 성인이란 성인은 다 증인으로 불러세우며 이렇게 다짐했다. 저는 결혼하지 않겠어요. 아버지는 딸이 지나친 흥분 상태에 빠져 있는 것 같다고 생각하여, 약속은 지켜야 한다라고 당조짐했다. 딸의 방에서 나와서 백작과 서한을 통해 원만히 의견을 조율한 뒤 결혼에 필요한 모든 사항을 지시했다. 백작에게 결혼 계약서를 보냈고, 여기에서 백작은 남편으로서의 모든 권리는 포기했지만, 남편으로서의 모든 의무는 다하겠다고 맹세했다. 백작이 서명하여 돌려보낸 계약서는 눈물로 축축이 젖어 있었다. 사령관이 이튿날 아침 딸에게 이 서류를 건네주자, 딸은 마음이 한결 가라앉았다. 침대에 앉아서 서류를 여러번 내리읽더니, 생각에 잠겨 접어놓았다가 펼쳐서 다시 읽었다. 그러고선 이렇게 밝혔다. 11시에 아우구스티누스 성당에 나가겠어요. 몸을 일으켜 아무 말 없이 옷을 입었고, 종이 울리자 가족과 함께 마차에 올라, 성당으로 출발했다.

백작은 성당 현관에서야 비로소 가족과 동행할 수 있었다. 후작부인은 결혼식 동안에 제단 성화만을 뚫어지게 바라봤다. 반지를 교환할 때조차 남편에게 눈길을 슬쩍이라도 돌리지 않았다. 결혼식이 끝나자 백작은 부인에게 팔을 내밀었다. 하지만 교회 밖으로 나오자마자 부인은 백작에게 허리 굽혀 절했다. 사령관이 백작에게 가끔 딸의 방에 찾아와줄 수 있겠소?라고 묻자, 백작은 뭔가 아무도 알아들을 수 없는 소리를 웅얼거렸다. 그러더니 모자를 들어올려 가족에게 인사하고서 자리를 떠났다. M.에 집을 얻어 거기서 여러달을 보내면서, 부인이 머물러 있는 사령관 집에는 발도 들여놓지 않았다. 다만 백작은 가족과 어디서 어떻게 마주치든 늘 상냥하고 점잖고 더없이 올바르게 처신했다. 그래서 부인이 아들을 순산한 뒤, 가족은 백작을 아이의 세례성사에 초대했다. 부인은 백작이 문 안에 들어서서 먼발치에서 정중하게 인사를 하자, 담요를 덮고 산욕에 앉아 흘금 건너봤을 뿐이었다. 백작은 손님들이 가져온 선물이 가득한 갓난아이 요람에 서류 두장을 던졌다. 백작이 떠난 뒤 펼쳐보니, 한장은 아들에게 2만 루블을 증여한다는 것이었고, 다른 한장은 자신이 죽을 경우 아이 엄마를 전재산의 상속자로 정한다는 것이었다. 이날부터 백작은 G.부인이 여는 행사에 자주 초대받았고, 사령관 집에 마음대로 출입할 수 있었으며, 이내 저녁마다 이 집에 모습을 나타냈다. 백작은 세상일이란 알 수 없다고 여겼기에 주위에서 다들 자신을 용서하고 있다는 느낌이 들자, 부인에게, 그러니까 자신의 아내에게 새로이 구혼하기 시작했다. 일년이 흐른 뒤 부인에게 두번째 승낙을 받아냈다. 두번째 결혼식은 첫번째 결혼식과 달리 즐겁게 거행됐고, 결혼식을 마친 뒤 부부는 아이들을 데리고 V.로 이사했다. 러시아인 피를 받은 첫번째 아이에 뒤이어 아이들이 줄줄이 태어났다. 백작은 행복한 시간을 보내면서 언젠가 아내에게 물어봤다. 당신은 그 두려워 마지않던 3일에 어느 악당이라도 맞이할 각오가 되어 있는 듯했소. 그런데 내가 나타나자 악마라도 본 듯 달아난 것은 도대체 무슨 영문이었소? 그러자 부인이 남편 목에 팔을 감고 대답했다. 당신을 처음 보았을 때 당신이 천사처럼 여겨지지 않았더라면, 그날 당신이 악마처럼 보이지 않았을 거예요.

칠레의 지진
Das Erdbeben in Chili

칠레 왕국[1]의 수도 싼띠아고에서 1647년 대지진이 일어나 수천 명의 생목숨을 앗아갔다.[2] 천지가 진동하던 바로 그 순간, 한 에스빠냐 젊은이가 감옥 기둥에 밧줄을 감고 목을 매려 하고 있었다. 어떤 범죄로 기소되어 갇혀 있던 헤로니모 루게라라고 하는 젊은이였다. 돈 엔리끄 아스떼론이라는 이 도시 제일가는 갑부인 귀족은 이 젊은이를 가정교사로 들여놓았다가, 해포 전에 집에서 쫓아냈다. 이 젊은이와 고명딸 돈나 호세파 사이에 애틋한 연정이 싹텄기 때문이었다. 돈 아스떼론이 딸에게 귀에 못이 박히게 타일렀는데도 딸은 남몰래 이 젊은이와 만났고, 콧대 높은 아들이 이 사실을 귀신같이 눈치채어 일러바치자, 돈 아스떼론은 노발대발하여 딸을 까르

1 칠레는 1647년 대지진이 일어날 당시 에스빠냐의 식민지로서 뻬루 총독령이었다. 하지만 18세기 문헌에서는 대개 왕국이라고 일컫는다.

2 당시 싼띠아고 주민 일만이천명 중 3분의 1이 사망했다고 추정된다.

멜 수녀원[3]으로 내쫓았다. 헤로니모는 호세파와 여기서 요행히 다시 연락이 닿아, 어느 고요한 밤 수녀원 정원에서 운우지정을 나누며 행복의 극치를 맛봤다. 그런 뒤 성체축일[4]이 찾아왔다. 수녀들이 앞장서고 수련수녀들이 뒤따르며 장엄한 행렬이 막 시작된 참이었다. 종소리가 울려퍼지고 있을 때, 가엾은 호세파가 산통을 느끼더니 성당 계단에 쓰러졌다. 이 사건은 엄청난 물의를 일으켰다. 수녀원은 어린 죄인을 산기가 있는데도 인정사정 봐주지 않고 곧바로 감옥에 처넣었다. 호세파가 몸을 풀자마자 대주교의 명령을 받들어 준엄하게 재판에 회부했다.[5] 온 도시가 이 스캔들에 더없이 분개했다. 수녀원에서 어떻게 이런 일이 일어날 수 있느냐고 수녀원까지 싸잡아 욕하는지라, 이 아가씨가 수녀원 계율에 따라 받아야 할 극형을 감면해줄 방도가 없었다. 아스떼론가家가 아무리 탄원해도, 수녀원장이 다른 몸가짐은 나무랄 데가 없는 이 아가씨를 아무리 귀애해도 소용없었다. 그나마 베풀 수 있었던 관용이라고는 호세파가 선고받은 화형을 총독 특명을 얻어 참수형으로 바꾼 것뿐이었다. 이마저도 싼띠아고의 귀부인들과 처녀들에게 엄청난 분노를 불러일으켰다. 처형 행렬이 지나갈 때가 되자, 길가 주민들은 창문

3 '까르멜 산의 복 되신 동정 마리아 수도회(Ordo Fratrum Beatissmæ Virginis Mariæ de Monte Carmelo)'(약칭 '까르멜 수도회')는 13세기 이스라엘에서 설립됐다. 중세에 유럽에서 가장 큰 탁발 수도회로 성장했고, 15세기에는 까르멜 수녀회도 세워졌다.

4 성체에 대한 신앙심을 고백하는 축일이다. 매년 성령강림대축일 뒤 두번째 목요일로, 1647년 성체축일은 6월 20일이었다.

5 당시 싼띠아고는 '대주교'가 아니라 '주교' 관할이었으나, 클라이스트가 '대주교'라고 서술한 것은 아마도 교회 수장의 권력을 강조하기 위해서였던 듯하다. 대주교가 재판을 명령한 것은 범죄가 그의 관할 지역인 수녀원에서 일어났기 때문이다.

을 돈 받고 빌려주는가 하면 집 지붕을 들어내기도 했다. 이 도시의 신앙심 깊은 처녀들은 친구들을 불러모아 하느님이 징벌을 내리는 장면을 끼리끼리 모여 지켜보려 했다. 헤로니모 자신도 그동안 감옥에 갇혀 있다가, 사태가 이렇게 엄청나게 전개되고 있다는 말을 듣고 거의 정신을 잃을 뻔했다. 탈옥하려고 머리를 쥐어짜도 뾰족한 수가 없었다. 아무리 기발한 생각의 나래로 날아봐도 어디서나 빗장과 담장에 가로막혔고, 감옥 창살을 줄칼로 끊어보려 했지만 발각되어 더 깊은 감방으로 옮겨졌을 뿐이었다. 성모 초상화 앞에 엎드려 애타게 간절히 기도를 올렸다. 이제는 오로지 성모만이 자신을 구원할 수 있다고 믿었기 때문이었다. 하지만 두려워 마지않던 날이 닥쳤고, 이 젊은이의 가슴속에는 상황이 완전히 절망적이라는 생각이 굳어갔다. 호세파를 형장으로 끌고 가는 종소리가 들리자, 헤로니모는 마음속 깊이 체념에 사로잡혔다. 사는 게 지긋지긋하다는 생각이 들어, 우연히 손에 들어온 밧줄로 목을 매기로 마음먹었다. 앞에서 말했듯, 이 젊은이가 이 비참한 세상을 하직하려고 벽기둥을 올려다보며 기둥머리에 박힌 쇠고리에 밧줄을 감고 있을 때였다. 천지가 무너지는 듯 우르릉 소리와 함께 도시 전역이 느닷없이 가라앉으며, 숨탄것이란 숨탄것은 다 잿더미에 묻혀버렸다. 헤로니모 루게라는 질겁해 몸이 굳었다. 의식마저 다 으스러진 듯했다. 그러지 않고서야 매달려 죽으려 했던 기둥을 꼭 붙들고 떨어지지 않으려 애썼겠는가. 발아래 땅이 흔들리고, 감옥의 벽이란 벽이 다 갈라지고, 건물이 통째로 기울어져 길 쪽으로 무너졌다. 때마침 맞은편 건물 역시 넘어지며 천천히 쓰러지는 이 건물과 마주쳐 일종의 아치를 이룸으로써, 이 건물이 땅바닥에 내려앉는 것만큼은 막아줬다. 헤로니모는 온몸이 덜덜 떨리고 머리털이 곤두서고 무릎이 후들거렸다. 비스듬히 기울어진 바닥을 미끄러져 내려가, 두 건물이 맞부딪치면서 감옥 앞 벽에 뚫린 구멍으로 나아갔다. 밖으로 빠져나오자마자 두번째로 천지가 진동하더니, 그렇잖아도 다 내려앉았던 길이 폭삭 꺼져버렸다. 온 세상이 무너지는 와중에 어떻게 하면 목숨을 건질지 갈피를 잡지 못하고, 사방에서 죽을 고비가 들이닥칠 때마다 돌더미와 들보를 헤치고 가까운 성문으로 달음질쳤다. 여기에서 건물 한채가 또 무너져내리며 파편이 산지사방으로 튀어, 헤로니모는 옆길로 내몰렸다. 여기서는 불길이 합각지붕들을 핥으며 자욱한 연기 사이로 번득거려, 겁에 질린 헤로니모는 다른 길로 내쫓겼다. 여기서는 뭍으로 넘쳐오른 마뽀초 강[6]의 강물이 거세게 밀려와 울부짖어, 헤로니모는 세번째 길로 내달았다. 이곳에는 주검이 한 무더기 쌓여 있는가 하면, 저곳에서는 돌더미 아래에서 신음 소리가 들렸다. 이곳에서는 사람들이 불붙은 지붕에서 아래를 향해 소리를 지르고 있는가 하면, 저곳에서는 사람이나 동물이 물살과 싸우고 있었다. 어느 용감한 사람은 구조를 하려고 달려드는가 하면, 다른 심약한 사람은 얼굴이 사색이 되어 떨리는 두 손을 말없이 하늘로 쳐들고 있었다. 헤로니모는 성문을 지나 성 밖 언덕에 오르자마자, 그 자리에서 까무러쳐 쓰러졌다. 완전히 의식을 잃고 드러누워 있은 지 십오분 남짓 지난 뒤, 마침내 다시 정신이 깨어, 도시를 등지고 땅바닥에서 윗몸을 일으켰다. 이마와 가슴을 짚어봤지만, 자신의 몸 상태가 어떤지 알 수 없었다. 하늬바람이 바다에서 불어와 되살아난 생명을 어루만지고, 눈길 던지는 곳마다 백화만발한 산띠아고 성 밖 풍경이 펼

6 칠레의 수도 싼띠아고 한가운데를 흐르는 강이다.

쳐지자, 그제야 헤로니모는 이루 말할 수 없는 행복감에 젖었다. 다만 근심에 싸인 무리가 어디서나 눈에 띄어 꺼림칙하게 느껴졌다. 무슨 까닭으로 자신과 이 무리가 여기까지 오게 됐는지 깨닫지 못하다가, 몸을 돌려 등 뒤의 도시가 가라앉은 것을 보고서야 비로소 자신이 겪었던 끔찍한 순간이 기억났다. 헤로니모는 이마가 땅에 닿도록 머리를 조아려, 하느님이 기적을 베풀어 자신을 구원해준 데 감사했다. 방금 겪은 무시무시한 일 때문에 이전에 벌어졌던 모든 일을 까맣게 잊은 듯했다. 그러지 않고서야 달콤한 인생의 눈부신 정경들을 즐기고 있다는 기쁨에 눈물을 왈칵 쏟았겠는가. 그러다가 손에 낀 반지가 눈에 띄자 퍼뜩 호세파가 떠올랐고, 뒤이어 자신이 갇혔던 감옥, 거기서 들었던 종소리, 감옥이 무너지기 전의 순간이 생각났다. 슬픔이 밀려들며 가슴이 다시 미어졌다. 감사 기도를 올린 게 후회되기 시작했고, 하늘에서 세상을 다스리는 하느님이 두렵게 여겨졌다. 가재도구를 이고 지고 성문에서 꾸역꾸역 몰려나오는 피난민들 사이에 끼어들었다. 아스떼론가의 고명딸이 어떻게 됐는지, 처형은 집행됐는지 주뼛주뼛 물었지만 자초지종을 아는 이를 만날 수 없었다. 한 아낙네가 윗몸을 거의 땅에 닿을 듯 구부리고 목덜미에 엄청난 무게의 살림살이를 지고 가슴에 젖먹이 둘을 달고 지나가면서, 두 눈으로 똑똑히 봤기라도 한 듯 호세파가 참수됐다고 일러줬다. 헤로니모는 발걸음을 돌렸다. 시간을 따져보니 자신이 생각해도 처형이 끝났음은 의심할 나위 없었으므로, 외딴 숲에 주저앉아 머리를 감싸고 괴로워했다. 지진이 다시 일어나 자신을 덮치기를 바랐다. 자신은 마음속 깊이 한탄하며 죽음을 간절히 바랐건만 막상 사방에서 죽을 고비가 들이닥치자, 왜 이를 피해 달아났는지 도저히 이해가 되지 않았다. 이제는 떡갈나무가 뿌리째 뽑혀 그 우듬지가 머리 위로 무너져내린다 해도 도망치지 않겠다고 마음을 굳게 다졌다. 그런 뒤 펑펑 울고 나니 속이 후련해지고, 뜨거운 눈물을 흘리는 가운데 희망이 다시 솟아나자, 몸을 일으켜서 들을 가로질러 사방팔방으로 호세파를 찾아나섰다. 사람들이 빽빽이 들어찬 봉우리란 봉우리는 다 찾아봤고, 피난민이 바글바글 들끓는 길이란 길은 다 걸으며 얼굴들을 건너봤다. 여자 옷자락이 바람에 펄럭거리기만 하면 어디든 가리지 않고 떨리는 발걸음을 옮겼지만, 아스떼론가의 사랑스러운 딸은 그 어느 옷자락에도 감싸여 있지 않았다. 해가 기울면서 희망도 어느덧 다시 사그라졌을 때, 헤로니모가 어느 너럭바위 끄트머리에 올라서자, 눈앞에 널따랗고 인적이 드문드문한 골짜기가 내려다보였다. 어떻게 해야 할지 마음을 정하지 못한 채, 이 무리 저 무리를 헤치고 다시금 발길을 돌리려 하는 참이었다. 골짜기 개울이 시작되는 샘터에서 어떤 젊은 여자가 갓난아이를 샘물로 씻기고 있는 게 눈에 띄었다. 이 광경을 보자 가슴이 뛰었고, 어떤 예감에 들떠 바위들을 뛰어넘어 비탈을 내달리며, 아, 성모마리아님!이라고 소리쳤다. 인기척을 느끼고 수줍게 고개를 돌린 여자는 다름 아닌 호세파였다. 이 가엾은 한 쌍은 얼마나 행복에 겨워 부둥켜안았던가! 하늘이 기적을 베풀어 이 한 쌍을 구해낸 것이었다! 호세파가 죽음을 맞으러 처형장에 거의 다 왔을 때, 느닷없이 건물이 우지끈 무너져내리며 온 처형 행렬을 뿔뿔이 흩어놓았다. 호세파는 질겁해 놀라 가장 가까운 성문으로 달아났다. 하지만 금세 정신을 차리고 발길을 돌려, 가엾은 어린 아들을 맡겨놓은 수녀원으로 달려갔다. 수녀원은 이미 불길에 휩싸여 있었고, 호세파가 처형을 눈앞에 두고 있었을 때 갓난아이를 잘 키우겠다고 약속했던 수녀원장은 문 앞에서 발을 동동 구르며 아기를 구해줄 사람이 없느냐고 울부짖고 있었다. 호세파는 자욱이 밀려오는 연기에 눈썹 하나 까딱하지 않고, 사방에서 무너져내리고 있는 건물 안으로 뛰어들었다. 뭇 천사들의 가호라도 받는 듯, 손가락 하나 다치지 않은 채 아기를 보듬고 현관에서 다시 빠져나왔다. 수녀원장이 축복을 내리려고 호세파 머리 위로 두 손을 들어올리자 호세파가 수녀원장 품에 막 안기려는 참에, 건물 합각지붕이 내려앉으면서 수녀원장과 다른 수녀들 거의 모두를 무참히 깔아뭉갰다. 호세파는 이 무시무시한 광경에 오싹하여 물러섰다. 허둥지둥 수녀원장의 눈을 감겨주고, 겁에 잔뜩 질려 하늘이 자신에게 다시 돌려준 소중한 아들을 죽음에서 구하기 위해 달아났다. 몇 발자국 떼기도 전에 대성당 돌더미 아래서 방금 끄집어올린 대주교의 으스러진 주검과 마주쳤다. 총독 궁성은 가라앉았고, 호세파에게 극형을 언도했던 재판소는 불타올랐으며, 호세파 아버지의 집터에는 방죽이 생겨 부글부글 끓는 물에서 불그스레한 김이 모락모락 솟았다. 호세파는 몸을 가누려 젖 먹은 힘까지 다 냈다. 비탄에 빠지지 않으려 마음을 다잡았으며 갓난아이를 끌어안고 용감하게 한 거리 한 거리 헤쳐나갔다. 성문에 가까워지자, 헤로니모가 한숨 쉬며 갇혀 있던 감옥이 잿더미로 내려앉은 것이 보였다. 이 광경을 보자 다리가 후들거려 정신을 잃고 길모퉁이에 주저앉으려 했다. 하지만 이 순간 지진으로 이미 흔들흔들했던 건물이 뒤에서 무너져내리자 호세파는 질겁해 놀라 달아났다. 아기에게 입 맞추고 눈물을 닦아내고선, 주위의 참상에 더이상 눈을 돌리지 않으며 성문에 다다랐다. 성문 밖으로 빠져나오자마자, 잿더미로 바뀐 건물 안에 갇혀 있었다고 해서 누구나 다 건물에 깔려 으스러지지는 않았으리라는 생각이 들었다. 다음번 갈림길에 이르러 걸음을 멈추고, 어린 필리뻬 다음으로 세상에서 가장 사랑하는 사내가 행여 나타나지 않을지 기다렸다. 하지만 이 사내는 오지 않고 피난민들만 갈수록 몰려들자 호세파는 멈췄던 걸음을 옮겼다가, 발걸음을 되돌려 다시 기다렸다. 하염없이 눈물을 쏟으며 어두운 솔수펑이 골짜기로 들어가서, 세상을 떠났다고 여겨지는 사내의 영혼을 위해 기도를 올리려 했다. 그러던 참에 여기서 이 사내를 만났다. 이 골짜기에서 연인과 해후하여 여기가 에덴의 골짜기라도 되는 듯한 행복을 느꼈다. 호세파는 감정이 북받쳐 이제 이 모든 일을 헤로니모에게 이야기했고, 말을 마치자마자 갓난아이를 넘겨줘 입 맞추도록 했다—헤로니모는 아들 필리뻬를 받아안았고, 아기를 어르면서 아버지로서 이루 말할 수 없는 기쁨을 느꼈다. 아기가 낯을 가려 울음을 터뜨리자, 끝없는 입맞춤으로 울음을 그치게 했다. 어느새 아름다운 밤이 찾아들어, 안개가 하늘하늘 피어오르고 은색 달빛이 반짝거리며 사위는 고즈넉했다. 시인이나 꿈꿀 수 있는 정경이었다. 달빛이 은은히 비치는 골짜기 샘터를 따라 피난민들은 빼곡히 자리 잡고서, 이끼나 검불을 모아 푹신한 잠자리를 마련하여 그리도 고통스러웠던 하루의 피로를 풀려고 했다. 이 가련한 사람들은 아직도 넋두리를 그치지 않았다. 어떤 사람은 집이 무너졌다고, 어떤 사람은 아내와 아이가 죽었다고, 또 어떤 사람은 이도 저도 다 잃었다고 하소연했다. 그래서 헤로니모와 호세파는 다옥한 떨기나무 숲으로 기어들었다. 두 사람이 마음속 기쁨을 남몰래 나누다가 자칫 다른 사람들을 더욱 슬프게 만들지 몰라서였다. 아름다운 석류나무가 눈에 띄었다. 넓게 뻗은 나뭇가지에 향기로운 열매가 탐스럽게 달려 있었고, 우듬지에서는 나이팅게일이 간드러지게 지저귀고 있었다. 헤로니모는 이 나무 둥치에 기대

앉았고, 헤로니모 품에 호세파가, 호세파 품에 필리뻬가 안긴 채, 세 사람은 헤로니모의 외투를 덮고 쉬었다. 나무 그림자가, 그 가지 사이로 새어드는 달빛을 품고, 이들을 스쳐지나갔다. 달이 다시 희미해지고 먼동이 밝아오도록, 이들은 잠을 이루지 못했다. 두 연인은 수녀원 정원과 감옥에 관해서뿐만 아니라 서로를 위해 어떤 괴로움을 겪었는지에 관해 이야기할 게 무궁무진했기 때문이었다. 자신들이 행복해지기 위해 얼마나 많은 참변이 세상에 닥쳐야 했는지 생각하자 가슴이 느꺼웠다! 헤로니모는 호세파와 이렇게 하기로 결정했다. 지진이 멈추는 대로 꼰셉시온[7]으로 가자. 거기에 네 친한 친구가 있으니까. 이 친구에게서 다만 얼마라도 빌릴 수 있을 거야. 여기서 에스빠냐로 배를 타고 가자. 그곳에는 우리 외가 친척이 살거든. 그래서 에스빠냐에서 죽을 때까지 행복하게 사는 거야. 그러고선 수없이 입맞춤을 주고받은 뒤 잠이 들었다.

잠에서 깨어나자 해가 이미 중천에 떠 있었다. 근처에서 서너 가족이 모닥불을 피우고 아침을 때울 빵을 굽고 있는 게 눈에 띄었다. 헤로니모도 식구들이 먹을 음식을 마련할 방법을 궁리하고 있던 참이었다. 차림새가 말쑥한 한 젊은 사내가 아기를 품에 안고 호세파에게 다가와 공손하게 물었다. 이 가엾은 아기에게 잠깐만 젖을 물려줄 수 없겠습니까? 아기 엄마가 몸을 다쳐 저기 나무 밑에 쓰러져 있습니다. 호세파는 사내가 낯익은 사람이었기 때문에 자못 어쩔 줄 몰라했다. 하지만 사내가 이를 거절하는 기색이라 지레짐작하고, 잠깐이면 됩니다, 돈나 호세파, 우리 모두에게 참사가 닥쳤던 그때부터 입때까지 아기가 젖 한모금 빨지 못했습니다라

7 칠레 중남부에 있는 도시이다. 클라이스트가 이 도시 이름을 사용한 것은 그 의미가 '잉태' 또는 '수태'이기 때문인 듯하다.

고 말을 잇자, 이렇게 말했다. "제가 선뜻 응하지 않았던 것은—다른 까닭이 있어서입니다, 돈 페르난도. 이런 끔찍한 시기에 콩 한 쪽이라도 함께 나누지 않을 사람은 아무도 없습니다." 그러고선 자기 아기는 헤로니모에게 넘겨주고 남의 아기를 품에 안아 젖을 물렸다. 돈 페르난도는 이런 후의에 몹시 고마워하며 이렇게 물었다. 방금 모닥불에 변변찮지만 아침을 지었습니다. 저리로 가서 함께 식사하지 않으시겠습니까? 호세파는 제의를 고맙게 받아들이겠습니다라고 대답하고, 헤르니모도 별달리 말리지 않았으므로, 돈 페르난도를 따라 이 사내의 가족에게 갔다. 그곳에서 무척 음전한 아가씨들이라 알고 있는 돈 페르난도의 두 처제에게 더없이 따뜻하고 상냥하게 환대를 받았다. 돈 페르난도의 아내 돈나 엘비라는 발을 크게 다쳐 땅바닥에 누워 있었다. 홀쭉해진 아들이 호세파의 젖을 물고 있는 것을 보자, 호세파를 살갑게 잡아끌어 자신 옆에 앉혔다. 돈 페르난도의 장인 돈 뻬드로는 어깨를 다쳤는데, 이 노인도 호세파에게 반갑게 고개를 끄덕였다. 헤로니모와 호세파의 가슴속에 엉뚱한 생각이 움텄다. 사람들이 이렇게 허물없고 곰살궂게 대해주니, 처형장이며 감옥이며 종소리 따위의 최근 일들을 어떻게 여겨야 할지 알 수 없었다. 이 모든 일이 꿈에 지나지 않았던 것은 아닐까? 사람들은 무시무시한 천재지변에 엄청난 충격을 받은 뒤 서로 화해하는 마음이 생긴 듯했다. 그 이전의 일은 아예 기억하지 못했다. 다만 돈나 이사벨은 달랐다. 어제 아침 한 여자친구에게 처형 행렬을 함께 구경하자는 말을 들었으나 이를 뿌리쳤던 이 아가씨는 아직도 꿈에서 깨어나지 않은 눈초리로 이따금 호세파를 바라봤다. 하지만 이 아가씨도 최근 일을 되새겨볼 겨를 없이 눈앞의 일에 도로 정신을 빼앗겼다. 끔찍한 참사에 관한 소문이 줄을 이었기 때문이었다. 첫번째 강진이 있은 뒤 남정네들이 번히 보는 앞에서 아기를 낳은 아낙네들이 수두룩하다는 둥, 수사修士들이 손에 십자고상을 들고 돌아다니며 세상 종말이 왔다!라고 외쳤다는 둥, 어느 경비병이 총독의 명령이라며 성당을 비우라고 소리치자 사람들이 칠레에는 더이상 총독이 없어!라고 대꾸했다는 둥, 총독은 이 끔찍한 때에 약탈을 막기 위해 교수대를 세우라고 지시해야 했다는 둥, 어느 죄 없는 사람이 어떤 불타는 집 뒷문으로 빠져나가다 성미 급한 집주인에게 붙잡혀 바로 목매달렸다는 둥, 풍문이 끊이지 않았다. 이런 풍설들을 주고받느라 왁자지껄할 때였다. 돈나 엘비라가 호세파에게 상처를 치료받다가 기회를 봐 이렇게 물었다. 어제 그 끔찍했던 날을 어떻게 넘겼나요? 호세파는 꺼림칙한 마음으로 두세가지 일을 간추려 이야기했고, 돈나 엘비라의 눈에 눈물이 맺히는 것을 보자 마음이 벅차올랐다. 돈나 엘비라는 호세파 손을 꼭 잡아쥐더니, 손을 저어 이제 그만하라고 했다. 호세파는 천국에 온 듯한 생각이 들었다. 어제 하루 동안 세상에 그토록 많은 비참한 일이 일어났지만, 하늘이 자신에게는 세상에 한번도 베푼 적 없는 은총을 내렸다는 느낌을 억누를 수 없었다. 아닌 게 아니라, 인간이 가진 이 세상 온 재물이 땅으로 가라앉고 온 자연이 흙더미에 묻히는 듯한 이 소름 끼치는 순간에, 인간 정신만큼은 아름다운 꽃처럼 피어오른 듯싶었다. 눈앞에 펼쳐진 들에는 사람들이 신분을 가리지 않고 한데 누워 있었다. 영주든 거지든, 귀부인이든 시골 아낙이든, 공무원이든 삯일꾼이든, 수사든 수녀든 서로 동정하고, 서로 도와주고, 연명하려 아껴뒀던 음식을 기꺼이 함께 나눴다. 재난을 다 함께 겪다보니 살아남은 사람들 모두가 한 가족이 된 것 같았다. 이들은 어느 때 세상사에 관해 차를 마시며 나누던 시답잖은 잡담을 걷어치우고 이제 장한 행동들을 실례를 들어 이야기했다. 여태껏 사회에서 거의 주목받지 못하던 사람들이 로마인 같은 위대함을 보여줬다. 담력, 위험을 우습게 여기고 기꺼이 맞서는 배포, 제 몸을 돌보지 않는 초인적 희생, 생명이란 게 내버렸다가도 금세 되찾을 수 있는 것이기라도 한 듯 목숨을 초개처럼 내던진 결기 등등 그 실례는 무궁무진했다. 그뿐만이 아니었다. 이날 가슴 뭉클하게 은혜를 입지 않았거나 아량 넓게 자비를 베풀지 않았던 사람은 아무도 없었다. 누구나 마음속 깊이 느끼는 괴로움에는 이에 못지않게 달콤한 기쁨이 섞여 있었다. 그래서 모든 사람이 느끼는 행복의 총량이 한편으로 줄어들면서 다른 한편으로 그만큼 늘어났다고밖에 할 수 없다는 생각이 호세파에게 들었다. 헤로니모와 호세파는 말없이 이런 생각에 깊이 빠져 있었다. 그런 뒤 헤로니모는 호세파의 팔을 잡아끌어, 이루 말할 수 없이 밝은 얼굴로 석류나무 숲 나무 그늘을 이리저리 거닐었다. 그러더니 이렇게 말했다. 사람들의 기분이 이토록 뒤바뀌고 세상이 완전히 뒤집어졌어. 유럽으로 배를 타고 가려는 생각을 버릴까 해. 총독은 내 일이라면 늘 선처해줬잖아. 총독이 살아 있다면 무릎 꿇고 애원해보겠어. 나는 너와 함께 칠레에 남아 있고 싶어. 그러면서 호세파에게 입을 맞췄다. 호세파가 대답했다. 나도 비슷한 생각을 했어. 아버지가 살아 있다면 나도 용서받을 수 있을 거라고 믿어. 하지만 총독에게 무릎 꿇고 애원하기보다는 꼰셉시온으로 가서 그곳에서 탄원서를 보내 사면을 청하는 게 좋겠어. 거기는 항구가 가까우니까 뜻대로 되지 않으면 배를 타고 떠나면 그만이야. 바라는 대로 된다면 싼띠아고로 쉽게 돌아올 수 있을 테고. 헤로니모는 잠시 곰곰이 생각한 뒤 혹시 모르니 그렇게 하는 게 좋겠다고 맞장구쳤고, 미래의 밝은 순간들을 아련히 떠올리며 숲을 좀더 거닐고선, 호세파와 함께 일행이 있는 곳으로 돌아왔다.

어느덧 오후가 되었고, 지진이 진정되자 우글우글 모여 있는 피난민들의 기분이 한결 가라앉았다. 그러기가 무섭게 지진으로 무너지지 않은 유일한 성전인 도미니쿠스 성당에서 수도원장이 손수 집전하여 더이상 재난을 내리지 말아달라고 하늘에 간청하는 장엄한 미사를 올린다는 소식이 들어왔다. 사람들은 곳곳에서 길을 출발하여 도시로 몰려갔다. 돈 페르난도의 일행도 이 미사에 참석해야 하지 않는지, 그러기 위해 다른 사람들을 따라가야 하지 않는지를 놓고 설왕설래했다. 돈나 이사벨은 왠지 꺼림칙해하며 말했다. 얼마나 큰 재앙이 어제 성당을 덮쳤는지 벌써 잊었어요? 이런 감사미사는 곧 다시 열릴 거예요. 그때쯤이면 위험이 거의 지나갈 테니까, 훨씬 밝고 평온하게 한껏 감사드릴 수 있을 거예요. 그러자마자 호세파가 사뭇 들떠서 일어나 말했다. 창조주께서는 지금 불가사의하고 숭고한 힘을 눈앞에 보여주고 계세요. 저는 창조주 발 앞에 엎드려 얼굴을 땅에 묻고 싶은 욕구를 바로 이 순간보다 더 뜨겁게 느껴본 적이 없답니다. 돈나 엘비라도 호세파를 역성들고 나섰다. 미사에 참석해야 마땅하다고 우기며, 돈 페르난도에게 일행을 앞장서 이끌라고 채근하자, 모두 자리에서 일어났고 돈나 이사벨도 마지못해 일어섰다. 하지만 돈나 이사벨은 가슴을 심하게 벌렁거리며 이것저것 챙기기만 할 뿐 걸음을 떼지 못했고, 어디 아프냐고 누군가 물으니 왜 이리 불길한 예감이 드는지 모르겠어요라고 대답했다. 그러자 돈나 엘비라는 돈나 이사벨을 달래며, 자신과 몸이 불편한 아버지 곁에 남아 있으라고 권했다. 호세파가 말했다. 그렇다면, 돈나 이사벨, 이 어린 젖먹이를 맡아주시겠어요. 이 아기가 보시다시피 어느새 제 품으로 파고들었네요. 그러고말고요. 돈나 이사벨이 이렇게 대답하며 아기를 넘겨받으려 했다. 하지만 아기는 이 부당한 처사를 참을 수 없다는 듯 서럽게 울어젖혔고, 아무리 달래도 돈나 이사벨 품에 안기려 들지 않았다. 그래서 호세파는 미소 지으며 제가 데리고 갈게요라고 말하고서, 아기에게 입을 맞춰 울음을 그치게 했다. 그러자 돈 페르난도는 호세파의 품위있고 우아한 몸가짐[8]을 매우 마음에 들어하며, 호세파에게 팔을 내밀었다. 헤로니모는 어린 필리뻬를 받아안고서, 돈나 꼰스딴사를 이끌었다. 이 일행에 끼었던 다른 사람들은 그 뒤를 따랐고, 이런 순서로 행렬은 도시를 향해 출발했다. 이들이 쉰 걸음도 채 가기 전에, 돈나 이사벨이 그동안 돈나 엘비라와 열띠게 수군거리더니 돈 페르난도!라고 소리쳐 부르면서 허겁지겁 행렬을 쫓아오는 게 보였다. 돈 페르난도는 걸음을 멈추고 몸을 돌렸고, 호세파의 팔을 놓지 않은 채 돈나 이사벨이 다가오기를 기다렸다. 돈나 이사벨이 돈 페르난도가 맞으러 오기를 기다리는 듯 멀찌감치 멈춰서자, 돈 페르난도가 물었다. 왜 그러나? 이에 돈나 이사벨은 내키지 않는 듯한 기색을 보이며 돈 페르난도에게 다가와서, 호세파는 듣지 못하도록 몇 마디를 귀에 속삭였다. 그래서? 돈 페르난도가 물었다. 그렇게 하면 무슨 참사가 일어난다고? 돈나 이사벨은 근심스러운 얼굴로 속닥속닥 귓속말을 계속했다. 돈 페르난도는 뻣성을 내며 얼굴을 붉혔다. 그만하게! 언니한테 가서 안심하라고 하게라고 대답

8 클라이스트는 호세파가 '우아한 몸가짐'을 가졌다고 묘사함으로써 '아름다운 영혼'을 지니고 있음을 암시한다. 프리드리히 실러는 「우아와 품위에 관하여」라는 논문에서 "우아가 아름다운 영혼의 표현인 것처럼 품위는 숭고한 심성의 표현이다"라고 말했다.

하고선, 호세파를 데리고 걸음을 재촉했다. 일행이 도미니쿠스 성당에 도착했을 때, 오르간 음악이 벌써 장엄하게 울려퍼지고 수많은 군중이 물결치고 있었다. 인파는 성당 현관을 넘어 앞마당까지 출렁거렸다. 조무래기들은 벽을 기어오른 뒤 성화 액자들에 엉덩이를 걸치더니, 손에 모자를 쥐고 호기심 어린 눈망울들을 굴렸다. 샹들리에마다 눈부신 빛을 내리뿜었고, 기둥들은 땅거미가 밀려오자 신비로운 그림자를 드리웠다. 스테인드글라스로 만든 커다란 장미창[9]이 성당의 맨 뒤 배경에서 빛나는 모습은, 이 장미창에 빛을 비추는 저녁 해 자체가 불타는 듯 보였다. 오르간 연주가 그치자, 전회중全會衆이 벙어리라도 된 듯 고요함이 감돌았다. 오늘 싼띠아고의 도미니쿠스 성당에서처럼 이렇게 열정 어린 불길이 하늘을 향해 치솟았던 적은 지금껏 그리스도교 성당에 한번도 없었다. 헤로니모와 호세파보다 더 뜨거운 격정으로 이 불길을 지핀 사람도 아무도 없었다! 미사는 강론으로 시작됐고, 가장 나이 많은 의전 신부[10] 한 사람이 전례복을 입고 강론대에 올랐다. 그러자마자 중백의[11]의 헐렁한 소매가 나풀거리도록 두 팔을 벌벌 떨며 하늘을 향해 들어올리고, 이 세상 이 지역이 이토록 폐허로 변했는데도 인간들이 이렇게 살아남아 더듬거리는 목소리로 하느님을 경배할 수 있는 것을 찬양하고 찬미하고 감사했다. 전지전능한 하느님의 뜻에 따라 어떤 일이 일어났는지 되돌아보고, 최후의 심판도 이보다 더 무시무시하지는 않을 것이라고 말했다. 성당에 생긴 균열

9 기하학적 형태로 장식된 커다란 원형창을 말하며, 대개 성당의 서쪽 정문 위에 설치되었다.
10 성당 참사회원으로서 공동 전례 집전에 함께 참여하는 사제.
11 전례복 중 하나로 소매가 헐렁하다. 사제들이 미사와 행렬 등의 성사를 집전할 때 입는다.

을 손가락으로 가리키며 그렇지만 어제의 지진은 최후의 심판의 전조에 지나지 않는다고 이르자, 전회중은 등골이 오싹해졌다. 그런 다음 의전 신부는 사제답게 청산유수 같은 말솜씨로 도시의 도덕적 타락을 입에 올렸다. 이 도시는 소돔과 고모라에서도 찾아볼 수 없는 비행을 저질렀다고 꾸짖었다. 그런데도 이 도시가 지상에서 완전히 사라지지 않은 것을 오로지 하느님의 무한한 관용 덕택으로 돌렸다. 우리의 가엾은 헤로니모와 호세파의 가슴은 강론을 들으며 이미 찢어질 대로 찢어졌다. 그런데 의전 신부가 기세를 몰아 까르멜 수녀원 정원에서 저질러졌던 죄악을 장황하게 언급하고, 세상이 이 죄악을 감싼 것을 신에 대한 불경이라 일컫고, 본론에서 벗어나 저주에 가득 찬 어조로 죄인들의 이름을 하나하나 부르며 이들의 영혼을 지옥의 일곱 제후[12] 손에 넘겨주자, 두 연인은 가슴에 비수까지 맞은 듯했다! 돈나 꼰스딴사가 헤로니모의 팔을 잡아당기며 소리쳤다. 돈 페르난도! 그러자 돈 페르난도는 힘주어, 그러면서도 가능한 한 나직이 대답했다. "입을 다물게, 돈나 꼰스딴사. 눈동자도 움직이지 말고. 까무러쳐 쓰러지는 체하게. 그러면 우리는 성당을 떠날 것이네." 하지만 돈나 꼰스딴사가 이 탈출 묘책을 채 실행에 옮기기도 전에 누군가 의전 신부의 강론을 큰 소리로 가로막으며 외쳤다. 저리 물러서슈, 싼띠아고 시민 여러분, 여기에 그 불경스러운 자들이 있수다! 다른 누군가 겁에 질려 어디에? 라고 묻고, 둘러서 있던 사람들이 질겁해 놀라 뒤로 물러서고 있을 때, 또다른 누군가 여기에!라고 대답하더니, 광신에 젖어 그악스럽게 호세파 머리끄덩이를 잡아챘다. 그 바람에 호세파가 돈 페

12 구약성경 「잠언」 6장에 나오는, 신이 금지한 일곱가지 죄악을 형상화한 악마들을 말한다.

르난도의 아들을 안은 채 바닥에 거꾸러질 뻔했지만, 다행히 돈 페르난도가 호세파를 가까스로 붙들었다. "여러분 미쳤소?" 돈 페르난도가 이렇게 외치며, 호세파를 팔로 안았다. "나는 돈 페르난도 오르메스요, 여러분 모두 잘 아는 도시 사령관의 아들이오." 돈 페르난도 오르메스라고? 한 갖바치[13]가 코앞에 바짝 다가서더니 소리쳤다. 이자는 호세파의 신을 깁기도 했기 때문에 호세파라면 발이 작다는 것만큼이나 얼굴도 훤히 알았다. 이 젖먹이 아비가 누구지? 갖바치는 아스떼론가의 딸에게 몸을 돌려 뻔뻔스럽게 대들었다. 돈 페르난도는 이 질문에 얼굴이 창백해졌다. 헤로니모를 슬며시 건너봤다가, 회중 가운데 자신을 아는 사람이 없는지 훑어봤다. 호세파는 이 무시무시한 상황에 다급해져 소리쳤다. 이 아기는 제 아기가 아니에요, 장인匠人 뻬드리요, 잘못 알고 있는 거예요. 마음속 깊이 한없는 불안을 느끼고 돈 페르난도를 바라보며 외쳤다. 이 젊은 신사는 돈 페르난도 오르메스예요. 여러분 모두 잘 아는 도시 사령관의 아들이에요. 갖바치가 물었다. 시민 여러분,[14] 여러분 중에 이 젊은이를 아는 사람 없수? 주위에 둘러선 서너 사람이 다시 물었다. 헤로니모 루게라를 아는 사람 없소? 아는 사람은 앞으로 나오시오! 때마침 바로 이 순간 어린 후안이 소란에 깜짝 놀라 바동거리더니, 호세파의 품에서 빠져나와 돈 페르난도의 팔에 안기려 했다. 그러자 이자가 아비다! 누군가 외쳤다. 이자가 헤로니모 루게라다! 다른 누군가 외쳤다. 이들이 신을 모독한 자들이다! 또다른 누군가 외쳤다. 돌로 쳐 죽여라![15] 돌로 쳐 죽여! 예수의 성전에 모인 그

13 예전에 가죽신을 만드는 일을 직업으로 하던 사람이다.

14 '시민'이라는 말은 17세기 칠레의 봉건사회에 적합지 않은 말이다. 이 말을 사용한 것은 프랑스혁명 동안의 '시민 봉기'를 암시하기 위해서인 듯하다.

리스도교인들이 한목소리로 소리쳤다. 이에 헤로니모가 고함쳤다. 멈춰라! 이 잔인한 마귀들아! 네놈들이 찾는 헤로니모 루게라는 여기 있는 나다! 아무 죄 없는 그 사람을 풀어줘라! 성난 패거리는 헤로니모의 말을 듣고 어리둥절하여 주춤했다. 몇 사람이 돈 페르난도를 손에서 놓았다. 이 순간 한 해군 장교가 서둘러 달려와서, 소란스러운 틈을 비집고 다가오며 물었다. 돈 페르난도 오르메스! 무슨 일이 있었습니까? 돈 페르난도는 이제 사람들 손아귀에서 완전히 벗어나, 참으로 영웅답고 신중한 태도로 대답했다. "보시오, 돈 알론소, 이 살인귀들을! 나는 목숨을 잃을 뻔했구려. 이 의젓한 젊은이가 헤로니모 루게라인 척하여 미쳐 날뛰는 폭도들을 진정시키지 않았더라면 말이오. 저 젊은이와 이 어린 아가씨를 연행해주시면 고맙겠소. 두 사람의 신변을 보호하려면 그 수밖에 없소. 그리고 이 비열한 놈도 끌고 가시오." 돈 페르난도는 장인바치 뻬드리요를 붙잡으며 덧붙였다. "이놈이 폭동을 일으킨 장본인이오." 갖바치가 소리쳤다. 돈 알론소 오노레하, 당신 양심에 대고 묻겠수, 이 계집이 호세파 아스떼론이 아니우? 돈 알론소는 호세파를 매우 잘 아는 터라 대답을 머뭇거렸고, 서너 사람이 다시금 분노에 들끓어 외쳤다. 이년이다, 이년이야! 죽여라! 그러자 호세파는 헤로니모가 지금껏 안고 있던 어린 필리뻬와 자신이 품고 있던 어린 후안을 돈 페르난도의 팔에 넘기고, 이렇게 말했다. 가세요, 돈 페르난도, 당신의 두 아기를 구하고 저희는 저희 운명에 맡기세요. 돈 페르난도는 두 아기를 넘겨받으며 말했다. 내 일행이 부당한 일을 당

15 구약성경 「레위기」 20장에는 돌로 쳐 죽이는 형벌이 언급된다. 한편 신약성경 「요한의 복음서」 8장 7절에서 예수는 간음한 여자를 구해주며 "너희 가운데 죄 없는 자가 먼저 저 여자에게 돌을 던져라"라고 말한다.

하는 것을 보고만 있느니 차라리 죽겠소. 해군 장교에게 긴 칼을 빌려달라 한 뒤 호세파에게 팔을 내밀고, 뒤에 있는 헤로니모와 돈나 꼰스딴사에게 따라오라고 일렀다. 일행은 아닌 게 아니라 성당에서 빠져나와 목숨을 건졌다고 믿었다. 이런 태세로 나서자 사람들이 사뭇 놀라서 수긋이 자리를 비켜줬기 때문이었다. 하지만 일행이 성당 안과 마찬가지로 사람들로 미어터지는 성당 앞마당에 이르자마자, 이들을 뒤쫓아와 미쳐 날뛰던 패거리 가운데 누군가 외쳤다. 이놈이 헤로니모 루게라요. 시민 여러분, 나는 이놈의 아비 되는 사람이오! 그러더니 돈나 꼰스딴사 옆에 있는 헤로니모를 몽둥이로 힘껏 내리쳐 땅바닥에 쓰러뜨렸다. 에구머니! 돈나 꼰스딴사가 비명을 지르고 형부 옆으로 몸을 피했다. 하지만 수녀원 갈보야! 소리와 함께 다른 쪽에서 두번째 몽둥이가 날아오더니, 꼰스딴사를 때려죽여 헤로니모 옆에 쓰러뜨렸다. 악귀들아! 어느 낯모르는 사람이 소리쳤다. 이 여자는 돈나 꼰스딴사 사레스야! 그러게 왜 우리를 속여! 갖바치가 대꾸했다. 진짜 갈보를 찾아서 죽여라! 돈 페르난도는 꼰스딴사의 주검을 보고 분노로 얼굴이 달아올랐다. 칼을 뽑아 휘둘러 내리쳐, 만행을 일으킨 광신도 살인귀를 두 동강 내려 했으나 이 악귀는 몸을 돌려 성난 칼날을 가까스로 피했다. 하지만 돈 페르난도가 눈앞에 밀려오는 군중을 물리치지 못하자, 호세파가 소리쳤다. 안녕히 계세요, 돈 페르난도, 안녕, 아기들아! —여기 있는 나를 죽여라, 이 피에 굶주린 이리 떼야! 이렇게 말하며 돈 페르난도와 군중 사이에 제 발로 뛰어들어 싸움을 뜯어말리려 했다. 장인바치 뻬드리요는 몽둥이로 호세파를 때려죽였다. 그러고선 호세파의 피를 온몸에 뒤집어쓴 채 저놈도 저년을 따라 지옥으로 가게 해라!라고 외치며, 살인욕에 사로잡혀 다시금 밀고 들어왔다. 돈 페르난도는 초인적 영웅처럼 이제 성당에 등을 기대고 서서, 왼손에 아기들을 안고 오른손에 칼을 들었다. 칼을 번개처럼 내리칠 때마다 한 놈씩 땅바닥에 거꾸러졌다. 사자라도 이보다 더 훌륭히 몸을 지킬 수 없었을 것이다. 피에 굶주린 미친개 일곱이 눈앞에 쓰러졌고, 사탄 패거리의 두목도 칼을 맞았다. 하지만 장인바치 뻬드리요는 호락호락 쓰러지지 않았다. 돈 페르난도의 품에서 한 아기의 다리를 낚아채, 머리 위에서 빙글빙글 돌린 뒤 한 성당 기둥 모서리에 박살 냈다. 그런 뒤 사위가 조용해지고, 군중이 모두 흩어졌다. 돈 페르난도는 어린 후안이 뇌에서 골수를 흘린 채 눈앞에 쓰러져 있는 것을 보고, 이루 말할 수 없이 괴로워하며 눈을 들어 하늘을 우러러봤다. 해군 장교가 다시 나타나서, 돈 페르난도를 위로하려 하며, 이렇게 털어놓았다. 이런 참사가 일어났을 때 아무 도움을 주지 못한 게 후회됩니다. 여러 사정 때문에 어쩔 수 없기는 했지만요. 돈 페르난도는 자책하지 말라고 대답하고, 주검들을 치우는 것이나 도와달라고 부탁했다. 땅거미가 내려 어두워졌을 때 사람들은 주검들을 모두 돈 알론소 집으로 옮겼다. 돈 페르난도는 이들 뒤를 따라가며, 어린 필리뻬의 얼굴에 하염없이 눈물을 뿌렸다. 돈 페르난도도 돈 알론소의 집에서 이날 밤을 지새웠다. 그런 뒤 오랫동안 이런저런 핑계를 붙여 아내에게 참사의 자초지종을 알리기를 미뤘다. 무엇보다도 아내가 아프기 때문이었고, 그뿐만 아니라 아내가 이 사건이 일어났을 때 자신이 취한 행동을 어떻게 생각할지 알 수 없었기 때문이었다. 하지만 이 고결한 부인은 얼마 지나지 않아 우연히 한 손님에게서 무슨 일이 있었는지 속속들이 듣게 되자, 아들 잃은 어머니의 괴로움을 남몰래 울음으로 삭이고, 어느날 아침 덜 마른 눈물을 반짝이며 손으로 돈 페르난도의 목을 감고 입을 맞췄다. 그런 다음 돈 페르난도와 돈나 엘비라는 어린 필리뻬를 양자로 맞아들였다. 돈 페르난도는 필리뻬와 후안을 견주어보며, 두 아이를 어떻게 얻었는지 생각해보곤 했는데, 그럴 때마다 왠지 기뻐해야 할 것만 같은 느낌이 들었다.

싼또도밍고 섬의 약혼
Die Verlobung in St. Domingo

싼또도밍고 섬[1] 프랑스령의 뽀르또프랭스에서 19세기 초 흑인들이 봉기를 일으켜 백인들을 학살했을 때였다. 기욤 드 빌뇌브 씨의 대농장에 꽁고 호앙고라는 한 무시무시한 늙은 흑인이 살았다. 이 자는 아프리카 황금해안 태생으로, 젊었을 때는 충직하고 성실한 성품을 가진 듯 보였다. 언젠가 꾸바로 항해할 때는 주인의 생명을 구했고, 이 일로 주인에게 한없는 은혜를 입었다. 기욤 씨는 호앙고를 당장 노예신분에서 풀어줬을 뿐만 아니라, 싼또도밍고 섬으

1 오늘날의 히스빠니올라 섬의 옛 명칭. 서인도제도의 꾸바와 뿌에르또리꼬 사이에 있다. 오늘날에는 서부의 아이띠공화국과 동부의 도미니까공화국으로 나뉘어 있다. 1492년 끄리스또포로 꼴롬보가 이 섬을 처음 발견한 이래 에스빠냐 식민지였으나 1697년부터 섬의 서부 3분의 1이 프랑스령이 되었다. 이 지역은 1804년 독립하여 아이띠공화국을 세웠으며 수도는 뽀르또프랭스이다. 동부는 1844년 독립하여 도미니까공화국이 되었으며, 수도는 싼또도밍고(데구스만)이다.

로 돌아와서는 살림집을 마련해줬다. 몇년 뒤에는 지역 관습을 어기면서까지 호앙고를 자신의 드넓은 농지의 관리인으로 임명했다. 호앙고가 첫 부인과 사별한 뒤 재혼하지 않으려 하자, 이자에게 후처 대신으로 어느 늙은 물라또[2] 노파를 붙여주기도 했다. 이 바베깐이란 노파는 기욤 씨 대농장의 노예였으며, 호앙고의 첫 부인과 먼 친척뻘 되는 여자였다. 그뿐만이 아니었다. 이 흑인이 예순살이 되자 연금을 두둑이 주며 은퇴하여 쉬게 했고, 유언장을 만들어 유산을 남겨주는 더없는 은혜까지 베풀었다. 하지만 빌뇌브 씨는 이토록 감사를 표했어도 이 앙심 깊은 인간의 분노에서 목숨을 지키지 못했다. 국민공회[3]의 섣부른 조처 때문에 대농장 노예들이 총봉기하여 복수에 혈안이 됐을 때였다. 꽁고 호앙고는 누구보다 먼저 소총을 움켜잡고 주인의 머리에 총알을 박아넣었다. 자신을 황금해안에서 끌고 온 백인들의 횡포를 한시도 잊지 못했기 때문이었다. 안주인이 세 아이들과 농장에 살던 다른 백인들을 데리고 피신한 집까지 쫓아가 불을 질렀다. 대농장을 완전히 쑥대밭으로 만들어 뽀르또프랭스에 사는 상속인들이 상속권을 주장할 건더기마저 없

2 라틴아메리카의 백인과 흑인의 혼혈 인종을 가리킨다.

3 프랑스혁명 당시 1791년 10월부터 1792년 9월까지 소집된 입법의회에 이어 1792년 9월부터 1795년 10월까지 활동한 헌법제정의회를 가리킨다. 1794년 국민공회가 싼또도밍고 섬의 프랑스령 노예들을 해방시킨 뒤 1801년 노예지도자 뚜생 루베르뛰르(1743~1803)는 아이띠 자치 헌법을 공포하고 종신 총독 자리에 오른다. 하지만 1802년 나뽈레옹 군대의 포로가 되어 프랑스의 포르드주에 수감되어 1803년 이곳에서 옥사한다. 그뒤 프랑스인들은 아이띠에 노예제를 다시 도입하려 하지만 장자끄 드살린(1758~1806)의 지도 아래 흑인혁명이 또다시 일어난다. 1804년 이들은 마침내 프랑스인들을 몰아내고 아이띠 독립을 선포한다. 클라이스트 자신도 1807년 몇달 동안 포르드주에 수감된 적이 있었는데, 클라이스트 연구자들은 작가가 이때 들은 이야기를 바탕으로 이 소설을 썼을 것이라고 추측한다.

았다. 농지에 서 있던 건물이란 건물은 깡그리 무너뜨린 뒤, 자신이 규합하여 무장시킨 흑인들을 이끌고 가근방을 돌아다니며, 흑인들이 백인들에 맞서 싸우는 것을 지원했다. 여행자들이 무장하고 무리 지어 이 지역을 통과할 때 매복하여 기습하기도 했고, 대농장 주인들이 바리케이드를 치고 있는 농장에 대낮에 들이닥쳐 한 사람도 빠짐없이 모조리 찔러 죽이기도 했다. 그뿐만이 아니었다. 호앙고는 원한 어린 싸움을 벌이면 벌일수록 젊어지는 듯 느끼며, 무자비한 복수에 눈이 멀어 늙은 바베깐과 이 노파가 낳은 또니라고 하는 열다섯살짜리 어린 메스띠소[4]까지 억지로 이 전쟁에 끌어들였다. 호앙고는 이제 대농장에서 가장 큰 집에 살았는데 이 집은 큰길가에 외따로 있었던지라 호앙고가 집을 비우는 동안 백인과 끄리오요[5] 난민들이 자주 찾아와 먹거리나 잠자리를 구했다. 호앙고는 백인들을 흰둥이라고 부르면서, 모녀에게 이 흰둥이들을 맞아들여 대접하고 자신이 돌아올 때까지 잡아두라고 일렀다. 젊었을 적 지독한 체벌을 받은 탓에 부족증[6]을 앓고 있던 바베깐은 피난민들이 찾아오면 어린 또니에게 가장 좋은 옷을 입혀 단장시키곤 했다. 또니는 얼굴에 살구색이 돌았으므로 이런 무시무시한 술책을 쓰는 데 안성맞춤이었다. 바베깐은 딸에게 낯선 사내가 입 맞추든 쓰다듬든 마다하지 말라고 부추겼고, 다만 사내와 살을 섞었다가는 죽음을 면치 못할 것이라고 경고했다. 이러한 술수에 넘어간 가엾은 백인들은 꽁고 호앙고가 흑인 부대를 이끌고 가근방을 약탈하다

4 원래는 라틴아메리카의 백인과 인디오와의 혼혈 인종을 가리킨다. 하지만 여기서는 백인과 물라또의 혼혈 인종이란 뜻으로 쓰이고 있다.
5 원래는 신대륙 발견 뒤 아메리카 대륙에서 태어난 백인을 가리킨다. 하지만 여기서는 백인의 피가 섞인 혼혈 인종이란 뜻으로 쓰이고 있다.
6 폐결핵이나 인체 내의 진액 부족으로 원기가 몹시 쇠약해지는 증상이다.

돌아오자마자 곧바로 죽임을 당했다.

지금은 누구나 다 아는 사실이지만, 1803년 드살린 장군이 삼만 명의 흑인을 이끌고 뽀르또프랭스로 진격했을 때, 얼굴색이 흰 사람들은 하나같이 이 항구도시로 달려와 이곳을 사수했다. 이 도시는 이 섬에서 프랑스군의 마지막 거점이었기에, 이곳이 함락되면 섬에 있는 백인들은 빠져나갈 길이 없었기 때문이었다. 때마침 늙은 호앙고가 흑인들을 휘하에 거느리고 출동하여 프랑스군 전선 한가운데를 돌파하고 드살린 장군에게 화약과 납을 보급하러 가느라 집을 비웠을 때였다. 비바람이 몰아치는 깜깜한 밤중에 누군가 호앙고의 집 뒷문을 두드렸다. 늙은 바베깐은 이미 잠자리에 들어 있다가, 부스스 몸을 일으켜 허리에 치마만 두른 채 창문을 열고 물었다. 게 뉘시오? "제가 누군지 당신에게 말하기 전에," 낯선 사내가 창 아래 바짝 다가와 말했다. "성모마리아와 모든 성인에 걸고 제가 묻는 말에 대답해주시겠습니까?" 그러면서 밤의 어둠을 헤치고 손을 내밀어, 노파의 손을 잡으며 물었다. "당신은 흑인입니까?" 바베깐이 대답했다. "그렇다면 나리는 틀림없이 백인이구려. 흑인과 맞닥뜨리느니 차라리 이 칠흑 같은 밤길로 돌아가려 하는 것을 보니. 들어오시오." 그러고선 이렇게 덧붙였다. "두려워 마요, 여기 사는 나는 물라또니까. 이 집에 나 말고는 내 딸뿐인데, 그 아이는 메스띠소고!" 이렇게 말하고선 창문을 닫고, 아래층으로 내려가 문을 열어주려는 듯한 시늉을 했다. 하지만 열쇠가 어디 갔는지 모르겠다고 둘러대고서, 옷장에서 옷가지를 잽싸게 꺼내어 위층 방으로 다시 올라가, 딸을 깨웠다. "또니!" 노파가 말했다. "또니!"—무슨 일이에요, 어머니?—"어서!" 노파가 말했다. "일어나서 이걸 입어라! 여기 옷가지를 가져왔다. 흰 속옷에 양말이다! 어떤 백인이 쫓겨와서 문을 두드리며, 안으로 들여보내달라고 하고 있어!" 또니가 침대에서 윗몸을 일으키며 물었다. 백인이라고요? 노파가 손에 들고 있는 옷들을 건네받고서 말했다. 그 사람도 혼자예요? 집 안에 들여도 아무 일 없겠어요? "그럼! 없고말고!" 노파가 불을 켜며 대답했다. "무기도 없이 혼자 왔더라. 우리가 자기를 덮칠까봐 온몸을 부들부들 떨고 있더라." 또니가 일어나서 치마와 양말을 걸치는 동안 바베깐은 방구석에 있는 큰 등불을 켰다. 딸의 머리털을 손 빠르게 묶어 이 지역 풍습대로 틀어올렸다. 조끼 끈을 조여주고, 모자를 씌우고, 등불을 손에 들린 뒤, 마당으로 내려가 낯선 사내를 안으로 들어오게 하라고 일렀다.

그사이에 개 두세마리가 마당에서 컹컹 짖었고 이 소리에 난끼라는 이름의 사내아이가 잠이 깼다. 난끼는 호앙고가 어느 흑인 여자와 정을 통해 낳은 서자로서, 옆채에서 동생 쎄삐와 함께 잠에 빠져 있던 참이었다. 어느 사내가 집 뒷계단에 서 있는 것을 달빛으로 알아채자마자, 이럴 경우 어떻게 해야 하는지 지시받은 대로, 득달같이 마당 문으로 달려가 이 사내가 들어왔던 문을 잠가버렸다. 이 낯선 사내는 난끼가 왜 이러는지 영문을 알 수 없었다. 사내아이가 가까이 다가오자 흑인인 것을 알아보고, 질겁해 놀라며 누가 이 농장에 사느냐?라고 물었다. "이 농장은 빌뇌브 씨가 죽은 뒤에 흑인 호앙고 손에 넘어갔는데요." 사내아이가 이렇게 대답하자, 낯선 사내는 사내아이를 떠박지르고 손에 움켜쥐고 있는 마당 문 열쇠를 빼앗아 멀리 들판으로 도망치려 하던 참이었다. 또니가 등불을 손에 들고 집에서 걸어나왔다. "어서!" 또니가 낯선 사내의 손을 붙들고 문 쪽으로 잡아끌며 말했다. "이리 들어오세요!" 이렇게 말하며 등불을 조심스레 들어올려, 불빛이 자신의 얼굴을 환히 비추게 했다—너는 누구냐? 낯선 사내는 또니의 젊고 사랑스러운 자태를 여우에라도 홀린 듯 바라보며 버티고 서서 소리쳤다. 이 집에 누가 사느냐? 누가 살기에 이 집에 내가 피신할 수 있다고 말하느냐?—"하늘에 걸고 다짐하건대," 소녀가 말했다. "어머니와 저 말고는 아무도 없어요!" 그러고선 사내를 끌고 들어가려 안간힘을 다했다. 뭐라고, 아무도 없다고! 낯선 사내가 한 걸음 뒤로 물러서 손을 빼며 말했다. 이 사내아이가 방금 내게 말하기를 호앙고라는 흑인이 여기 살고 있다고 했는데?—"없다면 없는 줄 아세요!" 소녀가 짜증을 내고 발을 구르며 말했다. "이 집이 그런 이름을 가진 악마의 것이라 쳐요. 그렇더라도 그 악마는 지금 집을 비우고 여기서 15킬로미터도 더 떨어진 곳에 있어요." 그러면서 낯선 사내를 두 손으로 붙들어 집 안으로 끌고 가며, 사내아이에게 어느 누구에게도 누가 왔는지 말하면 안돼라고 일렀다. 현관문에 다다르자 낯선 사내의 손을 붙잡고, 계단을 올라 어머니 방으로 데리고 갔다.

"그런데," 창문으로 내려다보며 그간의 대화를 다 들었고, 낯선 사내가 장교란 사실도 달빛으로 알아챘던 노파가 괜한 트집을 잡았다. "이 칼은 뭐요? 옆구리에 찬 칼로 언제든 내리칠 기세네. 우리가 나리를," 안경을 쓰며 덧붙여 말했다. "목숨을 걸고 우리 집에 숨겨줬더니, 나리는 여기 들어와서 은혜를 원수로 갚으려는 거요? 하기야 나리 나라 사람들 관습이 그렇기는 하지만."—그럴 리가 있겠습니까! 낯선 사내가 바베깐의 안락의자 앞으로 바짝 다가와 대답했다. 노파의 손을 잡아 자신의 가슴에 댔다. 조심스레 방 안을 두리번거린 다음 허리에 차고 있던 칼을 풀며 말했다. 당신 앞에 서 있는 저는 가장 비참한 인간이기는 하지만 은혜를 모르는 비루한 인간은 아닙니다!—"나리는 누구시오?" 노파가 물었다. 그러면서 의자를 발로 밀어주고, 또니에게는 부엌에 가서 될 수 있는 대로 빨리 이 사내에게 저녁을 차려다주라고 시켰다. 낯선 사내가 대답했다. 저는 프랑스군 장교입니다. 하지만 프랑스 사람은 아닙니다. 당신은 그렇게 생각했을지 모르겠지만요. 제 조국은 스위스이며, 제 이름은 구스타프 폰 데어 리트입니다. 아, 조국을 떠나서 이 불행한 섬에 들어오지 말았어야 했는데! 저는 포르도팽[7]에서 오는 길입니다. 그곳에서는 당신이 알다시피 백인이란 백인은 다 살해됐습니다. 저는 드살린 장군이 이끄는 부대가 뽀르또프랭스를 포위하여 공성하기 전에 이 항구도시에 도착하려고 합니다! "포르도팽에서!" 노파가 소리쳤다. "온 나라가 토인 반란에 휩싸여 있는데 나리는 그 얼굴색을 하고도 그 한가운데를 뚫고 그렇게 먼 길을 지나왔단 말이오?" 하느님과 성인들이, 낯선 사내가 대답했다. 길을 지켜주셨습니다—저는 혼자가 아닙니다, 아주머니! 일행을 뒤에 남겨두고 왔습니다. 점잖고 나이 든 제 숙부가 숙모와 다섯 자녀를 데리고 있습니다. 이 일가가 거느리는 하인들과 하녀들 여러명도 물론 함께 있습니다. 일행은 다 합쳐 열두 사람입니다. 저는 비쩍 마른 버새 두마리에 의지해 이들을 이끌고 가야 합니다. 낮에 큰길로 다닐 수 없으므로, 밤마다 이루 말할 수 없이 힘들게 걸어서 말입니다. "아, 하느님!" 노파는 동정하듯 머리를 저으며, 코담배를 한 줌 들이마셨다. "나리 일행은 지금 도대체 어디에 있소?"—당신에게는, 낯선 사내는 잠시 생각을 가다듬은 뒤 대답했다. 당신에게는 제 속을 털어놓을 수 있을 것 같습니다. 당신 얼굴색에는 제 얼굴색과 같은 흰빛도 비치니까요. 사실대로 말씀드

7 오늘날의 포르리베르떼로, 아이띠 북동쪽의 도미니까 국경 가까이에 있는 도시이다.

리겠습니다. 제 일가는 여기서 1.5킬로미터 떨어진 갈매기못 근처에 있습니다. 이 못에 인접한 산기슭 덤불숲에 숨어 있습니다. 우리는 배고픔과 목마름 때문에 엊그제 그곳에 피신할 수밖에 없었습니다. 지난밤에는 하인들을 내보내 이 지역 주민들에게서 빵과 포도주를 구해오라고 시켰지만 아무 소용이 없었습니다. 하인들은 붙잡혀 죽을까봐 어디 가서 말을 붙일 엄두도 내지 못했습니다. 할 수 없이 제가 오늘 목숨을 걸고 직접 나서서 운수를 시험해보기로 했습니다. 제가 잘못 생각한 것이 아니라면, 낯선 사내는 노파의 손을 잡으며 말을 이었다. 하늘이 저를 동정심 많은 사람들에게 이끌어주신 것 같습니다. 이 섬 주민들은 다들 듣도 보도 못한 잔혹한 분노에 사로잡혀 있는데, 당신들은 그러지 않으니까요. 음식물과 음료수를 광주리 몇개에 채워주실 수 있겠습니까? 값은 얼마든지 치르겠습니다. 우리는 뽀르또프랭스까지 이제 닷새만 더 가면 됩니다. 이 도시에 도착할 때까지 먹고 마실 것을 마련해주신다면 당신들의 은혜를 평생 잊지 않겠습니다—"그래, 분노에 미쳐 날뛰는 꼴을 보면," 노파는 의뭉을 떨며 말했다. "한 몸에 달린 손들이, 아니면 한 잇몸에 붙은 이들이 서로 아귀다툼하는 듯하지 않소? 서로 생긴 것이 다르다는 이유로 말이오. 나는 싼띠아고데꾸바[8] 출신인 아버지의 딸로 태어났는데, 날이 밝으면 내 얼굴에 검은색을 뚫고 흰빛이 떠오르는 걸 난들 어쩌란 말이오? 내 딸을 유럽에서 가져서 거기서 낳았는데, 그애 얼굴에 유럽 땅의 흰빛이 환하게 얼비치는 걸 그앤들 어쩌란 말이오?"—뭐라고요? 낯선 사내가 소리쳤다. 당신은 얼굴 생김새가 영락없는 물라또여서 조상이 아프

8 꾸바에서 아바나에 이어 두번째로 큰 도시이다.

리카 사람인 줄 알았습니다. 그런데 당신이나 내게 문을 열어준 사랑스럽고 어린 메스띠소나 할 것 없이 모두, 우리 유럽 사람들처럼 박해받고 있단 말입니까? "하늘에 걸고 말하건대 그렇소!" 노파는 코에 걸린 안경을 벗으며 대답했다. "우리는 여러해 동안 피땀 흘리고 눈물 뿌리며 손이 부르트게 일해 알토란 같은 재산을 모았소. 이 원한에 사무쳐 약탈을 일삼는 마귀 떼가 여기에 눈독을 들이지 않을 거라 생각하오? 우리는 온갖 술책과 갖은 술수를 부려서 이런 핍박에서 몸을 지킬 수밖에 없었다오. 아무 힘 없는 우리로선 다른 방도가 없었으니까. 우리도 얼굴에 검은색이 퍼져 있어 이 도적 떼와 같은 인종으로 보이지만, 나리도 쉽게 짐작할 수 있다시피 그래봐야 아무 소용이 없었으니까!" 그럴 수가! 낯선 사내가 소리쳤다. 이 섬에서 누가 당신들을 핍박합니까? "여기 집주인이지!" 노파가 대답했다. "흑인 꽁고 호앙고지! 이 대농장의 전 소유주인 기욤 씨는 흑인들이 반란을 일으키자마자 호앙고의 원한 어린 손에 죽었다오. 우리는 호앙고의 친척으로 호앙고에게 살림을 해주고 있는데, 기욤 씨가 죽은 뒤 호앙고의 횡포와 폭력 때문에 살 수가 없을 지경이구려. 이따금 길을 지나는 이런저런 백인 난민에게 인정에 못 이겨 빵 한 조각이나 물 한모금이라도 건네주면, 호앙고는 우리에게 욕설을 퍼붓고 행패를 부려 분풀이를 한다오. 우리를 허여멀건 끄리오요 튀기라고 부르면서, 흑인들을 부추겨 우리에게 복수하게 하는 데 혈안이 되어 있다오. 호앙고가 백인들에게 포악하게 구는 것을 우리가 타박하니까 우리를 없애버리려는 거지. 우리가 남겨놓을 알토란 같은 재산을 꿀꺽 삼키려는 거고." ― 당신들이 불쌍합니다! 낯선 사내가 말했다. 당신들이 가엾습니다! ― 그런데 이 악마는 지금 어디에 있습니까? "드살린 장군 군대에게 갔다오."

노파가 대답했다. "이 대농장에서 일하는 다른 흑인들을 거느리고 드살린 장군에게 필요한 화약과 납을 보급하러 떠났다오. 우리 생각으로는 호앙고는 새로운 작전에 출동하지 않는다면 열흘이나 열이틀 뒤에 돌아올 거요. 자신은 백인들을 모조리 섬에서 쓸어버리려고 온 힘을 다하고 있는 판에, 우리가 뽀르또프랭스로 가는 어느 백인을 숨겨주고 재워줬다는 사실을, 제발 그런 일이 없기를 바라지만 집에 와서 눈치채기라도 하면, 나리도 쉽게 짐작할 수 있다시피 우리는 모두 죽은 목숨이라오." 하느님은 인정과 동정을 어여삐 여기시므로, 낯선 사내가 대답했다. 당신이 한 불쌍한 사람을 위해 도움을 베풀면 당신을 지켜주실 것입니다! —더욱이 저를 이만큼 도와준 일은 언젠가 이 흑인에게 들통나 분노를 사게 될 것이고, 노파에게 바싹 다가서며 덧붙였다. 그러면 그뒤 아무리 고분고분 따른다 할지라도 어차피 아무 소용이 없을 것 아닙니까? 그렇다면 당신이 원하는 대로 보수를 드릴 테니, 여독으로 녹초가 되어 있는 제 숙부와 그 가족이 원기를 조금이나마 회복할 수 있도록 하루 이틀 당신 집에 재워주시지 않겠습니까? "젊은 나리!" 노파가 화들짝 놀라 말했다. "무슨 말도 안되는 소리를 하는 거요? 이 집은 큰길가에 있소. 나리네처럼 머릿수 많은 일행을 재우고도 이 지역 주민들에게 어떻게 들키지 않겠소?" 왜 들킨다는 거지요? 낯선 사내가 속이 타서 되물었다. 제가 바로 직접 갈매기못으로 가서 먼동이 트기 전에 일행을 농장으로 데려오겠습니다. 주인이고 하인이고 할 것 없이 모두 한 방에 몰아넣겠습니다. 혹시 모르므로 만약의 사태에 대비해 문과 창문을 꼭꼭 잠가두겠습니다. 노파는 이 말을 듣고 잠시 곰곰이 생각한 뒤 이렇게 대답했다. "오늘 밤에 일행을 산골짜기에서 농장으로 데려오려 했다가는 거기서 돌아오는 길에 흑인 무장부대와 틀림없이 맞닥뜨릴 거요. 앞서 온 전초병 서넛이 이 부대가 곧 도착할 거라고 알려줬거든."—좋습니다! 낯선 사내가 대꾸했다. 지금은 불쌍한 일행에게 음식 한 광주리만 보내는 것으로 만족하겠습니다. 일행을 농장으로 불러들이는 일은 내일 밤으로 미루기로 합시다. 아주머니, 그렇게 해주시겠습니까? "그렇다면," 노파가 앙상한 손에 낯선 사내의 입맞춤 세례를 받으며 말했다. "내 딸의 아버지도 유럽 사람이니, 당신들 곤경에 처한 유럽 사람에게 이만한 호의는 베풀어주겠소. 내일 날이 밝거든 저기 앉아 당신 일가에게 내가 사는 이 농장으로 오라고 편지를 쓰시오. 마당에서 봤던 사내아이가 약간의 요깃거리와 함께 그 편지를 전해줄 거요. 사내아이는 하룻밤 동안 산에서 당신 일가와 함께 머물 거요. 그래야 안전하니까 말이오. 그런 뒤 모레 날이 밝고 일행이 이 집으로 오기로 결정하면, 여기까지 길잡이 노릇을 할 거요."

그동안 또니는 부엌에서 음식을 다 마련하고, 방으로 다시 돌아와 상을 차렸다. 낯선 사내를 흘깃 건너보며 노파에게 장난기 섞인 목소리로 물었다. 자, 어머니, 말해주세요! 이 나리는 문 앞에서 겁에 질려 있었는데 이제 괜찮아졌나요? 독약도 비수도 나리를 노리고 있지 않다는 것을 알게 됐나요? 흑인 호앙고가 집에 없다는 것을 믿게 됐나요? 어머니가 한숨 쉬며 말했다. "얘야, 뜨거운 물에 데면 숭늉 보고도 놀란다라는 옛말이 있단다. 이 나리가 집 안에 어느 인종이 사는지 알아보지도 않고 이 집에 어떻게 들어올 수 있겠느냐? 그것이야말로 어리석은 짓이 아니겠느냐?" 소녀는 어머니 앞에 다가서 이렇게 이야기했다. 저는 등불을 조심스레 들어올려 불빛이 제 얼굴을 환히 비추도록 했다고요. 하지만 이 나리는, 또니가 말했다. 토인이나 흑인 생각에만 빠져 있었어요. 빠리나 마르세유의 귀부인이 문을 열어줬다 하더라도 아마 흑인 여자로 여겼을 거예요. 낯선 사내는 소녀 허리에 살며시 팔을 두르며 당황한 목소리로 말했다. 네가 모자를 쓰고 있었던 까닭에 네 얼굴이 보이지 않았다. 바로 지금처럼 네 눈동자를 들여다볼 수 있었더라면, 소녀를 가슴으로 힘껏 끌어안으며 말을 이었다. 다른 모든 곳이 다 새까맸다 할지라도 나는 너와 함께 독배라도 들이켰을 것이다. 사내가 이렇게 말하며 얼굴이 빨개지자, 노파는 사내에게 식탁에 앉으라고 했다. 사내가 식사하는 동안 또니는 옆에 앉아 두 팔로 턱을 괴고 사내 얼굴을 빤히 들여다봤다. 낯선 사내가 소녀에게 물었다. 나이는 몇살이지? 어디서 태어났지? 노파가 오지랖 넓게 끼어들어 이렇게 말했다. "나는 십오년 전에 전 주인 빌뇌브 씨의 부인과 함께 유럽으로 여행을 갔소. 빠리에서 이 아이를 가져서 거기서 낳았다오." 노파는 이렇게 덧붙였다. "그뒤 나는 꼬마르라는 흑인과 결혼했소. 꼬마르는 이 아이를 입양했다오. 하지만 이 아이의 아비는 마르세유의 부유한 상인으로 베르트랑이라고 하오. 이 아이도 아비 성을 물려받아 이름이 또니 베르트랑이고."—또니가 낯선 사내에게 물었다. 혹시 프랑스에 그런 이름 가진 분을 모르세요? 낯선 사내가 대답했다. 모르지! 프랑스는 큰 나라야. 서인도제도로 배를 타고 오기 위해 프랑스에 잠시 들렀던 적이 있지만, 그때 이런 이름을 가진 사람을 본 일이 없어. 노파가 이렇게 대꾸했다. 나도 꽤 믿을 만한 소식을 전해 들었소. 베르트랑 씨도 이제 프랑스에 있지 않다고 하더구려. 야심 많고 출세욕 넘친 기질 때문에, 노파가 말했다. 소시민으로 살아가는 데 만족할 수 없었던 거요. 프랑스대혁명이 일어나자 공직에 뛰어들었다 하오. 1795년에는 프랑스 공사와 함께 터키 궁정에 방문했다고 하고. 내가 알기로 거기서 지금까지도 돌아오지 않고 있다고 하오. 낯선 사내는 또니의 손을 잡고 미소 지으며 말했다. 그렇다면 너는 양갓집 부유한 소녀구나. 이런 신분을 활용해보라고 북돋으며 이렇게 말했다. 아버지 도움을 받는다면 언젠가 형편이 활짝 피게 될 거야. 지금 네 처지하고는 비할 바 없이 말이야. "어림 반푼 없는 소리." 노파가 부아를 억누르며 대꾸했다. "베르트랑 씨는 내가 빠리에서 임신해 있는 동안 이 아이의 아버지임을 부인했다오. 젊고 부유한 처녀와 약혼 중이었는데 약혼녀를 보기 부끄러웠던 거지. 나는 살아생전 잊지 않을 것이오. 내가 뻔히 눈 뜨고 보는 데서 그자가 뻔뻔스럽게 위증을 서슴지 않은 것을. 나는 이 일을 겪고 온몸에 신열이 났다오. 그뒤에 곧바로 빌뇌브 씨가 내게 예순번 채찍질을 하라고 명령했소. 이 탓으로 이날 이때까지 부족증에 시달리고 있구려." — 또니는 생각에 잠겨 고개를 손으로 받치고, 낯선 사내에게 이렇게 물었다. 나리는 누구세요? 어디서 오셨고 어디로 가시는 거예요? 낯선 사내는 노파의 울분 어린 넋두리에 잠시 당황했다가, 또니가 묻는 말에 이렇게 대답했다. 나는 숙부인 슈트룀리 씨 일가와 함께 포르도팽에서 오는 길이야. 일행은 갈매기못에 인접한 산기슭 숲에 남아 있지. 두 젊은 사촌이 이들을 지키고 있고. 낯선 사내는 소녀가 조르는 데 못 이겨, 포르도팽에서 일어난 반란을 간추려 이야기했다. 모두가 잠든 한밤중이었어. 들고일어나라는 신호가 떨어지자 흑인들이 백인들을 학살하기 시작했어. 흑인들의 우두머리는 프랑스 공병대 중사였는데 악랄하게도 항구에 정박한 모든 배에 곧바로 불을 질러, 백인들이 유럽으로 도망갈 퇴로를 차단했어. 우리 일가는 손에 잡히는 대로 가재 몇가지를 챙겨 도성 밖으로 피신했지. 해안도시란 해안도시마다 동시에 반란이 일어났기 때문에, 우리는 버새 두마리를 어렵게 마련하여 온 나라를 가로질러 뽀르또프랭스로 올 수밖에 없었어. 이 도시만이 강력한 프랑스 군대의 보호를 받고 있으니까. 이 도시만이 전세를 장악하고 있는 흑인 군대에 아직 저항하고 있으니까. 또니가 물었다. 백인들이 그곳에서 그렇게 증오받게 된 것은 무슨 까닭인가요?—낯선 사내는 흠칫 놀라 대답했다. 어디서나 볼 수 있는 상황 때문이지. 백인들이 섬의 주인 노릇을 하면서 흑인들을 종으로 부리는 것 말이야. 솔직히 말하면, 나는 이를 감싸고 나서고 싶지는 않아. 하지만 이런 상황은 이미 수백년 전부터 계속됐던 거야! 흑인들과 끄리오요들은 어느 대농장에서든 가릴 것 없이 자유의 광기에 사로잡혔어. 자신들을 옭아맸던 사슬을 부수고, 몇몇 몹쓸 백인에게 이런저런 치 떨리는 학대를 당한 데 대해 백인들에게 복수를 퍼붓고 있어—특히, 사내는 잠시 입을 다물었다가 말을 이었다. 한 어린 소녀의 소행이 나에게는 오싹하고 섬뜩하게 느껴졌어. 이 소녀는 흑인이었는데, 반란이 일어났을 때 황열병으로 앓아누워 있었어. 포르도팽은 전염병에 반란까지 이중고에 시달리고 있었던 거야. 이 소녀는 예전에 백인 대농장주인 밑에서 삼년 동안 노예로 일한 적이 있었지. 주인은 소녀가 고분고분 말들 듣지 않자 화가 치밀어 모질게 사매질했어. 그런 다음 끄리오요 대농장 주인에게 팔아넘겼어. 총봉기가 일어난 날이었지. 소녀는 자신이 섬겼던 대농장 주인이 근처 초막으로 도망쳐 온 것을 알게 됐어. 흑인들이 뒤쫓아오자 봉변을 피해보려 말이야. 소녀는 전에 매질을 당한 게 생각났어. 땅거미가 내리자 오빠를 옛 주인에게 보내, 자기 집에서 묵으라고 권하게 했어. 이 불쌍한 백인은 소녀를 찾아왔지. 소녀가 몸이 아픈지도 어떤 병을 앓고 있는지도 몰랐어. 목숨을 구한 줄로만 알고 고마워 어쩔 줄 모르며 소녀를 팔에 껴안았어. 쓰다듬고 입 맞추며 소녀의 침대에서 반시간이나 보냈을까? 소녀가 갑자기 사납고도 싸늘하게 낯빛을 바꾸더니, 침대에서 몸을 일으켜 이렇게 말했어. 너는 가슴에 죽음을 품고 있는 전염병 환자와 입을 맞췄다. 꺼져라, 너랑 똑같이 생긴 놈들에게 황열병이나 퍼뜨려라!—노파가 세상에 그럴 수가 있느냐며 흉물을 떨었다. 장교가 또니에게 물었다. 너라면 그런 일을 할 수 있겠니? 아니요! 또니는 우물쭈물하고 눈을 내리깔며 말했다. 낯선 사내는 냅킨을 식탁에 내려놓으며 대꾸했다. 내 마음속 느낌을 밝히자면 이렇다. 백인들이 예전에 아무리 횡포를 부렸더라도 이렇게 비열하고 추악하게 배신해서는 안돼. 이러면, 열띤 표정으로 의자를 박차고 일어나 말했다. 하느님이 백인들을 징벌할 수 없게 되거든. 흑인들의 소행을 보면 천사들조차 격분할 거야. 백인들이 부당한 줄 알면서도 백인들 편에 설 거야. 지상과 천국의 질서를 회복하기 위해 백인들 주장을 지지할 거야. 이렇게 말하며 잠시 창가로 다가갔다. 밤하늘에 먹장구름이 달과 별들을 스쳐가는 것을 내다봤다. 등 뒤에서 어머니와 딸이 손짓을 주고받는 줄은 꿈에도 몰랐지만 서로 마주 보고 있는 듯한 낌새가 들었으므로, 왠지 꺼림하고 마뜩잖은 느낌에 사로잡혔다. 몸을 돌리고, 잠을 잘 방을 보여달라고 부탁했다.

노파가 벽시계를 보니, 아닌 게 아니라 자정이 가까웠다. 손에 등불을 들고 낯선 사내에게 따라오라고 말했다. 긴 복도를 지나 준비해놓은 방으로 안내했다. 또니는 낯선 사내의 외투와 그밖의 벗어놓은 소지품을 날랐다. 노파는 이부자리를 폭신하게 깔아놓은 침대를 가리키며 여기에서 자라고 말했다. 또니에게는 나리가 발 씻을 물을 준비해 오라고 일렀다. 그런 다음 편히 자라는 인사를 건네고 방에서 나갔다. 낯선 사내는 칼을 구석에 세우고, 허리띠에 차고 있던 권총 한 쌍을 탁자에 내려놓았다. 또니가 침대를 앞으로 밀고 침대에 하얀 시트를 덮었다. 그동안 낯선 사내는 방 안을 둘러봤다. 화려한 장식이나 그 취향으로 미뤄보아 대농장 전 주인이 쓰던 방임에 틀림없다는 생각이 퍼뜩 들었다. 그러자 불안감이 콘도르처럼 심장 주위를 맴돌았다. 일행이 있는 숲으로 다시 돌아가고 싶었다. 여기 왔을 때처럼 배고프고 목마를지라도 그게 나을 듯싶었다. 그동안 소녀는 옆에 있는 부엌에서 따뜻한 물을 한 대야 들고 왔다. 창가에 서 있는 장교에게 약초 냄새가 향긋하게 나는 물로 발을 씻으면 피로가 싹 가실 것이라 말했다. 장교는 의자에 앉아 아무 말 없이 스카프와 조끼를 벗었다. 신발과 양말을 벗기 시작했다. 소녀가 장교 앞에 무릎 꿇고 엎드려 발을 씻을 수 있도록 자질구레한 채비를 해주는 동안, 소녀의 자태를 넋을 잃고 내려다봤다. 소녀가 무릎 꿇고 몸을 숙이자 곱슬곱슬 출렁거리는 흑단 같은 머리채가 탱글탱글한 가슴까지 흘러내렸다. 입가에도, 내리뜬 눈에 돋은 기다란 속눈썹에도 더없는 아리따움이 감돌았다. 못내 거슬리는 얼굴색만 빼면, 이렇게 매초롬한 자색은 난생처음 본다고 장담할 수 있을 정도였다. 그때 누군가와 어딘지 닮은 듯한 모습이 다시 눈에 들어왔다. 누군지 아직 아슴푸레하지만 이 집에 들어올 때부터 이렇게 느꼈고, 이렇게 닮은 생김새 때문에 마음이 홀린 듯 소녀에게 끌렸었다. 장교는 소녀가 준비를 다 마치고 일어서자 손을 붙잡았다. 소녀가 자신에게 호감이 있는지 알 수 있는 방법은 한가지밖에 없다고 제대로 짚어내고서, 소녀를 무릎에 앉힌 뒤 이렇게 물었다. "약혼자가 있니?" 없어요! 소녀가 머루 같이 새까만 눈을 부끄러운 듯 사랑스럽게 내리뜨며 속삭였다. 장교의 품에서 꿈쩍도 하지 않고 이렇게 덧붙였다. 이웃에 사는 젊은 흑인 꼬넬리가 세달 전에 청혼해왔어요. 하지만 제가 아직 나이가 차지 않았다는 이유로 거절했어요! 낯선 사내는 소녀의 날씬한 허리를 두 팔로 감은 채 말했다. "우리나라에는 소녀가 열네살 일곱 주면 결혼할 만한 나이가 됐다라는 말이 널리 퍼져 있단다![9]" 소녀가 낯선 사내의 가슴에 걸린 작은 황금색 십자가를 내려다보고 있는 동안, 낯선 사내는 이렇게 물었다. "나이가 몇이지?"—열다섯이에요. 또니가 대답했다. "그러니까!" 낯선 사내가 말했다—"꼬넬리는 너와 가정을 꾸리고 살고 싶었지만, 네가 바라는 만큼 재산이 많지 않았구나?" 또니는 눈을 들지 않은 채 대답했다. 그건 아니에요!—그렇기는커녕, 소녀는 손에 쥐고 있던 십자가를 놓으며 말했다. 꼬넬리는 최근에 운수가 트여서 남부럽지 않은 부자가 됐어요. 전에 상전으로 섬기던 대농장 주인 소유의 농장이 꼬넬리 아버지 손에 고스란히 떨어졌거든요—"그런데 왜 꼬넬리의 청혼을 거절했지?" 낯선 사내가 물었다. 소녀의 머리털을 이마 위로 다정스레 쓸어올리며 말했다. "꼬넬리가 네 마음에 들지 않았던 거니?" 소녀는 고개를 잽싸게 끄덕이고 수줍게 웃었다. 낯선 사내가 우스갯소리 하듯 네 마음을 얻으려면 백인이어야 하니?라고 귓속말로 속삭이자, 소녀는 잠시 동안 꿈꾸듯 생각에 잠기더니, 그을린 얼굴을 발그레 붉히며 느닷없이 사내의 가슴에 파고들었다. 낯선 사내는 소녀의 아리따움과 사랑스러움에 눈이 멀어 소녀를 사랑하는 나의 연인이라 부르고, 하느님의 손길에 이끌려 모든 근심에서 벗

9 크리스티안 퓌르히테고트 겔레르트(1715~69)의 시 「어린 소녀」에서 소녀의 아버지는 소녀가 열네살밖에 되지 않으므로 결혼하기에 너무 어리다고 하자, 소녀는 결혼을 하고 싶은 나머지 자신의 나이가 열네살 일곱주라고 말한다.

어난 듯 소녀를 두 팔에 품어안았다. 소녀가 보이는 이 모든 몸짓 뒤에 싸늘하고 소름 끼치는 배신이 도사리고 있으리라고는 꿈에도 생각지 못했다. 낯선 사내를 불안하게 했던 생각들이 사라졌다. 으스스한 콘도르 떼가 흩어지는 듯했다. 낯선 사내는 잠시나마 소녀의 마음을 알아채지 못한 자신을 꾸짖었다. 소녀를 무릎에 앉힌 채 둥실둥실 들어올리고 소녀에게서 새어나오는 달콤한 입김을 들이마시며, 화해와 용서를 청하기라도 하듯 소녀의 이마에 입을 맞췄다. 그러고 있는데 소녀는 누군가 복도에서 문으로 다가오는 기척이라도 들은 듯 갑작스레 귀를 쫑긋 세우고 몸을 일으켰다. 생각에 잠겨 꿈꾸는 듯한 표정으로 흐트러진 가슴 옷깃을 여몄다. 뭔가 잘못 들었다는 것을 깨닫고서야 비로소 밝은 미소를 머금고 낯선 사내에게 다시 고개를 돌리더니, 물이 식기 전에 어서 발을 씻으라고 일러줬다—왜요? 소녀는 낯선 사내가 입을 다물고 생각에 잠겨 자신을 바라보자 흠칫 놀라 물었다. 왜 그렇게 뚫어져라 저를 보세요? 소녀는 조끼 매무새를 가다듬으며 당황한 기색을 감추려 애쓰더니, 미소를 머금고 소리쳤다. 이상하기도 하셔라, 제 얼굴에 뭐라도 묻었나요? 낯선 사내는 손으로 이마를 훔치고서, 소녀를 무릎에서 내려놓고 한숨을 억누르며 말했다. “너는 내 여자친구와 기이할 만큼 빼닮았구나!” 또니는 사내의 얼굴에서 밝은 표정이 눈에 띄게 사라진 것을 알아채고서, 가엾은 듯 살갑게 손을 잡고 물었다. 누구하고요? 낯선 사내는 잠시 생각한 뒤 입을 열어 말했다. “그 여자의 이름은 마리안 꽁그레브이고 고향은 스트라스부르야. 나는 이 도시에서 대혁명이 일어나기 직전에 마리안과 사귀었지. 마리안의 아버지는 이곳에서 장사를 했어. 나는 마리안에게 결혼 승낙도 얻었고 마리안 어머니의 허락도 받아둔 터라 행복하기 그지없었어. 아, 마리안은 하늘 아래 가장 사랑스러운 여인이었지. 너를 보니, 내가 마리안을 잃은 끔찍하고 가슴 아픈 상황이 너무 생생하게 떠오르는구나. 서글픔에 눈물이 앞을 가리는구나." 뭐라고요? 또니는 안쓰러운 듯 곰살궂게 몸을 기대며 말했다. 그 여자가 살아있지 않나요? "마리안은 죽었어." 낯선 사내가 대답했다. "하지만 나는 마리안의 죽음을 보고서야 비로소 선이란 무엇인지, 고결함이란 무엇인지 오롯이 알게 됐지. 나도 모르겠어," 낯선 사내는 괴로운 듯 소녀의 어깨에 머리를 기대며, 말을 이었다. "내가 왜 그렇게 경솔했는지. 어느날 저녁 사람들이 많이 모인 곳에서였어. 혁명재판소가 세워진 게 엊그제여서 아직 서슬이 시퍼럴 때였어. 나는 혁명재판소에 대해 쓸데없는 소리를 지껄였어. 그래서 고소를 당하고 수배를 받았어. 다행히 교외로 달아나 피신할 수 있었지. 미친 듯 나를 쫓던 일당은 내가 자취를 감추자 내 약혼녀 집에 들이닥쳤어. 누구라도 잡아넣으려 혈안이었던 거야. 마리안이 내가 어디 있는 줄 정말로 모른다고 잡아떼자 분통을 터뜨렸어. 나 대신 마리안을 어처구니없고 뻔뻔스럽게도 형장으로 끌고 갔지. 나와 내통하고 있다는 누명을 덮어씌운 거야. 나는 이 끔찍한 소식을 듣자마자 숨어 있던 은신처에서 뛰쳐나왔어. 인파를 헤치고 형장을 향해 달렸어. 목이 터져라 외쳤어. 여기 있다, 이 잔인한 마귀들아, 여기 내가 있다! 마리안은 이미 기요띤 처형대에 올라서 있었어. 재판관들은 하필이면 나를 전혀 모르는 자들이었지. 재판관들이 이 사람이 구스타프냐고 묻자 마리안은 나를 흘깃 바라보고 고개를 돌렸어. 그 눈빛은 내 마음속에서 영원히 지워지지 않을 거야. 그러면서 이렇게 대답하더구나. 나는 이 사람을 모릅니다!—잠시 뒤 북이 울리고 함성이 퍼졌어. 피에 굶주린 성마른 재판관들의 명령에 따라 도끼날이 떨어졌어. 마리안의 머리가 몸통에서 잘려나갔어—내가 어떻게 목숨을 구했는지는 나도 모르겠어. 십오분 뒤 나는 친구 집에 있었어. 거기서 까무러쳤다 깨어나기를 거듭했지. 저녁 무렵에 반쯤 정신이 나간 채 마차에 태워져 라인 강 너머로 보내졌어."—낯선 사내는 이렇게 말하며 소녀를 손에서 놓고 창가로 다가갔다. 소녀는 사내가 가슴 아파하며 손수건에 얼굴을 묻는 것을 보자, 자기도 모르게 가엾은 느낌이 우러났다. 후다닥 걸음을 옮겨 사내를 뒤따라가, 목을 껴안고 사내와 함께 눈물을 뿌렸다.

다음에 무슨 일이 일어났는지는 더이상 이야기할 필요가 없을 것이다. 여기까지 읽은 독자라면 누구나 저절로 알 테니까. 낯선 사내는 다시 정신이 들었을 때, 자신이 방금 저지른 일이 자신에게 어떤 결과를 가져올지 몰랐다. 그동안 깨달은 사실이라곤 자신이 목숨을 건졌으며 지금 있는 집에서 소녀를 두려워할 필요가 없다는 것뿐이었다. 소녀가 두 팔로 가슴을 가리고 침대에서 흐느끼는 것을 보자, 소녀를 달래기 위해 안간힘을 다했다. 낯선 사내는 작은 황금색 십자가를 가슴에서 빼냈다. 자신을 살리고 세상을 떠난 약혼녀 마리안이 준 선물이었다. 소녀에게 몸을 굽히고 끝없이 어루만지며 이 십자가를 목에 걸어주고 약혼 선물이라고 말했다. 소녀가 눈물만 하염없이 흘릴 뿐 무슨 말을 해도 귓등으로 흘려듣자, 침대 가장자리에 걸터앉아 손을 쓰다듬고 입 맞추기를 되풀이하며, 내일 아침 네 어머니에게 너를 배필로 달라고 청하겠어라고 속삭였다. 이렇게 귀띔했다. 나는 아레[10] 강기슭에 따로 마음대로 쓸 수 있는 아담한 저택이 있어. 네 어머니가 연로하더라도 그곳까지

10 오늘날 스위스의 수도 베른을 가로지르는 강으로 스위스에서 가장 긴 강이다.

갈 기력이 있다면, 너와 네 어머니를 데려다 다 함께 살 수 있을 만큼 편안하고 널찍한 집이야. 밭, 정원, 초원, 포도원도 있어. 나의 점잖은 아버지는 너를 고마워하며 반갑게 맞이할 거야. 네가 아들을 구해줬으니까. 소녀가 침대 베개에 끝없이 눈물을 떨구자, 소녀를 두 팔로 얼싸안고 자신도 가슴 아파하며, 내가 너에게 어떤 괴로움을 안겼니? 그렇더라도 나를 용서해줄 수 있겠니?라고 물었다. 이렇게 다짐했다. 너를 향한 사랑은 내 가슴에서 결코 사라지지 않을 거야. 너를 보고 정욕인지 불안인지 모를 감정이 치받쳤어. 이상하게 감각이 혼란스럽고 몽롱해져서 너에게 이런 짓을 저지르고 말았구나. 끝으로 이렇게 일깨웠다. 새벽별이 반짝이고 있구나. 네가 침대에 줄곧 머물러 있으면, 어머니가 와서 네가 침대에 있는 것을 보게 될 거야. 그러고선 건강을 생각해서라도 몸을 일으켜 몇시간이라도 침대에서 편히 자라고 채근했다. 소녀가 몸을 주체하지 못하자 더없이 염려하며 안아서 방으로 데려다줄까?라고 물었지만, 소녀는 사내가 하는 말에 아무 대꾸도 하지 않았다. 두 팔에 머리를 묻고 흐느끼며 흐트러진 침대에 꿈쩍도 하지 않고 누워 있었다. 여닫이창문으로 새벽빛이 희붐하게 스며들자, 마침내 낯선 사내는 다독거리기를 그만두고 소녀를 들어올리는 수밖에 없었다. 소녀를 어깨에 걸머지고 층계를 걸어 소녀의 방으로 올라갔다. 소녀의 몸뚱이는 생명 없는 물체처럼 축 늘어져 있었다. 사내는 소녀를 침대에 내려놓고 수없이 어루만지며 아까 했던 말을 처음부터 끝까지 되풀이했다. 그런 뒤 소녀를 자신의 사랑하는 약혼녀라고 다시 한번 부르고 볼에 입을 맞추고선 서둘러 자신의 방으로 돌아왔다.

날이 환하게 밝자마자 늙은 바베깐은 딸의 방으로 올라와서, 침대맡에 앉더니 낯선 사내와 그 일행을 어떻게 처리할 계획인지 털어놓았다. 이렇게 말을 꺼냈다. 흑인 꽁고 호앙고는 이틀 뒤에나 돌아올 거야. 그동안 이 낯선 사내를 집에 붙들어두는 게 가장 중요해. 이자의 일가붙이는 머릿수가 많아서 위험하니까 집에 들이지는 말아야 하고. 그러기 위해, 노파는 말을 이었다. 좋은 꾀가 떠올랐어. 낯선 사내에게 그럴싸하게 둘러대는 거야. 방금 들어온 소식에 따르면 드살린 장군이 군대를 이끌고 이 지역으로 들어올 거라고 말이야. 이럴 위험이 매우 높기 때문에 드살린 장군이 지나간 뒤인 세번째 날에야 낯선 사내가 바라는 대로 일가를 집으로 받아들일 수 있다고 말이야. 사내의 일행에게는, 이렇게 말을 맺었다. 먹거리를 가져다줘서 길을 떠나지 않도록 해야 해. 우리 집에 피신할 수 있을 거라는 헛꿈을 꾸게 해서 붙잡아둬야 해. 그래야 나중에 이자들을 사로잡을 수 있거든. 덧붙여 말했다. 이번 일은 중요해. 이 일가는 모르긴 몰라도 상당한 재산을 들고 왔을 거야. 그러고선 방금 말한 계획을 실행할 때 있는 힘을 다해 도우라고 딸에게 일렀다. 또니는 침대에서 윗몸을 일으키고 언짢은 듯 얼굴을 벌겋게 붉히며 대답했다. "길손을 집으로 불러들여 따뜻이 맞이하기는커녕 이렇게 후리려고 하다니, 얼마나 뻔뻔스럽고 비열한 짓이에요." 이렇게 덧붙였다. "어떤 사람이 쫓기다가 우리에게 몸을 숨겨달라고 하면 이 사람을 두 겹 세 겹 안전하게 지켜야 마땅해요." 그러고선 장담했다. "방금 말한 잔인한 흉계를 포기하세요. 그러지 않으면 낯선 사내에게 당장 달려가, 나리는 이 집에서 목숨을 건졌다고 생각하지만 이 집은 살인자 소굴이에요라고 일러바치겠어요." 또니! 노파가 두 팔을 옆구리에 대며 소리치더니, 두 눈을 부릅뜨고 딸을 노려봤다—"정말이에요!" 또니가 목소리를 내리깔며 대꾸했다. "이 젊은이는 프랑스 태생도 아니에요. 우리가 들었듯이 스위스 사람이라고요. 이 젊은이가 우리에게 무슨 고통을 주었기에 우리는 도적 떼처럼 달려들어 이자를 죽이고 약탈하려는 거지요? 여기서는 흑인들이 대농장 주인들에게 분노를 터뜨리고 있지만, 이 젊은이가 온 지역에서도 과연 그럴까요? 오히려 어느 모로 보나, 이 젊은이는 고결하고 훌륭한 인간이지 않나요? 흑인들은 백인들에게 불의를 일삼는다고 욕하지만 이 젊은이는 불의라고는 티끌만큼도 모르지 않나요?"—노파는 딸이 기이하리만큼 열띠게 말하는 것을 노려보다가, 입술을 바르르 떨며 기가 막히는구나라는 말만 겨우 내뱉었다. 노파는 뽀르뚜갈 젊은이는 무슨 죄를 지었기에 얼마 전 대문에서 몽둥이로 맞아 죽었느냐고 물었다. 네덜란드 사람 두 놈은 무슨 죄를 지었기에 세주 전 흑인들의 총알을 맞고 마당에 거꾸러졌느냐고 따졌다. 프랑스 사람 세 놈과 다른 백인 난민 오만 잡놈은 무슨 잘못을 저질렀기에 반란이 일어난 뒤 집에서 소총, 창, 단도 따위로 처형됐느냐고 다그쳤다. "하늘에 걸고 말하건대," 딸이 자리를 박차고 일어나며 소리쳤다. "해도 너무하는군요. 그런 만행을 들쑤셔 일깨우다니! 어머니와 호앙고가 이 무자비한 짓에 저를 끌어들인 것을 떠올리기만 해도 속이 다 뒤집힌 지 오래예요. 지금까지 저지른 모든 일을 하느님께 속죄하기 위해서라도, 저는 어머니께 다짐하건대, 이 젊은이가 우리 집에 있는 동안 머리카락 한 올이라도 다치는 것을 보고 있지 않겠어요. 그러느니 제 목숨을 열번이라도 바치겠어요."—그렇다면 좋다, 노파가 짐짓 물러서는 듯한 표정을 지으며 말했다. 낯선 사내를 떠나보내라! 하지만 꽁고 호앙고가 돌아와서, 노파는 몸을 일으켜 방에서 나가며 이렇게 덧붙였다. 어느 백인이 우리 집에서 묵었다는 것을 알게 되거든, 너는 동정심에 못 이겨 엄명을 어기고 백인을 놓아준

데 책임을 져야 한다.

이 말은 겉으로는 부드럽게 들렸지만 노파가 속으로는 이를 갈고 있음이 알게 모르게 드러났다. 이에 소녀는 소스라치게 놀라 방안에 멍하니 서 있었다. 어머니가 백인들을 얼마나 미워하는지 너무 잘 알았던지라, 어머니가 이런 적개심을 만족시킬 수 있는 기회를 순순히 넘겨버릴 거라고 믿지 않았다. 어머니가 곧바로 이웃 대농장에 사람을 보내 흑인들을 불러올지 모르며, 그렇게 해서라도 낯선 사내를 붙잡으려 할지 모른다는 두려움이 들었다. 소녀는 옷을 꿰입고 어머니를 뒤따라 지체없이 아래층 거실로 내려갔다. 어머니는 찬장에 다가붙어 무슨 일인지 꾸미고 있었던 듯했다. 발소리가 들리자 당황하여 찬장에서 물러서더니 물레 앞에 앉았다. 소녀는 방으로 들어오다 말고 문에 붙은 격문을 보았다. 어느 흑인이든 백인들을 숨겨주거나 재워줄 경우 사형에 처할 것이라는 내용이었다. 소녀는 자신이 저지른 잘못을 이제야 깨달은 듯 겁에 질려 후다닥 몸을 돌려, 어머니 발 앞에 머리를 조아렸다. 어머니가 등 뒤에서 자신을 내내 훔쳐보고 있었던 것은 이미 잘 알고 있던 터였다. 소녀는 어머니 무릎을 끌어안고 자신이 헛소리를 지껄여 낯선 사내 편을 든 것을 용서해달라고 빌었다. 자신이 아직 잠에서 덜 깨어 침대에 누워 있는데 어머니가 갑자기 찾아와 사내를 속여 넘길 계략을 일러줘서 그랬던 것 같다고 변명했다. 사내를 이 지방 법률에 따라 처벌할 수 있도록 넘겨 규정된 대로 처형하게 만들겠어요라고 다짐했다. 노파는 잠시 딸을 뚫어져라 쏘아보고 이렇게 말했다. "하늘에 걸고 말하건대, 네가 방금 이렇게 말한 덕에 그 사내는 오늘 하루 목숨을 건졌다. 네가 사내를 지키려 하는 듯 보여서, 음식에 독을 탔거든. 사내가 이 음식을 먹으면 적어도 시체라도 꽁고 호앙고 손에 넘겨줄 수 있으니까. 그래야 이 흑인의 명령을 어기지 않게 될 테니." 그러더니 벌떡 일어서서, 책상에 놓인 냄비를 들어 안에 든 우유를 창밖으로 쏟았다. 또니는 두 눈을 믿을 수 없어, 질겁해 어머니를 바라봤다. 노파는 다시 자리에 앉더니, 아직 무릎 꿇고 엎드려 있는 딸을 바닥에서 일으켜세우고 물었다. "무슨 일이 있었기에 단 하룻밤 사이 네 생각이 그리 갑자기 변한 거냐? 어제 사내에게 잠자리를 깔아준 뒤에도 사내 방에 오랫동안 남아 있지 않았느냐? 낯선 사내와 긴 이야기를 나누지 않았느냐?" 또니는 두방망이질하는 가슴을 억누르며 이에 대꾸하지 않거나, 아니면 얼버무려 대꾸했다. 눈을 아래로 내리깔고 손으로 이마를 짚으며 일어서서, 꿈이 아직 덜 깬 것 같다고 우물거렸다. 하지만 가엾은 어머니의 가슴을 언뜻 보기만 해도, 재빨리 몸을 숙여 어머니 손에 입 맞추며 말했다. 이 낯선 사내와 얼굴색이 똑같은 백인들의 무자비한 만행이 낱낱이 기억에 다시 떠올라요. 그러고선 몸을 돌려 어머니 앞치마에 얼굴을 파묻으며 장담했다. 흑인 호앙고가 도착하자마자 어머니는 알게 될 거예요. 제가 어머니에게 어떤 딸인지를!

바베깐은 앉아서 생각에 잠겨, 딸이 이렇게 생뚱맞게 야단을 부리는 까닭이 무엇인지 헤아려봤다. 그때 낯선 사내가 침실에서 쓴 쪽지를 들고 방 안으로 들어왔다. 숲에 있는 일가에게 흑인 호앙고의 대농장에 와서 며칠 머물도록 권하는 편지였다. 사내는 매우 밝고 상냥하게 모녀에게 인사하고, 노파에게 쪽지를 건네주며, 바로 숲으로 사람을 보내 약속한 대로 일행에게 먹을 것과 마실 것을 날라달라고 부탁했다. 바베깐이 일어서서, 쪽지를 벽장에 집어넣으며 불안한 표정으로 말했다. "나리, 곧바로 침실로 돌아가라고 부탁드릴 수밖에 없구려. 길마다 흑인 부대가 쫙 깔려 있다오. 이 부대가 여기를 지나며 우리에게 이렇게 알려주는구려. 드살린 장군이 군대를 이끌고 이 지역으로 오고 있다고 말이오. 이 집에는 누구나 쉽게 들어올 수 있잖소. 그러니 나리는 안마당 쪽으로 난 침실에 틀어박혀 있어야 하오. 방문뿐 아니라 창덧문까지 꼭꼭 걸어잠그고 있어야 하오. 그러지 않으면 안전을 보장할 수 없소."—뭐라고요? 낯선 사내가 흠칫 놀라 소리쳤다. 드살린 장군이?—"아무것도 묻지 마시오!" 노파는 지팡이로 바닥을 세번 두드리며, 사내의 말을 가로막았다. "내가 나리 침실로 따라들어가 자초지종을 설명드릴 테니." 낯선 사내는 노파가 겁먹은 시늉을 하며 자신을 방에서 떠밀어내자, 문가에서 다시 한번 몸을 돌려 소리쳤다. 하지만 나를 기다리고 있는 일가에게 심부름꾼이라도 보내서, 일행에게……? "어련히 알아서 보내줄까." 노파가 말허리를 잘랐다. 그러는 동안 우리가 앞에서 이야기했던 서자 난끼가 지팡이 두드리는 소리를 듣고 방에 들어왔다. 노파는 또니가 거울 앞으로 걸어가 낯선 사내를 등지고 있는 것을 보고, 구석에 놓여 있는 음식 바구니를 들고 오라 일렀다. 그러고선 모녀, 낯선 사내, 사내아이, 이렇게 네 사람은 낯선 사내의 침실로 올라갔다.

노파는 방에 들어오자 안락의자에 퍼더앉더니, 지평선을 에두른 산이란 산마다 드살린 장군 군대의 화톳불이 밤새 가물거리는 게 보였다고 이야기했다—이러한 정황은 아닌 게 아니라 사실이었다. 뽀르또프랭스를 향해 남서쪽으로 진격하는 드살린 장군 군대 흑인이 아직까지는 이 지역에 단 한명도 보이지 않았지만 말이다. 노파는 이렇게 하여 낯선 사내를 불안의 도가니에 몰아넣었다. 하지만 이 군대가 이 집에 숙영하게 되는 최악의 사태가 닥치더라도 사내를 구하기 위해 최선을 다할 것이라고 곧이어 장담하여 불안감을 달래줬다. 낯선 사내가 상황이 이렇게 어려울지라도 일가에게 적어도 음식은 가져다줘야 한다고 거듭 애타게 채근하자, 노파는 딸에게 바구니를 받아 사내아이에게 건네며 이렇게 말했다. “갈매기못에 이웃한 산기슭 숲으로 가거라. 거기 있는 이 낯선 장교의 일가에게 이 바구니를 건네줘라. 이런 말을 덧붙여라. ‘장교님은 잘 지내고 있어요. 백인을 친구로 여기는 사람들이 장교님을 가엾게 생각하여 집에 받아들였어요. 백인 편을 들었다가는 흑인들에게 엄청나게 고통을 당할 텐데도요.’” 그러고는 이렇게 말을 맺었다. 무장 흑인 무리가 큰길을 지나서 사라지자마자, 우리는 이 일가도 이 집에서 묵을 수 있도록 채비할 거라고도 전하여라—노파는 말을 마치고 이렇게 물었다. 알아들었지? 사내아이는 바구니를 머리에 이며 대답했다. 말씀하신 갈매기못이라면 훤히 꿰고 있어요. 가끔 친구들과 낚시하러 가거든요. 낯선 나리 일가가 거기 머물러 있다고요? 제게 이르신 말씀을 일가에게 빠짐없이 전하겠어요. 노파가 그밖에 덧붙일 말 없소?라고 묻자, 낯선 사내는 손가락에서 반지를 빼 사내아이에게 쥐여주며, 이 반지를 가장인 슈트룀리 씨에게 건네줘 전갈이 사실이라는 증표로 삼으라고 일렀다. 그런 다음 바베깐은 이래야 낯선 사내가 안전하다는 구실을 붙여, 이런저런 부산을 떨었다. 또니에게 창덧문들을 닫으라 일렀고, 그래서 방 안이 칠흑같이 어두워지자, 노파는 어둠을 몰아내기 위해 벽난로 선반에 놓인 부싯돌과 부싯깃을 들어 손수 불을 댕겼지만, 부싯깃에 불이 잘 붙지 않아 애를 먹었다. 낯선 사내는 이 순간을 놓칠 새라 또니의 허리에 팔을 살포시 두르고, 귓속말로 속삭였다. 잘 잤니? 간밤에 너와 나 사이에 무슨 일이 있었는지 내가 네 어머니께 알려드려야 하지 않겠니? 하지만 또니는 첫번째 묻는 말은 들은 척도 하지 않고, 두번째 묻는 말에 사내의 팔에서 몸을 빼내며 이렇게 대꾸했다. 아니요, 저를 사랑하신다면 아무 말도 하지 마세요! 또니는 어머니가 능청스럽게 수선을 피우면 피울수록 가슴속에 더욱더 일렁이는 두려움을 억눌렀다. 낯선 사내에게 아침을 차려오겠다는 핑계를 대고 한달음에 아래층 거실로 내려갔다.

또니는 어머니의 벽장에서 낯선 사내의 편지를 꺼냈다. 순진하게도 일가에게 난끼를 따라 이 농장으로 오라고 알리는 내용이 쓰여 있었다. 어머니가 이 편지가 없어진 것을 알게 될지도 모르지만 이는 운에 맡기고, 최악의 경우에 사내와 함께 죽기로 마음을 다진 뒤, 이미 큰길로 나선 난끼를 뒤쫓아 달려나갔다. 또니는 하느님 앞에서나 자신의 마음속으로나, 이 젊은이를 이제는 피난처나 숙소를 제공한 길손일 뿐이라고 생각지 않았고, 자신의 약혼자요, 배필이라고 여겼다. 이 사내 일행이 집에 들어와 수적으로 우세해지자마자 이 사실을 어머니에게 숨김없이 털어놓겠다고 마음먹었다. 어머니가 놀라서 기겁하리라는 것은 눈 감고도 짐작할 수 있었다. "난끼," 또니는 숨이 턱에 닿게 서둘러 큰길을 달려 사내아이를 따라잡고 이렇게 말했다. "어머니가 슈트룀리 가족에 관한 계획을 바꿨어. 이 편지를 받아라. 이 가족의 나이 든 가장인 슈트룀리 씨에게 보내는 것이야. 일행을 모두 데리고 며칠 동안 우리 농장에 와서 머물라는 내용이야—영리하게 굴어야 해. 슈트룀리 씨가 이 계획에 따르도록 어떻게든 구워삶아야 해. 흑인 꽁고 호앙고가 돌아오면 네게 상을 내릴 거야." 알았어, 알았어, 또니 누나. 사내아이가 대답했다. 편지를 조심스럽게 접어 호주머니에 넣으며 물었다. 내가 일행에게 길잡이 노릇을 해야겠지? "물론이지," 또니가 대답했다. "그 사람들은 이 지역 지리를 모르니까 당연하지. 하지만 자정 전에는 출발하지 마. 큰길에 드살린 장군의 부대가 몰려들지도 모르니까. 그렇지만 자정이 지나거든 서둘러야 해. 날이 밝기 전에 여기에 도착하도록 말이야—너를 믿어도 되겠지?" 또니가 물었다. 나만 믿으라고! 사내아이가 대답했다. 이 백인 난민들을 왜 농장으로 꾀어들이려는지 잘 알아. 아버지도 내가 한 일에 만족스러워하실 거야!

이렇게 한 다음 또니는 낯선 사내에게 아침을 차려줬다. 상을 치운 뒤 모녀는 거실로 돌아와 집안일을 했다. 아니나 다를까, 노파는 얼마 뒤 벽장으로 다가갔다. 편지가 없어진 것을 알아챘음은 두말할 나위도 없었다. 도깨비에 홀린 것 같아 잠시 이마에 손을 얹고, 또니에게 물었다. 낯선 사내가 써준 편지를 내가 어디에 두었지? 또니는 눈을 내리깔고 잠시 뜸을 들인 뒤 이렇게 대답했다. 제 기억으로는 낯선 사내가 편지를 다시 호주머니에 쑤셔넣었어요. 2층 방에 올라와서 어머니와 제가 보는 데서 찢어버렸어요! 어머니는 눈이 휘둥그레져 딸을 바라보고 말했다. 낯선 사내의 손에서 편지를 받아서 벽장에 넣었던 것이 똑똑히 기억나는데. 하지만 아무리 뒤져봐도 벽장에 편지는 보이지 않았고, 이런 비슷한 일이 한두번이 아니어서 스스로 제 정신을 믿을 수 없었던 터라, 마침내 딸의 말이 맞겠거니 여기는 수밖에 없었다. 그러면서 일이 생각대로 풀리지 않자 끓어오르는 짜증을 억누르지 못하고, 이렇게 말했다. 흑인 호앙고가 이 일가를 농장으로 꾀어들이려면 이 편지가 꼭 있어야 할 텐데. 또니는 낯선 사내에게 점심과 저녁을 차려줬다. 노파는 식탁가에 앉아 사내와 이야기를 나누며, 편지를 어떻게 했느냐고 물어볼 기회가 여러번 생겼다. 하지만 또니는 이런 아찔한 순간이 닥칠 때마다 말을 돌리거나 뒤섞었다. 그래서 노파는 낯선 사내의 대답을 듣긴 들었는데 편지가 어떻게 됐다는 건지 도무지 종잡을 수 없었다. 이렇게 하루가 흘렀다. 노파는 저녁식사 때 만약의 사태에 대비하기 위해서라는 구실을 붙여 낯선 사내의 방문에 자물쇠를 채웠다. 그러고선 딸과 머리를 맞대고 어떤 술책을 써야 낯선 사내에게 다음 날 똑같은 내용의 편지를 다시 쓰게 할 수 있을지 의논했다. 그런 뒤 잠자러 들어가며, 딸에게도 그만 자라고 일렀다.

또니는 이 순간이 오기를 간절히 기다렸다. 자신의 침실에 들어가서 어머니가 잠든 기척을 느끼자마자, 침대 옆에 걸려 있던 성모마리아 초상화를 안락의자에 올려놓고, 그 앞에 무릎을 꿇고 두 손을 모았다. 성모마리아의 아들 구세주께 끝없이 애타게 기도를 올리며, 자신의 몸을 다 바친 이 젊은이에게 자신의 어린 마음을 짓누르는 범죄들을 털어놓을 수 있는 용기와 담력을 달라고 빌었다. 자신의 마음이 아무리 괴롭더라도 이 젊은이에게 아무것도 숨기지 않겠으며, 무슨 무자비하고 무시무시한 의도로 어제 이 젊은이를 집으로 유인했는지도 감추지 않겠다고 맹세했다. 하지만 자신이 이 젊은이를 구하기 위해 지금까지 한 일을 봐서라도 이 젊은이가 자신을 용서하고 갸륵한 아내로 삼아 유럽으로 데리고 가게 해달라고 기원했다. 이런 기도로 놀랄 만큼 마음이 든든해진 또니는 일어서서 만능열쇠를 움켜쥐었다. 집의 어떤 방문이든 열 수 있는 열쇠였다. 촛불을 켜지 않고 더듬더듬 걸어서, 집 안을 가로지르는 좁은 복도를 지나 낯선 사내의 침실로 향했다. 방문을 조용히 열고 침대 앞으로 다가갔다. 사내는 드러누워 깊은 잠에 빠져 있었다. 달빛이 사내의 젊고 보얀 얼굴을 환히 비췄고, 열린 창문 틈새로 들어온 밤바람에 사내 이마의 머리털이 나부꼈다. 또니는 사내 얼굴에 살며시 몸을 굽히고, 사내의 달콤한 숨결을 들이마시며 이름을 불렀다. 하지만 사내는 깊은 꿈에 빠져들어 꿈에서 또니를 보고 있는 듯싶었다. 아무튼 달떠서 떨리는 입술로 여러번 이렇게 속삭거리는 게 들렸다. 또니! 또니는 이루 말할 수 없는 서글픔에 사로잡혔다. 사내가 황홀한 몽상에 잠겨 구름 위를 떠다니고 있어서 비열하고 비참한 현실의 구렁텅이로 차마 끌어내릴 수 없었다. 조금 있으면 스스로 깨어나겠지라고 믿으며, 침대 옆에 무릎을 꿇고 사내의 사랑스러운 손에 입맞춤을 퍼부었다.

하지만 잠시 뒤 별안간 마당 안쪽에서 사람, 말, 무기 소리가 나고, 누구보다도 흑인 꽁고 호앙고의 목소리가 매우 똑똑히 들리자, 또니가 얼마나 가슴이 철렁하고 질겁해 놀랐는지 누가 말로 설명할 수 있으랴. 꽁고 호앙고가 자신의 부하를 모두 이끌고 드살린 장군 진영에서 느닷없이 돌아온 것이었다. 또니는 달빛에 몸이 드러나지 않도록 조심스럽게 창문 커튼 뒤로 숨었다. 어머니가 흑인이 없는 동안 일어났던 일들을 벌써 빠짐없이 고해바치는 것도, 유럽인 난민이 이 집에 있다고 일러바치는 것도 엿들었다. 흑인은 목소리를 죽이고, 마당에 있는 부하들에게 쉿!이라고 일렀다. 노파에게 낯선 사내는 지금 어디에 있는가?라고 물었다. 그러자 노파가 방을 가리키면서 기회를 놓칠 새라 고자질하기를, 딸과 이 사내에 관해 말을 나눴는데 기이하고 야릇한 낌새가 느껴졌다고 했다. 흑인에게 이렇게 장담했다. 딸년이 뒤통수를 치고 있어요. 이 사내를 붙잡을 계획을 물거품으로 만들려 하고 있어요. 아무튼 이 여우 같은 년은, 이렇게 말을 이었다. 땅거미가 지자마자 사내의 침대로 몰래 기어들었어요. 지금 입때까지 거기서 세상모르고 자고 있어요. 모르긴 몰라도, 낯선 사내는 이미 도망쳤을 거예요. 그러지 않았다면 위험이 닥쳤다는 것을 이제야 눈치채고 어떻게 달아나야 할지 딸년과 궁리하고 있을 거예요. 흑인은 또니의 충성심을 비슷한 상황에서 시험해본 적이 있던 터라 설마 그럴 리가!라고 대꾸했다. 젤리! 성깔난 목소리로 소리쳤다. 올라! 소총을 들고 따라와라! 아무 말도 더 하지 않고 흑인 부하를 모두 이끌고 층계를 올라가, 낯선 사내의 방으로 걸어갔다.

또니는 이삼분이 채 지나기도 전에 이 모든 광경이 눈앞에서 펼쳐지자, 벼락이라도 맞은 듯 온몸을 꿈쩍도 못하고 서 있었다. 낯선 사내를 깨워야겠다고 한순간 생각했지만, 첫째, 흑인들이 마당을 차지하고 있으므로 사내는 도주할 방도가 없었고, 둘째, 사내가 무기를 들었다가는 수적으로 우세한 흑인들에게 그 자리에서 맞아 죽을 것임이 불 보듯 뻔했다. 그뿐만이 아니었다. 또니는 가장 무시무시한 상황을 염두에 두지 않을 수 없었다. 이 가엾은 젊은이는 내가 이런 상황에 침대 옆에 있는 것을 보면 내가 배신했다고 여길 거야. 이런 엄청난 착각으로 자포자기하여, 내 말을 귀담아듣기는커녕 섶을 지고 불에 뛰어들듯 흑인 호앙고에게 달려들 거야. 이렇게 이루 말할 수 없는 불안에 싸여 있던 참에 밧줄 한 가닥이 눈에 띄었다. 무슨 우연으로 이 밧줄이 벽 옷걸이에 걸려 있었는지는 하늘만이 알 일이었다. 하느님께서 몸소, 또니는 밧줄을 끌어내리며 생각했다. 나와 이분을 구하기 위해 밧줄을 여기에 걸어두신 거야. 젊은이의 손과 발을 여러번 옭아매어 꽁꽁 묶었다. 사내가 꿈틀거리고 버둥거리는데도 아랑곳하지 않고 밧줄 끄트머리를 당겨 침대 기둥에 단단히 동여맸다. 그런 뒤 위기일발을 넘긴 것을 기뻐하며 사내의 입술에 입을 맞췄고, 흑인 호앙고가 벌써 층계를 올라오는 소리가 삐걱삐걱 들리자 그쪽으로 달려갔다.

흑인은 노파의 고자질을 듣고도 그럴 리가 없다며 믿지 않고 있었다. 그런 터에 또니가 사내의 방에서 튀어나오는 것을 보자, 소스라치게 놀라 어쩔 줄 몰라하며 횃불과 무기를 든 부하들과 함께 복도에 멈춰섰다. 이렇게 소리쳤다. "이 간에 붙었다 염통에 붙었다 하는 년!" 몇 걸음 앞서 낯선 사내의 방문가에 이미 이르러 있는 바베깐 쪽으로 고개를 돌려 물었다. "낯선 사내가 도망쳤나?" 바베깐은 문이 열린 것을 보고 방 안은 들여다보지도 않은 채, 파르르 몸을 떨며 되돌아와 이렇게 소리쳤다. 이 앙큼한 년! 이년이 그놈을 빼돌렸어요! 어서 빨리 출구들을 틀어막아야 해요. 그놈이 멀리 들판으로 도망치지 못하도록! "무슨 일이에요?" 또니가 자신을 에워싼 노파와 흑인들을 어리둥절한 표정으로 둘러보며 물었다. 무슨 일이냐고? 호앙고가 대꾸했다. 또니의 멱살을 잡고 방으로 질질 끌고 갔다. "다들 미쳤어요?" 또니는 호앙고를 밀쳐내며 소리쳤다. 흑인은 눈앞에 펼쳐진 광경에 온몸이 뻣뻣이 굳었다. "저기 낯선 사내가 있어요. 제가 침대에 꽁꽁 묶어놨어요. 하늘에 걸고 말하건대, 제가 평생 했던 일 중에 가장 잘못한 일은 아닐 텐데요!" 또니는 이렇게 말하며 흑인에게 등을 돌리고, 책상가에 앉아 흐느끼는 척했다. 호앙고는 자신 옆에 서서 어쩔 줄 몰라하는 노파에게 몸을 돌리고, 이렇게 말했다. 오, 바베깐, 무슨 허무맹랑한 소리로 헛다리를 짚게 만든 거야? "천만다행이에요." 노파는 당황한 빛을 감추지 못하고 낯선 사내가 제대로 묶였는지 밧줄을 살펴보며 대꾸했다. "낯선 사내가 여기 있으니, 도대체 어찌 된 영문인지는 모르겠지만요." 흑인은 칼을 칼집에 집어넣으며 침대로 다가가 낯선 사내에게 물었다. 네놈은 누구냐? 어디서 왔고 어디로 가는 길이냐? 하지만 사내는 몸을 빼내려 버르적거리며, 가련하고 고통스러운 목소리로 오, 또니! 오, 또니!라는 말만 되풀이했다—그러자 노파가 오지랖 넓게 끼어들어 흑인에게 이렇게 알려줬다. 이 사내는 스위스 사람으로 이름은 구스타프 폰 데어 리트라고 해요. 유럽 흰둥이 일가를 이끌고 해안도시 포르도팽에서 오는 길이지요. 이 일가는 지금 갈매기못 근처 산기슭에 숨어 있고요. 호앙고는 또니가 시무룩한 기색으로 앉아서 고개를 손으로 받치고 있는 것을 보고서, 또니에게 가까이 다가가 내 사랑스러운 딸이라 불렀다. 볼을 톡톡 두드리며 자신이 또니를 의심하는 말을 섣불리 내뱉은 것을 용서하라고 말했다. 노파도 소녀 앞으로 걸어와, 두 팔을 옆구리에 대고 고개를 갸웃거리며 물었다. 낯선 사내를 왜 침대에 꽁꽁 묶었느냐? 사내는 위험한 상황이 닥친 것을 전혀 알아채지 못하고 있었을 텐데? 또니는 고통과 울분에 못 이겨 정말로 흐느끼며, 느닷없이 어머니에게 몸을 돌리더니 이렇게 대답했다. "어머니는 아무것도 몰라요! 낯선 사내는 자신에게 위험이 닥친 것을 잘 알고 있었어요! 도주하려고 했어요. 도망갈 수 있도록 도와달라고 제게 부탁했어요. 어머니의 목숨을 뺏으려 흉계를 꾸몄어요. 제가 이 사내를 잠잘 때 묶지 않았다면 날이 새자마자 틀림없이 계획대로 했을 거예요." 호앙고는 소녀를 어루만져 달래고, 바베깐에게 이 일을 입에 올리지 말라고 일렀다. 소총 사수 몇 사람을 불러 낯선 사내를 법에 따라 당장 사형시키려 했다. 하지만 바베깐이 호앙고에게 귓속말로 속삭였다. "안돼요, 제발, 호앙고!" 흑인을 옆으로 끌어당겨 이렇게 귀띔했다. "낯선 사내를 처형하기 전에 편지를 쓰게 해야 해요. 그래서 일가를 농장으로 끌어들여야 해요. 이 일가와 숲에서 싸우는 것은 아무래도 위험해요."—호앙고는 이 일가가 모르긴 몰라도 무장을 하고 있으리라는 데 생각이 미쳤기 때문에 이 말에 따르기로 했다. 하지만 이런 편지를 쓰게 하기에는 밤이 너무 이슥했으므로, 이 백인 난민에게 경비병 두명을 붙였다. 밧줄이 꽁꽁 묶였는지 다시 한번 살피고, 밧줄이 너무 느슨해 보였기 때문에 부하 서넛을 불러 더 단단히 조이라 일렀다. 그런 뒤 부하를 모두 이끌고 방을 떠났다. 밤이 깊어가면서 온 집안이 잠들었다.

또니도 호앙고가 다시 한번 손을 잡자 안녕히 주무세요라고 말하고 잠자리에 드는 척했다. 하지만 온 집안이 잔자누룩해지자마자 다시 몸을 일으켰다. 살금살금 집 뒷문을 지나 멀리 들판으로 나갔다. 큰길에서 갈라진 샛길로 들어서, 슈트룀리 씨 가족이 오리라 예상되는 곳을 향해 달렸다. 그러는 내내 가슴에 절망감이 사납게 일렁였다. 낯선 사내가 침대에서 소녀에게 던진 경멸 어린 눈초리가 비수처럼 가슴에 파고들었다. 아리고 쓰라린 감정이 사내에 대한 사랑과 뒤섞였다. 사내를 구하려 이렇게 나섰다가 죽는다는 것은 생각만 해도 즐거운 일이었다. 일가를 놓칠까 염려되어 소나무 둥치에 기대 기다렸다. 이 일행이 집으로 오기로 결정했다면 지나쳐야만 하는 소나무였다. 지평선에 희붐하게 먼동이 트자마자, 사내아이 난끼가 약속했던 대로 일행에게 길잡이 노릇을 하며 저 멀리서 수풀을 헤치고 다가오는 소리가 들렸다.

일행에는 슈트룀리 씨와 슈트룀리 부인, 다섯 자녀가 있었다. 슈트룀리 부인은 버새를 타고 왔고, 열여덟살짜리 맏아들 아델베르트와 열일곱살짜리 둘째 아들 고트프리트가 버새 양옆을 지켰다. 그밖에 세 하인과 두 하녀가 있었는데, 이중 한 하녀가 가슴에 슈트룀리 씨의 젖먹이를 안고 또다른 버새에 타고 있었다. 다 합쳐서 열두 사람이었다. 행렬은 나무뿌리들이 얽혀 있는 길을 지나 소나무 둥치 쪽으로 느리게 걸어왔다. 또니는 혹시라도 누가 놀랄까봐 소리 죽여 나무 그늘에서 나와, 일행을 불렀다. 멈추세요! 난끼가 또니를 금세 알아봤다. 슈트룀리 씨는 어디 있지?라고 또니가 묻자, 남자, 여자, 아이 할 것 없이 다들 또니를 에워싼 가운데, 난끼는 신바람이 나서 또니를 나이 든 가장 슈트룀리 씨에게 데리고 갔다. "고귀하신 나리!" 또니는 슈트룀리 씨에게 인사를 건넬 틈도 주지 않고, 야무진 목소리로 이렇게 말했다. "흑인 호앙고가 뜻밖에도 부하를 모두 이끌고 농장으로 돌아왔습니다. 지금 그곳으로 들어가시면 목숨이 매우 위태롭습니다. 그뿐만 아닙니다. 여러분의 사촌은 불행히도 그 집에 갇혀 있습니다. 무기를 들고 저를 따라 농장으로 가셔야 합니다. 흑인 호앙고에게 사로잡혀 있는 사촌을 구해내셔야 합니다. 그러지 않으면 이 젊은이는 목숨을 잃게 될 것입니다." 하느님 맙소사! 가족이 모두 질겁해 소리쳤다. 슈트룀리 부인은 그렇잖아도 병들고 여독에 진이 빠져 있던 터라 까무러쳐 버새에서 땅으로 떨어졌다. 슈트룀리 씨가 놀라 소리치자 하녀들이 달려와 슈트룀리 부인을 일으켜세웠다. 그동안 아들들이 또니에게 질문을 퍼붓자, 또니는 사내아이 난끼가 엿들을까 염려해 슈트룀리 씨와 나머지 남자들을 한쪽으로 데리고 갔다. 그러고선 수치와 회한으로 눈물범벅이 되어 무슨 일이 일어났는지 이 남자들에게 빠짐없이 이야기했다. 젊은이가 도착했을 때 집은 어떤 상황이었고, 젊은이와 단둘이 이야기를 나눈 뒤 상황이 어떻게 감쪽같이 바뀌었는지, 흑인이 도착하자 두려움에 거의 정신이 나가 자신이 무슨 짓을 벌였으며, 자신이 젊은이를 포로로 만들었으니 목숨을 걸고라도 젊은이를 다시 구해내고 싶은 마음이 얼마나 간절한지 털어놓았다. 내 무기! 슈트룀리는 아내의 버새 쪽으로 달려가 소총을 꺼내며 이렇게 외쳤다. 옹골찬 두 아들 아델베르트와 고트프리트, 다부진 세 하인도 무장을 하는 동안, 슈트뢲리 씨는 이렇게 말했다. 사촌 구스타프에게 목숨을 빚진 사람이 우리 중에 한둘이 아니다. 이제 우리가 구스타프의 목숨을 구해야 할 차례이다. 그러고선 아내가 정신이 들자, 안아들어 다시 버새에 앉혔다. 만약을 위해 난끼의 손을 묶어 이를테면 인질로 잡아뒀다. 여자와 아이 일행을 갈매기못으로 모두 돌려보내며, 열세살배기 아들 페르디난트에게 총 한 자루 달랑 들려서 이들에게 경비랍시고 붙여줬다. 또니는 스스로 투구를 쓰고 창을 들었다. 슈트뢲리 씨는 또니에게 흑인들의 병력은 얼마나 되며 마당에 어떻게 배치되어 있는지 캐물었다. 이 작전에서 호앙고뿐만 아니라 또니의 어머니도 될 수 있는 대로 해치지 않겠다고 약속했다. 그런 뒤 모든 일을 하느님께 맡기고 용맹스럽게 이 작은 무리의 선봉에 섰다. 또니를 길잡이로 삼아 농장을 향해 출발했다.

이 무리가 뒷문을 통해 마당 안으로 살금살금 들어가자마자 또니는 슈트뢲리 씨에게 호앙고와 바베깐이 자고 있는 방을 가리켜줬다. 슈트뢲리 씨는 부하들을 이끌고 현관문이 열린 집 안으로 소리없이 잠입해, 흑인들이 한군데 모아놓은 소총들을 손에 넣었다. 그동안 또니는 옆길로 빠져, 난끼의 다섯살배기 이복동생 쎄삐가 자고 있는 오두막으로 들어갔다. 또니가 이러는 데는 까닭이 있었다. 늙은 호앙고는 서자인 난끼와 쎄삐를 몹시 귀여워했고, 최근 어머니를 잃은 쎄삐를 특히 안쓰럽게 여겼다. 그런데 슈트뢲리 씨 일행은 포로로 잡힌 젊은이를 구출한다 할지라도 갈매기못으로 후퇴하여 그곳에서부터 뽀르또프랭스까지 피신해야 했다. 자신도 동행하려 하는 이 길에는 여러 난관이 도사리고 있었다. 따라서 두 사내아이를 이를테면 인질로 붙들고 있으면 흑인들이 추격해올 때 매우 쓸모가 있으리라고 또니는 미뤄 짐작했다. 일리있는 생각이었다. 또니는 사내아이를 살그머니 잠자리에서 들어올려, 잠이 덜 깬 아이를 두 팔로 보듬어 안채로 데리고 갔다. 그동안 슈트룀리 씨는 무리를 이끌고 발소리를 죽여가며 호앙고의 방 안으로 들어갔다. 호앙고와 바베깐은 짐작했던 바와 달리 잠자리에 누워 있지 않았다. 인기척에 잠이 깨어 옷도 제대로 걸치지 못하고 손쓸 경황도 없이 방 한가운데 서 있었다. 슈트룀리 씨는 소총을 겨누며 소리쳤다. 목숨을 건지고 싶으면, 항복하라! 하지만 호앙고는 대답을 하기는커녕 벽에서 권총을 잡아채 무리를 향해 방아쇠를 당겼고, 총알이 슈트룀리 씨의 머리를 스쳤다. 슈트룀리 씨 무리는 이를 보고 공격 신호라도 받은 듯 사납게 호앙고를 덮쳤다. 호앙고는 또다시 총을 쏘아 한 하인의 어깨에 관통상을 입혔지만 군도에 손을 맞아 자신도 부상을 입었다. 바베깐과 호앙고 두 사람은 바닥에 패대기쳐졌고, 묵직한 책상기둥에 밧줄로 꽁꽁 묶였다. 그동안 호앙고의 스무명 남짓한 흑인 부하들이 총소리에 잠이 깨어 오두막에서 뛰쳐나왔다. 노파 바베깐이 안채에서 비명 지르는 것을 듣고, 미친 듯 안채로 몰려와 무기를 되찾으려 했다. 슈트룀리 씨는 부상이 대수롭지 않았고 일행을 집의 창가에 배치하고 소총 사격을 퍼붓게 하여 흑인들을 격퇴하려 했지만, 아무 소용이 없었다. 흑인들은 두명이 죽어 마당에 나뒹구는데도 아랑곳하지 않았고, 슈트룀리 씨가 빗장을 질러놓은 현관문을 도끼와 쇠지레를 가져와 부수려 했다. 바로 그때 또니가 온몸을 와들와들 떨며 두 팔에 사내아이 쎄삐를 안고 호앙고의 방으로 들어왔다. 슈트룀리 씨는 이를 보고 몹시 기뻐하며 또니의 팔에서 쎄삐를 낚아챘다. 사냥칼을 빼들고 호앙고에게 몸을 돌려 이렇게 소리쳤다. 흑인들에게 쓸데없는

짓 말고 물러가라고 말해라. 그러지 않으면 이 아이를 당장 죽이겠다. 호앙고는 군도에 손가락 세개를 다쳐 기세가 꺾여 있었다. 슈트룀리 씨의 말을 거부했다가는 목숨마저 위태로울 것이었다. 잠시 생각을 가다듬은 뒤 몸을 일으켜달라고 하더니 "그렇게 하겠다"라고 대답했다. 슈트룀리 씨에게 이끌려 창가로 다가서서, 손수건을 왼손에 들고 마당을 향해 흔들며 흑인들에게 외쳤다. "현관문에서 손을 떼고 너희 오두막으로 돌아가라! 내 목숨을 구하겠다고 너희까지 나설 필요가 없다!" 그런 뒤 전투는 소강상태에 접어들었다. 호앙고는 슈트룀리 씨의 요구에 따라 집 안에 붙들려 있던 흑인 한 사람을 아래로 내려보내, 아직도 마당을 떠나지 못하고 어떻게 해야 할지 수군거리고 있는 무리에게 물러가라는 명령을 다시 내렸다. 흑인들은 집 안에 무슨 일이 일어난 건지 도대체 알 수 없었지만, 이렇게 정식으로 하달된 지시에 불복할 수 없었다. 그래서 이제 밀고 들어가기만 하면 되는데도 공격을 다 때려치우고, 엉두덜거리고 욕지거리하며 한 사람 한 사람 오두막으로 돌아갔다. 슈트룀리 씨는 호앙고 눈앞에서 쎄뻬의 두 팔을 묶으라고 이르며, 흑인에게 이렇게 말했다. 나는 농장에 사로잡혀 갇혀 있는 장교, 사촌 구스타프를 구출하기만 하면 된다. 구스타프가 뽀르또프랭스로 피신하는 길을 가로막지만 않으면 네 목숨뿐 아니라 아이들 목숨도 걱정할 필요가 없을 것이다. 아이들은 네게 돌려보낼 것이다. 또니는 어머니에게 다가가, 미어지는 가슴을 억누르지 못하고 작별인사를 하려 손을 내밀었다. 그러자 바베깐은 손을 세차게 뿌리쳤다. 또니를 앙큼한 배신자라 부르고, 책상기둥에 묶인 채 얼굴을 돌리며 이렇게 말했다. 네년이 이리 뻔뻔스러운 짓을 저지르고도 아무 탈 없을 줄 아느냐? 머지않아 하느님의 복수가 네년에게 내릴 것이다.

또니가 대답했다. "저는 어머니네를 배신하지 않았어요. 저는 백인이에요. 어머니네가 사로잡아놓은 젊은이와 약혼했어요. 저는 어머니네가 맞서 싸우고 있는 인종에 속해요. 이 인종 편을 든 데 대해 하느님 앞에서 모든 책임을 질 거예요." 그런 뒤 슈트룀리 씨는 다시 꽁꽁 묶어 문설주에 동여매놓았던 호앙고에게 경비병을 붙였다. 하인들에게 어깨뼈가 으스러져 의식을 잃고 바닥에 쓰러져 있던 하인을 떠메고 나가라고 일렀다. 호앙고에게는 이렇게 말했다. 두 아이 난끼와 쎄삐는 며칠 뒤 찾아가라. 최초의 프랑스 전초기지가 있던 쌩뜨루이즈[11]로 사람을 보내면 될 것이다. 그런 다음 또니의 손을 잡아 침실 밖으로 이끌고 나왔다. 또니는 이런저런 감정이 치받쳐 울음을 참지 못했고, 바베깐과 늙은 호앙고가 등 뒤에서 저주를 퍼부었다.

한편 슈트룀리 씨의 아들 아델베르트와 고트프리트는 창가에서의 첫번째 큰 전투가 끝나자마자 아버지의 명령에 따라 사촌 구스타프의 방으로 달려갔다. 구스타프를 지키고 있던 두 흑인이 완강하게 저항했지만 다행히 제압에 성공했다. 한 놈은 죽어서 방에 거꾸러졌고, 다른 한 놈은 심한 총상을 입고 복도까지 엉금엉금 기어나갔다. 맏아들 아델베르트도 허벅지에 비록 가볍기는 했지만 부상을 입었다. 형제는 사랑하고 아끼는 사촌의 포승줄을 풀어줬다. 사촌을 얼싸안고 입 맞췄고, 환호성을 지르며 총과 칼을 건네준 뒤, 자신들을 따라 앞방으로 오라고 말했다. 전투에서 승리했어. 아버지가 거기서 모르긴 몰라도 벌써 후퇴 준비를 하고 계실 거야. 하지만 사촌 구스타프는 침대에서 윗몸을 일으키고 상냥하게 형제의

11 아이띠에 실제로 있는 지명이 아니다.

손을 잡았을 뿐이었다. 말없이 멍하니 앉아 있기만 했다. 형제가 사촌에게 넘겨주는 권총을 잡기는커녕, 오른손을 들더니 이루 말할 수 없이 서글픈 표정으로 이마를 쓸었다. 두 형제가 사촌 옆에 앉아 어디 아프냐고 물었다. 사촌이 형제의 몸에 팔을 감고 아무 말 없이 형제의 어깨에 머리를 기대자, 아델베르트는 사촌이 기절할 것 같다고 지레짐작하고 물을 한 잔 가져다주려 몸을 일으키던 참이었다. 또니가 사내아이 쎄삐를 품에 안고 슈트룀리 씨 손에 이끌려 방 안으로 들어왔다. 구스타프는 이 광경을 보고 안색이 변했다. 일어서려 했으나 다리가 풀리는 듯 두 형제의 몸을 붙들었다. 그러더니 형제의 손에서 권총을 낚아채어, 이 권총으로 무엇을 하려는지 형제가 채 알아채기도 전에, 분노로 이를 갈며 또니를 향해 방아쇠를 당겼다. 총알은 소녀의 가슴 한가운데를 꿰뚫었다. 소녀는 고통스럽게 신음을 흘리며 구스타프에게 몇 걸음 더 다가가더니, 슈트룀리 씨에게 사내아이를 넘겨주고 구스타프 앞에 쓰러졌다. 그러자 구스타프는 권총을 내던지고 소녀를 발길로 걷어찼다. 소녀를 화냥년이라고 부르더니 다시 침대에 벌렁 드러누웠다. "악마 같으니!" 슈트룀리 씨와 두 아들이 소리쳤다. 두 젊은이는 소녀에게 달려가서, 소녀를 안아들며 나이 든 하인 한 사람을 불렀다. 이와 비슷한 여러 절망적인 때 일행에게 의사 역할을 톡톡히 했던 하인이었다. 하지만 소녀는 총상을 손으로 붙들고 온몸에 경련을 일으키며 두 형제를 떠밀어냈다. "저이에게 말해……" 자신에게 총을 쏜 구스타프를 손으로 가리키고 숨을 몰아쉬며 더듬더듬 말했다. 다시 되풀이했다. "저이에게 말해……!" 무슨 말을 하란 말이오? 또니가 숨이 넘어가며 목소리가 잦아들자, 슈트룀리 씨가 다그쳐 물었다. 아델베르트와 고트프리트가 몸을 일으켜, 이 섬뜩하고 소름 끼치는 살인자를 향해 소리쳤다. 형은 이 소녀가 목숨을 구해 준 것을 알아요? 이 소녀는 형을 사랑해요. 형을 위해 부모도 재산도 다 버렸어요. 형과 함께 뽀르또프랭스로 도피하려고 했어요—형제는 귀에 대고 구스타프!라고 벽력같이 소리치고, 우리 말 안 들려요?라고 물었다. 구스타프가 형제의 말을 귓등으로 흘리고 죽은 듯이 침대에 누워 있자, 형제는 구스타프를 뒤흔들고 머리털을 움켜잡았다. 구스타프가 몸을 일으켰다. 피범벅이 되어 뒹굴고 있는 소녀에게 눈길을 던졌다. 이런 짓을 저질렀을 때 끓어올랐던 분노는 어느덧 사라지고 인간이라면 누구나 느끼는 동정심에 스르르 젖어 있었다. 슈트룀리 씨는 뜨거운 눈물을 손수건에 떨구며 이렇게 물었다. 이 가엾은 녀석아, 왜 이런 짓을 했니? 사촌 구스타프는 침대에서 일어서서, 이마의 땀을 훔치며 소녀를 내려다보고, 이렇게 대답했다. 이 계집이 뻔뻔스럽게도 밤에 저를 묶어 흑인 호앙고에게 넘겼습니다. "아!" 또니는 이렇게 소리치고, 이루 말로 표현할 수 없는 눈빛을 던지며 구스타프에게 손을 뻗었다. "사랑하는 임이여! 당신을, 당신을 묶은 까닭은……!" 하지만 또니는 말을 마치지 못했고, 손으로 구스타프를 잡지도 못했다. 갑작스럽게 힘이 다하면서 슈트룀리 씨의 무릎에 다시 쓰러졌다. 그 까닭은? 구스타프는 또니에게 무릎 꿇고 엎드리며, 얼굴이 창백해져 물었다.

슈트룀리 씨는 또니가 숨을 몰아쉴 뿐 한동안 아무 말도 하지 못하자, 대답을 기다리다 못해 끼어들어 말했다. 호앙고가 도착한 뒤 불쌍한 너를 구하기 위해서는 다른 방법이 없었던 거야. 너는 틀림없이 싸움을 벌이려 들었을 텐데 이를 막아야 했던 거지. 어떻게든 시간을 벌어보려 했던 거고. 이 소녀가 이렇게 손을 쓴 덕택에 우리는 여기로 급히 달려올 수 있었다. 전투를 벌여 너를 구출해낼 수 있었어.

구스타프는 두 손에 얼굴을 묻었다. 오! 얼굴을 들지 못하고 소리치며, 땅이 발밑에서 꺼지는 듯 느꼈다. 이 말이 정녕 사실입니까? 또니의 몸을 두 팔로 껴안고, 가슴이 갈가리 찢어지는 듯 소녀의 얼굴을 들여다봤다. “아!” 또니가 말했다. 이것이 또니의 마지막 말이었다. “당신은 저를 의심하지 말았어야 했는데!” 이 말과 함께 또니의 아름다운 영혼은 세상을 떠났다. 구스타프는 머리털을 쥐어뜯었다. 그래! 구스타프는 사촌들이 자신을 시신에서 떼어놓자, 이렇게 말했다. 나는 너를 의심하지 말았어야 했어. 너는 나와 서약하고 약혼했으니까. 우리가 말로 서약을 주고받지는 않았지만! 슈트룀리 씨는 탄식하며 소녀의 가슴을 감싸고 있는 조끼를 끌렀다. 몇몇 변변찮은 응급도구를 들고 옆에서 서성거리는 하인에게 가슴뼈에 박혀 있으리라 짐작되는 총알을 빼내라고 채근했다. 하지만 앞서 말했듯 아무리 애써도 아무 소용이 없었다. 또니의 가슴은 총알에 꿰뚫렸고, 또니의 영혼은 천국에 올라가 있었다—그사이에 구스타프는 창가로 다가갔다. 슈트룀리 씨와 그 아들들이 조용히 눈물을 흘리며 머리를 맞대고 시신을 어떻게 처리해야 할지, 바베깐을 불러와야 할지 의논하고 있는데, 구스타프는 총알이 장전된 다른 권총을 들어 자신의 뇌를 날려버렸다. 이 또다른 끔찍한 행동에 친척들은 정신이 완전히 나갔다. 이제 다들 구스타프에게 달려갔다. 하지만 이 가엾은 자의 두개골은 산산이 박살나 있었고, 총구를 입에 박아넣었기 때문에 어떤 조각들은 사방 벽까지 튀어 있었다. 가장 먼저 다시 정신을 가다듬은 것은 슈트룀리 씨였다. 날이 새어 창문이 환하게 밝았고 흑인들이 다시 마당에 나타났다는 보고도 들어왔으므로, 지체없이 후퇴할 채비를 해야 했다. 두 시신을 흑인들 손에 넘겨줘 제멋대로 훼손하게 놔둘 수는 없었기에 판자에 실었다. 소총들을 새로이 장전한 뒤, 슬픔에 젖은 행렬은 갈매기못을 향해 출발했다. 슈트룀리 씨가 사내아이 쎄삐를 팔에 안고 앞장섰다. 기운 센 하인 두명이 시신들을 어깨에 메고 뒤따랐다. 부상당한 하인은 지팡이를 짚고 절룩거리며 쫓아왔다. 아델베르트와 고트프리트는 서서히 움직이는 긴 장례 행렬을 양옆에서 지키며, 언제든 발사할 수 있도록 소총 공이치기를 당겨놓았다. 흑인들은 이 무리의 방어가 얼마나 허술한지 알아채고서, 창과 쇠스랑을 들고 오두막들에서 뛰어나와 공격을 개시하려 들었다. 하지만 슈트룀리 씨 일행은 이럴 줄 알고 호앙고를 미리 풀어줬고, 아니나 다를까, 호앙고는 집 앞 층계로 내려와 흑인들에게 가만히 있으라는 신호를 보냈다. "쌩뜨루이즈에서!" 호앙고는 슈트룀리 씨가 시신들을 싣고 이미 대문을 지나는 것을 바라보며 외쳤다. "쌩뜨루이즈에서!" 슈트룀리 씨가 대답했다. 그런 뒤 일행은 추격받지 않고 들판으로 나가, 숲에 다다랐다. 갈매기못에서 가족을 다시 만나, 하염없이 눈물을 흘리며 두 시신을 합장했다. 시신들의 손가락에 끼어 있던 반지들을 서로 바꿔 끼운 뒤, 조용히 기도를 올리며 영원한 평화의 안식처에 안장했다. 슈트룀리 씨는 아내와 다섯 자녀를 데리고 마침내 닷새 뒤에 쌩뜨루이즈에 도착할 수 있었고, 두 흑인 사내아이를 약속대로 그곳에 남겨뒀다. 뽀르또프랭스에는 포위되기 직전에 입성했고, 이곳 보루에서 백인들을 위해 싸웠다. 이 도시가 완강히 저항한 보람 없이 드살린 장군에게 함락되자, 슈트룀리 씨는 프랑스 군대와 함께 영국 함대로 피신했다. 가족과 함께 배를 타고 유럽으로 건너가, 더이상 큰 고난 없이 고국 스위스에 도착했다. 슈트룀리 씨는 수중에 남아 있는 그리 많지 않은 재산으로 리기 산[12] 근처에 집을 구입했다. 1807년에도 이 집 정원 수풀 사이에는 비석이 서 있었다. 슈트룀리 씨가 사촌 구스타프와 그 약혼녀인 갸륵한 또니를 기리기 위해 세운 것이었다.

12 스위스의 알프스산맥 북동부에 있는 산으로 '산의 여왕'이라 불릴 만큼 경관이 아름답다.

로까르노의 거지 노파
Das Bettelweib von Locarno

북부 이딸리아 로까르노[1] 근처 알프스산맥 산자락에 어느 후작 소유의 오래된 성이 있었다. 쌩고따르 고개[2]에서 내려다보면 지금도 그 폐허를 볼 수 있다. 언젠가 한 병든 노파가 이 성문 앞에 와서 구걸을 하자, 후작 부인은 동정심이 우러나 천장이 높고 칸살이 넓은 방 하나에 짚더미를 깔게 하고 잠자리를 마련해줬다. 후작이 때마침 사냥에서 돌아와 늘 하던 대로 엽총을 내려놓으려 이 방에 들어왔다. 노파에게 짜증을 부리며 이 구석에 누워 있지 말고 냉큼 일어나 난로 뒤로 꺼지라고 호통쳤다. 노파는 몸을 일으키다가 매끄러운 바닥에 목발이 미끄러지는 바람에 엉치뼈를 크게 다쳤다.

1 오늘날 스위스 남부의 띠치노 주에 속한 도시로, 공용어는 주민의 75퍼센트 이상이 사용하는 이딸리아어이다.

2 스위스의 쌩고따르를 넘는 고개로, 중세 말부터 이딸리아와 중부 유럽을 잇는 알프스산맥의 횡단로 역할을 했다. 높이는 2,018미터이다.

그래도 젖 먹던 힘까지 다 내어 일어나서, 후작이 하라는 대로 방을 가로질렀다. 하지만 난로 뒤에서 헐떡이고 끙끙대다 털썩 쓰러져 숨을 거뒀다.

그뒤 여러해가 지나, 후작이 전쟁과 흉작으로 재정 상태가 악화됐을 때였다. 피렌쩨의 한 기사가 후작의 성에 찾아왔다가 아름다운 주위 경관에 반해 성을 매입하려고 했다. 후작은 이 거래가 성사되기를 몹시 바랐기에, 이 손님을 매우 아름답고 화려하게 장식된 빈방에 모시라고 아내에게 일렀다. 다름 아니라 거지 노파가 죽었던 방이었다. 그런데 후작 부부는 얼마나 당혹했던가, 이 기사가 한밤중에 근심스럽고 창백한 얼굴로 부부에게 내려와서 목청 높여 이렇게 장담했으니! 방에 유령이 돌아다닙니다. 눈에 보이지 않는 무엇인가가 짚더미에 누워 바스락거리는 듯한 소리를 냈습니다. 방구석에서 일어나 딸각딸각 걸음을 옮겨 느릿느릿 허청허청 방을 가로질렀습니다. 그런 뒤 난로 뒤에서 헐떡이고 끙끙대다 털썩 쓰러졌습니다.

후작은 깜짝 놀랐다. 왜 이렇게 놀랐는지는 자신도 잘 알 수 없었다. 기사의 말을 짐짓 재미있다는 듯 웃어넘기고 이렇게 말했다. 제가 바로 일어나겠습니다. 그 방에 들어가 당신과 함께 밤을 보내겠습니다. 그러니 안심하십시오. 하지만 기사는 후작의 침실 소파에서라도 자게 해달라고 애걸복걸했고, 새벽이 되자마자 마차를 준비시키더니 작별인사를 건네고 떠나갔다.

이 사건은 엄청난 물의를 일으켰고, 집을 사려던 사람들이 지레 겁먹고 떨어져나가자 후작은 몹시 언짢아졌다. 하인들 사이에조차 이 방에 자정이면 유령이 돌아다닌다는 해괴하고도 불가사의한 소문이 퍼졌다. 그래서 후작은 뭔가 잡도리를 하여 소문을 잠재우지 않으면 안되겠다고 생각하고, 도대체 무슨 일인지 그날 밤 몸소 겪어보기로 마음먹었다. 그리하여 땅거미가 내릴 무렵 앞서 말한 방에 침대를 놓게 하고, 눈을 붙이지 않은 채 자정이 오기를 기다렸다. 그런데 후작은 얼마나 소스라치게 놀랐던가, 유령의 시간[3]을 알리는 종이 치자, 아닌 게 아니라 뭔지 알 수 없는 소리가 들렸고, 누군가 짚을 바스락거리는 소리를 내며 몸을 일으켜 방을 가로지르더니, 난로 뒤에서 할딱이고 낑낑대다 풀썩 쓰러졌으니! 다음 날 아침 후작이 아래층으로 내려오자, 후작 부인이 몸소 겪어보니 어땠어요?라고 물었다. 후작은 문에 빗장을 걸고 겁먹고 불안한 눈초리로 주위를 둘러본 뒤, 유령이 돌아다니는 것이 사실이오라고 장담했다. 후작 부인은 까무러치게 놀랐다. 이토록 놀라기는 난생 처음이었다. 자신과 함께 이 일을 낱낱이 파헤쳐보기 전에는 이에 대해 입도 벙긋하지 말라고 당부했다. 후작 부부는 그날 밤 충직한 하인 하나를 데리고 방에 들어갔다. 아닌 게 아니라 뭔지 알 수 없는 유령 같은 소리를 들었다. 소름이 오싹 끼쳤지만 하인이 눈치채지 못하게 했다. 헐값으로라도 이 성을 팔아치워야겠다는 다급한 생각이 앞섰기 때문이었다. 그래서 이 일을 어떤 하찮고 우연한 원인 탓으로 돌리며, 그 까닭은 틀림없이 밝혀질 것이라고 말했다. 사흘째 저녁이었다. 후작 부부는 도대체 어찌 된 영문인지 알고 싶어, 가슴이 두방망이질하는 것을 느끼며 다시 층계를 걸어 이 기이한 방으로 올라갔다. 때마침 누군가 개 줄에서 풀어놓은 개 한마리가 방문 앞에 서성거리고 있었다. 후작 부부는 자신들 말고도 어떤 다른 생물을 옆에 데리고 가고 싶은 생각이 들었다. 그렇게 하자고

3 자정을 가리킨다.

말을 하지는 않았지만 왠지 모르게 그런 마음이 생겨, 개를 이끌고 방 안으로 들어갔다. 11시경에 후작 부부는 탁자에 촛불 두 자루를 밝힌다. 후작 부인은 옷을 벗지 않은 채, 후작은 옷장에서 꺼내온 칼과 권총을 손에 닿는 곳에 둔 채, 각자 침대에 걸터앉는다. 어떻게든 즐겁게 이야기를 나누려 한다. 그동안 개는 머리와 다리를 웅크려 모으고 방 한가운데 쭈그려 앉아 잠이 든다. 자정이 닥치자 곧바로 소름 끼치는 소리가 다시 들린다. 사람 눈에는 보이지 않는 누군가 방구석에서 목발을 짚고 일어선다. 그 아래에서 짚이 바스락거리는 소리가 난다. 딸각! 딸각! 걸음을 떼기 시작하자, 개가 깨어나 귀를 쫑긋 세우고 바닥에서 벌떡 몸을 일으킨다. 으르렁거리고 컹컹 짖으며, 누군가 자기 앞으로 다가오는 듯, 뒷걸음질해 난로 쪽으로 물러선다. 이 광경을 보고 후작 부인은 머리털이 주뼛 곤두서 방에서 뛰쳐나온다. 후작은 칼을 움켜쥐고 "게 누구냐?"라고 외치고, 아무 대답이 없자 미친 듯 날뛰며 사방팔방으로 허공에 대고 칼을 휘두른다. 그동안 후작 부인은 당장 시내로 떠나기로 마음먹고 마차를 준비시킨다. 하지만 손에 잡히는 대로 물건을 꾸려 현관을 헐레벌떡 빠져나오기도 전에, 성이 불길에 휩싸이는 게 보인다. 후작은 소름이 와락 끼치자 초 한 자루를 집어들었다. 삶에 진저리치며, 벽이란 벽이 모두 판자로 덮여 있는 성 구석구석에 불을 붙였다. 후작 부인은 이 가엾은 사람을 구해내려 하인들을 안으로 들여보냈지만 아무 소용이 없었다. 후작은 비참하디비참하게 이미 죽어 있었다. 허옇게 불탄 유골은 시골 사람들 손에 수습되어, 후작이 로까르노의 거지 노파에게 일어나라고 호통쳤던 그 방 한구석에 지금도 놓여 있다.

주워온 자식
Der Findling

안또니오 삐아끼는 로마에 사는 부유한 부동산 매매업자였다. 이 노인은 거래를 위해 이따금 장거리 여행을 해야 할 때가 있었다. 그럴 때면 대개 젊은 아내 엘비라를 집에 남겨두고, 친척들에게 보살펴달라고 부탁했다. 한번은 첫번째 아내에게서 얻은 열한살짜리 아들 빠올로를 데리고 라구사[1]로 여행을 가게 됐다. 공교롭게도 바로 이 무렵 라구사에서는 흑사병 비슷한 전염병이 발생하여 이 도시와 가근방을 공포의 도가니로 몰아넣었다. 삐아끼는 여행을 나선 뒤에야 이 소식을 듣고서, 라구사 교외에 머물며 전염병이 얼마나 퍼졌는지 물어봤다. 전염병이 하루가 다르게 심각해지는 까닭에 성문을 폐쇄하려 한다는 소문이 들리자, 삐아끼는 어떤 사업상

1 오늘날 끄로아띠아의 두브로브니끄로 짐작된다. 이 도시에는 1548년과 1562년에 흑사병이 퍼졌다. 이딸리아 시칠리아 섬에도 라구사라는 이름의 작은 도시가 있지만, 이 도시라 여기면 삐아끼가 마차로 이동하는 경로에 모순된다.

의 이익보다 아들에 대한 걱정이 앞섰던 터라 마차를 불러 도시를 떠났다.

도시에서 막 벗어났을 때, 웬 사내아이가 마차 옆에 따라오는 게 보였다. 아이는 애원하듯 손을 내밀었고 눈빛이 불안으로 떨렸다. 삐아끼는 마차를 멈추게 하고 바라는 게 뭐냐?라고 묻자, 아이가 천진하게 대답했다. 저는 전염병에 걸려서 경찰에 쫓기고 있어요. 잡히면 어머니와 아버지가 죽은 병원에 갇힐 거예요. 제발 부탁이니 저를 데려가주세요. 이 도시에서 죽게 내버려두지 마세요. 그러면서 노인의 손을 꽉 붙잡고 손에 입을 맞추며 눈물을 떨궜다. 삐아끼는 이 말을 듣자마자 질겁해 펄쩍 뛰며 사내아이를 저만치 떠밀어내려 했다. 하지만 이 순간 아이가 낯빛이 바뀌며 까무러쳐 땅바닥에 쓰러지자, 마음씨 착한 노인은 안쓰러운 생각이 들었다. 아들과 함께 마차에서 내려 아이를 마차에 태우고선 다시 길을 재촉했다. 하지만 이 아이를 어떻게 해야 할지 마땅한 수가 떠오르지 않았다.

삐아끼는 첫번째 마방에 들러, 이 아이를 다시 떼어낼 수 있는 방도를 마방 주인 내외와 의논했다. 경찰은 이러한 동태를 눈치채자마자 삐아끼를 체포하라는 명령을 내렸고, 삐아끼와 빠올로와 니꼴로라는 이름의 병든 아이는 라구사로 다시 호송됐다. 삐아끼는 어찌 이리 가혹한 조처를 취할 수 있느냐고 항변했지만 아무 소용이 없었다. 세 사람은 라구사에 도착하자마자 한 경찰의 감시를 받으며 병원으로 이송됐다. 여기에서 삐아끼는 무사했고 사내아이 니꼴로도 병이 나았지만, 열한살짜리 빠올로는 니꼴로에게 병이 옮아 사흘 만에 죽고 말았다.

성문이 이제 다시 개방됐다. 삐아끼는 아들을 묻어주고 난 뒤 경찰에게 떠나도 좋다는 허가를 받았다. 슬픔을 가누지 못하며 마차에 올라, 옆자리가 비어 있는 것을 보고 손수건을 꺼내 하염없이 흐르는 눈물을 닦아냈다. 바로 그때 니꼴로가 손에 모자를 들고 마차로 다가오더니 안녕히 가시라고 인사했다. 삐아끼는 마차 문 너머로 몸을 굽히고, 서럽게 흐느끼느라 말을 제대로 잇지 못하며 물었다. 나와 함께 가겠느냐? 사내아이는 노인의 말을 알아듣자마자 고개를 끄덕이고 그럼요! 그러고말고요라고 소리쳤다. 이 아이를 데려가도 되겠습니까? 삐아끼가 병원 관리인들에게 묻자, 관리인들은 빙긋 웃으며 그 아이는 고아이니 아무도 찾지 않을 거요라고 장담했다. 삐아끼는 아이를 번쩍 들어올려 마차에 태우고, 아들 대신 로마로 데리고 갔다.

성문 밖의 길로 접어들어서야 부동산 업자는 사내아이를 찬찬히 들여다봤다. 특이하면서도 조각상처럼 깎아놓은 듯한 용모였다. 흑단같이 검은 머리털이 이마에서 수수하게 흘러내려 얼굴에 그늘을 드리웠고, 진지하고 영리해 보이는 얼굴은 표정을 바꾸는 법이 없었다. 노인은 이런저런 것을 물어봤지만, 아이는 짤막하게 대답할 뿐이었다. 말수 없이 혼자 생각에 젖은 채, 바지 주머니에 손을 집어넣고 구석에 쭈그려 앉아, 마차 옆으로 스쳐지나가는 풍경을 골똘히 겁먹은 눈초리로 내다봤다. 이따금 슬그머니 소리없이 손을 움직여, 품에 안은 가방에서 호두를 한움큼씩 꺼내더니, 삐아끼가 눈물을 훔쳐내는 동안 호두를 이로 깨뜨려 먹었다.

로마에 도착하자 삐아끼는 젊고 아름다운 아내 엘비라에게 그간의 일을 간추려 이야기하고 니꼴로를 인사시켰다. 엘비라는 끔찍이 사랑했던 어린 의붓아들 빠올로를 생각하자 눈물이 앞을 가렸지만, 어색하고 뻣뻣하게 눈앞에 서 있는 니꼴로를 가슴에 품어

안았다. 빠올로가 쓰던 침대에서 자라고 일러줬고, 빠올로의 옷가지를 남김없이 물려줬다. 삐아끼는 니꼴로를 학교에 보내어, 쓰기, 읽기, 산수를 배우게 했다. 우리가 쉽게 납득할 수 있듯이, 이 아이를 얻느라 비싼 댓가를 치렀던 만큼 이 아이에게 더욱더 정이 들었으므로, 삐아끼는 두세주가 채 지나지 않아 니꼴로를 양자로 입적했다. 마음씨 착한 엘비라도 나이 든 남편에게서 아들을 기대할 수 없는 형편이었으므로 순순히 동의했다. 삐아끼는 얼마 뒤 이런 저런 이유로 성에 차지 않던 한 사무원을 해고하고, 대신 니꼴로를 사무실에 들어앉혔다. 니꼴로가 복잡한 업무를 떠맡아 열성을 다해 흠잡을 데 없이 처리하는 것을 보자 흐뭇하기 이를 데 없었다. 이 아버지는 광신이라면 워낙 질색이었다. 그런 터라 아들을 나무랐던 일이라곤 까르멜 수도원 수사들과 어울리는 것뿐이었다. 수사들은 언젠가는 이 젊은이가 노인에게 상당한 유산을 물려받으리라 넘겨짚고 갖은 알랑방귀를 다 뀌고 있었다. 어머니가 걱정했던 일이라곤 아들이 너무 이른 나이부터 여자를 밝히는 듯싶은 것뿐이었다. 열다섯살밖에 안되었을 때 니꼴로는 수도원에 찾아갈 때마다 주교의 노리개첩인 사비에라 따르띠니의 유혹에 빠져들었다. 삐아끼의 불호령에 관계를 끊기는 했지만, 여자만 보면 사족을 쓰지 못하는 게 엘비라의 눈에 훤히 보였다. 하지만 니꼴로는 스무살이 되자 젊고 상냥한 아가씨 꼰스딴짜 빠르께와 결혼했다. 제노바 태생으로 로마에 와서 숙모 엘비라의 가르침을 받으며 자란 아가씨였다. 그리하여 여자 문제로 말썽을 일으킬 싹을 송두리째 뽑아버린 듯싶었다. 아버지도 어머니도 아들을 흡족하게 여겼다. 그렇다는 사실을 아들에게 보여주기 위해 혼수를 호화롭게 장만해주고, 자신들이 사는 아름답고 드넓은 저택의 상당 부분을 아들이 쓰도록 비워줬다. 그 무엇보다도, 삐아끼는 환갑이 됐을 때 니꼴로에게 내릴 수 있는 마지막이자 더없이 큰 은혜를 베풀었다. 얼마 안되는 자금만을 자신 몫으로 남겨두고, 부동산 거래의 밑천이었던 전재산을 법률 절차를 밟아 니꼴로에게 물려준 뒤, 세상살이에 별다른 욕심이 없는 갸륵하고 훌륭한 아내 엘비라와 더불어 은퇴 생활에 들어갔다.

엘비라의 가슴속에는 남모를 슬픔이 깃들어 있었다. 어렸을 적 겪은 가슴 아픈 사건이 남긴 상흔이었다. 엘비라의 아버지 필리뽀 빠르께는 제노바의 부유한 염색업자였다. 아버지가 살던 집 뒤뜰은 염색업의 필요에 따라 바윗돌 제방을 사이에 두고 바다와 접해 있었다. 염색한 천들을 널어 말리기 위해 합각지붕에 박아넣은 굵다란 돌출보들이, 제방 너머 2~3미터까지 바다 위로 뻗어 있었다. 어느 운수 나쁜 밤 집에 화재가 일어났다. 집이 역청과 유황으로 지어지기라도 한 듯, 집에 들어선 방이란 방마다 한꺼번에 불길이 뿌지직거리며 치솟았다. 열세살짜리 엘비라는 사방에서 솟는 불길에 놀라 이 층계 저 층계로 달아나다가, 자기도 모르는 사이에 한 돌출보에 올라섰다. 가엾은 아이는 하늘과 땅 사이에 뜨자, 어떻게 해야 살아날 수 있을지 눈앞이 캄캄했다. 등 뒤에서는 합각지붕이 불타오르고 불길은 바람을 받아 돌출보를 집어삼키기 시작했다. 발밑에서는 드넓고 스산하고 무시무시한 바다가 아가리를 벌리고 있었다. 엘비라는 하늘에 있는 성인들에게 영혼을 맡기기로 하고, 불에 타 죽느니 물에 빠져 죽는 게 나을 것 같아 물결 위로 몸을 던지려는 참이었다. 홀연, 귀족 가문 출신의 제노바 젊은이가 합각지붕 입구에 나타나더니, 망또를 벗어 돌출보 너머로 던지고 엘비라를 팔로 껴안았다. 돌출보에 걸려 있던 덜 마른 천 한 폭을 붙들고

서, 대담하면서도 솜씨 좋게 엘비라를 안고 바다로 떨어져내렸다. 항구에 정박해 있던 곤돌라가 두 남녀를 건져내, 구경꾼들의 환호를 받으며 물가에 내려놓았다. 하지만 이 젊은 영웅은 집 한복판을 헤치고 달려오다가 기둥머리에서 떨어진 돌덩이를 머리에 맞고 중상을 입었음이 밝혀졌고, 이 부상 때문에 이내 정신을 잃고 바닥에 널브러졌다. 젊은이의 아버지인 후작은 아들을 저택으로 옮겼다. 병세가 차도를 보이지 않자 이딸리아 백방에서 용하다는 의사란 의사는 다 불러들였다. 의사들은 수차례 두개골 절제 수술을 하여 두뇌에서 뼛조각을 여러개 제거했다. 하지만 하늘도 무심하고 운명도 야속하게 이 모든 시술이 아무 효과가 없었다. 젊은이는 어머니가 자신을 간호하도록 불러온 엘비라의 손을 붙들고 가끔가끔 몸을 일으켰을 뿐이었다. 삼년 동안 엘비라의 수발을 밤낮없이 받으며 더없이 고통스럽게 병마와 싸운 뒤, 젊은이는 엘비라의 손을 다시 한번 살갑게 붙잡고 세상을 떴다.

삐아끼는 이 귀족 가문과 거래를 터놓고 있었다. 이 집에서 엘비라가 젊은이를 돌보는 동안 이 아가씨를 알게 됐고, 이년 뒤 아내로 맞아들였다. 하지만 엘비라 앞에서 이 젊은이의 이름을 꺼낸다든지 해서 젊은이를 떠오르게 하는 일이 없도록 조심에 조심을 더했다. 젊은이가 생각나면 엘비라의 곱고 여린 마음이 더없이 사납게 일렁인다는 것을 잘 알았기 때문이었다. 젊은이가 엘비라 때문에 고통받고 죽어갔던 일을 터럭만큼이라도 일깨우면 엘비라는 가슴 아파 눈물을 쏟기 일쑤였다. 그러면 이를 달래거나 다독거릴 방도가 없었다. 엘비라는 아무 데서나 자리를 박차고 나갔고, 이럴 때면 아무도 따라나서지 않았다. 엘비라가 이 괴로움을 남몰래 외로이 울음으로 삭이는 것 말고는 다른 뾰족한 수가 없음을 누구나 익히 알고 있었기 때문이다. 엘비라가 이렇게 기이하게 아무 때나 울음을 터뜨리는 까닭을 아는 이는 삐아끼밖에 없었다. 엘비라가 젊은이 이야기를 입 밖에 낸 적이 생전 한번도 없었기 때문이다. 엘비라는 결혼하자마자 심한 열병에 걸렸는데 그 후유증으로 신경이 예민해진 탓이라는 말이 돌았다. 사람들은 그러려니 믿고 왜 그러는지 더이상 캐려 들지 않았다.

니꼴로는 아버지의 불호령에도 사비에라 따르띠니와의 관계를 완전히 끊지 않았다. 한번은 그럴 줄 꿈에도 모르는 아내에게는 친구 집에 간다고 둘러대고서 이 요부를 데리고 몰래 카니발에 참석했다. 그런 뒤 카니발에서 우연히 골라 쓴 제노바 기사의 가면을 벗지 않은 채, 온 식구가 잠든 늦은 밤에 집에 돌아왔다. 하필 이때 늙은 삐아끼가 갑자기 몸에 탈이 났다. 하녀들이 가까이 없었던 터라 엘비라가 치다꺼리를 하기 위해 몸소 일어나, 식초 한 병을 꺼내려고 식당으로 걸음을 옮겼다. 엘비라가 구석에 있는 찬장을 열고 의자 위에 올라서 유리잔과 물병을 더듬고 있던 바로 그때였다. 니꼴로가 살며시 문을 열고 식당 안으로 들어왔다. 문간에서 불붙여 들고 온 촛불에 깃털모자, 망또, 긴 칼이 어른거렸다. 니꼴로는 엘비라를 보지도 못했다. 아무 생각 없이 침실 문으로 들어가려다가 문이 잠긴 것을 알아채고 낭패스러워하던 참이었다. 엘비라가 니꼴로의 뒷모습을 보고서, 손에 물병과 유리잔을 든 채 올라서 있던 의자에서 마룻바닥으로 굴러떨어졌다. 눈에 보이지 않는 번개에라도 맞은 듯했다. 니꼴로는 질겁해 얼굴이 하얗게 질려, 몸을 돌리고 불쌍한 엘비라에게 달려가려 했다. 하지만 엘비라가 쓰러지면서 낸 큰 소리를 듣고 삐아끼가 뛰쳐나올 것임에 틀림없었다. 아버지에게 불벼락이 떨어질 게 염려되자 이런저런 생각을 할 겨를

이 없었다. 니꼴로는 엘비라가 허리춤에 차고 있던 열쇠 꾸러미를 허겁지겁 낚아채 방문에 맞는 열쇠를 찾아냈고, 꾸러미를 식당에 도로 던지고 침실로 들어갔다. 그러자마자 뻬아끼가 아픈 몸을 이끌고 침대에서 뛰어나와 엘비라의 몸을 일으켰다. 종을 흔들자 하인들과 하녀들도 등불을 들고 나타났다. 니꼴로도 잠옷으로 갈아입고 방에서 나오더니 무슨 일이 일어났느냐고 물었다. 하지만 엘비라는 질겁해 놀라 혀가 굳었는지 아무 말도 하지 못했다. 무슨 일이 벌어졌는지 대답해줄 수 있는 사람은 엘비라 말고는 니꼴로 자신밖에 없었으므로, 이 일의 곗속은 영원한 비밀에 묻혔다. 하인들은 온몸을 사시나무처럼 떠는 엘비라를 침대로 옮겼다. 여기서 엘비라는 며칠 동안 심한 열병에 시달리며 몸져누웠다. 하지만 타고난 건강체인지라 이 변고를 이겨냈고, 그 후유증으로 기이한 우울증을 보이는 것 말고는 건강이 상당히 회복됐다.

이렇게 일년이 흘렀을 때, 니꼴로의 아내 꼰스딴짜가 해산하자마자 산욕열로 갓난아이와 함께 죽고 말았다. 성품 곱고 행실 바른 여자를 잃었으니 이것만으로도 아쉬운 일이었다. 광신에 열 올리고 여자를 밝히는 니꼴로의 두가지 고질병이 건잡을 수 없이 도지는 계기가 됐으니 더더욱 안타까운 일이었다. 니꼴로는 슬픔을 달랜다는 구실로 다시금 온종일 까르멜 수사들 방에서 빈둥거렸다. 하지만 니꼴로가 아내를 생시에 그리 사랑하지 않았고 일쑤 바람을 피웠다는 것은 만천하가 아는 사실이었다. 그뿐만이 아니었다. 꼰스딴짜가 아직 땅에 묻히지도 않았을 때였다. 엘비라는 눈앞에 닥친 장례식 준비 때문에 초저녁에 니꼴로 방에 찾아갔다가, 한 여자가 니꼴로와 함께 있는 것을 보았다. 주름치마를 입고 화장을 한 이 여자가 사비에라 따르띠니의 하녀임은 단박에 알아볼 수 있었다. 엘비라는 이 꼴을 보자 눈을 내리깔고 아무 말 없이 몸을 되돌려 방에서 나왔다. 하지만 삐아끼에게는 물론 어느 누구에게도 이 일을 입 밖에 내지 않았다. 니꼴로를 몹시 사랑했던 꼰스딴짜의 시신 앞에 서글픈 마음으로 무릎 꿇고 눈물을 뿌렸을 뿐이었다. 하지만 공교롭게도, 삐아끼는 시내에 나갔다가 집으로 들어오던 길에 사비에라의 하녀와 마주쳤다. 이 하녀가 무슨 일로 여기에 왔는지 짐작하고도 남았으므로 하녀를 사납게 다그쳤다. 어르기도 하고 으르기도 해서 하녀가 품고 있던 편지를 빼앗았다. 방으로 들어가서 편지를 읽어보니, 예상했던 내용이 들어 있었다. 니꼴로가 사비에라에게 한시바삐 보고 싶으니 제발 시간과 장소를 잡아달라고 애걸복걸하는 글이었다. 삐아끼는 책상에 앉아서 사비에라의 이름과 글씨체로 답장을 썼다. "지금 당장, 어두워지기 전에 막달레나 교회에서 만나요."—이 쪽지를 아무 인장으로나 봉인하고, 사비에라가 보낸 것처럼 꾸며 니꼴로 방으로 갖다주라고 했다. 이 계책은 고스란히 들어맞았다. 니꼴로는 꼰스딴짜가 관에 안치되어 있다는 것은 안중에도 없이 당장 망또를 걸치고 집에서 나섰다. 그러자 삐아끼는 몹시 모욕을 느끼고 이튿날 치르려 했던 성대한 장례식을 취소시켰다. 시신을 관에 안치된 그대로 영구꾼 몇몇에게 메게 하고, 자신과 엘비라와 친척 서너 사람만이 운구를 뒤따랐다. 막달레나 교회의 지하묘로 들어가서 가까운 친척들만 모인 가운데 시신을 안장하게 했다. 니꼴로는 망또를 둘러쓰고 교회 현관 앞에서 있다가, 너무 잘 아는 사람들의 운구 행렬이 다가오는 것을 보고 깜짝 놀라, 관 뒤에 따라오는 아버지에게 물었다. 이게 어찌 된 노릇입니까? 누구를 운구하는 겁니까? 하지만 삐아끼는 기도서를 손에 들고 고개도 들지 않은 채 이렇게 대답할 뿐이었다. 사비에라 따르띠니—그러고선 니꼴로를 아예 없는 사람 취급하며, 다시 한 번 관 뚜껑을 열고 친척들이 고인의 명복을 빌었다. 그런 다음 하관을 하고 지하묘를 닫았다.

이 일로 창피를 톡톡히 당한 니콜로는 가슴속에 엘비라에 대한 증오가 불타올랐다. 엘비라가 일러바친 까닭에 친척들이 다 보는 앞에서 아버지에게 망신을 당했다고 생각했기 때문이었다. 며칠 동안 삐아끼는 니꼴로에게 한마디도 건네지 않았다. 니꼴로는 꼰스딴짜가 남긴 유산을 챙기려면 아버지에게 미움이나 질시를 사서는 안되었다. 그래서 어느날 저녁 아버지의 손을 부여잡고 뉘우치는 표정을 지으며, 사비에라와 당장 헤어져 두번 다시 만나지 않겠다고 다짐할 수밖에 없었다. 하지만 이 약속을 지킬 생각은 애초에 없었다. 그렇기는커녕 식구들이 못마땅해할수록 오기가 치밀었고, 고지식한 아버지의 눈치를 살피는 술수가 늘어갔다. 다른 한편, 사비에라의 하녀와 함께 방에 있었을 때 엘비라가 방문을 열었다가 닫고 나간 일에서 이 모든 고초가 비롯됐지만, 엘비라가 그때만큼 아름다워 보인 적이 없었다는 생각이 들었다. 엘비라의 얼굴은 늘 상냥하고 감정을 거의 내비치지 않는 줄로만 알았는데 두 볼이 분노로 발갛게 달아오른 모습이 한없이 매혹적이었다. 이렇게 매력적인지라 유혹하는 사내도 많을 터이므로 틀림없이 이따금 바람을 피울 것이라고 믿었다. 그러면서도 자신이 여자를 만났다고 이렇게 치욕을 안기다니 여간 괘씸하지 않았다. 엘비라가 외간 남자와 함께 있는 현장을 보게 된다면 이를 아버지에게 고자질하여 엘비라에게 앙갚음하고 싶은 마음이 굴뚝같았다. 이 계획을 실행할 수 있는 기회가 오기를 벼르고 별렀다.

언젠가 삐아끼가 외출했을 때였다. 니꼴로는 엘비라 방 앞을 지나가다가 방 안에서 나는 말소리를 듣고 해괴한 생각이 들었다. 대번에 음흉한 기대에 사로잡혀 허리를 굽히고 눈과 귀를 열쇠구멍에 들이댔다—맙소사! 이게 웬일이란 말인가? 엘비라는 달떠서 누군가의 발 앞에 엎드려 있었다. 상대가 누구인지 보이지 않았지만, 사랑에 빠진 목소리로 꼴리노라고 속삭이는 것은 똑똑히 들렸다. 두근거리는 가슴을 억누르며 복도 창문에 몸을 바싹 붙이고, 남몰래 출입문 쪽을 훔쳐봤다. 달각, 빗장 여는 소리가 나직이 들리자, 성녀의 탈을 쓴 탕녀의 정체를 밝혀낼 둘도 없는 기회가 왔다고 생각했다. 외간 남자가 나오려니 기대했는데, 엘비라 혼자서만 방에서 달랑 나오더니 니꼴로를 먼발치에서 천연덕스럽고 태연하게 흘깃 건너봤다. 엘비라는 손수 짠 천을 옆구리에 끼고 있었다. 허리춤에서 열쇠를 꺼내 방문을 잠근 뒤, 손으로 난간을 잡고 층계를 사뿐사뿐 내려갔다. 이렇게 시치미 떼고 천연덕스럽게 구는 게 뻔뻔하다 못해 의뭉하기조차 했다. 엘비라가 눈앞에서 사라지자마자 니꼴로는 한달음에 만능열쇠를 가져와, 조심스러운 눈초리로 주위를 살핀 뒤 몰래 방문을 열었다. 하지만 방 안이 휑하니 비어 있는 것을 보고 얼마나 놀랐던가. 사방을 샅샅이 뒤져봐도 사람 비슷하게 생긴 것이라고는 아무것도 없었다. 굳이 하나를 들자면, 어느 젊은 기사의 실물 크기 초상화가 붉은색 비단 휘장 뒤 벽감[2]에 촛불 빛을 따로 받으며 서 있을 뿐이었다. 니꼴로는 깜짝 놀랐다. 왜 이렇게 놀랐는지는 자신도 알 수 없었다. 자신을 뚫어지게 노려보는 그림 속의 부리부리한 눈을 마주 보고 있으려니, 온갖 생각이 머릿속에 스쳐지나갔다. 하지만 이 생각들을 채 추스르고 가다듬

2 조각품이나 꽃병 등을 놓을 수 있도록 벽을 오목하게 파낸 공간이다.

기도 전에, 엘비라한테 들켜서 경치지 않을까 하는 걱정이 앞섰다. 부랴부랴 다시 문을 잠그고 방에서 떠났다.

이 기이한 일을 곰곰이 생각하면 생각할수록, 자신이 발견한 그림에 무슨 사연이 있다는 생각이 더욱더 굳어졌다. 이 그림의 주인공이 과연 누구인지 알고 싶어 갈수록 애간장이 들끓었다. 엘비라가 무릎 꿇고 엎드린 모습을 똑똑히 봤던데다가, 이 여자가 머리를 조아린 남자가 화폭 속의 젊은 기사라는 것이 너무 분명했기 때문이었다. 뒤숭숭한 마음을 억누르며 사비에라 따르띠니에게 찾아가, 자신이 겪은 이상한 일을 털어놓았다. 사비에라도 니꼴로와 사귀는 데 엘비라가 번번이 걸림돌이 됐기 때문에, 엘비라를 해코지하는 일이라면 마다할 까닭이 없었다. 그래서 엘비라의 방에 세워져 있다는 그림을 한번 보고 싶다고 말했다. 사비에라는 이딸리아의 귀족 사이에서 마당발이라 자처하는 터였다. 만약 그림 속의 사내가 로마에 머문 적이 있거나 이름을 떨친 사람이라면 누구인지 알아볼 수 있을 것 같았다. 때마침 얼마 뒤 어느 일요일에 삐아끼와 엘비라는 친척을 방문하기 위해 시골로 여행을 떠났다. 니꼴로는 집이 비었다는 것을 알아채자마자 사비에라에게 달려갔다. 사비에라는 낯모르는 귀부인으로 변장한 뒤 추기경과의 사이에서 얻은 딸을 데리고, 그림들과 자수들을 구경하고 싶다는 구실을 대며 엘비라의 방으로 들어왔다. 하지만 니꼴로가 휘장을 걷기가 무섭게 (사비에라의 딸인) 어린 끌라라가 "어머나, 니꼴로 아저씨, 이건 아저씨잖아요?"라고 소리쳤으니, 이에 니꼴로는 얼마나 놀랐던가—사비에라는 할 말을 잃었다. 이 그림은 아닌 게 아니라 들여다보면 볼수록 니꼴로와 영락없이 닮아 있었다. 기억을 어슴푸레 더듬어보니, 특히 니꼴로가 몇달 전에 기사 복장으로 자신과 함께 카니발에 몰래 갔을 때의 모습을 빼닮아 있었다. 니꼴로는 볼이 화끈 달아오르는 것을 감추려 너스레를 떨었다. 어린아이에게 입 맞추며 이렇게 말했다. 정말이구나, 사랑스러운 끌라라. 이 그림은 나를 닮았어. 네가 추기경을 닮은 것처럼 말이야. 그래서 그 양반은 너를 자신의 아이라고 믿고 있지—하지만 사비에라는 가슴속에 질투가 뜨겁게 불타올라 니꼴로를 쏘아봤다. 거울 앞으로 다가서며, 그림 속 사내가 누구든 어차피 나는 관심없어요라고 내뱉었다. 찬바람이 돌게 작별인사를 건네고서 방을 떠났다.

니꼴로는 사비에라가 나가자마자 방금 일어난 일로 마음이 더없이 들썽거렸다. 카니발이 열렸던 그날 밤 자신이 환상적인 모습으로 나타나 엘비라를 기이하고 엄청난 충격에 빠뜨렸던 일을 돌이켜보며 우쭐해했다. 부덕婦德의 귀감으로 여겨지던 이 여자에게 열정을 불붙였다는 생각이, 이 여자에게 앙갚음해야겠다는 욕망 못지않게 니꼴로를 몹시 들뜨게 했다. 단박에 정욕은 물론 복수욕까지 채울 수 있겠다는 생각이 들자, 엘비라가 돌아오기를 안달하며 기다렸다. 엘비라의 눈을 들여다보기만 하면 엘비라가 자신을 좋아할까 하는 의심이 확신으로 바뀔 수 있을 듯싶었다. 니꼴로는 이렇게 흥분에 취해 있으면서도 한가지가 영 마음에 걸렸다. 열쇠구멍에 귀를 대고 엿들었을 때 엘비라가 그림 앞에 무릎 꿇고 엎드려 꼴리노라고 부른 게 생각났기 때문이었다. 하지만 이딸리아에서 그리 흔치 않은 이 이름에서도 왠지 모르게 자신의 마음을 달콤한 몽환에 젖게 하는 어떤 소리가 울려나왔다.[3] 또한 눈으로 본 것

3 바로 뒤에 밝혀지지만 '꼴리노(Colino)'는 '니꼴로(Nicolo)'의 철자 순서를 바꾼 이른바 애너그램(anagram)이다. 대중적으로 널리 알려진 애너그램으로는 『해리 포터와 비밀의 방』에 나오는 'I am Lord Voldemort(나는 볼드모트 경이다)'를 들

과 귀로 들은 것 중에 어느 한쪽만 믿어야 한다면, 당연히 자신의 욕망을 한껏 부추기는 쪽을 믿고 싶었다.

엘비라는 며칠이 지나서야 시골에서 돌아왔다. 찾아갔던 사촌 집에서 로마 구경을 하고 싶다는 친척 아가씨를 데리고 왔다. 니꼴로는 엘비라가 마차에서 내리는 것을 매우 상냥하게 도와줬지만, 엘비라는 친척 아가씨를 돌보는 데 정신이 팔려 니꼴로를 흘깃 스쳐봤을 뿐이었다. 이 손님을 접대하느라 집안이 전에 없이 부산스러운 가운데 몇주가 흘렀다. 엘비라는 로마 시내와 교외를 누비며 이 젊고 발랄한 아가씨의 눈길을 끌 만한 구경거리를 찾아다녔다. 하지만 니꼴로는 사무실 업무에 쫓겨서 이 나들이에 한번도 끼지 못했고, 엘비라만 생각하면 다시 한없이 비참한 기분이 들었다. 엘비라가 남몰래 하늘처럼 숭배하던 낯선 젊은이를 돌이켜 생각하며, 쓰라리고 고통스러운 감정에 다시금 휩싸였다. 이런 감정이 그렇잖아도 뒤틀려 있던 마음을 갈가리 찢어놓았던 때는, 한시바삐 없어지기를 오랫동안 고대했던 친척 아가씨가 마침내 시골로 떠난 날 저녁이었다. 엘비라는 니꼴로와 이야기를 나누기는커녕 한시간 내내 아무 말 없이 식탁에 앉아 자질구레한 집안일만 했던 것이다. 공교롭게도 며칠 전에 삐아끼는 상아로 만든 작은 글자들이 든 상자가 어디 있는지 물었다. 이 글자들은 니꼴로가 어렸을 적 글자를 배울 때 썼으며 이제 사용할 사람이 아무도 없으므로, 삐아끼는 이웃에 사는 꼬마에게 선물해야겠다고 생각했다. 하녀는 잡동사니 고물들을 뒤져 글자들을 찾으라는 지시를 받았지만, 여태까지 니꼴로Nicolo라는 이름을 이루는 글자 여섯개만 겨우 찾아냈다. 모르

수 있는데, 이는 볼드모트의 본명인 '톰 마볼로 리들(Tom Marvolo Riddle)'의 철자 순서를 바꾼 것이다.

긴 몰라도, 나머지 글자들은 니꼴로와 관련이 적었기에 어린 니꼴로의 관심을 별로 끌지 못하여, 언젠가 내버린 것 같았다. 니꼴로는 며칠 전부터 식탁에 놓여 있던 글자들을 손에 들었다. 팔을 식탁에 괴고 우울한 생각에 빠져 글자들을 만지작거렸다. 그러다가—우연히, 니꼴로가 이렇게 놀란 게 난생처음이었을 만큼 정말로 우연히—이 글자들을 조합하면 꼴리노Colino라는 이름이 된다는 것을 알아챘다. 니꼴로는 자신 이름의 철자 순서를 바꾸면 이런 이름이 될 줄은 꿈에도 몰랐다. 미칠 듯한 희망에 새로이 사로잡혀, 옆에 앉아 있는 엘비라에게 주뼛주뼛 흘금흘금 눈길을 던졌다. 두 이름이 알고 보면 똑같다는 사실이 단순한 우연으로 보이지 않았다. 니꼴로는 기쁨을 억누르며 이 절묘한 발견이 무엇을 의미하는지 곰곰이 생각했다. 식탁에서 손을 치우고 가슴을 두근거리며, 엘비라가 눈을 들어 식탁에 놓여 있는 이름을 보게 될 순간을 기다렸다. 니꼴로의 기대는 헛되지 않았다. 엘비라는 잠깐 일손을 놓고 글자들이 배열되어 있는 것을 보자마자, 아무 생각 없이 무심코 글자들을 읽으려 했고 근시기가 있었기에 고개를 들이밀었다. 시치미 떼고 글자들을 내려다보고 있는 니꼴로에게 기이할 만큼 불안한 눈길을 흘깃 던지더니, 이루 말할 수 없이 서글픈 표정으로 일감을 다시 손에 잡았다. 니꼴로가 보고 있지 않으리라 생각하고서, 얼굴을 발갛게 붉히며 눈물을 한 방울 한 방울 가슴에 떨궜다. 니꼴로는 엘비라에게 눈길을 돌리지 않고도 엘비라의 마음속이 일렁거리고 있음을 눈치챘다. 엘비라가 글자 순서를 바꿔 꼴리노라 부른 것은 니꼴로란 이름을 숨기기 위해서였다고 이제 믿어 의심치 않았다. 엘비라가 글자들을 쓱 쓸어모아 간종그리는 게 보였다. 엘비라가 일감을 내려놓고 일어서 침실로 사라지자, 걷잡을 수 없던 희망이 이

제 확신으로 굳어졌다. 일어서서 엘비라를 따라 침실로 가려던 참이었는데, 삐아끼가 들어와 엘비라가 어디 있느냐?라고 묻자 한 하녀가 "몸이 편찮아서 침대에 누워 계세요"라고 대답했다. 삐아끼는 별로 놀라는 기색 없이 몸을 돌리더니, 엘비라의 상태가 어떤지 보려고 방으로 들어갔다. 얼마 뒤 다시 나와 엘비라가 저녁 생각이 없다 한다라고 알리고, 이 일을 더 입에 올리지 않았다. 그러자 니꼴로는 지금까지 겪은 이런 모든 수수께끼 같은 일들을 풀 열쇠를 찾아냈다고 믿었다.

다음 날 아침 니꼴로는 뻔뻔스럽게 히죽거리며 어제 알게 된 사실을 어떻게 이용해먹어야 쏠쏠할까 궁리하고 있던 참에, 사비에라에게 전갈을 받았다. 엘비라에 관해 니꼴로가 관심 가질 만한 사실을 알려줄 테니 집으로 찾아와달라는 내용이었다. 사비에라는 주교의 첩살이를 하고 있었으므로 까르멜 수도원 수사들과 허물없이 지냈다. 그런데 니꼴로의 양어머니 엘비라가 고해성사를 하러 가는 곳이 바로 이 수도원이었다. 따라서 니꼴로는 사비에라가 엘비라의 감정에 얽힌 비밀스러운 사연에 관해 뭔가 알아낼 수 있었으리라 믿어 마지않았다. 자신의 망측한 희망대로 엘비라가 자신을 좋아한다는 것을 확인해주리라 여겼다. 하지만 사비에라가 유난히 짓궂게 인사를 건넨 다음 실실 웃으며 앉아 있던 소파 쪽으로 니꼴로를 끌어당기더니 이렇게 말했을 때, 니꼴로는 단꿈에서 깨어나 얼마나 씁쓸해했던가! 당신에게 이렇게 털어놓을 수밖에 없네요. 엘비라가 사랑하는 사내는 죽은 사람이에요. 무덤에 묻힌 지 벌써 십이년이 지났어요—이 알로이시우스[4] 데 몬페라또[5] 후작은 빠리에 사는 숙부 밑에서 자랐어요. 숙부가 꼴랭이라는 애칭을 붙여줬대요. 이게 나중에 이딸리아에 와서 익살스럽게 꼴리노로 바꿔었고요. 당신이 엘비라의 방 벽감의 붉은색 비단 휘장 뒤에서 발견한 그림의 주인공은 바로 이 사람이에요. 이 젊은 제노바 기사는 제 몸을 돌보지 않고 엘비라를 어렸을 적에 불길에서 구해낸 뒤 그때 입은 부상으로 죽었다고 하네요—사비에라는 이렇게 덧붙였다. 이 비밀을 누구에게도 말하지 마세요. 까르멜 수도원의 한 수사에게 절대로 입 밖에 내지 않겠다고 다짐하고 들은 말이거든요. 수사 자신도 이런 말을 흘려서는 안되는 거였고요. 니꼴로는 얼굴이 붉으락푸르락해지며 아무 염려 말라고 말했다. 사비에라는 잘코사니라는 듯한 눈길을 던졌고, 니꼴로는 비밀을 전해듣고 당황하여 허둥대는 표정을 전혀 감추지 못했다. 급한 용무가 있어서 가야겠다고 둘러대고, 윗입술을 볼썽사납게 씰룩거리며 모자를 집어들더니, 작별인사를 하고선 자리를 떠났다.

치욕, 정욕, 복수욕이 이제 똘똘 뭉쳐, 이제껏 저질렀던 것 중 가장 추악한 짓을 꾸몄다. 니꼴로는 엘비라의 순수한 마음을 얻을 수 있는 길은 속임수밖에 없다고 뼈저리게 느꼈다. 삐아끼가 며칠 예정으로 시골로 여행을 떠나 집을 비우자마자, 자신이 궁리해낸 사탄의 계략을 실행에 옮길 채비를 했다. 몇달 전 늦은 밤에 카니발에서 몰래 돌아와 엘비라 앞에 모습을 나타냈을 때 입었던 것과 똑같은 옷을 마련했다. 그림에서와 똑같이 제노바풍의 망또, 재킷, 깃털모자를 걸쳤다. 그러고선 잠잘 시간 직전에 엘비라의 방으로 숨어들어, 벽감에 세워진 그림을 검은 천으로 가렸다. 손에 지팡이를

4 이 세례명을 따온 성인 알로이시우스(1568~91)는 흑사병 환자들을 돌보다 감염되어 사망했다.

5 몬페라또는 이딸리아 북서부 삐에몬떼 지역에 있으며, 프랑스어식 표기는 몽페라이다.

들고 그림 속 젊은 귀족과 똑같은 자세로 서서 엘비라가 머리를 조아리러 오기를 기다렸다. 니꼴로는 추잡한 열정에 빠져 예리한 육감까지 얻었는지, 짐작은 고스란히 들어맞았다. 엘비라는 이내 방에 들어와 여느 때와 똑같이 조용히 차분히 옷을 벗은 뒤 벽감을 덮고 있는 비단 휘장을 걷고 니꼴로를 바라보더니, 그러기가 무섭게 꼴리노! 내 사랑!이라 소리치고 까무러쳐 마룻바닥에 엎어졌다. 니꼴로는 벽감에서 뛰쳐나왔다. 잠시 멈춰서서 넋을 잃고 엘비라의 몸매를 눈요기했다. 엘비라의 아리따운 육체가 죽음의 입맞춤이라도 받은 듯 갑작스레 핏기를 잃어가는 것을 내려다봤다. 하지만 꾸물거릴 겨를이 없었으므로, 얼른 엘비라를 팔에 안았다. 그림을 가렸던 검은 천을 뜯어내고, 엘비라를 방구석에 놓여 있는 침대로 옮겼다. 그런 다음 문에 빗장을 걸러 가보니 문은 이미 잠겨 있었다. 이제 침대로 돌아와 엘비라의 젖가슴과 입술에 뜨거운 입맞춤을 퍼부어 엘비라를 깨우려 안간힘을 썼다. 엘비라가 정신이 다시 들더라도 천상에서 내려온 듯한 자신의 환상적인 모습에 저항하지 못할 것이라 확신했다. 하지만 죄악을 응징하는 복수의 여신은 살아 있었다. 이 야비한 아들은 아버지가 앞으로도 며칠 더 집을 떠나 있을 것이라고 믿었는데, 뜻밖에도 바로 이 순간 삐아끼가 집으로 돌아와야 할 일이 생겼다. 삐아끼는 엘비라가 이미 잠들었으리라 짐작해 복도를 살금살금 지나왔다. 열쇠를 항상 수중에 지니고 다녔기에 아무 인기척도 내지 않고 불쑥 방 안으로 들어왔다. 니꼴로는 벼락이라도 맞은 듯 일어섰다. 음흉한 행위를 얼버무릴 재간이 없자, 노인의 발 앞에 엎드려 다시는 엘비라에게 눈길도 돌리지 않겠다고 다짐하며 용서를 빌었다. 아닌 게 아니라 노인도 이 일을 조용히 해결하고 싶었다. 엘비라가 남편의 품에 안겨 깨어난 뒤 질색하는 눈초리로 야비한 아들을 흘겨보며 몇 마디 속삭이자, 삐아끼는 엘비라가 누워 있는 침대 사방을 커튼으로 가린 다음 아무 말 없이 벽에 걸린 채찍만 집어들었다. 니꼴로에게 방문을 열어주며 당장 이 집에서 나가라고 했다. 하지만 니꼴로는 비열하기가 따르뛰프[6] 못지않았다. 발이 손이 되도록 빌어봐야 아무 소용이 없음을 깨닫자마자, 바닥에서 벌떡 일어서더니 이렇게 큰소리쳤다. 집을 떠나야 할 사람은 당신일 텐데. 이제 내가 소유주거든. 법적 효력이 있는 문서를 가지고 있으니까. 이 세상 누가 무슨 헛소리를 하든 내 권리를 지킬 거야!—삐아끼는 눈과 귀를 믿을 수 없었다. 이 듣도 보도 못한 뻔뻔스러움에 기운이 풀려서 채찍을 내려놓았다. 모자와 지팡이를 들고 오랜 친구인 변호사 발레리오 박사에게 당장 달려갔다. 초인종을 누르자 하녀가 나와서 문을 열어줬고, 친구의 방에 들어서자마자 한마디도 하지 못한 채 의식을 잃고 침대가에 쓰러졌다. 박사는 삐아끼를 집에 묵게 하고 이어 엘비라도 불러들였고, 이튿날 날이 새자마자 법원에 달려가 지옥에서 온 악당을 체포해달라고 요청했다. 하지만 니꼴로는 법적으로 여러모로 유리했다. 삐아끼가 니꼴로에게 물려줬던 전재산을 다시 빼앗으려 헛수고를 하고 있는 동안, 니꼴로는 전재산 증여 문서를 손에 들고 친구인 까르멜 수도원 수사들에게 쏜살같이 달려갔다. 멍청한 노인이 자신을 내쫓으려 하니 이를 막아달라고 호소했다. 마침내 악이 승리를 거뒀다. 주교가 사비에라를 떼어내려 하던 참에, 니꼴로가 이 여자와 결혼하겠다고 제 발로 나선 덕이었다. 당국은 주교의 압력을 받아 판결을 내렸다. 니꼴로가 소유자임을 확인하고 삐아

6 몰리에르의 희곡 「따르뛰프」(1664)의 주인공이다. 자신에게 선행을 베풀어준 은인의 부인을 넘보고 재산까지 가로채려다가 법의 심판을 받는다.

끼에게는 니꼴로를 괴롭히지 말라고 명령하는 내용이었다.

판결이 내려진 바로 전날 삐아끼는 가엾은 엘비라를 장사 지냈다. 엘비라는 그 추악한 사건으로 인해 심한 열병에 시달리다가 숨을 거뒀던 것이다. 삐아끼는 우환이 엎친 데 덮치자 울화통이 터져, 판결문을 호주머니에 쑤셔넣고 집으로 찾아갔다. 워낙에 몸이 약한 니꼴로를 분노에 떨며 우악스럽게 떠밀어 머리를 벽에 짓찧었다. 하인들이 집 안에서 몰려나와 삐아끼를 보았을 때는 이미 상황이 끝난 뒤였다. 노인이 니꼴로를 두 무릎으로 깔아뭉개고 판결문을 입에 욱여넣고 있었다. 그런 다음 들고 온 무기들을 순순히 내주고 일어섰다. 감옥으로 끌려가 심문을 받고 교수형을 선고받았다.

가톨릭교회 국가에 통용되는 법률에 따르면 어느 범죄자라도 고해성사를 통해 사죄받지 않고는 사형에 처해질 수 없다. 그런데 삐아끼는 사형선고를 받은 뒤 사죄받기를 한사코 거부했다. 당국은 종교적 수단이란 수단은 다 동원하여, 삐아끼에게 처벌받아 마땅한 범죄를 저질렀음을 깨닫게 하려 했지만 아무 소용이 없었다. 그러자 죽음이 눈앞에 닥친 것을 보여주면 겁먹고 뉘우치지 않을까 싶어 삐아끼를 교수대로 끌고 갔다. 한쪽에 한 사제가 서서 최후의 심판 나팔 소리 같은 목소리로 지옥의 갖은 참상을 묘사하며, 삐아끼의 영혼이 여기로 떨어지려 하고 있다고 말했다. 다른 쪽에선 다른 사제는 성스럽게 죄를 사하여줄 성체를 손에 들고, 영원한 평화를 누릴 천국을 찬양했다—"구원의 은총을 받겠느냐?" 두 사제가 물었다. "성체성사를 받겠느냐?"—아니요. 삐아끼가 대답했다—"왜 받지 않겠다는 거냐?"—나는 천국에 가고 싶지 않소. 지옥의 가장 깊은 밑바닥에 떨어지고 싶소. 니꼴로는 천국에 가지 못할 테니, 나는 지옥에서 그놈을 다시 찾아내 이승에서 못다한 복수를 마저 다할 거요! — 삐아끼는 이렇게 말하고 사다리를 올라, 형리에게 어서 목을 매달으라고 호령했다. 마침내 당국은 처형을 중단하고, 법률에 규정된 데 따라 이 가엾은 사내를 감옥으로 돌려보낼 수밖에 없었다. 사흘 연달아 똑같은 수를 써봤으나 결과는 늘 똑같았다. 삐아끼는 사흘째 교수대에 매달리지 못하고 다시 사다리를 내려와야 했다. 그러자 원한에 사무친 몸짓으로 두 손을 들어 올리더니, 자신을 지옥으로 보내주지 않는 잔인한 법률을 저주했다. 악마의 무리를 모두 부르며 자기를 데려가라고 외치고, 이렇게 호언했다. 내 유일한 소원은 처형받고 지옥에 떨어지는 것이오. 아무리 훌륭한 사제라도 마수로 걸리면 목을 조를 것이오. 그렇게 해서라도 니꼴로를 다시 붙잡으러 지옥으로 갈 것이오 — 교황은 이런 사실을 보고받고, 삐아끼가 사죄받지 않았더라도 처형하라고 명령했다. 사제가 한 사람도 배석하지 않고 적막이 감도는 가운데 삐아끼는 델 뽀뽈로 광장[7]에서 교수형에 처해졌다.

7 로마 구시가지 북쪽 끝에 있는 광장으로 '인민광장'이라는 뜻이다.

성 체칠리아 또는 음악의 힘
(성인전설聖人傳說)

Die heilige Cäcilie
oder
Die Gewalt der Musik
(Eine Legende)

16세기 말 성상파괴운동[1]이 네덜란드를 휩쓸 때였다. 비텐베르크 대학에 다니는 젊은 세 형제가 안트베르펜에서 목사로 일하는 또다른 형제와 아헨 시에서 회동했다. 형제들이 이 도시에 모인 것은 유산을 물려받기 위해서였다. 네 사람 다 생전 본 적 없는 어느 나이 많은 숙부가 유산을 남겼기 때문이었다. 형제들은 이 도시에 신세 질 만한 사람이 아무도 없었기에 어느 여관에 여장을 풀었다. 며칠 동안 세 대학생은 목사에게 네덜란드에서 일어난 진기한 사건들 이야기를 듣느라 시간 가는 줄 몰랐다. 때마침 당시 아헨 성문 바로 밖에 있었던 성 체칠리아[2] 수녀원에서는 수녀들이 성체축

1 16세기에 종교개혁과 더불어 일어난 운동으로, 종교개혁 신학자들과 신교로 개종한 통치자들의 지시에 따라, 그리스도와 성인들을 그린 성화, 조각상, 스테인드글라스 등이 교회에서 철거됐다.
2 3세기 무렵에 살았던 로마의 순교자이다. 음악의 성녀로 널리 알려져 있다.

일을 성대하게 치르려던 참이었다. 네 형제는 신교에 대한 광신과 젊은 혈기와 네덜란드의 선례에 들떠서, 아헨 시에서도 성상파괴 운동을 일으키기로 마음먹었다. 이런 운동을 주동했던 적이 한두 번이 아니었던 목사는 성체축일 전날 저녁 신교 교리를 신봉하는 젊은 상인 자제들과 대학생들을 불러모았다. 이 패거리는 여관에서 포도주와 고기로 배를 채우고, 구교를 욕하며 밤을 새웠다. 해가 도성 요철벽 위로 떠오르자, 도끼든 무슨 연장이든 손에 잡히는 대로 들고 수녀원을 한바탕 때려 부수러 나섰다. 깨소금 맛이라는 듯 시시덕거리며 신호를 정하고, 이 신호가 내려지면 성경의 장면들을 묘사한 스테인드글라스를 깨뜨리기 시작하기로 약속했다. 회중 가운데도 추종자가 적잖이 생길 것이라 믿어 마지않으며, 무엇 하나 남김없이 산산조각 내기로 마음을 다지고서,[3] 종소리가 울리자마자 성당 안으로 들어갔다. 수녀원장은 날이 샐 무렵 이미 한 친구에게 수녀원에 위험이 닥칠 것 같다는 제보를 받았다. 그래서 아헨 시 사령관인 제국군 장교에게 여러번 사람을 보내, 수녀원을 지킬 경비병을 배치해달라고 성화를 부렸지만 아무 소용이 없었다. 장교 자신은 구교를 마뜩찮게 여겼고 내색은 못했지만 신교 교리를 좋아했던 터라, 수녀원장이 헛생각을 하고 있으며 수녀원에는 위험이 그림자도 비치지 않는다고 약빠르게 둘러대면서, 경비병 파견을 거부했다. 어느덧 축하 미사 시작 시간이 되었다. 수녀들은 두려움에 떨며 기도를 올리고, 눈앞에 무슨 일이 닥칠지 한숨짓

3 원문을 직역하면 "어느 돌 하나 제자리에 얹혀 있지 않도록 만들기로 마음을 다졌다"이다. 이는 「루가의 복음서」 21장 6절 "지금 너희가 성전을 바라보고 있지만 저 돌들이 어느 하나도 자리에 그대로 얹혀 있지 못하고 다 무너지고 말 날이 올 것이다"라는 구절과 관련되어 있다.

고 걱정하며, 미사를 개시하려던 참이었다. 나이가 일흔이나 된 늙은 수녀원 집사 말고는 수녀들을 지켜주는 사람이 아무도 없었다. 이 수녀원 집사만이 무장한 종복 서넛을 거느리고 성당 입구에서 보초를 서고 있었다. 수녀원 수녀들은, 우리가 잘 알다시피, 악기란 악기를 다 능숙하게 다루며 음악을 직접 연주한다. 그뿐만 아니라 (어쩌면 이 신비로운 예술의 여성적 특성 때문에) 남성 관현악단에서 볼 수 없는 정확성, 이해력, 감수성을 자주 보여준다. 그런데 하필 이때 엎친 데 덮친 격으로, 관현악단에서 음악 지휘를 맡았던 악단장 안토니아 수녀가 며칠 전부터 티푸스로 몸져누워 있었다. 하느님을 모독하려는 네 형제가 외투로 몸을 감싸고 성당 기둥에 몸을 기대고 있는 게 눈앞에 보이거니와, 악단장이 없는 탓에 어떤 악곡을 연주해야 마땅할지도 알 수 없자, 수녀들은 더없이 당황스러워했다. 수녀원장은 전날 저녁, 어느 이름 모를 대가가 남긴 아주 오래된 이딸리아 미사곡을 연주하라고 분부했다. 이 곡은 매우 성스럽고 웅장했던 터라, 악단은 이 곡으로 이미 여러 차례 대단한 반향을 불러일으킨 적이 있었다. 수녀원장은 이날따라 유별나게 고집을 부리며, 안토니아 수녀에게 다시 한번 사람을 보내 차도가 있는지 알아오라고 했다. 하지만 이 일을 맡은 수녀는 돌아와서 이렇게 전했다. 안토니아 수녀는 의식을 완전히 잃고 누워 있습니다. 원하시는 곡을 지휘한다는 것은 생각도 할 수 없는 일입니다. 그동안 성당에는 온갖 신분과 연배의 악한이 손도끼와 쇠지레를 들고 백명도 넘게 꾸역꾸역 모여들어 벌써 볼썽사나운 소동을 벌이고 있었다. 현관에 서 있던 종복 서넛을 상스러운 말로 놀리는가 하면, 수녀들이 성당에서 임무를 다하기 위해 이따금 혼자서 회중석이나 통로에 들어서면 뻔뻔스럽고 파렴치한 말을 서슴없이 던지기도 했다. 이에 수녀원 집사는 성물실로 들어가 수녀원장에게 무릎을 꿇고, 축하 미사를 중단하고 도시 안으로 가서 사령관의 보호를 받으라고 간청했다. 하지만 수녀원장은 눈썹 하나 까딱 않고, 축하 미사는 전지전능하신 하느님의 영광을 기리기 위한 것인 만큼 반드시 거행되어야 한다고 고집했다. 수녀원 집사에게 성당에서 열리는 미사와 장엄한 행렬을 신명을 바쳐 지켜야 할 의무가 있음을 잊지 말라고 타일렀다. 바로 그때 종소리가 울리자, 수녀원장은 자신을 에워싸고 오들오들 떨고 있는 수녀들에게 좋은 것이든 나쁜 것이든 상관없으니 오라토리오 중 아무것이나 골라서, 당장 연주해 미사를 시작하라고 호령했다.

수녀들이 오르간 발코니에 앉아 연주를 하려던 참이었다. 이미 여러번 다뤘던 악곡의 악보를 나누고, 바이올린, 오보에, 콘트라베이스를 점검하고 조율하고 있을 때, 안토니아 수녀가 얼굴은 약간 해쓱해졌지만 생기있고 건강한 몸으로 층계에서 나타났다. 옆구리에는 수녀원장이 그토록 간절히 연주되기 바랐던 아주 오래된 이딸리아 미사곡 악보를 끼고 있었다. "어디서 오셨어요? 어떻게 이리 갑자기 건강을 되찾으셨어요?" 수녀들이 깜짝 놀라 묻자, 안토니아 수녀는 대답했다. 아무러면 어때요, 여러분, 아무러면. 그러고선 손에 들고 있던 악보를 나눠주고, 열광하여 달뜬 얼굴로 오르간 앞에 앉더니, 이 훌륭한 악곡의 지휘를 맡았다. 그러자 경이로운 천상의 위안이 경건한 수녀들의 가슴속으로 흘러드는 것 같았다. 수녀들은 당장 악기를 들고 악보대 앞에 자리를 잡았다. 수녀들의 가슴을 옥죄었던 불안감조차 수녀들의 영혼을 드높여 날개라도 달린 듯 화음의 천국으로 날아오르게 했다. 오라토리오는 비할 데 없을 만큼 화려하게 연주됐다. 연주 내내 회중석과 통로에서는 숨소리 하나 들리지 않았다. 「성모 찬송」을 연주할 때는 특히, 「대영광송」을 연주할 때는 더욱더, 성당 안 사람들이 모두 숨이 멎은 듯싶었다. 그리하여 저주받은 네 형제와 그 추종자들이 성당에 들이닥쳤는데도, 그곳 바닥의 먼지 하나 흩날리지 않았다. 수녀원은 삼십년 전쟁이 끝날 때까지 끄떡없이 남아 있었지만, 그뒤에야 베스트팔렌 강화조약에 따라 국가에 귀속됐다.

육년 뒤 이 사건이 거의 잊혔을 무렵, 네 젊은이의 어머니가 덴하흐[4]에서 찾아와, 아헨 관청에 법적 조사를 신청했다. 아들들이 가뭇없이 실종됐다고 눈물로 하소연하며, 이들이 아헨에서 어디로 떠났는지 알아봐달라고 했다. 어머니의 말에 따르면, 고향인 네덜란드에 사는 친지들이 아들들에게 마지막 받은 기별은 목사가 안트베르펜 학교 선생인 한 친구에게 보낸 편지였다. 아들들이 종적을 감추기 바로 전에, 그러니까 성체축일 전날 저녁에 쓴 것이었다. 목사는 네 쪽을 빽빽이 채운 이 글에서 체칠리아 수녀원에서 무슨 일을 벌이려 하는지 익살에다 넉살까지 부리며 떠벌렸다는 것이었다. 하지만 어머니는 그게 어떤 일이었는지 낱낱이 밝히려 하지는 않았다. 법원은 이 근심 어린 부인이 찾고 있는 젊은이들의 행방을 수소문하려 애썼으나 번번이 헛수고에 그쳤다. 그러다가 국적도 출신도 모르는 네 젊은이가 시립 정신병원에 수용되어 있다는 사실에 마침내 생각이 미쳤다. 이들은 황제의 자비로 근년에 설립된 이 정신병원에서 몇년 전부터 살고 있었는데 그 시기가 부인이 말한 시기와 얼추 비슷했다. 하지만 이 젊은이들은 종교적 열광이 도를 넘어 광기로 발전했으며, 법원이 어렴풋이 기억하는 바에 따르

4 오늘날 네덜란드의 정부소재지로, 영어식 이름은 헤이그이다.

면, 몹시 슬프고 우울한 행동을 보인다고 했다. 이는 어머니가 속속들이 꿰고 있는 아들들의 기질과 맞는 게 없다시피 한데다가, 더욱이 이 젊은이들은 가톨릭교도인 게 거의 틀림없어 보였으므로, 어머니는 법원의 말을 귓등으로 흘려들었다. 그렇지만 법원이 설명하는 여러 특징을 듣다보니 기묘하게도 마음이 움직여, 어느날 법원 관리를 안동하고 정신병원으로 찾아갔다. 그곳에 수용되어 있는 네명의 불쌍하고 정신이 이상한 사내들을 얼굴이라도 볼 수 있도록 안으로 들여보내달라고 관리인들에게 사정했다. 그런데 이 가엾은 부인은 문을 열고 들어서자마자 첫눈에 아들들을 알아봤으니, 이에 부인이 얼마나 질겁해 놀랐는지 누가 말로 설명할 수 있으랴. 아들들은 검은색 긴 가운을 입고 십자고상이 놓인 책상에 둘러앉아 있었다. 상판에 팔꿈치를 괴고 두 손을 모아 말없이 십자고상을 경배하고 있는 듯 보였다. "이 젊은이들이 여기서 무엇을 하고 있습니까?" 부인이 온몸에 힘이 빠져 의자에 주저앉으며 묻자, 관리인들이 대답했다. "예수그리스도를 찬미하고 있을 뿐이겠지요. 이 젊은이들이 입에 달고 다니는 말에 따르면, 예수그리스도가 유일무이하신 하느님의 진정한 아들임을 어느 누구보다 잘 알고 있다니까요." 이렇게 덧붙였다. "이 젊은이들은 육년 전부터 이렇게 유령같이 살고 있습니다. 잠도 거의 자지 않고 음식도 거의 먹지 않습니다. 한 마디도 입 밖에 내지 않습니다. 그러다가 자정이 되면 단 한번 의자에서 일어납니다. 그러고선 건물 창문이 다 깨져라 큰 소리로 「대영광송」을 부른답니다." 관리인들은 말을 맺으며 이렇게 장담했다. 그렇지만 이 젊은 사내들의 몸은 뼛속까지 건강합니다. 마음도 매우 진지하고 엄숙하기는 하지만 그렇다고 명랑함을 잃지는 않았습니다. 자신들을 미쳤다고 흉보는 사람이 있으면 동정하듯 어깨를 으쓱하고선 입버릇처럼 이렇게 말한답니다. '아헨의 훌륭한 시민들도 우리가 아는 사실을 깨달아야 할 텐데. 그러면 우리와 마찬가지로 만사 제쳐두고 예수그리스도의 십자고상 둘레에 모여앉아 「대영광송」을 부를 텐데.'

부인은 불쌍한 아들들의 처참한 모습을 차마 눈 뜨고 볼 수가 없어, 이내 무릎을 후들후들 떨며 집으로 데려다달라고 부탁했다. 다음 날 아침 이 끔찍한 일이 일어난 사연을 알아보기 위해 도시의 유명한 포목상 파이트 고트헬프 씨에게 찾아갔다. 목사가 썼던 편지에 이 사내가 거명됐을뿐더러, 이자는 성체축일에 성 체칠리아 수녀원을 파괴하려던 계획에 적극 동조했다고 쓰여 있었기 때문이었다. 포목상 파이트 고트헬프는 그동안 결혼을 하여 아이를 여럿 두었고 아버지에게 버젓한 가업을 물려받았다. 이자는 부인을 처음 보았지만 매우 반갑게 맞이했다. 부인이 무슨 일로 자신을 찾아왔는지 듣자, 문에 빗장을 걸고 부인에게 의자에 앉으라고 권한 뒤, 이런 이야기를 들려줬다. "부인! 저는 육년 전에 아드님들과 한패가 되어 돌아다녔습니다. 이 일로 저를 조사에 끌어넣지만 않으신다면, 터럭만큼도 숨기지 않고 부인께 다 털어놓겠습니다. 그렇습니다. 우리는 편지에 언급된 일을 벌이려 계획했습니다! 치밀하게, 정말 불경스럽도록 영리하게 준비했는데, 이 일을 왜 그르쳤는지 저는 이해할 수 없습니다. 하늘이 경건한 수녀원에 성스러운 가호를 베푼 게 아닌가 싶습니다. 사실을 말씀드리면 이렇습니다. 아드님들은 미사를 방해하려고 이미 두세 차례 심술 사납게 우스꽝스러운 짓을 벌였습니다. 한바탕 폭동이 일어날 듯한 분위기가 감돌았습니다. 악당들이 역청 횃불을 손에 들고 삼백명도 넘게 우글거렸습니다. 당시 잘못된 길에 빠져 있던 우리 도시 곳곳에서 몰려온 자들이었습니다. 목사가 신호만 내리면 성당을 때려 부수려 하던 참이었습니다. 그런데 음악이 울려퍼지자마자 아드님들은 다 같이 한 동작으로 느닷없이 모자를 벗어 우리를 몹시 놀라게 했습니다. 아드님들은 이루 말할 수 없이 깊은 감동을 받은 듯, 얼굴을 앞으로 숙이고 천천히 두 손을 모았습니다. 다들 어안이 벙벙하여 말을 잊고 있는데, 목사가 느닷없이 몸을 돌리더니, 무시무시한 목소리로 우리도 다 모자를 벗으라고 고함쳤습니다. 몇몇 동료가 목사를 팔로 툭툭 치며 속삭여서, 약속된 신호를 보내 성상파괴운동을 시작하게 하라고 채근했지만 아무 소용이 없었습니다. 목사는 대꾸도 하지 않았습니다. 가슴에 두 손을 열십자로 교차시키고 무릎을 꿇고 엎드려, 다른 형제들과 더불어 열정적으로 이마를 바닥에 조아렸습니다. 방금까지 조롱거리로 삼았던 기도문들을 주절주절 웅얼거렸습니다. 주동자를 잃은 가련한 신교 광신도 패거리는 이 광경을 보고 마음속 깊이 혼란에 빠졌습니다. 어쩔 줄 모르고 아무 일도 벌이지 못한 채, 발코니에서 경이롭게 흘러내려오는 오라토리오만 들었을 뿐이었습니다. 오라토리오가 끝나자마자 사령관의 명령에 따라 여기저기서 체포가 시작됐습니다. 소란을 일으켰던 몇몇 악한이 경비병에게 붙잡혀 끌려갔습니다. 그러자 불쌍한 패거리는 성당을 떠날 수밖에 없었습니다. 회중이 밀치락거리며 빠져나갈 때 그 틈에 끼어 잽싸게 도망칠 수밖에 없었습니다. 저녁에 저는 여관에 가서 아드님들을 찾아봤지만 번번이 헛걸음을 했습니다. 아드님들이 여관에 돌아오지 않았다는 말만 들었습니다. 불안한 예감에 휩싸여 몇몇 친구와 함께 다시 수녀원으로 돌아가서, 제국군 경비병을 거들고 있던 문지기들에게 아드님들의 행방을 물었습니다. 고귀하신 부인, 이 네 사내는 여전히 손을 모으고 가슴과 이마를 바닥에 딱 붙이고 있었습니다. 뜨거운 열정에 불타 성당 제단 앞에 엎드려 돌처럼 굳어 있었습니다. 이를 보고 제가 얼마나 질겁해 놀랐는지 어떻게 말로 설명할 수 있겠습니까! 바로 이 순간 수녀원 집사가 안으로 들어왔습니다. 아드님들의 외투 깃을 끌어당기고 팔을 잡아 흔들었습니다. 그러면서 성당 안이 칠흑같이 깜깜해졌고 사람이 아무도 없으니 이제 성당에서 떠나라고 재촉했지만 아무 소용이 없었습니다. 아드님들은 꿈꾸듯 엉거주춤 일어섰을 뿐, 집사의 말에 귀 기울이지 않았습니다. 별수 없이 집사는 종복들을 시켜 아드님들의 겨드랑이를 붙잡아 현관 밖으로 끌어내게 했습니다. 마침내 아드님들은 우리를 따라 도시로 왔습니다. 하지만 줄곧 한숨을 내쉬면서, 햇빛에 눈부시게 빛나는 성당을 가슴이 찢어지는 표정으로 자꾸 뒤돌아봤습니다. 저와 친구들은 돌아오는 길에 아드님들에게 사근사근 곰살궂게 묻고 또 물었습니다. 도대체 무슨 끔찍한 일이 일어났기에 마음이 백팔십도 뒤바뀐 거요? 아드님들은 우리를 상냥하게 바라보며 손을 꼭 붙들었습니다. 생각에 잠겨 땅바닥을 내려다보고, 이따금 눈물을 훔쳐냈습니다—아! 그 표정이라니! 이를 떠올리면 아직도 제 가슴이 미어집니다. 아드님들은 집에 도착하자마자 자작나무 가지를 재치있고 보기 좋게 엮어 십자가를 만들었습니다. 이 십자가를 작은 밀랍 덩어리에 꽂아 두 촛불 사이에 세웠습니다. 하녀가 들고 와 방 한가운데 커다란 탁자에 올려놓은 촛불이었습니다. 친구들은 시간이 지날수록 자꾸 모여들었습니다. 손을 비비며 옆에 비켜서서 삼삼오오 무리 지어 있었습니다. 가련하여 말을 잊은 채 아드님들이 소리없이 벌이는 유령 같은 행동을 지켜봤습니다. 아드님들은 다른 사람들이 아예 안중에 없는 듯했습니다. 탁자에 둘러앉아 조용히 손을 모으고 경배하기 시작했습니다. 음식을 먹을 생각도 하지 않았습니다. 아드님들이 동료들에게 접대하기 위해 아침에 주문해뒀던 음식을 하녀가 가져왔는데도 말입니다. 잠자러 갈 생각도 하지 않았습니다. 밤이 이슥해져 아드님들이 피곤해 보이자 하녀가 옆방에 잠자리를 마련해놓았는데도 말입니다. 여관 주인은 아드님들의 행동을 해괴하게 여겼습니다. 친구들은 여관 주인의 심사를 건드리고 싶지 않았습니다. 그래서 한쪽에 푸짐하게 차려진 식탁에 다가앉아, 수많은 식객을 위해 걸게 마련된 음식을 쓰라린 눈물로 간 맞추며 입에 욱여넣을 수밖에 없었습니다. 그때 갑자기 자정을 알리는 종이 울렸습니다. 부인의 네 아드님은 둔중한 종소리에 한 순간 귀를 기울였습니다. 다 같이 한 동작으로 느닷없이 자리에서 일어섰습니다. 우리는 냅킨을 내려놓고 눈이 휘둥그레져 아드님들을 건너봤습니다. 이런 희한하고 해괴한 일 다음에 무슨 일이 벌어질지 마음 졸이며 기다렸습니다. 아드님들은 끔찍하고 소름 끼치는 목소리로 「대영광송」을 부르기 시작했습니다. 표범이나 늑대가 차가운 겨울 하늘을 보고 울부짖을 때 아마 이와 비슷한 소리를 냈을 것입니다. 부인께 장담하거니와, 집의 기둥들이 흔들거렸습니다. 창문이 와장창 부서질 것 같았습니다. 아드님들의 허파에서 날숨이 눈에 보일 듯 터져나와 창문을 때렸는데, 마치 무거운 모래를 여러움큼 창유리에 끼얹기라도 한 듯싶었습니다. 이러한 으스스한 소동에 우리는 넋을 잃고 머리털이 곤두서 뿔뿔이 달아났습니다. 외투고 모자고 다 남겨둔 채 주변 도로로 흩어졌습니다. 우리가 사라진 바로 뒤, 놀라서 잠이 깬 이웃들이 백명도 넘게 이 도로로 뛰어나왔습니다. 이웃들은 여관 문을 박차고 층계를 올라 방으로 몰려들었습니다. 오싹하고 듣도 보도 못한 울부짖음이 어디서 나는지 찾아내려 했습니다. 이 울부짖음은 영원히 저주받은 죄인들의 입에서 터져나오는 듯했습니다. 불이 활활 타는 지옥의 가장 깊은 밑바닥에서 하느님의 귀에 대고 울며불며 자비를 간청하고 있었습니다. 1시를 알리는 종이 치자 드디어 아드님들은 입을 다물었습니다. 여관 주인이 아무리 화를 내도, 주위에 몰려온 사람들이 소스라치게 놀라 아무리 소리쳐도 전혀 신경 쓰지 않더니 말입니다. 아드님들은 손수건을 꺼내, 턱과 가슴까지 방울방울 떨어지는 땀을 이마에서 닦아냈습니다. 외투를 깔고 마룻바닥에 드러누워, 이토록 고통스러운 경배에서 벗어나 한시간 동안 휴식을 취했습니다. 여관 주인은 아드님들이 하는 대로 내버려두다가, 아드님들이 잠들자마자 성호를 그었습니다. 잠시나마 한숨 돌릴 수 있게 된 것을 기뻐하며, 방에 들어와 끼리끼리 쑥덕거리고 있는 구경꾼들에게 날이 새면 다 괜찮아질 것이라 장담하고, 그러니 방에서 떠나달라고 종용했습니다. 하지만 맙소사! 첫닭이 울자마자 이 불쌍한 형제들은 벌떡 일어났습니다. 책상에 놓여 있는 십자가를 향해 지루하고 유령 같은 경배를 다시 시작했습니다. 완전히 기진맥진했을 때에야 잠시 멈췄을 뿐입니다. 여관 주인은 아드님들을 볼 때마다 가슴이 내려앉아 타이르려고도 도와주려고도 했지만, 아드님들은 다 마다했습니다. 여관 주인에게 친구들이나 잘 구슬려 돌려보내달라고 부탁했습니다. 친구들이 아침마다 아드님들 방에 꼬박꼬박 찾아오곤 했으니까요. 아드님들이 여관 주인에게 바라는 것이라곤 물이나 빵과, 구할 수 있다면 밤에 깔고 잘 짚더미 말고는 아무것도 없었습니다. 그리하여 여관 주인은 여태까지는 아드님들이 흥청망청 벌이는 잔치로 돈을 쏠쏠히 벌었지만, 이제 사건 전말을 법원에 신고할 수밖에 없었습니다. 네 형제가 악령에 사로잡혀 있음에 틀림없으니 여관에서 데려가달라고 요청할 수밖에 없었습니다. 관청의 명령에 따라 아드님들은 의사의 진찰을 받았습니다. 정신이상이란 진단을 받아, 부인께서 잘 아시다시피 정신병원 병실에 수감됐습니다. 최근 서거하신 황제께서 자비를 베풀어 이런 불쌍한 자들을 돌보도록 우리 도성 안에 설립하신 정신병원에 말입니다." 포목상 파이트 고트헬프는 이것 말고도 다른 많은 사실을 털어놓았다. 하지만 우리는 사건의 켯속을 알기에 충분할 만큼 이야기했다고 생각하므로, 이 정도로 줄이기로 하겠다. 끝으로 이자는 이 사건에 대한 법적 재조사에 무슨 일이 있어도 자신을 끌어들이지 말아달라고 부인에게 다시금 당부했다.

사흘 뒤, 이 이야기를 듣고 마음속 깊이 충격을 받은 부인은 한 여자친구의 부축을 받으며 수녀원 쪽으로 걸음을 옮겼다. 때마침 날씨가 맑아지자 산책을 나갔다가, 하느님이 눈에 보이지 않는 번개로 아들들을 내리친 듯싶은 끔찍한 현장을 두 눈으로 보고 싶다는 애틋한 생각이 들었던 것이다. 하필이면 성당은 개축 중이어서, 입구가 널빤지들로 폐쇄되어 있었다. 두 부인이 기를 쓰고 발돋움을 했지만 널빤지들 틈새로 보이는 내부라고는 성당의 배경에서 찬란하게 번쩍거리는 장미창밖에 없었다. 수백명의 일꾼이 흥겨운 노래를 흥얼거리며 친친 묶어 죽죽 세운 비계飛階에 올라서서, 탑들을 족히 3분의 1은 더 높게 증축하고 있었다. 탑 지붕이나 요철벽에는 지금까지 청석돌만 덮여 있었는데 여기에 튼튼하고 밝고 햇빛에 번쩍거리는 구리를 씌우고 있었다. 건물 뒤에는 먹장구름이 흘러갔다. 시꺼멓지만 가장자리가 황금색 햇빛에 젖어 있었다. 이 구름은 아헨 가근방에 뇌우를 다 쏟아부은 뒤, 성당을 향해 두세 차례 힘없이 번개를 내리치더니, 토라진 듯 천둥을 울리며 동쪽으로 가라앉아, 헤실헤실 풀어져 는개로 바뀌었다. 두 부인이 드넓은 수녀원 건물 층계에서 이런저런 생각에 잠겨 인간과 자연이 보여주는 두가지 장관을 바라보던 참이었다. 때마침 수녀원의 한 수녀가 길을 지나다가, 현관 앞에 서 있는 부인이 누구인지 우연히 알게 됐다. 수녀는 이 부인이 성체축일 사건에 관한 편지를 수중에 가지고 있다는 사실을 수녀원장에게 보고했다. 그러자 수녀원장은 수녀를 곧바로 네덜란드에서 온 부인에게 돌려보내, 수녀원장실로 올라와달라고 부탁하게 했다. 네덜란드 부인은 난데없는 부름에 화들짝 놀랐지만 그에 못지않게 황송해하며 수녀가 전한 지시에 기꺼이 따랐다. 친구는 수녀가 권하는 대로 입구 바로 옆에 있는 대기실로 들어갔다. 그동안 부인은 2층으로 안내받았고, 이윽고 화려하게 장식된 발코니방 여닫이문이 눈앞에서 활짝 열렸다. 그곳에 수녀원장이 안락의자에 앉아 있었는데, 조용하면서도 제왕 같은 용모를 지닌 고귀한 여인이었다. 발판에 발을 얹었고, 발판 아래에는 용발톱 무늬가 깔려 있었다. 수녀원장 옆에 세워진 악보대에는 한 악곡의 악보가 놓여 있었다. 수녀원장은 부인이 앉을 의자를 가져오게 한 뒤, 부인이 이 도시에 찾아왔다는 것을 시장에게 이미 들었다고 말했다. 부인의 불쌍한 아들들이 어떻게 지내는지 상냥하게 묻고서, 아들들에게 닥친 운명은 바꿀 수 없으므로 이를 가능한 한 차분하게 받아들이라고 다독거렸다. 그런 다음 목사가 안트베르펜의 학교 선생인 친구에게 썼다는 편지를 보고 싶다고 속내를 밝혔다. 부인은 이 말에 따랐다가 자칫하면 어떤 일이 벌어질지 모를 만큼 세상물정에 어둡지는 않았기에 한순간 몹시 당황스러웠다. 하지만 수녀원장의 존경스러운 용모를 보니 무조건 믿어도 괜찮을 듯싶었다. 수녀원장이 이 편지의 내용을 관청에 알리려고 이러는 것은 아니리라는 생각이 들었다. 그래서 잠깐 마음을 추스른 뒤 가슴에서 편지를 꺼내, 이 제왕 같은 여인에게 건네주며 그 손에 뜨겁게 입을 맞췄다. 부인은 수녀원장이 편지를 내리읽는 동안 악보대 위에 아무렇게나 펼쳐져 있는 악보를 흘깃 훔쳐봤다. 포목상의 이야기를 들은 뒤 그 끔찍한 날에 가엾은 아들들의 마음을 파괴하고 혼란에 빠뜨린 것은 아마도 음악의 힘이었는지 모른다라고 생각한 적이 있었다. 그래서 의자 뒤에 서 있던 수녀에게 몸을 돌려 주저주저 물었다. 이것이 육년 전 저 기이한 성체축일 아침에 성당에서 연주됐던 악곡인가요? 예! 그렇다고 들었어요. 악보는 그뒤 사용되지 않을 때는 수녀원장님 방에 놓여 있었지요. 젊은 수녀가 이렇게 대답하자, 부인은 소스라치게 놀라 벌떡 일어나, 갖은 생각이 엇갈리는 가운데 악보대 앞으로 다가섰다. 어떤 무시무시한 유령이 은밀히 영역을 표시해놓은 듯한 신비롭고 마술 같은 음표들을 들여다봤다. 때마침 「대영광송」이 펼쳐져 있는 것을 보고서 발밑이 꺼지는 듯한 느낌이 들었다. 아들들을 파멸시켰던 무시무시한 음악이 머리로 쇄쇄 몰려드는 듯싶었다. 악보를 보기만 해도 정신을 잃을 것 같았다. 전지전능한 하느님 앞에 한없이 겸손해지고 순종하려는 마음이 일어, 재빨리 악보를 들고 입을 맞춘 뒤, 의자에 돌아와 앉았다. 그동안 수녀원장은 편지를 다 읽고 접으며 이렇게 말했다. "그 경이로운 날, 잘못된 길에 깊이 빠져 있던 아드님들이 수녀원에 방자한 짓을 저지르지 못하도록 지켜주신 것은 하느님 당신이셨습니다. 하느님께서 이를 위해 어떤 수단을 사용하셨는지는 부인은 신교도라 관심이 없을 테지요. 제가 부인에게 이를 아무리 설명해도 이해하기 힘들 겁니다. 사실을 말하면 이렇습니다. 성상파괴운동이 우리를 덮치려 하던 그 긴박하고 무시무시한 순간에, 부인이 본 저기 펼쳐져 있는 악곡을 오르간 옆에 앉아 침착하게 지휘한 게 도대체 누구였는지 아무도 모릅니다. 이튿날 아침 수녀원 집사와 다른 여러 종복이 입회한 가운데 한 증언을 듣고 이를 문서로 기록했습니다. 이에 따르면, 이 악곡을 지휘할 수 있는 유일한 수녀인 안토니아 수녀는 연주가 진행되는 내내 수녀실 한구석에 드러누워 있었습니다. 병으로 의식을 잃고 팔다리를 쓰지 못하고 있었습니다. 안토니아 수녀의 친척인 한 수녀가 그 옆에 붙어서 병 수발을 했습니다. 이 수녀는 성당에서 성체축일 미사가 거행됐던 오전 내내 안토니아 수녀의 침대맡을 떠나지 않았습니다. 그뿐만이 아닙니다. 안토니아 수녀 자신도 그처럼 희한하고 해괴하게 오르간 발코니에 나타났던 것은 자신이 아니었다고 맞장구치는 증언을 틀림없이 했을 것입니다. 안토니아 수녀가 의식이 약간이라도 있어서, 우리가 질문을 던질 수 있었더라면 말입니다. 티푸스로 앓아눕기는 했지만 처음에는 생명에 지장이 없어 보였던 이 수녀가 그날 저녁 이 병으로 사망하지 않았더라면 말입니다. 트리어 대주교님도 이 사건을 보고받고, 다른 말로는 이 일을 설명할 수 없다며 이렇게 말씀하셨습니다. '성 체칠리아 당신이 이 무서우면서도 영광스러운 기적을 행하셨도다.' 교황님도 이 말을 추인하는 교서를 저에게 방금 보내오셨습니다." 수녀원장은 이렇게 말하며 편지를 부인에게 돌려줬다. 이미 다 알고 있는 사실을 좀더 상세히 알고 싶어, 내용을 알리지 않겠다고 약속하고 보여달라 했던 편지였다. 수녀원장이 부인에게 아들들이 다시 나을 가망이 있는지, 돈이나 다른 무엇으로 어떻게든 회복을 도울 수 있을지 묻자, 부인은 수녀복 자락에 입을 맞추고 슬피 울며 아니요라고 대답했다. 그런 뒤 수녀원장은 부인 손을 붙잡고 상냥하게 작별인사를 하고선 부인을 떠나보냈다.

성인전설은 여기서 끝난다. 부인은 아헨에 머물러 있어봐야 아무 소용이 없다는 것을 깨닫고서, 불쌍한 아들들을 돌보는 데 써달라고 법원에 기탁금을 얼마간 맡기고 덴하흐로 돌아갔다. 그곳에서 일년 뒤에 이 사건에 깊이 감동을 받아 가톨릭교회의 품에 귀의했다. 아들들은 오래오래 살다가 즐겁고 행복하게 죽었다. 늘 그러던 대로 「대영광송」을 다시 한번 부르고 나서였다.

결투
Der Zweikampf

14세기 말 어느 해 성 레미기우스 축일[1]이었다. 땅거미가 내릴 무렵 빌헬름 폰 브라이자흐 공작은 보름스에서 독일 황제와 담판을 마치고 궁성으로 돌아오고 있었다. 공작은 첫번째 부인과 사별한 뒤, 알트휘닝겐 가문 출신으로 공작보다 신분이 낮아 보이는 카타리나 폰 헤르스브루크 백작 부인과 몰래 결혼했고, 그뒤 이복동생 야코프 로트바르트 백작와 반목하며 지냈다. 첫째 부인이 낳은 아들들이 모두 사망했으므로, 새로 맞은 부인이 결혼 전에 낳아준 아들 필리프 폰 휘닝겐 백작을 적자嫡子로 인정받고 오는 길이었다. 공국을 다스리기 시작한 이래 그 어느 때보다 나라의 장래가 밝아 보였다. 흐뭇한 마음으로 궁성 뒤에 있는 정원에 막 이르렀을 때, 느닷없이 어두운 수풀에서 화살 한대가 날아와 공작의 가슴뼈 바

1 성 레미기우스는 프랑크족의 개종에 힘쓴 가톨릭 성인으로, 축일은 10월 1일이다.

로 아래를 꿰뚫었다. 궁내시종 프리드리히 폰 트로타 경은 이 변고에 소스라치게 놀라, 다른 기사들과 힘을 합쳐 공작을 궁성 안으로 떠메고 갔다. 공작 부인이 얼굴이 하얗게 질려 제국 제후들을 긴급 소집했고, 이 자리에서 공작은 부인의 팔에 안겨 숨이 넘어가면서도 황제의 적자 인정서를 끝까지 읽었다. 법률대로 하자면 왕위는 이복동생 야코프 로트바르트에게 넘어가야 했기에 이 조처에 대한 반발이 만만찮았지만 제후들은 공작의 마지막 유언에 따르기로 했다. 황제의 재가를 받는다는 조건을 붙여 필리프를 왕위계승자로 인정하고, 필리프가 아직 미성년자인지라 그 어머니인 공작 부인을 후견인이자 섭정으로 지정했다. 이를 보고서야 공작은 드러누워 눈을 감았다.

공작 부인은 사절 서넛을 보내 시동생인 야코프 로트바르트 백작에게 이 사실을 간단히 통보하고 지체없이 섭정 지위에 올랐다. 백작의 의뭉한 심보를 손금 보듯 잘 안다고 자처하는 몇몇 궁정 기사의 예언은 아무튼 언뜻 보기에는 들어맞는 듯했다. 야코프 로트바르트는 돌아가는 상황을 눈치껏 살핀 다음, 형이 자신에게 왕위를 넘기지 않은 부당한 처사를 참아 넘겼다. 공작의 마지막 유언을 뒤집으려는 어떤 낌새도 보이지 않았고, 어린 조카의 즉위를 진심으로 경하하기조차 했다. 사절들에게 흥감스럽고 사근사근하게 식사를 권한 다음 이렇게 시설거렸다. 내 아내가 재산을 무진장 남기고 죽은 이래 성에서 얼마나 자유롭고 분방하게 살아가고 있는지 모르오. 이웃 귀족 부인들과 교류하고 내 영지에서 나는 포도주를 마시며 마음 맞는 친구들과 어울려 사냥하기를 즐기고 있소. 철없던 젊은 시절뿐 아니라 솔직히 말하면 나이가 들수록 더 많이 저질렀던 죄악들을 씻기 위해, 인생을 마무리할 즈음 팔레스타인으로 십자군 전쟁을 떠나는 것이 내 마지막 소원이라면 소원이오. 백작의 두 아들은 자신들이 왕위를 이어받을 날이 오리라 믿으며 자랐는데, 아버지가 계승권을 빼앗겨 되찾을 수 없게 되었는데도 강 건너 불 보듯 하자, 어처구니가 없어 기를 쓰고 대들었으나 아무 소용이 없었다. 백작은 수염도 나지 않은 이 애송이들에게 퉁명스럽게 코웃음 치며 입 닥치라고 야단쳤다. 장엄한 장례일에 자신을 따라 도시로 와서, 큰아버지인 돌아가신 공작을 묘지에 안장하는 것을 옆에서 예를 다해 거들라고 타일렀다. 백작은 공작 궁성 즉위실에 입조하여, 섭정인 공작 부인이 지켜보는 앞에서 조카인 어린 공자에게 다른 궁정 조신들과 더불어 충성을 맹세했다. 그런 다음 공작 부인이 자신에게 내린 모든 관직과 명예를 사양하고 자신의 성으로 돌아왔다. 이에 백성들은 백작이 아량과 절제를 두루 갖췄다고 칭송해 마지않았다.

공작 부인은 왕위계승 사안이 생각보다 손쉽게 결말나자, 섭정으로서 또다른 현안 해결에 나섰다. 남편이 암살될 때 공원에서 목격됐다는 정체불명의 무리를 찾고자 조사에 착수했다. 이를 위해, 남편의 생명을 앗아간 화살을 재상 고트빈 폰 헤르탈 경과 함께 몸소 살펴봤다. 그러나 화살에서는 주인이 누구인지 밝힐 만한 단서를 찾을 수 없었다. 놀랄 만큼 섬세하고 화려하게 만들어졌다는 것만 알 수 있을 뿐이었다. 실팍하고 곱슬곱슬 번득이는 깃털들이 어두운색 호두나무를 깎아 만든 가늘고 빳빳한 화살대에 꽂혀 있었다. 화살촉에는 번쩍이는 황동이 씌워져 있었고, 물고기 가시처럼 날카로운 화살촉 끝부분만 강철로 되어 있었다. 화살은 지체 높고 부유한 귀족의 병기로 제작된 듯 보였고, 이 귀족은 앙심을 품고 있거나 아니면 사냥에 흠빽 빠져 있는 듯싶었다. 화살촉에 새겨진

연도로 미뤄볼 때 만든 지 그리 오래되지 않았음을 알 수 있었다. 공작 부인은 재상의 진언에 따라 이 화살에 옥새를 찍어 독일의 모든 작업실에 두루 돌렸다. 이 화살을 깎은 궁시장弓矢匠이 누구인지 수소문하라 이르고, 이 궁시장을 찾거든 화살을 깎아달라고 주문한 자의 이름을 알아내라고 명령했다.

이로부터 다섯달 뒤, 공작 부인이 사건 조사 전권을 위임한 재상 고트빈 경에게 스트라스부르에 있는 어느 궁시장의 진술서가 날아들었다. 화살 육십대와 화살집을 삼년 전에 야코프 로트바르트 백작에게 제작해줬다는 내용이었다. 재상은 진술서를 보고 두 눈을 믿을 수 없어, 진술서를 비밀 서랍장 속에 몇주 동안 숨겨뒀다. 재상이 이렇게 한 데는 두가지 이유가 있었다. 먼저, 백작이 제멋대로 방탕하게 살아가고 있기는 해도 고결한 성품을 타고났다고 철석같이 믿었다. 따라서 형을 살해하는 추악한 범죄를 저질렀을 리 없다고 여겼다. 다음으로, 공작 부인이 좋은 미덕들을 두루 갖췄기는 해도 최대 정적의 목숨이 걸린 사건을 공정하게 판단할 것 같지 않았다. 그러므로 이 사안을 신중에 신중을 기해 다룰 수밖에 없었다. 그동안 재상은 이 기이한 신고를 단서로 은밀히 조사를 진행했다. 백작이 여느 때는 성을 떠나는 법이 아예 없거나 거의 없는데 공작이 살해된 밤에는 성을 비웠다는 사실을 도시 관아 아전들에게 우연찮게 알아냈다. 이에 재상은 궁시장과 아전들의 말을 더이상 기밀에 붙여서는 안되겠다고 생각했다. 이 용의점들에 따르면 해괴하고도 희한하기는 하지만 시동생인 야코프 로트바르트 백작에게 암살 혐의가 있음을 다음번 중신회의에서 공작 부인에게 간곡하게 진언하지 않으면 안되겠다고 마음먹었다.

하지만 공작 부인은 시동생인 백작과 이토록 우호적인 관계를 맺은 데 만족스러워했고, 섣부른 조처로 백작의 심사를 건드리는 것을 무엇보다 꺼렸다. 그래서 이 확증 없는 보고를 받자 기뻐하는 기색을 보이기는커녕, 문서들을 주의 깊게 두번 내리읽은 뒤 몹시 못마땅한 표정으로 이렇게 모호하고 미심쩍은 사안을 중신회의에 공식 안건으로 올리다니요라고 타박을 놓았다. 재상은 어처구니가 없을 따름이었다. 공작 부인은 이것은 착오이거나 모략임에 틀림없다고 단정하고, 어떠한 일이 있어도 법정에 기소해서는 안된다고 명령했다. 심지어 중신회의에서 이 안건을 거론하는 것조차 위험천만하게 여겼다. 백작이 왕위계승권을 뺏긴 뒤 보여준 담담한 태도 때문에 백성들의 칭송을 받다 못해 숭배를 받기까지 이르렀기 때문이었다. 공작 부인은 중신회의에 관한 소문이 백작의 귀에 들어갈 게 불 보듯 뻔하다고 여겼다. 그래서 두가지 용의점과 이를 뒷받침하는 증언의 필사본을 백작에게 보내며 참으로 도량 넓은 서한을 첨부했다. 이 모든 일은 터무니없는 오해에 지나지 않는다고 잘라 말하고, 자신은 백작의 결백을 믿어 의심치 않고 있으므로 백작은 이 용의점들을 부인하려 굳이 애쓰지 말라고 당부하는 내용이었다.

백작은 친구들과 어울려 식사를 하던 참에, 한 기사가 공작 부인의 서한을 들고 방으로 들어오자, 안락의자에서 일어나 반갑게 맞이했다. 앉을 생각도 하지 않고 엄숙하게 서 있는 기사를 친구들이 쳐다보는 동안, 백작은 아치창가로 다가가 서한을 내리읽었다. 그러기가 무섭게 안색이 변하더니, 친구들에게 편지를 건네주며 이렇게 말했다. 여보게들, 이럴 수가 있나! 내게 형을 살해했다는 혐의를 씌우고 있구려, 파렴치하게도! 백작은 번득이는 눈초리로 기사의 손에서 화살을 낚아챘다. 마음속 깊은 충격을 애써 감추며, 주위에 웅성웅성 모여든 친구들에 둘러싸여 이렇게 덧붙였다. 화살은 아닌 게 아니라 내 것이네. 내가 성 레미기우스 축일에 성을 비운 것도 사실이고. 친구들은 어떻게 이렇게 음흉하고 비열한 계략을 꾸밀 수 있느냐고 욕을 퍼부었다. 생사람 잡는 걸 보니 오히려 공작 부인 패거리가 암살한 게 아니냐고 대거리하고 나섰다. 기사가 자신의 주상인 공작 부인을 옹호하려 들자, 친구들이 이 사절에게 면박을 주려던 참이었다. 백작이 서한을 다시 한번 내리읽은 다음 느닷없이 친구들 한가운데로 나서서 외쳤다. 진정하게, 친구들이여! —그러더니 구석에 놓여 있던 칼을 집어들어 기사에게 건네주고 이렇게 말했다. 나를 연행하시오! 기사가 화들짝 놀라 물었다. 제가 혹시 잘못 들은 것은 아닙니까, 재상이 제기한 두가지 용의점을 백작께서 정말로 인정하는 것입니까? 그러자 백작이 대답했다. 그래! 그렇소! 그렇다니까! —하지만 한가지 바람이 있소. 내 결백을 입증하기 위해 공작 부인이 공식 소집한 법정 이외의 다른 법정에는 서지 않겠소. 친구들은 이 말을 듣고 몹시 못마땅하여, 이러한 경우 각하께서는 사건의 전말을 제국 법정 이외의 다른 법정에서 해명할 필요가 없습니다라고 일깨워줬지만 아무 소용이 없었다. 백작은 별안간 무슨 뚱딴지같은 생각이 들었는지 공작 부인의 공정한 판단을 믿는다며 공국 법정에서 재판받겠다고 고집했다. 친구들의 팔을 뿌리치고 창 너머로 소리쳐 말들을 대령하라 이르며, 사절을 따라 곧바로 기사 감옥으로 가겠다고 말했다. 동고동락했던 친구들이 우르르 앞을 가로막으며 정 그렇다면 이렇게 하자고 했고, 백작은 마지못해 이 제안을 받아들였다. 친구들은 이름을 연서連署하여 공작 부인에게 편지를 작성하기로 했다. 이러한 경우 어떤 기사에게나 보장되어 있는 안전통행권을 백작에게 허락해달라고 요구하기로 했다. 그러면서 보증금 이만 마르크를 내놓았다. 공작 부인이 구성한 법정에 백작이 출두할 것과 이 법정이 백작에게 어떤 판결을 내리더라도 승복할 것을 약속한다는 뜻이었다.

공작 부인은 이러한 편지를 받으리라고는 꿈에도 생각지 못했다. 백작이 왜 암살 혐의를 받게 됐는지에 관해 추악한 소문까지 이미 항간에 돌고 있는 터였다. 자신은 이 일에서 완전히 손을 떼고 이 소송 전체를 황제에게 넘기는 것이 상책이라고 생각했다. 재상의 조언을 받아 이 일에 관한 서류 일체를 황제에게 보내며, 자신은 이 사건의 이해당사자로서 공정성을 유지할 수 없으니 황제가 제국의 수장으로서 이 사건의 조사를 떠맡아주십사 요청했다. 황제는 스위스와의 동맹 협상 때문에 당시 바젤에 머물러 있었다. 공작 부인의 청원을 수락하여 바젤에서 백작 세 사람, 기사 열두 사람, 판사 시보 두 사람으로 법정을 구성했다. 야코프 로트바르트 백작 친구들의 신청도 받아들여, 은화 이만 마르크의 보증금을 받고 백작에게 안전통행권을 허락했다. 그런 뒤 백작에게 바젤 법정에 출두하여 두 용의점에 관해 진술하라고 요구했다. 첫째, 백작이 자신의 것이라고 밝힌 화살이 어떻게 암살범의 손에 들어갔으며, 둘째, 성 레미기우스 축일 밤에 어떤 제삼의 장소에 머물렀는지에 관해 이 법정에서 해명하고 답변하라고 촉구했다.

삼위일체 대축일[2] 뒤 월요일에 야코프 로트바르트 백작은 화려한 복장의 기사들을 거느리고 소환 요청을 받은 대로 바젤 법정에 출두했다. 법정에서 첫번째 질문에는 자신도 영문을 알 수 없다고 어물어물 넘기더니, 사건 판단에 결정적으로 중요한 두번째 질

2 성령강림절 다음의 첫번째 일요일이다.

문에는 이렇게 대답했다. "고귀하신 판사 제현이시여!" 이렇게 말하며 난간에 손을 짚고서, 불그레한 속눈썹 사이로 작은 눈을 반짝거리며 회중을 둘러봤다. "저는 왕관과 왕홀에 아무 관심이 없음을 충분히 입증했습니다. 그런데도 여러분은 제가 이 세상에서 가장 추악한 범죄를 저질렀다고, 제 형을 암살했다고 기소했습니다. 형은 아닌 게 아니라 저를 그다지 좋아하지는 않았지만, 그래도 저에게 다시없이 소중한 혈육인데도 말입니다. 여러분이 공소의 근거로 내세우는 것 중 하나는, 그 죄악이 저질러졌던 성 레미기우스 축일 밤에 제가 여러해 동안 지켰던 습관을 깨고 성을 비웠다는 사실입니다. 무릇 기사는 은밀히 어떤 귀부인의 사랑을 받게 됐을 때 이 귀부인의 명예를 지켜줄 의무가 있다는 것을 저는 잘 알고 있습니다. 여러분에게 장담합니다. 하늘이 이 생뚱맞은 재앙을 마른 하늘에 날벼락처럼 제 머리 위에 내리지 않았더라면, 제 가슴속에 간직한 비밀은 저와 함께 죽어서 진토가 되었을 것입니다. 천사들의 나팔 소리에 모든 무덤이 열릴 때에야 비로소 하느님 앞에서 저와 함께 다시 살아났을 것입니다. 하지만 황제 폐하께서는 판사 제현의 입을 빌어 제 양심을 향해 질문을 던졌습니다. 따라서 여러분 자신도 충분히 수긍하시겠지만 저는 아무도 배려할 수 없고 아무것도 주저할 수 없는 형편입니다. 제가 형의 암살에 직접적이든 간접적이든 관여했을 가능성이 높지 않을 뿐 아니라 그럴 가능성이 아예 없는 이유를 여러분은 알고 싶어하십니다. 그러므로 이렇게 답변드립니다. 저는 성 레미기우스 축일 밤에, 그러니까 암살이 저질러졌을 당시에 비티프 리테가르데 폰 아우어슈타인 부인에게 남몰래 찾아갔습니다. 태수 빈프리트 폰 브레다의 이 아름다운 딸은 저에게 사랑을 품고 있었습니다."

여기서 독자 여러분이 알아둬야 할 사실은, 비티프 리테가르데 폰 아우어슈타인 부인은 이 수치스러운 누명을 쓰기 전까지는 이 나라에서 가장 아름다웠을 뿐만 아니라 어디 하나 나무랄 데도 무엇 하나 흠잡을 데도 없는 여인이었다는 것이다. 부인은 결혼한 지 몇달 되지 않아 남편인 성주 폰 아우어슈타인을 전염성 열병으로 잃었고, 그뒤 아버지의 성에서 조용히 숨어 살았다. 딸이 재혼하는 것을 보고 싶어하는 늙은 아버지의 소원에 못 이겨 가근방에 사는 기사들, 특히 야코프 로트바르트 경이 여는 사냥이나 연회에 이따금 모습을 비쳤을 뿐이었다. 이럴 때면 이 나라 명문대가의 수많은 백작과 신사가 부인에게 몰려들어 구애했는데, 이중에는 궁내시종 프리드리히 폰 트로타 경도 끼어 있었다. 언젠가 사냥에서 한 선불 맞은 멧돼지가 부인에게 달려들었을 때 궁내시종이 용감하게 나서 부인의 목숨을 구해준 까닭에 부인은 프리드리히 경을 그 누구보다 애틋하게 사랑했다. 하지만 부인은 경과 결혼하려 했다가는 자신이 물려받을 재산을 넘보고 있는 두 오빠에게 미움을 살까 두려웠다. 그런 나머지 아버지가 아무리 성화를 부려도, 경의 구혼을 받아들일 엄두를 차마 내지 못했다. 그뿐만이 아니었다. 큰오빠 루돌프는 이웃에 사는 한 부유한 집안 아가씨와 결혼했는데, 삼년 동안 아이 없이 살다가 맏아들을 낳아 온 집안에 경사가 났다. 그러자 루돌프는 때로는 대놓고, 때로는 넌지시 프리드리히와 헤어지라고 부추겼고, 이에 부인은 눈물로 흠뻑 젖은 편지를 연인 프리드리히 경에게 보내 정중하게 이별을 고했다. 이제 오빠는 부인에게 수녀가 되라고 들볶았고, 부인은 집안의 평화를 깨고 싶지 않았으므로 아버지의 성에서 그리 멀지 않은 라인 강가 수녀원에 들어가기로 했다.

스트라스부르 대주교에게 이 계획을 승인받아 실행에 옮기려던 바로 그 무렵, 태수 빈프리트 폰 브레다 경은 황제가 구성한 법정에서 보낸 서한을 받았다. 딸 리테가르데가 치욕스런 짓을 저질렀다고 통지하면서, 야코프 백작이 리테가르데에게 이런 혐의를 씌웠으니 리테가르데를 바젤로 보내 이에 답변하도록 하라고 명령하는 내용이었다. 서한에는 백작이 리테가르데 부인을 비밀리에 방문했다고 주장하는 시간과 장소가 정확히 기재되어 있었다. 리테가르데 부인이 사별한 남편에게 받았던 반지까지 동봉되어 있었다. 백작은 부인과 함께 밤을 보내고 헤어지면서 그 정표로 이 반지를 부인에게서 받았다고 호언한다는 것이었다. 이 편지가 도착한 날 빈프리트 경은 노환으로 극심한 고통에 시달리고 있었다. 신경이 곤두설 대로 곤두서서, 딸의 부축을 받으며 방 안을 비척비척 걷고 있었다. 무릇 생명체라면 다 맞이하게 되어 있는 운명을 눈앞에 두고 있었던 것이다. 빈프리트 경은 끔찍한 통지를 내리읽기가 무섭게 그 자리에서 중풍을 일으켰다. 종이를 떨어뜨리고 팔다리가 뻣뻣해지며 바닥에 쓰러졌다. 한자리에 있었던 오빠들이 얼굴이 하얗게 질려 빈프리트 경을 바닥에서 일으켰다. 아버지를 보살피기 위해 옆채에 묵고 있던 의사를 불렀다. 하지만 노인을 소생시키기 위한 모든 수고는 물거품이 됐다. 리테가르데 부인이 의식을 잃고 하녀들의 품에 쓰러져 있는 동안, 빈프리트 경은 숨을 거뒀다. 부인은 정신이 깨어나자, 자신이 명예를 더럽히지 않았다고 아버지에게 한마디라도 건넸더라면 아버지가 저세상으로 편안히 떠났을 것이고 자신은 쓰라린 마음을 조금이나마 달랠 수 있었을 텐데 그러지 못한 게 가슴에 맺혔다. 두 오빠는 아버지의 갑작스러운 죽음에 더할 나위 없이 놀랐고, 이런 불행을 불러온 누이의 행동에 이루 말할 수 없이 분노했다. 누이는 수치스러운 행위를 저질렀다는 혐의를 받고 있었는데, 유감스럽게도 이는 사실일 가능성이 매우 높았다. 오빠들은 그간의 사정을 너무 잘 알았다. 야코프 로트바르트 백작은 아닌 게 아니라 지난여름 내내 리테가르데 부인에게 환심을 사려고 추근거렸다. 오로지 부인에게 영광을 돌리기 위해 여러 시합이나 연회를 열었고, 모임에 부른 모든 여인 중에 부인에게만 일찍부터 눈에 거슬릴 만큼 특별한 관심을 보였다. 그뿐만이 아니었다. 오빠들은 리테가르데가 남편에게 받았던 반지를 성 레미기우스 축일 무렵 산책하다 잃어버렸다고 말한 것을 뚜렷이 기억했다. 이 반지가 이제 희한하게도 야코프 백작의 손에 있는 것으로 밝혀졌다. 따라서 오빠들은 백작이 법정에서 누이에 관해 진술한 내용이 사실임을 잠시도 의심할 수 없었다. 부인은 오빠들의 무릎을 끌어안고 잠깐만이라도 자신의 말을 들어달라고 통사정했지만—그동안 아버지의 시신은 하인배가 서럽게 통곡하는 가운데 밖으로 들려나갔다—아무 소용이 없었다. 루돌프는 분노에 불타는 눈길로 누이에게 고개를 돌리고 물었다. 이러한 비난이 터무니없다는 것을 밝혀줄 증인이 있느냐? 부인은 온몸을 와들와들 떨며 대답했다. 제 몸종도 레미기우스 축일 밤에 부모 집에 가서 저만 침실을 지키고 있었어요. 그래서 증인은 없지만 저는 나무랄 데 없이 처신했어요. 그러자 루돌프는 발을 들어 부인을 밀어차고, 벽에 걸린 칼을 칼집에서 뽑았다. 미친 듯 펄펄 뛰며 개들과 머슴들을 부르더니, 부인에게 집과 성에서 당장 나가라고 소리쳤다. 리테가르데는 얼굴이 백지장처럼 하얗게 질려서 바닥에서 일어났다. 오빠의 행패를 입을 앙다물고 피하며, 요구대로 떠나겠으니 행장을 꾸릴 시간이라도 달라고 빌었다. 루돌프는 분노에 들끓어, 꺼져, 성에서 꺼져!라는 말만 되풀이했다. 루돌프의 아내가 팔에 매달리며 너그럽게 굽어살피라고 간청했지만, 루돌프는 말을 듣기는커녕 아내를 칼자루로 때려 피가 낭자하게 만들고 옆으로 사정없이 밀쳐냈다. 그러자 가엾은 리테가르데는 산 사람보다 죽은 사람에 가까운 모습으로 방을 떠났다. 구경꾼들의 눈길을 받으며 성 안뜰을 지나 성문으로 허청허청 걸어갔다. 성문 앞에서 루돌프는 리테가르데에게 속옷 보따리를 건네주라 이르더니, 돈 몇푼을 거기에 찔러넣었다. 누이의 등에 대고 욕설과 저주를 퍼붓고서 손수 성문을 닫아버렸다.

리테가르데는 아무 걱정 없이 평온하고 행복하게 살다가 눈앞이 깜깜해지고 의지할 데 없이 비참해졌다. 하루아침에 천상에서 지옥으로 굴러떨어진 듯한 이러한 몰락을 이 가엾은 부인은 견디기 버거웠다. 어디로 발걸음을 옮겨야 좋을지 모르는 채, 난간을 붙잡고 바위투성이 오솔길을 걸어내려가, 이날 밤만이라도 묵을 수 있는 숙소를 찾아보려 했다. 하지만 골짜기 여기저기 인가가 흩어진 마을의 어귀에 채 이르기도 전에 기진맥진하여 땅바닥에 쓰러지고 말았다. 이 세상 괴로움에서 다 벗어나 한시간쯤 이렇게 누워 있었을까, 주위는 이미 칠흑 같은 어둠에 덮였다. 부인이 깨어나보니, 마을 사람 서넛이 부인을 둘러싸고 안쓰럽다는 듯 내려다보고 있었다. 한 소년이 바위 비탈에서 놀다가 부인이 쓰러져 있는 것을 발견하고, 집으로 달려와 부모에게 희한하고 이상한 부인의 모습을 보았다고 전했던 것이다. 리테가르데에게 여러번 은혜를 입었던 마을 사람들은 부인이 이렇게 비참한 곤경에 빠진 데 자지러지게 놀라, 곧바로 마을을 떠나 힘닿는 대로 도우러 달려왔다. 부인은 마을 사람들이 애써 돌본 덕택에 곧 기력을 회복했고, 문이 닫힌 성을 뒤돌아보며 기억도 모두 되찾았다. 하지만 부인을 성으로 다시 모셔드리겠다는 두 아낙네의 제안을 사양하고, 여행을 계속하고 싶으니 곧바로 길잡이를 한 사람 붙여줄 수 없겠느냐고 부탁했다. 마을 사람들은 이런 몸으로는 여행을 떠나는 게 무리라고 말렸지만 아무 소용이 없었다. 리테가르데는 목숨이 달린 문제라고 우기며, 성 관할구역 경계 밖으로 당장 나가야 한다고 고집 부렸다. 그뿐만이 아니었다. 마을 사람들이 점점 더 모여들었지만 부인을 도울 기미를 보이지 않자, 부인은 억지로라도 이곳에서 몸을 빼어 밤이 이슥해져 어두운데도 혼자서 길 떠날 채비를 했다. 마을 사람들은 부인에게 사고라도 일어난다면 성주들에게 문책당할까 두려웠던 터라, 별수 없이 부인의 소원에 따라 마차 한대를 불러왔다. 마부는 부인에게 어디로 모셔야 하느냐고 묻고 또 물은 뒤, 부인을 태우고 바젤을 향해 출발했다.

하지만 부인은 마을 어귀를 채 빠져나가기도 전에 상황을 곰곰이 돌이켜본 뒤 마음을 바꾸고, 마부에게 방향을 돌리라고 이르더니, 그곳에서 몇 킬로미터 떨어지지 않은 트로타 성으로 마차를 몰라고 말했다. 부인은 누군가의 도움을 받아야만 야코프 로트바르트 백작과 같은 상대를 바젤 법정에서 이길 수 있음을 절실히 느끼고 있었다. 자신의 명예를 지켜달라고 믿고 부탁할 만한 사람은 훌륭한 궁내시종 프리드리히 폰 트로타 경밖에 없는 듯했다. 트로타 경은 용감할 뿐만 아니라 아직도 자신에게 사랑을 품고 있음을 부인은 잘 알고 있었다. 자정 무렵이었을 것이다. 트로타 성에서 불빛이 아직 새어나오고 있을 때, 부인은 여독으로 녹초가 되어 마차를 타고 성에 도착했다. 안채에서 한 하인이 부인을 맞으러 나오자, 리테가르데 부인이 왔다고 가족들에게 알리라 일렀다. 하지만 하인이 명령에 채 따를 새도 없었다. 프리드리히 경의 누이인 베르타 양과 쿠니군데 양이 때마침 집안일을 하기 위해 아래층 문간에 나와 있다가, 이 소리를 듣고 문밖으로 뛰어나왔다. 두 아가씨는 리테가르데를 잘 알았던 터라, 부인에게 반갑게 인사를 건네며 마차에서 내리는 부인을 부축했고, 왠지 모르게 불안해하며 부인을 오빠에게 안내했다. 궁내시종은 책상에 앉아 한 소송을 검토하느라 산더미 같은 서류에 파묻혀 있었다. 프리드리히 경은 등 뒤에서 인기척이 나자 고개를 돌렸다. 리테가르데 부인이 창백하고 정신 나간 얼굴로 온통 절망에 빠져 무릎을 꿇고 눈앞에 엎드리고 있었으니, 경이 이를 보고 얼마나 놀랐는지 누가 말로 설명할 수 있으랴! "사랑하는 리테가르데!" 경은 자리에서 일어나며 이렇게 외치고, 부인을 바닥에서 일으켰다. "무슨 일이 있었기에 이리 됐소?" 리테가르데는 안락의자에 주저앉아, 경에게 자초지종을 이야기했다. 야코프 로트바르트 백작이 공작 살해 혐의를 씻을 심산으로 바젤 법정에서 저에게 야비하게 누명을 씌웠어요. 노환에 시달리던 제 늙은 아버지는 이 소식을 듣자마자 중풍을 일으켰지요. 그런 지 몇 분 지나지 않아 오빠들의 팔에 안겨 세상을 떠나시고 말았어요. 오빠들은 이에 격분하여 펄펄 뛰면서 제가 명예를 더럽히지 않았다고 아무리 말해도 들으려 하지 않았어요. 저에게 끔찍한 행패를 부리더니 범죄자처럼 집 밖으로 쫓아냈어요. 리테가르데는 프리드리히 경에게 자신이 바젤에 가는 길에 동행하여 지켜달라고 부탁했다. 바젤에 가서는 자신에게 변호사를 구해달라고 당부했다. 제가 황제가 구성한 법정에 출두할 때, 이 변호사가 현명하고 분별있는 충고로 저를 도와 이 수치스러운 누명을 벗겨줄 수 있도록요. 리테가르데는 이렇게 장담했다. 평생 한번 본 적도 없는 파르티아인[3]이나 페르시아인이 제게 누명을 씌웠더라도, 야코프 로트바르트 백작이 이런 주장을 했을 때만큼 어처구니없지 않았을 거예요. 백작이 평판이 좋지 않고 외모가 징그럽기 때문에, 저는 늘 백작을 마음속으로 혐오하고 있었거든요. 지난여름 연회에서 백작이 때때로 입에 발린 찬사를 늘어놓을 때마다, 찬바람 돌 만큼 냉정하고 경멸 어린 눈초리로 물리쳤거든요. "그만하시오, 사랑하는 리테가르데!" 프리드리히 경이 부인의 손을 고결하고 열렬하게 붙잡고 이 손에 자신의 입술을 비비며 소리쳤다. "당신의 결백을 밝히고 입증하려 애쓰지 않아도 되오! 내 가슴속에는 당신이 옳다는 목소리가 들리고 있소. 어떤 장담보다도, 어떤 근거나 증거보다도 훨씬 생생하고 설득력 있게 울려퍼지고 있소. 당신이 이런저런 사정이나 사건을 연결시켜 당신의 결백을 입증하기 위해 바젤 법정에 제시할 그 어떤 논거보다도 말이오. 나를 당신의 친구이자 오빠라고 생각하시오. 당신의 올바르지도 너그럽지도 못한 오빠들이 당신을 저버렸으니까. 이 사건에서 당신의 변호사가 될 수 있는 영광을 내게 베풀어주시오. 나는 바젤 법정과 온 세상이 보는 앞에서 당신의 명예를 눈부시게 회복시키겠소." 경은 이렇게 말하고서 리테가르데를 데리고 2층에 있는 어머니 헬레나 부인에게 올라갔다. 리테가르데는 궁내시종의 아량 넓은 말을 듣고 고마움이 북받쳐 하염없이 눈물을 흘렸다. 헬레나 부인은 이미 침실에 들어 잠을 자려던 참이었다. 경은 리테가르데를 누구보다 어여삐 여겨왔던 이 점잖은 노부인에게 리테가르데가 손님으로 왔다고 알려줬다. 리테가르데 집안에 불화가 생겼습니다. 당분간 트로타 성에 묵기로 마음을 정했

3 파르티아는 기원전 3세기부터 서기 3세기까지 오늘날의 이란 북동쪽에 있던 왕국이다.

답니다. 이날 밤 경은 드넓은 성의 양 곁채 중 한채를 통째로 리테가르데에게 내줬다. 여기 있는 장롱들에 누이들의 옷장에서 가져온 옷과 속옷을 그득 채워넣어 리테가르데가 갈아입을 수 있도록 하고, 정중하고 충성스러운 하인들을 리테가르데의 신분에 걸맞게 배치했다. 사흘 뒤 프리드리히 폰 트로타 경은 수많은 기병들과 종자從者들을 이끌고 바젤을 향해 출발했다. 법정에서 어떻게 소송을 진행하려 하는지는 한마디도 귀띔하지 않았다.

한편 바젤 법정은 브레다 성에 있는 리테가르데의 두 오빠에게 성에서 벌어진 사건 경위에 관한 서한을 받았다. 오빠들은 누이가 정말로 죄가 있다고 생각했는지 아니면 누이를 해코지해야 할 다른 이유가 있었는지, 이 가엾은 누이를 죄가 밝혀진 범죄자로 간주하고, 법의 준엄한 심판을 받아 마땅하다고 밝혔다. 아무튼 오빠들은 리테가르데를 쫓아낸 게 아니라 리테가르데가 제 발로 걸어나갔다고 야비한 거짓말까지 서슴지 않으며 이렇게 썼다. 저희가 화가 치민 나머지 몇 마디를 쏘아붙이자 리테가르데는 자신의 결백을 밝힐 말을 한마디도 하지 못하고 곧바로 성을 떠났습니다. 장담하건대 저희는 리테가르데를 백방으로 수소문했지만 헛수고였습니다. 모르긴 몰라도 리테가르데는 지금쯤 또다른 애인을 옆에 끼고 세상을 누비며 더없이 수치스러운 행각을 벌이고 있으리라 생각됩니다. 그러면서 리테가르데의 이름을 브레다 가문의 족보에서 삭제하여 누이 때문에 실추된 가문의 명예를 회복시켜달라고 청원했다. 아울러 리테가르데에게 아버지의 유산 상속권이 박탈됐음을 선언해달라고 청구하며, 누이가 수치스러운 행동으로 고결한 아버지를 죽음에 이르게 했으니 이러한 듣도 보도 못한 범죄의 댓가를 치러 마땅하다는 법적 논거를 장황히 들이댔다. 이러한 상황에서 바젤의 판사들은 오빠들의 청원은 어차피 자신들의 소관이 아니었기 때문에 받아들일 생각이 전혀 없었다. 그런데 야코프 백작은 이러한 소식을 접하자마자 리테가르데의 운명을 동정하고 있음을 만천하에 분명하게 보여줬다. 남몰래 기병을 파견하여 리테가르데의 행방을 수소문하고 자신의 성에서 묵으라고 권유했다는 사실이 세간에 알려졌다. 그래서 법정은 백작의 진술이 거짓이 아님을 믿어 마지않았고, 백작에게 공작 암살 혐의로 제기했던 공소를 즉각 취하하기로 결정했다. 그뿐만이 아니었다. 야코프 백작이 이 가엾은 여인에게 이렇게 곤경을 겪고 있을 때 동정을 베풀었다는 사실이 밝혀지자, 오락가락하던 민심이 급작스럽게 백작 편으로 돌아섰다. 사람들은 백작이 자신에게 사랑을 품고 있는 부인을 온 세상의 비웃음거리로 만들었다고 전에는 몹시 나무랐으나 이제는 눈감아줬다. 목숨과 명예가 걸린 이러한 비상하고 중차대한 상황에서는, 성 레미기우스 축일 밤에 벌어졌던 연애 사건을 낱낱이 밝힐 수밖에 없었을 것이라 생각했다. 그리하여 황제의 특명에 따라 야코프 로트바르트 백작은 법정에 다시 소환되어, 공작 암살 연루 혐의에 관한 엄숙한 공개재판에서 무죄를 선고받을 예정이었다. 드넓은 법정 홀에서 포고관이 리테가르데의 오빠들의 서한을 낭독하고, 판사들이 포고관 옆에 서 있는 피고에게 황제의 칙령에 따라 공식적으로 무죄를 선고하려던 참이었다. 바로 그때 프리드리히 폰 트로타 경이 법정에 나타나 서한을 잠시 보여달라고 청구했다. 중립적 방청객이라면 누구든 이를 요구할 권리가 있었다. 방청객의 눈길이 경에게 일제히 쏠린 가운데 경의 요청은 받아들여졌다. 하지만 프리드리히 경은 포고관에게서 서한을 건네받자마자 한번 흘깃 들여다보고서 위에서 아래로 좌악 찢어버렸다. 종잇조각을 장갑으로 말아 야코프 로트바르트 백작 얼굴에 내던지며[4] 이렇게 말했다. 그대는 파렴치하고 비열한 모략가이다. 그대는 리테가르데 부인이 죄악을 저질렀다고 누명을 씌웠지만 부인은 결백하다. 나는 이를 증명하기 위해 목숨을 걸고 싸우겠다. 온 세상이 보는 앞에서 하느님의 판결을 받겠다—야코프 로트바르트 백작은 얼굴이 하얗게 질려 장갑을 받은 뒤 이렇게 대꾸했다. "하느님이 칼싸움을 통해 공정한 판결을 내리는 것은 확실하도다. 그런 만큼 나는 기사 간의 명예로운 결투를 통해 그대에게 확실하게 증명하겠노라. 어쩔 수 없이 밝힌 리테가르데 부인에 관한 사연이 거짓이 아님을!" 그러고선 판사들에게 몸을 돌려 이렇게 말했다. "프리드리히 경이 제기한 이의를 황제 폐하에게 보고해주시오. 우리가 이 소송을 결판내기 위해 손에 칼을 들고 만날 시간과 장소를 결정해달라고 요청해주시오!" 이에 따라 판사들은 정회를 선포하고 대표단을 황제에게 파견하여 이 사건을 보고했다. 황제는 프리드리히 경이 리테가르데의 옹호자로 나서자 백작의 무죄에 대한 믿음이 적잖이 흔들렸다. 그래서 명예 규약에 규정된 대로 리테가르데 부인을 결투에 참관하도록 바젤로 소환했고, 성 마르가리타 축일[5]을 시합일자로 정하고 바젤 궁성 광장을 시합장소로 골랐다. 프리드리히 폰 트로타 경과 야코프 로트바르트 백작 두 사람이 리테가르데가 보는 앞에서 맞서 싸워 이 사건을 둘러싼 기이한 수수께끼를 풀어내라고 했다.

칙령은 받들어졌다. 마르가리타 축일 정오 태양이 바젤 시의 탑

4 이 장면은 셰익스피어의 「리처드 2세」 1막 1장에서 따온 것이다. 여기서 두 귀족은 서로 장갑을 얼굴에 내던지며 결투를 신청한다.

5 성 마르가리타는 그리스도교로 개종했다는 이유로 집에서 쫓겨나 수난을 겪는다. 이런 점에서 리테가르데의 수호성인이라 볼 수 있다. 축일은 7월 20일이다.

들 위로 솟아오르고, 인파가 밀물처럼 궁성 광장으로 몰려들어 부랴부랴 설치한 벤치와 스탠드를 메웠을 때였다. 발코니에 모인 결투 심판관들 앞에 포고관들이 서서 투사들을 세번 불렀다. 그러자 프리드리히 경과 야코프 백작 두 사람이 은은히 빛나는 청동 갑옷을 머리부터 발끝까지 걸치고 자신들의 소송을 칼싸움으로 결판내기 위해 시합장으로 걸어나왔다. 광장 뒤 궁성의 경사진 테라스에는 슈바벤과 스위스의 거의 모든 기사가 몰려와 있었다. 궁성 발코니에는 황제 자신이 황후, 공자와 공자비, 왕자와 공주 들을 거느리고, 조신들에 둘러싸여 앉아 있었다. 결투가 시작되기 직전, 심판관들이 두 투사를 햇빛과 그늘을 골고루 받도록 세우고 있을 때였다. 리테가르데를 따라 바젤로 온 헬레나 부인과 두 딸 베르타와 쿠니군데가 광장 입구에 다시 나타났다. 세 모녀는 광장을 지키고 있던 경비병에게 리테가르데 부인이 오래된 관습에 따라 시합장 스탠드에 앉아 있다고 말한 뒤, 안으로 들어가 이 부인과 한마디 나눌 수 있게 해달라고 사정했다. 이렇게 발걸음을 한 데는 그럴 만한 까닭이 있었다. 리테가르데 부인의 처신은 전혀 나무랄 데 없어 보였고 부인의 말은 두말없이 믿어도 될 듯싶었다. 하지만 야코프 백작은 반지를 증거로 제시한 터였고, 더욱이 리테가르데는 증인으로 삼을 수 있을 하나뿐인 몸종을 성 레미기우스 축일 밤에 부모 집에 보냈다는 사실까지 알려졌기 때문에 세 모녀는 마음이 불안하여 안절부절못했다. 그래서 이 중요하고 절박한 순간에 리테가르데가 양심이 떳떳한지 다시 한번 속을 떠보기로 마음먹었다. 만약 리테가르데가 마음속으로 죄를 느끼고 있다면 타이를 요량이었다. 칼싸움을 통해 하느님의 판결을 받아 이 죄를 씻으려 발버둥 쳐봐야 진실만 백일하에 드러날 뿐 아무 소용이 없으며 오히려 하느님만 모독할 뿐이라고 가르칠 심산이었다. 리테가르데는 아닌 게 아니라 프리드리히 경이 지금 자신을 도우려 벌이고 있는 일을 곰곰이 생각해봐야 마땅했다. 하느님은 칼싸움을 통한 판결에서 프리드리히 경의 편을 들지 않고, 야코프 로트바르트 백작의 손을 들어줄지도 몰랐다. 그리하여 백작이 법정에서 리테가르데에게 씌운 누명이 거짓이 아니라고 선고할지도 몰랐다. 그렇게 되면 리테가르데뿐만 아니라 친구인 트로타 경까지 화형을 면치 못할 운명이었다. 리테가르데 부인은 프리드리히 경의 어머니와 누이들이 가까이 오는 것을 보고 안락의자에서 일어섰다. 리테가르데는 괴로움에 시달리면서도 우아함이 몸에 배어 있었고 그런 탓에 더욱 애처로워 보였다. 리테가르데가 세 모녀에게 다가가 물었다. 이렇게 운명적 순간에 무슨 일로 저를 찾아오셨습니까? "사랑하는 아기씨," 헬레나 부인은 리테가르데를 옆에서 끌어안으며 말했다. "이 늙은 어미는 쓸쓸한 노년에 아들 하나 믿고 사는 낙밖에 없소. 이 어미가 아들의 무덤가에서 피눈물을 뿌리는 일이 없도록 해주지 않으려오? 아직 결투가 시작되기 전이오. 선물이나 그밖에 필요한 것을 무엇이든 듬뿍 줄 터이니, 지금이라도 마차에 올라타지 않으려오? 라인 강 건너편에 있는 우리 영지 중 한곳을 선사하겠으니, 그곳으로 가서 정중하고 친절하게 영접받지 않으려오?" 리테가르데는 얼굴이 창백해져 한순간 헬레나 부인을 뚫어지게 바라본 뒤, 이 말들에 담긴 의미를 속속들이 꿰뚫어보자마자, 헬레나 부인 앞에서 한쪽 무릎을 꿇었다. 존경하옵는 귀부인이시여! 리테가르데가 입을 열었다. 하느님이 이렇게 중대한 순간에 제 가슴속에 담긴 결백을 밝혀주기는커녕 이와 반대되는 판결을 내릴지 모른다는 우려는, 부인의 고귀한 아들의 마음속에서 나온 것입니까?—"왜 그런 질문을 하시오?" 헬레나 부인이 물었다—만일 그러하다면 아드님께 이렇게 애원하려 하기 때문입니다. 제 말을 믿지 못하고 칼을 휘두를 바에야 차라리 칼을 뽑지 말고, 어떤 그럴싸한 핑계를 대고서라도 적을 시합장에 남겨두고 나오라고요. 아드님의 동정을 받아들일 생각이 없으니 부질없이 애쓰지 말고, 하느님 손에 운명을 맡기고 있는 저를 그 운명대로 되도록 놓아두라고요—"그게 아니오!" 헬레나 부인이 어쩔 줄 몰라하며 말했다. "내 아들은 아무것도 모르오. 그 아이가 아기씨의 사건을 변호하겠다고 법정에서 약속하고선, 이제 결판의 순간이 눈앞에 닥친 마당에 내가 늘어놓은 바와 같은 제안을 했을 리가 있겠소? 그 아이는 아기씨의 결백을 굳게 믿고 있소. 보다시피 결투를 하기 위해 이미 갑옷을 걸치고 아기씨의 적인 백작과 맞서고 있잖소. 이 제안은 상황이 하도 절박한지라 나와 내 두 딸이 이 불행을 피할 수 있는 무슨 뾰족한 수가 없을까 고민한 끝에 짜낸 것이오."—그렇다면, 리테가르데 부인은 늙은 부인의 손에 뜨겁게 입을 맞추고 눈물을 떨구며 말했다. 아드님이 약속을 지킬 수 있도록 지켜보세요! 저는 양심에 거리끼는 죄를 저지른 적이 없습니다. 그러므로 아드님이 투구나 갑옷을 갖추지 않고 결투에 나서더라도 하느님과 천사들이 아드님을 지켜줄 것입니다! 리테가르데 부인은 이렇게 말하고 바닥에서 몸을 일으켰다. 헬레나 부인과 두 딸을 스탠드 안에 세워진 몇몇 빈 의자에 앉히고, 자신도 그 앞에 있는 빨간 천이 덮인 자신의 안락의자에 앉았다.

그러자마자 포고관이 황제의 손짓을 받아 결투 개시 나팔을 불었고, 두 기사는 칼과 방패를 손에 들고 마주 보며 뛰어나왔다. 프리드리히 경은 맞닥뜨리기가 무섭게 대번에 칼을 내리쳐, 그리 길지 않은 칼끝으로 백작에게 부상을 입혔다. 팔과 손 사이의 갑옷

이음매들이 맞물리는 자리였다. 백작은 뜨끔한 느낌에 깜짝 놀라 펄쩍 뛰어 물러서서 상처를 살펴보니, 피가 흥건히 나기는 하지만 살갗이 긁혔을 뿐이었다. 경사진 테라스에서 구경하던 기사들이 이런 볼썽사나운 행동에 야유를 보내자, 백작은 다시 앞으로 달려 나오더니 새로 기운을 추슬러 언제 다쳤느냐는 듯 결투를 계속했다. 이제 두 투사의 싸움이 맹렬해졌다. 두 폭풍이 마주치는 것 같았다. 두 먹장구름이 맞부딪치며 서로 번개를 뿜었다가, 뒤섞이지 않고 솟아올라 서로 빙빙 돌며 무시로 천둥을 내리치는 듯했다. 프리드리히 경은 칼과 방패를 앞으로 내밀고 땅바닥에 뿌리라도 내리려는 듯 꿈쩍 않고 서 있었다. 자갈을 걷어내고 푸슬푸슬하게 만들어놓은 땅에 경은 박차까지, 복사뼈까지, 장딴지까지 쑤셔박고서, 오달지고 날랜 백작이 동에 번쩍 서에 번쩍 들이닥쳐 약빠르게 찔러올 때마다 칼끝이 가슴과 머리에 닿지 못하도록 막아냈다. 결투가 쌍방이 숨을 고르기 위해 필요했던 휴식 시간까지 다 합쳐 한 시간가량 계속됐을 무렵, 스탠드에 있던 관중 사이에 다시 야유가 일었다. 이번에는 야코프 백작에게가 아니라 프리드리히 경에게 보내는 것 같았다. 백작은 결투를 끝장내려 이리 찌르고 저리 찌르고 있었던 반면에, 경은 한 지점에 기둥처럼 붙박여 겁을 잔뜩 집어먹었거나 적어도 공격을 아예 포기하기로 마음먹은 듯 보였다. 프리드리히 경은 이런 전술을 쓸 만한 까닭이 있었지만 마음이 너무 여린 탓에 곧바로 이 전법을 버렸다. 구경꾼들이 이 순간 자신이 명예롭게 싸우고 있는지 판정하고 있는데, 이들의 야유를 못 들은 척할 수는 없었다. 그래서 애초부터 골라잡은 지점에서, 발 주위에 쌓은 일종의 천연 요새에서 대담하게 뛰쳐나왔다. 기운이 빠지기 시작하던 적의 머리를 향해 있는 힘을 다해 세차게 칼을 몇 차례 내리치자, 적은 재게 모결음 치며 방패로 받아 막았다. 결투의 양상이 이렇게 바뀐 지 한순간도 채 지나지 않아서였다. 하느님이 결투를 굽어보다 자리를 비웠는지, 프리드리히 경에게 불운이 닥쳤다. 경은 박차를 잘못 밟아 모로 쓰러졌다. 윗몸을 짓누르는 투구와 갑옷 무게 때문에 바닥에 손을 짚으며 무릎을 꿇었을 때, 야코프 로트바르트 백작이 야비하고 기사답지 않게도 경의 노출된 옆구리를 칼로 찔렀다. 프리드리히 경은 숨 막히는 고통에 비명을 지르며 땅에서 펄쩍 뛰어 일어섰다. 투구를 눈썹까지 눌러쓰고 얼굴을 적을 향해 다시 홱 돌리며 결투를 계속하려 안간힘을 썼다. 하지만 몸은 고통으로 굽어져 칼로 받쳐야 했고 눈은 갈수록 가물가물해졌다. 이를 틈타 백작이 플랑베르주[6]를 경의 가슴의 심장 바로 아래에 두번 더 찔러넣었다. 그러자 경은 갑옷이 철그렁하는 소리와 함께 바닥에 거꾸러졌고, 칼과 방패를 손에서 떨어뜨렸다. 백작은 이 무기들을 저만큼 내팽개친 뒤, 나팔수 세 사람의 팡파르를 받으며 경의 가슴에 발을 올려놓았다. 황제를 위시한 모든 관중이 놀라움과 가엾음에 끙 소리를 지르며 자리에서 일어났다. 그사이에 헬레나 부인은 두 딸을 뒤에 이끌고, 먼지와 피로 범벅이 되어 바닥에 나뒹굴고 있는 소중한 아들에게 달려나갔다. "오, 내 아들 프리드리히!" 헬레나 부인은 아들 머리맡에 무릎 꿇고 슬피 울며 외쳤다. 그동안 리테가르데 부인은 의식을 잃고 까무러쳐 스탠드 바닥에 풀썩 쓰러져서, 포졸 두 사람에게 들려 감옥으로 옮겨졌다. "얼마나 독살스러운 여자인가," 헬레나 부인이 넋두리를 쏟았다. "얼마나 가증스러운 여자인가! 죄를 지은 줄 똑똑히 알면서도

6 칼날이 불꽃 모양인 칼이다.

이 시합장에 찾아오다니, 소중하고 고결한 친구에게 칼을 들라고 하다니, 천부당만부당한 결투를 벌여 하느님의 판결을 받아달라고 하다니!" 부인은 딸들이 아들의 갑옷을 벗기는 동안, 서럽게 울며 사랑하는 아들을 바닥에서 일으키고, 고귀한 가슴에서 흘러나오는 피를 멈추게 하려고 애썼다. 하지만 포졸들이 황제의 명령을 받고 다가와서 경을 법에 따라 죄인으로 구속했다. 의사의 도움을 얻어 들것에 실은 다음, 수많은 구경꾼을 뒤에 이끌고 감옥으로 옮겼다. 헬레나 부인과 두 딸은 경이 숨을 거둘 때까지 감옥에 함께 있어도 된다는 허락을 받았다. 경이 죽으리라는 것은 누구도 의심하지 않았다.

하지만 새로운 사실이 곧 밝혀졌으니, 프리드리히 경이 위험하고 연약한 부위에 상처를 입기는 했지만 하느님의 특별한 섭리에 힘입어 치명적인 부상은 아니라는 것이었다. 경을 치료한 의사들은 며칠이 채 지나지 않아 가족에게 장담했다. 경은 죽지 않을 것입니다. 타고난 건강체인 까닭에 몇주 지나지 않아 아무 신체 손상 없이 회복될 것입니다. 고통으로 오랫동안 정신을 잃었던 경은 의식을 되찾자마자 어머니에게 묻고 또 물었다. 리테가르데 부인은 어떻게 지내고 있습니까? 경은 리테가르데가 황량한 감옥에서 끔찍한 절망에 빠져 낙담하고 있다고 생각하니, 눈물이 절로 나왔다. 누이들의 턱을 어루만져 쓰다듬으며, 리테가르데를 찾아가 위로해 주라고 당부했다. 헬레나 부인은 이 말에 놀라 질색하며, 이 파렴치하고 비열한 여자를 잊으라고 이르고서, 이렇게 덧붙였다. 리테가르데의 수치스러운 처신은 용서할 수 있을지 모른다. 이 죄악은 야코프 백작이 법정에서 언급했고, 결투 결과 거짓이 아님이 백일하에 드러났지만 말이다. 하지만 리테가르데의 낯 두껍고 뻔뻔스러운 행위는 용납할 수 없다. 죄를 느끼고 있으면서도 결백한 여자인 체하다니. 고결한 친구가 파멸에 빠지든 말든 안중에 두지 않고, 하느님의 성스러운 판결에 호소하다니. 아, 어머니, 궁내시종이 말했다. 하느님이 이 결투에 내린 신비로운 판결을 어느 인간이 감히 이해할 수 있다는 말입니까? 동서고금의 지혜를 두루 갖추고 있다 할지라도 말입니다. "그게 무슨 말이냐?" 헬레나 부인이 소리쳤다. "하느님이 내린 판결의 의미를 모르겠단 말이냐? 네가 결투에서 적의 칼에 패배한 것은 유감스럽기는 하지만 너무나 확실하고 분명하지 않으냐?"—그럴지도 모르지요! 프리드리히 경이 대꾸했다. 한순간은 제가 졌을지 모르지요. 하지만 백작이 저에게 승리했을까요? 제가 살아 있지 않나요? 하느님의 숨결이라도 받은 듯 경이롭게도 건강을 되찾지 않았나요? 어쩌면 며칠 지나지 않아 기운이 두 배나 세 배 더 세져서, 하찮은 우연 때문에 방해받은 결투를 새로 시작할 수 있지 않을까요?—"어리석은 녀석 같으니라고!" 어머니가 소리쳤다. "너는 이런 법률이 있다는 것도 모르느냐? 결투는 심판관의 선언에 따라 한번 종결되면, 동일한 사안을 판정받기 위해 하느님의 법정에서 두번 다시 벌일 수 없다." 아무래도 좋습니다! 궁내시종이 이마를 찌푸리며 대꾸했다. 인간들이 제멋대로 정한 법률에 왜 신경 써야 합니까? 이치에 맞게 상황을 판단해 보세요. 두 투사 중 한 사람이 죽을 때까지 결투가 계속되지 못했는데도 이 결투를 종결된 것이라 여길 수 있습니까? 결투를 재개하는 것이 허락된다면 제게 닥친 불운을 되돌려주고 싶다고, 칼을 들고 싸워 지금과 정반대되는 하느님의 판결을 얻어내고 싶다고 바라지 말아야 합니까? 지금의 판결이 하느님의 판결이라고요? 이는 편협하고 근시안적인 생각일 뿐입니다. "그렇지만," 어머니가 속타는 목소리로 대답했다. “네가 마음 쓰지 않겠다는 이 법률이 실정법이자 현행법이다. 이 법률은 이치에 맞든 맞지 않든 하느님의 명령을 집행하고 있어. 너와 리테가르데는 혐오스러운 한 쌍의 범죄자로 준엄한 형사재판에 넘겨질 거야.” 아, 프리드리히 경이 소리쳤다. 바로 그 때문에 저는 한탄하고 절망하고 있습니다! 리테가르데는 죄가 밝혀지기라도 한 듯 사형선고를 받았습니다. 저는 리테가르데가 고결하고 결백함을 온 세상 앞에서 입증하겠다고 나섰다가 그러기는커녕 이런 참변만 안겨줬습니다. 제 박차 끈을 밟는 돌이킬 수 없는 실수를 저지른 탓입니다. 어쩌면 하느님은 이를 통해 저 자신이 가슴속에 품은 죄들을 처벌하려 했을지 모릅니다. 리테가르데의 사안과 아무 상관 없이 말입니다. 그런데 이로 말미암아 리테가르데의 아리따운 팔다리가 불길에 내맡겨지게 됐습니다. 그 이름이 영원히 치욕에 시달리게 됐습니다! —이렇게 말하는 경의 눈에 사나이의 고통 어린 눈물이 뜨겁게 솟았다. 경이 손수건을 들고 벽 쪽으로 몸을 돌리자, 헬레나 부인과 두 딸은 가엾어 아무 말도 못하고 경의 침대맡에 무릎을 꿇었다. 경의 손에 입을 맞추며 경과 더불어 눈물을 뿌렸다. 그동안 탑감옥 간수가 경과 가족이 먹을 식사를 들고 감방으로 들어왔다. 프리드리히 경이 리테가르데 부인은 어떻게 지내고 있느냐고 묻자, 간수는 두서없이 되는대로 말을 주워섬겼다. 리테가르데는 짚더미에 누워 있으며 투옥된 이래 아무 말도 입 밖에 내지 않고 있다는 것이었다. 프리드리히 경은 이 소식을 듣고 몹시 근심에 싸였다. 그래서 자신은 하느님의 특별한 섭리에 힘입어 건강이 완전히 회복되고 있으니 안심하라고 리테가르데 부인에게 전해달라고 일렀다. 그런 다음 자신이 건강이 회복되는 대로 성집사의 허가를 받아 부인의 감옥으로 찾아가고 싶으니 부인에게 허락을 구해달라고 당부했다. 하지만 감방에서 미친 여자처럼 아무것도 듣지도 보지도 못하고 짚더미에 누워 있는 부인의 팔을 붙들고 여러번 흔들어 깨워 간수가 받아온 답변은 안된다는 것이었다. 부인은 이승에 있는 동안 어떤 사람도 만나고 싶지 않다는 것이었다—그뿐만 아니라, 이런 사실까지 알려졌다. 부인은 이날 바로 성집사에게 친필 편지를 보내, 어느 누구든 자신에게 오지 못하게 하라고, 다른 사람이라면 몰라도 프리드리히 폰 트로타 경은 들어오지 못하게 하라고 일렀다는 것이었다. 프리드리히 경은 리테가르데 부인의 상태를 몹시 염려하여, 어느날 기력이 유달리 회복됐다고 느껴지자, 성집사의 허락을 얻어 자신의 감방을 떠났다. 부인에게 미리 기별하지 않더라도 부인이 눈감아주리라 확신하며, 어머니와 두 누이를 이끌고 부인의 감방으로 찾아갔다.

가엾은 리테가르데는 문에 인기척이 나는 것을 듣자, 앞섶이 반쯤 열리고 머리털이 풀어헤쳐진 채 깔고 누워 있던 짚더미에서 몸을 일으켰다. 간수가 들어오는 줄 알았는데, 눈앞에 나타난 것은 고귀하고 고결한 친구인 궁내시종이었다. 고통에 시달린 흔적이 뚜렷하고 서글프고도 안쓰러운 모습으로 베르타와 쿠니군데에게 양팔을 부축받고 있었다. 이를 보고 리테가르데가 얼마나 소스라치게 놀랐는지 누가 말로 설명할 수 있으랴! "나가세요!" 리테가르데는 절망한 표정으로 침상에 깔린 짚더미에 벌렁 드러누우며 외치더니, 두 손으로 얼굴을 덮었다. "가슴속에 동정의 불씨가 한톨이라도 남아 있다면, 나가세요!"—왜 이러시오, 사랑하는 리테가르데? 프리드리히 경이 대꾸했다. 경은 어머니의 부축을 받으며 부인 곁으로 다가갔다. 이루 말할 수 없이 감정이 북받쳐 부인 위로 몸을 굽히고 손을 붙잡으려 했다. "나가세요!" 부인은 몸서리치며 짚더미에서 무릎걸음으로 주춤주춤 물러나 외쳤다. "저를 미치게 만들고 싶지 않으면, 제 몸에 손대지 마세요! 당신만 보면 소름이 끼칩니다. 활활 타오르는 불길도 당신보다 더 무섭게 느껴지지는 않을 겁니다!"—나를 보면 소름이 끼친다고요? 프리드리히 경은 흠칫 놀라 대꾸했다. 고결한 리테가르데, 당신의 프리드리히가 당신에게 어찌하여 이런 대접을 받게 됐소?—궁내시종이 이렇게 말할 때, 쿠니군데는 어머니의 고갯짓을 받아 오빠에게 의자를 가져다주며, 금방이라도 쓰러질 듯한 경에게 앉으라고 했다. "오, 하느님!" 리테가르데가 끔찍한 두려움에 싸여 프리드리히 경 앞에 엎드려 얼굴을 바닥에 파묻으며 외쳤다. "방에서 떠나주세요, 사랑하는 이여, 저를 떠나주세요! 저는 뜨겁고 애타게 당신의 무릎에 매달리고 있습니다. 눈물로 당신의 발을 적시고 있습니다. 당신 앞에서 먼지를 뒤집어쓰고 애벌레처럼 버르적거리며 애원합니다. 저를 불쌍히 여겨주세요. 사모하는 이여, 사랑하는 이여, 이 방에서 떠나주세요. 당장 떠나주세요, 저에게서 떠나주세요!"—프리드리히 경은 소스라치게 놀라 리테가르데 부인 앞에 서 있었다. 나를 보는 게 그리도 괴롭소, 리테가르데? 경이 얼굴이 굳은 채 부인을 내려다보며 물었다. "끔찍스러워요, 견딜 수 없어요, 죽을 것만 같아요!" 리테가르데가 절망에 몸부림치며 손으로 바닥을 짚고 프리드리히 경의 두 발 사이에 얼굴을 파묻으며 대답했다. "지옥이 아무리 오싹하고 무시무시하다 할지라도, 당신이 아무리 너그럽고 그윽하게 봄날처럼 따사로운 미소를 짓는다 할지라도, 지옥이 당신 얼굴보다 달콤하고 보기 좋을 거예요!"—하느님 맙소사! 궁내시종이 외쳤다. 당신이 마음속으로 왜 이리 스스로를 괴롭히는지 모르겠소. 가엾은 리테가르데여, 하느님의 판결이 진실을 밝혔단 말이오? 백작이 법정에서 당신에게 누명을 씌운 대로 당신이 죄를 지었단 말이오?—"죄를 지었습니다. 죄가 밝혀졌습니다. 죄 때문에 내쳐졌습니다. 이제와 영원히 심판받고 저주받았습니다!" 리테가르데는 미친 듯 가슴을 짓찧으며 소리쳤다. "하느님은 옳으시고 틀림이 없습니다. 가세요, 저는 정신이 아뜩하고 기력도 없습니다. 저 혼자서 한탄하고 절망하도록 놔두세요!"—이 말을 듣고 프리드리히 경은 기절하여 쓰러졌다. 리테가르데는 베일로 얼굴을 가리고, 세상에 미련 없이 작별을 고하듯 침상에 다시 드러누웠다. 그 사이 베르타와 쿠니군데가 정신을 잃은 오빠에게 슬피 울며 달려들어 의식을 회복시키려 했다. "오, 천벌을 받기를!" 헬레나 부인은 궁내시종이 다시 눈을 뜨자 이렇게 외쳤다. "무덤에 들어가기 전 이승에서는 끝없는 회한에 시달리고, 무덤에 들어간 다음 저승에서는 지옥에 떨어지기를! 네가 지금 고백한 죄 때문이 아니라, 네 죄를 자백하지 않은 냉정함 때문에, 내 죄 없는 아들을 너와 함께 파멸하도록 물귀신처럼 끌어들인 비정함 때문에 그렇게 되기를! 내가 어리석었어!" 헬레나 부인은 리테가르데 부인에게 경멸하듯 등을 돌리며 말을 이었다. "이곳 아우구스티누스 수도원장 말을 귀담아들었어야 했는데! 결투가 시작되기 바로 전에 수도원장은 내게 이렇게 귀띔해줬어. '백작은 눈앞에 닥친 결정적 순간을 경건하게 맞을 준비를 하려고 저에게 찾아와 고해성사를 했습니다. 백작이 가엾은 여인에 관해 법정에서 했던 진술이 거짓이 아님을 성체를 두고 맹세했습니다. 백작은 저에게 시시콜콜 알려줬습니다. 땅거미가 내릴 무렵 여인이 약속대로 백작을 기다리고 맞이했는데 그 정원 문은 어떻게 생겼는지를, 여인이 경비병들 눈을 피해 백작을 사람이 살지 않는 성탑의 곁방으로 데리고 갔는데 그 방은 어떻게 생겼는지를, 여인과 백작은 비단금침이 푹신하게 깔린 침대에 누워 차양 아래서 남몰래 질탕한 환락을 즐겼는데 그 침대는 어떻게 생겼는지를 일러줬습니다.' 그런 순간에 한 맹세는 거짓일 리가 없지. 내가 눈이 멀었던 거야. 결투가 시작되려는 순간이었다 할지라도 내 아들에게 이를 전해줬더라면. 그랬더라면 아들은 나락에 빠질 뻔했다는 것을 깨닫고 뒤로 물러섰을 텐데—내 아들아, 이리 오너라!" 헬레나 부인은 프리드리히 경을 푸근히 껴안고 이마에 입을 맞추며 소리쳤다. "분노하여 욕설을 퍼붓는 것도 이 여자에게는 분에 겨운 대접이다. 우리가 등을 돌린 것을 보여줘라. 그러면 아무 비난을 하지 않더라도 숨이 막혀 절망에 빠질 것이다!"—뻔뻔스러운 인간 같으니! 리테가르데가 헬레나 부인의 말에 깜짝 놀라 몸을 일으키며 외쳤다. 괴로움에 못 이겨 머리를 두 무릎에 파묻고, 뜨거운 눈물로 손수건을 적시며 이렇게 말했다. 기억나는 그대로 말씀드리겠습니다. 제 오빠와 저는 성 레미기우스 밤 사흘 전에 백작의 성에 갔습니다. 백작은 일쑤 그랬던 것처럼 저에게 영광을 돌리기 위해 잔치를 열었고, 제 아버지는 제가 젊고 아름답다고 칭송받는 것을 보기 좋아했던지라 제 오빠들과 함께 잔치에 참석하라고 저를 구슬렸던 것이지요. 밤늦게 춤이 끝난 뒤였습니다. 침실로 올라가보니 책상 위에 쪽지 한장이 놓여 있었습니다. 필적도 모르겠고 서명도 없었지만, 정식으로 사랑을 고백하는 내용이었습니다. 때마침 제 두 오빠는 다음 날 언제 출발할지 정하느라 방에 들어와 있었습니다. 저는 오빠들에게 어떤 일도 비밀로 한 적이 없었습니다. 방금 발견한 기이한 편지를 어안이 벙벙하여 오빠들에게 보여줬습니다. 오빠들은 백작의 필적이라는 것을 금세 알아보고 분노에 들끓었습니다. 큰오빠는 쪽지를 들고 당장 백작의 방으로 달려가려고 했습니다. 하지만 작은오빠는 백작이 쪽지에 서명을 하지 않을 만큼 잔꾀에 능하므로 그러는 것은 바람직하지 못하다고 말렸습니다. 오빠들은 이 모욕적 행동에 체모가 손상된 데 격노했습니다. 이날 밤 곧바로 저와 함께 마차를 타고 아버지의 성으로 되돌아왔습니다. 백작의 성에 다시는 찾아가지 않으리라 다짐했습니다—이것이 제가 이 비열하고 야비한 자와 나눴던 교제라면 교제입니다! 리테가르데는 이렇게 말을 맺었다—"뭐라고요?" 궁내시종이 눈물범벅이 된 얼굴을 리테가르데에게 돌리며 말했다. "이 말은 내 귀에 달콤한 음악처럼 들리는구려!—다시 한번 말해주시오!" 궁내시종은 숨을 고른 뒤 리테가르데 앞에 무릎 꿇고 엎드려 두 손을 모으고 말을 이었다. "당신이 나를 배반하고 그 뻔뻔스러운 자에게 간 게 아니라는 말이지요? 그자는 법정에서 당신에게 누명을 씌웠지만 당신은 죄를 짓지 않았다는 말이지요?" 사랑하는 이여! 리테가르데가 연인의 손을 자신의 입술에 갖다대며 속삭였다—"그렇지요?" 궁내시종이 소리쳤다. "그렇지요?"—갓난아이의 마음처럼, 고해성사를 마친 사람의 양심처럼, 성물실聖物室에서 베일을 쓰다가 세상을 떠난 수녀의 시신처럼, 저는 결백합니다! "오, 전지전능한 하느님이시여!" 프리드리히 경이 리테가르데 부인의 무릎에 매달리며 외쳤다. "고맙소! 당신의 말을 들으니 숨통이 트이는구려. 죽음이 두렵지 않구려. 방금까지만 해도 바다처럼 가없는 비참함이 눈앞에 끝없이 펼쳐져 있었는데, 이제 태양이 수없이 빛나는 제국이 내 앞에 영원히 떠오르고 있소!"—가엾은 이여, 리테가르데가 몸을 뒤로 빼며 말했다. 당신은 제가 입에 올린 말을 어찌 믿습니까?—"믿으면 안될 까닭이 뭐요?" 프리드리히 경이 열띤 목소리로 물었다—미쳤군요! 미쳐도 단단히 미쳤군요! 리테가르데가 소리쳤다. 하느님의 성스러운 판결이 제 죄를 밝히지 않았나요? 당신은 저 운명적 결투에서 패배하지 않았나요? 백작은 법정에서 저에게 한 말이 거짓이 아님을 결투를 통해 밝히지 않았나요?—"오, 사랑하는 리테가르데," 궁내시종이 외쳤다. "절망에 빠지지 않도록 마음을 다잡으시오! 당신은 가슴속으로 결백하다고 느끼고 있소. 그 감정을 바위처럼 우뚝 세워, 두 팔로 부둥켜안고 흔들리지 마시오. 하늘이 머리 위에서 땅이 발아래에서 무너진다 할지라도! 우리 마음은 결백하다는 생각과 유죄라는 생각 사이에서 갈팡질팡하고 있소. 둘 중에 더 이해하기 좋고 납득하기 쉬운 쪽으로 생각합시다. 당신이 죄가 있다고 믿느니보다 내가 당신을 위해 벌였던 결투에서 이겼다고 생각합시다!—하느님, 제 생명의 주인이시여," 궁내시종은 두 손으로 얼굴을 덮으며 이렇게 덧붙였다. "저 자신도 마음속으로 갈팡질팡하지 않게 지켜주소서! 나는 적의 칼에 굴복하지 않았다고 진정으로 믿소. 천국에 가기를 바라는 것만큼이나 진심으로 믿소. 적의 발아래 먼지에서 뒹굴었지만 다시 살아났기 때문이오. 전지전능하고 지혜로우신 하느님이 무슨 의무가 있기에, 우리 신자들이 진실을 알려달라고 요구하자마자, 바로 이를 보여주고 말해줘야 한단 말이오? 오, 리테가르데," 궁내시종은 두 손으로 연인의 손을 꼭 붙잡고 이렇게 말을 맺었다. "살아서는 죽음을 내다보고, 죽어서는 영원을 바라보며, 꿋꿋하고 흔들림 없이 믿읍시다. 내가 당신을 위해 치렀던 결투를 통해 당신의 결백이 백일하에 환하게 밝혀졌다고!"—궁내시종이 이렇게 말할 때 성집사가 들어왔다. 헬레나 부인이 울며 책상에 앉아 있는 것을 보더니, 그렇게 감정에 휩싸이면 아들

몸에 해로울지 모른다고 일깨워줬다. 그래서 프리드리히 경은 가족들의 설득을 받아들여 자신의 감옥으로 되돌아왔고, 리테가르데와 위안을 넉넉히 주고받았다는 생각으로 마음을 달랬다.

한편 황제가 구성한 바젤 법정에서는 프리드리히 폰 트로타 경과 여자친구 리테가르데 폰 아우어슈타인 부인에게 죄가 있으면서도 하느님의 판결에 호소했다는 혐의로 공소가 제기됐다. 두 사람은 당시 법률에 따라 결투가 벌어진 바로 그 장소에서 치욕스럽게 화형당하는 선고를 받았다. 법정은 관리들을 파견하여 이 사실을 죄인들에게 통보했다. 판결은 궁내시종의 몸이 회복되자마자 집행됐을 것이다. 황제가 야코프 로트바르트 백작을 왠지 믿을 수 없어서, 백작을 형장에 불러내 어떻게 반응하는지 살펴야겠다고 은밀히 마음먹지 않았더라면 말이다. 하지만 정말로 이상야릇하게도 백작은 아직도 몸져누워 있었다. 결투가 시작할 때 프리드리히 경에게 입은 언뜻 보기에는 아무것도 아닌 가벼운 부상 때문이었다. 하지만 체액이 곯으면서 하루가 다르게, 한주가 다르게 치료가 힘들어져, 슈바벤과 스위스 백방에서 의사들을 불러 갖은 묘방을 써봤지만 상처는 아물 줄 몰랐다. 그뿐만이 아니었다. 당시 의술로 고칠 수 없던 악성 화농증이 손에 두루 퍼지더니 벌레 먹듯 뼛속까지 파고들었다. 상처 난 손을 다 끊어내고서도 화농증이 번지는 것을 막을 수 없어 급기야 팔까지 잘라내야 하자 백작의 친구들은 모두 질겁해 몸을 떨었다. 하지만 근본 치료라고 칭송받았던 이 절단술은 오늘날에는 쉽게 예견할 수 있듯이 화를 없애기는커녕 키우기만 했다. 백작의 몸이 날이 갈수록 곪아 문드러지자, 의사들은 백작의 목숨을 구할 수 없으며, 이번 주가 지나기 전에 틀림없이 죽을 것이라고 밝혔다. 아우구스티누스 수도원장은 이런 예기치 못한 사태 전개는 하느님의 두려운 손이 역사役事하기 때문이라 믿었다. 그래서 백작과 섭정인 공작 부인의 소송에서 비롯된 리테가르데 부인 사건의 진상을 털어놓으라고 백작을 다그쳤지만 아무 소용이 없었다. 백작은 놀라 칠색 팔색 하며 다시 한번 성체성사를 받고 자신의 말이 거짓이 아니라고 맹세했다. 끔찍한 두려움에 몸을 벌벌 떨며, 리테가르데 부인을 모략하여 누명을 씌웠다면 자신의 영혼을 영원한 저주에 내맡기겠다고 했다. 백작의 품행이 부도덕하기는 했지만 이러한 장담이 거짓 없는 마음에서 나왔다고 믿을 만한 두가지 이유가 있었다. 먼저, 이 환자는 정말로 자못 경건했으며 죽음을 눈앞에 둔 순간인 만큼 거짓 맹세를 하지 않을 듯싶었다. 다음으로, 야코프 백작은 브레다 성에 몰래 들어가기 위해 성탑지기를 매수했다고 주장했는데, 이 성탑지기를 심문하여 확실하게 알아낸 바에 따르면, 이는 거짓이 아니며 백작은 성 레미기우스 밤에 실제로 브레다 성안에 들어갔다는 것이었다. 이에 따라 수도원장은 백작이 누군지 모르는 제삼자에게 속은 것이라 생각할 수밖에 없었다. 백작 자신도 궁내시종이 기적처럼 몸이 회복됐다는 소식을 듣자 이런 끔찍한 짐작을 하기에 이르렀는데, 죽음에 채 이르기 전에 이 짐작이 고스란히 들어맞아떨어지자 절망에 빠졌다. 여기서 독자 여러분이 알아둬야 할 사실은 백작은 리테가르데 부인에게 정욕을 품기 전에 이미 오래전부터 부인의 몸종 로잘리에와 부적절한 관계를 맺어왔다는 것이다. 부인이 백작의 성에 방문할 때마다 거의 거르지 않고, 백작은 이 경박하고 부도덕한 몸종을 밤에 자신의 방으로 끌어들였다. 리테가르데 부인은 오빠들과 더불어 백작의 성에 마지막으로 머물렀을 때 열렬한 사랑을 고백하는 편지를 백작에게 받았다. 그러자 여러달 전부터 백작에게 따돌

림받고 있던 몸종은 배알이 뒤틀리고 강샘이 치솟았다. 그래서 리테가르데 부인이 곧바로 백작의 성에서 떠날 때 부인을 따라나서야 했는데, 어느 틈에 부인의 이름으로 백작에게 쪽지를 남겼다. 백작이 쓴 편지를 보고 오빠들이 격분한 까닭에 지금은 만날 수 없으니, 자신을 만나고 싶으면 성 레미기우스 축일 밤에 아버지 성의 방으로 찾아오기 바란다는 내용이었다. 백작은 자신의 계획이 이뤄지자 뛸 듯이 기뻐하며 곧바로 두번째 편지를 리테가르데에게 보냈다. 성 레미기우스 축일 밤에 자신이 틀림없이 찾아갈 것이라고 알리고, 혹시라도 일이 잘못되지 않도록 믿을 만한 길잡이를 마중 보내달라고 부탁했다. 간계란 간계가 몸에 다 배어 있는 몸종은 이런 답장을 미리 예상하고 있었던 터라, 이 편지를 가로채 두번째 위조 답장을 써서 자신이 직접 정원 문으로 나가 백작을 맞이하겠다고 알렸다. 그런 뒤 축일 전날 저녁에 누이동생이 아프니 병문안을 가고 싶다는 구실을 붙여 리테가르데에게 시골집에 다녀올 말미를 청했다. 허락을 받자 오후 늦게 옷 보따리를 옆구리에 끼고 실제로 성을 떠나, 사람들이 다 지켜보는 가운데 누이동생이 사는 마을을 향해 출발했다. 하지만 도중에 걸음을 돌려, 땅거미가 내릴 무렵 뇌우가 올 것 같다는 핑계를 대고 성으로 다시 들어왔다. 날이 밝자마자 일찌감치 길을 떠날 생각이므로 여주인 리테가르데를 번거롭게 하고 싶지 않다고 둘러대며, 사람들이 쓰지도 않고 거의 찾지도 않는 성탑에 빈방 하나를 얻어 잠자러 들어갔다. 백작은 성탑지기를 돈으로 매수해서 성으로 들어갈 수 있었고, 자정이 되자 약속대로 정원 문에서 베일을 쓴 여자의 마중을 받았다. 독자 여러분이 쉽게 짐작할 수 있듯, 백작은 자신이 속고 있는 줄은 꿈에도 몰랐다. 여자는 백작의 입술에 잽싸게 입을 맞추더니, 인적 없는 곁채의 여러 층계와 복도를 지나, 성 본채의 가장 화려한 방 하나로 백작을 안내했다. 누가 볼세라 창문들을 미리 꼭꼭 닫아놓은 방이었다. 방 안에서 몸종은 백작의 손을 잡은 채 문마다 돌아가며 살며시 귀를 기울였다. 오빠들의 침실이 바로 옆에 있으니 입을 열면 안된다고 백작에게 나직이 속삭였다. 그런 뒤 옆에 놓인 침대에 백작과 함께 누웠다. 백작은 이 여자의 매초롬한 자태에 속아넘어갔고, 이 나이에 이런 귀부인을 정복했다는 희열에 도취됐다. 새벽에 먼동이 트자마자 몸종은 백작을 떠나보내며, 밤을 함께 보낸 정표로 반지를 백작의 손가락에 끼워줬다. 리테가르데가 남편에게 받았으며, 몸종이 이럴 요량으로 전날 저녁 후무려뒀던 반지였다. 그러자 백작은 집에 도착하는 대로 죽은 부인에게 결혼식 예물로 받은 반지를 답례로 보내겠다고 약속했다. 사흘 뒤 백작은 약속한 대로 결혼반지를 성으로 몰래 보냈고, 로잘리에는 이 반지를 다시금 교묘하게 가로챘다. 하지만 백작은 이 연애가 도를 넘은 것일지 모른다는 두려움이 들었는지, 더이상 연락하지 않고 이런저런 핑계로 두번째 만남을 피했다. 그뒤 몸종은 또다른 물건을 훔쳤는데 이번에는 혐의를 벗을 재간이 없었던지라, 브레다 성에서 쫓겨나 라인 강가에 사는 부모 집으로 돌아왔다. 아홉달이 지난 뒤 방종하게 살았던 결과로 아이를 낳았고 어머니가 누구의 씨냐고 모지락스럽게 다그치자, 몸종은 야코프 로트바르트 백작이 아이의 아버지라고 말하면서 그동안 백작에게 썼던 모든 은밀한 간책을 남김없이 불었다. 불행 중 다행이라 할까, 몸종은 도둑으로 몰릴까 두려워 백작에게 받았던 반지를 팔려고 선뜻 내놓지 못했고, 너무 비싼 가격 탓에 아닌 게 아니라 반지를 사겠다고 나서는 사람도 아무도 없었다. 이 반지로 미뤄보아 몸종의 말이 거짓이 아님은 의심할 나위가 없었고, 몸종의 부모는 이 명백한 물증을 들고 법원에 찾아가 야코프 백작을 상대로 양육비 청구 소송을 냈다. 법원은 바젤에서 제기됐던 소송에 관해 이미 들은 바 있던 터라, 백작과 몸종에 얽힌 새로운 사실이 바젤 소송 결과에 중대한 영향을 미치리라 판단하고, 이 사실을 제국 법정에 알리기 위해 부랴사랴 서둘렀다. 때마침 한 시의원이 공무로 바젤을 향해 떠나려던 참이었으므로, 이 시의원 편에 몸종의 법정 진술과 반지가 들어 있는 서한을 야코프 로트바르트 백작에게 보냈고, 이렇게 함으로써 슈바벤과 스위스를 온통 떠들썩하게 했던 엄청난 수수께끼를 풀어주고자 했다.

황제는 백작 자신조차 누군가에게 속은 게 아닌지 못내 미심쩍어하고 있다는 사실을 알지 못한 채, 프리드리히 경과 리테가르데 부인의 처형을 더이상 미룰 수 없다고 생각하여 처형일자를 잡았다. 바로 이날 시의원이 법원의 편지를 들고, 한탄하고 절망하며 침상에서 몸부림치고 있는 백작의 방으로 들어왔다. "이제 됐소!" 백작은 편지를 내리읽고 반지를 받은 뒤, 소리쳤다. "햇빛을 바라보기도 지긋지긋하오!" 수도원장에게 몸을 돌렸다. "들것을 가져오시오. 기력을 잃고 쓰러져가는 불쌍한 나를 형장으로 옮겨주시오. 정의로운 일을 하나라도 하고 죽어야겠소!" 수도원장은 이 말에 소스라치게 놀라며, 곧바로 종복 넷을 불러 백작이 바라는 대로 들것에 신게 했다. 종소리를 듣고 구경꾼들이 프리드리히 경과 리테가르데 부인이 묶여 있는 장작더미 주위에 물밀듯 밀려들 때, 수도원장은 십자고상을 손에 쥔 불쌍한 백작을 데리고 형장에 도착했다. "멈추시오!" 수도원장은 들것을 황제의 발코니 맞은편에 내려놓으라 이르고 외쳤다. "장작더미에 불을 붙이기 전에, 이 죄인이 입을 열어 여러분에게 밝힐 말이 있다 하니 귀 기울여 들으시오!"—뭐라고? 황제가 얼굴이 하얗게 질려 자리에서 일어서며 소리쳤다. 하느님이 성스러운 판결을 내려 그대의 진술이 정당함을 밝히지 않았는가? 우리가 지금까지 일어난 사실로 판단해볼 때, 그대가 리테가르데에게 씌운 죄를 리테가르데가 짓지 않았다고 어찌 생각할 수 있다는 말인가?—황제는 당혹하여 이렇게 말하며 발코니에서 내려왔다. 천명이 넘는 기사가 병든 백작이 누워 있는 들것 주위에 몰려들었고, 구경꾼들도 벤치와 목책을 넘어 우르르 뒤따라왔다. "리테가르데 부인은 결백합니다." 백작은 수도원장의 부축을 받아 들것에서 윗몸을 일으키며 소리쳤다. "전지전능하신 하느님이 저 운명적인 날에 바젤의 모든 시민이 모여 지켜보는 가운데 내리신 판결에 따르면! 왜냐고요? 궁내시종은 치명적인 부상을 세군데나 입고도 여러분이 보다시피 기력과 생기가 넘칩니다. 반면 궁내시종은 저를 단 한번 내리쳤습니다. 이는 제 생명의 겉껍데기도 건드리지 못한 듯 보였습니다. 하지만 슬금슬금 무섭게 영향을 미치더니 제 생명의 고갱이까지 파고들었습니다. 폭풍이 떡갈나무를 쓰러뜨리듯 제 기운을 무너뜨렸습니다. 워낙 의심이 많아 아직도 제 말을 믿지 못하는 사람이 있겠지요. 그렇다면 증거를 대겠습니다. 성 레미기우스 축일 밤에 저를 맞이했던 사람은 리테가르데 부인의 몸종 로잘리에였습니다. 하지만 저는 제 구애를 늘 경멸 어린 눈초리로 거절했던 리테가르데 부인을 드디어 품에 안았다고 믿었습니다. 이 불쌍한 놈은 눈뜬장님이었던 거지요." 황제는 이 말을 듣고 몸이 돌처럼 굳어 뻣뻣이 서 있었다. 장작더미 쪽으로 몸을 돌리며 한 기사를 그곳으로 보냈다. 사다리에 직접 올라가서 궁내시종과 리테가르데 부인의 오라를 풀어준 뒤 자신에게 데려오라고 명령했다. 리테가르데는 이미 까무러쳐 헬레나 부인의 팔에 안겨 있었다. "보라, 너희 머리카락 한 올까지 천사가 지켜 주시도다!" 황제는 리테가르데가 친구 프리드리히 경의 손을 붙잡고 구경꾼들을 헤치며 다가오는 것을 보고 이렇게 소리쳤다. 리테가르데는 앞섶이 반쯤 열리고 머리털이 풀어헤쳐진 채였고, 프리드리히 경도 이 기적적인 구원에 감정이 북받쳤는지 무릎을 후들거렸고, 구경꾼들은 놀라서 우러러보며 길을 비켜줬다. 황제는 눈앞에 무릎을 꿇은 두 연인의 이마에 입을 맞췄다. 황후에게 족제비털 망또를 벗어서 건네달라 하여, 이를 리테가르데 부인의 어깨에 둘러줬다. 그런 뒤 그 자리에 모인 기사들이 모두 지켜보는 앞에서, 부인의 팔을 부축하여 황궁 궁실로 친히 데리고 가려 했다. 궁내시종도 입고 있던 죄수복을 벗고서 깃털모자와 기사 외투로 갈아입는 동안, 황제는 들것에서 한탄하며 몸부림치고 있는 백작에게 다시 고개를 돌렸다. 백작이 결투에 뛰어들어 이렇게 죽어가고는 있지만 악랄하게 하느님을 모독한 것은 아니었기 때문에, 황제는 동정심이 들어 백작 옆에 서 있는 의사에게 이렇게 물었다. 가엾은 백작을 구해낼 가망이 없느냐?—"아무 소용 없습니다!" 야코프 로트바르트가 의사 품에 안겨 무서운 경련을 일으키며 대답했다. "저는 이렇게 죽어 마땅합니다. 이 세상의 정의가 이제 저를 처벌할 수 없으므로 고백드립니다. 저는 제 형인 고귀한 빌헬름 폰 브라이자흐 공작을 살해했습니다. 제 병기고의 화살로 공작을 쏘아 쓰러뜨린 암살범은, 제가 왕위가 욕심난 나머지 사건 당일 여섯 주 전에 고용한 자였습니다."—백작은 이렇게 밝히기가 무섭게 들것에 다시 쓰러졌고, 백작의 시커먼 영혼은 저세상으로 올라갔다. "아, 제 남편인 공작이 의심했던 그대로군요!" 궁성 발코니에 있다가 황후를 따라 궁성 광장으로 내려와 있던 공작 부인이 황제 옆에서 소리쳤다. "임종 순간에 헐떡거리며 이런 사실을 귀띔했는데, 당시 저는 그 말을 제대로 알아듣지 못했어요!"—황제가 격분하여 소리쳤다. 그렇다면 정의가 너의 시신이라도 처벌하게 해야겠다! 황제는 몸을 돌려 포졸들에게 소리쳤다. 저자를 들어옮겨라. 죄가 밝혀졌으니 바로 형리들에게 넘겨줘라. 저자 때문에 두 결백한 사람을 희생시킬 뻔했던 장작더미에 저자의 시신을 불태워라. 그리하여 저자에게 길이길이 오명이 남게 하라. 불쌍한 백작의 시신이 붉은 불길에 타닥타닥 타들어가고, 가루가 된바람을 타고 공중에 뿌옇게 흩날려퍼지는 동안, 황제는 기사들을 줄줄이 거느리고 리테가르데 부인을 황궁으로 데리고 갔다. 칙령을 내려 부인의 오빠들이 야비하게 탐욕을 부려 빼앗아갔던 아버지의 유산을 부인에게 돌려줬다. 삼주 뒤 브라이자흐 성에서 두 선남선녀의 결혼식이 거행됐는데, 섭정인 공작 부인은 그동안의 상황 전개를 매우 흐뭇하게 여기며, 법에 따라 몰수된 야코프 백작의 재산 중 상당 부분을 리테가르데 부인에게 결혼 선물로 주었다. 황제는 결혼식이 끝난 뒤 프리드리히 경에게 은총의 황금 목걸이를 걸어줬다. 그러고선 스위스와 협상을 마친 뒤 보름스에 도착하자마자, 성스럽고 거룩한 결투 규약을 손질하라 일렀다. 결투를 통해 죄가 그 자리에서 백일하에 밝혀질 것이라고 쓰여 있는 모든 규약에 이런 말을 끼워넣게 했다. "그것이 하느님의 뜻이라면."

부록 1

「미하엘 콜하스」 등장인물 관계도

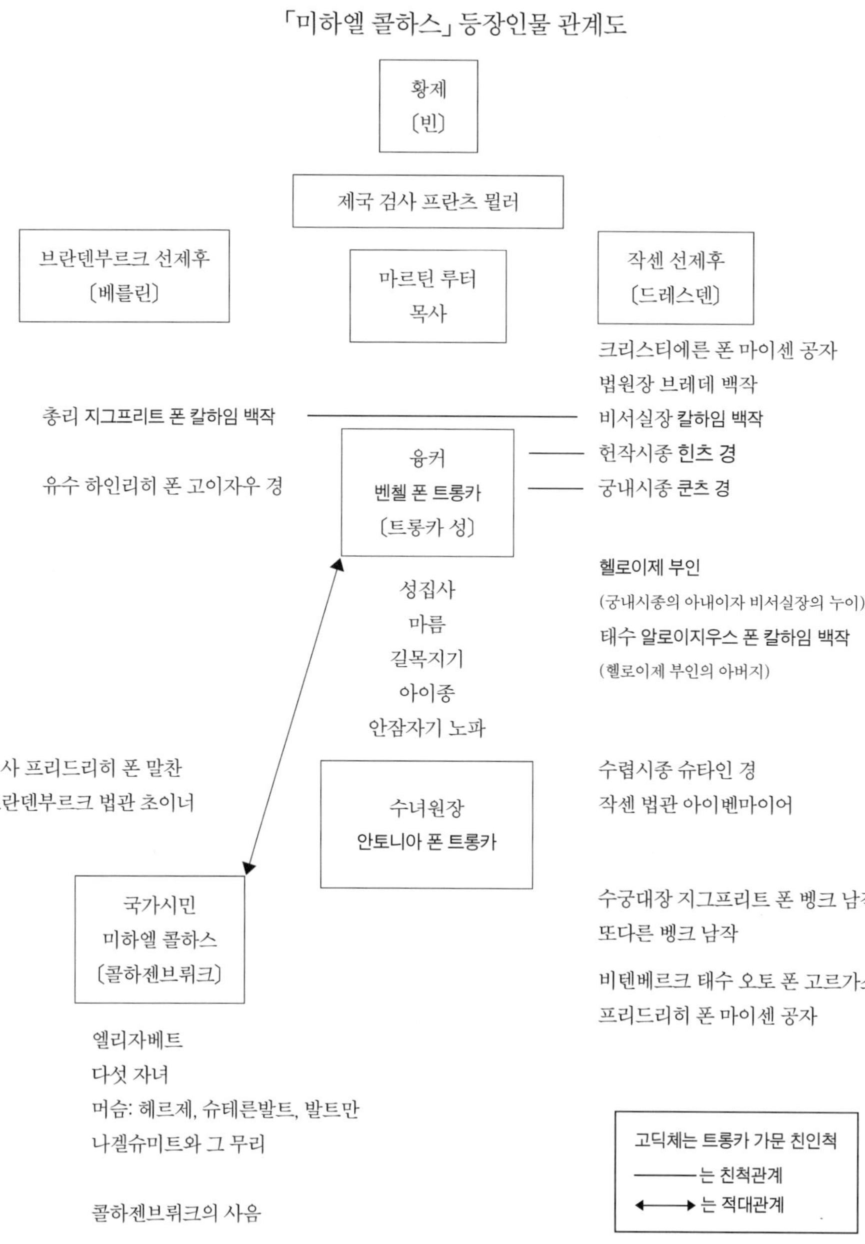

황제
〔빈〕

제국 검사 프란츠 뮐러

브란덴부르크 선제후
〔베를린〕

마르틴 루터
목사

작센 선제후
〔드레스덴〕

크리스티에른 폰 마이센 공자
법원장 브레데 백작

총리 지그프리트 폰 칼하임 백작 ———— 비서실장 칼하임 백작

유수 하인리히 폰 고이자우 경

융커
벤첼 폰 트롱카
〔트롱카 성〕
———— 헌작시종 힌츠 경
———— 궁내시종 쿤츠 경

헬로이제 부인
(궁내시종의 아내이자 비서실장의 누이)
태수 알로이지우스 폰 칼하임 백작
(헬로이제 부인의 아버지)

성집사
마름
길목지기
아이종
안잠자기 노파

기사 프리드리히 폰 말찬
브란덴부르크 법관 초이너

수녀원장
안토니아 폰 트롱카

수렵시종 슈타인 경
작센 법관 아이벤마이어

국가시민
미하엘 콜하스
〔콜하젠브뤼크〕
(↔ 융커 벤첼 폰 트롱카)

수궁대장 지그프리트 폰 벵크 남작
또다른 벵크 남작

비텐베르크 태수 오토 폰 고르가스
프리드리히 폰 마이센 공자

엘리자베트
다섯 자녀
머슴: 헤르제, 슈테른발트, 발트만
나겔슈미트와 그 무리

콜하젠브뤼크의 사음

고딕체는 트롱카 가문 친인척
———— 는 친척관계
←——→ 는 적대관계

부록 2

「미하엘 콜하스」에 나타난 폭력의 파장[1]

콜하젠브뤼크에서의 단란한 가정
가라말 강탈
가라말 혹사
헤르제 폭행
콜하스, 트롱카 성에서 모욕당함
다른 여행자들에게도 비행
첫번째 소송 기각
두번째 소송 기각
리스베트 사망
융커에게 최후통첩
트롱카 성 습격
비텐베르크 공격

콜하스, 전장에서 승전
라이프치히 공성
나겔슈미트의 약탈
트롱카 형제의 계략
사면령 파기
콜하스에 첫번째 사형선고
콜하스, 예언 쪽지 내주기를 거부
콜하스에 두번째 사형선고
콜하스가 예언 쪽지를 삼킴
콜하스 처형
작센 선제후 기절

1 Andrea Rinnert, *Interpretationshilfe Deutsch. Heinrich von Kleist: Michael Kohlhaas*(Freising: Stark 2011), 67면.

작품해설

하인리히 폰 클라이스트의 생애와 소설

1. 출생 — 가문 — 교육(1777~92)

하인리히 폰 클라이스트는 1777년 10월 10일[1] 프랑크푸르트(오더)[2]에서 태어났다. 아버지는 프로이센 장교 요아힘 프리드리히 폰 클라이스트(1728~88), 어머니는 율리아네 울리케 폰 판비츠(1746~93)였다. 아버지는 사별한 첫째 부인 카롤리네 루이제

1 교회 교적부에는 10월 18일이 생일로 기재되어 있으나 클라이스트 자신과 가족들은 10월 10일을 생일로 여겼다.

2 '프랑크푸르트(오더)' 또는 '프랑크푸르트안데어오더'라 불리는 이 도시는 브란덴부르크 주에 있다. 괴테가 태어난 헤센 주의 '프랑크푸르트암마인'과 다른 곳이다.

폰 불펜(1755~74)과 사이에 두 딸 빌헬미네(1772~1817)와 울리케(1774~1849)를 두었고, 둘째 부인 율리아네 울리케와 사이에 딸 프리데리케(1775~1811), 딸 아우구스테(1776~1818), 아들 하인리히, 아들 레오폴트(1780~1837), 딸 율리아네(1784~1856)를 낳았다. 하인리히 폰 클라이스트는 이중 울리케와 가장 절친하게 지냈으며, 오늘날까지 전해지는 편지의 4분의 1이 이 이복누이에게 보낸 것이다.

클라이스트 가문은 프로이센의 포메른 지역에서 유서 깊은 명문대가로 손꼽혔다. 특히 군사 분야에서 중요한 역할을 맡았고, 19세기 초에 이미 두명의 원수와 열여섯명의 장군을 배출했다. 2차 세계대전 당시 기갑군단장 에발트 폰 클라이스트(1881~1954)는 원수까지 진급했다. 클라이스트 가문에는 시인도 두 사람 있었다. 16촌 할아버지 에발트 폰 클라이스트(1715~59)는 18세기에 전원시 「봄」으로 명성을 날렸고, 8촌 형제 프란츠 알렉산더 폰 클라이스트(1769~97)도 인기를 누리다 요절했다.

클라이스트는 어려서 신학자이자 후일 프랑크푸르트 중등학교 교장이 된 크리스티안 에른스트 마르티니(1762~1833)에게 개인교습을 받는다. 그리하여 프리드리히 대왕(1712~86) 이후 프로이센에 뿌리내린 계몽주의 사상을 접한다. 1788년 10세에 베를린의 위그노파 목사 자무엘 하인리히 카텔(1758~1838)에게 보내져 프랑스어 사립학교에서 교육받는다. 이곳에서 그는 프랑스 문화를 일찍이 만남으로써 그뒤 나뽈레옹 보나빠르뜨(1769~1821)를 철천지원수로 여겼음에도 프랑스 문학과 철학을 높이 평가한다.

1788년 6월 아버지가 사망하자 이 유학은 중단됐던 것으로 보인다. 이때부터 1792년 군에 입대할 때까지 클라이스트가 무슨 교육을 받았으며 어떻게 성장했는지는 자료가 전혀 남아 있지 않다.

2. 입대—참전—복무—전역(1792~99)

1792년 클라이스트는 군인가문의 전통에 따라 고작 14세에 포츠담 근위연대 제3대대에 입대한다. 근위연대는 국왕 직속이었고, 장교들은 특권을 누렸으며 귀족사회의 일원으로서 국왕에게 직접 소청할 수 있었다.

1793년 클라이스트는 어머니마저 잃는다. 과부로 아이 없이 살던 큰이모 아우구스테 헬레네 폰 마소가 집안 살림을 떠맡는다. 클라이스트는 어머니 장례식을 마치자마자 대(對)프랑스 동맹전쟁에 출정한 근위연대를 따라나서, 1793년부터 94년까지 마인츠 공성전과 피르마젠스, 카이저스라우터른, 트리프슈타트 전투에 참전한다.[3] 1793년 오늘날까지 전해오는 첫번째 편지를 이모 헬레네 폰 마소에게 보내는데, 여기서만 해도 "프랑스군인지, 도적떼거리인지는 이제 도처에서 타격받고 있습니다"라고 프로이센의 전쟁 선전 문구를 되뇌다시피 한다. 하지만 2년 뒤 누이 울리케에게 쓴 편지에서는 어조가 완전히 달라진다. "하늘이 우리에게 평화를 내리기를! 우리는 이 시기에 여기서 이렇게 부도덕하게 살인을 저지르고 있는데 이를 인간다운 행위를 통해 속죄할 수 있도록!" 전쟁은 클라이스트에게 잔인하고 무의미하고 부도덕해 보인다.

3 1792년 1차 대프랑스 동맹 전쟁(1792~97)이 발발한다. 1792년 여름 오스트리아-프로이센 동맹군은 룩셈부르크를 지나 빠리까지 위협한다. 프랑스군은 1792년 가을 발미 전투에서 이 진격을 저지하고 반격에 나서 라인 강 좌안의 슈파이어, 보름스, 마인츠를 점령하며, 1793년 3월에는 마인츠 공화국이 선포된다. 오스트리아-프로이센 동맹군은 마인츠 공성전을 벌여, 1793년 7월 마인츠 공화국은 항복한다.

1795년 바젤 평화조약에서 프로이센이 프랑스에게 중립을 약속한 뒤 몇해 동안 평화가 찾아왔다. 근위연대도 다시 포츠담에 주둔했다. 클라이스트는 여기서 에른스트 폰 푸엘(1779~1866)과 오토 아우구스트 륄레 폰 릴리엔슈테른(1780~1847)을 사귀어 평생 친구로 지낸다.[4] 륄레 등과는 방랑악단을 만들어 하르츠 여행을 하기도 하는데, 클라이스트는 클라리넷과 플루트를 뛰어나게 연주했다고 한다. 그밖에도 륄레와 함께 수학 및 철학을 공부하고 라틴어와 그리스어를 배운다. 클라이스트는 당시 "군인이라기보다는 학생"에 가까웠다고 편지에 쓰고 있다.

클라이스트는 군인신분과 프로이센의 군국체제에 회의가 깊어진다. 이 체제는 엄격한 규율, 가혹한 처벌, 맹목적 복종에 기초하고 있었다. "병사는 적군보다 장교를 더 두려워해야 한다"는 게 일찍이 프리드리히 대왕의 모토였다. 클라이스트는 1799년 3월 어릴 적 가정교사 마르티니에게 이렇게 편지한다.

> 군인신분은 제 본성에 전혀 맞지 않았던 터라 그렇잖아도 저는 진심으로 좋아한 적이 한 번도 없었는데, 바로 이런 숙고를 하다보니 급기야 혐오마저 들어서 군대의 목적에 봉사하는 것이 차츰차츰 괴로워졌습니다. 군사기율의 더없는 기적들에 전문가들은 다들 경탄했지만, 저는 마음속 깊이 경멸했습니다. 저는, 장교들은 훈련교관에 지나지 않으며 병사들은 노예에 지나지 않는다고 여겼습니다. 전연대가 무예를 떨치는 것은 제게는 폭압으로 쌓아올린 금자탑처럼 보였습니다. 그뿐

4 푸엘은 1848년 프로이센 총리 겸 전쟁장관이 되었으며, 릴리엔슈테른은 1844년 군사교육사령부 사령관까지 올랐다. 두 친구는 클라이스트가 군인의 길을 계속 걸었더라면 얼마나 출세할 수 있었을지 보여준다.

만 아니라 제 상황이 제 성격에 미치는 나쁜 영향을 뼈저리게 느끼기 시작했습니다. 저는 용서하고 싶은데 어쩔 수 없이 처벌해야만 하는 일이 종종 있었고, 처벌해야 하는 때 용서하기도 했습니다. 두 경우 모두 저는 저 자신이 처벌받아 마땅하다고 여겼습니다. 이런 순간들에는 군인신분을 버리고 싶다는 소망이 저절로 솟구치게 마련이었습니다. 저는 두가지 상반되는 원칙 사이에서 끊임없이 시달렸습니다. 인간답게 처신해야 할 것인지 아니면 장교답게 행동해야 할 것인지 갈팡질팡했습니다. 인간으로서의 의무와 장교로서의 의무를 합일시키는 것은 현 상태의 군대에서는 불가능하다고 여겼기 때문입니다.

클라이스트는 계몽주의의 영향을 받아, 천성과 도덕에 맞게 자아를 완성함으로써 덕성에 입각한 진정한 행복에 도달하는 것을 자신의 의무로 여긴다. 이런 그로서는 자아가 다른 목적을 위해 도구로 쓰이는 군대에서 벗어나고 싶을 뿐이다.

클라이스트는 "되돌릴 수 없이 잃어버린 7년"의 과오에서 빠져나와 학문에 몰두하기로 결심한다.[5] 그는 공부를 하고 싶다는 이유를 들어 국왕에게 전역을 청원하고, 1799년 4월 4일 이를 허락받는다. 가족이 이를 못마땅하게 여길 것임을 잘 알지만, 5월 울리케에게 보낸 편지에서는 자신의 결정을 옹호하는 듯한 주장을 펼친다.

자유롭게 사고하는 인간은 우연에 휩쓸려 다니지 않습니다. 원칙에 따라 선택을 하여 머무를 곳을 찾습니다. 운명을 넘어설 수 있을 뿐

5 당시 프로이센 귀족은 영지에서 나오는 수입으로 살 수 없으면, 단 세 분야의 직업만 선택할 수 있었다. 군대복무, 관직근무, 학문활동이 그것이었다. 다른 직업에 종사하려 한다면 귀족신분을 포기해야 했다.

아니라 진정으로 운명을 이끌 수조차 있다고 느낍니다. 자신의 이성에 따라 어떤 행복이 자신에게 최고의 행복인지 결정하며, 자신의 인생계획을 마련하고, 확고하게 세운 원칙에 따라 온 힘을 다해 자신의 목표를 추구합니다. (…) 인간은 스스로 인생계획을 세우지 못하는 한 미성숙 상태에 머무를 것입니다.

3. 학업—약혼—'뷔르츠부르크 여행'—관직—'칸트 위기'(1799~1801)

클라이스트는 1799년 4월 10일 프랑크푸르트(오더) 대학에 등록한다. 물리학과 수학을 공부하며, 철학, 문화사, 자연법을 수강하고, 라틴어 실력 향상에 힘쓴다. 그는 엄격한 학문의 합법칙성에서 올바른 인생이란 무엇인가라는 질문에 대한 대답을 얻기를 바란다.

하지만 여기서도 곧바로 회의가 생겨나, 추상적 관념에 전념하다 보면 감정이 공허해진다고 여기고, 1799년 11월 울리케에게 이렇게 편지한다.

우리가 추상적인 일에 이토록 오랫동안 몰두하면 정신은 양분을 섭취할지 모르겠지만 심정은 가엾게도 메마를 수밖에 없습니다. 그러면 심정을 토로하는 데 빠져보는 것도 참으로 즐거운 일입니다. 이따금 심정을 되살려내는 것은 반드시 필요한 일이기까지 합니다. 끝없는 증명과 추론을 하다보면 심정을 느끼는 법조차 잊어버립니다. 하지만 행복은 심정 속에만, 감정 속에만 있으며, 머릿속에, 오성 속에 있지 않습니다. 행복은 수학명제처럼 증명할 수 없고, 느껴야만 생겨날 수 있습니다. 때문에 감각적 기쁨을 누림으로써 심정을 새로이 살려내는 것이 바람직합니다. 날마다 좋은 시를 읽든지, 아름다운 그림을 보든지, 고운 노래를 듣든지—아니면 친구와 살가운 말을 나눔으로써, 우리 본성의 더 아름다운, 다시 말하면 더 인간다운 품성을 길러야 합니다.[6]

1800년 클라이스트는 프랑크푸르트(오더)의 이웃집에 살던 하르트만 폰 쳉게 장군의 열네 자녀 중 맏딸 빌헬미네(1780~1852)와 약혼한다. 그는 약혼녀를 교육하여 "고귀하게 만들려고" 노력한다. 자신의 도덕관과 새로 습득한 지식을 전수하며, 실러의 희곡 특히 「발렌슈타인」을 읽으라고 추천하고, 사고훈련 문제를 제시한다. 이를테면, 1800년 5월 30일 보낸 편지에서는 "남편과 아내가 서로에게 저마다 의무를 다한다면 한 사람이 먼저 죽었을 때 누가 더 많은 것을 잃을까요?"라고 스스로 묻고서 이 문제를 오성, 이성, 판단력을 사용하여 해결하는 방법을 보여준 뒤 "여성은 국가정부에 아무 영향도 미치지 않을까요?"라는 유제를 비슷한 방법으로 풀어보라고 덧붙인다.[7]

6 클라이스트가 오성에 맞서 감정을 내세운 것을 근거로 몇몇 연구자는 클라이스트를 비합리주의자라고 주장했다. 그러나 클라이스트는 합리주의의 편협성을 지적하지만 감정의 현혹성도 인지하고 있다. 그에게는 오성과 감정의 합일이 중요하다. 이런 뜻으로 그는 1805년 친구 푸엘에게 보낸 편지에서는 "나는 미분방정식도 풀 수 있고 시도 쓸 수 있지. 이 두가지는 인간 능력의 양극단 아니야?"라고 말하며, 후일 『베를린 석간신문』에 실은 단상에서는 "우리는 인간을 두 부류로 나눌 수 있다. 하나는 은유를 구사하는 부류이고 다른 하나는 공식을 구사하는 부류이다. 둘 다 구사하는 사람은 드물어서 한 부류를 이루지도 못한다"라고 쓴다.

7 빌헬미네 폰 쳉게는 "이 편지들은 하나같이 더없는 격정에 넘쳐 쓰였다"고 회고

빌헬미네는 클라이스트가 관직에 들어가 생계비를 벌고 결혼할 수 있게 되기를 바란다. 클라이스트는 결혼의 장애물을 제거하겠다는 명목으로 이른바 1800년 여름 '뷔르츠부르크 여행'을 떠난다. 세 학기 동안의 학업을 중단하고 돌연 감행한 이 여행의 목적에 관해서는 클라이스트 연구자들 사이에 의견이 분분하다. 성기능 장애 시술을 위해서였다, 대학교직을 구하기 위해서였다, 산업 스파이로 파견되었다, 프리메이슨 지회에 가입하기 위해서였다 등의 주장이 제기되지만, 어느 것도 만족스러운 대답을 하지 못하고 있다.

클라이스트는 이 여행에서 바라던 성과를 거두지 못한 듯하다. 다만 여행하면서 빌헬미네에게 보낸 편지에는 문학가가 되기 위한 습작으로 간주할 수 있는 구절들이 엿보인다. 이를테면, 1800년 11월 16~18일 빌헬미네에게 보낸 편지에서 클라이스트는 자신을 뷔르츠부르크의 아치 성문에 비유한다.

> 골똘히 생각에 빠져 아치 성문을 통해 도시로 돌아오는 길이었어요. 나는 스스로에게 물었어요. 이 아치는 기둥도 없는데 왜 무너지지 않을까? 그러고선 스스로 대답했어요. 아치가 이렇게 서 있는 것은 모든 돌들이 동시에 무너져내리려 하기 때문이야——이러한 생각에서 이루 말할 수 없이 후련하게 위안을 받았어요. 이러한 위안은 늘 내 기운을 북돋우며 아무것도 나를 받쳐주지 않더라도 나는 무너지지 않을 것이라는 희망을 안겨줬어요.[8]

했다. 하지만 오늘날의 독자로서는 이 '독일문학 최악의 연애편지들'을 읽으면서 빌헬미네의 판단에 고개를 갸웃하지 않을 수 없다.

8 이 은유는 후일 희곡 「펜테질레아」에 다시 이용된다. 9장에서 프로토에는 펜테질레아에게 이렇게 말한다. "굳건히, 굳건히 서 있으세요. 벽돌이 저마다/무너지려 하기 때문에, 아치가 굳건히 서 있듯이."

1800년 11월 1일 여행에서 돌아오자마자 클라이스트는 베를린에서 "기술대표단 회의참석"을 신청한다. 그러나 관직에 들어선 것은 아니며 단지 참관에 지나지 않는다. 기술대표단의 임무에는 프로이센 경제진흥을 위한 산업 스파이 활동도 포함되어 있었다. 관리들은 클라이스트에게 이 임무를 맡기며 관직을 약속한 듯하다.[9] 하지만 클라이스트는 어떤 관직도 맡고 싶어하지 않는다. 군대를 떠났을 때와 동일한 이유에서이다. 다른 목적을 위한 도구로 쓰이고 싶지 않으며, "사랑, 교양, 자유"를 바라기 때문이다. 그는 문필업에 종사하고 빠리에 가서 칸트 철학을 전파하고 싶다는 포부를 약혼녀에게 밝힌다.[10]

하지만 빌헬미네는 이런 계획에 동의하지 않는다. 클라이스트는

9 1800년 11월 25일 울리케에게 보낸 편지에는 이런 내용이 나온다. "그렇지만 저는 이런 경력을 추구하지 않을 것이라고 확실하게 결정한 것이나 다름없습니다. 하지만 제가 이 관직을 거절한다면, 저는 더 좋은 관직을 얻지 못할 것입니다. 아무래도 쓸 만한 관직은 얻지 못할 것입니다. 여행은 제가 그 성격을 정확히 모르고 있던 동안에는 그런대로 제 흥미를 끌 수 있었습니다. 이 여행에서는 무엇보다도 계략과 술책이 중요한데, 저는 이런 데 능숙하지 못합니다. 외국 공장 소유자들은 어떤 전문가도 작업장에 들어오지 못하게 합니다. 그 안으로 들어가려면 아첨하거나 꾸며대거나—한마디로 속이는 수밖에 없습니다—그뿐만 아니라 관리들은 저에게 이 속이는 기술도 가르쳤습니다—아닙니다, 아닙니다, 울리케, 저는 그 일을 할 수 없습니다."

10 1800년 11월 13일 빌헬미네에게 보낸 편지에서 클라이스트는 이렇게 말한다. "나는 얼마나 뜨겁게 갈망하는지요. 말라빠진 빵을 먹더라도 사랑, 교양, 자유를 얻기를—아니에요. 나는 어떤 관직도 얻을 수 없어요. 나는 관직을 맡으면 얻을 수 있는 모든 행복을 경멸하기 때문이에요. (…) 내 장래를 위해서 문필 분야가 활짝 열려 있어요. 나는 이 분야에서 일하고 싶다고 느껴요—돈을 벌 전망은 매우 여러가지가 보이지요. 빠리로 가서 최신철학을 이 호기심 많은 나라에 전파할 수 있어요. (…) 다짐하건대 내게 몇년만, 넉넉잡아 육년만 여유를 주면 나는 틀림없이 돈을 벌 수 있는 기회를 얻을 거예요."

겨우내 기술대표단 회의에 참석한다. 어차피 관직에 들어가야 한다면 대학교직을 얻는 게 좋지 않을까 생각하며, 철학공부를 계속한다. 그러다가 1801년 봄 이른바 '칸트 위기'를 맞이한다. 클라이스트는 3월 22일 약혼녀에게 보낸 편지에서 이렇게 말한다.

> 모든 사람이 눈 대신 녹색 안경을 쓰고 있다면, 이들은 안경을 통해 보는 물체를 녹색이라고 판단할 거예요—자신들의 눈이 사물들을 있는 그대로 보여주는지, 아니면 사물들에게 사물들의 속성이 아니라 눈의 속성을 첨가하는지 결코 판별할 수 없을 거예요. 오성도 마찬가지이지요. 우리가 진리라고 부르는 것이 정말로 진리인지, 아니면 우리에게 그렇게 보일 뿐인지 우리는 판별할 수 없어요. (…) 내 유일한 목표는, 내 최고의 목표는 사라졌어요. 나는 이제 아무 목표도 없어요.
>
> 이 세상에서는 진리를 발견할 수 없다는 이러한 확신이 마음속 깊이 든 뒤 나는 책을 다시 손에 들지 않았지요.

예전의 연구에서는 칸트 위기를 클라이스트 인생의 '전환점'이라 해석했다. 클라이스트는 어떤 객관적 진리도 존재하지 않으며 우리가 진리라고 부르는 것이 정말로 진리인지, 아니면 단지 우리에게 그렇게 보이는 현상인지 판별할 수 없다는 칸트의 생각을 접하고, 학문을 통해 교양을 얻으려던 인생계획을 포기하며, 학문에서 문학으로 방향을 전환한다는 것이다. 그러나 오늘날 연구에서는 칸트 위기를 '연출'로 보는 해석도 만만찮다. 클라이스트는 관직을 완전히 떨쳐버리고 싶은 욕구 때문에 학문을 거부하는 태도를 보이며 이를 정당화하기 위해 진리인식의 불가능성을 구실로 삼았다는 것이다. 여기서 클라이스트가 말하는 학문이란 실용적 직무수행에 필요한 기본지식의 습득으로서, 클라이스트는 이런 학문을 관직의 하위기능에 지나지 않는다고 생각했으며, 그는 학문과 관직에 대한 이러한 회의를 칸트 위기 몇달 전부터 여러 차례 밝힌 바 있었다는 것이다.[11]

분명한 점은 클라이스트가 인식의 한계를 의식하고 있으며 이는 언어의 한계에 대한 통찰과 더불어 후일 그의 작품에 중대한 영향을 미친다는 사실이다. 1801년 2월 5일 울리케에게 보낸 편지에서 벌써 클라이스트는 언어에 대해 회의를 보인다. "우리가 소유한 유일한 〔의사 전달〕 수단인 언어조차 아무 쓸모가 없습니다. 언어는 영혼을 그려낼 수 없으며 갈가리 찢긴 조각을 전해줄 뿐입니다. 따라서 저는 누군가에게 속마음을 털어놓아야 할 때마다 공포 비슷한 감정을 느낍니다. 속마음을 드러내기를 꺼려서가 아니라 고스란히 보여줄 수 없어서입니다. 저는 조각들에서 오해가 생길까 두려울 따름입니다." 언어는 소통을 촉진하기보다 오히려 오해를 불러일으킨다는 생각이다.

4. 대도시 빠리—스위스의 시골(1801~02)

클라이스트는 1801년 4월 또다시 여행을 떠난다. 이번에는 누이 울리케와 함께 빠리로 향한다. 기술대표단에게는 자신은 "순수-학

11 1801년 2월 5일 울리케에게 보낸 편지에서는 클라이스트는 이렇게 말했다. "그동안 저는 관직을 수행할 수 없다는 사실을 날이 갈수록 더욱더 깨닫고 있습니다. (…) 제가 다른 때, 인생의 소용돌이에 휩쓸렸을 때 붙잡았던 기둥조차 흔들립니다—학문에 대한 사랑도 흔들린다는 말입니다 (…) 지식은 최고의 목표가 될 수 없습니다. (…) 아, 단지 유식해지기만 한다는 것은 슬픈 일입니다."

문에 애착"을 느끼기에 이 대도시에서 수학과 자연과학을 공부하고 싶다고 거짓 구실을 꾸며댄다. 남매는 드레스덴, 할버슈타트, 괴팅겐, 마인츠, 스트라스부르를 거쳐 7월에 빠리에 도착하여 11월까지 이곳에 머무른다. 클라이스트는 빠리가 계몽주의의 도덕적 이상을 배반했다고 느낀다. 프랑스 철학자들의 이론과 프랑스 사회현실이 얼마나 다르며, 프랑스혁명의 자유, 평등, 우애 정신이 집정관 나뽈레옹 보나빠르뜨 통치 아래 얼마나 짓밟혔으며, 학자들이 얼마나 "퀴클롭스 같은 편협성"[12]을 보이며, 대도시에서 개인의 삶이 얼마나 자연상태에서 벗어나 있는지 뼈저리게 깨닫는다.

그는 "최고로 학문이 발전했지만 최고로 도덕이 타락한" 대도시에서 벗어나 루쏘의 정신에 따라 자연으로 돌아가고자 한다. 1801년 10월 10일 24세로 당시 법에 따라 성년이 되어 재산권을 행사할 수 있게 되자마자 빌헬미네에게 이렇게 편지한다. "나는 아직 재산이 약간 있어요. 얼마 되지 않기는 하지만, 스위스에 농가를 한채 매입하기

---

12 1801년 7월 28일 아돌피네 폰 베르데크에게 보낸 편지에서 클라이스트는 이렇게 탄식한다. "저는 순수하고-인간다운 교양을 계속 쌓고 싶지만, 지식을 얻는다고 우리는 더 훌륭해지지도 더 행복해지지도 않습니다. (…) 제가 생각하기에 뉴턴은 여성의 가슴에서 곡선만 계산하며, 여성의 심장에서는 그 용적에만 관심을 보입니다. 골수 화학자는 아내의 키스를 받으면서 아내의 숨결이 질소와 이산화탄소라는 것만 생각합니다. (…) 그는 곤충만 볼 뿐 곤충들이 사는 땅을 보지 못하며, 알록달록한 딱따구리가 소나무를 쪼아대거나 산비둘기가 떡갈나무 우듬지에서 정겹게 구구거리면 이 새들을 박제하면 얼마나 아름답게 보일까 하는 생각만 합니다. 식물학자는 전지구를 커다란 식물 표본실로 여기며, 능수자작나무를 보든 그 그늘에 피어 있는 제비꽃을 보든 그 린네 학명에만 관심이 있습니다. 반면 광물학자는 어떤 지역이 암석이 많거나 고산 화강암이 구름까지 치솟아 있기 때문에 아름답게 여기며, 이 화강암을 호주머니에 담아서 유리장 안에 다른 화석들과 나란히 집어넣지 못하는 것을 유감스러워할 뿐입니다—이 퀴클롭스 같은 편협성이라니!"

에 충분할 거예요. 내 손으로 농사를 짓는다면 먹고살 만할 거예요. (…) 나는 말 그대로 농부가 되고 싶어요. 완곡하게 말하자면 시골 사람이 되고 싶어요." 10월 27일 편지에서는 한 걸음 더 나아가 시골생활을 찬미하며 스위스에 와서 농부의 아내가 되어달라고 부탁한다. 울리케는 이 계획이 실현 불가능할 뿐만 아니라 클라이스트를 행복하게 만들지도 않을 것이라 여기고 동생과 심하게 다툰 뒤 고향으로 돌아간다. 빌헬미네도 답장에서 이 계획에 선뜻 동의하지 않자, 클라이스트는 1802년 5월 20일 작별을 고하는 편지를 보낸다.[13]

그는 1801년 12월 13일 스위스 바젤에 도착하고, 1802년 1월 말에는 툰으로 이주하며, 4월 초부터 툰 호수 근처 아레 강의 한 섬에 작은 집을 세내어 산다. 여기서 첫 문학작품들을 쓴다. 빠리에서 착수한 초고 '티에레 일가(*Die Familie Thierrez*)'를 바탕으로 희곡 '고노레스 일가(*Die Familie Ghonorez*)'를 집필하고 이를 개작하여 처녀작 「슈로펜슈타인 일가(*Die Familien Schroffenstein*)」를 발표한다. 그밖에 「로베르 기스카르(*Robert Guiskard*)」의 일부를 완성하며, 희곡 「깨진 항아리」와 1811년에야 탈고되는 소설 「싼또

13 그뒤 빌헬미네는 1804년 빌헬름 트라우고트 크루크(1770~1842)와 결혼하는데, 크루크는 1804년 쾨니히스부르크 대학에서 칸트의 후임교수로 초빙받아 1805년에 교수에 취임한다. 두 사람 사이에 1805년 3월 18일에 아들이 태어나며, 클라이스트는 이를 계기로 빌헬미네에게 다시 연락을 취한 듯하다. 아무튼 1805년 7월 20일 클라이스트가 친척 형수 마리 폰 클라이스트(1761~1831)에게 보낸 편지에는, 마리 폰 클라이스트가 꼼꼼히 지웠지만 최근 한 연구자가 읽어내는 데 성공한 다음과 같은 내용의 추신이 붙어 있다. "고귀하신 형수님, 동봉한 편지에 형수님 손으로 주소를 적어주세요. 프랑크푸르트(오더)의 크루크 교수 부인에게라고요. 그런 다음 잘 아는 대로 처리해주세요. 번번이 이런 야릇한 부탁을 해서 화나지는 않았겠지요?"

도밍고 섬의 약혼」을 구상한다. 이 무렵 클라이스트는 하인리히 초케(1771~1848), 루트비히 빌란트(1777~1819), 하인리히 게스너(1768~1813) 등과 함께 어울리면서 창작에 자극을 받는데, 루트비히 빌란트와 하인리히 게스너는 당대의 대문호 크리스토프 마르틴 빌란트(1733~1813)의 아들과 사위이다.

5. 희곡 「로베르 기스카르」(1802~03)

클라이스트는 1802년 가을 스위스를 떠나[14] 바이마르에 도착하여 1803년 1월 초부터 2월 말까지 근교 오스만슈테트에 있는 **크리스토프 마르틴 빌란트**의 집에 머무른다. 빌란트의 갓 14세를 넘은 아름다운 딸 루이제는 "마술사 같은 클라이스트"에 매혹된다. 빌란트는 당시 문학가들 중에 클라이스트의 재능을 인정하고 격려를 아끼지 않았던 유일한 인물이다. 1804년 의사 게오르크 베데킨트에게 보낸 편지에서 빌란트는 「기스카르」의 몇 장면을 클라이스트에게 들은 소감을 이렇게 전하고 있다. "나는 솔직히 털어놓건대 경탄했습니다. 이렇게 장담하는 게 과장이 아니라고 생각합니다. 아이스퀼로스, 소포클레스, 셰익스피어 같은 인물이 힘을 합쳐 한편의 비극을 창작한다면 그것은 클라이스트의 '노르만족 기스카르의 죽음'이 될 것입니다. 클라이스트가 당시 내게 읽어줬던 수준이

14 1801년 12월 16일 울리케에게 보낸 편지에서 클라이스트는 스위스를 "새로운 조국"이라 부르지만, 이미 1802년 2월 중순에 이곳에 오래 정주할 수 없음을 깨닫는다. 프랑스가 스위스를 병합하려 하는 터라, "스위스시민이 되기는커녕 요술에라도 걸린 듯 프랑스인이 될지도" 몰랐기 때문이었다.

전체적으로 충족된다면 말입니다. 나는 그 순간부터 (적어도 내 생각에 따르면) 괴테나 실러조차 아직 채워주지 못한 작금의 우리 문학의 커다란 공백을 메워주기 위해 클라이스트가 태어났다고 추호도 의심치 않습니다." 1803년 7월 클라이스트가 「기스카르」를 완성하는 데 어려움을 겪고 있다는 소식을 접하자, 빌란트는 편지를 보내 "깝까스 산맥과 아틀라스 산맥이 당신을 짓누른다 할지라도" "당신이 마음속 깊이 불타는 소명을 느끼고 있는 대작"을 완성하라고 당부한다.

그동안 처녀작 「슈로펜슈타인 일가」는 1802년 11월 익명으로 출간되어, 1803년 3월 4일 베를린의 『프라이뮈티게(*Der Freimüthige*)』 잡지 서평에서 격찬을 받는다. 하지만 클라이스트는 3월 13일 울리케에게 보낸 편지에서 이를 자신이 썼다고 밝히지도 말고, "비참하고 시시한 작품"이니 읽지도 말라고 당부한다. 그는 첫 희곡 「슈로펜슈타인 일가」보다 머릿속에 구상하고 있는 「기스카르」가 비교할 수 없을 만큼 훌륭하다고 여겼을지 모른다.[15]

클라이스트는 7월 20일 친구 푸엘과 함께 라이프치히를 출발하여 스위스의 툰으로 간다. 7월 3일 누이 울리케에게 여비를 청하는 편지에서는 이 계획을 그의 인생의 "위대한 소명"이라 부르고 "불멸의 월계관을 엮을" 수 있으리라 장담한다. 하지만 9월 말 툰에서 집필을 포기한다. 10월 5일 클라이스트는 울리케에게 이렇게 편지

15 우리나라에 가장 널리 알려진 클라이스트의 말은 아마도 "나는 괴테의 머리에서 월계관을 빼앗겠어"일 것이다. 클라이스트는 「기스카르」를 완성함으로써 "독일민족 최고의 시인"이 되고자 했다고 일반적으로 해석된다. 하지만 이 말은 클라이스트의 편지에 직접 나오는 게 아니라, 클라이스트의 친구이자 프로이센 수상을 역임한 푸엘이 노년에 전기작가 아돌프 빌브란트에게 회고한 말이다. 클라이스트가 실제로 이 말을 했는지 의문을 제기하는 연구자도 적지 않다.

한다.

하늘은 알 겁니다, 소중한 울리케여, (…) '제 희곡이 완성됐습니다'로 시작되는 편지를 한 글자 한 글자 쓰기 위해서라면 제가 얼마나 기쁜 마음으로 제 심장에서 피를 한 방울 한 방울 찍어낼 것인지를. 하지만 누이는 알 겁니다. 옛말에 따르면 힘에 겨운 일을 하는 자란 어떤 자인지를. 저는 오백일을 밤낮없이 쉬지 않고 안간힘을 다했습니다. 우리 가문의 수많은 월계관에 또 하나의 월계관을 더하기 위해서였습니다. 이제 가문의 성스러운 수호여신이 저에게 소리칩니다. 여신은 안쓰러운 듯 제 이마의 땀방울에 입 맞추며 저를 위로합니다. '내 사랑스러운 자손들이 저마다 이렇게 애를 쓴다면 클라이스트란 성(姓)은 별자리에서 사라지지 않을 것이다.' 그 정도면 됐다는 겁니다. 운명은 각 민족의 문화발전을 결정하면서 이 북유럽의 하늘 아래 예술이 융성하기를 아직 바라지 않는 듯 제게 생각됩니다. 아무튼 이 작품에 더 오래 힘을 쏟아붓는 것은 무척 어리석은 일이 될 것입니다. 이 작품은 제가 마침내 깨닫게 된 바에 따르면 제게 너무 벅찹니다. 저는 아직 태어나지 않은 귀인(貴人)에게 자리를 비켜주고 천년 뒤에 찾아올 그의 정신에 미리 머리를 조아립니다. 인류의 창작의 역사에서 제가 떠올린 착상은 틀림없이 한 고리를 이룰 것이며, 이를 먼 훗날 완성시킬 귀인을 기리는 데 쓰일 기념비석은 어디선가 벌써 생겨나고 있을 것입니다. (…)

하지만 운명이 인간처럼 무력한 존재를 채신없이 속이려 드는 것은 비열한 일이 아닐까요? 운명이 우리에게 이를테면 금광 증권을 선사하기에 우리가 이 광산을 채굴했더니 어디에도 순금이 없다면 우리는 운명을 비열하다고 일컬어도 되지 않을까요? 지옥은 저에게 재능을 절반만 주었습니다. 천국이라면 인간에게 재능을 다 주든지 아니면 아예 주지 않습니다.

1803년 10월 클라이스트는 푸엘과 함께 빠리에 가서 심하게 다툰 끝에 「기스카르」의 원고를 불사른다. 그뒤 10월과 11월에 프랑스 북부 해안의 볼로뉴와 쌩또메르에 두 차례 찾아가 당시 영국 침공을 계획하고 있던 나뽈레옹군에 입대 지원을 한다. 1802년 2월 19일 편지에서 경멸하고 분노하며 나뽈레옹을 "개나 소나 집정관"이라 불렀던 태도가 바뀌어서가 아니라 세상을 하직하기 위해서였다. 1803년 10월 26일 클라이스트는 울리케에게 이렇게 편지한다. "이제 끝났습니다. 하늘은 이 세상의 가장 소중한 재산인 명성을 저에게 주기를 거부합니다. 저는 앙탈하는 어린아이처럼 제가 가진 나머지 모든 것을 하늘에 내던집니다. (…) 저는 죽으러 갑니다. (…) 저는 전장에서 아름답게 죽을 것입니다. (…) 바다에서 우리 모두에게 파멸이 닥칠 것입니다. 저는 무한히 찬란한 무덤에 묻힐 생각을 하니 더없이 기쁩니다."

6. 국가공무—문학활동—전쟁포로(1804~07)

하지만 이 기도는 무산되고, 클라이스트는 마인츠와 바이마르를 거쳐 1804년 5월 3일 베를린에 도착한다.[16] 그는 나뽈레옹군에 입

16 클라이스트는 이 무렵 목수가 되겠다는 생각도 한다. 1804년 7월 29일 헨리에테 폰 슐리벤에게 보낸 편지에 따르면 그는 마인츠에서 "병으로 쓰러져서 거의 다섯달 동안 침대와 방을 왔다 갔다" 한다. 그는 의사 게오르크 베데킨트에게 찾아

대하려 했던 것은 정서장애 때문이었다고 변명하여 반역죄 기소를 모면한다. "군대에서 이탈하고 관직에 등을 돌리고 외국에서 떠돌다가 스위스에 정착하여 글 나부랭이나 끼적거리고 (…) 영국원정에 참여하려 했던 등등"[17]의 행위를 용서받고 국가공무에 참여할 새로운 기회를 얻는다. 1805년 1월부터 4월까지 베를린에서 경제장관 카를 폰 슈타인 춤 알텐슈타인 남작(1770~1840) 휘하에서 근무한 뒤, 동프로이센의 쾨니히스베르크 국유지 관리청에 파견되어 실무지식 습득을 위해 쾨니히스베르크 대학에서 연수를 받는다. 하지만 클라이스트는 후견인 슈타인 남작의 후의에도 불구하고 1806년 8월 국가공무에서 완전히 손을 뗀다.

클라이스트는 문필가로 생계를 유지하려 한다. 1806년 8월 31일 륄레에게 보내는 편지에서 "자네 알지, 내가 관직을 다시 그만두었다는 것을. 알텐슈타인은 곗속을 모르는 채 내게 휴가를 내줬고 나는 이를 받아들였어. 하지만 이는 모든 일에서 슬그머니 손을 떼기 위해서였어. 나는 이제 희곡작품들로 생계를 꾸리려 해. (…) 서너 달이면 이런 작품을 하나씩 쓸 수 있을 거야. 한 작품에 40프리드리히도르를 벌면 그 돈으로 먹고살 수 있어"라고 쓰고 있다. 이 편지에서 클라이스트는 희곡 「깨진 항아리」를 탈고했고 "비극 한편

간다. 이 의사는 4월 3일 빌란트에게 편지를 보내 "〔클라이스트의〕 상태에 관해 슬픈 소식"을 전하고 클라이스트가 "코블렌츠의 목수 밑에 들어가 일하려 생각하고 있다"고 알린다.

17 1804년 6월 24일 울리케에게 보낸 편지에 따르면 클라이스트는 국왕 군사 보좌관 카를 레오폴트 폰 쾨커리츠(1744~1821)에게 "글 나부랭이"나 끼적거린다는 말을 듣고 특히 모욕을 느낀다. 그는 이렇게 덧붙인다. "저는 돌아오는 길에 빌란트의 편지를 꺼내 읽었습니다. (…) 깊은 한숨을 내쉬며 방금 겪었던 굴욕에서 벗어나 사뭇 위안을 받았습니다." 클라이스트는 빌란트의 격려편지를 부적처럼 품에 지니고 다녔던 듯하다.

을 쓰고 있다"고 하는데, 이는 「펜테질레아」를 말한다. 그밖에도 1806년 11월까지 희곡 「암피트리온」과 소설 「칠레의 지진」도 탈고했음에 틀림없으며, 소설 「미하엘 콜하스」와 「O. 후작 부인」에도 착수했던 것 같다.

「기스카르」 「펜테질레아」 「암피트리온」 「미하엘 콜하스」 「O. 후작 부인」뿐만 아니라 유작 「홈부르크 공자」는 전쟁을 배경으로 한다. 당시는 전란의 시대였다. 프랑스 군대는 1805년 아우스터리츠 전투에서 오스트리아-러시아 동맹군에게 혁혁한 승리를 거두고, 독일민족의 신성로마제국 황제 프란츠 2세는 빈에서 황제 지위에서 물러난다. 나뽈레옹군은 1806년 예나와 아우어슈테트에서 프로이센군에게 치욕스러운 패배를 안기며 브란덴부르크 성문을 통해 베를린에 입성한다. 프로이센 국왕 프리드리히 빌헬름 3세는 쾨니히스베르크로 피난한다. 클라이스트는 이때 쾨니히스베르크에서 출발하여 포츠담을 거쳐 작센으로 여행하려다가 1807년 1월 30일 베를린에서 프랑스군에게 스파이 혐의로 체포된다. 전쟁포로가 되어 프랑스령 쥐라의 뿡따를리에 근교의 포르드주에 수감되지만, 다행히 글을 쓸 수는 있다. 4월 중순 운신이 좀더 자유로운 샤를롱쉬르마른의 포로수용소로 이송되었다가, 7월 12일 울리케 등의 노력에 힘입어 마침내 석방된다. 그동안 친구 륄레는 클라이스트의 원고 출판에 힘써서, 드레스덴에서 아담 뮐러(1779~1829)를 만나 1807년 2월 말 「암피트리온」을 출간한다. 7월 말 아담 뮐러가 괴테에게 「깨진 항아리」의 원고를 보내자, 8월 28일 괴테는 이 희극을 바이마르에서 공연하도록 힘쓰겠다고 약속한다. 륄레는 한 출판업자와 접촉하여 9월에 「칠레의 지진」을 「헤로니모와 호세파, 1647년 칠레의 지진의 한 장면」이란 제목으로 발표한다.

7. 『푀부스』—'게르마니아'(1807~09)

클라이스트는 1807년 8월 14일 베를린으로 돌아왔다가 그뒤 드레스덴으로 출발하여 8월 31일 이곳에 도착한다. 그는 예술과 철학에 관심이 있는 여러 친구들을 새로 사귀며, 10월 10일 오스트리아 대리공사의 집에서 열린 30세 생일잔치에서는 「암피트리온」의 작가로서 시인의 월계관을 수여받기도 한다. 1808년에는 친구 륄레와 푸엘, 누이 울리케가 조달한 자금으로 아담 뮐러와 함께 예술잡지 『푀부스』를 창간한다. 클라이스트는 이 잡지에 복원한 「기스카르」 미완성판, 「펜테질레아」 미완성판, 「O. 후작 부인」 「미하엘 콜하스」 첫 부분, 「깨진 항아리」 첫 3장을 발표한다. 하지만 빌란트, 괴테, 슐레겔 형제, 루트비히 티크 등 저명작가들의 기고를 받는 데 실패한다. 『푀부스』는 "독일인의 유구하고 정평있는 장점인 역동성, 명료성, 심원성 이외에 어떤 공통점도 없는 아무리 상반된 형식의 예술작품들이라도—독창적이고 논거를 제시하기만 한다면 아무리 상이한 양식의 예술비평들이라도 이 잡지에 흔쾌히 게재할 것입니다"라고 예고했다. 다시 말하면 대립과 모순을 자연세계뿐 아니라 정신생활의 원동력으로 간주하고 이제 "경주"를, "숭고한 경쟁"을 개시하려 한다는 것인데, 빌란트나 괴테가 여기에 참여해 클라이스트나 뮐러와 겨룰 이유가 없었던 것이다. 한편 1808년 3월 2일 괴테가 바이마르에서 연출한 「깨진 항아리」 공연은 참담한 실패로 끝나며, 클라이스트는 그 원인을 괴테가 이 1막극을 3막극으로 늘인 데서 찾는다. 하지만 괴테는 전기작가 요하네스 다니엘 팔크에게 이렇게 말한다. "당신은 내가 그의 「깨진 항아리」를 이곳 무대에 올리느라 얼마나 많은 수고와 연습을 했는지 잘 알 것입니다. 그런데도 성공을 거두지 못한 것은, 말이 나왔으니 말인데, 소재는 재치있고 익살스러웠지만 줄거리가 빠르게 진행되지 않았기 때문이었습니다. 하지만 클라이스트는 이 실패를 내 탓으로 돌릴뿐더러 바이마르로 결투도전장까지 보내려 하는 것을 보면—그는 실제로 그러려고 했습니다—실러가 말하듯 천성이 잘못에 빠져 있음을 알 수 있습니다. 이를 용서하려면 신경이 너무 예민하거나 아니면 병에 걸린 탓이라고 넘길 수밖에 없습니다."

『푀부스』는 4월부터 재정위기에 허덕이며, 5월에는 「펜테질레아」 출판도 난항을 겪는다. 이 비극은 7월에 750부가 출간되지만 평단은 냉담한 반응을 보이며, 클라이스트 생전에 공연되지 못하고 65년 뒤에야 초연된다. 1808년 초에는 「케트헨 폰 하일브론」이 완성되어, 1810년 3월 17일 빈에서 초연된다. 1808년 후반에 클라이스트는 새로운 희곡 「헤르만의 전쟁」을 탈고하여 독일민족에게 애국심을 고취시키려 한다. 프랑스혁명의 자유, 평등, 우애라는 구호에 맞서 **"자유, 조국, 복수"**라는 구호를 내세운다. 1809년에는 송시 「게르마니아가 그 자녀들에게」를 써서 프랑스군을 격멸시키라고 호소한다.[18]

18 독일을 의인화한 게르마니아와 독일 전역의 주민들을 가리키는 아이들이 번갈아 부르는 노래로 구성된 이 송시에서 클라이스트는 프랑스에 대해 증오와 복수를 부추긴다. "어떤 곳이든, 풀밭이든, 광장이든/그들의 뼈로 하얗게 덮이게 하라!/이는 까마귀와 여우들도 마다할지니,/물고기 밥이나 되게 하라./그들의 시체로 라인 강에 둑을 쌓아라;/그들의 뼈에 가로막혀/라인 강이 팔츠를 에워 흐르게 하여/그곳이 국경이 되게 하라!//합창//흥겨운 사냥이다,/사냥꾼이 이리를 뒤쫓는 듯하다!/이리를 때려죽여라! 최후의 심판에도/너희에게 이유를 묻지 않을지니!"

클라이스트는 1808년 8월 이미 프랑스와 오스트리아 사이에 결전이 임박했다고 판단한다. 1809년 4월 9일 전쟁이 발발하자 오스트리아의 항전을 글을 통해 지원하고 나아가 프로이센도 이 저항에 동참하도록 촉구하고자 한다. 4월 29일에는 뒷날 괴팅겐 대학의 역사학자가 된 크리스토프 프리드리히 달만(1785~1860)과 함께 보헤미아로 출발한다. 달만의 회고에 따르면 "보헤미아에서 온 힘을 다해 오스트리아의 전쟁을 독일 전체의 전쟁으로 만들기" 위해서이다. 5월 31일 두 사람은 이를 위해 프라하에서 '게르마니아'라는 제호의 잡지를 창간할 계획을 세운다. 하지만 7월 6일 나뽈레옹이 빌그람 전투에서 승리하고 7월 12일 츠나임에서 휴전협정이 맺어진다. 닷새 뒤 울리케에게 보낸 편지에서 클라이스트는 이렇게 한탄한다. "지금까지 살아오면서 여러가지가 척척 맞아떨어져 이처럼 미래가 밝아 보인 적은 없었습니다. 이제 최근의 사태는 이 계획뿐 아니라—제가 무슨 일을 벌이든 다 무산시킬 것입니다." 1810년 2월 4일 클라이스트는 베를린으로 돌아와서 죽을 때까지 이곳에 머무른다.

8. 『베를린 석간신문』— 그만큼 깊은 낭떠러지(1810~11)

베를린에서 클라이스트는 아담 뮐러와의 친교를 다시 이어가며, 클레멘스 브렌타노(1778~1842), 아힘 폰 아르님(1781~1831) 등의 독일 낭만주의자와 사귀고, 라헬 레빈(1771~1833)과 헨리에테 포겔(1780~1811) 등의 여인을 알게 된다. 1810년 9월 「미하엘 콜하스」「O. 후작 부인」「칠레의 지진」이 수록된 『소설집』 제1권과 「케트헨 폰 하일브론」을 출간하지만 줄곧 재정난에 시달린다. 7월 19일 루이제 왕비(1776~1810)의 사망을 계기로, 그동안 친척 형수 마리 폰 클라이스트가 왕비의 하사금인 듯 꾸며서 보내줬던 매월 5루이도르의 연금마저 끊기자 클라이스트의 자금사정은 극도로 악화된다.[19]

클라이스트는 이를 타개하고자 1810년 10월 1일 『베를린 석간신문』을 창간하여 선풍적인 성공을 거둔다. 독일신문 역사상 최초로 경찰서 소식이 보도되었고, 일요일을 제외하고 매일 발간되는 것도 최초였다. 하지만 클라이스트가 베를린 국립극장 공연프로그램을 조롱한 탓에 12월부터는 연극비평을 금지당한다.[20] 베를린 시내외 살인방화단 출몰로 이목을 끌었던 경찰서 소식은 인기를 잃어간다. 11월 16일 아담 뮐러는 프로이센 수상 하르덴베르크의 개혁정책을 신랄히 비판함으로써 국왕 프리드리히 빌헬름 3세의 분노를 산다. 국왕은 "이러한 신문은 엄중히 검열하라"고 지시한다. 클라

19 1810년 3월 19일 울리케에게 보낸 편지에서 클라이스트는 루이제 왕비의 마지막 생일이었던 3월 10일에 「프로이센 왕비님께」라는 시를 헌정했다고 말한다. "저는 왕비님 생신에 시를 바쳤습니다. 왕비님은 시를 읽고 감동하여 만조백관 앞에서 눈물을 흘렸습니다. 저는 왕비님의 은총과 저에게 은덕을 베푼 후의를 믿어 마지않습니다."

20 클라이스트는 극장장이었던 아우구스트 빌헬름 이플란트(1759~1814)에게 「케트헨 폰 하일브론」을 공연해달라고 여러 차례 부탁했으나 거절당한다. 그러자 1810년 8월 12일 "솔직히 말해 주인공이 소녀여서 미안합니다. 소년이었다면 모르긴 몰라도 귀하의 마음에 훨씬 들었을 텐데요"라는 편지를 보낸다. 이플란트의 동성애 성향을 빈정댄 것이었다. 그뒤 클라이스트는 『베를린 석간신문』에서 국립극장의 공연프로그램을 비난했고, 11월 말에는 가극 배역 문제로 또다시 스캔들이 일어나자 국왕의 총애를 받던 이플란트가 극장장에서 사임하겠다고 말한다. 국왕은 이플란트의 손을 들어주어 『베를린 석간신문』은 독자에게 인기있는 연극비평란을 잃게 된다.

이스트는 하르덴베르크의 허락도 받지 않은 채 12월 20일과 22일 다음 4분기부터는 "외국에서 최근 도착한 가장 중요한 공식 뉴스들이 발췌"되어 실릴 것이라고 예고한다. 하지만 다른 신문들의 반발로 『베를린 석간신문』은 정치기사를 실으려면 "다른 베를린 신문에 실렸던 것만 게재"하라는 지시를 받는다. 신문은 1811년 3월 30일 폐간된다.

『베를린 석간신문』은 연구자들에게 일종의 보물창고로 여겨진다. 클라이스트는 여기에 수많은 일화, 「인형극에 관하여」 등의 논문, 시, 「로까르노의 거지 노파」 「성 체칠리아 또는 음악의 힘」의 초판 등을 발표했다. 1811년 6월 21일 편지에서 클라이스트는 한 출판업자에게 희곡 「홈부르크 공자」를 출간할 의향이 있느냐고 묻는다. 언제 착수하여 언제 탈고했는지는 오늘날까지 알려지지 않은 이 작품은 1821년 루트비히 티크가 발간한 클라이스트 『유고집』에 처음 발표된다. 클라이스트는 1811년 초 「싼또도밍고 섬의 약혼」 「주워온 자식」 「결투」를 집필하여, 이 작품들을 「로까르노의 거지 노파」 「성 체칠리아 또는 음악의 힘」의 증보판과 함께 묶어 8월에 『소설집』 제2권을 출간한다. 7월 말에는 출판업자에게 "나는 장편소설 한편을 상당히 진척시켰습니다. 분량이 아마 두권에 이를 것입니다"라는 편지를 쓴다. 이 장편소설이 일부라도 실재했다면 클라이스트는 자살 전에 소각했음에 틀림없다.

자살기도는 클라이스트에게 친숙한 것이었다. 푸엘을 비롯한 친구들은 클라이스트가 동반자살을 여러 차례 제안했다고 회고한다. 어떤 학자는 클라이스트가 여러해 동안 죽음 프로젝트를 세우고 있었다고 말한다. 하지만 클라이스트는 그럴 때마다 삶의 프로젝트를 구상하여 관철하려 했다. 모든 회의를 단박에 영원히 깨뜨리고 난관을 타개하고자 했다. 이러한 의지는 클라이스트의 라인 강 묘사에서 엿볼 수 있다.

> 한 산맥(훈스뤼크 산맥)이 나무랄 데 없는 미덕을 헐뜯기라도 하듯 라인 강을 가로막습니다. 하지만 강물은 이 산맥을 꿰뚫고 세차게 흐릅니다. 절벽들은 비켜서서 놀라고 경탄하며 강물을 굽어봅니다—라인 강은 업신여기듯 절벽들을 스쳐 내달리지만 우쭐거리지는 않습니다. 라인 강이 하는 복수라고는 맑은 수면에 암벽들의 시커먼 모습을 비추는 것뿐입니다.

1811년 여름 클라이스트는 마리 폰 클라이스트에게 보낸 편지에서 일년 남짓 음악에 몰두하고 싶다는 계획을 밝힌다. "저는 이 예술을 모든 다른 예술의 근원이며, 제 생각을 좀더 정확히 표현하자면, 수학공식이라고 간주합니다. 독일이 낳은 한 문호〔괴테〕—저는 저 자신을 이 문호와 감히 비견할 생각은 결코 없습니다—는 문학예술에 관한 모든 생각을 색채와 관련시켰다면, 저는 아주 어려서부터 문학예술에 관해 무슨 생각을 하든 음조와 관련시켰습니다. 저는 화성론에 문학예술에 관한 가장 중요한 실마리가 담겨 있다고 생각합니다." 이 계획은 성사되지 않으며, 마지막 계획도 좌절된다. 프랑스와 프로이센이 다시 일촉즉발의 상황으로 치닫자, 클라이스트는 전쟁이 임박했다고 예상하고 9월 7일 국왕에게 군 입대를 청원한다. 국왕은 전쟁이 실제로 발발할 경우 입대를 허가하겠다고 답변한다. 하지만 프로이센 국왕이 나뽈레옹의 최후통첩에 굴복함으로써 전쟁이 일어나기는커녕 프로이센-프랑스 동맹 협상이 시작되고, 이는 1812년 1월 체결된다.

클라이스트는 빈털터리이다. 군에 입대하려 했을 때는 신분에 맞는 군장을 장만할 돈도 없어 울리케에게 찾아가지만, 울리케는 이 돈을 클라이스트에게 직접 건네주지 않고 마리 폰 클라이스트에게 맡겨 장교군장을 구입하는 데만 쓰라고 다짐을 받는다. 10월 클라이스트는 빈으로 아담 뮐러를 만나러 가기 위해 여비를 빌리러 울리케에게 찾아갔다가 두 누이에게 모욕당한다. 1811년 11월 10일 클라이스트는 죽기 전 영혼의 친구로 지낸 열여섯살 연상의 마리 폰 클라이스트에게 이런 내용의 편지를 쓴다.

그대의 편지들은 제 가슴을 찢어놓았습니다. 제 소중한 마리. 그대에게 장담하거니와 제가 그럴 수만 있었다면 죽으려 했던 결심을 다시 번복했을 것입니다. 하지만 그대에게 단언하거니와 더 오래 사는 것은 제게 완전히 불가능합니다. 제 영혼은 너무 상처를 받아서 코를 창문 밖으로 내밀면 코에 내리쬐는 햇볕도 고통스러울 정도라고 할 수 있습니다. 어떤 사람들은 이를 병이라거나 엄살이라고 여길 겁니다. 하지만 그대는 다른 사람의 입장에서 세상을 바라볼 줄 아는 능력이 있으므로 그렇게 생각지 않으시겠지요. 저는 아주 어렸을 적부터 생각하고 글을 쓰면서 끊임없이 아름다움과 예의범절을 다뤄왔기에 너무 예민해졌습니다. 이 세상 물정대로 살다보면 누구나 감정을 상하게 마련인데도 저는 조금만 기분을 다쳐도 두 배 세 배 고통을 느낍니다. 그래서 그대에게 장담하거니와, 제가 지난번에 프랑크푸르트(오더)에서 제 두 누이와 함께 점심식사를 했을 때, 특히 노파 바커른까지 나타났을 때 제가 느꼈던 모멸을 다시 한번 겪느니 차라리 열번이라도 죽고 싶었습니다. 저는 제 누이들을 늘 진심으로 좋아했습니다. 성품이 착하기도 하고 저에게 우애롭기도 했기 때문입니다. 이런 말을 입 밖에 낸 적은 드물지만, 분명히 말하건대 제 더없이 간절하고 절실한 소원 중 하나는 제 작업과 작품으로 누이들에게 언젠가 많은 기쁨과 명예를 안겨주고 싶다는 것이었습니다. 최근에 여러모로 보아 저와 어울리는 것이 위험스러워진 것은 사실입니다. 갖은 고난을 생각하면 할수록, 누이들의 어깨까지 짓눌리고 있다고 여겨지기에, 저는 누이들이 저를 기피하는 것도 탓하지 않습니다. 하지만 제가 마침내 이룬 공적을 크든 작든 전혀 인정하려 들지 않고, 저를 이제 동정할 가치조차 없어하며 인간사회의 아무짝에도 쓸모없는 쓰레기로 여기는 것을 보자니, 저는 몹시 고통스러웠습니다. 정말이지, 이는 제가 미래에 누리기 바라는 기쁨을 앗아갈 뿐 아니라 제 과거까지 짓뭉개는 것입니다—국왕이 지금 프랑스와 체결하려는 동맹도 제가 목숨을 부지하기 힘들게 만듭니다. 저는 인간들과 얼굴을 마주치면 꼴 보기 싫은 지 오래됐습니다. 이제 인간들과 길에서 옷깃만 스쳐도 여기서 차마 말로 표현할 수 없는 감정이 부글부글 끓어오를 것입니다. 저도 이 인간들과 마찬가지로 이 시대를 바로 세울 힘이 없는 것은 사실입니다. 하지만 제 가슴속에 불타는 의지는 〔"시대는 어그러져 있다. 저주받은 운명이여,/내 이를 바로잡으려 태어나다니!"(셰익스피어 「햄릿」 1막 5장)〕 이따위 재담이나 떠드는 인간들의 의지와 전혀 다릅니다. 저는 이 인간들과 더이상 상종하고 싶지 않습니다. 국왕이 이 동맹을 체결하면 이런 국왕에게 도대체 무엇을 바라야 할까요? 국왕에게 충성하고 희생하고 절개를 지키고 그밖의 다른 시민적 미덕에 따랐다는 죄목으로 국왕 자신에게 재판받아 교수형을 당할 수 있는 시대가 눈앞에 닥쳤습니다.

클라이스트는 마리 폰 클라이스트에게 사랑을 다짐하며 죽음의 동반자를 소개한다.

사랑하는 마리, 이 죽음의 순간 내 영혼이 부르는 승리의 찬가가 울리는 가운데 저는 다시 한번 그대를 생각하며 있는 힘을 다해 그대에게 털어놓지 않을 수 없습니다. 저는 이 세상 모든 일을 티끌 하나 남김없이 마음에서 지웠지만, 그대는 제가 그 감정과 생각을 아직도 마음에 새기고 있는 유일한 사람이기에. 제가 그대를 배신한 것은, 아니 그렇다기보다는 저 자신을 배신한 것은 사실입니다. 저는 이런 짓을 하고서는 살아남아 있지 않을 것이라고 수없이 다짐했지요. 이제 그대에게 작별을 고함으로써 이를 증명하려 합니다. 저는 그대가 베를린을 떠난 동안 다른 여자친구를 만났습니다. 이런 말이 그대에게 위로가 될지 모르겠지만, 그녀는 저와 함께 살고 싶어하는 게 아니라, 제가 그대를 저버렸듯 자신도 저버리리라 느끼기에 저와 함께 죽고 싶어합니다. 이 여인에게 지켜야 할 도리상 그대에게 더 길게 말하지 않겠습니다. 이것만 알아두십시오. 제 영혼은 그녀의 영혼과 접촉하며 죽기에 충분할 만큼 성숙했고, 저는 그녀의 심정을 보고서 인간의 심정이 얼마나 훌륭한지 알아냈으며, 저는 이 세상에서 배울 것이나 얻을 게 이제 없기 때문에 죽는다는 것을. 안녕히 계십시오! 그대는 이 세상에 있는 사람 중 제가 저세상에서 다시 만나고 싶은 유일한 사람입니다. 울리케는 만나고 싶지 않느냐고요?—만나고 싶기도 하고 그렇지 않기도 합니다. 그것은 울리케의 기분에 달려 있습니다. 제가 생각하기에 울리케는 희생의 기술을, 자신이 사랑하는 것을 위해 온몸을 내던지는 기술을 익히지 못했습니다. 이 기술은 이 세상에서 생각할 수 있는 지고의 행복이고, 그뿐만 아니라 우리가 천국에서 만족스럽고 행복하게 살게 되는 게 사실이라면, 틀림없이 천국의 본질을 이루고 있을 텐데도 말입니다. 안녕히 계세요!—이것도 알아두세요. 저는 한 여자친구를 찾아냈습니다. 그녀의 영혼은 어린 독수리처럼 날래게 날아다닙니다. 저는 이와 비슷한 것을 여태 본 적이 없습니다. 그녀는 제 슬픔이 마음속 깊이 단단히 뿌리내려 치유할 수 없다고 여깁니다. 그래서 저를 이 세상에서 행복하게 해줄 수 있을 만큼 재산이 넉넉한데도 저와 함께 죽으려 합니다. 그녀는 이를 위해 저에게 듣도 보도 못한 기쁨을 베풉니다. 바랄 데 없이 행복하게 사는 그녀를 풀밭에서 제비꽃을 뽑아내듯 쑥 잡아뽑게 합니다. 그녀는 아버지가 그녀를 떠받드는데도, 남편이 그녀를 저에게 넘겨주려 했을 만큼 아량 넓은데도, 아이가 아침햇살만큼, 아니 그보다 더 아름다운데도, 저 때문에 이들을 떠나려 합니다. 이제 그대는 이해하시겠지요. 제가 환희에 젖어 염려하는 것이라고는 그녀와 더불어 몸을 던질 수 있을 만큼 깊은 낭떠러지를 찾는 일뿐이라는 것을—안녕히 계세요!

이 편지에서 말하는 여자친구는 헨리에테 포겔이다. 클라이스트는 그녀를 1810년 초 사귄 것 같다. 그해 11월에 두 사람은 아담 뮐러의 딸인 체칠리아의 대부모 역할을 한다. 헨리에테 포겔은 클라이스트보다 세살 연하이고 기혼이었는데, 남편 루이스 포겔은 그녀가 죽은 반년 뒤에 재혼한 것으로 보아 그녀의 죽음을 그다지 슬퍼하지 않았던 듯하다. 그녀는 이미 아담 뮐러 등과 염문이 있었고 그래서 브렌타노는 클라이스트가 "다 해진 사랑의 슬리퍼"를 꿰찼다는 농담을 했다고 한다. 그녀는 암으로 고통받고 있었고 그래서 클라이스트의 동반자살 제안에 순순히 응했던 것 같다.

클라이스트는 죽는 날 아침 울리케에게 편지를 쓴다. 마리 폰 클라이스트에게 보낸 편지에서 누이를 원망한 일을 못내 마음에 걸려한다.

저는 온 세상과, 내 소중한 울리케여, 그 누구보다도 누이와 화해하지 않고서는 지금처럼 참으로 만족하고 행복하게 죽을 수 없습니다. 제가 마리 폰 클라이스트 부인에게 보낸 편지에 쓴 모진 말들을 거둬들이게 해주십시오. 정말이지 누이는 저에게 할 수 있는 일을 다 했습니다. 누이로서가 아니라 인간으로서 할 수 있는 일을 다 하여 저를 구하려 했습니다. 진실을 말하자면 이 세상에서는 아무도 저를 구원할 수 없습니다. 이제 안녕히 계십시오. 하늘이 누이에게도 제 절반만큼이라도 기쁘고 이루 말할 수 없이 행복한 죽음을 내려주기를. 이것이 제가 누이를 위해 빌 수 있는 더없이 간절하고 절실한 소원입니다.

1811년 11월 20일 하인리히 폰 클라이스트와 헨리에테 포겔은 아담 뮐러의 부인 조피 뮐러에게 보낸 편지에서 그들의 영혼은 "기쁨에 넘친 비행선 조종사처럼 이 세상 위로 날아오를" 것이라고 말한다. 두 사람은 11월 21일 베를린 근교 반제 호수에서 권총으로 생을 마감한다.

언론은 이 사건을 비그리스도교적이고 비인간적이라고 일컬으며 빗발치듯 비난한다. 어느 삼류문인은 클라이스트를 "광기 어린 작가"라고 부르면서 "독일인에게 영원히 성스러운 성(姓)에 먹칠을 하"고 다녔다고 말한다. 아르님과 브렌타노 등은 클라이스트의 죽음에 당황하고 애도한다. 1812년 12월 23일 라헬 레빈은 한 친구에게 이렇게 편지한다. "클라이스트의 죽음은 저에게 놀랍지 않아요. 그는 힘들게 지냈고, 참되게 살았고, 엄청나게 고통받았어요. (…) 저는 제 고귀한 친구가—저는 쓰라린 눈물을 흘리며 그를 친구라고 불러보네요—모욕을 참지 않은 것을 기쁘게 여겨요. 그는 충분히 고통을 겪었어요. 그를 나무라는 어느 누구도 그에게 10탈러를 건네지도, 함께 밤을 보내지도, 아량을 베풀지도 않았을 거예요. 그가 얼마나 처참한 처지인지 그들에게 보여줬다 할지라도 말이에요. 그들은 그에게 커피 한 잔을 대접할 만한 가치가 있는지 없는지 끝없이 계산만 했을 거예요."

클라이스트와 헨리에테 포겔은 사망 장소에 매장되었다. 자살자는 당시에는 교회 묘지에 묻힐 수 없었기 때문이었다. 1911년 11월 21일 서거 100주년에야 클라이스트 가문은 하인리히 폰 클라이스트를 더이상 수치스럽게 여기지 않는다. 이날 가문은 그의 묘비에 화환을 놓는데 그 리본에는 "가문 최고의 인물에게"라고 쓰여 있다. 2011년 11월 21일 서거 200주년을 맞아 복원된 묘비 앞면에는 이렇게 새겨져 있다. "하인리히 폰 클라이스트/1777년 10월 10일/1811년 11월 21일//헨리에테 포겔/1780년 3월 9일/1811년 11월 21일//그는 힘들고 슬픈 시절에/살면서 노래하고 고통받았다/이곳에서 죽음을 구해/불멸을 얻었다//「마태오의 복음서」 6장 12절[21]/막스 링"[22]

21 「마태오의 복음서」 6장 12절은 "우리가 우리에게 잘못한 이를 용서하듯이 우리의 잘못을 용서하시고"라는 내용이다.

22 1848년에야 후세인들은 대리석에 이름과 생몰연월일을 적은 첫번째 묘비를 세운다. 1861년에는 무덤 둘레에 철제 격자 울타리를 치고 두번째 묘비로 바꾼다. 여기에는 "하인리히 폰 클라이스트/출생 1776년 10월 18일/사망 1811년 11월 21일/그는 힘들고 슬픈 시절에/살면서 노래하고 고통받았다/이곳에서 죽음을 구해/불멸을 얻었다/「마태오의 복음서」 6장 12절"이라는 비문이 실린다. [출생연월일이 잘못 기재되었다.] 1936년 히틀러 정권은 베를린 올림픽을 앞두고 묘비를 새로 교체하면서 유대인 작가 막스 링이 쓴 이 문구를 그대로 사용하지만, 1941년 국민계몽선전부는 이를 삭제하고 「홈부르크 공자」에서 인용한 구절로 대

토마스 만은 1954년 취리히 연방 공과대학교 강연에서 하인리히 폰 클라이스트의 인생을 이렇게 간추렸다.

하인리히 폰 클라이스트는 브란덴부르크의 융커 및 장교 명문이었던 하인리히 가문에서 태어났습니다. 이 어린애 같은 얼굴을 한 젊은이는 유별난 거동 때문에 사람들의 호감을 사지 못했습니다. 그는 우울하고 음침하고 말수 적고 말을 술술 하지 못했습니다—아마도 발성기관의 장애로 말미암아 지적인 대화에라도 끼어들려 하면 말들이 이상스레 딱딱하게 튀어나오는 탓인 듯했습니다. 쉽사리 당황하여 말을 더듬고, 얼굴이 벌게지고, 사람들 앞에서 늘 부자연스러울 만큼 메떨어지고 거북스러울 만큼 억지스러운 태도를 보였습니다. (…) 클라이스트는 독일이 낳은 가장 위대하고 대담하고 야심 찬 문학가로 손꼽힙니다. 둘도 없는 희곡작가였으며—둘도 없는 산문작가이자 소설가이기도 했습니다—어느 모로 보나 유례가 없어서, 모든 관습과 질서에서 벗어나고, 기이한 소재에 미친 듯 빠져들어, 마침내 광기와 히스테리에까지 이르렀습니다—하지만 그는 몹시 불행했습니다. 스스로 걸머진 의무를 다하느라 지칠 대로 지치고, 불가능한 일을 이루려 몸부림치고, 심인성 질환에 늘 시달리다가, 요절하는 운명을 맞았습니다. 35세[23]의 꽃다운 나이에 그는 자살했습니다. 한 여자와 함께였

체한다. "하인리히 폰 클라이스트//출생 1777년 10월 18일/사망 1811년 11월 21일//이제/오 불멸이여/너는 오롯이 내 것이다"라는 이 비문은, 2011년에 묘비가 개수되면서 180도 돌려짐으로써 현재는 뒷면에 자리 잡고 있다. 흥미로운 점은 뒷면과 앞면의 출생일이 일치하지 않는다는 것이다. 아울러 지금까지는 별도의 묘비에 적혀 있던 헨리에테 포겔의 이름과 생몰연월일이 앞면에 추가되었다.

23 토마스 만은 나이를 잘못 센 듯하다. 클라이스트는 1777년 태어났고 1811년 죽

습니다. 그가 사랑했던 여자가 아니었습니다. 그가 이 불치병에 걸린 여자와 함께 나눴던 것은 죽고 싶다는 마음뿐이었습니다—그가 목숨을 끊은 것은, "이 지상에는 배울 것이나 얻을 게 이제 없기 때문"이었습니다. 그가 목숨을 버린 것은, 자신의 불완전성에 지치고, 자기 개인은 산산이 부서졌지만 이를 우주에 내던지면 어쩌면 한층 더 높은 완전성을 이룰 수 있을지 모른다는 형이상학적 동경 때문이었습니다. (…)

하인리히 폰 클라이스트가 없었더라면 클라이스트란 성(姓)은 허섭스레기일 것입니다. (…) 클라이스트 가문의 영관들과 장군들이 브란덴부르크를 위해 얼마나 대단한 공적을 세웠는지 저는 모르며, 어느 누구도 잘 알지 못합니다. 하지만 신이 굽어보는 드넓은 세상에 클라이스트가 단 한 사람 있다는 것을 저는 압니다. 이 사람은 「펜테질레아」 「미하엘 콜하스」 「로베르 기스카르」의 웅대한 한막을 쓴 작가입니다. (…)

9. 「미하엘 콜하스」

클라이스트는 아마도 1805년과 1806년 쾨니히스베르크의 국유지 관리청에 근무할 때 이 소설 집필에 착수했을 것으로 추측된다. 처음 4분의 1은 미완성판으로 1808년 10월 『푀부스』 6호에 발표되었고, 완성판은 1810년 9월 『소설집』 제1권에 수록되었다. 이 소설에는 "(옛 연대기에서)"라는 부제가 붙어 있는데, 실제로 클라이스

었을 때 34세였다.

트는 이 소설을 집필하면서 여러 역사 문헌을 이용했으며, 특히 페터 하프티츠(1525년경~1601년경)의 『브란덴부르크 연대기』를 참조했다.

이 소설에는 1789년 프랑스대혁명의 여진이 울리고 있다. 당시 프로이센에서는 혁명을 미연에 방지하기 위해 개혁에 박차를 가했다. 클라이스트도 '혁명 대신 개혁'에 동의했지만, 개혁을 관철하기 위해서는 혁명적 추진력이 필요하다고 보았다. 그는 거의 장편소설에 육박하는 분량의 「미하엘 콜하스」에서 이러한 시대적 현안을 다루고 있다.

특히 프로이센의 경제 및 사법 개혁이 이 소설에서 중요한 역할을 한다. 콜하스가 융커와 첫 갈등을 빚는 것은 통행세 때문인데, 이는 당시 프로이센 융커들의 특권에 속했으며 "생업"에 지장을 주어 경제발전을 심각하게 저해했다. 따라서 1805년 경제장관 슈타인 남작은 통행세 폐지를 위해 진력한다. 소설에서 콜하스는 생업의 자유와 이를 통해 얻은 재산을 보호받기 위해 법에 호소한다. 하지만 당시 사법제도는 평범한 시민에게 더없이 불리했다. 특권신분, 특히 융커들이 판사 배정에 직간접적으로 영향을 미쳐 자신들의 이권을 도모했다. 이에 슈타인 남작은 1807년에 「나사우 비망록」에서 시민계급에게 적극적 참여와 책임을 유도하여 시민정신과 공동체 의식을 고취해야 한다고 주장한다. 그뿐 아니라 1807년 10월 9일 슈타인 남작이 단행한 농노해방과 1810년 6월 4일 수상에 임명된 하르덴베르크 남작의 농업개혁은 융커들의 특권을 제한한다. 그러자 융커들은 루트비히 폰 데어 마르비츠(1777~1837)를 중심으로 저항한다. 바로 이 시기에 클라이스트는 이 소설에서 융커 계급을 부패하고 잔인한 착취자들로 묘사하고 이들의 특권이 국민에 미치는 폐해를 보여주며 이들의 대표자들에게 "힌츠"와 "쿤츠"라는 우스꽝스러운 이름을 붙여주고, 이들의 무책임한 행동을 방치하면 콜하스가 일으킨 바와 같은 혁명적 봉기가 발생할 수 있다고 경고함으로써, 융커들의 반발을 비난하고 개혁정책을 지원하는 것이다.

미하엘 콜하스가 자기주장만 앞세우는 "상습 소송꾼"이 아니라 사회의 폐단 때문에 혁명을 일으켰음은, 말장수가 억울함을 풀기 위해 쓸 수 있는 수단을 다 쓴 뒤에야 비로소 무기를 잡는 것을 보면 알 수 있다. 그는 청원을 하러 나섰던 아내를 잃고 장례식을 치르던 중, 다시 한번 탄원하면 감옥에 처넣겠다는 위협을 받고서야 무력을 사용한다. 법질서가 제대로 작동하지 않는 상황에서는 법을 실현하기 위해서는 폭력에 호소할 수밖에 없다. 그는 기존의 불법에 저항할 뿐만 아니라 새로운 법을 입법한다. 아내의 장례식이 끝나자마자 "판결문"을 작성하며, 그뒤 융커를 추적하며 계속해서 "「콜하스 격문」"을 공포한다. 한 격문에서는 자신을 "제국과 세계에서 해방된 자유인"이라고 일컫는다. 기존의 지배체제를 비합법적이라 규정하고 자신의 "정부"를 구성하는 지배자가 된다. 뤼첸 성을 점령한 뒤에 라이프치히 백성에게 "더 나은 세상 질서를 세우기 위한 자신의 투쟁에 합세"하라고 호소하며 이 격문을 "우리의 임시 세계정부 소재지, 뤼첸 제1성에서"라는 서명으로 끝낸다. 그는 새로운 사법권과 집행권을 과시한다. "콜하스는 처형장에서 돌아오던 길이었고, 구경꾼들이 길 양쪽에 늘어서 있다가 직수굿이 길을 비켰다. (…) 행렬은 장관이었다. 거룹의 불칼이 붉은색 가죽 쿠션에 얹히고 황금색 술로 장식되어 콜하스 앞에 봉송됐고, 졸개 열둘이 이글이글 타오르는 횃불을 들고 콜하스를 뒤따랐다." 그는 백성들의 지지도 받는다. 루터의 말에 따르면 그가 "세번이나 잿더미로 만들었던 비텐베르크에서조차 말장수를 두둔하는 소리"가 들린다. 콜하스의 봉기는 가히 혁명이라 부를 만하다.

소설 중반에는 권력계급을 대변하는 루터가 개입한다. 그는 콜하스를 설득하여 기존 질서로 다시 편입시키려 한다. 이 과정을 통해 그리스도교의 문제점이 폭로된다. 루터가 콜하스에게 보내는 방문(榜文)부터 상투어와 선입견으로 가득 차 있다. 그는 "정의의 칼" "머리부터 발끝까지" "불과 칼" "황야의 이리" "정의로운 하느님의 전사" "차륜형과 교수형" 따위의 수사를 동원하여, 콜하스가 정의를 찾기 위해 애쓰고 있는데도 "하찮은 재산소송"을 하고 있다고 나무라고, 말장수가 모든 수단을 강구하느라 아내까지 잃었는데도 "시답잖은 시도를 두세번" 한 뒤 복수에 나섰다고 비난한다.

루터와 콜하스의 만남에서는 그리스도교의 권력옹호가 비판된다. 「로마인들에게 보낸 편지」 13장 1절 "누구나 자기를 지배하는 권위에 복종해야 합니다. 하느님께서 주시지 않은 권위는 하나도 없고 세상의 모든 권위는 다 하느님께서 세워주신 것이기 때문입니다"에 근거하여, 루터는 선제후가 아무리 부당하고 부패했다 하더라도 하느님의 뜻으로 받아들여야 한다고 말한다. 이에 맞서 콜하스는 자신은 법의 "보호를 믿었기에 모은 재산을 다 들고 이 사회에 들어"왔는데 이런 보호를 해주지 않는 것은 자신의 손에 "몽둥이를 쥐여주는 것"이나 다름없다고 항변한다. 루쏘의 사회계약론을 연상시키는 주장이다. 아울러 이 소설에서는 그리스도교의 용서계명도 검토된다. 콜하스의 아내는 죽어가면서 "원수를 용서하라"는 성경 대목을 가리킨다. 하지만 콜하스는 "내가 융커를 용서하면 하느님이 나를 용서하지 않기를!"이라고 말하며 복수에 착수한다.

루터는 콜하스가 고해성사를 부탁하자 전제조건으로 융커를 용서할 것을 요구한다. 그러나 콜하스는 "주님께서도 원수를 다 용서하지는 않으셨습니다"라고 대답한다. 이러한 콜하스의 태도는 용서라는 계명은 개인적인 관계에서는 화해를 불러올 수 있지만, 이를 정치사회적인 차원에까지 확장시키면 오히려 화를 몰고 올지 모른다는 것을 시사한다.

소설 말미에서는 민중계급을 대표하는 신비로운 노파가 개입한다. 그녀는 콜하스의 죽은 아내와 기이할 만큼 빼닮았다. 집시 노파는 콜하스에게 캡슐을 건네줌으로써 작센 선제후에게 복수할 길을 열어준다. "적이 자신을 밟아뭉개려 하는 순간 적의 발뒤꿈치를 치명적으로 물어뜯을 수 있는 방도"를 마련해준다. 하지만 그 안의 쪽지를 작센 선제후에게 넘기고 "자유와 생명"을 보장받으라고 권고한다. 콜하스가 "세상을 다 준다 해도" 내주지 않겠다고 대답하자, 콜하스의 막내를 "품에 안으며" "이 귀엽고 작은 금발의 아들을 생각해야지!"라고 말한다. 콜하스는 사회에 대한 책임 때문에 불법체제를 응징하러 나섰었다. 자기가 당한 봉욕을 백성들이 겪지 않도록 온 힘을 다하는 것이야말로 "세상에 대한 의무"라고 느꼈었다. 집시 노파는 이런 콜하스에게 이제 가족에 대한 의무를 상기시키는 것이다. 콜하스는 당황하기는 하지만 "아이들이 장성하면 내 이런 처사를 칭찬할 것이오, 쪽지를 넘겨주지 않는 것이 아이들과 그 후손을 위해 가장 좋은 길이오"라고 말한다. 콜하스의 처형일에는 아닌 게 아니라 "정의가 이뤄"질 뿐 아니라 후손에게도 바람직한 결과를 가져온다. 그의 아이들은 귀족작위를 수여받고 시동학교에 입학하며 그 후예들은 지난 세기까지 "밝고 옹골"차게 살고 있다. 하지만 작센 선제후는 콜하스가 쪽지를 집어삼키자 발작을 일으키며 털썩 쓰러지고, 그 뒷일을 알고 싶다면 "역사책을 읽어봐야" 할 것이라는 말에서 암시되듯 아마도 노파의 쪽지에 예언된 대로 불길한 운명을 맞이했을 것이다.

이 소설에서는 클라이스트의 다른 소설에서와 마찬가지로 이른바 '믿을 수 없는 화자'가 사건을 서술한다. 화자는 사건에 대해 일관된 평가를 내리지 않으며, 콜하스의 운명을 동정하고 융커 혈족의 간계를 비난하면서도 체제순응적인 언사를 서슴지 않는다. 콜하스를 "잔학무도한 놈" "화적" "작센 땅을 유린하고 있는 이무기"라고 부르고, 그가 "듣도 보도 못한 악행"을 저지르고 있다고 말한다. 콜하스가 "제국과 세계에서 해방된 자유인"이라고 선언하자 이를 "병들고 비뚤어진 망상"이라고 단정한다. 그뿐 아니라 콜하스가 처형된 것은 "자신의 손으로 부당함을 바로잡기 위해 성급히 나섰"기 때문이라고 규정한다. 따라서 독자는 화자의 진술을 곧이곧대로 믿지 말고 비판적으로 숙고해야 한다. 다른 소설들에서도 마찬가지이다. 「주워온 자식」에서처럼 화자가 사건에 지나치게 많은 언급을 할 경우뿐 아니라, 「성 체칠리아 또는 음악의 힘」에서처럼 지나치게 말을 아낄 경우에도 화자에게 의심의 눈길을 거두지 말아야 한다.

이 소설에는 처음부터 끝까지 계속해서 나오는 상징이 눈에 띈다. 다름 아니라 소송의 대상인 가라말 두마리이다. 이 가라말들은 처음에는 "투실투실하고 기름기가 자르르" 흘러 말인지 "사슴"인지 모르겠고 "이렇게 잘 기른 말은 이 나라 어디에도 없"을 정도이다. 그러나 트롱카 성에 압류된 뒤에는 "미끈하고 투실투실한 가라말 두마리는 간데없고 여위고 들피진 말 한 쌍"으로 변한다. 불법이 극심해지자 말들은 "얼마나 참혹한지 금방이라도 죽을 듯싶"고

"다리를 후들거리며 머리를 땅에 축 늘어뜨리고" 있다. 말백정이 데려온 말들은 "법률적인 의미에서 죽었"고 "육체적으로도 죽을 것"이라고 선언된다. 하지만 정의가 회복되면서 말들은 다시 "기름기가 치르르 돌"고 "발굽으로 땅을 구르"며, 콜하스는 이 말들을 아들들에게 물려준다. 이 말들은 그때그때마다의 소송상황을 반영하고 있다.

흥미롭게도, 가라말만이 두마리일 뿐 아니라, 콜하스는 하인리히와 레오폴트 두 아들을 두고 있으며, 융커 벤첼과 작센 선제후 두 사람을 적수로 삼고 있다. 융커 벤첼은 집사와 마름 두 악인의 농간에 따르고, 작센 선제후도 힌츠와 쿤츠 두 간신의 간계를 받아들인다. 선제후도 작센 선제후와 브란덴부르크 선제후 두 사람이 등장하며, 심지어 브란덴부르크에 총리 칼하임 백작이 있는가 하면 작센에도 비서실장 칼하임 백작이 있다. 따라서 콜하스에게는 선택의 가능성이 열려 있을 듯하지만, 그는 작센 선제후에게는 고소를 기각당하고 브란덴부르크 선제후에게는 청원을 각하당하며, 작센 선제후에게도 브란덴부르크 선제후에게도 사형선고를 받고, 브란덴부르크에서는 총리 칼하임 백작이 해임되지만 작센에서는 비서실장 칼하임 백작이 법원장으로 승진한다. 어디를 가나 불의에 마주치자 미하엘 콜하스는 "정의감이 지나쳐" "도적이자 살인자"가 된다. 자연법상으로는 "누구보다 올곧으면서도" 실정법상으로는 "무시무시한 인물"이 된다.

"순금저울과 같은" 정의감을 지닌 미하엘 콜하스는 우리에게 하나의 표상이 된다. 파우스트가 영원히 지식을 탐구한다면, 돈 후안이 영원히 유혹을 도모한다면, 돈 끼호떼가 영원히 모험을 감행한다면, 미하엘 콜하스는 영원히 정의를 추구한다. 그는 불의에 저항하는 시민의 전형이요, 인간 무의식에 자리 잡은 정의감의 원형이다.

10.「O. 후작 부인」

클라이스트는 이 소설을 늦어도 1807년 말에 탈고하여, 1808년 2월 『푀부스』 2호에 발표했고, 1810년 9월 『소설집』 제1권에 수록했다. 후작 부인이 자기도 모르게 임신했다는 모티프는 몽떼뉴(1533~92)의 수상록 「술 취함에 관하여」(1588)에 나오는 일화에서 얻은 듯하며, 후작 부인과 그녀의 아버지가 화해하는 근친상간에 가까운 장면은 루쏘(1712~78)의 소설 『신엘로이즈』(1761)에서 따온 것 같다. 이 소설은 발표 당시부터 큰 물의를 일으켰다. 클라이스트와 친분이 있던 한 여성화가는 1808년 4월 11일 "그의 O. 후작 부인 이야기는 어느 여자도 얼굴이 빨개지지 않고는 읽을 수 없습니다"라고 말했고, 카를 아우구스트 뵈티거는 1808년 3월 4일 베를린의 『프라이뮈티게』 잡지에 익명으로 발표한 서평에서 이렇게 분개했다. "〔이 소설의〕 줄거리만 입에 담아도 교양있는 모임에서 추방되기 십상이다. 후작 부인이 임신했는데, 누구 아이를 어떻게 가졌는지 모른다고? 이게 예술잡지에 실을 만한 주제인가?"

"바른 행실로 이름 높은 귀부인"이 "저도 모르는 새에 아이를 가졌"는데도 "이 남자와 결혼"하겠다고 광고를 낸 사건은 오늘날의 독자에게도 야릇한 호기심을 일으키기에 충분하다. 어떻게 욕을 당했을까? 범인은 누구일까? 그런데도 이자와 왜 결혼하려 할까?

이 소설에서는 첫머리에서 후작 부인이 자기도 모르게 임신한 경위가 서술되는 듯하다. 하지만 사건은 설명되면서 동시에 은폐

된다. 이를테면 "여기서 부인은 까무러쳐 쓰러졌다. 그런 뒤—하녀들이 깜짝 놀란 얼굴로 곧바로 몰려오자"라는 대목에서는 결정적으로 중요한 '대시'(성폭행)가 묘사되지 않고 '독일문학 사상 가장 유명한 대시'(—)로 대치된다. 이 상황이 어떠했을지는 나중에 F. 백작이 O. 후작 부인의 시골 저택을 찾아가 "넉살 좋게 (…) 후작 부인 옆에 걸터앉"아 "사랑스러운 허리를 팔로 부드럽게 감싸안"고 "후작 부인의 가슴에 뜨겁게 입을 맞"추는 장면에 이르러서야 짐작해볼 수 있다. 성폭행 장면과 마찬가지로 폭행범의 심리도 언급되지 않는다. 오로지 그의 몸짓과 표정을 통해 추정해볼 수 있을 뿐이다. 이를테면 F. 백작은 O. 후작 부인을 욕보인 뒤, "부리나케" 전투에 뛰어들며 연병장으로 돌아온 뒤에는 불길을 잡기 위해 "동에 번쩍 서에 번쩍" 하는데, 이는 그가 자신이 저지른 범행을 어떻게든 보상하려는 행동이라고 볼 수 있다. 얼마 뒤 "줄리에따! 이 총탄이 그대의 복수를 하는구려!"라는 전언을 통해서야 비로소 사건 전모가 확연해진다. 아울러 이런 간접적 서술과 묘사를 통해 적어도 백작은 "뼛속까지 뻔뻔스러운 자"가 아니며, 따라서 백작과 후작 부인 사이에 화해가 이루어질 것임을 예감할 수 있다.

이 소설의 가장 중요한 주제는 여성해방이다. O. 후작 부인은 남편이 사망한 뒤 "친정으로" 좀더 정확히 말하면 그녀의 아버지인 사령관 관저로 돌아온다. F. 백작이 그녀에게 구혼을 하자 그가 "마음에 들기도 하고 들지 않기도" 하다며 "다른 사람들은 어떻게 생각하느냐고" 묻는다. 그녀는 가족에게 전적으로 의존하고 있다. 하지만 아버지가 그녀를 쫓아내며 아이들을 두고 가라고 지시하자 태도가 달라진다. 후작 부인은 명령을 거부하고 아이들을 데리고 나온다. "이렇게 장하게 맞서는 가운데 자신의 참모습을 알게" 되고, "운명이 자신을 나락에 빠뜨렸지만 스스로의 힘으로 이 나락에서 홀연히 솟아나"온다. 이러한 자립적 행동에서 자의식이 생겨나며 이러한 자의식은 또다른 자립적 행동으로 이어진다. "내 앞갈망은 내가 한다는 뜻이 더욱 굳어지"자 그녀는 "저 기이한 호소를 M.시의 여러 신문에" 싣는다.

이 과정에서 시민사회의 부권이 신랄하게 비판된다. 19세기까지 부권은 가정에서나 법률적으로나 거의 절대적 권위를 유지했다. 계몽주의는 왕권과 귀족의 권위, 종교와 교회의 권위를 철저히 붕괴시켰지만, 가정에서의 부권에는 비교적 관대한 태도를 보였다. 계몽주의 희곡들에서 가부장적 아버지는 애정 어린 아버지로 교체됐다. 이 소설에는 두 유형의 아버지가 모두 등장한다. G. 대령은 딸의 임신을 알게 되자 가정의 폭군으로 표변한다. 딸을 집에서 추방하고 대화를 거부하며 총을 쏘고 아이들까지 빼앗으려 한다. 하지만 딸이 자기도 모르게 임신했다는 사실이 밝혀지자마자 감정에 휩싸인 아버지로 돌변한다. 흐느끼고 울부짖으며 딸에게 지나친 애정을 표시한다. G. 대령은 위기에서 중심을 잡고 이를 극복하기는커녕 상황에 따라 양극단적인 태도를 보임으로써 스스로 권위를 실추시킨다.

나아가 이 소설에서는 종교적 관념들도 넌지시 풍자된다. 이러한 비판은 후작 부인의 생각이나 그녀와 안목이 거의 같은 화자의 생각의 불합리성을 지적함으로써 이루어진다. 후작 부인이 도저히 설명할 수 없는 임신을 체념하듯 받아들이는 장면을 서술하며 화자는 이렇게 덧붙인다. "후작 부인의 이성은 이런 기이한 상황을 견뎌낼 수 있을 만큼 굳셌지만, 거룩하고 성스럽고 수수께끼 같은 세상 이치에는 순순히 따랐다." 하지만 그녀가 임신한 것은 기절했을 때 성폭행을 당했기 때문이지, "거룩하고 성스럽고 수수께끼 같은 세상 이치"와는 아무 관련이 없다. 후작 부인의 이런 태도는 인간이 현실에 적응하기 힘들면 종교적 관념으로 도피하는 성향을 드러낸다. 또한 O. 후작 부인은 F. 백작에게 구원을 받았을 때는 그를 "하늘에서 내려온 천사"처럼 여긴다. 그러다가 F. 백작이 신문 광고를 보고 아이의 아버지로서 눈앞에 나타나자 "나가요! 나가세요! 나가라고요! 저는 악당은 맞이할 각오가 되어 있어요, 하지만—악마는 안돼요!"라고 말하며, 액막이를 하듯이 성수까지 뿌린다. 후작 부인의 이런 행동은 인간이 감정에 휩쓸리면 공상에 빠지기 쉽고, 급기야 이를 절대화하여 천사와 악마라는 관념까지 만드는 것을 보여준다. 그렇지만 백작은 천사도 아니고 악마도 아니고 둘을 합쳐놓은 사람도 아니며 인간일 뿐이다.

마지막까지 남는 의문은 과연 O. 후작 부인은 자신이 어떻게 임신했는지 알았을까 하는 것이다. O. 후작 부인은 그녀의 "결백을 확신"하는 F. 백작이 "한마디만 비밀을 속삭이게" 해달라고 하자, "저는 아무것도 알고 싶지 않아요"라고 대꾸하고 백작을 힘껏 떠밀어내기까지 한다. 뭔가 짚이는 구석이 있기 때문에 이렇게 반발하는 것은 아닐까? 무의식적으로 뭔가 알고 있기에 이를 억지로 회피하려는 시도가 아닐까? 이에 대해 명료한 대답을 내릴 수는 없다. 한가지 명확한 것은 범인은 자신의 범행을 밝히려고 애쓰는데 피해자는 이를 계속 방해하는 데서 이 소설의 긴장감과 희극성이 발생한다는 것이다.

11. 「칠레의 지진」

이 소설은 아마도 1806년에 탈고되어, 1807년 9월 『교양계급을 위한 조간신문』에 「헤로니모와 호세파, 1647년 칠레의 지진의 한 장면」이라는 제목으로 연재되고, 1810년 9월 『소설집』 제1권에 「칠레의 지진」으로 수록된다. 제목뿐 아니라 조판도 바뀌는데, 초판에서는 서른한개였던 문단이 최종판에서는 세 문단으로 압축된다. 이렇게 세 문단으로 구분하는 것이 장소가 도시-골짜기-도시로 달라지고 시간이 낮-밤-낮으로 이어지며 지진-낙원-학살이 생겨나는 내용과도 부합한다.

이 소설의 시간적·공간적 배경은 1647년 5월 13일 발생한 칠레 대지진이지만, 이를 소재로 삼도록 영향을 미친 것은 1755년 11월 1일 뽀르뚜갈의 수도를 폐허로 만들었던 리스본 대지진이다. 유럽의 신학자들과 철학자들은 변신론(辯神論)과 낙관론을 두고 격론을 벌였다. 볼떼르는 지선한 창조주가 참혹한 재앙을 어떻게 허용할 수 있는지 의문을 제기하며, "이 세계는 모든 가능한 세계 가운데 가장 좋은 세계"라는 라이프니츠(1646~1716)의 생각도 조롱한다. 이에 맞서 루쏘는 자연재해는 신의 의도와 아무 관련이 없고 설령 관계가 있다 할지라도 인간은 이를 인지할 수 없다고 주장한다. 칸트도 "신의 의지를 통찰하려 하고 이 통찰에 따라 해석하려 드는 건방지고 주제넘은 처사"에 반대하며, "인간은 신이 세계를 통치하면서 목표로 삼는 의도를 알아내려 하면 어둠 속을 헤맨다"라고 덧붙인다.

클라이스트도 「칠레의 지진」을 통해 이러한 논쟁에 뛰어든다. 지진이 선악과 유무죄를 가리지 않고 수천명의 생목숨을 앗아가는 데서 이미 변신론과 낙관론은 근거를 잃는다. 아울러 등장인물들은 신의 의도를 근거로 들어 사건을 해석하려 들지만 사실은 저마다의 이해나 체험의 한계에 사로잡혀 있음이 드러난다. 의전 신부는 신학을 앞세워 지진을 죄인에 대한 징벌이라고 간주하는 반면, 사형 선고를 받고 처형을 앞두고 있던 두 연인은 지진 덕택에 생명을 구하자 이를 하느님의 은총이라고 여긴다.

한편 클라이스트의 동시대인들은 프랑스혁명을 지진에 비유하곤 했다. 이 소설에서도 자연재해가 기존 체제의 전복을 은유한다. "세상은 완전히 뒤집어"진다. 국가 및 종교 기관뿐만 아니라 권문세가까지 파괴된다. 호세파는 "대성당 돌더미 아래서 방금 끄집어 올린 대주교의 으스러진 주검"과 마주치고, "총독 궁성은 가라앉"고, "재판소는 불타"오르며, "호세파 아버지의 집터에는 방죽이 생"긴다. 생존자들은 성 밖으로 피난한다. 사회질서가 붕괴된 뒤 루쏘가 말한 유토피아적 자연상태가 찾아온다. 사회 불평등의 간극이 해소되고 신분 차이가 철폐되며, 우애의 이상과 인간애의 희망이 실현될 듯 보인다. 그러나 클라이스트는 프랑스혁명이 실패했다고 여긴다. 엄청난 파괴와 수많은 목숨을 대가로 기존 질서를 뒤엎고 진정으로 인간적인 사회를 세우는 듯 보이지만, 이는 한순간의 막간극에 그칠 뿐이다. 다시금 기존 권력이, 특히 교회가 영향력을 행사하여 인간들에게 비인도적 행동을 하도록 사주한다.

클라이스트는 혁명에 대해 비관적으로 생각하지만 혁명적 관점에서 사회비판과 도덕비판을 시도한다. 이 소설에서 사회의 죄악은 재산과 신분에 대한 집착에서 생겨난다. 싼띠아고에서 제일가는 "갑부인 귀족" 돈 아스떼론의 딸과 에스빠냐의 가난한 가정교사가 사랑에 빠지자, 돈 아스떼론의 "콧대 높은" 아들은 탐욕과 오만에 사로잡혀 이를 일러바치고, 돈 아스떼론은 노발대발하여 호세파를 수녀원으로 보낸다. 호세파는 이곳에서 인간의 자연스러운 천성인 성적 욕구를 억압하도록 강요받으며, 이 금기를 깨뜨리자 도덕의 이름으로 단죄받는다. 싼띠아고의 "귀부인들과 처녀"들은 호세파가 화형에서 참수형으로 감형되자 "엄청난 분노"를 표출한다. 하지만 "신앙심 깊은 처녀들은 친구들을 불러모아 하느님이 징벌을 내리는 장면을 끼리끼리 모여 지켜보려"는 비인간적 행위를 서슴지 않는다. 마지막 장면에서 돈 페르난도는 이와 전혀 다른 태도를 보인다. 그는 "내 일행이 부당한 일을 당하는 것을 보고만 있느니 차라리 죽겠소"라고 말하며 "호세파에게 팔을 내민"다. 인간적인 도움을 베풂으로써 집단광기에 사로잡힌 군중에 맞선다. 그리하여 극한상황에서도 인간의 가치를 입증하는 영웅적 인물이 된다.

하지만 이 소설은 비관론에 젖어 있다. 첫 부분과 마지막 부분이 자연재해와 인간폭력으로 빚어진 현실을 그리고 있다면, 중간 부분은 유토피아적 낙원을 보여주는데, 이곳은 "에덴의 골짜기라도 되는 듯"하며 여기에서는 "재난을 다 함께 겪다보니 살아남은 사람들 모두가 한 가족이 된 것 같"다. 바로 이 "……인 것 같다"는 표현은 천국 같은 상황이 현실이 아니라 소망일 뿐임을 나타낸다.

소설의 맨 마지막에 돈 페르난도와 돈나 엘비라는 호세파와 헤로니모의 아들인 필리뻬를 양자로 맞아들여 새로운 가족을 구성한다. 혈연으로 맺어진 가족에서는 호세파의 오빠가 여동생을 밀고하고 헤로니모의 아버지가 아들을 살해하지만, 이제 인간애로 맺어진 가족이 생겨나며 "돈 페르난도는 (…) 왠지 기뻐해야 할 것만 같은 느낌이 든"다—그런데 왜 "…… 것만 같은 느낌이 들"까? 클라이스트는 여러해 뒤 「주워온 자식」에서 부동산업자 삐아끼와 그의 아내 돈나 엘비라가 양자로 맞이한 니꼴로의 운명을 그린다.

12. 「싼또도밍고 섬의 약혼」

이 소설은 1811년에야 탈고되어, 3월부터 4월까지 베를린의 『프라이뮈티게』 잡지에, 7월에는 빈의 『자믈러(Der Sammler)』 잡지에 「약혼」이라는 제목으로 연재되며, 8월 초 클라이스트의 『소설집』 제2권에 수록되지만, 1802년 초 이미 구상되었던 것으로 추측된다. 소설의 남자 주인공 구스타프 폰 데어 리트와 친척 슈트룀리 일가의 국적이 스위스일 뿐만 아니라, 그동안 연구에서 밝혀진 바에 따르면 1802년 초 클라이스트가 스위스 툰 근처 섬에 세냈던 집의 주인 니클라우스 가체트의 동생이 프랑스-스위스 지원군의 일원으로 싼또도밍고 섬에 파견되어 그곳에서 전사했다고 한다. 클라이스트는 1807년 전쟁포로로 포르드주에 몇달 동안 수감되어 있는 동안 소설의 역사적 배경인 아이띠 혁명에 대해서도 상세히 알게 되었으리라 추정된다. 이곳에서 아이띠 혁명의 지도자 뚜생 루베르뛰르(1743~1803)가 1803년 옥사했기 때문이다.

이 소설의 화자는 백인과 흑인의 전쟁을 묘사하면서 흑인은 살인자이고 백인은 희생자라는 명료한 평가를 내리고 있는 듯하다. "꽁고 호앙고라는 한 무시무시한 늙은 흑인"은 흑인 봉기가 일어나 배은망덕하게도 백인 주인 기욤 드 빌뇌브 씨를 총살할 뿐 아니라, 동거하는 물라또 바베깐과 그 딸 메스띠소 또니를 이용하여 백인 피난민들을 유인하고 살해한다. 하지만 누가 피해자이고 누가 가해자인지 금세 모호해진다. "아프리카 황금해안 태생"의 호앙고는 백인들이 자신을 고향에서 끌고 온 "횡포"를 한시도 잊지 못한다. 바베깐은 베르트랑 씨가 또니의 아버지임을 부인하자 빌뇌브 씨의 명령으로 "예순번 채찍질"을 당하고 그뒤 부족증에 시달린다. 흑인들은 복수심을 품을 만한 까닭이 있는 것이다.

어린 또니는 혈통상 4분의 3의 백인이지만 어머니 바베깐에게 백인에 대한 증오를 물려받는다. 그녀는 얼굴색이 검다기보다 "살구색이 돌았으므로" 백인들을 유혹하는 도구로 쓰인다. 하지만 구스타프 폰 데어 리트와 만나자마자 "너는 누구냐?"라는 질문을 받으며 자신의 정체성을 찾아간다. 또니에게는 두가지 모델이 제시된다. 하나는 백인 주인에게 죽음을 안기는 흑인 노예이고 다른 하나는 구스타프의 생명을 구하는 마리안 꽁그레브이다. 그녀는 지금까지는 '흑인 창녀'와 다름없이 처신했다면 이제부터는 '백인 성녀'와 똑같이 행동한다. 꼭두각시처럼 움직이는 살인공범이었다가 영웅적 용기를 떨치는 생명의 구원자로 변신한다.

이러한 정체성 변화의 결정적 전환점은 사랑이다. 사랑 앞에서는 흑인사회의 어떤 금기도 두렵지 않다. 그녀는 낯선 사내의 품에 두번째 안긴 뒤 목숨을 잃을 위험을 무릅쓰고 그와 살을 섞는다. 이제 또니는 구스타프의 약혼녀가 되었다고 믿는다. 구스타프에게는 그녀의 피부색이 "못내 거슬"릴 뿐인데도 바베깐에게 "저는 백인이에요"라고 선언한다. 하지만 이렇게 새로운 정체성을 얻음으로써 그녀는 백인사회의 규범에 빠져든다. 남성이 지배하는 이 사회에서는 여성은 희생적 역할을 강요받는다. 마리안은 죽음을 통해 "선이란 무엇인지, 고결함이란 무엇인지 오롯이" 보여준다. 마찬가지로 또니도 구스타프를 머리카락 한 올이라도 다치게 하느니 "목숨을 열번이라도 바치"려 한다.

구스타프는 매우 경솔한 인물로 그려진다. '흔들리는 갈대'란 뜻의 그의 성(姓) '리트'에서부터 그의 성격이 암시된다. 그는 "경솔"한 행동 탓에 마리안 꽁그레브를 단두대에서 처형되게 만든다. 자신을 해치려는 바베깐의 말은 믿으면서도 자신을 구하려는 또니의 말은 들으려 하지도 않음으로써, 또니마저 죽이고 만다. 또니는 숨을 거두면서 이렇게 말한다. "당신은 저를 의심하지 말았어야 했는데!"

구스타프와 달리 호앙고는 또니를 신뢰한다. 바베깐의 고자질을 듣고서도 또니가 배신할 리 없다고 여긴다. 그녀가 구스타프의 방에서 나오는 것을 보자 당황하면서도 변명할 기회를 준다. 이는 구스타프가 또니를 보자마자 다짜고짜 권총을 발사한 것과 대조된다. 또한 호앙고는 슈트룀리 씨에게 인질로 붙잡힌 어린아이들을 살리기 위해 슈트룀리 씨 일가를 공격하지 않는다. 이를 고려하면 흑인 호앙고와 백인 슈트룀리 씨 중 누가 더 "무자비"한지 알 수 없다.

이 소설에서는 처음에 분명해 보였던 이분법적 도식이 가면 갈수록 혼란스러워진다. 그리하여 독자는 인종문제와 여성의 역할에 대해 다시 한번 숙고하게 된다. 특히 "백인들이 예전에 아무리 횡포를 부렸더라도 이렇게 비열하고 추악하게 배신해서는 안돼"라는 구스타프의 흑인혁명에 대한 편견과 또니가 "부모도 재산도 다 버리"고 자신을 희생함으로써 "아름다운 영혼"을 얻었다는 화자의 칭송에 의심을 품지 않을 수 없다.

13. 「로까르노의 거지 노파」

이 소설은 1810년 10월 11일 『베를린 석간신문』에 처음 발표되었으며 그뒤 『소설집』 제2권에 수록되었다. 언뜻 보기에 죄를 지으면 벌을 받는다는 교훈을 담은 '낭만적 유령 이야기'인 듯하지만, 당대의 사회현실을 비판하면서 귀족계급의 몰락을 예언하고 있다.

18세기 중엽부터 프로이센의 인구는 약 350만명에서 620만명으로 급증했다. 하지만 일차산업 생산은 더디게 증가하여 국민들은 빈곤에 시달렸다. 1801년부터 1805년까지의 흉작은 그렇잖아도 기근에 허덕이던 농노계급을 더없이 비참한 처지에 빠뜨렸다. 1807년 시작된 프로이센 경제개혁은 농노해방을 실시하면서 귀족들에게 극빈농노의 구호의무를 면제시켰다. 이러한 역사적 상황은 세 인물에 반영되어 있다. 거지 노파는 아무런 구호도 받지 못하고 떠돌아다니며 구걸 행각을 한다. 후작 부인은 빈자구호가 이제 개인의 온정에 맡겨진 시대에 그나마 노파에게 동정을 베푼다. 하지만 후작은 봉건귀족의 사냥특권을 상징하는 "엽총"을 내려놓으며 제멋대로 명령을 내린다.

후작은 자신의 횡포 탓에 노파가 죽은 줄은 꿈에도 모르며, 이 범죄 때문에 법적 처벌을 받지도 않는다. 하지만 역사가 부단히 진행하면서 귀족의 쇠락이 시작된다. 여러해 뒤에 "전쟁과 흉작"으로 거지 노파만 구걸 행각을 하는 게 아니라 귀족도 "재정 상태가 악화"되어 근대 자본주의에 동화해야 한다. 후작은 지금까지 성에서 농노들에게 거둔 세금과 공물로 생활했으나, 이제 성을 신흥자산가인 "피렌쩨의 한 기사"에게 "거래"를 통해 매각하고자 한다. 그러나 그의 계획은 좌절된다. 귀족계급에게 대대손손 생활기반을 제공했음에도 개혁정책 뒤에는 구호조차 받지 못했던 농노계급이 "알 수 없는 유령 같은 소리"로 권리를 주장하고 나서기 때문이다. 후작은 "칼과 권총"을 들고 귀족의 또다른 특권인 결투를 벌여 이 "소름 끼치는 소리"를 몰아내려 한다. 하지만 촛불을 환히 밝혀도 유령은 눈에 보이지 않고, 후작은 "게 누구냐?"라고 외치지만 끝내 정체를 알아채지 못한다. 소설의 마지막에 후작의 "허옇게 불탄 유골"이 그가 "로까르노의 거지 노파에게 일어나라고 호통쳤던" 방에 놓임으로써 농노계급을 억압한 결과 귀족계급이 붕괴되는 인과관계가 분명히 드러난다.

14. 「주워온 자식」

이 소설은 1811년 『소설집』 제2권에 처음 수록되었다. 「칠레의 지진」에서 돈 페르난도와 돈 엘비라가 필리뻬를 양자로 맞아들였듯 여기서는 삐아끼와 엘비라가 니꼴로를 입양하고, 「O. 후작 부인」에서는 F. 백작이 구원자이자 유혹자를 한 몸에 체현한다면 여기서는 파괴자 니꼴로가 구원자 꼴리노의 분신으로 등장한다.

소설의 화자는 등장인물들에 대해 명료한 평가를 내리는 듯 보인다. 삐아끼는 "마음씨 착한 노인" "고지식한 아버지" "가엾은 사내"라고 일컬어진다. 엘비라는 그의 "젊고 아름다운 아내" "갸륵하고 훌륭한 아내"로서 "곱고 여린 마음" "순수한 마음"을 가지고 있다고 이야기된다. 반면 니꼴로의 "뒤틀려 있던" 마음은 엘비라에 대해 "음흉한 기대"와 "망측한 희망"을 품고, "추잡한 열정"에 사로잡혀 "사탄의 계략"을 꾸미며, 이 "야비한 아들"은 마침내 "지옥에서 온 악당"이 된다. 따라서 예전에는 이 소설을 천성이 사악한 한 인간이 고결하고 선량한 인간들을 파멸시키는 이야기라고 해석하는 게 일반적이었다.

하지만 최근에는 니꼴로의 성장과정을 예의주시하여 그를 변호하는 주장도 설득력을 얻고 있다. 니꼴로는 한 인격체로 인정받지 못하고 대리인 역할만을 한다. 빼아끼는 그를 "아들 대신" 집으로 데려오며 엘비라는 그에게 "빠올로가 쓰던 침대"와 "옷가지를 남김없이 물려"준다. 빼아끼는 그를 사무원 "대신" 사무실에 들어앉히고 사업에서 자신을 대리하게 한다. 아울러 니꼴로는 사회에 유용한 일원이 되도록 양육된다. 학교에 들어가 "쓰기, 읽기, 산수를 배우"고, 사무실에 앉아 "복잡한 업무를 떠맡아 열정을 다해 흠잡을 데 없이 처리하"고, 정욕을 잠재우기 위해 꼰스딴짜 빠르께와 결혼하고, 마침내 빼아끼의 "전재산"의 상속자가 된다.

이 과정에서 니꼴로는 "광신"에 열 올리고 "여자"를 밝히는데, 이는 억압적 교육에 대한 일종의 반항으로서, 애정결핍을 달리 충족시키는 행위라 볼 수 있다. 가정환경마저 기묘하다. 빼아끼와 엘비라 부부는 나이 차이가 33세가 나며, 아마도 성관계가 없는 듯하다. 그뿐 아니라 엘비라는 죽은 꼴리노를 병적으로 사랑하고 숭배하고 있다. 사회환경은 더욱 열악하다. 까르멜 수도원 수사들은 니꼴로가 상속받을 재산에 눈독 들이며, 사비에라 따르띠니는 열다섯살밖에 되지 않은 니꼴로를 유혹한다.

니꼴로는 카니발에서 돌아오던 밤 엘비라가 의자에서 떨어지는 것을 보고, 자신이 양어머니에게 열정을 불러일으켰다고 믿는다. 자신이 사랑받고 있다고 여기고, 엘비라와의 사랑을 통해 대역에서 벗어나 한 인격체로 새로이 태어나기를 희망한다. 하지만 니꼴로는 꼴리노와 외모가 "영락없이 닮아 있었"고 철자 위치를 바꾸면 이름이 같아질 뿐이다. 니꼴로는 모든 게 착각이었음이 밝혀지자 더없이 실망하여 "사탄의 계략"을 꾸민다. 유사성과 치환성을 십분 활용하여 일종의 복수를 감행한다. 지금까지는 대역을 강요받았다면 이제 스스로 꼴리노의 분신이 되어, 아버지의 부인을 넘보고 재산까지 가로채는 "따르뛰프" 배역을 수행한다.

물론 니꼴로를 칸트가 말한 "인간의 척도를 넘어서는 절대악"이라 여기는 견해도 아직 많다. 하지만 클라이스트는 「주워온 자식」을 쓰기 십년 전에 약혼녀 빌헬미네 폰 쳉게에게 이렇게 편지한 바 있다. "무엇이 악이지요? 절대악이지요? 세상일은 수없이 얽히고설켜 있어요. 한 행동은 수많은 다른 행동을 야기하고, 가장 나쁜 행동이 가장 좋은 행동을 낳는 일도 종종 있어요—말해봐요. 이 세상에서 누가 악한 짓을 저질렀지요? 영원히 악한 일로 남을 짓을 저질렀지요……?"

15. 「성 체칠리아 또는 음악의 힘」

클라이스트는 친구 아담 뮐러의 딸 체칠리에가 1810년 11월 16일 세례를 받을 때 "세례선물"로 이 소설의 초판을 구상하여 『베를린석간신문』에 발표했으며, 이를 증보 개작하여 『소설집』 제2권에 수록했다. 흥미로운 사실은 아담 뮐러가 1805년 가톨릭교로 개종했는데도 딸 체칠리에를 당시의 유명한 개신교 목사에게 세례받게 했다는 것이다. 따라서 이 소설은 '개종을 희화'한 것으로 읽어야 한다는 견해도 있다.

아무튼 개신교와 가톨릭교의 대결 및 개종이 이 소설의 역사적 배경을 이룬다. 종교개혁의 발원지 비텐베르크에서 온 대학생들은 아헨의 성 체칠리아 수녀원 성당에서 성상파괴운동을 일으키려 한다. 하지만 개신교 광신도 패거리는 성당에서 연주되는 음악에 압도되고, "음악의 힘"은 주동자인 네 형제를 사로잡아 강제로 개종시킨다. 이들은 정신이 이상해져 자정만 되면 「대영광송」을 부르며 평생을 보낸다. 마지막에는 이들의 어머니도 "가톨릭교회의 품에 귀의"한다.

그러나 이 경이로운 사건에 대한 의문이 금세 일어난다. 수녀원이 "종교의 승리"를 거둔 지 반세기만에 "국가에 귀속"되었다는 사실이 초판에서 두번이나 언급되기 때문이다. 이러한 의혹이 더욱 굳어지는 것은, 초판의 마지막에서 트리어의 대주교는 보고만 듣고 성 체칠리아 당신이 기적을 일으켰다는 "말"을 하며, 교황은 여러해 뒤 이를 추인하지만, 이 사건을 가장 가까이에서 체험한 수녀원장은 이런 사실을 알릴 수 없는 "이런저런 이유"가 있다고 서술되는 까닭이다. 그녀는 성 체칠리아의 기적을 믿지 않는 것이다.

증보판에서는 이 사건을 전설화하는 과정이 체계적으로 묘사된다. 육년 뒤 네 형제의 어머니가 마치 탐정처럼 사건 전모를 파악하러 아헨에 도착한다. 그녀가 포목상 파이트 고트헬프와 수녀원장을 찾아가자, 파이트 고트헬프 씨는 "하늘이 경건한 수녀원에 성스러운 가호를 베푼 게 아닌가 싶습니다"라고 추정하고, 수녀원장은 초판에서와 달리 "하느님 당신"이 수녀원을 지켜주셨다고 주장한다. 수녀원장은 이렇게 덧붙인다. "트리어 대주교님도 이 사건을 보고받고, 다른 말로는 이 일을 설명할 수 없다며 이렇게 말씀하셨습니다. '성 체칠리아 당신이 이 무서우면서도 영광스러운 기적을 행하셨도다.’ 교황님도 이 말을 추인하는 교서를 저에게 방금 보내오셨습니다.” 이는 막연한 추측에서 확고한 단언을 거쳐 교회의 비준에까지 이름으로써 진행되는 전설화 과정을 여실히 보여준다.

이 과정에서 파이트 고트헬프 씨는 사실을 왜곡한다. 네 형제의 끔찍한 노랫소리에 “집의 기둥들이 흔들거렸”다고 공상을 펼치면서도 “부인께 장담하거니와”라는 말에서 알 수 있듯 실제로 그랬다고 여긴다. 수녀원장은 ‘설명할 수 없는 일을 설명하기 위해’ 근거를 조작한다. 이를테면 “이튿날 아침 수녀원 집사와 다른 여러 종복이 입회한 가운데 한 증언을 듣고 이를 문서로 기록했습니다”라고 말한다. 직접 증인은 제시하지 못하고 수녀원 집사와 종복들을 간접 증인으로 내세운다. 그렇지만 이들의 증언은 사실상 증거로서 효력이 없고 문서로 기록했다는 것도 소문을 생산한 데 지나지 않는다.

이 소설의 제목은 ‘성 체칠리아 또는 음악의 힘’이다. 그래서 이 소설은 처음에는 성 체칠리아가 음악의 신비로운 힘으로 수녀원을 구한 이야기로 읽을 수 있을 듯 보인다. 하지만 소설을 다 읽은 뒤에는 양자택일을 해야 한다. 이 경이로운 사건을 일으킨 것은 성 체칠리아인가, 아니면 음악의 힘인가?

16. 「결투」

클라이스트는 1811년 2월 20~21일에 『베를린 석간신문』에 「기이한 결투 이야기」라는 일화를 발표했으며, 이를 증보 개작하여 『소설집』 제2권에 수록했다.

이 소설은 처음에는 ‘살인 추리소설’로 시작한다. 빌헬름 폰 브라이자흐 공작이 화살에 피살되자 공작 부인은 공국 왕위계승 문제를 해결한 뒤 재상 고트빈 폰 헤르탈 경과 함께 범인 색출에 나선다. 암살에 사용된 화살촉을 물증으로 공작의 동생 야코프 로트바르트 백작이 용의자로 지목된다. 이러한 수사결과에 공작 부인은 기이하게도 못마땅한 반응을 보인다. 백작은 공작 부인의 공정한 판단을 믿는다며 공국 법정에서 재판받기를 고집한다. 하지만 공작 부인은 사건에서 손을 떼고 소송 전체를 황제에게 넘긴다. 황제가 소집한 법정에서 백작은 사건 당일 자신의 알리바이를 주장한다.

"여기서 독자 여러분이 알아둬야 할 사실은"이라는 말과 함께 갑작스럽게 이 소설은 '애정소설'로 바뀌고 등장인물도 달라진다. 태수 빈프리트 폰 브레다 경의 아름다운 딸인 비티프 리테가르데 폰 아우어슈타인 부인은 수많은 구애자를 두고 있는데, 그녀를 남달리 숭배하던 로트바르트 백작은 공작의 피살 당일 브레다 성에서 그녀와 함께 있었다고 진술하며 그녀에게 받은 반지를 증거로 제시한다. 이 미망인은 황제의 법정에 소환받고, O. 후작 부인처럼 가족의 박대에 시달리며 자신의 결백을 입증해야 한다. 이를 위해 리테가르데 부인은 누구보다 사랑했던 궁내시종 프리드리히 폰 트로타 경을 찾아가 도움을 청한다.

여기서부터는 '결투 이야기'가 시작된다. 법정이 로트바르트 백작의 알리바이를 인정하고 백작에 대한 공소취하를 결정하려 할 때, 트로타 경은 로트바르트 백작에게 결투를 신청하여, 리테가르데 부인의 결백을 "하느님의 판결"을 받아 입증하고자 한다. 이 이야기에서는 두 투사의 싸움뿐 아니라 관중의 반응까지 상세하게 묘사된다. 트로타 경은 결투가 시작되자마자 로트바르트 백작에게 부상을 입히지만 박차를 잘못 밟았을 때 백작의 야비하고 기사답지 못한 공격을 받고 쓰러진다. 그리하여 리테가르데 부인은 "죄가 있으면서도 하느님의 판결에 호소"한 죄목으로 감옥에 갇히며, 트로타 경도 감옥으로 옮겨져 "당시 법률에 따라 결투가 벌어진 바로 그 장소에서 치욕스럽게 화형당하는 선고"를 받는다.

감옥에서 트로타 경 가족과 리테가르데 부인이 주고받는 대화에서는 '신의 판결 해석'을 두고 긴 논의가 벌어진다. 신의 판결의 해독 가능성에 관한 해석학적 문제가 유일한 관심사로 떠오른다. 결투에서 입은 상처로 곧 죽을 것이라 생각했던 트로타 경은 건강을 회복하고 가벼운 부상을 입었던 로트바르트 백작은 악성 화농증으로 목숨을 위협받자, 백작 자신도 신의 판결을 반추한다. 리테가르데와 함께 밤을 보냈다는 법정 진술이 거짓이 아님을 성체를 두고 맹세하면서도, 혹시 "누군지 모르는 제삼자"에게 속은 것은 아닌지 생각한다.

"여기서 독자 여러분이 알아둬야 할 사실은"이라는 말이 다시금 나오면서 소설은 이제 '유혹 및 기만 이야기'로 바뀌고, 리테가르데 부인의 몸종 로잘리에와 로트바르트 백작이 주역을 맡는다. 암살 사건 당일 백작을 브레다 성으로 유인하여 "이 나이에 이런 귀부인을 정복했다는 희열에 도취"하게 만들었던 것은 다름 아니라 로잘리에이다. 이 몸종은 리테가르데의 반지를 후무려두었다가 백작에게 정표로 주고, 백작이 이에 대한 답례로 보낸 반지를 교묘하게 가로챈다. 이 반지를 물증으로 몸종이 백작에게 썼던 모든 속임수가 남김없이 밝혀지자, 백작은 "이제 됐소! (…) 햇빛을 바라보기도 지긋지긋하오! (…) 정의로운 일을 하나라도 하고 죽어야겠소!"라고 말하고, 브라이자흐 공작 살해를 자백하기에 이른다.

모든 전말이 "백일하에" 밝혀진 듯한 바로 이 순간 수수께끼 같은 이야기가 추가된다. 오랫동안 등장하지 않았던 공작 부인이 갑작스럽게 이런 기억을 떠올린다. "아, 제 남편인 공작이 의심했던 그대로군요! (…) 임종 순간에 헐떡거리며 이런 사실을 귀띔했는데, 당시 저는 그 말을 제대로 알아듣지 못했어요." 아마도 공작은 공작 부인의 팔에 안겨 죽으면서 숨넘어가는 소리로 '로트바르트'라고 살인자의 이름을 말했을지 모른다. 공작 부인은 이런 중요한 사실을 왜 지금까지 숨기고 있었을까?

이 소설은 부연과 삽입을 통해 의문을 한없이 증폭시키고 상황을 끝없이 반전시킨다. 사건 진행을 예상할 수 없으며, 때로는 전화위복이 되기도 한다. 이를테면, 로트바르트 백작은 리테가르데 부인을 곤경에 빠뜨리지만 이 덕택에 리테가르데 부인은 수녀원으로 들어가지 않고 트로타 경과 맺어진다. 인간의 운명은 우연에 휩쓸리는 듯 보인다. 그러나 모든 사건을 일으키는 동기는 인간의 탐욕이다. 야코프 로트바르트 백작은 빌헬름 폰 브라이자흐 공작과 카타리나 폰 헤어스브루크 백작 부인의 결혼을 "신분"에 맞지 않는다고 비난하지만, 사실은 이로 말미암아 자신의 왕위계승권을 잃게 되기 때문이다. 리테가르데 부인의 오빠들은 가족의 "명예"를 지켜야 한다며 그녀를 내치지만, 기실은 그녀가 상속받을 재산이 탐나기 때문이다.

이 소설은 우연성을 절대화하는 것을 경고한다. 제비뽑기나 다름없는 결투를 "하느님의 판결"로 여기는 것을 문제 삼는다. 애초에 사건을 미궁에 빠뜨린 것은 하늘의 섭리가 아니라 몸종의 간계이듯, 그 진상을 드러내는 것도 "하느님의 판결"이 아니라 몸종의 자백이다. 그런데도 황제는 결투제도를 어떻게든 살려보려는 취지로 "결투를 통해 죄가 그 자리에서 백일하에 밝혀질 것이라고 쓰여 있는 모든 규약에" "그것이 하느님의 뜻이라면"이라는 말을 삽입하게 한다. 그런데 인간이 어떻게 하느님의 뜻을 알 수 있단 말인가? 이 추가 문구는 결과적으로 결투제도를 무효화하는 것이나 다름없다.

번역 판본으로는 Heinrich von Kleist, *Sämtliche Werke und Briefe. Münchner Ausgabe*. Band II. Auf der Grundlage der Brandenburger Ausgabe hrsg. von Roland Reuß und Peter Staengle(München: Hanser 2010)을 사용했다.

황종민(독문학자)

작가연보

1777년 10월 18일 브란덴부르크 주의 프랑크푸르트(오더)에서 프로이센 장교 요아힘 프리드리히 폰 클라이스트(1728~88)와 그의 두번째 아내 율리아네 울리케 폰 판비츠(1746~93)의 장남으로 출생. 신학자이자 후일 프랑크푸르트 중등학교 교장이 된 가정교사 크리스티안 에른스트 마르티니(1762~1833)에게 개인교습.

1788년 6월 18일 아버지 사망. 베를린에서 자무엘 하인리히 카텔(1758~1838)에게 교육받음.

1792년 6월 1일 포츠담 근위연대 제3대대에 입대. 6월 20일 프랑크푸르트(오더)에서 견진성사.

1793년 2월 3일 어머니 사망. 3월 초 프랑크푸르트암마인으로 출발하여 대프랑스 동맹전쟁에 출정한 근위연대에 합류. 4월부터 6월까지 마인츠 공성전, 9월 피르마젠스 전투 참전. 11월 카이저스라우터른 전투 참전.

1794년 5월부터 7월까지 트리프슈타트와 카이저스라우터른의 여러 전투에 참전.

1795년 4월 프로이센과 프랑스 바젤 평화조약 체결. 7월 11일 근위연대와 함께 포츠담으로 귀환.

1797년 3월 7일 소위 진급.

1798년 오토 아우구스트 륄레 폰 릴리엔슈테른(1780~1847)과 함께 수학과 철학 공부. 6월 륄레 등과 함께 방랑악단을 만들어 하르츠 여행. 프로이센 왕비 루이제와 가깝게 지내던 마리 폰 클라이스트(1761~1831)와 친교.

1799년 4월 4일 군대 전역. 4월 10일 프랑크푸르트(오더) 대학에 등록. 물리학, 수학을 공부. 철학, 문화사, 자연법 수강.

1800년 연초 프랑크푸르트(오더)의 장군의 장녀였던 빌헬미네 폰 쳉게(1780~1852)와 (비공식) 약혼. 여름 3학기 만에 학업을 중단하고 뷔르츠부르크로 여행. 이마누엘 칸트와 장자끄 루쏘의 철학에 심취.

1801년 봄, 이른바 '칸트 위기'. 7월부터 11월 말 누이 울리케와 함께 프랑스 여행. 12월 말 바젤로 출발.

1802년 10월까지 스위스 체류. 1월 말부터 4월 초까지 툰에 거주하면서 문학활동 시작. 5월 빌헬미네 폰 쳉게와 파혼. 11월에서 12월까지 바이마르 체류. 11월 처녀작 「슈로펜슈타인 일가」 익명으로 출간.

1803년 1월부터 2월까지 바이마르 근교 크리스토프 마르틴 빌란트의 집에 머묾. 4월부터 7월까지 드레스덴 체류. 친구 에른스트 폰 푸엘

(1779~1886)과 함께 드레스덴을 출발하여 10월까지 베른, 툰, 밀라노, 제네바, 빠리 여행. 9월 말 스위스 툰에서 「로베르 기스카르」 집필 포기. 10월과 11월 나뽈레옹군에 입대 지원. 12월 말 마인츠에서 병으로 쓰러져 의사이자 작가였던 게오르크 베데킨트(1761~1831)에게 치료받음.

1804년 1월 전 약혼녀 빌헬미네 폰 쳉게가 빌헬름 트라우고트 크루크와 결혼. 그라츠에서 「슈로펜슈타인 일가」 초연. 5월 3일 베를린으로 귀환. 국가공무에 지원.

1805년 1월부터 4월까지 경제장관 카를 폰 슈타인 춤 알텐슈타인 남작(1770~1840) 휘하에서 근무. 5월부터 동프로이센의 쾨니히스베르크 국유지 관리청에 파견 근무. 쾨니히스베르크 대학에서 크리스티안 야코프 크라우스(1753~1807) 교수의 재정학 및 국가학 강의 수강.

1806년 8월 국가공무 휴직 신청. 10월 14일 예나와 아우어슈테트에서 프로이센군이 나뽈레옹군에게 패전.

1807년 1월 베를린에서 스파이 혐의로 체포되어 7월까지 프랑스령 쥐라의 뽕따를리에 근교 포르드주와 샤를롱쉬르마른에 수감. 5월 「암피트리온」 드레스덴에서 출간. 8월 말 드레스덴에 도착. 9월 「칠레의 지진」을 「헤로니모와 호세파, 1647년 칠레의 지진의 한 장면」이란 제목으로 발표. 12월 「펜테질레아」 탈고.

1808년 1월 드레스덴에서 철학자이자 국가이론가 아담 뮐러(1779~1829)와 함께 예술잡지 『푀부스』를 창간하여 1809년 3월 중순까지 발행. 이 잡지에 「펜테질레아」 「깨진 항아리」 「기스카르」 「케트헨 폰 하일브론」 「미하엘 콜하스」의 미완성판과 「O. 후작 부인」의 초판 발표. 3월 바이마르에서 괴테의 연출로 「깨진 항아리」 초연.

7월 낭만주의자 루트비히 티크(1773~1853)와 친분. 「펜테질레아」 완성판 출간. 8월 「케트헨 폰 하일브론」 탈고.

1809년 4월 말부터 10월 초까지 오스트리아, 특히 프라하에서 체류. 11월 프로이센으로 귀환.

1810년 2월부터 1811년 11월 사망할 때까지 베를린 체류. 3월 「케트헨 폰 하일브론」 빈에서 초연. 9월 『소설집』 제1권 출간(「미하엘 콜하스」 「O. 후작 부인」 「칠레의 지진」 수록). 「케트헨 폰 하일브론」 출간. 10월 1일부터 베를린 최초의 일간신문 『베를린 석간신문』 발행(이 신문에 수많은 일화, 「인형극에 관하여」 등의 논문, 시, 「로까르노의 거지 노파」 「성 체칠리아 또는 음악의 힘」의 초판 등을 발표).

1811년 베를린 낭만주의자 아힘 폰 아르님(1781~1831), 클레멘스 브렌타노(1778~1842), 라헬 레빈(1771~1833) 등과 교류. 2월 초 「깨진 항아리」 출간. 3월 30일 『베를린 석간신문』 폐간. 3월부터 4월까지 「싼또도밍고 섬의 약혼」을 「약혼」이라는 제목으로 베를린의 『프라이뮈티게』 잡지에 연재. 6월 말 「홈부르크 공자」 탈고. 2권 분량의 장편소설 작업. 8월 초 『소설집』 제2권 출간(「싼또도밍고 섬의 약혼」 「로까르노의 거지 노파」 「주워온 자식」 「성 체칠리아 또는 음악의 힘」 「결투」 수록). 9월 프로이센군 재입대 청원. 11월 21일 오후 4시경 헨리에테 포겔(1780~1811)과 함께 반제 호수에서 권총 자살.

1820년 「깨진 항아리」 함부르크에서 최초로 성공적 공연.

1821년 루트비히 티크가 『하인리히 폰 클라이스트 유고집』 출간(「홈부르크 공자」와 「헤르만의 전쟁」 최초 수록).

1860년 10월 18일 브로츠와프에서 「헤르만의 전쟁」을 페오도르 벨의 개작으로 초연.

1876년　4월 25일 베를린에서 「펜테질레아」 초연.

1899년　4월 8일 베를린에서 「암피트리온」 초연.

1901년　4월 6일 베를린에서 미완성작 「기스카르」 초연.

발간사

고전의 새로운 기준, 창비세계문학

오늘날 우리는 인간의 존엄과 개성이 매몰되어가는 시대를 살고 있다. 물질만능과 승자독식을 강요하는 자본주의가 전지구적으로 확산되면서 현대사회는 더 황폐해지고 삶의 질은 크게 훼손되었다. 경제성장만이 최고의 선으로 인정되고 상업주의에 물든 문화소비가 삶을 지배할수록 문학은 점점 더 변방으로 밀려나고 있다. 삶의 본질을 성찰하는 문학의 자리가 위축되는 세계에서는 가진 자와 못 가진 자 할 것 없이 모두가 불행할 수밖에 없다.

이 시대야말로 인간답게 산다는 것의 의미가 무엇인지 근본적인 화두를 다시 던지고 사유의 모험을 떠나야 할 때다. 우리는 그 여정에 반드시 필요한 벗과 스승이 다름 아닌 세계문학의 고전이라는 점을 강조한다. 고전에는 다양한 전통과 문화를 쌓아올린 공동체의 경험이 녹아들어 있고, 세계와 존재에 대한 탁월한 개인들의 치열한 탐색이 기록되어 있으며, 새로운 세상을 꿈꾸는 아름다운 도전과 눈물이 아로새겨 있기 때문이다. 이 무궁무진한 상상력의 보고이자 살아 있는 문화유산을 되새길 때만 개인의 일상에서 참다운 인간적 가치를 실현하고 근대적 삶의 의미와 한계를 성찰하는 지혜를 얻을 수 있을 것이다.

'창비세계문학'은 이러한 문제의식에서 출발한다. 세계문학의 참의미를 되새겨 '지금 여기'의 관점으로 우리의 정전을 재구성해야 할 필요성이 그 어느 때보다 절실하다. '정전'이란 본디 고정된 목록으로 존재하는 것이 아니라 그때그때 주어진 처소에서 새롭게 재구성됨으로써 생명을 이어가는 것이다. 우리는 먼저 전세계 문학들의 다양성과 차이를 존중하면서 국가와 민족, 언어의 경계를 넘어 보편적 가치에 기여할 수 있는 가능성에 주목하고자 한다. 근대를 깊이 성찰한 서양문학뿐 아니라 아시아와 라틴아메리카, 중동과 아프리카 등 비서구권 문학의 성취를 발굴하고 재평가하는 것 역시 세계문학의 지형도를 다시 그리려는 창비의 필수적인 작업이 될 것이다.

여러 전집들이 나와 있는 세계문학 시장에서 '창비세계문학'은 세계문학 독서의 새로운 기준이 되고자 한다. 참신하고 폭넓으면서도 엄정한 기획, 원작의 의도와 문체를 살려내는 적확하고 충실한 번역, 그리고 완성도 높은 책의 품질이 그 기초이다. 독서시장을 왜곡하는 값싼 유행과 상업주의에 맞서 문학정신을 굳건히 세우며, 안팎의 조언과 비판에 귀 기울이고 독자들과 꾸준히 소통하면서 진정 이 시대가 요구하는 세계문학이 무엇인지 되묻고 갱신해 나갈 것이다.

1966년 계간 『창작과비평』을 창간한 이래 한국문학을 풍성하게 하고 민족문학과 세계문학 담론을 주도해온 창비가 오직 좋은 책으로 독자와 함께해왔듯, '창비세계문학' 역시 그러한 항심을 지켜나갈 것이다. '창비세계문학'이 다른 시공간에서 우리와 닮은 삶을 만나게 해주고, 가보지 못한 길을 걷게 하며, 그 길 끝에서 새로운 길을 열어주기를 소망한다. 또한 무한경쟁에 내몰린 젊은이와 청소년 들에게 삶의 소중함과 기쁨을 일깨워주기를 바란다. 목록을 쌓아갈수록 '창비세계문학'이 독자들의 사랑으로 무르익고 그 감동이 세대를 넘나들며 이어진다면 더없는 보람이겠다.

2012년 가을

창비세계문학 기획위원회

김현균 서은혜 석영중 이욱연 임홍배 정혜용 한기욱

창비세계문학 14
미하엘 콜하스

초판 1쇄 발행/2013년 2월 28일
초판 6쇄 발행/2024년 8월 19일

지은이/하인리히 폰 클라이스트
옮긴이/황종민
펴낸이/염종선
책임편집/심하은
펴낸곳/(주)창비
등록/1986년 8월 5일 제85호
주소/10881 경기도 파주시 회동길 184
전화/031-955-3333
팩시밀리/영업 031-955-3399 편집 031-955-3400
홈페이지/www.changbi.com
전자우편/lit@changbi.com

ISBN 978-89-364-6414-1 03850